Robert Merle

FORTUNE DE FRANCE

„Fortune de France“ ist der erste Band einer gleichnamigen Romanfolge über die Hugenottenkriege. Band 2 mit dem Titel „In unseren grünen Jahren“ wird 1994 erscheinen. Band 3 der Folge, „Die gute Stadt Paris“, liegt bereits vor.

ROBERT MERLE

FORTUNE DE FRANCE

Roman

Aufbau-Verlag

Titel der französischen Originalausgabe
FORTUNE DE FRANCE

Deutsch von Edgar Völkl
Die Kapitel 11 und 12 übersetzte Ilse Täubert

Wird sich das Schicksal Frankreichs wieder zum Besseren wenden? Oder wird das Land der Verachtung anheimfallen und für immer darniederliegen?

Michel de L'Hospital

ERSTES KAPITEL

Meine Familie kann sich nicht rühmen, ihren Adelstitel schon seit ungezählten Generationen zu führen. Erst mein Vater hat ihn erworben. Ich gestehe dies in aller Offenheit ein; denn wollte ich es daran fehlen lassen, würde ich diesen Lebensbericht gar nicht erst beginnen. Mein Vorsatz ist, mich bei der Niederschrift allein von der Wahrheit leiten zu lassen, ohne auch nur ein Jota davon abzuweichen.

Monsieur de Fontenac, welcher manch lästerliche Gemeinheit über uns verbreitet hat, wagte auch zu behaupten, mein Urgroßvater sei – wie Monsieur de Sauve – Lakai gewesen, was eine Lüge ist, für die ich ihm gehörig das Maul gestopft habe.

Wie jeder weiß, hat Monsieur de Sauve sein Ministeramt sowohl seiner höchst bewundernswerten Geschicklichkeit wie den Erfolgen zu verdanken, welche seine Frau als Bediente der Königin Katharina in den Betten der Prinzen von Geblüt errang. So hoch ist unsere Familie nicht aufgestiegen und nicht mit solchen Mitteln. Sie hat auch nicht so weit unten beginnen müssen, obzwar es keine Schande ist, wie ich vermeine, Lakai zu sein: die Angst vor dem Verhungern kann einen armen Schlucker leicht dahin führen.

Aber die Wahrheit ist, daß mein Urgroßvater François Siorac nicht bei fremden Herren Dienst tat, sondern nahe Taniès im Sarladischen ein gutes Stück Land zu eigen hatte und es auch selbst bearbeitete. Wie groß sein Besitz war, weiß ich nicht zu sagen, doch nach der Grundsteuer zu urteilen, welche er dem König zahlte – die höchste in der ganzen Gemeinde –, kann es so wenig nicht gewesen sein. Auch geizig war mein Urahn nicht, denn er gab seinem Pfarrer jeden Monat zehn Sols, seinen zweitgeborenen Sohn Charles das Latein zu lehren, in der Hoffnung vielleicht, selbigen einmal in den geistlichen Stand treten zu sehen.

Mein Großvater Charles, von angenehmem Äußeren – er

hatte dasselbe rötliche Haar wie mein Halbbruder Samson –, lernte sein Latein mit Fleiß, doch zog er den Gebeten das Abenteuer vor: mit achtzehn Jahren verließ er das heimatliche Dorf, um im Norden sein Glück zu machen.

Was ihm auch gelang, denn er heiratete in Rouen die Tochter eines Apothekers, dessen Gehilfe er geworden war. Ich weiß weder zu sagen, wie er als Apothekergehilfe zu studieren vermochte, um den Titel eines Apothekermeisters zu erwerben, noch ob er diesen überhaupt erwarb; jedenfalls übernahm er nach dem Tode seines Schwiegervaters dessen Offizin und führte die Geschäfte mit größtem Erfolge. Anno 1514, als mein Vater geboren ward, war er vermögend genug, zwei Meilen von Rouen entfernt eine Mühle mit den dazugehörigen schönen Wiesen zu kaufen, welches Anwesen den Namen La Volpie trug. Und in jener Zeit tauchte dann zwischen Charles und Siorac das kleine Wörtchen *de* auf, welches mein Vater zwar belächelte, doch nichtsdestoweniger beibehielt. Indes habe ich auf keinem der von meinem Vater aufbewahrten Papiere die Bezeichnung *Edler* vor der Unterschrift *Charles de Siorac, Seigneur de la Volpie,* gefunden, was beweist, daß mein Großvater niemandem etwas vortäuschen wollte wie so viele Bürgerliche, welche sich ein Anwesen kaufen, nur um sich mit einem Titel zu schmücken, den der König ihnen gar nicht verliehen hat. Der unechten Adeligen gibt es die Menge, wie ein jeder weiß. Doch ist ihr Vermögen nur ansehnlich genug, eine Heirat zu rechtfertigen, dann drücken auch die echten Adeligen ein Auge zu.

Mein Vater Jean de Siorac, denn so nannte er sich, war zweitgeborener Sohn wie schon sein Vater Charles und wie ich selbst es bin. Eingedenk dessen, was der alte François Siorac mit den so kostspieligen Latein-Lectiones für ihn getan, schickte Charles seinen Sohn Jean nach Montpellier, auf daß er dort die Medizin studiere. Dies bedeutete eine gar weite Reise, einen langen Aufenthalt in der Fremde und ein selbst für einen Apotheker beträchtliches Opfer an Geld, doch der alternde Charles träumte davon, daß sein Ältester Henri die Offizin übernähme und sein Zweitgeborener Jean sich als Medicus in der Stadt niederließe; solcherart den Patienten von zwei Seiten bedrängend, würden beide ein gutes Auskommen finden, so Gott wollte. Was seine drei Töchter betraf, welche in seinen Augen wenig zählten, so stattete er sie dennoch mit einer Mitgift aus, deren er sich nicht zu schämen brauchte.

Mein Vater erwarb also in Montpellier den Grad eines Baccalaureus und hernach den eines Lizentiaten der Medizin, doch konnte er seine Doktordisputation nicht abhalten. Zwei Tage vor dem festgesetzten Tage mußte er aus der Stadt flüchten, alldieweil es ihn nicht danach gelüstete, mit einer Schlinge um den Hals seinen letzten Blick zum Himmel zu tun und anschließend in vier Teile gerissen zu werden, welche vier Teile dann gemäß dem örtlichen Brauche an den Ölbäumen vor den Toren der Vorstadt aufgehängt wurden: ein Brauch, welcher mich seltsam berührte, als ich dreißig Jahre später höchstselbst an einem sonnigen Junimorgen in diese schöne Stadt einritt und dabei die verwesenden Teile gehenkter Frauen gewahrte, welche zum Exempel an den Zweigen dieser Bäume hingen, die es sich gleichwohl nicht versagten, fleißig Früchte zu tragen.

Wenn ich meinen Vater heutigentags ansehe, so vermag ich mir kaum vorzustellen, daß er vor dreißig Jahren ebenso ungestüm war wie ich, ebenso waghalsig und den Weibern nicht weniger zugetan. Denn in der Tat war ein gewißlich ganz nichtsnutziges Frauenzimmer der Anlaß, daß mein Vater einen kleinen aufgeblasenen Edelmann, welcher ihn herausgefordert, in ehrlichem Duell mit seinem Degen durchbohrte.

Eine Stunde darauf erblickte Jean de Siorac von einem Seitenfensterchen seines Quartieres die Büttel, welche an die Haustür schlugen. Er sprang kurzentschlossen aus einem Hoffenster, schwang sich auf sein zum Glück noch gesatteltes Roß und sprengte mit verhängten Zügeln zur Stadt hinaus. Nur mit einem Wams angetan, barhäuptig, ohne Mantel und Degen rettete er sich in das Cevennen-Gebirge und fand zuerst Unterschlupf bei einem Studiosus, welcher hoch droben in einem Bergdorf sechs Monate lang die Heilkunst ausübte, bevor er zu Montpellier seine Doktordisputation abzuhalten gedachte. Alsdann durchquerte mein Vater die Auvergne und gelangte ins Périgord, wo der alte François Siorac ihn mit Kleidern, Wehr und Waffen versah, ehe er ihn auf den Weg nach Rouen zu seinem Sohne Charles schickte.

Doch in der Zwischenzeit hatten die Eltern des Edelmannes, welche die Sache nicht auf sich beruhen lassen wollten, Klage eingereicht beim Parlament zu Aix, und so wäre es trotz der Protektion, welche mein Großvater als Apotheker genoß, nicht klüglich gewesen, daß Jean de Siorac sich zu Rouen in aller Öffentlichkeit zeigte.

Dies trug sich zu in dem Jahre, da unser großer König Franz I. die Aushebung einer Legion in jeder Provinz des Königreiches verfügte – eine weise Maßnahme, welche uns, so sie später nur fortgeführt worden wäre, in unseren Kriegen der Notwendigkeit enthoben hätte, jene Schweizer anzuwerben, die sich gewißlich wacker schlugen, solange sie ihren Sold erhielten, doch andernfalls den unglücklichen französischen Bauersmann ebenso ausplünderten wie der Feind.

Die erste Legion, welche im Königreiche aufgestellt ward, war die Normannische, welche sechstausend Mann zählte, und mein Vater ließ sich dort kurzerhand anwerben mit dem Versprechen, daß der König ihn wegen des im Duell getöteten Mannes begnadigen werde. Und in der Tat, als Franz I. im Mai anno 1536 die Normannische Legion in Augenschein nahm, fand er alles zu seiner Zufriedenheit, so daß er jeglichen Bittgesuchen großmütig stattgab und auch meinen Vater begnadigte – allerdings unter der Bedingung, daß er fünf Jahre lang diene. „Und so geschah es", pflegte Jean de Siorac zu sagen, „daß ich, nachdem ich die Kunst des Heilens erlernt, gezwungen war, das Töten zu meinem Handwerk zu machen."

Es stieß meinem Großvater Charles höchst sauer auf, seinen Zweitgeborenen in dem niederen Stande eines Legionssoldaten zu sehen, nachdem er soviel Geld ausgegeben, damit selbiger Stadtmedicus werde; um so mehr da sein Ältester, Henri, der künftige Apotheker, immer mehr vom rechten Wege abkam: er vernachlässigte seine Studien, trank, spielte und brachte sein Geld mit liederlichen Frauenzimmern und Lustdirnen durch, bis er eines Abends mit leeren Taschen und ein wenig fremder Hilfe im Seine-Fluß ertrank.

Mein Großvater Charles fand schließlich Trost darin, daß diejenige seiner Töchter, welche er immer als „dumme

Gans" verachtet hatte, der es indes nicht an gesundem Menschenverstand ermangelte, ihm einen trefflichen Tochtermann ins Haus brachte, der das Zeug hatte, seine Nachfolge anzutreten. Und so ward diese Apotheke sonderbarerweise zum zweiten Male nicht vom Vater auf den Sohn, sondern vom Schwiegervater auf den Tochtermann vererbt.

Was nun meinen Vater Jean de Siorac betraf: er war aus ganz anderem Holze geschnitzt als sein älterer Bruder. In der Legion strebte er mit Fleiß danach, sein Los aufzubessern. Er zeigte sich tapfer und ausdauernd, und obgleich er kein Wort von seiner Lizentiatur in der Heilkunst hatte verlauten lassen (aus Angst, mit dem Amte eines Feldschers fürliebnehmen zu müssen, was ihm nicht geschmeckt hätte), behandelte und verband er die Wunden seiner Waffengefährten, wofür er geschätzt ward von den einfachen Kriegsmannen wie den Truppenführern.

Er diente nicht nur fünf Jahre, sondern deren neun, nämlich von anno 1536 bis anno 1545, und jeder Feldzug brachte ihm eine weitere Wunde und einen höheren Rang ein. Vom Rottenführer stieg er auf zum Fähnrich, vom Fähnrich zum Leutnant. Und vom Leutnant ward er schließlich anno 1544 – mit Schuß- und Stoßwunden in allen Körperteilen, ausgenommen die lebenswichtigen – zum Hauptmann befördert.

Dieser Rang war in der Legion der höchste, zu dem ein einfacher Soldat aufsteigen konnte, und bedeutete den Befehl über tausend Legionäre, einen Sold von 100 Livres pro Monat Feldzug sowie einen größeren Beuteanteil beim Plündern der Städte. Doch was mein Vater noch höher schätzte: sein neuer Rang zog die Erhebung in den Adelsstand mit dem Titel eines Junkers nach sich, auf edele Art erworben mit Tapferkeit und Blut, nicht etwa durch Geld oder die Gefälligkeit eines Eheweibes.

Am gleichen Tage, da mein Vater den Hauptmannsgrad erhielt, ward auch sein Freund und Gefährte in guten wie in bösen Tagen, Jean de Sauveterre, befördert. Zwischen beiden Männern waren in den Wechselfällen der Schlachten und angesichts der Todesgefahr, aus der sie einander viele Male errettet, die Bande einer außergewöhnlichen Zuneigung gewachsen, der weder die Zeit noch die Widrigkeiten des Lebens noch die Heirat meines Vaters etwas anzuhaben vermochten. Jean de Sauveterre zählte fünf Jahre mehr denn Jean de Siorac, war so dunkel an Haut und Haaren wie letzterer blond, hatte ein vernarbtes Gesicht und war kurz angebunden in seiner Rede.

Mein Vater blieb nicht lange Junker. Anno 1545 kämpfte er so tapfer bei Ceresole d'Alba, daß der Herzog von Enghien, welcher an jenem denkwürdigen Tage den Befehl führte, ihn noch auf dem Schlachtfeld zum Ritter schlug. Die Freude meines Vaters ward indessen durch eine schwere Verwundung getrübt, die Jean de Sauveterre erlitten und durch welche sein linkes Bein lahm blieb. Nach dem Feldzug konnte er bestenfalls seine Versetzung zum Dienst in einer Zitadelle erwarten, was die Trennung von dem anderen Jean bedeutet hätte, welcher Gedanke für den einen wie den anderen ganz unerträglich war.

Während ihnen nun die Zukunft in solcherart trübem Licht erschien, schied mein Großvater Charles aus dem Leben. Er hatte kaum Zeit gehabt, sich an dem Glanze zu erfreuen, welchen der Aufstieg seines Zweitgeborenen der Familie verlieh. Er erwartete freudig den baldigen Besuch seines Sohnes, des „Chevalier de Siorac", wie er ihn überall unter den Bürgern von Rouen ankündigte, als er von einem üblen Darmleiden – einem Miserere*, wie man sagte – erfaßt ward. Er verschied in Schweiß und Schmerzen, ohne seinen Jüngsten wiedergesehen zu haben, den einzigen Sohn, der ihm verblieben, und das einzige seiner Kinder, das er wirklich liebte, denn wie ich schon vermeldet, bedeuteten ihm seine Töchter nichts.

Der Chevalier de Siorac nahm sein Erbteil in Empfang, welches sich auf 7537 Livres belief, und kehrte in sein Feldlager zurück, wo er sich mit Jean de Sauveterre in das Zelt, das sie teilten, zurückzog, mit diesem gemeinsam aufzurechnen, wie hoch ihr Vermögen wäre. Dank ihrer Sparsamkeit und ihrer Abneigung gegen Spiel und Wein, die beiden Lasterpfühle des Soldaten, hatten sie ihr Soldgeld zu sparen vermocht und auch nur wenig von ihrem Beuteanteil aufgebraucht. Zudem hatten sie im Laufe der Jahre einem ehrlichen Juden zu Rouen größere Summen Geldes anvertraut,

* Blinddarmentzündung.

damit er sie durch Wucher vermehre, und so fanden sie sich nun gemeinsam im Besitz von 35 000 Livres, welches Vermögen ihnen ausreichend erschien, sich auf dem Lande niederzulassen, ohne dabei einen Unterschied zwischen dem, was dem einen und was dem anderen gehörte, machen zu wollen, denn sie gedachten von nun an alles zu teilen – den Gewinn wie den Verlust.

So verließen die beiden Jeans mit der Einwilligung des Generalleutnants und zu dessen Bedauern die Normannische Legion, samt ihren Pferden, Waffen, Schätzen und drei wackeren Soldaten in ihrem Dienst. Einer von diesen lenkte den Wagen, darauf sich all ihre vergänglichen Güter befanden sowie eine ganze Sammlung von erbeuteten Pistolen, Arkebusen und Stutzbüchsen, welche allesamt geladen waren. Von der Normandie bis ins Périgord war es ein weiter Weg, die Straßen waren wenig sicher, und die kleine Schar bewegte sich nur mit Vorsicht vorwärts, wobei sie den größeren Räuberbanden stets auswich, doch kleine Strauchritter, die ihnen Brückenzoll abpressen wollten, wacker niedermachte. Den solcherart Gemetzelten wurden die Waffen und Dukaten abgenommen, davon die drei Soldaten ihren Anteil erhielten und der Rest die Truhen der beiden Jeans auffüllte.

Hinter Bordeaux tauchte auf der Straße nach Bergerac eine liebreizende Schar junger Nonnen auf behäbigen Gäulen auf, denen eine stolze Äbtissin in einer Kutsche voranfuhr. Beim Anblick der fünf Soldaten mit ihren sonnengebräunten, vernarbten, bärtigen Gesichtern, welche sich ihnen in einer Staubwolke näherten, begannen die Nönnchen laut zu schreien, wohl erwartend, daß ihre jungfräulichen Erdentage zu Ende gingen. Jean de Siorac jedoch zügelte sein Roß am Fenster der Kutsche, grüßte die Äbtissin gar höflich, nannte seinen Namen und zerstreute ihre Befürchtungen. Sie war jung, von guter Herkunft, keineswegs abweisend, und bat meinen Vater mit holdreichen und vielversprechenden Blicken, ihr doch bis Sarlat Schutz und Geleit zu geben. Mein Vater, welcher damals – wie ihm nachgesagt ward – eine leichte Beute für alle Teufelinnen der Erde war, auch wenn sie im Gewande einer Äbtissin daherkamen, wollte schon zustimmen, als Jean de Sauveterre auf den Plan trat. Höflich, doch felsenhart, sein schwarzes Auge kalt auf die Jungfer gerichtet, tat er der Äbtissin dar, daß ein solches Geleit bei der Gangart, welche die Gäule ihrer heiligen Töchter an den Tag legten, seine Schar gehörig aufhalten und folglich länger den Fährlichkeiten der Straße aussetzen würde. Kurzum, es handele sich um einen Dienst, welcher nicht für weniger als fünfzig Livres gewährt werden könne, worauf die Äbtissin, aus deren Blicken jede Freundlichkeit gewichen, gar heftig zu disputieren begann. Allein Jean de Sauveterre blieb unerbittlich, so daß sie am Ende die vorgemeldete Summe bis auf den letzten Heller und noch dazu im voraus zahlte.

In meinen Kindertagen habe ich diese Geschichte wohl hundertmal von Cabusse gehört, einem unserer drei Soldaten, von denen die anderen beiden Marsal und Coulondre hießen. Und obgleich sie mir gar wohl gefiel, schien sie mir doch auch recht unverständlich, denn zum Schluß brach Cabusse jedesmal in ein großes Gelächter aus und rief: „Der eine Jean hat die Dukaten genommen und der andere Jean das übrige, Gott segne ihn!"

In Taniès war mein Urgroßvater, der alte François Siorac, inzwischen gestorben, doch Raymond, der ältere Bruder von Charles, dem Apotheker, hatte den Grundbesitz übernommen. Er nahm seinen Neffen freundlich auf, wenngleich er in seinem Innern recht erschreckt darüber war, fünf bärtige, gestiefelte und waffenstarrende Kriegsleute in sein Haus einfallen zu sehen. Doch Jean entschädigte ihn sowohl für Kost wie für Logis, und da es gerade Erntezeit war, krempelten die drei Soldaten die Ärmel hoch und gingen mit zur Hand. Es waren im übrigen wackere, rechtschaffene Kerle, und obgleich sie in der Normannischen Legion gedient, da sie seinerzeit in jener Provinz ansässig gewesen, stammten zwei von ihnen aus dem Quercy und der dritte – Cabusse – war Gascogner.

Noch ehe die beiden Jeans sich entschieden, wo und wie sie sich niederlassen sollten, suchten sie auf ihren besten Pferden und in ihren besten Gewändern, in welchen man ihnen dennoch den Soldatenstand ansah, die Burgen in der Umgebung auf, um sich dem sarladischen Adel vorzustellen. Jean de Siorac, damals im dreißigsten Jahr seines Alters, blond, blauäugig und von ansehnlicher Gestalt, erschien fast noch wie ein Jüngling, hätte nicht eine kleine Narbe auf der linken Wange von seinem Mannesalter gezeugt, ohne ihn dabei zu entstellen, denn alle anderen Wundmäler waren von den Kleidern verdeckt. Jean de Sauveterre hingegen, vierunddreißig Jahre zählend, das struppige Haar bereits angegraut, das Angesicht vernarbt, die Augen ernst und tiefliegend, wirkte beinahe wie dessen Vater. Dazu hinkte er, was er mit großer Gewandtheit tat, indes seine breiten Schultern große Körperkraft verrieten.

Weder der Chevalier de Siorac noch der Junker von Sauveterre waren darauf bedacht, ihre Herkunft zu verbergen, empfanden sie doch das geringe Alter ihrer Adelstitel keineswegs als Schande. Diese Offenheit zeigte deutlich, daß sie sich ihres Wertes wohl bewußt waren. Zudem waren beide von großer Gewandtheit in ihrer Rede, dabei ohne jede Hochmütigkeit noch Aufdringlichkeit, aber dennoch wirkend wie Männer, welche man besser nicht mit Verachtung behandelt.

Die Bewohner des Périgord genießen den Ruf der Liebenswürdigkeit, und so wurden die beiden Hauptleute überall mit Freundlichkeit empfangen, jedoch nirgends herzlicher als von François de Caumont, Seigneur de Castelnau et des Milandes, und seinen Brüdern.

Die prachtvolle Burg Castelnau, errichtet von seinem Großvater François de Castelnau, war noch keine fünfzig Jahre alt, und ihre Mauern erstrahlten in jenem für den perigurdinischen Stein charakteristischen Ockerton, welcher in der Sonne so freundlich wirkt. Wehrhaft hingebaut auf einen Felsen hoch über den Windungen des Dordogne-Flusses, flankiert von einem dicken Rundturm, erschien sie unseren beiden Hauptleuten gänzlich uneinnehmbar, außer vielleicht mit zahlreichem Feldgeschütz, welches jedoch den Nachteil hätte, von unten nach oben feuern zu müssen. Als sie über die Zugbrücke ritten, bemerkten sie im übrigen zwei Maueröffnungen, mit Feldschlangen bestückt, welche mögliche Angreifer ins Kreuzfeuer nehmen und diesen gewaltig hätten zusetzen können.

Und so ergingen sich die beiden Besucher denn auch gleich in langen Lobreden über diese gar neue, gar prachtvolle und überaus stark befestigte Burg, welche einen gar weiten Blick über die Dordogne-Ebene bot. Nach dieser Eröffnung, welche entsprechend der Wesensart meines Vaters nicht zu kurz ausfiel, wurde das Lob auf das artigste erwidert, denn François de Caumont hatte Kunde eingeholt über seine Gäste und pries nun seinerseits die außergewöhnliche Tapferkeit, welche sie im Dienste des Königs an den Tag gelegt. Dies alles dürfte wohl in jener geschraubten Redeweise vorgebracht worden sein, welche von unseren Vätern hochgeschätzt ward und deren sich gewisse Leute noch heutigentags bedienen, wohingegen ich sie als sehr umständlich empfinde und ihr die einfache und klare Rede des Bauersmannes vorziehe.

François de Caumont (mit dessen Bruder Geoffroy ich später in höchst blutige Ereignisse verwickelt wurde, daraus wir nur wie durch ein Wunder entkamen) war von kleinem Wuchs, doch breit in den Schultern, mit einer tiefen Stimme sowie glänzenden, aufmerksamen Augen. Mit fünfundzwanzig Jahren besaß er bereits die Weisheit des Alters, pflegte alles und jedes genau abzuwägen und nichts zu überstürzen.

Als dann die gegenseitigen Lobreden geendet, stellte François de Caumont seinen beiden Besuchern, in denen er Anhänger – gleich ihm – des „neuen Glaubens“ zu erkennen meinte, sehr geschickte Fragen, und wiewohl ihm auf höchst vorsichtige Weise Antwort gegeben wurde, ersah er, daß er sich nicht täuschte. Und begriff sehr wohl, wie sehr Leute solchen Schlages die Reihen seines Lagers zu stärken vermöchten und es folglich angebracht wäre, ihnen bei ihrer Niederlassung alle Hilfe angedeihen zu lassen.

„Meine Herren“, sprach er also, „der Zufall ist Euch günstig, denn über acht Tage wird zu Sarlat die Baronie von Mespech versteigert, zu welcher, wiewohl sie seit dem Tode des letzten Herren so gut wie brachliegen, fruchtbare Äcker gehören, fette Wiesen sowie prächtige Kastanienwälder. Baron von Fontenac, dessen Güter Mespech benachbart sind, würde es gern billig kaufen, um solcherart seinen Besitz zu vergrößern, und so hat er alles ins Werk gesetzt, um den Verkauf zu verzögern; er hofft, daß Mespech mit der Zeit immer mehr verfällt, so daß sich schließlich kein Käufer mehr finden möchte. Doch im Interesse der Erben ist man nun in Sarlat entschlossen, die Machenschaften Fontenacs zu durchkreuzen, und hat die Versteigerung endgültig auf die Mittagsstunde des kommenden Montags festgesetzt."

„Monsieur de Caumont", hub da Jean de Sauveterre an, „zählt Baron de Fontenac zu Euren Freunden?"

„Keineswegs", erwiderte Caumont gesenkten Blickes. „Keiner ist hier Fontenacs Freund, und auch er ist niemandes Freund."

Mehr sagte er nicht, woraus Sauveterre mutmaßte, daß es dazu viel zu erzählen gäbe, Caumont aber lieber schweigen wolle. Auch Siorac hätte dies wohl bemerkt, wäre nicht in diesem Augenblick eine liebreizende Jungfrau eingetreten, die ein weit ausgeschnittenes Morgenkleid trug und deren blondes Haar bis auf die Schultern fiel. Seit er seine Besuche bei den adeligen Herren des Sarladischen Landes begonnen, hatte Siorac so viele Damen gesehen, deren Hals in steife Spitzenkrausen gezwängt war, darauf der Kopf wie auf einem Teller zu ruhen schien, daß er diesen Hals von makellosem Weiß, der mit der Anmut eines Schwanes bewegt ward, mit großem Entzücken betrachtete, indes die Jungfrau ihn ihrerseits mit ihren blauen Augen ansah. Man grüßte sich gegenseitig, und Sauveterre, welcher herbeigehumpelt kam, gewahrte an dem Halse, der Siorac solches Entzücken bereitete, eine Medaille, bei welchem Anblick sich seine Miene verfinsterte.

„Isabelle", sprach Caumont mit seiner tiefen Stimme, „ist die Tochter meines Oheims, des Chevalier de Caumont. Mein Eheweib muß infolge einer Hirnverkühlung das Zimmer hüten, sonst wäre sie zu Ehren unserer Gäste herabgekommen. So wird meine Base Isabelle ihren Platz einnehmen. Obgleich nicht unbegütert, lebt Isabelle bei uns – zu unserer großen Freude, denn sie ist die Vollkommenheit in Person", endete er mit einem Blick auf Siorac.

Verschmitzt setzte er hinzu, doch diesmal mit einem Blick auf Sauveterre: „Es gibt nichts Tadelnswürdiges an ihr, ausgenommen vielleicht ihre Vorliebe für Medaillen."

Worauf die blauen Augen Isabelles zu blitzen begannen und sie gar heftig mit einer lebhaften Bewegung des Halses und der Schultern erwiderte:

„Worinnen ich, mein lieber Vetter, dem König Ludwig XI. ähnele . . ."

„Welcher ein großer König war trotz seiner Götzendienerei", setzte Caumont mit ernster Stimme, doch lächelnden Auges hinzu.

Als die beiden Jeans am nächsten Tage sich auf ihren Rössern zur Burg Mespech begaben, fanden sie die Zugbrücke hochgezogen, und auf ihr Rufen zeigte sich nach einer Weile auf dem Burgwall ein Kopf mit borstigem Haarschopf, rotem Gesicht und stumpfen Augen.

„Ziehet weiter!" schrie der Mann mit rauher Stimme, „ich habe Befehl, niemandem zu öffnen!"

„Was für ein Befehl ist das?" fragte Jean de Siorac. „Und wer hat ihn dir erteilt? Ich bin der Chevalier de Siorac, der Neffe von Raymond Siorac aus Taniès, und bin willens, die Burg mit meinem Gefährten Jean de Sauveterre zu kaufen. Doch wie kann ich sie kaufen, wenn mir die Besichtigung verwehrt wird?"

„Oh, Moussu*, Moussu!" rief der Mann. „Ich bitte Euch untertänigst um Vergebung, doch bedeutete es große Gefahr für mein Leben und das der Meinen, so ich Euch einließe."

„Wer bist du, und wie ist dein Name?"

„Maligou."

„Ein rechter Saufbruder ist er, wie mich deucht", sagte Sauveterre mit verhaltener Stimme.

„Maligou", hub Siorac wieder an, „bist du ein Bedienter dieses Hauses?"

„Nein", erwiderte er stolz, „ich besitze selbst einen Akker, ein Haus und einen Weinberg."

„Einen großen Weinberg?" fragte Sauveterre.

„Groß genug für meinen Durst."

„Und aus welchem Grunde befindest du dich allhier?"

„Nachdem ich meine bescheidene Ernte eingebracht, habe ich mich zu meinem Unglück von den Erben Mespechs für zwei Sols am Tag für die Bewachung der Burg verdingen lassen."

* Okzitanisch für Monsieur.

„Welche zwei Sols du gar schlecht verdienst, wenn du die Käufer nicht einläßt!“

„Moussu, ich darf nicht“, erwiderte Maligou in kläglichem Ton. „So ist es mir befohlen, und wenn ich zuwiderhandele, setze ich mein Leben aufs Spiel.“

„Wer hat dir dies befohlen?“

„Ihr wisset schon, wer“, antwortete Maligou mit gesenktem Haupte.

„Maligou“, sprach da Sauveterre mit finsterer Miene, „wenn du nicht sogleich die Zugbrücke herabläßt, dann galoppiere ich nach Sarlat, den Kriminalleutnant mit seinen Bütteln zu holen. Die werden dich dann hängen dafür, daß du die Käufer behinderst!“

„Monsieur de La Boétie werde ich gewißlich einlassen“, sagte Maligou mit einem gewaltigen Seufzer der Erleichterung, „doch ich glaube nicht, daß er mich aufhängen läßt. Holet nur den Leutnant, Moussu, ehe ich von anderen umgebracht werde! Ich bitte Euch im Namen Gottes unseres Herrn und aller Heiligen!“

„Zum Teufel mit den Heiligen“, sprach Sauveterre leise. „Trägt der Kerl etwa *auch* eine Medaille der Jungfrau Maria?“

„Aber gewiß nicht an so liebreizender und vortrefflicher Stelle“, entgegnete Siorac mit halber Stimme und fuhr fort: „Also dann auf, Sauveterre, lasset uns nach Sarlat reiten! Durch die Schuld dieses störrischen Kerls haben wir noch ein gutes Stück Weg vor uns!“

„Oder durch die Schuld dessen, der ihn in Angst und Schrecken versetzt“, sprach Sauveterre, indes er sein Roß mit sorgenvoller Miene wendete. „Mein Bruder, wir sollten daran denken, daß wir keinen guten Nachbarn haben werden, wenn es stimmt, daß die Güter dieses Fontenac an Mespech grenzen.“

„Aber die Burg gefällt mir“, sprach Siorac, sich in den Steigbügeln aufrichtend. „Sie ist prächtig und neu! Es wäre ein großes Vergnügen, in einer so neuen Behausung zu wohnen. Zum Henker mit den engen Fensterhöhlen und den schwarzen, bemoosten Mauern! Um wieviel besser gefallen mir die hell leuchtenden Mauersteine und die Kreuzstockfenster, welche das Licht hereinlassen!“

„Aber auch dem Angreifer das Werk erleichtern . . .“

„Wenn notwendig, werden wir sie von innen mit dicken Fensterläden aus Eichenholz versehen.“

„Ihr wollet die Katze im Sack kaufen, mein Bruder“, sagte Sauveterre mit vorwurfsvoller Miene. „Wir haben noch nicht einmal die Felder gesehen.“

„Heute den Wohnsitz, morgen und übermorgen die Felder“, sprach da Siorac.

Anthoine de La Boétie, kraft königlichen Erlasses Kriminalleutnant im Amtsbezirk Sarlat und Domme, bewohnte zu Sarlat ein sehr schönes neues Haus gegenüber der Kirche, mit jenen Kreuzstockfenstern, welche meinem Vater so gefielen, der im übrigen ganz vernarrt war in jede Neuheit, ob in der Religion, im Feldbau, in der Kriegskunst oder der Medizin, in welcher Kunst er sich noch immer mit Fleiß bildete. Erst vor kurzem habe ich in seiner umfänglichen Bibliothek Ambroise Parés Abhandlung über die „Methode der Behandlung von Wunden, verursacht durch Arkebusen und andere Feuerrohre“ gefunden, welche mein Vater, wie aus einer Anmerkung von seiner Hand auf dem Vorsatzblatt hervorgeht, am 13ten Juli anno 1545, dem nämlichen Jahre dieser Ereignisse um Mespech, bei einem Buchhändler zu Sarlat gekauft.

Monsieur de La Boétie war prächtig gekleidet mit einem seidenen Wams und trug einen Lippenbart sowie einen spitzen Kinnbart, beide wohlgestutzt und gekämmt. Neben ihm saß auf einem niedrigeren Stuhle ein recht häßlicher junger Mann von etwa fünfzehn Jahren. Doch war seine Häßlichkeit nur äußerlicher Natur, denn sie ward überstrahlt von einem Paar blitzender, lebendiger Augen.

„Mein Sohn Etienne“, sagte Monsieur de La Boétie nicht ohne Stolz. „Meine Herren“, fuhr er dann fort, „die finsteren Machenschaften Fontenacs sind mir nicht unbekannt. Er will Mespech in Besitz nehmen mit allen Mitteln, seien sie noch so ruchlos und gemein. Mir ist auch bekannt – ohne es indes beweisen zu können –, daß im letzten Monat einige Männer in seinem Auftrage des Nachts die Burgmauern erklommen haben, um Dachsteine zu entfernen, damit das Regenwasser eindringen möge und so die Decken und das

Mauerwerk verderbe. Da Fontenac über nicht mehr als fünfzehntausend tourische Livres verfügt und ihm keiner hier auch nur einen Heller leihen wird, weiß er wohl, daß er Mespech für diesen Preis nicht bekommt, wenn sich noch andere Bieter zur Versteigerung einstellen. Um nun zu verhindern, daß er weiteren Schaden verursacht, haben die Erben den Maligou zur Bewachung der Burg bestellt, doch als Fontenac von Euren Absichten erfuhr..."

„Er kennt sie also!" rief Siorac aus.

„Wie ein jeder im ganzen Sarladischen Land", erwiderte La Boétie lächelnd und strich über seinen Spitzbart. „In den Schlössern wie in den Katen spricht man nur von Euch. Und ein jeder weiß auch, daß Fontenac dem armen Maligou gedroht hat, ihn samt Frau und Kindern lebendigen Leibes in seinem Hause zu braten, wenn er Euch in die Burg einließe."

„Und Fontenac würde solches auch tun?" fragte Sauveterre.

„Er hat schon Schlimmeres getan", antwortete La Boétie mit einer Handbewegung. „Doch ist er schlauer als tausend Füchse und hat niemals genügend Beweise hinterlassen, daß man ihn hätte vor Gericht bringen können."

„Wir sind den Krieg gewohnt und verfügen über drei wakkere Soldaten", ließ Sauveterre sich hören. „Herr Kriminalleutnant, was könnte dieser Räuberbaron gegen uns unternehmen?"

„Seine Leute im Walde postieren, auf daß sie Euch dort maskiert in einem Hinterhalt auflauern, und den Mord dann einer der Banden zuschieben, welche unsere Gegend verunsichern."

„Und über wie viele Männer verfügt dieser Fontenac?"

„Über etwa zehn Galgenvögel, welche er seine Soldaten nennt."

„Zehn?" sprach da Siorac mit kühnem Blick, „das ist sehr wenig."

Es folgte eine kurze Stille, worauf La Boétie wieder anhub:

„Doch Fontenac hat sich bereits unterfangen, Euch mit Mitteln der Unterstellung zu schaden. Denn dieses Ungeheuer verfügt auch über eine heimtückische Sanftheit, hinter der er sein ruchloses Beginnen zu verbergen sucht. So hat er im bischöflichen Palast zu Sarlat verbreitet, Ihr wäret beide Anhänger der reformierten Religion."

„Wir bekennen uns nicht zur reformierten Religion", erwiderte Siorac nach kurzem Schweigen, „und gehen wie ein jeder zur heiligen Messe."

Sauveterre stimmte weder zu, noch sprach er dagegen. Er schwieg nur. Dieser Unterschied entging Anthoine de La Boétie nicht. Sein Sohn Etienne indes erhob sich, trat lebhaften Schrittes ans Fenster und sprach, sich umwendend, mit viel Entrüstung und Beredsamkeit:

„Ist es nicht eine Erzschande, danach zu fragen, ob diese beiden Edelleute hier zur Messe gehen oder nicht, wo sie doch zehn Jahre lang ihr Blut im Dienste des Königreiches vergossen haben? Und wer stellt eine solche Frage? Ein Mordbrenner, eine wilde Bestie, ein Henkersknecht, der sich der Religion wie eines Schildes zu bedienen sucht, um dahinter seine abscheulichen Taten zu begehen! Gott bewahre uns vor der Tyrannei, insonderheit vor dieser schlimmsten, welche die Gewissensfreiheit nicht achtet..."

„Mein Sohn", sprach darauf Anthoine voller Zuneigung und Bewunderung, „ich weiß sehr wohl, welch edele Gefühle Euer Herz bewegen, wenn es gegen die Knechtschaft geht."

„Zudem versteht Ihr es auf bewundernswerte Weise, Eure Gedanken in Worte zu setzen, Monsieur", fügte Siorac hinzu, der sehr wohl bemerkt hatte, daß Etienne „im Dienste des Königreiches" und nicht „des Königs" gesagt.

Etienne setzte sich wieder neben seinen Vater und drückte ihm errötend die Hand, indes er seine glühenden Augen voller Dankbarkeit für die zustimmenden Worte auf ihn gerichtet hielt. ‚Wie trefflich hat es die Natur gefügt', dachte Siorac, ‚indem sie diese beiden zu Vater und Sohn machte, denn sie könnten einander nicht ähnlicher sein in ihrem Herzen und in ihrem Sinn.'

„Ach, mein Herr Vater!" hub Etienne mit Tränen in den Augen wieder an, „warum nur nehmen die Völker die Tyrannei so leicht hin? Ich grübele darüber alle Tage, die Gott werden läßt. Ich kann den teuflischen Feldzug vom vergangenen April gegen die armen Waldenser im Luberon nicht vergessen, wo man achthundert Bauersleute hingemetzelt, ihre Dörfer niedergebrannt, ihre Weiber und Töchter in der Kirche zu Mérindol geschändet und danach in die Flammen geworfen; wo den alten Frauen, die es niemanden zu schänden gelüstete, Schießpulver in die Schamteile gesteckt ward, daß sie zerfetzt wurden, und man den Gefangenen bei lebendigem Leibe den Bauch aufschlitzte, ihr Gedärm um einen Stock zu wickeln! Und solche Grausamkeiten geschahen zu Cabrière in Gegenwart und unter dem Beifall des päpstlichen Gesandten! Und warum dies alles? Nur weil diese armen Menschen, friedlich und arbeitsam, gleich den ihnen nahestehenden Reformierten nicht zur Messe gehen, die Heiligen verehren und die Ohrenbeichte praktizieren wollten ... Ihr wisset, mein Vater, welch guter Katholik ich bin, sosehr ich die Verderbtheiten der römischen Kirche mißbillige; doch werde ich schamrot darob, daß die Kirche des heiligen Petrus den König von Frankreich zu derartigen Abscheulichkeiten gedrängt hat ..."

„Mein Sohn", ließ sich La Boétie mit einem verlegenen Blick auf seine Besucher vernehmen, „Ihr wisset, daß unser König Franz I. ein Mann von großer Güte ist. Er hat das Schreiben, welches den Baron von Oppède zur Vollstrekkung des vom Parlament zu Aix verfügten Urteils gegen die Waldenser bevollmächtigte, nicht gelesen, als er es unterzeichnete, weswegen er sich hernach große Vorwürfe machte und eine Untersuchung gegen die Schuldigen an diesem Blutbad verfügte."

„Doch leider ist es nun zu spät!" rief Etienne, worauf er, die Verlegenheit seines Vaters gewahrend, verstummte und seufzend die Augen niederschlug.

Nach der darauf folgenden Stille hob Sauveterre wieder an:

„Um auf Fontenac zurückzukommen: wird denn das Wort dieses Schurken Gehör im Bischofspalast finden?"

„Ich weiß es nicht", sagte La Boétie, obgleich er es sehr wohl zu wissen schien. „Dieser Verruchte spielt den guten Katholiken, wiewohl er ein erbärmlicher Christ ist. Er zahlt Messen und macht Schenkungen ..."

„Welche der Bischof auch annimmt?"

„Wir haben ja gar keinen Bischof", antwortete darauf La

Boétie, mit dem Handrücken seinen Bart glättend. „Unser Bischof Nicolas de Gadis, welchen die Gemahlin des Dauphins* hat ernennen lassen, stammt wie selbige Dame aus Florenz und lebt in Rom, allwo er auf seinen Kardinalshut wartet."

„In Rom!" rief Siorac. „Da muß der von den Bauern ausgeschwitzte Kirchenzehnt aber eine lange Reise machen, um zu ihm zu gelangen!"

Worüber Etienne gar herzlich zu lachen anhub, so daß sich sein schwermütiges Gesicht unversehens wieder verjüngte.

„Wir haben jedoch einen Coadjutor", fuhr La Boétie leicht spöttisch fort, „einen gewissen Jean Fabri."

„Aber der wohnt in Belvès", setzte Etienne hinzu, „denn die Luft von Sarlat verursacht ihm Beklemmungen, vor allem im Sommer..."

„Und von Sarlat nach Belvès", fügte Siorac im gleichen Ton wie Etienne an, „ist auch die Reise für den Kirchenzehnt nicht so lang..."

„Aber einiges von besagtem Zehnt muß wohl in Sarlat verbleiben, denn es gibt hier noch den Generalvikar Noailles, welcher nach seinem Gutdünken regiert."

Diese Wechselrede hatte zwischen den vier Männern, halb verdeckt durch die augenscheinliche Scherzhaftigkeit ihrer Worte, eine freundschaftliche Übereinstimmung entstehen lassen. La Boétie erhob sich nun, legte Etienne, der es ihm nachtat, den Arm um die Schultern, blickte lächelnd seine Gäste an, welche ebenfalls aufstanden – Sauveterre etwas langsamer wegen seines lahmen Beines –, und sprach mit perigurdinischem Witz, hinter welchem fast immer eine spöttische oder eine ernste Absicht steckt:

„Messieurs, wenn Ihr Mespech haben wollt, geht es nicht ohne einige Zugeständnisse ab. Es wäre sicherlich zuviel verlangt von Euch, wenn Ihr Anthoine de Noailles eine Spende übergeben solltet zu Ehren der Heiligen Jungfrau, für welche Ihr seit langem besondere Verehrung hegt..."

Siorac lächelte, ohne zu antworten, Sauveterres Miene indes blieb unbewegt.

* Katharina von Medici, Gemahlin des künftigen Königs Heinrich II.

„Doch vielleicht könntet Ihr Euch entschließen, am kommenden Sonntag zum Hochamt in Sarlat zu erscheinen. Der Herr Generalvikar selbst wird die Messe lesen und nicht verfehlen, Euch zu bemerken."

„Nun gut", erwiderte Siorac mit fröhlicher Miene, „wenn Mespech uns gefällt, werden wir ganz gewiß zu erscheinen."

Der Leutnant mit seinen Bütteln, gefolgt von den beiden Jeans, war kaum am Burgtor angelangt, da senkte sich schon die Fallbrücke vor ihnen herab. Maligou, gehörig gescholten, doch gleichwohl unendlich erleichtert, ward nach Hause geschickt und die Bewachung der Burg bis zur Versteigerung vier von La Boéties Männern übertragen. Der Kriminalleutnant befürchtete nämlich, Fontenac könnte einen letzten verzweifelten Versuch unternehmen und die Burg abbrennen, was die Baronie ihres Herrensitzes beraubt hätte, so daß von Mespech nur noch die Ländereien geblieben wären, welche niemanden als den mächtigen Nachbarn zum Kauf gereizt hätten.

Nachdem La Boétie sich verabschiedet, inspizierten Siorac und Sauveterre Mespech vom Boden bis zum Keller. Dies geschah an einem Donnerstag. Am Freitag durchstreiften sie die Ländereien nach allen Richtungen. Am Samstag kehrten sie nach Sarlat zurück, wo sie sich vor dem Notario Ricou gegenseitig adoptierten und sich wechselseitig all ihren gegenwärtigen und künftigen Besitz überschrieben. Von diesem Augenblick an wurden die beiden Jeans zu Brüdern – verbunden nicht nur durch die Freundschaft, welche sie sich geschworen, sondern auch kraft des Gesetzes – und zu gegenseitigen Erben, so daß Mespech, wenn sie es erwürben, ihr gemeinsamer unteilbarer Besitz wäre.

Ich habe diese bewegende Urkunde gelesen. Sie ist gänzlich in okzitanischer Sprache abgefaßt, während zu jener Zeit alle amtlichen Schriftstücke bereits in Französisch aufgesetzt zu werden pflegten; doch die Notare waren die letzten, welche sich dieser Regel beugten, da ihre Klienten die Sprache des Nordens oft nicht verstanden.

Als sich nun die Kunde von der Verbrüderung der beiden Hauptleute in Sarlat verbreitete, begann man davon zu sprechen, daß diese beiden wackeren Männer die Burg Mespech dem Fontenac vor der Nase wegschnappen würden, welche Vermutung verstärkt ward, als man die beiden am nächsten Tage beim Hochamt sah. Es ging auch die Rede, daß sie nach der Messe dem Generalvikar Anthoine de Noailles eine Schenkung von fünfhundert tourischen Livres gemacht „für jegliche vormalige Soldaten des Königs, welche alt und verkrüppelt ihr Leben in der Diözese von Sarlat fristeten".

Als die beiden Hauptleute an jenem Sonntag in Sarlat anlangten, boten sie wahrlich nicht den Anblick von Hasenherzen, die sich leicht ins Bockshorn jagen lassen. Begleitet von ihren drei Soldaten, ritten sie stolz zum Stadttor hinein, alle fünf – ausgenommen Coulondre – mit der Pistole in der Faust, der blanke Degen von der Hand hängend, welche die Zügel führte. So zogen sie durch die Straßen, Siorac und Sauveterre ein Auge auf die Fenster gerichtet, ihre Männer den Blick auf die Passanten. Sie steckten ihre Waffen erst weg, als sie vor dem Hause La Boéties absaßen. Auf das Hufgetrappel hin war der Leutnant aus seinem Hause getreten und kam ihnen entgegen, ein Lächeln auf den Lippen und die Hände ausgestreckt, um den Honoratioren (welche sich, wie es bei schönem Wetter Brauch war, vor der Messe auf dem Platze versammelt hatten) zu zeigen, welche Wertschätzung der königliche Offizier den Neuankömmlingen entgegenbrachte.

Nachdem die Herren Brüder in sein Haus eingetreten, kam Bewegung in die versammelte Menge: die Bürgersleute befragten einander unter vielem Kopfnicken, indes das einfache Volk sich um die fünf feurigen Rösser drängte, deren schweißglänzende Leiber sowie die verzierten Sättel zu bewundern, in deren Taschen schwere Pistolen steckten.

Unter den Bürgern von Sarlat und bei den Schloßadeligen war Fontenac verhaßt wegen seiner abscheulichen Mord- und Gewalttaten, doch unter dem gemeinen Volk genoß er einiges Ansehen, weil er mit dem auf seinen Raubzügen erbeuteten Gelde zuweilen Heiligenprozessionen veranstalten ließ, welche indessen, da Fontenac den reichlich fließenden Wein bezahlte, zu höchst unzüchtigen Ausschweifungen führten, denen La Boétie dann ein Ende setzen mußte. Trotzdem vermeinen manche, man dürfe dem Stadtvolk, welches vom Morgen bis in die Nacht für ein paar armselige

Sols arbeiten muß, seine Vorliebe für Heiligenprozessionen nicht verübeln, verlängern selbige doch seine karge Freizeit; die von den Katholiken verehrten zahlreichen Heiligen bescheren ihm im Jahre immerhin mehr als fünfzig Feiertage neben den Sonntagen, aus welchem Grunde es auch immer leicht war, das Volk gegen die Anhänger der reformierten Religion aufzubringen, welche es verdächtigt, ihm die Feiertage zu nehmen, weil sie ja die Heiligen abschaffen wollen.

Obgleich die Sprache des Quercy und der Gascogne sich von der ihren unterschied, wurden die herumstehenden Gaffer bald gewahr, daß unsere Soldaten okzitanisch miteinander sprachen, und so stellten sie, die Rösser streichelnd, die Sättel bestaunend wie auch den eisernen Haken, den Coulondre an der Stelle der linken Hand trug, schier endlose Fragen, auf welche allein Cabusse antwortete, denn als Gascogner besaß er einen aufgeweckten Verstand und eine geschickte Zunge.

„Werden Eure Herren Mespech kaufen?"

„Wir haben keine Herren. Die beiden Brüder sind unsere Hauptleute."

„Werden Eure Hauptleute die Baronie kaufen?"

„Solches ist gut möglich."

„Haben sie denn genug Geld dafür?"

„Ich habe nicht nachgesehen in ihren Truhen."

„Es wird gesagt, der Baron de Fontenac habe fünfzehntausend tourische Livres."

„Gott erhalte sie ihm."

„Haben Eure Hauptleute mehr?"

„Da müßt ihr sie selbst fragen."

„Man sagt, wenn Eure Hauptleute Mespech kaufen, wird Monsieur de Fontenac diesen Schimpf nicht verdauen."

„Gott schenke ihm eine gute Verdauung."

„Ihr schwört bei Gott. Schwört Ihr auch bei den Heiligen?"

„Ei gewiß! Beim Heiligen der Maulaffen!"

„Welcher Religion seid Ihr?"

„Derselben wie ihr."

„Es geht die Rede, Eure Hauptleute hingen dem verdammlichen Ketzertum an."

„Solches können nur Dummköpfe behaupten."

Nach diesen Worten richtete Cabusse sich auf und rief mit donnernder Stimme:

„Ihr lieben Leute, lasset unsere Gäule in Frieden und nehmet eure Hände von den Sätteln!“

Und so groß ist der Respekt vor einer hochgewachsenen Gestalt und einer Donnerstimme, daß die Menge sofort gehorchte.

Sobald sich die Haustür hinter den Gästen von Monsieur de La Boétie geschlossen, kam der Kriminalleutnant sogleich zur Sache.

„Messieurs“, so hub er an, „ich habe von einem Zuträger erfahren, daß Fontenac Euch heute nacht in Taniès zu überrumpeln gedenkt. Wenn Ihr es wünscht, könnt Ihr mit Euren Männern die heutige Nacht und die Zeit bis zur Versteigerung in meinem Landhaus verbringen.“

„Ich danke Euch sehr für Euer edeles Angebot, Monsieur de La Boétie“, erwiderte Siorac, „doch kann ich es nicht annehmen. Wenn Fontenac uns nicht in Taniès fände, würde er womöglich gemeine Rache an meinem Oheim, meinen beiden Vettern und den armen Dorfleuten nehmen!“

„Siorac hat recht“, setzte Sauveterre hinzu, ohne dem Bruder zu verübeln, daß er geantwortet, ohne ihn zu befragen. Und er fuhr fort: „Dank Euch, Herr Leutnant, werden nicht wir es sein, die heute nacht überrumpelt werden, sondern Fontenac.“

„Er wird sich bei der ganzen Sache gar nicht sehen lassen“, erwiderte La Boétie, „dafür ist er zu schlau.“

„Doch wenn wir seine Mörderbande niedermachen“, sprach Siorac, „ist es, als ob wir ihm die Klauen abhackten!“

Das Dörfchen Taniès, das in damaliger Zeit etwa ein Dutzend Familien zählte, drängt sich um einen wuchtigen Kirchturm auf einem Hügel; ein steiler Weg führt in das Beunes-Tal hinab, welches sich bis zum Flecken Les Ayzies erstreckt. Neben dem Beunes-Fluß verläuft eine recht gut gepflasterte Straße – der einzige Weg, welcher von der Burg Fontenacs hierher führt.

Nach Einbruch der Nacht postierten die beiden Hauptleute Cabusse und die beiden Söhne des Oheims Siorac am Fuße des Hügels, denn sie mutmaßten, die Angreifer würden ihre Pferde dort zurücklassen, um den steilen, steinigen

Pfad zum Dorf auf leisen Sohlen hinaufzuschleichen. Cabusse und seine Helfer hatten den Befehl, sich verborgen zu halten und die Angreifer passieren zu lassen. Beim ersten Büchsenknall sollten sie dann den Bewacher der Reittiere niederschlagen und die Pferde in eine Scheune führen, welche der Oheim im Beunes-Tal besaß. Danach sollten sie zurückkehren, um diejenigen der Bande, welche gegebenenfalls zu entkommen suchten, am Fuße des Hügels mit ihren Arkebusen zu erledigen.

Cabusse, welcher mir die Begebenheit berichtet hat – denn die Herren Brüder liebten es nicht, mit ihren Heldentaten zu prahlen –, erzählte mir lachend, das schwierigste sei es gewesen, die Dorfleute zum Mittun zu überreden, denn ihre Furcht vor Fontenac war riesengroß. Doch nachdem sie einmal umgestimmt, waren sie unerbittlich in ihrem Grimm. Nach dem Kampf erledigten sie gnadenlos die Verwundeten und begannen sogleich, ihnen die Stiefel und Kleider vom Leibe zu reißen, und forderten lauthals einen Anteil an den erbeuteten Waffen und gar den Pferden, wo doch allein die Söhne Raymond Sioracs geholfen hatten, sie einzufangen.

Jedem dieser beiden sprachen die Hauptleute ein Reittier mit Sattel zu und den Dorfleuten ebenfalls zwei Pferde, die reihum für die Feldarbeiten genutzt werden sollten. Doch die Dörfler, gewöhnt an ihre Ochsen, verkauften die Pferde und teilten das Geld unter sich. Den Rest der Beute behielten die Herren Brüder, nämlich sechs starke, prächtige Gäule, die sich sowohl für die Feldarbeit als auch zum Reiten eigneten und von großem Nutzen sein würden, wenn es die brachliegenden Felder von Mespech zu bestellen galt.

Ohne daß auf seiten der Hauptleute auch nur ein einziger Verwundeter zu beklagen war, fanden in jener Nacht sechs Spießgesellen des Räuberbarons den Tod. Und es wurde ein Gefangener gemacht: der Pferdewächter, welchen Cabusse im Beunes-Grund niedergeschlagen. Als dieser in das Dorf gebracht ward, wollten ihn die Dörfler sogleich massakrieren, doch zumindest einer dieser Strauchdiebe mußte am Leben bleiben, auf daß er gegen Fontenac aussagte. Nach der Anzahl der Reittiere zu urteilen, mußte es zweien der Angreifer gelungen sein, im Schutze der Dunkelheit zu entkommen, obgleich die Nacht recht hell war. Doch jenseits des Beunes-Baches beginnt ein dichter Kastanienwald, welcher sich ohne Unterbrechung über die fünf Meilen bis zur Burg Fontenac erstreckt.

Am nächsten Tage, dem Montag der Versteigerung Mespechs, ließen die beiden Hauptleute die blutigen Leichname auf einen Karren laden und zusammen mit dem Gefangenen zu La Boétie bringen, welcher den letzteren im Stadtkerker festsetzen, die Toten aber am Galgen vor dem Stadttor zur Schau stellen ließ, wo sich alsbald eine dichte Menge von Schaulustigen drängte, darunter etliche Jungfern, obgleich die sechs toten Schurken nicht einen Faden mehr auf dem Leibe trugen.

Auch La Boétie verweilte dort geraume Zeit zusammen mit den Hauptleuten, nicht um sich an dem Anblick zu weiden, sondern um den Leuten zuzuhören und herauszufinden, ob nicht manch einer die Aufgeknüpften als Männer Fontenacs erkennte, mit welchen man in den Schenken gezecht. Und in der Tat, da der Wind sich gegen den Räuberbaron zu drehen begann, lösten sich auch einige Zungen.

Der Gefangene ward eine Stunde nach seiner Ankunft in Sarlat einer hochnotpeinlichen Befragung durch den Henker unterzogen und gestand unter der Folter alles und sogar mehr noch ein. Er enthüllte unglaubliche Missetaten, welche Fontenac vor zwei Jahren begangen und die sein eigenes Gewissen mehr zu belasten schienen als das seines Herrn.

Anno 1543 war nämlich ein wohlhabender Bürger namens Lagarrigue aus Montignac verschwunden. Einen Monat darauf verließ sein Weib den Ort, allein zu Pferde, und ward ebenfalls nie wieder gesehen. Das Geständnis des Gefangenen erhellte nun auf fürchterliche Weise das Verschwinden dieser beiden. Fontenac hatte Lagarrigue bei Anbruch der Nacht auf der Straße von Montignac nach Sarlat überfallen, die beiden Diener erschlagen und den Mann selbst auf seine Burg entführen lassen. Dann teilte er insgeheim dem Eheweib Lagarrigues mit, daß ihr Mann in seinen Händen sei: er werde ihn gegen ein Lösegeld von achttausend Livres wieder freilassen unter der Bedingung, daß sie das Geld in aller Heimlichkeit überbringe und keinem Menschen, selbst ihrem Beichtvater nicht, ein Wort davon sage.

Das unglückliche Weib, welches ihrem Angetrauten in großer Liebe zugetan, ließ sich in ihrer Sorge, ihn zu verlieren, zu der törichten Annahme verleiten, der Räuberbaron sei ein Mann, der sein Wort hält. Und so tat sie alles, was er geheißen. Als nun die Burgtore sich hinter ihr geschlossen, das Lösegeld gezählet und in der Schatztruhe verwahrt, sprach Fontenac, welcher ein Edelmann von schöner Gestalt, von Bildung und höflichen Sitten war, mit sanfter Stimme zu dem Frauenzimmer, sie möge sich nur ein wenig gedulden, bald sei sie wieder mit ihrem Manne vereint. Doch als sich dann die Tür auftat, ward Lagarrigue blutüberströmt und in Ketten hereingezerrt, und Fontenac, dessen Miene und Ton sich unversehens änderten, stieß das arme Weib seinen Soldaten mit den Worten vor die Füße, sie sollten sich an ihr vergnügen, falls sie Lust dazu verspürten. Was auch prompt geschah – vor den Augen Lagarrigues, welcher sich wie von Sinnen in seinen Ketten wand. Um die Qualen der unglücklichen Frau noch zu steigern, befahl Fontenac alsdann, den Ehemann vor ihren Augen zu erwürgen, und drohte ihr das gleiche Schicksal an. Zuvor aber überließ er sie noch zwei oder drei Tage seinen Soldaten. Doch etliche von denen begannen Mitleid mit ihr zu verspüren, denn trotz unsäglichen Leidens bewahrte sie sich ihre christliche Milde und Würde. Worauf Fontenac, gleichsam um ihnen eine Lektion in Grausamkeit zu erteilen, ihr den Dolch in die Brust stieß, selbigen in der Wunde hin und her bewegte und sie unter unflätigen und groben Reden fragte, ob solches nicht ihre Sinneslust aufreize. Die beiden Leichname wurden in den Wallgräben verbrannt, damit von dieser abscheulichen Missetat keine Spur verbliebe. Als der beißende Qualm aufstieg, sah Fontenac oben von der Burgmauer zu und höhnte, Lagarrigue und sein Weib könnten zufrieden sein, daß sie nun wieder vereint wären.

Fontenac hatte von dem Geständnis erfahren und ließ sich am Montag mittag nicht in Sarlat blicken. So ward Mespech bei Verlöschen der Kerze dem Chevalier Jean de Siorac und dem Junker Jean de Sauveterre für 25 000 tourische Livres zugesprochen, ein bescheidener Preis für die ausgedehnten, fruchtbaren Ländereien.

Man hätte glauben können, daß nun das Recht seinen Lauf nehmen und Fontenac endlich mit dem Leben hätte büßen müssen. Doch der Gefangene, welcher gegen ihn gezeugt, verstarb zwei Tage später in seinem Kerker an einer Vergiftung, wodurch das einzige Zeugnis, welches wider den Räuberbaron vorlag, in seinem ohnehin nicht hohen Wert weiter gemindert ward. Fontenac bekam zwar eine Vorladung vor das Parlament zu Bordeaux, doch er hütete sich, seine zinnenbewehrte Räuberhöhle zu verlassen, und sandte dem Vorsitzenden des Gerichts einen gar höflichen Brief in wohlgesetzten Worten, worinnen es an lateinischen Zitaten nicht mangelte.

Er entschuldigte sich unter vielerlei artigen Worten, daß er der Vorladung nicht Folge leisten könne, er liege todkrank darnieder und könne vor seinem nahen Ende nur noch für das Wohl seiner Seele beten. Im übrigen sei er in dieser Angelegenheit das Opfer einer heimtückischen Verschwörung, hinter der ganz offensichtlich niemand anderes als die Ketzer steckten. Es entspreche zwar der Wahrheit, daß die sechs zu Sarlat gehenkten Männer in seinem Dienst gestanden, doch hätten diese Treulosen, verführt durch hinterlistige Versprechungen, ihn am Vorabend heimlich verlassen, um sich samt der ihm gestohlenen Waffen und Pferde in den Dienst der Reformierten zu begeben, welche sich unter Verheimlichung ihres wahren Glaubens in der Provinz niederlassen und selbige mit Ketzerei verseuchen wollten. Als die ungetreuen Diener an dem von den verkappten Hugenotten genannten Treffpunkt ankamen, hätten letztere sie sogleich heimtückisch niedergemacht, um einen Angriff Fontenacs vorzutäuschen und sich der ihm gehörenden Waffen und Reittiere zu bemächtigen. Was den Gefangenen betreffe, so sei offensichtlich, daß sein angebliches Zeugnis, welches durch kein zweites habe erhärtet werden können *(testis unus, testis nullus*)*, von den Hugenotten erkauft worden sei, um die jahrhundertealte Ehre der Fontenacs zu besudeln. Wenn er, Fontenac, diesem Elenden hätte gegenübergestellt werden können, hätte selbiger mit Sicherheit all seine abscheulichen Lügereien widerrufen. Doch leider habe ein höchst verdächtiger Tod *(fecit cui prodest**)* ihn zum Vorteil der Ankläger rechtzeitig zum Schweigen gebracht.

* (lat.) Ein Zeuge ist kein Zeuge.

** (lat.) Wer den Nutzen zieht, beging die Tat.

Zu guter Letzt verlangte Fontenac noch von dem Vorsitzenden des Gerichtes, den Herren Siorac und Sauveterre die richterliche Weisung zu erteilen, ihm unverzüglich seine Waffen und Pferde zurückzugeben.

Nun war in den letzten Jahren der Herrschaft Franz' I. der Parteigeist so mächtig und an den Parlamenten die Voreingenommenheit gegen all jene, die heimlich der Ketzerei anzuhängen schienen, so groß, daß dieser unverschämte und unzweifelhaft lügnerische Brief Fontenacs von dem Vorsitzenden und seinen Gerichtsräten ernst genommen ward, obgleich doch der schandbarliche Ruf Fontenacs ihnen bekannt war. So mußten sich die beiden Hauptleute, La Boétie, die beiden Konsuln von Sarlat sowie François de Caumont als Abgesandter des Adels eigens nach Bordeaux begeben, die Tatsachen richtigzustellen. Dennoch bestand das Parlament darauf, daß die beiden Hauptleute, welche überall mit Ehren aufgenommen wurden, einer Befragung zu ihrer Glaubensfestigkeit zustimmten. Was sie auch taten unter der Bedingung, daß dies nicht öffentlich geschehe, sondern in alleiniger Gegenwart des mit der Befragung beauftragten Gerichtsrates.

Selbiger war ein Mann mit bereits ergrautem Haar, besonnen und überhaus höflich, welcher sich in vielen Entschuldigungen erging, ehe er zur Befragung der beiden Brüder schritt.

„Herr Gerichtsrat", sprach Siorac, „wie kann es geschehen, daß die Behauptungen eines solchen Erzschurken für ernst genommen werden?"

„Weil er ein guter Katholik ist, so groß seine Sünden auch sein mögen. Er geht zur Messe, zur Beichte und zur Kommunion, er begibt sich zu Exerzitien in ein Kloster, er..."

„Es ist nur höchst bedauerlich, daß seine Werke nicht mit seinen Worten übereinstimmen..."

„Es freut mich", fuhr der Gerichtsrat fort, „Euch von den Werken des Menschen sprechen zu hören. Vermeinet Ihr nicht, daß ein Christ dank seiner Werke das ewige Leben zu gewinnen vermag?"

Sauveterres Miene verdunkelte sich, doch Siorac erwiderte ohne Zögern:

„Gewiß, das vermeine ich."

„Ihr zerstreuet meine Bedenken", sprach hierauf der Gerichtsrat mit einem Lächeln. „Im übrigen bin ich kein Kirchengelehrter und werde Euch nur einfache Fragen stellen, welche Ihr ohne Mühe beantworten könnt. Höret Ihr selbst regelmäßig die heilige Messe?"

„Ja, Herr Gerichtsrat."

„Lassen wir doch die Förmlichkeiten. Wenn es Euch beliebt, antwortet nur mit ja oder nein."

„Wie es Euch beliebt."

„Ich fahre also fort. Verehret Ihr die Jungfrau Maria und die Heiligen?"

„Ja."

„Rufet Ihr in Euren Gebeten die Jungfrau Maria und die Heiligen an?"

„Ja."

„Erweiset Ihr den Medaillen, Bildnissen, Kirchenfenstern und Standbildern, welche sie darstellen, Eure Achtung?"

„Ja."

„Billiget Ihr die Ohrenbeichte?"

„Ja."

„Glaubet Ihr an die tatsächliche Gegenwart Gottes im heiligen Sakrament?"

„Ja."

„Glaubet Ihr an das Fegefeuer?"

„Ja."

„Glaubet Ihr, daß der Papst das heilige Oberhaupt der römisch-katholischen Kirche ist und daß jeder Christ ihm Gehorsam schuldet?"

„Ja."

„Glaubet Ihr, daß der Papst Ablaß erteilen kann?"

„Ja."

„Verehret Ihr die Reliquien der Heiligen und Märtyrer?"

„Ja."

„Seid Ihr willens, der Prozession zu Ehren der Heiligen Jungfrau ehrfürchtig, barhäuptig und mit einer Kerze in der Hand zu folgen?"

„Ja."

Der Gerichtsrat wandte sich alsdann Sauveterre zu, um

nunmehr diesen zu befragen, doch der erhob sich, trat humpelnd näher und sprach mit Festigkeit in Stimme und Blick:

„Herr Gerichtsrat, mein Bruder hat all Eure Fragen ausgezeichnet beantwortet. Nehmet seine Antworten auch als die meinigen. Und wollet daraus schließen, daß unsere Religion in allen Punkten der des Königs von Frankreich gleicht, welchem wir beide so getreulich in der Normannischen Legion gedient."

Diese knappe Antwort war sehr schlau, und der Gerichtsrat merkte, daß er nicht länger zu insistieren brauchte. Doch er war nicht zufriedengestellt; denn er kannte sich aus mit Menschen, welche von der reformierten Religion angezogen werden wie die Eisenspäne vom Magneten, und so sprachen selbst die Tugenden der Hauptleute, ihr Ernst, ihr Wissen, ihr stiller Mut, nicht zu ihren Gunsten.

„Es sind höchst ehrenwerte Männer", sprach der Gerichtsrat nach der Befragung zum Vorsitzenden, „ohne Fehl und Tadel, doch bekennen sie sich nur halbherzig zur Religion des Königs. Ich vermeine an ihnen den Geruch des Hugenotten zu verspüren."

„Auch wenn Ihr eine feine Nase habt", entschied der Vorsitzende, „so ist der bloße Geruch doch nicht ausreichend. Solange sie sich nicht zu der verdammlichen Reformation bekennen, widersetzen sie sich ihrem König nicht. Überlassen wir also den Glaubenseifer den Männern der Kirche."

Welchen Geruch das Parlament an dem Baron von Fontenac verspürte und über welche heimlichen Gönner dieser Erzschurke verfügte, erfuhr das gemeine Volk nicht. Der Urteilsspruch, welcher ihn „mangels handgreiflicher Beweise und unwiderlegbarer Zeugnisse" lediglich auf zwanzig Jahre aus den Amtsbezirken Sarlat und Domme verbannte, ward jedenfalls in der ganzen Provinz als übermäßig mild angesehen.

Auf dem Rückweg ritt La Boétie den anderen voraus, um in Libourne das Quartier für die kleine Schar vorzubereiten; Caumont und die Konsuln von Sarlat blieben zurück, indes die Hauptleute – die „Herren Brüder" – ihm folgten.

„Es ist Jammer und Schade, daß wir in so großer Eile sind", hub La Boétie an, „sonst wären wir über Montaigne geritten, wo ich Euch einen kleinen Kerl von zwölf Jahren gezeigt hätte, welchen sein Vater von klein auf das Lateinische gelehrt und der nun zur Bewunderung aller die ‚Metamorphosen' des Ovid im Original liest."

„Dieser Seigneur hat tausendmal recht", sprach Siorac, „soviel Mühe auf die Unterrichtung seines Sohnes zu verwenden. Es braucht viele gelehrte Männer, uns aus dem Zustand der Barbarei herauszuführen."

„Doch leider sind Wissen und Gewissen nicht immer Schwestern", fügte La Boétie hinzu. „Auch Fontenac ist sehr gebildet."

„Und dieser Schurke kommt so billig davon!" rief Sauveterre. „Zwanzig Jahre Verbannung für so viele gemeine Morde! Das Blut kocht mir ob solcher Ungerechtigkeit!"

„Freilich hat dieser Fontenac ein Dutzend Menschen umgebracht", ließ sich La Boétie wieder vernehmen, „doch was ist er gegen den Baron d'Oppède, der die waldenser Bauern im Luberon gleich zu Hunderten massakrieren ließ, ihre Felder im Namen des Königs beschlagnahmte und sie dann heimlich aufkaufte? Man hat ihm zwar einen Prozeß gemacht, doch ist es so sicher wie das Amen in der Kirche, daß er mit reiner Weste daraus hervorgehen wird!"

„So geht es zu in dieser traurigen Welt", sprach Sauveterre, „überall nur Blut und Unflat und lügnerischer Aberglaube, welcher das reine Wort Gottes verfälscht!"

Die Antwort war Schweigen. Keinem stand der Sinn danach – auch nicht Siorac und am allerwenigsten Herrn de La Boétie –, dem Hasen nachzujagen, den Sauveterre aufgescheucht.

„Und an wen fällt für die kommenden zwanzig Jahre die Baronie Fontenac?" fragte Siorac schließlich.

„An den einzigen Sohn des Barons, Bertrand de Fontenac, welcher jetzt mündig ist, da er gerade fünfzehn Jahre geworden."

La Boétie fügte hinzu:

„Den alten Wolf seid Ihr jetzt los, Messieurs, aber es ist ein Wölfling da. Und von dem ist kaum Gutes zu hören. Er ist zwar noch jung an Jahren, doch die Reißzähne können ihm schon wachsen."

ZWEITES KAPITEL

Ich wurde im Frühling anno 1551 geboren – sechs Jahre, nachdem die Herren Brüder Mespech erworben, und somit zu einer Zeit, da sich sein Aussehen schon verändert hatte. Die Veränderungen betrafen indes weniger die eigentliche Burg: der große viereckige Bau von zwei Stockwerken Höhe umschloß einen Innenhof und hatte vier Ecktürme mit Pechnasen, welche Türme durch einen mit Zinnen versehenen Wehrgang miteinander verbunden waren.

Doch zum Zeitpunkt des Kaufes war die Burg umgeben nur von einem lächerlichen Wassergraben, kaum einen Klafter breit und so flach, daß selbst ein kleiner Mensch, so er hineingefallen wäre, überall hätte stehen können. Er war folglich zur Verteidigung kaum nützlich und machte die Zugbrücke fast überflüssig, welche von einem Torhaus auf der Südseite den Zugang zur Innenburg ermöglichte. Denn in der Tat hätte ein jeder ohne jegliche Gefahr für sein Leben das Wasser durchqueren und eine Leiter an die Burgmauer anstellen können.

Der Erfindungsgeist und die Kunstfertigkeit, womit die Hauptleute diesen Wallgraben zu verändern suchten, wären indes ohne einen glücklichen Umstand wirkungslos geblieben: der Brunnen in einer Ecke des Innenhofes erwies sich als unerschöpflich. Die Herren Brüder wurden dessen gewahr, als sie ihn kurze Zeit nach dem Erwerb der Burg reinigen wollten. Mitten im August, in einer Zeit großer Trokkenheit, begannen zwei Männer mit Eimern zu schöpfen. Da sich der Wasserspiegel nicht senkte und der Brunnenschacht breit genug war, machte man sich zu dreien, zu vieren, zu fünfen ans Werk ... Zu acht gelang es schließlich, den Wasserstand um einiges abzusenken, doch da ward eine Erdspalte sichtbar, aus der ein armdicker Wasserstrahl hervorströmte. Die Hauptleute befahlen darauf, die Arbeit einzustellen, und in kurzer Zeit hatte sich der Brunnen wieder bis zu der Röhre gefüllt, welche den Überschuß an Wasser in den Wallgraben leitete.

Dieser Zufluß mußte umgeleitet werden, ehe man in den Gräben an die Arbeit gehen konnte, was erst nach der Weinlese möglich war, da es eine große Zahl von Männern brauchte, um die Grabungen entsprechend den Plänen der Hauptleute auszuführen. Zusätzlich zu den Soldaten, dem Gesinde und den Nachbarn wurden noch Tagelöhner gedungen, welche auch Kost erhielten, denn die Herren Brüder sparten nicht bei der Ausführung ihres großen Vorabens, einen Weiher von einem guten Klafter Tiefe und sieben Klaftern Breite um die Burg herum anzulegen.

Auf diese Weise ward Mespech zu einer Insel, welche vermittels einer so sinnreichen, kunstfertigen und wehrhaften Brückenanlage mit dem festen Land verbunden war, daß ich niemals einen Besucher erlebt, welcher nicht sogleich von höchster Bewunderung darüber erfaßt ward.

Die Zugbrücke des Torhauses führt nämlich nicht zum festen Lande, sondern zu einem kleinen runden Turm, welcher im Wasser steht. Dieser Turm weist nun seinerseits eine Zugbrücke auf, welche zu einer Insel von fünf mal fünf Klaftern führt. Auf dieser Insel, umgeben von einer hohen, mit Schießscharten versehenen Mauer, befinden sich die Schuppen, worinnen Wagen, Pflüge, Eggen und anderes Gerät abgestellt werden, sowie – auf der Mespech zugewandten Seite – ein Waschplatz. Auf der anderen Inselseite, wo der Graben sich etwas verengt, stehet wiederum ein Turm mit einer dritten Zugbrücke, welche die Verbindung zum anderen Ufer herstellt.

Die drei Zugänge sind so schmal, daß zwei Fuhrwerke nicht aneinander vorbeikommen und das Einfahren der Ernte und des Heus oder das Eintreiben des Viehs auf den inneren Burghof nur langsam vonstatten geht; des Nachts wird nämlich alles hinter die schützenden Mauern gebracht, ausgenommen die größeren Gerätschaften, welche nur schwer zu bewegen sind und deshalb auf der Insel verbleiben. Aber die große Breite und Tiefe des die Burg umgebenden Wassers sowie die drei Zugbrücken geben ein starkes Gefühl der Sicherheit, welches auf eine unerklärliche Weise auch zu der Schönheit des Ganzen beiträgt.

Lange Zeit glaubte ich, diese so wehrhafte und dem Auge so angenehme Brückenanlage sei einmalig in ganz Frankreich, doch in meinen Mannesjahren gewahrte ich eines Tages, da ich in wildem Ritt über Berg und Tal einer Räuberbande zu entkommen suchte, unversehens eine Burg, welche mit dem sie umgebenden Weiher und einer turmbewehrten Insel meinem heimatlichen Mespech sehr ähnlich war. Allein ich konnte nicht verweilen in meiner Flucht vor dieser Meute greulicher Kerle, welche mit gezogenem Degen und wilden Schreien hinter mir her waren und mir den Säckel, das Roß und das Leben zu nehmen trachteten.

Dank der Schnelligkeit meines wackeren Rappen entkam ich ihnen, doch vermochte ich seither diesen liebenswerten Wohnsitz nicht wiederzufinden. Ich weiß nur, daß er sich irgendwo im Umland der großen Stadt Bordeaux befinden muß.

Auf dem jenseitigen Ufer unseres Weihers befinden sich der Küchengarten, bequem zu erreichen und zu bewässern, der Obstgarten sowie– ein Stück tiefer gelegen, damit sie die Aussicht nicht behindern – unsere Nußbäume, von denen wir eine Vielzahl besitzen und deren Früchte uns Öl für die Lampen, für die Küche und auch für den Verkauf liefern. Die beiden Gärten sind umgeben von einem hohen Zaun aus angespitzten und im Feuer gehärteten Holzpfählen. Hinter dem Zaune haben unsere Soldaten Fußangeln eingegraben, die Strauchdiebe zu fangen, die es zur Reifezeit des Nachts wagen sollten, Gemüse oder Obst aus dem Garten zu stehlen. Denn das Elend in unserem Périgord ist leider so groß und die Schar der Bettler so zahlreich – sie strömen, vom Hunger aus den Bergen der Auvergne getrieben, vom Osten her in unsere Provinz –, daß kein Sommer vergeht, in dem nicht eines Tages ein armer Teufel in unserem Garten gefunden wird, welcher stöhnend und mit blutigem Fuß zu den Gemüsebeeten hinstrebt, wohl wissend, daß er kraft der herrschaftlichen Gerichtsbarkeit gehängt wird, sobald man ihn entdeckt.

Meine Mutter beklagte diese Hinrichtungen, doch die Herren Brüder hielten ihr entgegen, daß diese armen Kerle, so man sie blutend und humpelnd ziehen ließe, zu den Qualen eines langsamen Todes verurteilt wären. Meine Mutter erreichte indes, daß sie vor dem Erhängen mit einem Schlag betäubt wurden, um ihre Todesqualen abzukürzen, und daß man die Leichname nicht am Galgen verwesen ließ, wie es der Brauch wollte.

Seither begrub man sie also in geziemender Weise auf einem steinigen Stück Erde, darauf bis zum damaligen Tage noch kein einziges Kraut gewachsen war. Zu diesem Friedhof der namenlosen Bettler begab sich am ersten Sonntag eines jeden Monats meine Mutter, um zu beten, gefolgt von der Amme Barberine, welche mich auf dem Arme trug, von deren kleiner Tochter Hélix, welche ihr am Rock hing, sowie von dem bewaffneten Cabusse, denn weder Weib noch Kind durfte Mespech ohne Eskorte verlassen. Später, da das Verbot nicht mehr so genau befolgt ward, habe ich oft mit der kleinen Hélix an diesem Ort gespielt. Die armen Bettler, welche zu ihren Lebzeiten oft Hunger gelitten, müssen die Erde nach ihrem Tode wohl gut gedüngt haben, denn jetzt wächst dort dichtes Gras, und im Frühjahr blühen wunderschöne gelbe Narzissen, welche indessen keiner zu pflücken wagt. Es heißt, daß eine solche Blume, wenn sie geschnitten wird, einen Seufzer ausstößt, und wer diesen Klageton hört, ob Mann oder Weib, ist dazu verdammt, für den Rest seines Lebens Hunger zu leiden.

Ein Jahr nach dem Kauf von Mespech ehelichte mein Vater Isabelle de Caumont, welche mit ihren blauen Augen, blonden Haaren und der Medaille am Hals einen so tiefen Eindruck auf ihn gemacht, als er zum ersten Mal mit Sauveterre auf Castelnau zu Gast war. Isabelle war „von ebenmäßigem Wuchs mit festen, üppigen Rundungen, die Beine schlank und hoch, die Füße zierlich“. Diese Beschreibung stammt von meinem Vater und ist zu lesen auf der ersten Seite in seinem „Buch der Rechenschaft“, das er am Tage seiner Hochzeit, dem 16ten September anno 1546, begann. Er vermerkt weiter, daß er zweiunddreißig und sein Eheweib fünfzehn Jahre alt, daß sie anmutig anzusehen, gesund an Leib und Seele, von höchst vergnüglicher Gesellschaft, von fröhlichem, beständigem Sinn, wenn auch zuweilen ein wenig starrköpfig, und dazu trotz ihrer Neigung zur Götzendienerei eine gute Christin sei. „Die Hochzeitsfeier, die Kleider, die Schenkung an die Geistlichkeit, die Gaben für die Armen sowie die beiden Festmähler beliefen sich", so lese ich weiter, „auf 500 tourische Livres, eine bescheidene Summe angesichts der üblichen Gepflogenheiten des Adels." Sauveterre hat am Rande mit seiner kleinen Krakelschrift angemerkt: „Noch zuviel! Fünfhundert Livres sind der Preis für ein schönes Stück Ackerland."

Dies war indessen kein Anlaß für Zwist unter den Brüdern. Schon zu alt, um noch auf Brautschau zu gehen, war es Jean de Sauveterre zufrieden, daß Jean de Siorac eine Familie gründete, damit wenigstens einer für Nachkommenschaft sorge, an die Mespech vererbt werden könnte. Allerdings störte ihn Isabelles Medaille ein wenig wie auch die plötzliche Anwesenheit so vieler Frauenzimmer auf Mespech, denn Isabelle brachte ihre Kammerjungfer Cathau mit, ein Jahr später folgte die Amme Barberine mit ihrer Tochter Hélix, welche sie zu gleicher Zeit säugte wie das erste Kind meiner Mutter, meinen älteren Bruder François.

Sauveterre, welcher überaus sparsam mit den gemeinsamen Gütern umging und sehr bedacht auf deren Mehrung war, konnte sich zumindest nicht beklagen, daß Isabelle de Caumont mit leeren Händen nach Mespech gekommen sei. Außer ihren verwandtschaftlichen Bindungen zum Adel des Périgord brachte sie zweitausend Dukaten in die Ehe ein, weiterhin einen stattlichen Kastanienwald, eine Wiese an der Straße nach Les Ayzies, ausreichend für zwei, drei Kühe, und zu allem noch einen ansehnlichen Steinbruch, kaum drei Meilen von Mespech entfernt, in dem sich der heimische ockerfarbene Stein leicht gewinnen ließ.

Bestrebt, all ihren Besitz nutzbringend zu verwenden – so verkauften sie zum günstigsten Zeitpunkt und zu günstigem Preis alles, was die Wirtschaft abwarf, sei es nun Korn, Heu, Wolle, Honig, Nußöl, Schweinefleisch oder ein zweijähriger Wallach –, gedachten die Herren Brüder, aus diesem Steinbruch Gewinn zu ziehen, denn in jener Zeit pflegten Bürger wie Edelleute zum Prunk wie zu ihrer Bequemlichkeit viel zu bauen auf dem Lande.

So ließen die Hauptleute am Sonntage nach der Hochzeit unter Trommelwirbel und Trompetenschall zu Sarlat verkünden, daß sie einen guten Steinbrecher suchten, welcher sich ihnen am kommenden Sonntag auf dem Kirchplatz vorstellen möge. Doch schon am folgenden Tage erschien an der ersten Zugbrücke vor dem kleinen runden Inselturm ein bärtiger Geselle von hohem Wuchs und vierschrötiger Gestalt. Sein grobes Leinenhemd ließ auf der Brust eine dichte schwarze Behaarung sehen, und seine Beinlinge waren an Knöcheln und Knien mit Lederstreifen umwunden. Er war bepackt wie ein Lastesel, denn über der einen Schulter trug er einen großen englischen Bogen und an seinem Gürtel hingen ein großer Eßnapf, ein langes Messer sowie ein Köcher mit Pfeilen. Auf dem Rücken hatte er eine große Holzkiste, gehalten von einem breiten Riemen über der rechten Schulter. Seine staubigen Füße waren nackt, sein Kopf hingegen war von einem spitzen Filzhut bedeckt, den er lüpfte, als die Hauptleute am Turmfenster über der Zugbrücke erschienen.

„Ihr Herren Hauptleute", sprach der Geselle, „ich bin der gesuchte Steinbrecher. Man heißt mich Jonas."

„Du solltest dich den kommenden Sonntag auf dem Kirchplatz zu Sarlat einfinden", entgegnete Sauveterre. „Kannst du nicht warten?"

„Ich schon, Ihr Herren Hauptleute", gab Jonas zur Antwort, „doch mein großer Leib verlangt nach Brot."

„Was tust du mit diesem englischen Bogen?"

„Ich jage damit, so ich die Erlaubnis der Gemeinden oder der Grundherren erhalte."

„Du wilderst auch gelegentlich?"

„O nein, Ihr Herren!" rief Jonas aus. „Das wäre ein großes Verbrechen! So etwas tue ich nicht. Ich habe nur einen einzigen Hals, um zu trinken, zu essen und Gottes reine Luft zu atmen."

„Und was ist in der Kiste, die du da auf dem Rücken trägst?" fragte Siorac.

Mit einer Schulterbewegung ließ Jonas sie zur Erde gleiten und öffnete den Deckel.

„Meine Steinbrecherwerkzeuge."

Sich wieder in voller Größe aufrichtend, dunkel die Haut und das Haar, die geöffneten breiten Hände an den muskelkräftigen Armen leicht zitternd, blickte er nun die Hauptleute in banger Erwartung an.

„Woher kommst du, Jonas?" fragte Sauveterre, und da

dieser ihn beim Namen genannt, richtete Jonas seine Augen hoffnungsvoll auf ihn.

„Aus einem Flecken in den Bergen der Auvergne, Marcolès genannt. Der Steinbruch, wo ich mein Handwerk ausgeübt, ist vollends abgebaut."

„Jonas", so fragte Siorac weiter, „verstehst du gut mit deinem Bogen umzugehen?"

„Begehret Ihr eine Probe meines Könnens?"

„Vermagst du den Raben zu treffen, der sich so frech auf dem Wipfel unseres Nußbaumes dort spreizt?"

Den Kopf wendend, prüfte Jonas den Wind und sprach: „So der Wind sich nicht dreht, ist es um ihn geschehen!"

Hierauf ergriff er seinen Bogen, legte einen Pfeil auf, stellte sich in Positur und spannte den Bogen, bis die Schnur ihm Nase und Kinn berührte. Ohne daß er zu zielen schien, ließ seine Hand die Schnur aus, der Pfeil flog davon, und der Rabe fiel unter lautem Flügelschlagen und Blätterrascheln zu Boden.

„Ein trefflicher Schuß!" rief Siorac.

„Die Engländer", ließ sich Sauveterre vernehmen, „haben bis auf den heutigen Tag noch Bogenschützen in ihrem Heer. Und sie tun recht daran. Haben wir, Jean, nicht so manchen Kampf verlorengehen sehen, weil die Lunten der Arkebusen im Regen naß geworden? – Jonas", fuhr er fort, „verstehst du dich auf das Steinebrechen ebenso trefflich wie aufs Bogenschießen?"

„Aber gewiß!" erwiderte Jonas mit stolzer Miene. „Ich kenne mein Handwerk und verrichte es mit Freude. Auch verstehe ich, Bausteine zuzurichten, seien es Dachsteine, Mauerquader oder Keilsteine für die Rundung der Türme. Des weiteren vermag ich Steine für die Fenster- und Türstürze zuzuhauen und Fenster mit Kreuzstöcken oder Doppelsäulen samt dem dazugehörigen Kapitell zu verfertigen. Und wenn es not tut, kann ich einen Stein von gleichem Gewicht wie ich selbst auf den Schultern die Leiter hinauftragen und mit Kalk in die Mauer einsetzen."

„Und kannst du lesen und schreiben?"

„Leider nein, doch rechnen kann ich, Steine numerieren und eine Zeichnung lesen, wenn nur die Zahlen darauf stehen. Auch weiß ich mit Lot und Winkel umzugehen."

Nachdem die beiden Hauptleute einen Blick gewechselt, sprach Sauveterre:

„Jonas, wir nehmen dich für drei Monate auf Probe in unseren Dienst. Dafür erhältst du Kost und Logis. So wir dich nach den drei Monaten behalten, bekommst du dazu noch zwei Sols am Tag.“

Für die damalige Zeit war dies ein angemessener Lohn. Doch dreißig Jahre später, als das Leben – und auch der behauene Stein – viel teurer geworden, verdiente Jonas noch immer nur zwei Sols am Tag; trotzdem war er zufrieden darob, wie er sagte, mit seiner Hände Arbeit seinen großen Leib ernähren zu können, wo es in der Provinz doch so viele arme Schlucker ohne Broterwerb gab.

„Ihr Herren Hauptleute“, hub Jonas wieder an, „ehe ich nach Mespech gekommen, habe ich einen kleinen Abstecher zu Eurem Steinbruch gemacht. Wenn der Wald und die Wiese daneben Euch gehören, so bitte ich um die Erlaubnis, dort jagen zu dürfen. Von dem erlegten Wild will ich Euch drei Viertel bringen und ein Viertel für mich behalten, wodurch Ihr an dem Salzfleisch spart, das zu meiner Kost gehört. Und so Ihr dann noch die Güte hättet, mir eine Milchziege auf die Wiese zu stellen, würde ich als Gegendienst für die Milch die Zicklein aufziehen.“

„Darüber läßt sich reden“, erwiderte Sauveterre.

„In dem Steinbruch“, fuhr Jonas fort, „sah ich eine geräumige Höhle. Wenn Ihr mir dahinein einen Laubsack mit Kastanienblättern legen ließet, könnte ich sommers wie winters darinnen schlafen und so die Wegezeit sparen, welche dann der Arbeit zugute käme. Wer sollte überdies die behauenen Steine bewachen, wenn ich nicht dort Quartier nähme?“

So war Jonas damals, und so ist er noch heute: mehr bedacht auf den Vorteil seiner Herren als auf den eigenen. Er trat in den Dienst von Mespech, wie andere ins Kloster eintreten; doch war er deshalb den Freuden des Lebens nicht abgeneigt, einem guten Tropfen etwa des Sonntags an unserer Tafel, den kleinen Raufereien um des Spaßes willen, den abendlichen Erzählungen. Ebensowenig zeigte er sich abweisend, als eines Tages ein keckes Frauenzimmer ihn in Versuchung führte, wie ich noch berichten werde.

Meine Mutter ging mit meinem älteren Bruder im fünften Monat schwanger, als La Boétie am 21sten April anno 1547 mit mancherlei Berichten über den Tod des Königs* aus der Hauptstadt zurückkehrte. Der Kriminalleutnant war in großer Begleitung nach Paris geritten, dem König eine Angelegenheit vorzutragen, die indes mein Vater nicht in seinem „Buch der Rechenschaft“ erwähnt, obgleich er sonst alles darin vermerkte, seien es Gespräche, Begegnungen oder auch die Preise für alle möglichen Dinge. So lese ich, daß sich mein Vater am Samstag vor dem 20sten April nach Sarlat begab und dort einhundert Haarnadeln für meine Mutter kaufte: 5 Sols; Schuhe für Cabusse: 5 Sols und 2 Heller; Hufeisen für seine Stute: 2 Sols; hernach nahm er ein „gar wohlschmeckendes Mahl“ für 8 Sols in der Schenke von Rigaudie ein.

La Boétie fand den Hof in großer Aufregung vor, voller trauriger Gesichter und geheimer Hoffnungen, indes nirgendwo auch nur das geringste aufrichtige Gefühl, ausgenommen die Trauer des Dauphins und die Verzweiflung von Madame d’Estampes**, welche schon ihre Bündel schnürte. Was nun den König betraf, dessen er nur von weitem ansichtig ward, so erschien er ihm stark verändert, das Gesicht abgemagert, die hohe Gestalt gebeugt, die Bewegungen schwerfällig.

„Monsieur de La Boétie“, fiel ihm Siorac ins Wort, „verzeihet, daß ich Euch unterbreche. Doch mein Bruder muß das Zimmer hüten, da sein Bein ihm sehr zu schaffen macht. Wenn Ihr beliebet, so wollen wir zu ihm in den Turm hinaufsteigen; denn er wäre untröstlich, Euern Bericht nicht zu hören.“

Der Turm, von welchem hier die Rede, ist der Ostturm. Darin befindet sich unten die Burgkapelle und im ersten Geschoß die Schlafkammer Sauveterres, wohin man über einen angebauten kleinen Treppenturm gelangt. Neben der Schlafkammer ist ein kleines Kabinett gelegen, wo sich unser Mitlehnsherr gern aufhält, denn der Kamin darinnen zieht kräftig und das Fenster gewährt einen guten Blick auf

* Franz I.

** die Favoritin des Königs.

den Hof, so daß er das Treiben des Gesindes ständig im Auge hat.

„Nichts Ernstes, Herr Leutnant", sprach Sauveterre, dabei jedoch das Gesicht verziehend und ohne sich aus seinem Lehnstuhl zu erheben, „nur ein Krampf, welcher mir das Bein ein-, zweimal im Monat ersteifen läßt, aber morgen schon vergangen sein wird."

„Das wünsche ich Euch von Herzen", erwiderte La Boétie, sich mit einem Seufzer setzend. „Mir selbst schmerzen die Schenkel gar arg von diesem weiten Ritt, welcher mir nur Ungelegenheiten gebracht, denn just als ich am Hofe anlangte, begab sich selbiger auf Reisen. Trotz seines bedauernswerten Zustandes hielt es den König nicht mehr am Ort. Man hätte vermeinen können, er spüre den Tod schon nahen und suche ihm zu entkommen, so hastig eilte er von Schloß zu Schloß: zuerst von Saint-Germain nach La Muette, von dort nach Villepreux-lès-Clayes, alsdann nach Dampierre, Limours, Rochefort-en-Yvelines... Und ich immer hinterdrein, ohne daß sich eine Gelegenheit bot, mich dem König zu nähern; dafür stiegen um so mehr die Kosten für die Unterbringung meiner Begleitung, denn die Herbergswirte der königlichen Residenzen sind die größten Gauner von ganz Frankreich und verlangen bis zu zwei Sols pro Tag für das Futter eines einzigen Pferdes. Und obendrein machten sie sich noch lustig über die Sprache meiner Leute, die gewißlich der ihren ebenbürtig ist."

„In der Tat! Sie ist viel reiner", fügte Sauveterre hinzu.

„In Rochefort-en-Yvelines schöpfte ich neue Hoffnung, denn der König fühlte sich besser, stieg auf sein Roß und ging drei Tage hintereinander auf die Jagd. Danach aß und trank er nach alter Gewohnheit ganz übermäßig."

„Mit einem Geschwür am Perineum aufs Pferd steigen!" warf Siorac ein, „welch große Torheit!"

„Vielleicht", so sprach La Boétie mit einiger Unbedarftheit, „hoffte der König, daß es auf diese Weise aufbrechen möge. Doch nach diesen drei Tagen ging es dem König schlechter und schlechter; vom alltägigen Fieber geplagt, beschloß er, sich nach Rambouillet zu begeben, um dort, wie er sagte – wiederum versuchend, sich seinen Zustand nicht einzugestehen –, ‚Freude auf der Hatz und der Beizjagd zu finden'. Am 21sten März ward ich endlich auf Schloß Rambouillet vorgelassen, doch nur, um zu erfahren, daß der König sich einer Operation unterzog. Hiernach verfiel er in einen langen Todeskampf. Am 30sten März bat ihn der Dauphin um seinen Segen, und während der König ihn segnete, sank der Dauphin ohnmächtig in seine Arme, und der König hielt ihn fest umklammert, als wäre sein Sohn das Leben selbst, das ihm entschwände, wenn er ihn losließe.

Schließlich ward Dauphin Heinrich in das Zimmer seiner Gemahlin gebracht, wo er sich in Stiefeln auf das Bett warf, halb von Sinnen vor Schmerz. Als Katharina von Medici ihren Gemahl in einem solchen Zustand sah, sank sie unter Tränen und Wehklagen zu Boden. Franz von Guise würdigte sie kaum eines Blickes, ebensowenig seinen künftigen König; stolz und hoch aufgerichtet, ging er lauten Schrittes im Zimmer auf und ab. Diane von Poitiers* saß aufrecht in einem Sessel, ein triumphierendes Lächeln auf den Lippen. Schließlich blieb der Guise vor ihr stehen und sprach, mit der Hand in die Richtung des königlichen Gemaches deutend, in verächtlichem Ton: ‚Nun geht's zu Ende mit dem Galan.'"

„Habt Ihr diese unglaublichen Worte aus verläßlicher Quelle, Monsieur de La Boétie?" fragte Siorac. „Eine solch schändliche Dreistigkeit gegenüber seinem im Sterben liegenden Herrn ist schier unvorstellbar!"

„Sie stammen aus sicherer Quelle", erwiderte La Boétie leicht gekränkt, „und mit ebensolcher Gewißheit weiß ich, daß der König bei seiner letzten Beichte, welche er bei vollen Geisteskräften ablegte, mit lauter Stimme kundtat – man hat es mir von allen Seiten bestätigt –, er habe ‚ein reines Gewissen, da er niemandem auf der Welt je Unrecht getan'."

Sauveterre fuhr zornig auf:

„Er hat nur die Massaker unter den Waldensern im Luberon vergessen! Mérindol und Cabrières scheinen seinem Gedächtnis entglitten! Doch gewißlich hofft er, diese läßliche Sünde in seinem Fegefeuer abbüßen zu können!"

Er sprach das Wort *Fegefeuer* mit so viel höhnischer Verachtung aus, daß La Boétie recht betreten dreinblickte.

„Monsieur de La Boétie", sprach da Siorac hastig, „ver-

* die Favoritin des Dauphins.

meinet Ihr, daß Diane immer noch so große Macht auf den neuen König ausübt? Schließlich zählt Heinrich nur achtundzwanzig Jahre, sie indessen achtundvierzig, und so könnte manch junge Hoflöwin ihr die Beute streitig machen."

„Diane ist immer noch schön", erwiderte La Boétie, froh, sich wieder auf sicherem Grunde zu befinden. „Wenn auch ihr Angesicht trotz aller Kunstmittel einige Falten zeigt, so hat sie doch einen herrlichen Leib, und der junge König ist vernarrt in seine Mätresse wie an dem Tage, da sie ihn in die Liebeskunst einweihte. Nach der Abendmahlzeit geht er zu ihr, berichtet ihr von den Staatsgeschäften, setzt sich – merket wohl! – auf ihren Schoß und spielt ihr auf der Laute vor, wobei er bisweilen innehält, ihre Brüste streichelt und zum Konnetabel sagt: ‚Sehr nur, Montmorency, hat sie sich nicht gut gehalten?' Offen gesagt, der König ist noch wie ein Kind, und er bestaunt Diane, als wäre er ganz überrascht ob ihrer Zuneigung. Sie kann mit ihm machen, was sie will."

„Und was der Guise, die Pfaffen und Montmorency wollen", fügte Sauveterre düsteren Blicks hinzu. „Um den inneren Frieden im Königreiche ist es nun wohl geschehen. Bald wird es in unserem armen Frankreich eine Inquisition nach spanischem Vorbild geben mit Scheiterhaufen allerorten."

„Solches befürchte auch ich", ließ sich La Boétie vernehmen, um nach einem Augenblick hinzuzufügen: „Es liegt mir fern, darüber zu urteilen, wie Ihr es mit den religiösen Pflichten haltet. Das ist nicht meines Amtes. Doch seid Ihr nicht ein wenig unvorsichtig? Der Generalvikar beklagt sich nämlich, daß er Euch nicht mehr zur heiligen Messe in Sarlat sieht."

„Und ich", erwiderte Sauveterre, „beklage mich, daß die fünfhundert Livres, welche wir ihm am Vortage des Kaufes von Mespech überreicht, niemals bei den alten Soldaten, für die sie bestimmt, angekommen sind."

„Ich bin Euch viel zu sehr zugetan", antwortete darauf La Boétie, „um mich zum Übermittler dieser Klage zu machen. Man würde sie Euch nie verzeihen."

„Doch könnt Ihr", sprach da Siorac mit einem feinen Lächeln und blitzenden Augen, „dem Herrn Generalvikar vermelden, daß wir die Messe trotzdem hören, und zwar allhier, dank jener Öffnung dort in der Wand, welche zur Burgkapelle unter uns in diesem Turme führt. Wir geben dem Pfarrer von Marcuays jeden Sonntag fünf Sols, auf daß er zur Mittagsstunde hierher komme. Madame de Siorac, die Kinder und unser Gesinde wohnen der Messe dann im Erdgeschoß bei, indessen wir sie hier von diesem Zimmer aus hören, welches mein Bruder, wie Ihr wißt, seines Leidens wegen hüten muß."

Sauveterre hatte sich nur zur Hälfte getäuscht. Heinrich II. (oder vielmehr denen, die ihn lenkten, denn er war wie Wachs in ihren Händen) war es zwar nicht gelungen, in Frankreich eine Inquisition nach spanischem Vorbild einzuführen, obgleich der Papst ihn dazu drängte; dafür war der Widerstand der großen Körperschaften des Königreiches zu stark. Doch erließ er immer neue Edikte und schuf im Parlament zu Paris die berüchtigte Schwarze Kammer, welche eine Vielzahl von Reformierten in der Conciergerie einkerkerte, um sie dann zum Maubert-Platz schleifen zu lassen. Dort knüpfte man sie an die am Vortage errichteten Galgen und entfachte ein großes Feuer, worinnen die Gefangenen bei lebendigem Leibe verbrannten und nichts als Asche von ihnen blieb.

Im „Buche der Rechenschaft" meines Vaters finden sich aus jener Zeit Eintragungen über endlose Erörterungen zwischen den Brüdern zu der Frage, ob sie sich öffentlich zur Reformation bekennen sollten. Sauveterre meinte, die Zeit sei gekommen, da sie ihren Glauben mit ihrem Blute besiegeln müßten. Siorac hielt dagegen, daß in Zeiten schärfster Glaubensverfolgung ein solches Bekenntnis nur die Liste der Märtyrer verlängern könne, ohne ihrer Sache den geringsten Nutzen zu bringen. Es sei daher angezeigt, noch zu warten, bis das Lager der Hugenotten in der Provinz wie im ganzen Königreich so weit erstarke, daß ein Sieg über den Feind möglich und denkbar sei.

Wäre Sauveterre allein gewesen, hätte er wohl ohne Zögern sein Kreuz auf sich genommen und wäre geradewegs in den Tod gezogen, so sehr war ihm die fortwährende Verstellerei zuwider und so heftig empörte es ihn, mit ansehen zu müssen, wie sich allerorten die Irrtümer der Papisten ausbreiteten. Wenn er es dennoch nicht tat, dann nicht aus Furcht vor dem Scheiterhaufen – denn diesem Mann, der so überaus sparsam mit den Geldern Mespechs umging, bedeutete das irdische Leben gar wenig –, sondern vielmehr aus Angst, allein und ohne seinen viellieben Bruder in die Seligkeit des ewigen Lebens einzugehen. Unter dem Datum des 12ten Juni anno 1552 lese ich im Buche meines Vaters eine höchst anrührende Randbemerkung von der Hand Sauveterres: „Bin heute morgen um die fünfte Stunde aufgestanden. Die Sonne leuchtete vom klaren Himmel über den Wipfeln der Bäume, und die Vögel sangen zu Tausenden. Doch was ist all dies im Vergleich zu dem Glück und der Herrlichkeit, welche uns bei Gott dem Herrn zuteil wird, sobald wir unseren irdischen Leib verlassen. Oh, Jean, warum zögerst du noch? Ich weiß: der Gedanke, Mespech und die Deinen zu verlassen, erfüllet deinen irdischen Geist mit Trauer, doch sieh an, was du hienieden verlässest, und bedenke, was dir im Jenseits gegeben wird."

Worauf mein Vater den folgenden Tag vermerkte: „Haben wir Mespech dem alten Wolf entrissen, damit es der junge verschlingt, zusammen mit meinem Eheweibe und meinen viellieben Kindern François und Pierre?" Dies ist die erste Eintragung im „Buche der Rechenschaft", wo ich zusammen mit meinem älteren Bruder Erwähnung finde.

In der Folge dieses Zwiegespräches auf dem Papier führte mein Vater dann für sein Zögern eine Rechtfertigung ins Feld, welche Sauveterre noch mehr zu denken geben mußte: „In der Heiligen Schrift steht geschrieben: *Und wenn du der Stimme des Herrn, deines Gottes, gehorchen wirst, wird gesegnet sein die Frucht deiner Rinder, wird gesegnet sein dein Korb und dein Backtrog.* – Und in dieser Hinsicht gibt es auf Mespech wahrlich nichts zu klagen. Ist dies nicht der Beweis, daß Gott unser Haus als das seine ansieht, wenn er es – wie in seiner Heiligen Schrift verheißen – in dieser Welt derart blühen und gedeihen läßt? Dürfen wir dann niederreißen, was Er gebaut, und Heim, Nachkommen, Gesinde als auch Vieh dem Verderben preisgeben, indem wir uns dem Scheiterhaufen ausliefern und Mespech den Papisten? Nein, mein Bruder, nur Gott allein sind wir verpflichtet, unser Herz zu offenbaren; seine Feinde hingegen verdienen nichts als List und Lüge: Dem Teufel, was des Teufels ist . . ."

Und so blieb es alle Sonntage dabei: indes der Pfarrer von Marcuays im Erdgeschoß des Ostturms vor Isabelle de Siorac und unserem Gesinde die Messe las, sangen die Brüder in dem Kabinett neben Sauveterres Schlafkammer, die Ohren vor den lateinischen Meßgesängen schließend, welche durch die vorgenannte Wandöffnung bis zu ihnen drangen, mit leiser Stimme die Psalmen Davids.

Unter die offensichtlichen Segnungen, welche Gott der Herr auf Mespech herabregnen ließ, mischte sich indes auch Kümmernis und Herzeleid, so der Tod dreier Kinder in jungem Alter, welchen das „Buch der Rechenschaft" vermeldet. Doch liegt es mir fern, darin eine Strafe des Allerhöchsten zu sehen. Denn zu jener Zeit gab es im ganzen Lande keine Familie, welche nicht solch schmerzlichen Verluste zu beklagen gehabt; viele verloren gar mehr als die Hälfte der Kinder, welche sie in die Welt gesetzt.

Einige Monate vor meiner Geburt finden sich im „Buch der Rechenschaft" meines Vaters wiederholt Eintragungen Sauveterres: „Ich bete für dich, Jean", auf welche ich mir zunächst keinen Reim zu machen wußte, zumal mein Vater nicht darauf antwortete. Unter welchem Übel litt wohl Jean de Siorac, daß sein Bruder so viel für ihn betete und das Bedürfnis verspürte, dies so oft niederzuschreiben? Und welche Undankbarkeit hatte meinen Vater unversehens erfaßt, daß er Sauveterre niemals für die Gebete dankte?

Ich muß hier etwas anmerken, was ich in meinen jungen Jahren nur dunkel ahnte und erst viel später begriff. Zwischen meinem Vater und meiner Mutter war schon in den ersten Tagen ihrer Ehe ein kleiner Religionskrieg ausgebrochen, welcher – bald offen, bald versteckt geführt – nur wenige Ruhepausen kannte. Denn Isabelle weigerte sich nicht nur, dem Glauben ihrer Väter abzuschwören, sondern war auch willens, eingedenk der unvorsichtigen Versprechen, welche Jean de Siorac vor der Eheschließung gegeben, ihre Kinder gemäß den Bräuchen der katholischen Kirche aufzuziehen. Als die Zeit meiner Geburt herannahte, wollte mein Vater einen biblischen Vornamen für mich auswählen. Allein meine Mutter wollte davon nichts wissen, und kaum hatte ich den ersten Schrei in diesem Tal der Tränen getan, ließ sie mich sogleich, ohngeachtet des Willens ihres Ehemannes, von dem Pfarrer, welchen sie eilends durch die Amme Barberine hatte rufen lassen, auf den Namen Pierre taufen, welchen sie mit Vorbedacht ausgesucht, da er sich herleitet von Petrus: der Fels, worauf ihre Kirche gebauet.

Vielleicht hatte ihr zorniger Unwille noch andere Gründe, denn eine Woche nach meiner Geburt brachte ein junges Weib in Taniès ein Kind männlichen Geschlechts zur Welt, dem Jean de Siorac den Namen Samson geben ließ, damit es mit Gottes Hilfe größer und stärker werde als seine nach papistischem Ritus getauften Kinder. Was später auf meinen älteren Bruder François zutraf, nicht aber auf mich.

Die Mutter meines Halbbruders Samson, ein Hirtenmädchen mit Namen Jehanne Masure, war nach den Worten Barberines ein hübsches, rechtschaffenes Frauenzimmer, deren Eltern, welche ein kleines Stück Land bearbeiteten, recht arm gewesen sein müssen, nach den Darlehen an Getreide, Heu, Salzfleisch und Geld zu urteilen, welche ihnen Jean de Siorac von dem nämlichen Zeitpunkt an gewährte, da Jean de Sauveterre in den Randbemerkungen des „Buches der Rechenschaft“ für ihn zu beten begann. Beim Blättern in diesem Buch finde ich aus den Jahren der Not besonders zahlreiche Eintragungen zu solchen Darlehen, jeweils mit einer spitzen Anmerkung Sauveterres: „Wann zurückzuerstatten?“ Worauf mein Vater stets geantwortet: „Nach meinem Belieben.“ Doch das Belieben schien sich nie einzustellen, denn die Darlehen setzten sich über Monate und Jahre hinweg fort, genau verzeichnet und nie zurückgezahlt.

Etliche Seiten weiter merkte Sauveterre zu einem größeren Darlehen an: „Ist es nicht eine Schande?“ Worauf Siorac unwillig erwiderte: „Jakob erkannte Lea, dann erkannte er Rahel und die Mägde seiner Frauen, und daraus ging der prächtigste und stärkste Stamm Israels hervor, welcher jemals zur Ehre Gottes auf Erden gelebt. Wäre es nicht vielmehr eine Schande, wenn ich meinen Sohn Samson barfüßig, zerlumpt und mit hohlem Bauch gleich einem hungrigen Wolfe umherlaufen ließe? Seied gewiß: sobald die Zeit seiner Unterrichtung gekommen ist, wird er mit seinen Brüdern zusammen auf Mespech leben."

Doch Samson kam früher als vorgesehen, denn im November anno 1554 – da zählte er, wie ich, drei Jahre – erreichte uns die Kunde vom Ausbruch der Pest in Taniès, worauf mein Vater sogleich sein Roß satteln ließ und zum Hause Jehannes sprengte, ihr Mundvorrat für einen ganzen Monat zu bringen, weil das Dorf für die Zeit der Seuche von der Außenwelt abgeschlossen werden sollte. Jehanne flehte meinen Vater an, den kleinen Samson mitzunehmen, was er auch tat. Auf Mespech angekommen, verbrannte er sogleich alle Kleider des Kindes und wusch Samson mit heißem Wasser, nachdem er ihn mit Asche eingerieben und sein Haar abgeschoren.

Geschürt vielleicht durch heimliche Reden meiner Mutter, erhob sich eine große Aufregung unter unserem Gesinde wegen des Eindringlings, welcher angeblich „die Seuche einschleppte". Mein Vater machte der Sache kurzerhand ein Ende, indem er sich mit dem Kinde in den Westturm zurückzog und es vierzig Tage lang eigenhändig versorgte, ohne den Turm weiter als bis zu der Schwelle zu verlassen, wo auf sein Geheiß Eßwaren und Bücher niedergelegt wurden.

Als Jean de Siorac den Ort seiner Klausur endlich verließ, erfuhr er, daß Jehanne Masure samt all den Ihren tot war. Die Pest hatte das halbe Dorf dahingerafft, darunter auch meinen Oheim Raymond Siorac, indessen seine beiden Söhne verschont, welche am Vortage des Kaufs von Mespech Cabusse geholfen, die Strauchdiebe Fontenacs im Beunes-Tal niederzumachen.

Samson, der mit meinem Vater den Turm verließ, erschien nun vor den Augen aller Burgbewohner: ein schöner, kräftiger Knabe, dessen nachwachsendes Haar, dicht und gelockt, von rötlichem Blond war wie das seines Großvaters Charles.

Ich glich ihm in Alter und Größe und liebte ihn vom ersten Augenblick an, da ich ihn sah. Nur eine Sache brachte mich auf – freilich nicht gegen ihn –: Samson durfte mit den Herren Brüdern zusammen in Sauveterres Kabinett „die Messe hören", indes ich mit François unten in der Kapelle bleiben und mir die lateinische Psalmodiererei anhören mußte, so daß mir, an Barberines Röcken hängend, nichts anderes blieb, als der kleinen Hélix Grimassen zu schneiden.

Die anmutige Schäferin war dahingegangen, doch ihr Abkömmling wuchs heran in den Mauern Mespechs, schöner und prächtiger anzusehen mit seinen kupferroten Locken und seinem hellen Gesicht als je ein Kind der Sünde. Jeden Tag, den Gott werden ließ und den der Teufel meinem Vater zur Strafe verdarb, ward Siorac von seinem Eheweib mit einer Flut scharfzüngiger Anwürfe überschüttet. Schwermütig vertraut er seinem „Buch der Rechenschaft" an: „Ein zeterndes Weib ist wie ein verregneter Tag." Kurz danach heißt es: „Die Haare des Weibes sind lang, doch länger noch ist seine Zunge." Und zwei Seiten weiter stößt ihm der Katholizismus Isabelles auf: „Oh, dieser Starrsinn des Weibes! Er ist die Eiterbeule seines Willens, die niemand aufzustechen vermag! Und dieses unselige Festhalten am Irrtum!" Hierzu bemerkt Sauveterre am Rande, dabei das brüderliche Du durch das förmlichere Ihr ersetzend: „Wäre es nicht klüger gewesen, ein Weib Eures eigenen Glaubens zu ehelichen? Wiewohl sie sich darauf und nicht darunter befand, *hat der Busen Euch die Medaille verborgen.*" Ein alter Vorwurf, der meinen Vater von der linken Seite traf, wo er doch schon von rechts so bedrängt war, und zudem wenig stichhaltig, denn hätte wohl ein hugenottisch Eheweib sich in ähnlicher Lage umgänglicher gezeigt?

Wer aus der Quelle trinken will, muß sich mühen. Und so lebte Samson trotz aller Widerstände und Widerreden unter uns – ein schöner, kräftiger Knabe, der die Zahl der Söhne, auf welchen das Auge Sioracs bei Tische ruhte, auf drei erhöhte.

Viele Bäche machen einen Fluß, und des einen Unglück ist des anderen Glück. Nachdem die Pest die Hälfte der Familien von Taniès dahingerafft, blieb gar manches Stück Land brach, welches die Brüder zu wohlfeilem Preise aufkauften. Denn welcher Erbe hätte wohl in einem Dorfe leben wollen, allwo die Pest, nach altem Aberglauben, jeden Tag wieder ausbrechen konnte ob des verseuchten Bodens und der daraus aufsteigenden tödlichen Dünste. Und so vergrößerte sich Mespech allmählich um die Hälfte, insonderheit um etliche prächtige Kastanienwälder, bestanden mit ausgewachsenen hohen Bäumen; gefällt und als Schreiner- oder Zimmererholz verkauft, hätten sie das Doppelte des Kaufpreises eingebracht. Doch die Herren Brüder, stets Ausschau haltend nach neuen Segnungen, welche „ihren Korb und ihren Backtrog" füllen könnten, verfielen durch günstigen Zufall oder glückliche Eingebung auf eine noch gewinnträchtigere Art der Nutzung.

Als nämlich Sauveterre eines Samstags sich zum Markte nach Sarlat begab, bemerkte er auf dem Kirchplatz einen kleinen dunkelhaarigen Kerl, der da mit einer Kiste auf dem Rücken vor ihm her hinkte.

„Gott zum Gruße, Gesell!" sprach Sauveterre in seiner barschen Art, die den Hauptmann in ihm verriet, doch nicht ohne Freundlichkeit war. „Wo hast du dir denn deinen Hinkefuß geholt?"

Worauf der kleine Schwarzhaarige sich umwandte, Sauveterre anblickte und nach kurzem Überlegen seine Kiste auf das Pflaster setzte und die Mütze zog.

„Ich habe ihn mir nicht geholt, Moussu. Bei Ceresole hat mich eine Kugel eingeholt, vor der es kein Entrinnen gab."

„Bei Ceresole? Dann warst du also Soldat?"

„Ja, Arkebusier in der Legion von Guyenne."

„Und wer führte den Befehl bei Ceresole?"

Diese Frage war eine Falle, doch der Soldat wußte die rechte Antwort.

„Enghien."

„Hast du einen Entlassungsschein?"

„Gewiß, Moussu. Er ist in meiner Kiste. Wollet Ihr ihn sehen?"

„Soldat", sprach da Sauveterre, „du solltest mit deinem Entlassungsschein nicht so schnell bei der Hand sein. Er könnte dir gestohlen werden!"

„Moussu, Ihr sehet nicht wie ein Spitzbube aus."

„Ich bin der Hauptmann de Sauveterre aus der Normannischen Legion. Und ich habe mir meine Verletzung am selben Ort und am selben Tag wie du zugezogen."

Der Soldat starrte ihn ungläubig, dann voller Freude an, denn dieses Zusammentreffen schien ihm Gutes zu verheißen.

„Und was treibst du hier, Soldat?“

„Ich will mich verdingen, als Faßbinder. Mein Name ist Faujanet, und ich stehe im dreißigsten Jahr meines Alters.“

Er öffnete seine Kiste, zog ein Fäßchen von drei Zoll Größe hervor, welches mit seinen zierlichen Reifen und dem winzigen Spundzapfen in allem einem richtigen Weinfaß glich, und reichte es Sauveterre.

„Dies ist mein Werk, Herr Hauptmann. Und was Ihr hier im kleinen sehet, vermag ich auch in voller Größe zu verfertigen.“

Sauveterre drehte und wendete das Fäßchen nicht ohne Vergnügen in seiner Hand.

„Faujanet“, sagte er schließlich (er sprach es in unserer perigurdinischen Art aus: Faujanette), „diese treffliche Arbeit spricht zu deinen Gunsten. Doch ist es Kastanienholz und kein Eichenholz.“

„Weinfässer macht man nicht mehr aus Eichenholz“, erwiderte Faujanet. „Die Winzer vermeinen, daß Eiche den Geschmack des Weines verfälscht.“

Sauveterre blickte ihn lange an, und Faujanet wagte kaum zu atmen, so bedeutsam erschien ihm der Augenblick. Denn er war seit zwei Monaten ohne Lohn und Brot und sein Bauch war leer. Als letztes hatte er vor zwei Tagen eine Kelle Suppe und eine Handvoll Saubohnen gegessen, welche milde Gabe sich nicht wiederholen würde, wie man ihm deutlich zu verstehen gegeben; zudem galt seine Erlaubnis zum Aufenthalt in Sarlat nur bis zur Mittagsstunde des folgenden Tages.

Nachdem Sauveterre den Faßbinder lange in Betrachtung genommen, dabei die Schulterbreite, Arme, Angesicht, den starken Hals und die Offenheit des Blickes gemustert, sprach er schließlich:

„Nun laß dein Entlassungspapier sehen.“

Faujanet kramte in seiner Kiste und reichte mit zitternder Hand das Papier, welches Sauveterre aufmerksamen Auges las.

„Faujanet, hast du eine Beihilfe von den Konsuln zu Sarlat erhalten?“

„Ja, Herr Hauptmann, am vorgestrigen Tage, indem ich mein Entlassungspapier vorwies.“

„Und vom Bischofsamt?“

„Nicht einen Brotkanten.“

„Du kennst doch das Sprichwort, mein armer Faujanet“, meinte Sauveterre, die Stimme senkend: „Mönche und Läuse sind unersättlich. Sie lassen keinen Kanten übrig.“

„Ei gewiß!“ antwortete Faujanet. „Wie recht habt Ihr. Vom Maul dieser Leute gehen mehr zugrunde als vom Degen!“

Worauf Sauveterre lachte und das Papier zurückgab. Faujanet spürte, daß seine Sache gewonnen war. Das Herz hüpfte ihm vor Freude in der Brust, und mit einem Male machte sich sein Hunger wieder stärker bemerkbar.

„Meine Kastanienbäume stehen noch im Wald, Faujanet“, sprach Sauveterre. „Verstehst du dich auch aufs Fällen und Sägen?“

„So ich Helfer bekomme, ja.“

„Drei Monate Probezeit bei freier Kost und Logis, danach zwei Sols pro Tag. Einverstanden?“

„Einverstanden, Herr Hauptmann.“

„Cabusse!“ rief Sauveterre, und selbiger kam herbeigeeilt, „dieser Mann hier ist Faujanet, vormaliger Soldat der Guyenne-Legion. Er wird bei uns als Faßbinder arbeiten. Führe ihn zu unserem Wagen und wartet dort beide auf mich.“

Cabusse, der Faujanet um Haupteslänge überragte, betrachtete dessen Hinkebein, als sie sich ihren Weg durch die Menge der Marktbesucher bahnten.

„Dann hätten wir also zwei Lahme auf Mespech“, sprach er, „zwei Lahme und einen Eisenarm.“

„Einen Eisenarm?“

„Coulondre. Er hat einen eisernen Haken anstelle der linken Hand. Den hat Siorac ihm bezahlt.“

Am Wagen angekommen, nahm er Faujanet die Kiste ab und hieß ihn neben sich auf den Bock steigen. Alsdann nahm Cabusse ein Stück Brot und eine Zwiebel aus einem Sack und begann, langsam und stumm zu kauen, die Augen auf die Ohren des Pferdes gerichtet. Faujanet schluckte mehrmals.

Nachdem Cabusse eine Weile den Blick Faujanets auf sich verspürt, wandte er sich ihm zu und betrachtete ihn.

„Du hast Hunger?“
„Ja freilich.“
„Du hast doch eine Zunge, Soldat! Warum hast du nichts gesagt?“
Darauf schnitt Cabusse Brot und Zwiebel in zwei Teile und reichte Faujanet jeweils eine Hälfte. Der kleine Schwarzhaarige griff mit solcher Gier danach, daß er das Danksagen vergaß.
„Mit leerem Bauch darf man nicht so hastig schlingen“, sprach Cabusse, „sonst schwillt er an, und dir platzt die Leber.“
„Du hast recht“, erwiderte Faujanet, ohne kleinere Bissen zu machen oder weniger hastig zu schlingen. Als er alles aufgegessen, bot ihm Cabusse aus seiner Flasche zu trinken.
„Du hast zu schnell gefuttert. Jetzt braucht es einen ordentlichen Schluck, der dir die Speis im Bauch verdünnt, sonst stirbst du noch an einer Darmverstopfung.“
Faujanet trank so hastig, wie er gegessen. Alsdann richtete er sich auf, reckte die Schultern, blähte die Brust und blickte von seinem hohen Sitz auf das Marktgetümmel hinab wie ein Schwimmer, welcher wieder aus dem Meer aufgetaucht, worinnen er zu ertrinken drohte. Der Blick seiner großen, weit geöffneten Augen schweifte über das Pferd, dessen breiten Rücken, über Cabusse mit seinem Vierkantschädel, den schönen, soliden neuen Wagen, darauf er saß, und seine Miene nahm einen stolzen Ausdruck an. Er gehörte jetzt zu den Glücklichen, die zu essen hatten.
„Was ist der Herr für einer?“ fragte er schließlich mit leiser Stimme.
„Wir haben keinen Herrn“, gab Cabusse zur Antwort. „Wir haben zwei Hauptleute. Wir, das sind: Coulondre Eisenarm, Marsal Schielauge und ich, allesamt Altgediente der Normannischen Legion.“
„Und wie sind die Hauptleute?“ fragte Faujanet wieder.
Cabusse blickte um sich.
„Sie zahlen nicht mehr als andere“, erwiderte er. „Und bei der Arbeit sind sie hart zu sich selbst und hart zu ihren Leuten. Doch in ihrem Hause ist es nicht Brauch, daß der

Herr gutes Weizenbrot ißt und dem Gesinde schimmeliges Gerstenbrot vorgesetzt wird. Wir essen alle am Tische der Hauptleute und alle die gleichen Speisen."

„Das laß' ich mir gefallen", sprach Faujanet und leckte sich die Lippen.

„Solches ist zwar gut für den Bauch", hielt ihm Cabusse entgegen, „doch die Freiheit ist dahin. An der Tafel der Hauptleute kannst du deiner Zunge nicht freien Lauf lassen und auch nicht tun, wonach es dich gelüstet. Sie dulden keine Unsittigkeit."

„Wenn es nur das ist!" entgegnete Faujanet. „Schönheit kann man nicht essen."

„Doch es gibt nicht nur den Hunger des Bauches", ließ sich Cabusse vernehmen. „Es gibt auch anderen. Und den mußt du allzusehr zügeln. Kein lockeres Wort zur Kammerjungfer, auch kein Kneifen in den Hintern, und wenn du über die Amme stolperst, kannst du gleich deine Sachen packen. Dabei tätest du dir nicht weh, wenn du über sie fällst. Es heißt zwar: ein Mäuschen ist schnell gefangen, wenn es nur ein Loch hat, doch auf Mespech stimmt das leider nicht!" endete er lächelnd.

„Und wie ist der andere Hauptmann?" fragte Faujanet weiter, der sich jeglicher Bemerkung enthielt und nicht einmal zu lächeln wagte.

„Was die Arbeit angeht, da sind beide gleich", gab Cabusse zur Antwort. „Doch was das zweite betrifft, wovon ich eben gesprochen, so ist der andere wohl ein wenig nachsichtiger. Er ist verheiratet und hat drei Kinder. Nein, vier", verbesserte er sich mit einem Augenzwinkern.

Fünf Jahre später konnte man die Fässer von Mespech im ganzen Sarladischen Land bis hin nach Périgueux finden, so trefflich waren sie gefertigt. Jenen Adeligen, welche auf einen solchen Handel verächtlich herabblickten, entgegneten die Herren Brüder, daß es doch besser sei, seinen Reichtum durch den Verkauf von Fässern und behauenen Mauersteinen zu mehren als durch Raubritterei. Im übrigen hielten sich die Hauptleute von prasserischen Burgfesten fern und entschuldigten sich mit dem Hinweis auf Sauveterres lahmes Bein; in Wahrheit aber scheuten sie die Ausgaben für die vielen Gegeneinladungen. Gleichwohl luden auch sie sich Gäste ein, allerdings in kleiner Zahl und nur zum Essen, ohne Tanz, Spiel und Gesang, auch ohne vielen Aufwand an Kerzen, was den Unwillen meiner Mutter erregte, die mehr Fröhlichkeit und Schaugepränge geliebt hätte.

Freilich, trotz ihres Wohlstandes hatten die Herren Brüder nicht sonderlich viel Grund zur Freude. Die Verfolgung der Reformierten hatte unter Heinrich II. nicht nachgelassen, im Gegenteil. Auf seinen Befehl hin blieben jetzt auch die Notabeln nicht mehr verschont.

Für die meisten Perigurdiner war der König ein Mann in weiter Ferne, welchen keiner von ihnen – abgesehen von wenigen Edelleuten – je zu Gesicht bekam und der für ihr tägliches Leben kaum Bedeutung besaß, außer an dem Tag, da die königlichen Beamten die Grundsteuer einforderten. Doch für die Reformierten, welche er gnadenlos verfolgte, war Heinrich II. von so unmittelbarer Gegenwärtigkeit wie der Wippgalgen, die spanischen Stiefel, die Folterbank, die Flammen des Scheiterhaufens oder der Rauch, welcher in den Städten den widerlichen Gestank verbrannten Fleisches verbreitete.

Aus dem „Buch der Rechenschaft" meines Vaters ersehe ich, daß die offenen oder versteckten Anhänger der Reform sich fragten, welcher Sinnesart Heinrich II. wohl sei. Doch wer in seiner Nähe geweilt, kam zu dem Schluß, sein Wesen sei nicht zu ergründen. Anhänglich wie ein junger Hund, von großer Zuneigung für Diane und Montmorency, für seine Kinder und selbst für sein Weib, war Heinrich II. mit achtunddreißig Jahren ein großer Junge, bärtig und mit hervorstehenden Kiefern, welcher die Welt unter halbgeschlossenen Lidern mit leeren Augen anblickte. Grausam war er nur aus Mangel an Phantasie. Nach zehn Jahren Herrschaft war er noch immer derselbe wie in dem Augenblick, da man ihn tränenüberströmt aus den Armen seines sterbenden Vaters gelöst. Er verstand sich höchst trefflich auf das Paume-Spiel, auf die Jagd und aufs Turnierreiten, doch sein Geist war nicht geübt, und so stammten seine Ideen, selbst die allereinfachsten, immer von anderen.

Die Reformation betrachtete der König als „Pestseuche". Doch auch diese Metapher war ihm eingeflüstert worden. Er sprach gern davon, daß er sein Volk „frei und erlöst von der gefährlichen Seuche und Unreinheit der besagten Ketzerei" sehen wolle. Das war die Sprache der Pfaffen und Prediger, welche er tausendmal gehört und deshalb als wahr ansah.

Damit also die „Seuche" oder die „Pest" oder die „Unreinheit" nicht das ganze Königreich erfasse und eines Tages die königliche Macht gefährde, mußte sie folglich mit Edikten und Ketzergerichten, mit Kerkerstrafen, Folter und Scheiterhaufen ausgerottet werden. Auch Bücher, welche über die Grenzen kamen, konnten die Seuche verbreiten: sie wurden verbrannt. Den glühendsten Verfechtern der Reformation schnitt man, ehe man sie auf den Scheiterhaufen zerrte, die Zunge heraus – aus Angst, daß ihr Glaubensbekenntnis von dem flammenden Holzstoß herab das Volk verseuchen könnte. Und der König vermochte nicht zu verstehen, daß die „Seuche" sich trotz aller Gegenmittel weiter ausbreitete und immer neue Anhänger fand unter den königlichen Beamten, den Adeligen, den Lehnsherren und gar den Gerichtsherren, welche sie doch bekämpfen sollten.

Zehn Jahre der Verfolgung hatten den König nichts gelehrt über diejenigen, welche er verfolgte. Leichtfertig und würdelos lebte er, den alten Gewohnheiten verhaftet, zwischen seinem Eheweib Katharina von Medici und Diane de Poitiers, welche jetzt neunundfünfzig Jahre zählte. Die beiden Frauen, die einander fürchteten, waren übereingekommen, Frieden miteinander zu halten und sich den König im Guten zu teilen. Wenn Heinrich auf Dianes Schoß, geblendet wie am ersten Tage von ihrem sechzigjährigen Busen, Katharina zu vergessen drohte, dann erinnerte ihn Diane mit Nachdruck an seine ehelichen Pflichten und drängte ihn in das Bett seines Weibes.

Unfähig zu eigenen Entscheidungen, hörte der König in der Politik mit einem Ohr auf Montmorency und mit dem anderen auf den Herzog von Guise. Er fühlte sich mehr zu dem Konnetabel hingezogen, vielleicht weil er instinktiv dessen Unfähigkeit ahnte, die seiner eigenen Unfähigkeit nahekam. Der Guise hingegen beeindruckte ihn. Und so folgte der König bald dem einen und bald dem anderen; da aber ihre Ziele sich widersprachen, war seine Politik verworren.

So vermerkt mein Vater in seinem „Buch der Rechenschaft“, daß Heinrich II. anno 1557 eigentlich keinerlei Interesse hatte, den Waffenstillstand von Vaucelles zu brechen, der seine Eroberungen gegenüber dem Hause Habsburg sicherte. Aber Guise, der sich durch die Verteidigung von Metz gegen Karl V. hervorgetan, träumte davon, seinem Ruhm durch einen Sieg über Philipp II. von Spanien neuen Glanz zu verleihen. Er hatte den Vater besiegt, nun wollte er unbedingt auch den Sohn besiegen. In seiner Leichtfertigkeit übersah Guise indessen, daß Philipp II. mit Maria Tudor, der Königin von England, verheiratet war und Frankreich diesmal zwei mächtige Königreiche zum Gegner hätte und an allen seinen Grenzen würde kämpfen müssen.

Der König war geneigt, dem Guise zu folgen, denn als leidenschaftlicher Turnierkämpfer liebte er den Krieg, der in seiner geringen Vorstellungskraft nichts anderes war als ein prächtiges Turnier zwischen zwei Landesherren, welche mit ihren Lanzen gegeneinander anrannten, sich aus dem Sattel zu heben. Mein Vater bemerkt diesbezüglich, daß der König im vorangegangenen Krieg gegen Karl V. mit seinem Heer von 50 000 Mann nichts Besseres anzufangen wußte, als es mit großem Schaugepränge unter Trompetengeschmetter vor dem Feldlager des Kaisers bei Valenciennes auf und ab paradieren zu lassen. Als daraufhin die kaiserlichen Truppen ihre Stellungen nicht verließen, befand der König, Karl V. habe die Herausforderung nicht angenommen und habe sich folglich nach den ritterschaftlichen Regeln als besiegt zu betrachten. So trat er den Rückzug an, ohne auch nur einen einzigen Büchsenschuß zu tun, doch unter Verwüstung der durchquerten Lande, gleichgültig ob sie dem Freund oder dem Feind gehörten.

In jenem Jahr 1557 fürchteten die Herren Brüder das Schlimmste für das Königreich, und das Schlimmste geschah tatsächlich, als Heinrich II., den Waffenstillstand von Vaucelles ohne jeden Anlaß brechend, Spanien am 31sten Januar den Krieg erklärte und dann am 7ten Juni des gleichen Jahres Maria Tudor ihrerseits Heinrich II. den Krieg erklärte.

Eine große Streitmacht ward in den Niederlanden zusammengezogen, fiel von Norden in das Königreich ein und belagerte Saint-Quentin, indes Guise in Italien erfolglos die dortigen Besitzungen Philipps II. anzugreifen suchte. Saint-Quentin wurde von Coligny mit einer Handvoll Männern heldenhaft gehalten, doch als Montmorency ihm mit dem königlichen Heer zu Hilfe eilen wollte, zog er sich in seiner Torheit bei der Überquerung der Somme eine vernichtende Niederlage zu. Das Königreich war in höchster Gefahr. Der Weg nach Paris war frei, und die Pariser machten sich schon daran, ihre Sachen zu packen.

Indes hielt Coligny in Saint-Quentin noch immer der riesigen Übermacht stand, und sein erbitterter Widerstand gab Heinrich II. Zeit genug, Guise aus Italien zurückzurufen sowie den Heerbann zu verkünden. Gleichzeitig mäßigte sich Heinrich auf Verlangen der protestantischen deutschen Fürsten, mit denen er sich zu verbünden suchte, in der Verfolgung der Reformierten, ohne indessen selbige ganz einzustellen.

Die Hugenotten ließen sich von dieser halbherzigen Milde nicht täuschen, wußten sie doch: sobald der Krieg zu Ende, würden die Hinrichtungen weitergehen, gleich welche Dienste sie dem Vaterland erwiesen hatten. Doch auf ihrem Leidensweg war ihr Verstand gereift, und so vermochten sie besser als die Mehrheit der Franzosen zwischen König und Königreich zu unterscheiden. Man konnte den König hassen, seine Grausamkeit verachten und seinen Tod herbeiwünschen, doch das Königreich mußte um jeden Preis gegen fremde Tyrannei verteidigt werden.

Das Périgord war fünfzehn bis zwanzig Tagesritte von Paris entfernt, und so gab es selbst unter dem Hochadel nicht wenige, die nur geringe Lust verspürten, ihre prächtigen Burgen zu verlassen – eingedenk auch der Gefahren, die eine solche Abwesenheit für ihre Besitzungen bedeutete –, um im fernen Norden ihre Haut zum Markte zu tragen. Andere wiederum, jüngeren Alters, doch bettelarm auf zerfallenden Burgen hausend, träumten von Abenteuern und Ruhm, von Beutemachen und lustvoller Vergewaltigung beim Plündern der Städte.

Aus Abneigung gegen Franz I., welcher seinen Vater verbannt, gab Bertrand de Fontenac, damals siebenundzwanzig Jahre zählend, zu wissen, er könne ob seiner schwachen

Gesundheit dem Heerbann Heinrichs II. nicht Folge leisten. Doch nur wenige der Adeligen, welche sich offen oder kaum verdeckt zum Hugenottentum bekannten, entzogen sich dem Aufgebot. Und so beschloß auch Jean de Siorac in Absprache mit seinem viellieben Bruder, obgleich ihnen das Herz blutete bei dem Gedanken an eine Trennung (die erste nach einundzwanzig Jahren!), sich ungesäumt zu rüsten und mit Cabusse, Marsal und Coulondre sich auf den Weg zu machen. Sauveterre, welchen sein versehrtes Bein auf Mespech hielt, würde die Aufsicht, Bewirtschaftung und Verteidigung der Besitzungen übernehmen.

DRITTES KAPITEL

Ich war sechs Jahre alt, als mein Vater in den Krieg zog. Am Abend vor seinem Aufbruch beluden die drei Soldaten im Burghof den Karren, den die kleine Schar mitzuführen gedachte. Solange sie nur Hafer für die fünf Pferde, Mehl, Salz, Dörrfleisch und Nüsse als Wegzehrung für die Reiter sowie die Säcke und Zelte für das Biwak herbeitrugen, schauten die Kinder ihnen schweigend zu. Als sie jedoch begannen, die Waffen und Rüstungen herbeizuschaffen, erwachte ihre Neugier.

„Was ist das für ein Helm mit Ohrenschutz?“ fragte mein älterer Bruder François.

„Eine Bourguignotte, auch Burgunderhelm genannt“, antwortete ihm Cabusse.

„Und der Helm da mit den gebogenen Rändern?“

„Ein Morion.“

Von den drei Soldaten war, wie ich schon berichtet, Cabusse der einzige, welcher stets zu einem Schwatz bereit. Das hatte zwei Ursachen: Coulondre Eisenarm war in allem höchst sparsam, auch mit Worten, und Marsal Schielauge stotterte.

„Und das da?“ fragte ich.

„Kleiner Dummkopf“, erwiderte François, den Älteren herauskehrend, „das ist ein Panzerhemd.“

„Und das dort?“ wollte mein Halbbruder Samson wissen.

„Das ist eine Rüstung“, sprach François.

„Nein, nein“, widersprach Cabusse. „Es ist ein Brustharnisch, welcher nur Brust und Rücken schützt.“

„Cabusse“, fragte ich nun, „schützt ein Brustharnisch auch gegen Büchsenkugeln?“

„L-l-leider n-nein“, ließ sich da Marsal vernehmen und blickte mich aus seinen Schielaugen traurig an.

„Messieurs“, sprach Cabusse, „wenn ich Euch die Namen der Feuerwaffen nenne, geht Ihr dann gehorsam ins Bett?“

Wir blickten uns recht verdrossen an, doch François, stets der folgsamste von allen, sprach mit wichtiger Miene: „Einverstanden, Cabusse."

„Nun also", hub Cabusse an, „das da . . ."

„Ist eine Arkebuse", fiel François ein.

„Mit Lunten- oder Steinschloß?" fragte Cabusse, sich den Schnurrbart glättend.

„Mit Steinschloß."

„Nein, Moussu", erwiderte Cabusse, „mit Luntenschloß, nur daß noch keine Lunte aufgelegt ist. Und hier haben wir ein Faustrohr, eine kleine Arkebuse. Es hat den Vorteil, daß man zum Schießen nur eine Hand braucht. Und dort eine Pistole, sie ist am kleinsten. Und das da ist ein Poitrinal, welches beim Schießen nicht gegen die Schulter, sondern gegen die Brust gestemmt wird."

„Was für starke Waffen", sprach ich, „die vielen Feinden den Garaus machen werden!"

„Der Feind hat die gleichen", erwiderte Coulondre, welcher wie gewöhnlich mit einer Leichenbittermiene umherlief, ganz im Gegensatz zu Cabusse, der vor sich hin pfiff, höchst zufrieden über die Aussicht, in die Ferne zu ziehen und so der strengen Zucht des Hauses zu entrinnen.

Barberine rief uns nun alle ins Haus, auch die Soldaten, und wir Kinder, Samson und ich vorneweg, liefen in den großen Saal, worinnen mein Vater und Sauveterre mit ernsten Gesichtern an dem einen Ende des langen Tisches standen, an dem anderen meine Mutter zwischen der Kammerjungfer Cathau und Barberine, welche meine kleine, damals zwei Jahre alte Schwester Catherine auf dem Arm trug.

Dazwischen nahmen zu beiden Seiten des Tisches die drei Soldaten Aufstellung sowie die beiden Vettern Siorac aus Taniès und der Steinhauer Jonas, welche drei während der Abwesenheit meines Vaters auf der Burg Wohnung nehmen sollten,um die Reihen der Verteidiger zu stärken.

Zur Rechten meines Vaters bewegte sich geschäftig ein kleines Männlein, schwarz gekleidet vom Kopf bis zum Fuß, mit einer riesigen weißen Spitzenkrause um den Hals; inmitten seines kahlen Vogelköpfchens prangte eine schnabelgleich gebogene Nase, die pechschwarzen Augen hielt das Männlein unablässig auf meinen Vater gerichtet.

Dieser blieb stumm wie ein Fisch, und da er auch an uns Kinder kein Wort richtete, drängten wir uns, so gut es ging, zwischen die Erwachsenen: François rechts von Sauveterre, Samson links von Jonas und ich selbst rechts von meinem Vater.

Nach einer Zeit kamen schließlich noch François und Geoffroy de Caumont hinzu, dann Faujanet, welcher wohl ihre Pferde angebunden, nachdem er ihnen die Fallbrücken herabgelassen. Die Brüder und die Neuangekommenen umarmten sich zur Begrüßung, doch mit einem Ernst, welcher mir auf unerklärliche Weise das Herz ergriff. Auch bemerkte ich, daß Geoffroy de Caumont seiner Base Isabelle nur von weitem zuwinkte, ohne um den Tisch herumzugehen, sie zu begrüßen.

„Herr Notarius Ricou", sprach nun Jean de Siorac zu dem Männlein mit der Schnabelnase, „da die Angelegenheit von größter Dringlichkeit ist und in Gegenwart der Herren François und Geoffroy de Caumont, meines Eheweibes Isabelle, meiner Kinder, meiner Vettern Siorac sowie aller meiner Dienstleute zu geschehen hat, habe ich Euch gebeten, die Mühen des Weges auf Euch zu nehmen und Euch nach Mespech zu verfügen, wobei es mir eine Ehre sein wird, Euch von meinen Soldaten nach Sarlat zurückbegleiten zu lassen."

Er hielt inne in seiner Rede, ließ seinen Blick über die Anwesenden schweifen und fuhr hiernach fort:

„Monsieur Ricou wird Euch sogleich das Kodizill verlesen, welches Monsieur de Sauveterre und ich für notwendig erachten, unserer Verbrüderungsurkunde hinzuzufügen. Mögen alle hier Anwesenden dieser Verlesung mit Aufmerksamkeit folgen, denn ein jeder könnte eines Tages aufgefordert werden, Zeugnis davon zu geben. Monsieur Ricou, waltet Eures Amtes."

Der Notarius zog eine Schriftrolle aus der Tasche, entrollte sie und verlas langsam ihren Text, von dem ich kein einziges Wort verstand. Ich begriff nur dunkel – wie mir heute, beim Wiederlesen des Textes, bewußt wird –, daß mein Vater im Kriege sterben könnte, welcher Gedanke mich mit Schrecken erfüllte, denn er war mir vorher nie gekommen.

Wenn dieser Fall einträte, so verlas der Notarius, verpflichte sich Junker Sauveterre, die Witwe Isabelle de Siorac als seine eigene Schwester anzusehen und ihr bis an ihr Lebensende Kost und Wohnung zu gewähren; desgleichen werde er François, Pierre, Samson und Catherine in allen Dingen wie seine eigenen Kinder halten. François de Siorac werde vom Zeitpunkt seiner Volljährigkeit an Mitherr von Mespech sein, während Monsieur de Sauveterre die Aufsicht und die Bewirtschaftung der Güter bis an sein Lebensende ausüben werde. Die beiden jüngeren Söhne Pierre de Siorac und Samson de Siorac sollten zum Zeitpunkt ihrer Volljährigkeit eine angemessene Summe erhalten, auf daß sie zu Montpellier zu studieren vermöchten, und zwar Pierre die Arzeneikunst und Samson die Rechtswissenschaft. Was Catherine anbetreffe, so solle sie am Tage ihrer Heirat die Wiese, den Wald sowie den Steinbruch erhalten, welche Isabelle de Caumont in die Ehe eingebracht. In dem Falle, daß Junker Sauveterre vor der Volljährigkeit der vier Kinder verschiede, sollten die Herren de Caumont gemeinsam mit Isabelle die Vormundschaft ausüben.

Nachdem Monsieur Ricou geendet, bedeutete er den Anwesenden, ihre Fragen zu stellen. Meine Mutter fragte mit zitternder Stimme, ob die Tatsache, daß Samson in dem Kodizill Samson de Siorac genannt werde, dessen Legitimierung bedeute. Monsieur Ricou erwiderte, daß dem nicht so sei, denn eine Legitimierung setze ein Gesuch an den König voraus; in dem vorliegenden Falle handele es sich lediglich um die einfache Anerkennung des Kindes, welche die Rechte des Erstgeborenen François de Siorac in keiner Weise schmälere, denn selbiger bleibe der einzige Erbe des Grundbesitzes. Mein Vater hörte diese Erklärungen mit unbewegter Miene an, ohne ein Wort zu sagen noch meine Mutter anzublicken.

Monsieur François de Caumont fragte alsdann, ob es nicht möglich sei, die „angemessene Summe" näher zu bestimmen, welche Pierre und Samson de Siorac bei Erreichung ihrer Volljährigkeit erhalten sollten, um zu studieren. Sauveterre schlug 3000 tourische Livres für einen jeden vor, wobei die Summe bis zum angegebenen Tage der Verteuerung des Getreidepreises folgen sollte; welcher Vorschlag von meinem Vater angenommen und von Ricou dem Schriftstück hinzugefügt ward.

Monsieur Geoffroy de Caumont wollte wissen, warum Pierre de Siorac im Alter von sechs Jahren der Arzeneikunst und Samson de Siorac im gleichen Alter der Rechtswissenschaft vorbestimmt werden solle. Hierauf antwortete mein Vater lächelnd, daß wir als zweitgeborene Söhne eine solide Bildung erwerben müßten, um unseren Lebensunterhalt verdienen zu können. Es sei ihm aufgefallen, daß ich den Kranken, welche er gelegentlich behandele, großes Interesse entgegenbrächte und gar viele Fragen über sie stellte. Samson hingegen lege eine praktische und präzise Denkweise an den Tag, welche ihn für die Rechtswissenschaften zu prädestinieren scheine. Gewißlich könne er sich darin irren, fügte er hinzu, und so solle nach seinem Verständnis ein jeder seiner beiden jüngeren Söhne die vorgenannte Summe unabhängig von der Art des gewählten Studiums erhalten, wenn selbiges nur einen achtbaren Lebensunterhalt sichere. Monsieur François de Caumont schlug vor, diese letztere Anmerkung meines Vaters solle ebenfalls dem Schriftstück hinzugefügt werden, was sogleich getan ward.

Alsdann unterzeichneten Junker Sauveterre, der Chevalier de Siorac, Isabelle de Siorac sowie die Herren François und Geoffroy de Caumont, die Vettern Siorac als auch Cabusse das Kodizill, welch letzterer als einziger von unseren Bedienten seinen Namen zu schreiben wußte, was er nicht tat, ohne eine wichtige Miene dabei aufzusetzen.

Nach vielerlei höflichen Floskeln zog sich nun der Notarius Ricou zurück, gefolgt von Marsal und Coulondre, welche ihn, bewaffnet bis an die Zähne, in die Mauern von Sarlat zurückgeleiten sollten, denn die Wege waren sehr unsicher, zumal das Gerücht umlief, in der Nähe von Belvès triebe eine starke Zigeunerbande ihr Unwesen, plündere einsame Höfe und griffe sogar Burgen an. Die Herren François und Geoffroy de Caumont blieben die Nacht über auf Mespech, denn sie wollten am folgenden Morgen mit meinem Vater zusammen nach Périgueux reiten, allwo sich die Edelleute der Provinz vor ihrem Aufbruch nach Paris versammelten.

Nachdem der Notarius uns verlassen, sprach mein Vater mit seiner kräftigen, wohlklingenden Stimme:

„Meine Freunde, angesichts der Gefahren, welchen wir im Norden bei der Verteidigung des Königreiches ausgesetzt sein werden, und derjenigen, welche die hier Zurückbleibenden bedrohen, sollten wir uns jetzt in einem gemeinsamen Gebet der Gnade und Barmherzigkeit Gottes anempfehlen."

Hierauf begann er mit Ernst, doch ohne falsches Pathos, ohne in das monotone Geleier unseres Pfarrers zu verfallen, ohne zu murmeln noch zu stocken, sondern jedes Wort deutlich artikulierend, das Vaterunser zu beten, das alle Anwesenden, auch die Kinder, mit ihm sprachen. Die Nacht war inzwischen vollends hereingebrochen, und die Dunkelheit ward nur von zwei auf dem Tisch stehenden Öllampen erhellt. Dieses mit soviel Inbrunst gesprochene Vaterunser hat mich eigentümlich berührt. Und der Gedanke, daß mein Vater im Kriege getötet würde, wie es der böse Notarius Ricou beim Verlesen seines Papieres wieder und wieder gesagt, ließ mich erschauern, die Tränen liefen mir über das Gesicht. Gewißlich liebte ich meine Mutter und hatte auch Barberine, welche mich in meiner frühen Kindheit genährt, in mein Herz geschlossen, desgleichen meinen Halbbruder Samson – viel mehr als meinen älteren Bruder – und meine kleine Schwester Catherine; doch nichts auf Mespech war mir je bewundernswerter, stärker, gelehrter in allen Dingen, klüger, gewandter und unvergänglicher erschienen als Jean de Siorac. Ich liebte alles an ihm: seine hellen Augen, seine gewandte Rede, vor allem aber seine Art, sich aufrecht, mit geradem Hals und erhobenem Kinn auf seinen Beinen zu halten, und sogar die Narbe auf seiner Wange, die ihn in meinen Augen nur noch erhabener erscheinen ließ.

Als das Gebet geendet, indes mir immer noch die Tränen aus den Augen schossen, ohne daß ich eine Hand rührte, sie abzuwischen, ereignete sich eine höchst unerquickliche Begebenheit, welche die Feierlichkeit des Augenblicks jäh beendete und mich bis ins Innerste erschütterte.

Mitten in der andächtigen Stille, die auf das Vaterunser folgte, ergriff Isabelle de Siorac unversehens das Wort und sprach in ihrer lebhaftigen Art:

„Mein lieber Ehegemahl, ich möchte dem Vaterunser

noch ein kleines Gebet zu Eurem ganz besonderen Schutz hinzufügen."

Und fing an zu beten: *Begrüßet seiest Du, Maria.* Hätte der Blitz in den großen Saal von Mespech eingeschlagen, so wäre die Wirkung nicht schrecklicher gewesen. Sauveterre und Siorac erstarrten zu Bildsäulen: die Hände auf dem Rücken geballt und die Zähne zusammengebissen, durchbohrten sie Isabelle mit eisigen Blicken. Geoffroy de Caumont betrachtete seine Base kaum weniger grimmig, indes sein älterer Bruder, welcher ebenfalls der Reformation anhing, jedoch mit weniger Leidenschaft, sehr verlegen schien. Cathau, Barberine, die kleine Hélix und ich fielen ein und sprachen mit Isabelle das *Ave Maria*. Samson schwieg, denn aufgewachsen fern vom Einfluß meiner Mutter, hatte er dieses Gebet nie erlernt. François, welcher die ersten Worte nachgesprochen, hielt unversehens inne, als er die Miene meines Vaters gewahrte. Ich konnte eine solche Feigheit nicht gutheißen und sprach das Gebet bis zum Schluß mit; denn obzwar ich vermeinte, meine Mutter täte nicht recht daran, meinen Vater derart zu verärgern, wollte ich sie in ihrem Kummer nicht allein lassen, sah ich doch, wie ihr Kinn zitterte, obgleich sie unter den eisigen Blicken, die auf sie gerichtet waren, Haltung bewahrte. Die Vettern Siorac und die Soldaten standen schweigend, die Augen gesenkt, und schienen sich tausend Meilen weit hinweg zu wünschen.

„Meine Freunde", sprach mein Vater, als Isabelle de Siorac geendet, bleichen Angesichts, doch mit beherrschter Miene und ruhiger Stimme, „ziehet Euch nun für die Nacht in Eure Gemächer zurück. Ich will Abschied nehmen von meinem Weib."

Er umarmte François und Geoffroy de Caumont mit Herzlichkeit, und diese gingen als erste, gefolgt von dem hinkenden Sauveterre, welcher ihnen die Gemächer wies. Danach verließen die Vettern Siorac und die Soldaten den Saal wie auch mein Bruder François, welcher nicht mehr als Kind galt und schon eine eigene Schlafkammer besaß.

Cathau und Barberine gingen mit den Kindern langsamen Schrittes hinaus. Nachdem die Tür des großen Saales geschlossen, machten sie sich mit geschäftiger Miene in der Küche zu schaffen und hießen uns still sein.

Ihr Warten ward belohnt, denn nach längerem Schweigen sprach mein Vater mit fester Stimme:

„Madame, Ihr hättet Euch enthalten sollen, mir vor meinen Freunden und meinen Kindern eine solche Kränkung anzutun, zumal ich morgen in den Krieg ziehe und Ihr nicht wißt, ob wir uns je wiedersehen."

Es trat Stille ein, dann sprach meine Mutter mit zitternder Stimme und den Tränen nahe:

„Mein lieber Ehegemahl, ich vermeinte nicht, Unrecht zu tun, indem ich ein Gebet der katholischen Religion sprach, gemäß welchselbiger unsere Ehe geschlossen ward."

Jetzt war ein Schluchzen zu hören, und mein Vater sagte:

„Mein Weib, um Tränen zu vergießen, ist es schon recht spät."

Doch seine Stimme hatte bereits einen versöhnlichen Klang, und wie Barberine vermeinte, als sie am folgenden Morgen das Geschehnis ausführlich mit Cathau besprach, hätte alles noch gut ausgehen können, wenn meine Mutter nur weiter geschluchzt und geschwiegen hätte.

Allein meine Mutter hub wieder an: „Ich habe wirklich nicht in schlechter Absicht gehandelt. Ich wollte nur den Schutz der Heiligen Jungfrau für Euch erbitten."

„Der Herrgott genügt Euch also nicht!" schrie mein Vater mit erregter Stimme. „Ihr müßt immer erst Eure kleinen Götter und Göttinnen anrufen! Wisset Ihr nicht, worauf solches hinausläuft? Und daß nichts dahintersteckt als heidnischer Aberglaube, zum Himmel stinkendes Götzentum, pestilenzialisches Verkennen von Gottes Wort? Tausendmal habe ich es Euch erklärt, Madame, doch obwohl Ihr das Glück habt, des Lesens mächtig zu sein, weigert Ihr Euch beharrlich, das Wort Gottes seiner authentischen Quelle zu entnehmen, nämlich der Heiligen Schrift, und vertrauet lieber blind den Fabeleien Eures Pfaffen!"

In diesem Augenblick kniff mich die kleine Hélix in den Arm, und ich antwortete mit einem Stoß meines Ellenbogens, wobei ich einen eisernen Kessel vom Tisch riß, welcher mit großem Klirren auf den steinernen Fußboden fiel.

Sogleich öffnete sich die Tür des großen Saales, mein Vater erschien und schrie mit hochroten Wangen und blitzenden Augen:

„Was treibt ihr hier? Ins Bett, aber flugs! Oder ich peitsche euch auf der Stelle durch, euch alle, ohne Ansehen des Alters, Standes und Geschlechtes!“

Mit einem Aufschrei ergriff Barberine ihre Öllampe und verschwand im Treppenturm, wohin wir ihr, zu Tode erschrocken, nachstürzten.

Die artige Kammerjungfer Cathau, welche dem Cabusse so über alle Maßen wohlgefiel und die in einem Kabinettchen neben dem Schlafgemach meiner Mutter ihr Lager hatte, verabschiedete sich im Obergeschoß hastig von Barberine, tausend Bemerkungen über das Geschehene auf den Lippen, welche sie ihr den folgenden Morgen mitteilen würde, doch über Nacht erst einmal für sich behalten mußte. Die Amme scheuchte ihre kleine Schar in das Zimmer im Westturm, darinnen sie selbst in einem großen, den Maßen ihres Leibes angepaßten Bett schlief, rechts und links daneben die Betten von Catherine und der kleinen Hélix, indessen das meinige, welches ich mit Samson teilte, am Kamin stand, worinnen im Winter mit einbrechender Nacht ein großes Feuer angezündet ward, denn die Türme waren eisig kalt: die Klappen vor den Pechnasen, durch welche etwaige Angreifer mit Steinen, flüssigem Pech oder kochendem Öl überschüttet werden konnten, schlossen nur schlecht, so daß bei windigem und regnerischem Wetter ein eisiger Luftzug die Feuchtigkeit der Wallgräben bis unter unsere Bettdecken trug.

Nachdem Barberine die Lampe auf ihrem Nachttisch abgestellt, kam sie an jedes Bett, einen jeden von uns liebevoll zuzudecken, welches allabendliche Ritual von vielerlei Küssen und Umarmungen begleitet ward als auch von allerlei leise geflüsterten Kosenamen, welche sie für einen jeden von uns erfand (auch für Samson, den sie gar nicht genährt). So für die kleine Hélix: „O du große Schelmin! Kleine Teufelin! Hübsches Hexlein!“ Für Catherine: „Mein kleiner Golddukaten! Meine kleine Gottesperle!“ Für Samson: „Du mein kleines Füchslein! Mein kleiner heiliger Johannes mit Lockenhaar!“ Und für mich: „Mein kleiner Liebling! Mein Herzchen! Mein hübsches, kleines Hähnchen!“ Dies sind nur wenige Beispiele, denn Barberine bedachte uns jeden Abend mit neuen Kosenamen.

Catherine und Samson fielen bei diesem abendlichen Ritual immer gleich in Schlaf, nicht jedoch die kleine Hélix, welche mir hinter dem breiten Rücken Barberines immer noch Gesichter schnitt. Auch ich ließ mich nicht so bald vom Schlaf überwältigen, obgleich ich so tat; auf der Seite liegend, die Augen halb geschlossen, sah ich mit bravem, unschuldigem Gesicht zu, wie Barberine ihre Kleider ablegte, indes sich auf der runden Turmwand ihr riesiger Schatten bewegte.

Heute weiß ich, daß Barberine nicht von so riesenhafter Statur war, wie es mir damals schien. Sie war gleichwohl ein fülliges Frauenzimmer, mit dichtem schwarzem Haar, rundem Gesicht, einem großen Mund, einem runden, kräftigen Hals, breiten Schultern und mit üppigen, festen Brüsten, daraus ich das Leben gesogen und von denen ich ganz geblendet war, wenn sie im Scheine der Lampe unter allerlei Seufzern das rote Mieder aufschnürte, das diese vollen Brüste gefangenhielt, die in Erwartung ihrer Befreiung anzuschwellen schienen, indes Barberine mit ihren dicken Fingern Knoten um Knoten die Verschnürung löste. Am Ende traten sie, aller Hüllen ledig, milchreich und prall hervor, märchenhaft vergrößert durch den Schatten an der Wand, als würde der ganze Turm zu einem riesigen Busen, welcher sich des Nachts an unsere Wangen schmiegte. Mit Sorgfalt legte Barberine ihr rotes Mieder zusammen, ihr Hemd, den Unterrock, die Schürze und schließlich den Überrock aus grünem Samt, besetzt mit drei roten Streifen: einer um die Taille, einer in Höhe der Schenkel, der dritte unten am Saum. Hernach streifte sie ein weites, ärmelloses weißes Hemd mit tiefem Ausschnitt über, in dem ihre Brüste frei hin und her schwangen. Sie seufzte dann vor Glück und Schläfrigkeit, indes sich ihr schwerer Leib auf der wollenen Matratze zurechtschob. Dies war der Augenblick, den es zu nutzen galt, um eine Frage oder Bitte an sie zu richten, denn gleich darauf war es zu spät, die Lampe gelöscht und auch sie gleichsam erloschen – in einen tiefen Schlaf versunken, aus dem sie zehn Feuerbüchsen, zu gleicher Zeit im Turm abgefeuert, nicht hätten wecken können.

Ich sprang also aus meinem Bett und lief zu dem ihren, mich in ihre Arme zu schmiegen.

„Was ist denn das für eine hübsche kleine Maus?" sprach Barberine mit ihrer tiefen, singenden Stimme, mich an sich drückend. „Und was will sie von mir?"

„Barberine", hub ich an, „warum hat meine Mutter den Vater so in Zorn gebracht?"

„Alldieweil sie selbst zornig war", antwortete Barberine, weil sie nicht lügen konnte.

„Weshalb war sie denn zornig?"

„Weil der Notarius den Samson in seinem Schriftstück Samson de Siorac genannt."

„Und heißt er denn nicht so, Barberine?" fragte ich erstaunt.

„Jetzt schon."

„Und wie hieß er vorher?"

„Da hatte er keinen Namen."

Ich glaubte meinen Ohren nicht.

„Aber er ist doch mein Bruder!"

„Gewißlich", erwiderte Barberine, „und dazu wohlgestalt und stark und schön wie der junge Frühling! Es wäre Jammer und Schade gewesen, ihn nicht Siorac zu nennen. Gott segne ihn!"

Sie fügte murmelnd hinzu:

„Und auch die Jungfrau Maria möge ihn segnen. – Aber nun ab, du kleine Maus", fuhr sie energisch fort, „zurück in dein Loch. Ich lösche das Licht."

Und noch ehe ich mein Bett erreicht, blies sie die Lampe aus, so daß stockfinstere Nacht mich umgab und ich aus Versehen im Bett der kleinen Hélix landete, welche mit gespitzten Ohren noch wach lag und deren Arme sich sogleich mit erstaunlicher Kraft um mich schlossen.

Freilich, sie zählte schon zehn Jahre, und ich weiß nicht, warum sie immer noch die „kleine" Hélix genannt ward, denn sie war beileibe nicht mehr klein, sondern besaß schon die ersten Rundungen.

„So, jetzt hab ich dich!" sprach sie mit leiser Stimme. „Und als Teufelin werde ich dich mit Haut und Haar auffressen!"

„Das glaube ich dir nicht", erwiderte ich, „du hast ja keine spitzen Zähne wie der Wolf!"

„Und ob ich die habe!" sprach sie weiter, mich auf den

Rücken rollend und sich in ganzer Länge auf mich pressend. „Ich fange immer mit dem Ohr an, weil es das beste Stück ist, so wie der Hahnenkamm oder das Herz der Artischocke. Danach folgt Stück für Stück das andere, bis nur noch Knochen übrig sind."

„Das ist ja gar nicht wahr!" sprach ich. „Aber du drückst mir die Luft ab, geh runter von mir, sonst rufe ich Barberine!"

„Meine Mutter liegt in tiefem Schlaf!" erwiderte sie und lachte ungeniert. „Haha, kleine Maus, jetzt hat die Katze dich gefangen, sei nun schön ruhig, oder du bekommst meine Krallen zu spüren!"

„Wenn du eine Katze bist", sprach ich tapfer, „nehme ich morgen den Degen meines Vaters und hau dich in der Mitte durch, vom Kopf bis zu den Füßen."

„Pfui über dich!" erwiderte die kleine Hélix. „Und laß die Aufschneiderei, du Mäuschen! Hör mir gut zu: entweder fresse ich dich stückchenweise auf, oder du bleibst die ganze Nacht in meinem Bett!"

Ich sagte weder ja noch nein, doch verwundert über ihre Stärke und ihre weichen Rundungen, wehrte ich mich nicht länger und schlief in ihren Armen ein. Am frühen Morgen weckte sie mich mit einem schmerzhaften Kniff, tat ganz erbost, mich in ihrem Bett zu finden, und schickte mich barsch in das meine.

Nachdem Cabusse mit meinem Vater in den Krieg gezogen, hatten wir keinen Koch mehr, denn Cabusse hatte, neben anderen Kunstfertigkeiten, dieses Amt ausgeführt, was ihm Gelegenheit zu manch gutem Schluck und zu vielerlei Vertraulichkeiten mit Cathau und Barberine gegeben. Doch aus Angst, davongejagt zu werden, hatte ihn die eine wie die andere stets abgewehrt; Cathau freilich wäre ihm gern zu Willen gewesen, wenn nur das gestrenge Auge des Herrn nicht gewacht hätte: fand sie doch großen Gefallen an Cabusses stattlichem Schnurrbart, an seinem hohen Wuchs, seiner schmeichlerischen Art und seinem gascognischen Tonfall. Wenn sie jetzt des Morgens hinabging, die heiße Milch für Madame zu holen, würde leider keiner mehr mit warmer Stimme zu ihr sagen: „Gott zum Gruße, mein Feins Liebchen! Geht es dir gut heute? Doch wie sollte es dir nicht gut gehen, frisch und munter wie du aussiehst, mit apfelroten Wangen und kirschroten Lippen! Die ganze Küche strahlt, sobald du hereintrittst. Man sagt zwar: Bleiches Angesicht nach dem Manne verlangt, doch sapperment, mich deucht, das Gegenteil trifft eher zu! Wer hat ein weißes Rübchen je verliebt gesehen?“ Selbst der tapfere Soldat Cabusse senkte die Stimme bei solcherart Rede, so sehr fürchtete er, von den Hauptleuten gehört zu werden.

Um Cabusse zu ersetzen, versuchte man es mit Barberine, die schon so viele Kinder auf natürliche Weise genährt; doch ihre Kochkünste erwiesen sich wenig geeignet, Erwachsene zu nähren. So ließ Sauveterre die Maligou rufen, das Weib desselbigen, der Mespech so schlecht gegen die heimtückischen Unternehmungen Fontenacs bewacht hatte.

Die Maligou kam – und blieb. Ebenso füllig wie Barberine, doch ohne Festigkeit im Fleisch, hatte sie kein bißchen Vernunft und Verstand in ihrem struppigen Kopf, war selbstgefällig und geschwätzig und über alle Maßen leicht- und abergläubisch: sie bekreuzigte sich in einem fort, legte die Finger übereinander, etwaiges Unheil zu beschwören, warf Salz über ihre Schulter und vor ihren Kochtopf – den sie im übrigen mit großer Kunstfertigkeit handhabte – oder zog mit dem Finger einen Kreis hinter sich auf dem Estrich, damit der Teufel ihr nicht die Röcke raffe, wenn sie sich über den Herd beugte.

Die Maligou brachte auf Mespech eine Tochter mit, welche Suzon geheißen war, doch bald ward sie die Gavachette gerufen, welchen Namen sie später behielt. Die kleine Teufelin von drei Jahren war dunkelhäutig wie eine Sarazenin, rank und schlank wie eine Gerte, hatte glänzende Mandelaugen und war über alle Maßen schalkhaft und durchtrieben, doch von gutem Herzen. Da ich für meine sechs Jahre schon recht kräftig war, pflegte ich die Gavachette auf den Schultern herumzutragen, was Catherine, die beiden Zöpfe vor dem trotzigen Angesicht, schmollend beobachtete, indes die kleine Hélix ihren Groll verschluckte, denn an die Gavachette wagte sie sich nicht heran: die Maligou hatte ein scharfes Auge und eine lockere Hand.

Wenn es um die Geburt der Gavachette ging – welche ihr

mehr bedeutete als ihre anderen Kinder, Ehemann, Vater, Mutter und Großeltern –, tat die Maligou immer sehr geheimnisvoll, bekreuzigte sich, warf Salz ins Feuer (das teure Salz! schimpfte Sauveterre) und fand mit solcherlei Gehabe kein Ende. Doch unfähig, ihre Zunge im Zaume zu halten, lüftete sie das Geheimnis mindestens einmal im Monat mit flüsternder Stimme und unter dem Siegel der Verschwiegenheit, ihren Stolz nur mühsam unter einer zerknirschten Miene versteckend.

Die Gavachette sei nämlich, Gott sei's geklagt (diese Heuchlerin!), nicht die Tochter des Maligou, sondern eines Zigeunerhauptmanns, der Anführer einer bewaffneten Bande war. Letztere habe vor vier Jahren ihr Haus überfallen und – unter Androhung, andernfalls das Korn auf dem Felde zu verbrennen, die Kühe zu verhexen und die Weinstöcke abzuhacken – das ganze Salzfleisch eingefordert, das auf dem Dachboden hing. Um seiner Weinstöcke willen habe der Maligou nachgegeben, doch nach der Übergabe des Fleisches habe der Zigeunerhauptmann, ein hochgewachsener Mann und schön wie ein Prinz, sie, die Maligou, mit seinen stechenden schwarzen Augen fixiert, mit dem Daumen das Zeichen des Kreuzes über ihrer Brust und ihrem Leib gemacht und in seinem halb katalanischen, halb provenzalischen Kauderwelsch zu ihr gesprochen: „Ich werde heute abend beim Schrei der Eule in deine Scheune kommen. Solltest du nicht da sein, werde ich in deinem Leibe, vom Gedärm bis zur Lunge, ein Höllenfeuer entzünden, welches bis zum Ende aller Zeiten brennen wird." Und als sie dann um Mitternacht die Eule schreien hörte, habe sie sich erhoben (indes ihr Mann, welcher dem Weine gewaltig zugesprochen, um sich über den Verlust des Salzfleisches zu trösten, wie ein Toter schlief), sei zitternd in ihre Holzschuhe geschlüpft und habe sich wie unter Zwang in die Scheune begeben, wo der Räuberhauptmann sie in der rabenschwarzen Finsternis auf ein Heubündel geworfen und ihr mehr als fünfzehnmal Gewalt angetan. Was ihrerseits keine Sünde gewesen sei, sagte die Maligou, da alles durch Hexerei und Gewalt geschah.

Über diesen Bericht, welcher schon so oft erzählt worden war, daß er niemanden mehr auf Mespech noch in unseren

Dörfern sonderlich erregte (ausgenommen einige Jungfrauen, die ins Träumen gerieten), lachte mein Vater jedesmal aus vollem Halse, doch was die Ursache seines Gelächters war, sollte ich erst viel später erfahren.

Zu den Neuankömmlingen auf Mespech zählten die Vettern Siorac, Benoît und Michel, die Söhne meines Oheims Raymond Siorac, den die letzte Pest in Taniès dahingerafft. Welch ein Glück für die Vettern, nun auf der Burg zu wohnen, hatten sie doch in ständiger Furcht gelebt, daß die Seuche eines Tages wieder aus dem Erdboden austreten könne, worinnen die Pesttoten ruhten; denn keiner hatte sie zu verbrennen gewagt, da der Pfarrer von Marcuays, der auch Sireil und Taniès mit versorgte, es bei Strafe ewiger Verdammnis verboten hatte. Benoît und Michel, zwei stämmige Burschen von gut dreißig Jahren, waren Zwillingsbrüder, welche einander wie ein Ei dem anderen glichen, wenig sprachen und sich in ihrem Innern recht sehr darüber grämten, daß sie nicht wußten, wer der Ältere von ihnen war, wenn der Unterschied auch nur eine Stunde betrug. Doch da die Mutter und der Vater und auch die Hebamme das Zeitliche gesegnet hatten, vermochte niemand in Taniès dies mehr zu sagen. Aus dieser Ursache konnte also keiner von beiden den kleinen Grundbesitz als alleiniger Erbe beanspruchen und auch keiner sich ein Weib nehmen, denn der Besitz vermochte nur einen Hausstand zu ernähren, nicht aber zwei.

Die Maligou sagte – wenn die Zwillingsbrüder es nicht hören konnten –, sie seien schön dumm, nicht wenigstens *eine* Frau vor den Altar zu führen, denn die Jungfer würde die beiden doch niemals auseinanderhalten können, und was eine in Unwissenheit täte, sei keine Sünde. So hätten sie die Annehmlichkeiten eines Eheweibes, ohne die Kosten für zwei Familien aufbringen zu müssen. Aber solche Rede wäre den Zwillingsbrüdern gar lästerlich erschienen, waren sie doch beide gottesfürchtig und fügten sich bewußt in die Ehelosigkeit und in ein Leben Seite an Seite, zumal keiner ohne den anderen auszukommen vermochte. War einer von ihnen einmal allein, blickte er gleich betrübt nach allen Seiten und fragte einen jeden ängstlich: „Wo ist Michel?“ Dann wußte man, daß Benoît es war, der sprach, ansonsten war es unmöglich, sie zu unterscheiden: gleicher Wuchs, gleiche Schulterbreite, gleiches schwarzgelocktes Haar, gleiches Gesicht und auch die gleiche Art, zu sitzen, die Nase in die Luft zu halten, auszuspeien, das Brot zu brechen oder die Suppe zu löffeln.

Sauveterre ließ an Michels Hemdkragen ein blaues Band und an Benoîts Kragen ein rotes Band annähen, doch da sie zusammen schliefen und ihre Kleider achtlos aufs Bett warfen, griff Michel am Morgen zuweilen das rote und Benoît das blaue Hemd, so daß alle Mühe vergebens war. Im übrigen mangelte es den beiden, so ehrliche Kerle sie sonst waren, nicht an einer gewissen Schalkhaftigkeit, und wenn jemand einen der Zwillingsbrüder im Hofe traf und wissen wollte, wer er denn sei, kam stets die gleiche Antwort: „Ich bin der Bruder des anderen."

Der Steinhauer Jonas war weniger glücklich, um der Verteidigung Mespechs willen seine Höhle verlassen zu müssen. Der Gedanke, seine kunstvoll behauenen Steine des Nachts unbeaufsichtigt zu lassen, machte ihm beträchtliche Sorge. Doch dafür hatte er hier mehr Gesellschaft, vor allem was die Frauenzimmer anbetraf, welche der arme Junggeselle bei Tische förmlich mit den Augen verschlang, insonderheit Barberine, deren milchweiße Haut und üppige Leibesformen es ihm angetan hatten. Mit unseren drei Soldaten, die in den Krieg gezogen, den beiden Brüdern Siorac und Faujanet war Jonas der siebte Junggeselle hier, ohne die vielen in den Dörfern ringsum zu zählen, welche ebenfalls unbeweibt bleiben mußten, da sie kein Haus besaßen, eine Familie zu beherbergen, oder keinen Acker, eine solche zu ernähren. Es war in der Tat Jammer und Schade, daß so viele Burschen ein Weib entbehren mußten, indes so manche Jungfer aus unseren Landen in Ermangelung eines irdischen Ehegemahls ins Kloster eintrat. Ich stelle diese Betrachtungen in einem Alter an, da selbst ich, der ich doch einer reichen Familie entstamme, aber nur Zweitgeborener bin, mangels eines ausreichenden Auskommens die Jungfer, welche mich verzaubert hat, nicht vor den Traualtar führen kann. So regiert in allem – auch über die Freuden der Liebe – das verwünschte Geld.

Sauveterre machte sich große Sorgen wegen der erwähnten Zigeunerbande, welche die Gegend um Belvès verunsicherte und die Abwesenheit der Edelleute ausnutzte, um von den Burgen Lösegelder zu erpressen; denn was nützen die stärksten Befestigungen, wenn die Verteidiger zu gering in ihrer Zahl oder nicht hinreichend kriegsgeübt, was überall der Fall war, seitdem die wehrhaftesten Männer dem Heerbann zur Rettung des Königreiches Folge geleistet.

Die Zigeuner waren von ihrer Sinnesart nicht vorrangig auf Blutvergießen und Gemetzel aus. Als Sieger vergewaltigten sie zwar die Weiber, doch ohne sie hinterher zu töten. Sie rührten auch die Kinder nicht an, in die sie ganz vernarrt schienen; es hieß, sie würden Kinder, die ihnen gefielen, sogar stehlen. Ehe sie eine Burg oder einen Weiler angriffen, traten sie in Unterhandlung und boten Schonung gegen die Herausgabe von Waffen, Geld und Nahrungsmitteln an. Doch geschah es auch, daß sie nach Empfang der Beute ihr Wort nicht hielten und trotzdem angriffen. Es ging das Gerücht, sie würden den niedergemachten Gegnern die Schamteile abschneiden, was unseren Sitten höchstlich widersprach; gleichwohl habe ich später in den großen Bruderkriegen des Königreiches von unseren Soldaten – ob Hugenotten oder Katholiken – Schlimmeres erlebt.

Obwohl nur notdürftig bewaffnet, waren die Zigeuner sehr gefürchtet, denn sie griffen vornehmlich des Nachts an, erklommen in aller Heimlichkeit und mit größter Behendigkeit auch die höchsten Mauern und befanden sich schon innerhalb der Befestigungen, kaum daß Alarm geschlagen war. Und auf Mespech gab es nur noch einen einzigen Hauptmann, nämlich Sauveterre, und einen einzigen Soldaten: Faujanet. Jonas konnte freilich sehr gut mit Pfeil und Bogen umgehen, doch die Brüder Siorac mußten im Umgang mit der Arkebuse erst unterwiesen werden und so auch die Frauenzimmer, das heißt: meine Mutter, Cathau und Barberine, denn die Maligou legte angesichts eines Feuerrohres ein solches Gehabe an den Tag, daß Sauveterre sie schnell wieder an ihre Kochtöpfe zurückschickte. Auch meine Mutter leistete anfangs einigen Widerstand, jedoch auf andere Art, indem sie nämlich behauptete, es sei unvereinbar mit der Ehre einer adeligen Dame, ein Feuerrohr anzurühren. Worauf Sauveterre mit finsterem Blick und schroffer Stimme erwiderte: „Madame, was würde wohl aus Eurer Ehre, wenn Mespech in die Hände des Feindes fiele?“ Bei dieser Vorstellung erzitterte Isabelle, erblaßte und fügte sich.

Auch François ward in die Geheimnisse der Arkebuse eingeweiht, worüber ich mich mächtig ärgerte, desgleichen Samson, denn unser älterer Bruder behandelte uns von da an nur noch mit unerträglicher Herablassung. Doch Sauveterre fand auch für uns, die Jüngeren, eine Verrichtung. Wir sollten alle fünf Meter schwere Steine auf dem Wehrgang aufhäufen und – mit viel zu großen Sturmhauben auf dem Kopf und langen Spießen in der Hand – hinter den Zinnen hin und her laufen, um einen nahenden Feind über die Zahl der Verteidiger zu täuschen. Die kleine Hélix erhielt ebenfalls eine Blechhaube und einen Spieß, doch nahm man ihr letzteren alsbald wieder ab, so gefährlich nahm sich die Waffe in ihren Händen aus. Sollte der Feind Leitern an die Mauern anlegen, sollten wir unsere Spieße weglegen und die Steine auf die Köpfe der Angreifer schleudern.

Die Ernte ward eingebracht, Weinlese gehalten, und nachdem die herbstlichen Feldarbeiten beendet, trieb man trotz des schönen Wetters das Vieh von der Weide ein, um Tiere und Hirten nicht dem Zugriff der Strauchdiebe auszusetzen. Die Besuche in Sarlat, auf den benachbarten Burgen, ja sogar in unseren Dörfern wurden eingestellt, so sehr fürchtete man die Unsicherheit der Wege und die Gefahren der Hinterhalte, welche die Zigeuner meisterhaft zu legen verstanden. Sauveterre ordnete an, daß jeden Tag im Morgengrauen und nach Sonnenuntergang ein kurzer Erkundungsritt um die Burg statthabe. Mit diesen kleinen Patrouillen beauftragte er die beiden Brüder Siorac; ihren Gäulen wurden die Hufe mit Lappen umwickelt, damit man sie nicht höre. Die Zwillingsbrüder waren große Jäger, und ihre geübten Augen vermochten noch die geringste Spur eines Menschen oder Tieres auf dem Wege oder dem Waldboden zu erkennen.

Von den Mauern Mespechs aus war der befestigte Turm der Kirche zu Marcuays gut zu sehen und rechts davon, auf einem weiter entfernten Hügel, die imposante Silhouette der Burg Fontenac. Trotz seiner Abneigung setzte Sauveterre einen gar höflichen Brief an Bertrand de Fontenac auf, worinnen er vorschlug, daß die beiden Burgen angesichts ihrer Nähe übereinkommen sollten, sich in dem Falle eines Angriffes der Zigeuner gegenseitig Hilfe zu gewähren. Was der junge Wolf, welcher sich seiner Reißzähne zum ersten Mal bewußt ward, rundweg ablehnte: Fontenac brauche keine Hilfe und gedenke auch niemandem solche zu gewähren, am allerwenigsten denen, welche die Schuld an der Verbannung seines Vaters trügen.

Was die anderen Baronien der Umgebung anbelangte, nämlich Campagnac, Puymartin, Laussel und Commarques, so waren dort noch weniger Männer verblieben als auf Mespech. Und von Sarlat war ebenfalls keine Hilfe zu erwarten. Nach dem Abzug der Schützen und königlichen Truppen hatten die Konsuln zwar in aller Schnelle eine Bürgerwehr aufgestellt, doch reichte diese, schwach und kriegsungeübt, kaum zur Verteidigung der eigenen Stadtmauern aus.

Sauveterre, welcher die Wahrheit nicht zu verblümen pflegte, insonderheit wenn sie unangenehm war, wiederholte allabendlich nach dem gemeinsamen Gebet, daß wir nicht allzu sehr auf den Weiher um uns, auf die Burgmauern, die Wälle, die Türme und die Pechnasen vertrauen sollten und wohl kaum die Chance hätten zu obsiegen, wenn die Zigeuner uns angriffen. Und so begann ich zum ersten Mal in meinem kurzen Leben an den Tod zu denken.

Wie im tiefsten Winter hatte Mespech sich völlig von der Außenwelt abgekapselt, während es doch schönster Oktober war: die Sonne schien hell, und die Kastanienbäume standen noch in herrlicher Blätterpracht. Und welcher Jammer war es da, daß wir auf Mespech eingesperrt wie in einem Kerker saßen, die drei Fallbrücken auch am Tage hochgezogen, indes mein Vater und seine drei Soldaten in ständiger Gefahr schwebten, in diesem Kriege ihr Leben zu lassen, und auch wir selbst, weit entfernt von den Schlachten im Norden, aufs äußerste gefährdet waren.

Ich war im Jahre 1554 noch zu jung, als daß die Pest von Taniès andere Erinnerungen in mir hinterlassen hätte als die – höchst erfreuliche – vom Einzug Samsons auf unserer Burg. Doch seit der Notarius Ricou vom Tode meines Vaters gesprochen und Sauveterre allabendlich – wohl um den

Mut seiner kleinen Truppe anzuspornen – das Bild von der Einnahme Mespechs und dem darauffolgenden Blutbad heraufbeschwor, glaubte ich uns alle dem Tode geweiht.

Die beiden Sioracs, Jonas und Faujanet hielten abwechselnd Wache auf dem Wehrgang, angstvoll in die Runde spähend. Um die im Hofe aufgehäuften Steine dort hinaufzuschleppen, durften nur Samson und ich den Wehrgang betreten – ein Vorrecht, das wir zu schätzen wußten, hatte man doch von dort einen wunderbaren Blick über die umliegenden Dörfer und Hügel. Und indes wir beide da oben standen, ganz außer Atem, mit wunden Händen und schmerzenden Lenden, den Blick auf die Felder und Wälder gerichtet in jener Stunde, da die untergehende Sonne im Périgord alle Dinge in sanfte Ruhe taucht, ergriff mich die Vorstellung des Todes, welche mich seit Tagen kaum verließ, wieder mit ungekannter Macht.

„Samson", sprach ich, „wenn man stirbt, kommt man doch in den Himmel?"

„So Gott will", erwiderte Samson.

„Und auf der Erde besteht alles weiter?"

„Gewiß", erwiderte Samson.

„Taniès, Marcuays, Sireil, alles besteht weiter? Auch Mespech, der Wald von La Feuillade und die Wiese der Marodeure?"

„Ja", antwortete Samson mit Bestimmtheit, „alles besteht weiter."

„Aber wir", sprach ich, die Kehle wie zugeschnürt, „werden nicht mehr da sein und es nicht mehr sehen."

„So ist es", erwiderte Samson.

„Aber Samson, wie ist das nur möglich?"

Die Tränen rannen mir über das Gesicht, ich ergriff seine Hand und drückte sie fest.

Nachdem ich entdeckt, daß die Erde in all ihrer Schönheit fortbestehen würde, wenn ich nicht mehr auf ihr wandelte, traf tags darauf ein reitender Bote aus dem Norden ein, beladen mit Briefen für die Burgen, deren Herren an des Königs Seite Krieg führten, und brachte uns ein Schreiben des Chevalier de Siorac.

Es war an Jean de Sauveterre gerichtet, und meine Mutter

zierte sich, es zu nehmen, als Sauveterre es ihr mit freudestrahlendem Gesicht reichte, nachdem er es mit Aufmerksamkeit gelesen. Doch da er im selben Augenblick nach draußen gerufen ward, legte er das Schreiben auf den Tisch des großen Saales und ging hinaus. Als dies nun meine Mutter gewahrte, näherte sie sich wie unter Zwang dem Tisch und streckte zögernd die Hand aus, als würde sie von dem Brief gleichzeitig angezogen und abgestoßen. Am Ende ergriff sie ihn und zog sich sogleich in eine Fensternische zurück (denn Barberine befand sich mit uns im Raum), überflog das Geschriebene hastig mit den Augen bis auf den Schluß, welchen sie unter Seufzern und Tränen mit großem Bedacht las. In diesem Augenblick kehrte Sauveterre zurück in den Saal, und da er sie so stehen sah, trat er zu ihr und sprach leise mit erstaunlicher Sanftheit:

„Sehet, meine Schwäherin, wie sehr Euer Ehegemahl sich doch sorgt um Euch, um Eure Gesundheit und Eure Kinder."

„Aber der Brief ist ja gar nicht an mich gerichtet", erwiderte meine Mutter in halb zornigem, halb klagendem Tone, wobei ihre schönen blauen Augen vor Tränen glänzten.

„Wie sich das ziemt, wenn es um Kampf und Krieg geht. Doch der ganze Schluß zeiget sehr wohl, daß Jean in Gedanken stets bei Euch weilet."

„Wie auch bei Euch, Monsieur", erwiderte meine Mutter in einem Anflug von Großherzigkeit, was Sauveterre mit Dankbarkeit zur Kenntnis nahm, denn er ergriff ihre beiden Hände und drückte sie herzlich.

„Bin ich nicht sein Bruder", sprach er mit bewegter Stimme, „der ihm und seinem Weibe und seinen Kindern ergeben ist bis zum Tode?"

Das „bis zum Tode" weckte in mir höchst schmerzliche Empfindungen, denn in meiner Naivität verstand ich es in seiner buchstäblichen Bedeutung, als stünde uns der Tod unmittelbar bevor. Wußte ich zu jener Zeit doch noch nicht, daß diejenigen, welche den Ausdruck gebrauchen, im allgemeinen noch voller Leben sind und ihr Ende noch für so weit entfernt halten, daß sie ohne Schrecken davon sprechen können.

Am Abend, nachdem das Mahl und das gemeinsame Gebet geendet, hub Sauveterre an zu sprechen und erläuterte für alle, insonderheit aber für die Kinder, die er in den Angelegenheiten des Königreiches unterrichtet sehen wollte, die guten Nachrichten, welche er von meinem Vater erhalten.

Nachdem es Franz von Guise endlich gelungen, sich aus den italienischen Unternehmungen, in denen er nur Fehlschläge erlebt, zurückzuziehen, langte er am 6ten Oktober zu Saint-Germain an, wo ihn Heinrich II. sogleich zum Generalleutnant des Königreiches ernannte und an die Spitze eines Heeres stellte, welches – verstärkt durch Schweizer Söldner (deren Sold zum großen Teil von den Pariser Bürgern aufgebracht ward) und die mit ihren Gefolgsleuten aus allen Provinzen des Landes herbeigeeilten Edelleute – 50 000 Mann zählte, die darauf brannten, in den Kampf zu ziehen.

Allein es schien, als solle ihr Kampfesmut ungenutzt vergehen, ohne eine Gelegenheit zu seiner Bewährung zu finden; denn ein nicht weniger gefürchteter Feind war schon am Werke, die Armee Philipps II. von Spanien zu besiegen: der Mangel an Geld. Es mag unglaublich erscheinen, schrieb Jean de Siorac, daß ein so papierkrämerischer und auf Ordnung bedachter Herrscher wie Philipp II. sich auf einen Krieg von solchem Ausmaß eingelassen, ohne sicher zu sein, daß die Kriegskasse hinreichend gefüllt sei. Aber das war sie in der Tat nicht. Philipps Feldherr Emmanuel-Philibert von Savoyen konnte seinen Soldaten keine Löhnung mehr zahlen und schickte sie kurzerhand nach Hause. So traf der Guise nirgendwo auf jene gefürchteten Truppen, welche Montmorency bei Saint-Quentin geschlagen hatten, sondern stieß nur ins Leere.

Da erinnerte sich die Krone, daß wir uns auch mit Maria Tudor im Kriege befanden, und wiewohl die Engländer sehr wenig getan, den spanischen Ehegemahl mit Truppen und Hilfsgeldern zu unterstützen, besaßen sie als Gegner einen großen Vorteil gegenüber den Spaniern: sie befanden sich in bequemer Reichweite. Seit zweihundertundzehn Jahren hielten sie nämlich Calais besetzt.

Den Namen Calais hatte Jean de Siorac zwar an keiner Stelle in seinem Brief erwähnt, doch aus gewissen Andeutungen, die nur sein Waffenbruder verstehen konnte, war ersichtlich, daß Guise seine Schläge dorthin zu richten gedachte, um den Krieg zu entscheiden.

Als Sauveterre an diesem Punkte seiner Darlegung anlangte, schickte er Faujanet, den Jonas herbeizuholen, welcher auf dem Wehrgang Wache hielt; denn er wollte, daß alle dabei seien, um das Folgende zu hören. Danach trug er der Maligou auf, die beiden zinnernen fünfarmigen Leuchter anzuzünden.

„Alle beide?“ vergewisserte sich die Maligou mit zögerndem Blick.

„Alle beide, und alle Kerzen!“ sagte Sauveterre mit entschiedener Stimme.

Seine Antwort rief allgemeines Erstaunen hervor, kannte doch ein jeder Sauveterres Sparsamkeit. Die Maligou indes zeigte sich auf der Höhe des Ereignisses (stets bereit, hinter allem Zauber und Magie zu sehen, seitdem der Zigeuner ihr Gewalt angetan) und zündete die Kerzen eine nach der anderen mit feierlicher, geheimnisvoller Miene an. Wir anderen, die wir schon glücklich waren, daß sich der Vater noch am Leben befand, fühlten uns durch die ungewohnte Pracht einer solchen Festbeleuchtung – die vielen Flammen spiegelten sich auf dem glänzenden Holz der Tischplatte – in höchstes Entzücken versetzt, zumal Sauveterre uns feierlich um sich gruppierte: François und Isabelle de Siorac zu seiner Rechten, ich selbst, Samson und Catherine zu seiner Linken; dahinter in einer zweiten Reihe Cathau, Barberine und die kleine Hélix sowie die Maligou mit der Gavachette im Arm und schließlich, hinter den Frauen, die Brüder Siorac als auch Jonas, welcher mit der Arkebuse in der Hand von seinem Wachposten kam, und Faujanet.

Nun entnahm Sauveterre aus einem großen Schrank eine lange Papierrolle und breitete sie auf dem Tische aus, die vier Ecken mit Arkebusenkugeln beschwerend, welche er aus der Tasche zog.

„Sehet“, sprach er mit blitzenden Augen und einer gewissen Feierlichkeit in der Stimme, welche sich auf uns übertrug, „dies hier ist das Königreich Frankreich.“

Es trat Stille ein, und die Maligou bekreuzigte sich erschreckt.

„Heiliger Jesus“, rief sie mit zitternder Stimme, „was für

ein seltsamer Zauber, daß ein so großes Königreich auf ein Stück Papier paßt, welches kaum so groß wie unser Tisch ist!“

„O du Närrin“, sprach Jonas. „Es paßt mitnichten drauf! Dies hier ist bloß ein Abbild, wie die Bauherren es mir geben, damit ich die Steine zurechthauen kann. Es ist ein über alle Maßen verkleinertes Abbild.“

„So ist es“, ließ sich Sauveterre vernehmen. „Frankreich ist in der Tat ein sehr großes Königreich. Wenn ein Reiter jeden Tag sein Pferd wechselt, braucht er immer noch mehr als dreißig Tage, um von Marseille (er tippte mit dem Zeigefinger auf die Hafenstadt) nach Calais zu gelangen (er schlug mit der flachen Hand darauf).“

„Dreißig Tage!“ wiederholte Barberine, „also einen ganzen Monat! Gott schütze den König, der die Sorgen und Mühen eines so riesigen Reiches hat!“

„Und wo liegt die Diözese Sarlat?“ fragte Isabelle de Siorac.

„Hier ist Sarlat“, sagte Sauveterre, der das Wort „Diözese“ nicht liebte.

„Und die Dordogne?“ fragte François, den Älteren herauskehrend.

Sauveterre fuhr mit dem Zeigefinger auf einer kleinen gewundenen Linie entlang.

„Gott bewahre mich vor Teufelei und Zauberei“, ließ sich die Maligou vernehmen. „Diese Dordogne da fließt ja gar nicht!“

„Unwissende Stockeselin!“ schimpfte Jonas. „Glaubst du gar noch, den Schnee der Berge hier zu finden, die großen Wasser der Meere oder die Winde und Stürme, die über das Königreich wehen?“

Er gab sich entrüstet ob der Torheit und des Aberglaubens der Maligou, doch gleichzeitig nutzte er die Enge und drückte sich fester an Barberine als notwendig, zumal Sauveterre hinten keine Augen besaß.

„Und Taniès?“ fragte unversehens einer der Sioracs, und ich hätte bei Gott nicht sagen können, welcher von beiden.

„Ja, wo liegt Taniès?“ wiederholte der „Bruder des anderen“.

„Das ist nicht verzeichnet“, erwiderte Sauveterre geduldig.

„Und warum nicht?“ wollte einer der Sioracs mit beleidigter Miene wissen.

„Bekümmert euch darob nicht“, sprach Faujanet, „ich bin in meinen zehn Jahren Dienst in der Legion von Guyenne weit herumgekommen und kann euch sagen, daß es im Königreiche Tausende und aber Tausende Dörfer gibt, die aus Mangel an Platz hier nicht verzeichnet sind.“

Sauveterre hob die Hand und ließ sich vernehmen:

„Gut gesprochen, Faujanet. Und ich füge hinzu, daß die Grafschaft Périgord nur eine der vielen Provinzen Frankreichs ist und Sarlat nur eine Stadt unter Dutzenden anderen.“

Worauf er fortfuhr:

„Hier ist Paris, die Hauptstadt des Königreiches, wo der König seinen Wohnsitz im Louvre hat, und hier im Nordwesten befindet sich ein kleiner Meeresarm, Ärmelkanal geheißen, welcher an seiner engsten Stelle kaum zwei Meilen mißt. Jenseits dieser Meerenge befindet sich Dover, welches zu England gehört, und diesseits liegt Calais, was zum französischen Königreich gehört.“

Sauveterre schlug mit der flachen Hand auf die Karte und setzte mit zornbebender Stimme hinzu:

„Doch seit 1347, also seit genau zweihundertundzehn Jahren, halten die Engländer Calais besetzt.“

„Was sind sie für schändliche Kerle, diese Engländer!“ ließ sich Faujanet vernehmen. „Doch ich glaubte, Jeanne d'Arc hätte sie alle vertrieben.“

„Nicht überall“, erwiderte Sauveterre. „An dieses kleine Stück Frankreichs im Norden haben sie sich geklammert wie die Zecken an das Ohr eines Hundes.“

„Zweihundertundzehn Jahre!“ wiederholte François, überwältigt von der Vorstellung einer so großen Anzahl von Jahren.

„Ich bin jetzt zweiundfünfzig Jahre alt“, sprach Sauveterre. „Zweihundertundzehn Jahre sind viermal soviel und noch zwei Jahre dazu.“

Ich betrachtete Sauveterre, sein graues Haar, sein faltiges, vernarbtes Angesicht, seine Hände, auf denen sich dicke blaue Adern abzeichneten. Viermal so alt wie Oheim Sauveterre, das war eine unvorstellbare Zeit.

„Wenn Gott in dieser langen Zeit uns Calais nicht zurückgegeben hat", sprach da die Maligou, „dann hat er es eben nicht gewollt."

„Einfältiges Weib!" rief Jonas und drückte sich in seiner Erregung noch enger an Barberine. „Wenn Gott gewollt hätte, daß Calais den Engländern gehört, hätte er es auf die andere Seite des Kanals gelegt, neben Dover."

„Wie wahr!" rief Barberine, gänzlich überzeugt von der Schlüssigkeit dieser Beweisführung, und versetzte gleichzeitig der kleinen Hélix, die mich heimlich zu kneifen versuchte, einen Katzenkopf. Hingegen schien sie nicht zu bemerken, was hinter ihrem breiten Rücken geschah.

„Haben die Engländer", wollte François wissen, „Calais durch Verrat eingenommen?"

„Nein, keineswegs", gab Sauveterre zur Antwort, „sondern vielmehr in ehrlichem Kampf nach ihrem glänzenden Sieg bei Crécy über unseren armen König Philipp VI."

Ich hatte im Sommer mit Samson die endlose Liste unserer Könige erlernt und fürchtete schon, daß Sauveterre, welcher gern solche Fragen stellte, mich jetzt fragen würde, wer vor Philipp VI. geherrscht und wer nach ihm. Allein Sauveterre fuhr fort:

„Bei Crécy haben die Engländer dank ihrer Bogenschützen, welche die besten auf dem ganzen Erdenrund sind, den Sieg errungen."

„Ich bitte um Vergebung, Herr Hauptmann", sprach da Jonas mit tief gekränkter Miene, „nicht ihre Schützen, sondern ihre Bogen sind die besten, weil sie aus einem Buchsbaumholz geschnitzt, welches nur in ihrem Lande wächst."

„Du hast recht, Jonas. Und wenn es bei Crécy zweitausend Kerle wie dich gegeben hätte, dann wäre die Schlacht gewißlich anders ausgegangen."

„Danke, Herr Hauptmann", erwiderte Jonas, vor Stolz errötend bei dem Gedanken an all die Waffentaten, die er zweihundertzehn Jahre früher bei Crécy hätte vollbringen können.

„Und auf welche Art ward Calais eingenommen?"

sprach François, der genau wußte, wie gern sich Sauveterre Fragen stellen ließ.

Wie mein Vater und viele andere hugenottische Edelleute oder Bürger hegte Sauveterre eine schier religiöse Hochachtung vor allem Wissen, welche so weit ging, dem Gesinde das Lesen beizubringen, damit es Zugang zur Heiligen Schrift hätte.

„Calais", so antwortete Sauveterre, „ward ausgehungert in einjähriger Belagerung. Die englische Flotte hielt den Hafen blockiert, und Philipp VI. gelang es nicht, die Stadt vom Land her zu entsetzen. Schließlich war alles aufgezehrt, auch die Hunde, die Pferde und die Katzen, so daß der tapfere Feldhauptmann Jean de Vienne, welcher den Oberbefehl in der eingeschlossenen Feste führte, befürchten mußte, die ausgehungerten Bürger würden am Ende noch Menschenfleisch essen."

„Wie schrecklich!" rief Barberine, deren Leib so weiß und üppig war und die immer in der Furcht gelebt hatte, bei einer Belagerung am Bratspieß zu enden. „Das Fleisch eines Christenmenschen zu essen ist eine gar schlimme Sünde."

„Ob Christ oder nicht", fiel Faujanet ein, „der Hunger treibt den Wolf aus dem Wald, und wenn der Hungertod droht, wird ein jeder zum Wolf. In meinen zehn Jahren in der Legion von Guyenne habe ich Dinge gesehen, von denen ich besser kein Wort sagen werde."

„Und daran tust du recht", sprach Sauveterre verständnisvoll und fuhr fort: „Da nun alles verloren war in dieser äußersten Not, suchte Jean de Vienne zu verhandeln und ließ Eduard III. von England bitten, die Bewohner und die Soldaten aus der Stadt abziehen zu lassen. ‚Niemals!' gab Eduard III. zur Antwort. ‚Sie haben zu viele meiner wackeren Krieger getötet, nun sollen sie alle sterben!'"

„Welch greulicher Unhold!" rief Barberine.

„Keineswegs", fiel Faujanet ein, „dies war sein Recht."

„Aber ein barbarisches Recht", sprach Sauveterre, „denn auch die englischen Barone baten ihren König vieltausendmal, seinen Haß zu besänftigen. Am Ende lenkte Eduard ein und wollte Bewohner wie Soldaten ziehen lassen unter der Bedingung, daß sechs angesehene Bürger von Calais ihm barfüßig, barhäuptig, im Hemd und mit einem Strick um den Hals die Schlüssel der Stadt überbrächten. An selbigen Bürgern wollte er dann seinen Willen vollziehen."

„Diese sechs mußten erst einmal gefunden werden!" ließ sich Jonas vernehmen. „Ich wette, das war kein leichtes Unterfangen; denn gewöhnlich haben die Stadtbürger fette Bäuche und hängen an ihrem Leben wie an ihrem Geld!"

„Sie wurden gefunden", sprach Sauveterre, dem diese Worte nicht recht gefielen. „Und der erste, welcher sich meldete, war der Reichste. Er ward genannt: Sire Eustache de Saint-Pierre."

„Da trug er ja schon den Namen eines Heiligen", rief die Maligou, doch Sauveterre warf ihr einen so ungnädigen Blick zu, daß sie auf der Stelle verstummte.

„Der Name tut nichts zur Sache", fuhr Sauveterre fort. „Eustache de Saint-Pierre war ein guter Christ, welcher trotz seiner Reichtümer nach dem ewigen Seelenfrieden strebte. Und indem er sich dem Strick verschrieb, sprach er: ‚Wenn ich um der Rettung dieses Volkes willen sterbe, habe ich die große Hoffnung, die Gnade und Vergebung unseres Herrn Jesu Christi zu erlangen.' Gewißlich täuschte sich Sire Eustache in seiner Hoffnung", fügte Sauveterre an, „denn das Heil des Menschen erwächst nicht aus seinen Werken*. (Wie viele Male habe ich seitdem diesen Satz aus seinem Munde oder dem meines Vaters gehört!) Doch sein Beginnen war deshalb nicht weniger edel und fromm, wollte er doch sein Leben für die Menschen seiner Stadt hingeben."

„Und mußte er wirklich sein Leben lassen?" fragte Barberine, indes ihr die Tränen über die prallen Wangen rannen und auch meine Mutter und Cathau den Tränen nahe schienen. „Mir bricht das Herz", fuhr sie fort, „wenn ich daran denke, daß der arme Moussu barfüßig wie ein Bettler und gar ohne eine Kopfbedeckung noch ein Wams auf dem Leibe an den Galgen sollte . . ."

„Aber damals gab es doch noch gar keine Wämser!" warf François ein, welche Bemerkung mir haarspalterisch und herzlos erschien angesichts der großen Gefahr, worin sich Sire Eustache befand.

„Er mußte sein Leben nicht lassen", sprach Sauveterre,

* Nach der kalvinistischen Glaubenslehre.

„wie auch seine fünf Schicksalsgefährten nicht, allesamt ehrenwerte und wohlhabende Bürger, von denen einer sogar zwei hübsche und liebreizende Töchter in heiratsreifem Alter hatte."

„O die Ärmsten!" rief die empfindsame Cathau. „Anstatt einen Ehegemahl zu bekommen, sollten sie den Vater am Galgen verlieren!"

Cathau war schon bei den Caumonts die Kammerjungfer meiner Mutter gewesen und tat nun auf Mespech recht vornehm, da ihr unser Adel nicht alt genug war. Im übrigen war sie eine liebreizende Jungfer mit lebhaften schwarzen Augen, frischen Wangen und kirschroten Lippen, deren einziges Streben war, eines Tages Cabusse zu ehelichen. Seitdem Cabusse in den Krieg gezogen war, ging sie des Tags mit tränennassen Augen durchs Haus und warf sich des Nachts seufzend im Bett hin und her.

„Aber er ward ja nicht gehängt", sprach Sauveterre, „ebensowenig wie Sire Eustache und die anderen. ‚Schlagt ihnen die Köpfe ab!' befahl nämlich Eduard III."

„Heiliger Herr Jesus!" rief Barberine aus.

„Doch sie wurden auch nicht geköpft", fuhr Sauveterre fort. „Denn die sanftmütige Königin von England, obgleich hochschwanger, warf sich dem König zu Füßen und bat: ‚Hochherziger Herrscher, seit ich unter großen Gefahren das Meer von Dover nach Calais überquert, habe ich kein Begehr an Euch gerichtet, doch heute flehe ich Euch an: Um der Liebe Christi willen, lasset Gnade walten an jenen sechs Männern.' Da erweichte das Herz des Königs, er überstellte ihr die Männer, und sie ließ ihnen Milde angedeihen."

Hier seufzten die Frauenzimmer tief auf. Wie ich indes später herausfand, hatte Sauveterre die Worte der englischen Königin ein wenig verändert, denn diese hatte in ihrer Bitte an den König die „Liebe des Sohnes der Heiligen Jungfrau Maria" beschworen, welche sich auf den Lippen des Hugenotten Sauveterre kurz und knapp zur „Liebe Christi" wandelte.

„Nichtsdestoweniger", fuhr Sauveterre fort, „wurden alle französischen Bewohner von Calais, ob Adelige, Bürger oder Handwerksleute, ihrer sämtlichen Güter benommen und mußten die Stadt stehenden Fußes verlassen, worinnen

König Eduard III. an ihrer Statt Engländer der verschiedenen Stände ansiedelte. So legte der englische Kuckuck seine Eier in unser Nest und machte es sich zweihundertundzehn Jahre darin bequem!“

Hier unterbrach er seine Rede stirnrunzelnd.

„Unsere Hunde bellen schon seit geraumer Zeit wie wild. Jonas, geh nachsehen, was sie so erregt.“

Jonas ging mit seinem gemessenen Schritt eines Hünen hinaus. Es verging eine kleine Zeit, dann hörten wir hastige Schritte – Jonas kam hereingestürzt und schrie mit zitternder Stimme:

„Die Zigeuner greifen an!“

VIERTES KAPITEL

Diese so sehr gefürchteten Zigeuner waren aus Spanien vertriebene Bettler, welche hungernd über die Straßen unserer Provinz Guyenne zogen, bis eines Tages im Unglück der Zeiten ein gewiegter Anführer ihnen Waffen verschaffte und sie zu einer Räuberbande vereinte. Das Schicksal hatte sie nach oben gespült wie Schaum auf den Meereswellen, und wie dieser Schaum würden sie wieder verschwinden, sobald der Frieden zurückgekehrt, ihre Bande zerschlagen und ihr Hauptmann ohne jedes Federlesen gehenkt wäre. Tief im Grunde seines Herzens ahnte dieser wohl, daß sein Abenteuer eines Tages ein solches Ende nehmen müsse, was ihm bei seinen verzweifelten Taten einen schier tollkühnen Mut verlieh.

Sauveterre hatte vorausgesehen, daß der Angriff im Schutze der Dunkelheit erfolgen würde, und einige Vorkehrungen getroffen. So hatte er innerhalb des Zaunes, welcher unseren Weiher umgab, die Anzahl der Fußangeln erhöhen und deren Abdeckungen derart verstärken lassen, daß sie das Gewicht eines Hundes aushielten, denn seit einiger Zeit liefen dort Tag und Nacht drei große Doggen auf und ab, so rasend und wild, daß sie selbst Faujanet, welcher sie fütterte, kaum an sich heranließen.

Des weiteren hatte Sauveterre auf allen vier Seiten der Burg in den Mauerfugen, nahe den Zinnen, Fackelhalter anbringen lassen, und auf Jonas' Schreckensnachricht hin verfügte er sogleich, die Fackeln anzuzünden und auf die vorbereiteten Plätze zu verteilen; so erstrahlten die Burg und das sie umgebende Wasser in einem märchenhaften Licht, welches Samson und mich in helles Entzücken versetzte, uns aber auch zeigte, daß die Zigeuner schon auf unserer Insel saßen. Auf das wütende Bellen der Hunde war eine bedrükkende Stille gefolgt, und sobald die Südseite der Burg erleuchtet war, verbargen sich die Zigeuner auf der Insel in den offenen Schuppen, worinnen sich unsere Ackerwagen und -geräte befanden.

Ohne erst einen Brustharnisch anzulegen noch eine Sturmhaube aufzusetzen, teilte Sauveterre an alle Verteidiger – eingeschlossen François und die Frauen – die Arkebusen aus und befahl, fleißig in die Schuppen zu feuern. Doch befanden wir uns mit unseren Fackeln so hoch über der Insel, daß das Innere der Schuppen in dunklen Schatten getaucht blieb und unsere Kugeln vornehmlich die Dächer trafen. Von dem kleinen Rundturm zwischen der Insel und der Burg hätte man eine bessere Sicht gehabt, doch wir waren zu wenig Leute, als daß Sauveterre jemanden zu diesem Vorposten hätte aussenden können.

Gedeckt durch die Schuppen auf der Insel, belegten uns die Angreifer mit einem fortgesetzten Feuer, welches aber so wenig wirksam war, daß es uns wohl eher ablenken denn wirklich bekämpfen sollte. Sauveterre mutmaßte, daß die Zigeuner, indes sie unsere Aufmerksamkeit und unser Feuer auf die Insel lenkten, einen Angriff in unserem Rükken vorbereiten könnten. So schickte er Faujanet und Jonas auf einen Erkundungsgang über die Burgwälle. Und das war gut getan, denn nachdem sie auf der Westseite und der Ostseite nichts Außergewöhnliches bemerkt hatten, sah Jonas, welcher voranging, zwischen den Zinnen auf der Nordseite plötzlich einen Zigeuner auftauchen, der sich behend wie eine Katze auf den Wehrgang schwang. Jonas spannte seinen Bogen und durchbohrte mit seinem Pfeil den Angreifer, der ohne einen Schrei, die Hände auf die Brust gepreßt, tot darniedersank. Jonas gab darauf Faujanet ein Zeichen, stehenzubleiben, indes er gebückt weiterschlich. Alsbald entdeckte er in den Schießscharten acht Seilhaken und sah, wie mehrere Zigeuner an Seilen nach oben kletterten, ohne sich auch nur im geringsten wegen der Fackel zu besorgen, welche die Nordseite erhellte. Höchstlich verwundert über ihre aberwitzige Kühnheit, trat Jonas in den Schatten zurück und sandte Faujanet, Sauveterre herbeizuholen.

Gefolgt von den Brüdern Siorac und Faujanet, traf dieser just in dem Augenblick ein, da Jonas einem zweiten Zigeuner lautlos das Lebenslicht ausblies. Sauveterre gebot seinen drei Leuten, sich hinter Jonas zu halten, und sprach zu ihnen mit leiser Stimme:

„Lasset den Steinbrecher nur machen und feuert erst auf meinen Befehl."

Ein weiterer Zigeuner fand den Tod, wonach ein vierter auftauchte, welcher, von Jonas' Pfeil nur in einem minder lebenswichtigen Körperteil getroffen, laut aufschrie, sich nach hinten warf und in den See sprang. Andere taten es ihm nach, wie zu hören war, woraus man entnehmen konnte, daß die noch an den Seilen hängenden Zigeuner ihr Unterfangen aufgaben. Sauveterre hieß nun seine Leute, hinter den Zinnen Aufstellung zu nehmen und auf alles zu feuern, was sich bewegte. Er selbst lugte vorsichtig hinab und sah, daß die Zigeuner über ein Floß verfügten, welches die Springenden alsbald erreichten; sich unter Wasser haltend, verschwanden sie in der Dunkelheit. Am Ufer nahmen etliche Männer, welche gewiß den Kletternden hätten nachfolgen sollen, die Flucht, ohne daß man hätte auf sie schießen können, denn das Licht der Fackel beleuchtete sie nur schwach. Die Benützung eines Floßes war gewiß ein trefflicher Gedanke, hätte doch ein Schwimmer niemals die Seilhaken bis in die Höhe der Zinnen schleudern können, wohingegen dies von einem Manne im Stand nur einige Kraft und Geschicklichkeit erforderte.

Sauveterre besah sich die drei von Jonas Getöteten. Sie waren schwarz gekleidet, trugen ein langes Messer im Gürtel, und in ihren Kapuzen, die sie über den Kopf gezogen hatten, fand er Pistolen. Sie tropften vor Wasser, was erkennen ließ, daß sie das Floß schwimmend vor sich her geschoben und nur der geschickteste Werfer darauf Platz genommen hatte.

Sauveterre fühlte, wie ihm der Schweiß die Handflächen näßte. Ein Dutzend Banditen, welche an dieser Stelle unbemerkt auf den Wehrgang gelangt und dann von hinten über die Verteidiger von Mespech hergefallen wären, indes selbige auf die Insel feuerten, hätte sie im Handumdrehen bis zum letzten Mann niedermachen können.

Man entfernte die Haken mit den daran befestigten Seilen, und indes Jonas und Faujanet ihren Wachgang fortsetzten, begab sich Sauveterre mit den Brüdern Siorac wieder zu den Frauen zurück. Auf der Insel entstand nun einige Hektik, ohne Zweifel verursacht durch die Ankunft der Geflüchteten, doch vermochte man nichts Genaues zu erkennen; die Arkebusen waren verstummt.

Sauveterre gab den Frauen keinerlei Bericht und befahl auch nicht, zu schießen. Als meine Mutter ihn beunruhigt fragte, was denn da unten vor sich gehe, gab er leise zur Antwort:

„Mich deucht, daß alles zu Ende ist. Die Zigeuner werden wohl bald zum Vorschein kommen und abziehen."

Niemand auf den Wallmauern war darüber trauriger als Samson und ich, begriffen wir doch, daß nun nicht mehr die langersehnte Gelegenheit käme, unsere Steine den Angreifern auf die Köpfe zu werfen. Zu meiner Schande muß ich eingestehen, daß mein Interesse an der ganzen Sache damit deutlich abnahm. Unsere Köpfe, beschwert durch die großen Sturmhauben, welche Barberine uns aufgesetzt, senkten sich auf unsere Munition, und wiewohl dieses Lager alles andere als weich war, schliefen wir darauf ein.

Wir schreckten hoch, als plötzlich Jonas' Stimme laut erschallte.

„Heda, Zigeunerhauptmann!" rief er, „kommet heraus aus Eurem Versteck und zeiget Euch. Es wird Euch nichts geschehen. Hauptmann Sauveterre will mit Euch sprechen."

Ich riß meine Augen auf und war vom Mond geblendet. Er schien so hell am Himmel, daß man in seinem Lichte ein Buch hätte lesen können. Ich lugte hinter einer Zinne hervor und sah, wie ein Mann ohne Helm noch Harnisch, von hohem Wuchs und edeler Haltung aus dem Schatten eines Schuppens hervortrat und sich stolzen Schrittes dem dicken Pfahl in der Mitte der Insel näherte, welcher dazu diente, die Füllen zu ihrer Abrichtung im Kreise laufen zu lassen.

„Monsieur", rief Sauveterre ihm zu, „da nun Euer hinterhältiger Angriff auf Mespech fehlgeschlagen, dürftet Ihr wohl wenig Sinn darin sehen, ihn fortzuführen. Aus dieser Ursach biete ich Euch die Möglichkeit zu ehrenvollem Rückzug, ohne Euch dabei beschießen noch verfolgen zu lassen."

Der Räuberhauptmann lachte kurz auf.

„Was heißt hier: uns nicht verfolgen zu lassen, Herr Hauptmann?“ sprach er in einem katalanisch gefärbten Provenzalisch, seine Worte sorgfältig wählend. „Selbst wenn Ihr es wolltet, vermöchtet Ihr es nicht. Eure kleine Truppe zählt fünf Männer, Euch eingeschlossen, vier Weiber und etliche Kinder. Das ist doch wohl etwas wenig, um hundert gutbewaffneten Männern nachzustellen!“

Nach dieser spöttischen Rede brach er in lautes Gelächter aus und zeigte seine prächtigen Zähne, welche in dem ungewöhnlich hellen Mondschein deutlich zu sehen waren.

„Immerhin reicht unsere Kraft aus, Euch für den Rückzug teuer bezahlen zu lassen“, erwiderte Sauveterre barschen Tones.

„Nicht, wenn wir wiederum die dunkle Nacht abwarten, um uns aus dem Staube zu machen! Überdies verfügen wir noch über einige Faustpfänder. Wir könnten Eure Schuppen auf der Insel in Brand stecken samt den Wagen und Gerätschaften darinnen. Und unseren Weg über Taniès nehmend, könnten wir den Kastanienwald anzünden, aus dem Ihr so prächtige Fässer gewinnt . . .“

Hierauf verkündete die Maligou, die mit der Gavachette auf dem Arm herbeigeeilt war, der Zigeuner sei der allerschönste Mann auf Erden; wenn er, obgleich aus fremdem Lande herstammend, Mespech so gut kenne, dann könne nur Magie und Zauberei im Spiele sein.

„Es verwundert mich“, sprach Sauveterre mit grimmiger Stimme zu ihr, „daß Euer Braten so gut schmeckt, denn Ihr habt weniger Hirn in Eurem Schädel als notwendig ist, ein Ei zu kochen!“

Und schickte sie barsch an ihren Herd zurück.

„Nun denn, Monsieur“, hub Sauveterre nach einem Schweigen wieder an, „was schlagt Ihr vor?“

„Fünfhundert Livres – dafür beenden wir die Belagerung und ziehen ab, ohne Euch Schaden zuzufügen.“

„Das ist ein gewaltiges Stück Geld.“

„Hoho, Herr Hauptmann“, erwiderte der Zigeuner lächelnd, „Ihr habt das Dreifache oder Vierfache davon in Euren Truhen. Das Jahr hat Euch viel eingebracht durch den Verleih von Getreide, die verkauften Fässer und behauenen Steine gar nicht gerechnet!“

Sauveterre hielt weiteres Debattieren für zwecklos: der Zigeuner würde ihm nicht einen Heller nachlassen.

„Und wenn ich das Geld zahle“, sprach er, „wer bürgt mir dafür, daß Ihr Euer Versprechen einhalten werdet?“

„Ich selbst mit meinem Wort“, erwiderte der Zigeuner stolz.

„Bratenduft allein macht noch nicht satt“, sagte Sauveterre, „wie auch ein Versprechen den Magen nicht füllt.“

Der Zigeuner lachte.

„Ich werde Euch also bei meinem Abzug eine Geisel hinterlassen, welche Ihr mir in achtundvierzig Stunden nachschicken sollt.“

„Einverstanden“, sprach Sauveterre, „wenn Ihr mir entdeckt, wer Euch so genau Auskunft gab über Mespech.“

Wieder lachte der Zigeuner.

„Herr Hauptmann, für nichts bekommt man nichts! Eine solche Auskunft kostet Euch nochmals fünfzig Livres.“

„Ihr sollt sie haben“, sagte Sauveterre nach kurzem Schweigen.

„Sobald ich die 550 Livres habe“, hub der Zigeuner wieder an, „werde ich die Geisel an diesen Pfahl hier binden und Euch vermelden, was Ihr zu wissen begehrt.“

Es trat einen Augenblick Stille ein, dann sprach der Zigeuner mit veränderter Stimme:

„Es fehlen drei von meinen Männern. Habt Ihr sie?“

„Ja“, sagte Sauveterre, „sie wurden niedergemacht, als sie den Fuß auf unsere Mauern setzten. Ich werde sie auf christliche Weise begraben lassen, ohne sie zu entmannen.“

„Das Entmannen ist auch meine Sache nicht!“ wehrte sich der Zigeuner. „Das tun nur die wenigen Mauren, die ich in meiner Schar habe. Wenn sie einen Feind töten, wollen sie ihm nicht nur das Glück des irdischen Daseins nehmen, sondern auch die Ehre des Mannseins.“

„Des letzteren ist niemand teilhaftig ohne das erstere“, entgegnete Sauveterre. „Die Entmannung ist folglich unnütz. Und Eure Mauren werden dadurch nicht mannbarer.“

„Da habt Ihr recht“, antwortete der Zigeuner, „doch ich vermag sie nicht davon zu überzeugen.“

„Bindet die Geisel an“, sprach Sauveterre darauf. „Ich gehe, das Geld zu holen.“

Es muß Sauveterre das Herz abgedrückt haben, als der Jutesack mit den 550 Livres darinnen an einem Strick auf die Insel hinübergeschwungen ward. Der Zigeuner packte ihn und zählte im hellen Mondenschein unser gutes Geld. Trotz meiner jungen Jahre dünkte es mich eine himmelschreiende Ungerechtigkeit, daß Mespech solcherart um sein Geld gebracht ward.

„Und nun, Monsieur, die gewünschte Auskunft", forderte Sauveterre.

„Herr Hauptmann", sprach da der Zigeuner, „Ihr habt einen guten Nachbarn, der Euch sehr liebt. Er hat mir fünfhundert Livres übergeben lassen, damit ich Mespech angreife, und mir weitere fünfhundert versprochen, wenn ich dabei erfolgreich wäre. Ich war auf Beutezug in der Gegend von Domme, als sein Haushofmeister geritten kam und mir alles Wissenswerte kundtat über Mespech, seine Besatzung, seine Befestigungen und die rautenförmig ausgelegten Fußangeln hinter dem Zaun, über welche wir einfach Bretter gelegt, um uns nicht darin zu verfangen. Ohne Eure Hunde, von denen man mir nichts gesagt, wäre Mespech verloren gewesen."

„Was ist mit ihnen geschehen?"

„Sie haben sich so wild gebärdet, daß wir sie niedermachen mußten."

Es folgte eine drückende Stille, worauf Sauveterre wieder anhub:

„Wie ich mutmaße, habt Ihr Monsieur de Fontenac nie zu Gesicht bekommen?"

„Nur seinen Haushofmeister. Einen Italiener namens Bassano. Er erwartet mich bei Sonnenaufgang auf Flaquière, daß ich ihm berichte."

„Und wo genau?"

„Unter dem großen Nußbaum an der Wegkreuzung."

„Werdet Ihr Euch hinbegeben?"

„Wenn Ihr mir noch fünfundzwanzig Livres verehrt, dann nicht."

„Zehn", sagte Sauveterre.

„Hier wird nicht gehandelt, Monsieur!" sagte der Zigeuner.

„Was würdet Ihr verlieren, so Ihr Euch nicht zu diesem

Treffen einfindet? Bassano wird kein Geld mit sich führen, da Ihr nicht erfolgreich gewesen seid."

„Es kommt nicht darauf an, was ich verliere", hielt ihm der Zigeuner entgegen, „es kommt darauf an, was Ihr gewinnet, so Ihr an meiner Statt gehet."

Da disputierte Sauveterre nicht länger, und die fünfundzwanzig Livres wurden auf gleichem Wege zu dem Zigeuner befördert.

„Ich werde treu zu meinem Wort stehen", sprach dieser, „so wie ich hoffe, daß auch Ihr zu dem Euren stehet."

„Darauf könnt Ihr Euch verlassen. Wohin soll ich Eure Geisel nach den achtundvierzig Stunden schicken?"

„Sie weiß, wo ich zu finden bin. Ich grüße Euch, Herr Hauptmann", setzte der Zigeuner hinzu, „und bedaure, daß die Notwendigkeit, zu überleben und meine Sippe zu ernähren, mich zu schändlichen Taten zwingt, denn ich bin ein guter Christ und erhoffe wie ein jeder, nach dem Tode die Gnade des Allerhöchsten zu finden."

„Monsieur", erwiderte Sauveterre nicht ohne Überwindung, „kein Mensch vermag das Urteil Gottes vorauszusehen. Doch wenn Euch Euer Seelenheil so sehr am Herzen liegt, wünsche ich Euch, daß Ihr Errettung finden möget."

Jonas ließ ein empörtes Murren hören, allein Sauveterre hieß ihn mit einer schroffen Handbewegung schweigen, und der Zigeuner antwortete, den spöttischen Ton aufgebend:

„Ich danke Euch, Herr Hauptmann, und werde Euren guten Wunsch in der Erinnerung behalten."

Die Zigeuner verschwanden, wie sie gekommen waren: die Arkebusen über ihre Köpfe haltend, erreichten sie schwimmend das Ufer. Dann hörte man, wie sich in der Ferne Pferde und Wagen in Bewegung setzten.

Als sich Jonas auf Sauveterres Geheiß zur Insel begab, die Geisel loszubinden und ihr das Tuch abzunehmen, in das sie von Kopf bis Fuß eingehüllt, erlebte er eine Überraschung. Er sah sich einer Jungfer gegenüber, deren Schönheit im Mondlicht erstrahlte: üppiges schwarzes Haar, dunkle, glänzende Augen, volle Lippen, ein wohlgeformter Leib.

Jonas betrachtete sie sprachlos von der Höhe seiner hünenhaften Gestalt herab. Die Jungfer hob keck ihr hübsches Gesicht und sprach zu ihm:

„Nun, was zögerst du noch, mich mit Gewalt zu nehmen? Die Gesetze des Krieges geben mich in deine Hand."

„Es würde mich schon sehr danach gelüsten", sagte Jonas, dessen Gefühle durch solche Keckheit noch mehr in Wallung gerieten, zumal die lange Keuschheit in der Höhle des Steinbruches ihm zu schaffen machte. „Und dich wohl auch, wie mich deucht", fügte er hinzu.

„Ich würde mich mit Zähnen und Klauen zur Wehr setzen", erwiderte die Jungfer, doch ihr Ton ließ erkennen, daß sie auf eine Niederlage gefaßt sei.

„Bist du etwa noch jungfräulich, obwohl du bei den Zigeunern lebst?" fragte Jonas.

„Oh, bei den Zigeunern geht es anders zu, als du denkst! Sie haben ihre Riten und Gesetze. Bei der Heiligen Jungfrau! es ist wahr, daß ich noch unberührt bin."

„Rufe hier besser nicht die Heiligen an, Zigeunerin", sprach Jonas leise zu ihr. „Und am allerwenigsten die Jungfrau Maria! Wie alt bist du?"

„Vierzehn Jahre."

„Dann wäre es schon Zeit", seufzte Jonas und fuhr fort: „Auch Mespech hat seine Riten und Gesetze. Zuerst muß man sein Jawort geben vor dem Pfarrer – oder dem Pastor. Was nach meinem Bedünken nur Posse und Narrenspiel ist, wenn die Natur so laut spricht. Doch was hilft es! Ich habe unsere Bräuche nicht erdacht. Feinslieb, wenn ich dir Gewalt antäte, würde der Hauptmann mich davonjagen, und ich müßte wieder am Hungertuche nagen. Ich bitte um Nachsicht, hübsches Kind, doch zuerst muß ich an Speis und Trank für meinen langen Leib denken: erst den Bauch gefüllt und dann die Lust gestillt."

„Also will der Hauptmann mich für sich allein!" sprach die Schöne, mit den Hüften schwingend und ihre schwarze Haarpracht schüttelnd.

„Das darfst du nicht glauben!" erwiderte Jonas mit gutmütigem Lachen und setzte leise hinzu: „Für den Hauptmann ist jedes Weib nur Blendwerk und Seelenverderb. Er denkt an den Himmel und nicht an hübsche pralle Brüste wie diese hier. Doch wie unrecht tut er daran, denn ein hübscheres Wesen hat keiner weit und breit je gesehen, obgleich du ein Zigeunerweib bist."

„Mitnichten, ich bin eine Maurin“, sagte die Jungfer mit Stolz. „Ich werde Sarrazine geheißen, doch bin ich eine Christin.“

„Oh, darauf soll es mir nicht ankommen!“ entgegnete Jonas lächelnd. „Wenn es um die Freuden der Liebe geht, sehe ich nicht auf die Religion!“

Dieser Ton änderte sich, als Jonas die Geisel in den großen Saal brachte, worinnen Sauveterre und wir anderen – ausgenommen Faujanet, welcher auf den Wällen Wache hielt – uns mit weißem Brote, Salzfleisch und Wein zu stärken suchten.

„Sarrazine“, sprach Sauveterre in barschem Ton (er warf ihr nur einen kurzen Blick zu, denn die Gefühlswallung, welche die Jungfer mit den glänzenden Augen in Jonas und den Brüdern Siorac hervorgerufen, war ihm nicht entgangen), „du wirst nur für kurze Zeit unsere Gefangene sein. Übermorgen bei Sonnenaufgang werde ich deinen Käfig wieder öffnen.“

„Und ich werde nicht wissen, wie ich den Zigeunerhauptmann wiederfinden soll“, rief Sarrazine, „denn er hat mir nicht gesagt, an welchen Ort er sich begibt.“

„Das hat er dir nicht gesagt?“ sprach Sauveterre, sich halb von seinem Sitz erhebend.

„Nein, Moussu!“ erwiderte Sarrazine, ihre schwarze Haarpracht schüttelnd. „Und das Angesicht hat er mir vermummt, um mein Wutgeschrei zu ersticken, hatte ich doch wohl erkannt, daß er mich loswerden wollte wie einen Hund, welchen keiner mehr mag.“

„Und was hast du getan, um seinen Zorn zu verdienen?“ fragte Sauveterre mit gestrengem Blick.

„Ich liebte ihn allzusehr“, gab Sarrazine zur Antwort, „und da er mich von sich wies, wollte ich ihn erdolchen.“

„Ein böses Unterfangen“, sagte Sauveterre, „und ebenso verdammenswert wie die Unkeuschheit, aus der es entsprungen!“

„Moussu, wie recht habt Ihr!“ sprach darauf Sarrazine mit gesenktem Haupt und bebender Brust. „Die Reue quält mich auch gar sehr, und alle Tage bete ich zu Gott um Vergebung, daß mir das Blut so leicht in Wallung gerät.“

Da ein solches Gebet ganz und gar nicht nach Sauveterres

Geschmack war, folgte ein längeres Schweigen, welches meine Mutter schließlich brach.

„Was soll mit diesem schamlosen Ding nun werden?" sprach sie mit großer Heftigkeit – und vielleicht dachte sie schon an Jean de Sioracs Rückkunft auf Mespech. „Hier bleiben kann sie auf keinen Fall!"

„Darüber werden wir später befinden", erwiderte Sauveterre, welcher sich nicht von einer Frau – auch nicht vom Eheweib seines vielgeliebten Bruders – Vorschriften machen lassen wollte. „Der Morgen graut, und ich habe noch was zu erledigen. – Jonas", fuhr er fort, sich erhebend, „bringe mir Morion und Brustharnisch."

Er gedachte nämlich, sich zu dem Treffen mit Bassano zu begeben, nachdem Sarrazines Bericht seine Zweifel ausgeräumt, ob der Zigeuner ihn nicht in eine Falle locken wolle. Doch dieser hatte die fünfhundert Livres von Fontenac eingestrichen, dazu die fünfhundertfünfundsiebzig von Mespech, und obendrein war seine Truppe durch einen listigen Streich von einer Meuchlerin befreit. Warum sollte er also, nachdem alles zu seinem Vorteil ausgeschlagen, noch ein Wagnis eingehen? Gewiß ritt er jetzt schon zufrieden durch die Lande – auf der Jagd nach neuer Beute.

Über seine Begegnung mit Bassano ließ Sauveterre kein Sterbenswörtchen verlauten, auch nicht im „Buch der Rechenschaft", und die Brüder Siorac, welche ihn begleitet, blieben dazu so stumm wie gewöhnlich.

Eine Stunde, nachdem sie weggeritten, sahen wir einen der beiden Siorac zurückkommen, einen Strick zu holen, woraus wir mutmaßten, daß wohl bald ein Toter an einem Baum hängen würde. Doch was für ein Baum dies war und wie die ganze Sache ablief, erfuhren wir erst viel später, und auch nicht von Sauveterre, sondern von unserem Vater, welchem Sauveterre alles anvertraute und dem dann im Laufe der Jahre einige Worte aus dem Munde rutschten – gegen seinen Willen, wie ich annehme, denn die Angelegenheit sollte wohl auf immer ein Geheimnis der beiden Brüder bleiben.

Ich habe keinen Zweifel daran, daß Sauveterre anfangs die Absicht hatte, Bassano lebendigen Leibes zu ergreifen, ihn gefangenzusetzen und gegen seinen Herrn Zeugnis ablegen zu lassen. Doch Bassano, als er plötzlich Sauveterre in der Morgendämmerung daherreiten sah, ging sofort mit erhobenem Degen auf ihn los und hätte ihn, noch ehe Sauveterre blankgezogen, tödlich getroffen, wenn nicht sein Harnisch ihn geschützt hätte. Da nahmen die beiden Brüder Siorac ihre Arkebusen und schossen Bassano über den Haufen, so daß der Angreifer entseelt zu Füßen des Angegriffenen niedersank.

Der Baum, woran die Leiche aufgehängt ward, war die Eiche, welche den Fontenacs in Ausübung ihrer grundherrlichen Gerichtsbarkeit als Richtstatt diente. Sie war mehr als hundert Jahre alt und stand in geringer Entfernung von ihrer Burg auf einem Hügel, direkt vor den Fenstern des Bergfrieds, in welchem sich die Wohngemächer des Burgherrn befanden, so als wolle dieser – und vor ihm seine Ahnen – die Augen auf den armen Schluckern ruhen lassen, welche er zum Tode durch den Strang verurteilt.

Welche Gedanken Bertrand de Fontenac kamen, als er am Morgen seinen Haushofmeister blutüberströmt am großen Aste des Richtbaumes hängen sah, erfuhr niemand, denn er erhob keine Klage vor Gericht und bewahrte – ebenso wie die Herren Brüder – Stillschweigen über die Sache, hatte er doch sehr wohl jene Sprache verstanden, die ganz ohne Worte zum Ausdruck brachte, was man sich von Burg zu Burg sagen wollte.

Die gute Nachricht von der Einnahme Calais' durch den Herzog von Guise erreichte Sarlat Ende Januar, doch mußten wir noch drei lange Monate warten, bis mit den ersten Blättern des Frühlings mein Vater mit seinen drei Soldaten heil und unversehrt in sein Mespech zurückkehrte.

Ich habe besonderen Grund, mich des Tages seiner Rückkunft, des 25sten April anno 1558, zu erinnern, denn er fiel mit meinem siebten Geburtstag zusammen; obendrein hatte ich tags zuvor einen harten Strauß mit François de Siorac auszufechten gehabt.

Als Erstgeborener zeigte sich François nämlich überaus anmaßend, obgleich er weder hinreichenden Mut noch Kraft besaß: trotz seiner elf Jahre war er kaum größer als ich, und bei den Leibesübungen bewies er eine Trägheit, welche meiner Achtung vor ihm nicht zuträglich war. Er muß seine diesbezügliche Schwäche wohl gespürt haben, denn er zog den wilden Spielen, bei welchen Samson und ich uns austobten, geruhsamere Beschäftigungen wie das Fischen vor, daran ich wegen der damit verbundenen Bewegungslosigkeit nur wenig Vergnügen fand. Und dies war auch die Ursache unseres Streits an jenem Tage.

Auf Mespech war ich frühmorgens nach der Maligou immer als erster auf den Beinen, denn sobald ich erwachte, hielt es mich nicht mehr im Bett. So verwunderte es mich an jenem Morgen gar sehr, als ich, im großen Saale vor einer Schale heißer Milch sitzend, François auftauchen sah. In einem hochmütigen Tone, wie ihn zuweilen meine Mutter an den Tag legte und der wohl ansteckend gewesen sein muß – auch Cathau gebrauchte ihn, allerdings nur der Maligou gegenüber, denn mit Barberine hätte sie solches nie gewagt –, sprach er zu mir:

„Mein Bruder, ich habe die Absicht, heute morgen im Weiher zu fischen. Ihr werdet mich begleiten und meine Ruten wie auch die Eimer tragen, die Würmer auf die Haken ziehen und die Fische anfüttern."

Wie viele Male hatte ich schon auf sein Geheiß diese Verrichtungen mit höchstem Widerwillen ausgeführt, obwohl ich die Dienerrolle haßte, in welche er mich dabei drängte; diesmal machte ich keine Mördergrube aus meinem Herzen und sagte mit Bestimmtheit:

„Nein, mein Herr Bruder (denn so verlangte er genannt zu werden), ich werde Euch nicht begleiten."

„Und warum nicht, wenn ich bitten darf?" fragte François mit hochmütiger Miene und drohendem Blick.

„Weil ich das Fischen nicht mag."

„Ob Ihr es mögt oder nicht, Ihr tut, wie Euch geheißen!"

„Auf gar keinen Fall", erwiderte ich, ihm starr in die Augen blickend.

Diese trotzige Weigerung versetzte ihn in höchstes Erstaunen, und es dauerte eine Zeit, bis er sich wieder gefaßt.

„Ich bin Euer älterer Bruder", sprach er schließlich, „und also schuldet Ihr mir Gehorsam."

„Gehorsam schulde ich nur meinem Vater und Oheim Sauveterre."

„Und unserer Mutter“, setzte François hinzu.
„Und unserer Mutter“, wiederholte ich schuldbewußt mit einem gewissen Gefühl der Scham, daß ich sie vergessen und François dies bemerkt hatte.
„Und auch mir“, fuhr François fort.
„Keineswegs!“
„Habt Ihr vergessen“, hielt mir François entgegen, „daß ich eines Tages der Herr auf Mespech sein werde und Ihr ein kleiner Medicus in Sarlat?“
Diese Worte verletzten mich tief, doch ließ ich mir nichts anmerken und erwiderte, so stolz ich konnte:
„Ich werde ein großer Medicus sein in einer großen Stadt wie Paris, Bordeaux oder Périgueux.“
„Ob groß oder klein“, sagte François mit allerhöchster Verachtung, „Ihr werdet nichts anderes tun, als Pestkranke und Syphilitiker zu behandeln.“
„Ich werde tun, was mein Vater tut – aus freiem Willen und ohne Geld dafür zu nehmen.“
Hier schien François sich nicht mehr auf sicherem Boden zu fühlen, denn er lenkte die Sprache wieder auf seine Absicht, fischen zu gehen.
„Laßt Euer Geschwätz. Ich habe als Erstgeborener einen Dienst von Euch gefordert, und den habt Ihr mir zu erweisen!“
„Mein Herr Bruder, ich habe nein gesagt.“
„Dann werde ich Euch züchtigen.“
Ich erhob mich und ging entschlossen auf ihn zu.
„Oder werde Euch züchtigen lassen, was auf dasselbe hinausläuft“, setzte François hastig hinzu.
Ich fühlte sein Zurückweichen und trieb meinen Angriff weiter voran, denn ich schäumte bei dem Gedanken, daß dieser dumme Tropf eines Tages der Herr von Mespech sein würde, wie er es mir alle naselang in Erinnerung rief. Zudem nahm ich ihm übel, daß er dergestalt bei jeder Gelegenheit auf den Tod meines Vaters anspielte.
„Ich verachte Euer Fischen“, stieß ich wütend hervor. „Es ist eine Beschäftigung für den gemeinen Mann, nicht für einen Edelen, welchem vielmehr die Jagd, das Reiten oder der Umgang mit den Waffen anstehen.“
„Der Umgang mit den Waffen!“ wiederholte François hä-

misch. „Während ich mit der Arkebuse auf die Zigeuner schoß, habt Ihr auf Euern Kieselsteinen geschnarcht!“

„Ich habe nicht geschnarcht!“ rief ich entrüstet.

„Aber gewiß!“ sagte François, „und neben Euch schnarchte der Sohn dieser Kuhmagd, den Ihr zu Euerm Freund erwählt!“

„Samson ist mein Bruder.“

„Euer Halbbruder!“

„Zuweilen“, sagte ich, die Fäuste ballend, „ist ein Halbbruder besser als ein richtiger Bruder.“

„Ihr wagt es, mich zu beleidigen?“ schrie François, außer sich. „Wißt Ihr nicht, daß Samson nur ein elender Bankert ist und weniger wert als ein Häufchen Scheiße?“

An dem, was nun folgte, hatte mein Wille keinerlei Anteil. Ich stürzte wie ein Wilder auf François los und versetzte ihm eine solche Maulschelle, daß ihm das Blut aus der Haut trat; und weil der Feigling, anstatt sich zu wehren, sich zur Flucht wandte, bekam er noch einen kräftigen Tritt in den Hintern. So stahl sich mein erstgeborener Bruder blutend und jammernd aus dem Saal und hatte in meinen Augen alle Ehre verloren. Auf der Treppe, welche zu Sauveterres Turm führte, hörte ich ihn dann schreien, ich hätte ihn erschlagen wollen wie Kain seinen Bruder Abel.

Ha, was war das für ein denkwürdiger Tag in den Annalen Mespechs, als ich die Hand gegen meinen älteren Bruder erhob! Daran änderten auch die schweren Vorhaltungen nichts, die Peitschenhiebe, die Tränen meiner Mutter, die finstere Miene Sauveterres, die Einkerkerung: zwei Tage bei Wasser und Brot im Nordostturm, worinnen ich als einzige Gesellschaft einen Besen vorfand, mit welchem ich wie der leibhaftige Satan auf die Spinnweben losging, obgleich mich mein Hinterteil gewaltig schmerzte. Nach einer Zeit erschien Barberine, die Wangen naß von Tränen (denn ich hatte – ausgenommen meine Mutter – alle Frauen des Hauses auf meiner Seite), mir schönes frisches Weißbrot zu bringen sowie einen Krug Wasser, welches sich dann als Milch erwies. Minuten später drehte sich der Schlüssel wiederum im Schloß, und Samson trat herein, stellte einen Topf Honig auf den Boden, lächelte mir zu und verschwand wieder.

Aus Scham hatte ich dem Oheim Sauveterre verschwiegen, was François über Samson gesagt, doch er erfuhr es von der Maligou, welche in ihrer Spülkammer alles mit angehört. Als er nun in meinen Kerker gehumpelt kam, mich darüber zu befragen, gewahrte er den Honig, in welchen ich mein Brot stippte, und seine Stirn verfinsterte sich.

„Was ist das?“ fragte er.

„Honig, mein Herr Oheim“, sagte ich, mich erhebend.

„Das sehe ich wohl. Wer hat ihn dir gebracht?“

„Das kann ich nicht sagen.“

„Ich weiß es aber schon“, sagte darauf Sauveterre.

Er sah auch die Milch, weil seinen Augen nichts entging, doch verlor er kein Wort darüber, sondern ließ mich nur ganz genau wiederholen, was François über Samson gesagt. Darauf verfinsterte sich wiederum seine Stirn, und er sprach mißmutig:

„So grob und unflätig spricht ein Kutschknecht, eines Christenmenschen ist solches unwürdig. Auch François hat Strafe verdient. Doch dies entschuldigt nicht Euer Vergehen. Mein Neffe, Ihr seid zu aufbrausend und heißblütig. Bei jeder kleinen Kränkung stürzt Ihr los wie ein Stier! Ihr müßt Euch ändern.“

Darauf ging er hinaus, ohne mir Milch und Honig wieder wegzunehmen. Doch wie ich später erfuhr, ließ er Barberine rufen, ihr kräftig die Leviten zu lesen.

„Ich muß mich geirrt haben“, stammelte Barberine zitternd. „Die beiden Krüge sehen einander so ähnlich!“

„Ach geh, Barberine, willst du mich belügen?“ erwiderte Sauveterre, mit den Schultern zuckend. „Die Frauen denken immer nur mit dem Bauch, und du liebst Pierre, als wäre er dein eigen Fleisch und Blut.“

„Ein wenig ist er es ja auch“, sprach Barberine.

„Gewiß, gewiß!“ stimmte Sauveterre zu und fuhr fort: „Kinder zu erziehen ist wahrlich ein verdrießliches Geschäft! Warum auch müssen die Männer heiraten! Das bedeutet doch nur, kurze Freuden sehr teuer zu bezahlen. Jetzt muß ich auch noch Samson auspeitschen, welcher gewißlich der liebenswerteste von den dreien ist, denn François hat eine böse Zunge, und Pierre ist ein Heißsporn, draufgängerisch und stolz wie ein Lord.“

„Aber er hat ein gutes Herz“, setzte Barberine hinzu.

„Das Herz kann nicht die Fehler entschuldigen."

So bekam wegen des Honigtopfes auch Samson die Peitsche zu kosten, was ich bedauerte; doch zu meiner großen Freude – und auch zu der seinen – sperrte man ihn als Kerkergenossen zu mir in den Turm, damit er die gleiche Strafe verbüße, indes François, welchen man nicht mit uns zusammenzustecken wagte, für zwei Tage einsam und allein im Nordwestturm sitzen mußte, jedoch ohne vorher ausgepeitscht zu werden, da er mit meiner Maulschelle und dem Tritt in den Hintern schon genug abbekommen hatte. So geschah es, daß mein Vater, als er gesund und unversehrt aus dem Kriege zurückkehrte, sein Haus in gar großer Aufregung und seine drei Söhne im Turm eingesperrt vorfand.

Seine Ankunft in der strahlenden Morgensonne des folgenden Tages bot, von meinem Turmfenster aus gesehen, ein wunderbares Schauspiel. Jonas hatte die drei Fallbrükken herabgelassen, und indes Marsal Schielauge und Coulondre Eisenarm den Wagen auf der Insel anhielten, um ihn zu entladen, ritt mein Vater, nur gefolgt von Cabusse, stolz in den Burghof ein und beschrieb unter Jubel und Freudenrufen eine Runde im Galopp, ehe er sein Roß vor der Freitreppe zum Stehen brachte, auf welcher meine Mutter herbeieilte; sie trug ein weit ausgeschnittenes Morgenkleid wie damals vor dreizehn Jahren, als Jean de Siorac sie im Ehrensaal der Burg Castelnau zum ersten Mal erblickte.

Als hätte er Flügel, sprang mein Vater von seinem Roß, lief ihr entgegen und erreichte die Freitreppe just in dem Augenblick, da Isabelle in ihrem schnellen Lauf auf den letzten Stufen ausglitt und ihm gleichsam in die Arme fiel. Unter Weinen und Lachen drückte sie ihn an ihr Herz und bat ihn um Vergebung, daß sie ihn am Tage seines Aufbruches so sehr erzürnt.

„Schweig still, mein liebes Weib!" sprach mein Vater mit leiser Stimme. „Kein Wort soll mehr fallen über unsere Zwistigkeiten!" (Doch leider wurde zwei Jahre später wieder tagelang darüber gesprochen.)

Mit lauter Stimme fügte er hinzu:

„Und nun soll Freude herrschen, Frau Baronin!"

„Baronin!" rief meine Mutter, „dann seid Ihr also Baron?"

„Gewiß! Auf Empfehlung des Herzogs von Guise hat der König Mespech in den Rang einer Baronie erhoben, davon ich fortan den Titel führen werde, so wie nach mir François."

In diesem Augenblick kam von überallher unter lautem Schreien und Rufen das Gesinde auf den Burghof gestürmt – Faujanet aus seiner Küferei, die Maligou aus ihrer Spülkammer, die Brüder Siorac aus den Pferdeställen, indes Barberine mit der kleinen Hélix und Catherine die Wendeltreppe ihres Turmes herabeilte.

„Heiliger Herr Jesus!" rief sie aus, denn mein Vater war nicht nur ihr Brotherr, sondern auch ihr Held.

Und schließlich kam Sauveterre, ganz in Schwarz gekleidet, doch freudestrahlend, die Freitreppe herabgehumpelt, in der Eile seitwärts wie eine Krabbe sich bewegend, ohne auf seine Würde zu achten. Als Jean de Siorac ihn erblickte, löste er sich sogleich von Isabelle und stürzte in seine Arme.

„Mein Bruder, mein Bruder!" rief Sauveterre, seiner Stimme kaum mächtig, und rieb seine rauhe Wange an der seines Freundes. „Aber habe ich recht gehört: Ihr seid Baron?"

„Das ist schon wahr", flüsterte ihm mein Vater ins Ohr, „doch bringe ich aus Calais noch anderes mit, was handfester ist denn ein Titel. Diese Engländer waren nicht schlecht begütert . . ."

Sich schließlich aus den Armen Sauveterres lösend, küßte er zärtlich Catherine, alsdann die kleine Hélix, Barberine und gar die Maligou, nicht aber Cathau, weil meine Mutter sich gewißlich darüber gegrämt hätte. Dann wandte er sich den Männern zu – den Vettern Siorac, Faujanet und Jonas –, blickte ihnen reihum in die Augen und klopfte anerkennend ihre Schultern.

„Doch wo sind denn meine Buben?" fragte er plötzlich voller Verwunderung. „Warum sind sie nicht hier? Liegen sie etwa noch faul im Bett, indes ihr Vater aus dem Kriege zurückkehrt?"

In jenem Kabinett, worinnen die Herren Brüder des Sonntags angeblich die Messe hörten, saß mein Vater mit Sauveterre zu Gericht, ohne daß meine Mutter hinzugezogen ward (stand doch zu vermuten, daß sie Richter und Partei zugleich war und daß François den Ausdruck „Sohn einer Kuhmagd“ von ihren Lippen gehört), und ließ seine Söhne einen nach dem anderen rufen, Samson seinen Diebstahl vorzuhalten, mir selbst meine Gewalttätigkeit und François die Beleidigungen. Von den drei Strafpredigten, welche er dabei hielt, befand er nur die an seinen Ältesten gerichtete für würdig, zu Nutz und Frommen der Beteiligten und derer, die ihnen auf Mespech nachfolgen würden, im „Buch der Rechenschaft“ festgehalten zu werden.

„Mein Sohn, obzwar es Euch nicht an Geist ermangelt, habt Ihr in dieser Angelegenheit gehandelt wie ein unwissender Stockesel, und so ist es nur recht und billig, daß Ihr in Euerm Stolz gedemütigt wurdet. Euer Erstgeburtsrecht gründet sich nicht auf Gerechtigkeit, sondern auf die Notwendigkeit, den Grundbesitz nicht durch Teilung zu mindern. Es verleiht Euch ansonsten keine weiteren Vorrechte. Indem Ihr Pierre gedemütigt, ihn wie einen Knecht behandelt und ob seiner künftigen Profession verunglimpft habt, habt Ihr der Ungerechtigkeit noch eine zweite hinzugefügt. Die Folgen habt Ihr zu spüren bekommen. Was Samson anbelangt, so habt Ihr mit Euern Worten, welche ihm gelten sollten, auch mich zutiefst beleidigt. Ich möchte solches kein zweites Mal erleben. Die Worte, welche Ihr gebraucht habt, dürfen nie wieder über Eure Lippen kommen, wenn Euch an meiner Zuneigung gelegen. Samsons Mutter ist tot. Es hat Euch nicht zu bekümmern, wer sie war. Ihr habet einzig und allein im Gedächtnis zu behalten, wer Samsons Vater ist, und seinen Sohn zu achten wie Euch selbst. Lasset Euch dies ein für allemal gesagt sein!“

Mich deucht jedoch, daß der Baron von Mespech seine Rede bei ihrer Niederschrift ein wenig abwandelte, denn für gewöhnlich war seine Sprache nicht so schulmeisterlich. Wie dem auch sei, mir ist dieses Schriftstück sehr wertvoll, machte es doch der Unterordnung, welche mein älterer Bruder mir zugedacht, ein Ende und stellte Samson vor aller Augen seinen Brüdern in jeder Hinsicht gleich. Was die „Gewalttätigkeit“ betrifft, welche mir seinerzeit vorgeworfen ward, so vermeine ich noch heute, daß sie gerechtfertigt und nützlich war wie die des Baders, welcher mit seinem

Messer einen Abszeß öffnet, damit der darinnen angesammelte Eiter ausfließen kann.

Alsdann ward die dreifache Strafe aufgehoben, nicht ohne eine feierliche Handlung, die unsere beiden Hauptleute in Anlehnung an Prozeduren erdachten, welche unter dem Heervolk zur gütlichen Einigung und Vermeidung von Duellen dienten. Unter ihrer großgünstigen Zeugenschaft wurden wir drei einander gegenübergestellt und aufgefordert, uns gegenseitig um Vergebung zu bitten und uns gleichzeitig unserer gegenseitigen Zuneigung zu versichern. Es kostete mich gar große Mühe, das Geforderte zu tun, indes François keine Mühe damit hatte, so leicht paßte er sein Wesen jeder ihm auferlegten Form an. Nachdem nun die Ehre eines jeden wiederhergestellt, ging es an die Umarmungen, welche die Beilegung des Zwistes bekräftigen sollten. François mußte seine beiden jüngeren Brüder auf die Wangen küssen, und nach der Beflissenheit zu urteilen, welche er dabei mit bußfertiger Miene an den Tag legte, hätte niemand an seiner Aufrichtigkeit gezweifelt.

An jenem Tage und den folgenden hörte ich mit dem allergrößten Vergnügen meinen Vater und seine Soldaten davon erzählen, wie Calais eingenommen wurde und wie wir die letzten Engländer aus dem Lande gejagt. Das Schicksal Frankreichs erfuhr eine überaus günstige Wendung durch die Einnahme dieser Hafenstadt, welche die Engländer seit dem Hundertjährigen Kriege sich einverleibt hatten, damit gleichsam die Schlüssel zu unserem Königreich in Händen haltend, konnten sie doch von dort aus nach Belieben ihre Soldaten anlanden. Aus dieser Ursache war ihnen Calais unter all den Juwelen ihrer Krone das teuerste; auch hatten sie die Stadt, nachdem sie sie mit getreuen Untertanen ihres Königs bevölkert, auf das allerstärkste befestigt und auf einem der Stadttore die Inschrift angebracht:

> Nicht eher werden die Franzosen Calais erobern,
> als bis Blei auf dem Wasser schwimmt wie Kork.

Welche Aufschneiderei wohl genüglich beweist, daß alle Völker sich gleichen und auch die Engländer flunkern wie die Gascogner, wenn es um ihre Tapferkeit geht.

Ich war mit meinen sieben Jahren höchst beeindruckt, daß „das Blei auf dem Wasser geschwommen sei", und bewunderte meinen Vater gar sehr, an dieser Bewerkstelligung teilgenommen zu haben. Auch machte es mich glücklich, daß das Königreich nunmehr wieder alle seine Teile besaß und sich gänzlich in französischer Hand befand, welchen Umstand die Brüder niemals müde wurden zu preisen. Seit jener Zeit sind fünfundzwanzig Jahre vergangen bis zum heutigen Tag, da ich diese Zeilen als gereifter Mann niederschreibe, und immer noch beginnt mein Herz gar heftig zu schlagen, wenn jemand vor mir das Wort „Calais" ausspricht. Daß diese Stadt wieder die unsere ward, nachdem sie so lange das Sinnbild fremder Besatzung gewesen, erachte ich für das bedeutendste Geschehnis, das der Geschichte unseres Königreiches in der Mitte dieses Jahrhunderts seinen Stempel aufgedrückt hat.

Aus dem Munde unseres Landsmannes Pierre de Bourdeille, Seigneur de Brantôme, welcher sich, obgleich „Abbé", recht gut mit den Hugenotten verstand, als sie seine Abtei besetzten, erfuhr mein Vater, daß der eigentliche geistige Vater des Unternehmens Calais ebenselbiger Admiral Gaspard de Coligny gewesen sein soll, welcher Saint-Quentin so wacker verteidigt hatte, daß Heinrich II. die Zeit fand, den Heerbann aufzubieten, um die spanischen Angreifer zurückzuschlagen. Ich muß hier nicht sagen, wer der Admiral war und welch schreckliches Schicksal ihn vierzehn Jahre später in der so unheilvollen Bartholomäusnacht zu Paris ereilte. Den Colignys – damit meine ich die drei Brüder aus dieser berühmten Familie: Odet, Kardinal von Châtillon, d'Andelot, Generaloberst der Fußtruppen, und den Admiral – brachte man in unserer Familie die größte Hochachtung entgegen, denn sie waren die ersten hohen Adelsherren Frankreichs, welche sich zur reformierten Religion bekannten, wodurch sie die niederen Adeligen ermutigten, ihrem Beispiel zu folgen, und dem Lager der Hugenotten Kopf und Schwert verliehen.

Der Admiral – so Brantôme, welcher indes hier nur das von anderen Gehörte wiedergab, unter Verschweigung seiner Quelle – hatte während des Waffenstillstandes von Vaucelles Monsieur de Briquemaut verkleidet auf Kundschaft nach Calais geschickt. Selbiger erstattete ihm dann Bericht, und auf der Grundlage dieses Berichtes und der ausgekundschafteten Schwächen in der Verteidigung verfaßte der Admiral ein Promemoria und entwarf Angriffspläne, welche er dem König vorlegte. Etliche Monate später, als der Krieg zwischen Spanien und Heinrich II. von neuem entflammt war, erinnerte sich der König dieses Promemorias und der Angriffspläne, erbat sich die Pläne von der gnädigen Frau Admiralin (denn Coligny befand sich seit der Einnahme von Saint-Quentin als Gefangener in den Händen der Spanier) und übergab sie dem Herzog von Guise.

Sollte diese Geschichte der Wahrheit entsprechen, dann wäre sie von allerhöchstem Interesse, weil sie zeigt, wie der künftige Kopf der hugenottischen Partei in Frankreich und das künftige Oberhaupt der katholischen Partei – davon der erstere später beschuldigt ward, seine Hand im Spiele gehabt zu haben bei der Ermordung des zweiteren, dessen Sohn wiederum nach Jahren ersteren meuchelte – für die Befreiung Calais' zusammenwirkten, indem der eine die Pläne lieferte und der andere sie dann an Ort und Stelle auf das trefflichste ins Werk setzte. Was beweist, daß die Franzosen viel auszurichten vermögen für den Erhalt des Königreiches, wenn sie nur geeint sind.

Die Schwäche Calais' – so mein Vater – lag darin begründet, daß die Verteidiger glaubten, die Stadt sei schon dank ihrer geographischen Lage ausreichend gesichert.

Die Stadt war fast gänzlich von Wasser umgeben – hie vom Meer, da von den aus dem Flusse Hames gespeisten Festungsgräben, an anderer Stelle von Sumpf und Morast –, so daß sie mit dem festen Lande nur über einen einzigen, durch Festungswerke geschützten Damm verbunden war. Winters stiegen die Wasser gewaltig an, und im Vertrauen auf dieses natürliche Hindernis pflegten die Engländer aus Sparsamkeitsgründen während der kalten Jahreszeit die vielköpfige Besatzung, welche sie im Sommer in Calais unterhielten, beträchtlich zu verringern. Zudem verließen sie sich darauf, daß sie in kurzer Zeit Verstärkung aus Dover erhalten konnten, und vertrauten auch auf die Hilfe der spanischen Armee, die seit dem Debakel von Saint-Quentin in Frankreich so mächtig war.

„Der Erfolg", sagte mein Vater, „lag in der strengen Geheimhaltung des Unternehmens begründet, in der Überraschung und Verwirrung des Feindes, als selbiger uns vor seinen Festungsmauern auftauchen sah, sowie in der äußersten Schnelligkeit unseres Vorstoßes, welche den Engländern nicht die Zeit ließ, Verstärkung aus Dover herüberzubringen." Und er fügte hinzu: „Daß die Unternehmung geheimgehalten und so überraschend und schnell durchgeführt ward, ist dem Herzog von Guise zu verdanken."

„Was ist er für ein Mann?" fragte Isabelle. Ihr goldblondes Haar war von der Sonne überglänzt, welche durch eines der Kreuzstockfenster des großen Saales drang.

„Ihr meinet, von seiner äußeren Erscheinung her?"

„Ja", antwortete meine Mutter errötend.

„Nun", sprach mein Vater mit einem dünnen Lächeln, „er ist von hoher und schöner Gestalt und trägt, so er nicht mit seinem Harnisch angetan ist, ein Wams und Kniehosen von karmesinroter Seide, welche Farbe er aus Liebe zu einer Dame bevorzugt; um die Schultern einen Umhang von schwarzem Samt mit roten Streifen und auf dem Haupt ein schwarzes Samtbarett mit einer hübschen roten Feder daran. Seid Ihr zufrieden, Baronin?" schloß er, halb belustigt, halb gerührt.

„Ja, mein Herr Gemahl", erwiderte meine Mutter verlegen.

„Innerhalb von drei Tagen", fuhr mein Vater fort, „hatte Guise die Festungswerke von Sainte-Agathe, Nieullay und Risbank eingenommen, die den Dammweg nach Calais beherrschen. Alsdann gab er den Befehl an d'Andelot – von dem ich Euch noch zu berichten habe (setzte er mit einem vielsagenden Blick an Sauveterre hinzu) –, einen Graben anzulegen, welcher das Wasser des die Stadt umgebenden Festungsgrabens ins Meer ableiten würde. Dies war kein leichtes Unterfangen, wie Cabusse und Marsal Euch bestätigen können, denn sie waren daran beteiligt. Und Coulondre war nur deshalb nicht beteiligt, weil er mit seinem eisernen Arm nicht Hacke und Schaufel handhaben konnte, welche ebensoviel zum Erfolg beitrugen wie Kanonen und Arkebusen."

„Ei gewiß!" sprach Cabusse, nachdem er sich mit einem

Blick vergewissert, daß mein Vater ihm das Wort überließ. (Und nie war Marsal unglücklicher über sein Stottern, als da er sah, wie Cabusse den ganzen Ruhm aus dieser Begebenheit für sich allein einheimste.) „Ei gewiß! Der Grund war unsicher durch all den Schwimmsand und so schlammig, daß wir davon bespritzt wurden bis zum Schnurrbart! (Die Zuhörer richteten ihre Blicke auf den schwarzen Strich in seinem geröteten Gesicht.) Und ganz gewiß wären wir bis zum Hals in diesen Modder eingesunken, hätte nicht Sénarpont . . ."

„Der Gouverneur des Boulonnais", warf mein Vater ein.

„. . . Lattenroste verteilen lassen, darauf wir standen und unermüdlich schaufelten, indes die Engländer uns piff! paff! von ihren Wällen beschossen."

„A-a-aber wir hatten auch die Schilde", ließ sich Marsal vernehmen, welcher alle seine Sätze mit „aber" begann, wiewohl dieses Wort nur schwer über seine Zunge kam.

„Das waren", so fuhr Cabusse fort, „Schilde aus Weidengeflecht, welche Sénarpont hatte verfertigen lassen und die mit spitzen Pfählen in den Schlamm gesteckt wurden. Das Gute an der Sache war, daß sie beweglich waren und wir sie weiterrücken konnten je nach dem Fortgang unserer Arbeit. Und sie haben so manchem tapferen Kerl das Leben gerettet. (Bei welchen Worten Cabusse die Cathau mit einer Miene anblickte, welche deutlich zeigte, daß er sich zu den tapferen Kerlen zählte.) Nun ja, irgendwann war der verflixte Graben fertig, und als die Ebbe einsetzte, folgte das Süßwasser des Wallgrabens dem Salzwasser des Meeres. Darauf erhielten wir den Befehl, in dem trockenen Wallgraben Stellung zu beziehen und die Kanonen aufzustellen . . ."

„A-a-aber als d-d-die Flut kam", warf Marsal Schielauge ein.

„Als die Flut kam", fuhr Cabusse fort, „mußten wir unsere mit schweren Ankern im Boden befestigten Kanonen verlassen, da das Meerwasser unseren Graben überflutete. Und mußten uns selbst in Sicherheit bringen, denn das Wasser stieg über alle Maßen schnell. Sapperment! Nie zuvor in meinem Leben bin ich soviel in Schlamm und kaltem Wasser herumgewatet."

„Du sollst nicht fluchen, Cabusse", mahnte Sauveterre.

„Sehr wohl, Herr Hauptmann“, erwiderte Cabusse duldsam. Und fuhr mit weit ausholenden Gesten und flinker Zunge fort:

„Und sobald wieder Ebbe war, ging es sogleich zurück in den Graben: die Kanonen gereinigt und geschossen, und das alles unter dem Büchsenfeuer der Herren Engländer!“

„Auf die wir aber auch geschossen haben, ihr Büchsenfeuer zu stören“, fiel Coulondre Eisenarm ein und fügte, obgleich ansonsten sehr wortkarg, hinzu: „Ich war dabei und gehörte zu den Schützen.“

„So war es“, bekräftigte mein Vater.

„Die Kanonen“, so hub Cabusse wieder an, „waren vom größten Kaliber.“ Er warf Cathau einen Blick zu. „Und es waren fünfzehn an der Zahl. Sie machten einen Höllenlärm, daß man meinte, sie wären bis Dover zu hören.“

Er hielt einen Augenblick inne und fuhr dann mit leuchtenden Augen fort:

„Und mit diesen Kanonen haben wir eine Bresche in die Mauern der Zitadelle geschossen, durch welche unsere Truppen in die Stadt eindrangen.“

„Doch dazu mußte die Zitadelle erst einmal erstürmt werden“, sagte mein Vater lächelnd, denn wohlgeneigt gegenüber Cabusse, hatte er ebensoviel Nachsicht für seine sichtbaren Schwächen wie Achtung vor seinen verborgenen Tugenden. „Und hier kann ich sagen wie Coulondre: Ich war dabei! Guise hatte beschlossen, die Bresche bei einsetzender Flut am Abend zu stürmen, und stieg selbst als erster in das eiskalte Wasser, welches ihm bis zum Gürtel reichte, um den Graben zu durchqueren, worinnen unsere Kanonen standen. Ihm folgten mehrere hundert Arkebusenschützen, seine Brüder d'Aumale und d'Elbeuf sowie viele freiwillige Adelsherren, zu denen ich gehörte. Durchnäßt und durchfroren, erklommen wir die Wälle und nahmen die Bresche in wildem Sturm. In der Zitadelle gab es ein blutiges Gemetzel, denn die Engländer waren alsbald von einer Überzahl der Unseren überrannt. Die armen Teufel waren in einer aussichtslosen Lage. Bis auf wenige, welche sich in die Stadt retten konnten, wurden sie alle in der Hitze des Kampfes niedergemacht. Als die Zitadelle fest in unserer Hand, übergab Guise den Befehl an d'Aumale und d'Elbeuf und durchquerte den Graben wiederum – diesmal bis zum Hals im Wasser –, um zum Gros des Heeres zurückzukehren. Da waren wir nun eine ganze Nacht abgeschnitten von den Unseren, bis es wieder Ebbe ward, und nur durch ein Tor von der feindlichen Stadt getrennt! Trotz der Dunkelheit beschloß der Gouverneur von Calais, Lord Wentworth, uns anzugreifen, um uns in den Graben zurückzujagen. Er ließ mit vier Kanonen auf das Tor feuern und die Zitadelle wieder und wieder berennen, ohne daß es ihm gelang, uns daraus zu vertreiben. Als im Morgengrauen die Ebbe einsetzte, hatte Lord Wentworth bereits die Hälfte seiner Truppen verloren und fügte sich in Verhandlungen zur Übergabe der Stadt. Auf seine Bitte hin gewährte Guise allen Einwohnern Schonung ihres Lebens und freien Abzug, so wie es zweihundert Jahre vorher Eduard III. mit den Franzosen getan, als er die Stadt eingenommen. Darauf begab sich d'Andelot mit vier Dutzend Offizieren in die Stadt, unsere Soldaten im Zaum zu halten und Plündereien, Metzeleien und Vergewaltigungen zu verhindern."

„Und die Verstärkung aus England?" wollte Sauveterre wissen.

„Kam an, doch zu spät. Die Stadt war bereits in unseren Händen. Die große Schnelligkeit, mein Bruder, gab den Ausschlag! Die Unternehmung wurde so schnell vollendet, daß Calais nach acht Tagen eingenommen war."

Was dann geschah, vermeldete Jean de Siorac in der Stille seines Kabinetts ganz allein Sauveterre und später seinen Söhnen, als sie alt genug waren, solche Dinge zu verstehen.

„Mein Lebtag hatte ich noch nicht eine solche Kriegsbeute gesehen!" sprach Siorac, in dem kleinen Kabinett auf und ab gehend, indes Sauveterre, dem sein Bein zu schaffen machte, in einem Lehnstuhl saß. „Ich meine nicht nur die Munitionsvorräte, sondern vor allem die unglaublichen Mengen an Nahrungsmitteln, das ganze Geld in klingender Münze und die Kaufmannswaren aller Art, ganz wunderschöne Möbel, Seidenstoffe aus China, Tuchballen, Zinn- als auch Bronzewaren, bester englischer Wollstoff für hunderttausend Livres, Schaffelle für fünfzigtausend Livres! D'Andelot erhielt die Felle als seinen Anteil. Die Hauptleute wurden in klingender Münze ausgezahlt. Thermes bekam zehntausend Dukaten, Sansac viertausend, Bourdin und Sénarpont zweitausend ..."

Er hielt inne und sah Sauveterre mit einem schalkhaften Gesichtsausdruck an.

„Und du, Jean?" fragte Sauveterre.

„Du und ich", erwiderte Siorac, „wir haben viertausend bekommen."

„Viertausend Dukaten!" rief Jean de Sauveterre mit blitzenden Augen. „Da hast du gewiß eine Heldentat vollbracht, welche du uns verschwiegen."

„Pst! Die Heldentaten vergehen, die Dukaten bleiben! Wir werden somit unser schönes Vorhaben, eine Mühle im Beunes-Grund zu kaufen, endlich in die Tat umsetzen können."

„Aber dort steht keine zum Verkauf."

„Wir werden warten. Und in der Zwischenzeit vertrauen wir besagte Summe einem ehrlichen Juden zu Périgueux an, auf daß er sie etwas wachsen lasse."

Es trat eine Stille ein, als lauschten die beiden, wie die viertausend Dukaten einer nach dem anderen in die Geldtruhen von Mespech fielen.

„Gott der Herr", sprach Sauveterre, „hält weiterhin seine schützende Hand über uns und vermehret unsere Güter."

„Amen", sprach mein Vater darauf.

Er setzte sich Sauveterre gegenüber und fuhr fort:

„Ihr möget Euch verwundern, daß ich meinen Abschied genommen, noch ehe der Friedensschluß unterzeichnet. Doch erstens kann der Frieden nicht mehr lange auf sich warten lassen. Keine der beiden Seiten hat ein Interesse daran, daß der Krieg weitergehe. Vor allem aber haben die Dinge für uns (wobei er das *uns* besonders betonte) eine neue Wendung genommen. Guise und sein Bruder ..."

„Welcher?"

„Der Kardinal von Lothringen ... sind zu Marcoing mit Granvelle, dem Vertrauten Philipps II. von Spanien, zusammengetroffen. Bei dieser Zusammenkunft ward kurz über den Frieden gesprochen und lange vom Kampf gegen das Ketzertum ..."

„Das kann ich mir vorstellen."

„Und Granvelle, welcher über gute Spitzel in unserem Heer verfügen muß, schwärzte d'Andelot bei den Guisen an: er habe in der Bretagne die Lehre Calvins verbreiten lassen, habe seinem Bruder Coligny während der spanischen Gefangenschaft verdächtige Bücher gesandt, und schließlich sei er während der ganzen Calais-Expedition nicht ein einziges Mal zur Messe gegangen. Und was, glaubt Ihr, tat darauf Guise?"

„Er trug die Anschuldigungen, die ein Bedienter der spanischen Krone gegen seinen eigenen General erhob, dem König vor."

„Ihr habt die schändliche Wahrheit erraten! Der König ließ d'Andelot sogleich festnehmen und, da selbiger sich laut zu seinem Glauben bekannte, auf Schloß Melun gefangensetzen. Der König von Frankreich läßt also den Generalobersten der französischen Fußtruppen auf eine Anschuldigung des Feindes hin in den Kerker werfen! Noch weiter lassen sich wohl die Torheit und die Willkür nicht steigern!"

„Trotz allem gegenteiligen Augenschein", sprach da Sauveterre, „ist dies eine gute Nachricht. Denn d'Andelot ist ein Feldherr und eine angesehene Person im Königreiche. Ebenso wie Coligny. Zudem sind sie mütterlicherseits die Neffen von Montmorency. Wenn d'Andelot standhaft bleibt und Coligny sich zur neuen Religion bekennt, kann sie der König wohl kaum vor Gericht stellen und auf den Scheiterhaufen bringen. Und wenn er sie nicht verbrennen läßt, wie könnte er solches dann mit den anderen geschehen lassen? Und so werden wir der Gewissensfreiheit, die wir fordern, ein ganzes Stück näherkommen."

Siorac schüttelte ungläubig den Kopf.

„Eure Hoffnungen, mein Herr Bruder, scheinen mir übertrieben. Ihr lasset die Dummheit des Königs außer acht. Er kann sehr wohl d'Andelot verschonen und trotzdem geringere Edelleute auf den Scheiterhaufen bringen. Um die Logik hat er sich nie groß gekümmert."

Sauveterre seufzte auf, und seine tiefliegenden schwarzen Augen füllten sich mit Trauer: die Überlegungen Sioracs hatten ihm bewußt gemacht, daß sein vielgeliebter Bruder trotz des Beispiels von d'Andelot noch nicht bereit war, sich öffentlich zur Reformation zu bekennen.

„Jean“, sprach er mit sanfter Stimme, „Ihr seid noch zu sehr in dieser Welt verhaftet und gebt Euch Gott nicht vorbehaltlos hin.“

„Mitnichten“, sprach Siorac. „Ich zögere nur, um mich dann desto besser hinzugeben. Zu viele Leben hängen von dem meinen ab, als daß ich mich blindlings dem Scheiterhaufen ausliefern dürfte. Es kommt nicht darauf an, zu sterben; es gilt, seinem Glauben zum Siege zu verhelfen.“

Hierauf seufzte Sauveterre nochmals, krampfte seine Hände um die Armlehne seines Stuhles und schwieg.

„Wisset Ihr...“, sprach da Siorac, stand auf, trat zum Fenster und betrachtete das ihm vertraute, doch fast vergessene Schauspiel, welches der riesige Innenhof von Mespech mit seinem Brunnen, seinem Trompetenbaum und dem ständigen Kommen und Gehen bot, „wisset Ihr, daß auch unsere Soldaten keine schlechte Beute gemacht haben? Allen voran Cabusse! Da es ihnen nicht erlaubt war, die Stadt zu plündern, haben sie sich an den englischen Schiffen im Hafen schadlos gehalten. Und so hat Cabusse in seinem Ranzen eine ansehnliche Kriegsbeute stecken: gut tausend Dukaten.“

„Und was gedenkt er damit anzufangen?“

„Er will sich ein Stück Land kaufen und ein Weib nehmen. Doch damit hat es keine Eile.“

„Es ist, ganz im Gegenteil, allerhöchste Eile geboten!“ erwiderte Sauveterre. „Während Eurer Abwesenheit hat die Kammerjungfer Ströme von Tränen vergossen und dabei Seufzer ausgestoßen, die ein Schmiedefeuer hätten anfachen können!“

„Ha!“ lachte mein Vater, „mich deuchte schon immer, daß diese kleine Lunte trotz ihrer Vornehmtuerei nur auf den Zündstein wartete!“

„Es geht nicht mehr ums Zünden“, erwiderte Sauveterre, „sie steht schon lichterloh in Flammen. Ihr habet, wie ich glaube, ihre inniglichen Blicke bemerkt, als unser Gascogner von seinen Heldentaten berichtete. Sie ist in der Tat derart liebestoll und in Hitze, daß sie leicht den Zaun überspringen könnte, um zu ihrem Hengst zu gelangen. Es ist wohl besser, sie ehelich miteinander zu verbinden, bevor das Kind in den Brunnen gefallen ist.“

„Nun, dann lassen wir sie ungesäumt den Eheknoten schürzen", sprach darauf mein Vater.

„Doch erst muß Cabusse sein Land kaufen. Le Breuil ist zu verkaufen."

„Le Breuil? Wo liegt das? Den Namen habe ich schon gehört."

„Es ist ein großes Anwesen, am Wege nach Les Ayzies gelegen, hinter unserem Steinbruch. Der Fels tritt zwar überall zutage, doch besitzt es eine gute Quelle, und die Wiesen würden sich als Schafweide eignen. Mit dreißig Tieren fänden Cabusse und sein Weib ihr Auskommen, insonderheit wenn wir ihnen noch die unseren auf geteilten Gewinn und Verlust dazugäben. Wie Ihr wißt, bringt uns die Schafherde zur Zeit nichts ein, aller Zuwachs geht an den Schäfer."

„Doch versteht Cabusse, mit Schafen umzugehen?"

„In seinen jungen Jahren hat er drei- bis vierhundert Tiere auf den Bergweiden gehütet."

„Und das Haus?"

„Es fehlen ein paar Dachsteine, welche Jonas zurechthauen könnte."

„Nun, dann ist die Sache beschlossen", sprach Siorac. „Nur wird Isabelle nicht gerade erfreut sein, verliert sie doch damit ihre Kammerjungfer. Was habt Ihr über diese Sarrazine verfügt, von der Ihr mir gesprochen?"

„Ich habe sie keine acht Tage behalten, sondern sogleich in Stellung gegeben. Aus gutem Grund will Isabelle sie nicht auf Mespech sehen: diese Person ist ohne jede Scham und würde auch den Teufel in Versuchung führen."

Siorac öffnete schon den Mund zu einer Erwiderung, doch besann er sich, wandte den Kopf ab und trommelte schweigend mit den Fingern gegen eine der bleigefaßten Scheiben.

FÜNFTES KAPITEL

Nachdem Cabusse das Anwesen Le Breuil gekauft, ward sein Nachbar, der Steinhauer Jonas, beauftragt, die fehlenden Dachsteine zu ersetzen. Doch der ließ es dabei nicht bewenden. Er hatte nämlich an der Nordwand des Hauses einen Riß bemerkt, welcher sich zwischen den Mauersteinen entlangzog, und daraus geschlossen, daß die schweren Dachsteine das schlechtgefügte Mauerwerk gefährlich belasteten. Also erwirkte er von den Hauptleuten die Erlaubnis, an der gefährdeten Wand einen Strebepfeiler zu errichten, welcher selbige stützte und dem Haus an dieser Seite ein Aussehen verlieh, welches Cabusse sehr wohl gefiel. „Es sieht aus", so sprach er, „wie eine Befestigung." – „Es ist eine", sagte Jonas. – „Das will mir gefallen", sagte Cabusse.

Er wußte sich nicht zu lassen vor Freude, jetzt seinen eigenen Grund und Boden zu besitzen, und jeden Tag, den Gott werden ließ in jenem schönen Frühling, schritt er sein Anwesen nach allen Seiten hin ab und konnte sich gar nicht satt sehen an den sanft gewellten Flächen, an der Quelle, dem Waldstück, der Weite seines Besitzes, der ihn mit eitlem Stolz erfüllte. Freilich, der Grund war überall felsig und die Bodenschicht darüber zu dünn, als daß man hätte pflügen oder Obstbäume anpflanzen können, sie reichte ja kaum für einen Küchengarten aus. Auch der Wald bestand vornehmlich aus niederem Gesträuch und dürftigen Kiefern und würde nur wenig Brennholz für den Winter abgeben. Karger Boden also, welcher nur Schafe zu nähren vermochte, wie die Herren Brüder ganz richtig erkannt, die im übrigen Le Breuil selbst gekauft hätten, wenn sich dies nur einigermaßen gelohnt hätte, und die nun recht froh darüber waren, daß ihr Bedienter und treuer Soldat Cabusse das Anwesen erwarb: ein zwielichtiger Nachbar in der Nähe ihres so einträglichen Steinbruches und an der Grenze des Fontenacschen Besitzes wäre ihnen sehr ungelegen gewesen. Daß sich nun Cabusse auf Le Breuil niederließ, brachte nicht nur eine glückliche Lösung für das leidige Problem der Schafe von Mespech, welche unter der Aufsicht ihrer unfähigen Schäfer nicht recht gediehen waren, sondern hatte auch den beruhigenden Vorteil, daß Cabusse, wenn es not tat, Jonas seine Hilfe angedeihen lassen konnte. Le Breuil und der Steinbruch bildeten also – zusätzlich zu dem Gewinn, welchen sie abwarfen und der für Le Breuil bescheiden, für den Steinbruch beträchtlich war – eine Art Vorposten an der Grenze zu Fontenac, von welchem Vorposten aus auch der einzige Weg von Les Ayzies nach Mespech überwacht werden konnte. Im übrigen hatte die räuberische Zigeunerbande in der Nacht ihres Angriffes auf Mespech diesen Weg genommen, und wäre Jonas seinerzeit im Steinbruch und nicht bei uns auf der Burg gewesen, dann hätte das Hufgetrappel und Wagengeklapper gewiß sein Mißtrauen geweckt, und er hätte über Schleichwege Mespech warnen können.

Die Stiefel feucht vom Tau, die Hände hinter dem Rükken, den Schnurrbart keck gezwirbelt, kehrte Cabusse voller Lebensfreude und Besitzerstolz zu seinem Haus zurück, wo Jonas an seinem Strebepfeiler arbeitete.

„Ein Rundgang über mein Anwesen dauert schon seine Zeit“, sagte er, ohne zu prahlen.

„Du mußt es wissen, denn du machst diesen Gang ja jeden Tag“, erwiderte Jonas unwirsch.

Und verstummte, den Kopf voll bitterer Gedanken. Derweil ging Cabusse, die Hände auf dem Rücken, mit stolzgeschwellter Brust und federnden Knien um sein Haus herum, es ein weiteres Mal von allen Seiten zu bewundern.

„Ein prächtiges Haus“, sagte er.

„Es ist nicht übel“, erwiderte Jonas, „doch es fehlt ein Schafstall.“

„Ich werde einen bauen lassen.“

„Dann mußt du den Hauptleuten die Steine bezahlen.“

„Ich kann doch zahlen“, hielt Cabusse dagegen. „Mein Geld ist noch nicht aufgebraucht.“

„Das Haus hat nur zwei Zimmer unten“, sprach Jonas weiter. „Für eine Familie ist das wenig.“

„Daran habe ich schon gedacht.“ Cabusse nahm eine

Hand vom Rücken und zwirbelte sich den Schnurrbart. „Wenn Cathau mir Kinder beschert, werde ich Schlafkammern unter dem Dach einrichten und, damit man hineinkommt, einen kleinen Treppenturm anbauen lassen."

„Ei freilich, einen Turm!" rief Jonas. „Und warum nicht auch eine Zugbrücke, ein Torhaus und Pechnasen?"

„Ach, Steinmetz! Du machst dich lustig!" erwiderte Cabusse. „Doch kannst du nicht bestreiten, daß sich dein Strebpfeiler höchst prächtig ausnimmt und meinem Haus das Aussehen einer kleinen Burg verleiht."

„Er wird sich prächtig ausnehmen, wenn er fertig ist", sprach Jonas und fuhr sich mit dem Unterarm über die schweißnasse Stirn. „Hilf mir, diesen Steinblock zu tragen, Cabusse, und steh nicht bloß da wie ein feiner Herr, der den anderen bei der Arbeit zusieht."

„Oh, Jonas, aus dir spricht der Neid!" sagte Cabusse, ihm zur Hand gehend. „Und der Neid ist eine gar abscheuliche Sünde."

Zu zweien wuchteten sie den Steinblock an seine Stelle, was nicht ohne viele Mühe abging, obgleich sie doch beide von kräftiger Gestalt waren, Jonas indessen noch einen Kopf größer als Cabusse. Als sie geendet, richteten sie sich schwitzend und keuchend wieder auf.

„Der hat sein Gewicht", sprach Cabusse.

„Er hat ein ganz schönes Gewicht", erwiderte Jonas, „aber er wird auch in dreihundert Jahren immer noch da sein. Und wir sind dann schon tot."

„Jetzt aber lebst du ja noch."

„Nein, ich lebe nicht", sagte Jonas. „Des Nachts allein mit meinen Ziegen und Zicklein in einer Höhle und des Tags allein mit meinen Steinen. Gewiß, ich liebe meine Steine, doch ich kann sie nicht in die Arme nehmen. Und dann besitze ich nichts in diesem schönen Périgord als das Hemd, das ich auf dem Leibe trage. Fürwahr, ich beneide dich, Cabusse, ob es eine Sünde ist oder nicht! Hätte ich nicht hier auf Mespech gegen die Zigeuner gekämpft, sondern in Calais gegen die Engländer, dann hätte ich heute Land, Haus und Weib. Das soll nicht heißen", fügte er besänftigend hinzu, „daß ich dir deine Cathau nicht gönnte. Es mangelt weiß Gott nicht an Frauen auf dieser Welt, die einen Mann zufriedenstellen könnten. So zum Beispiel Barberine – wenn sie nicht schon verheiratet wäre."

Und nach kurzem Nachdenken setzte er hinzu:

„Oder Sarrazine."

„Jetzt kommen wir der Sache schon näher!" sprach Cabusse. „Und ich habe sie noch nicht einmal gesehen, diese Sarrazine. Es heißt, sie hat Feuer unter dem Rock."

„Welche Jungfer in ihrem Alter hätte das nicht?" Jonas nahm wieder seinen Hammer, und unter seinen kurzen, wohlgezielten Schlägen auf den rohen Steinblock flogen dünne Splitter wie Hobelspäne davon, so daß allmählich eine glatte Fläche entstand.

„Welche Jungfer in ihrem Alter hätte das nicht?" wiederholte er. „Und was soll daran schlecht sein? Aber wer stört sich daran? Von den beiden Hauptleuten derjenige, den dieses Feuer kaltläßt . . . und nicht derjenige, den es erwärmt: aus welcher Ursache die Herrin von Mespech verlangt hat, daß die Ärmste weggeschickt werde. So habe ich nicht einmal mehr das Vergnügen ihres Anblicks. Denn ein Fuchs erfreut sich schon am Anblick eines Huhnes, selbst wenn er es nicht erreichen kann."

Zu all dem schwieg Cabusse, fast beschämt darüber, daß er nun so reich und wohlversorgt war und diesen wackeren Gefährten so weit hinter sich gelassen hatte. Denn er mochte den Jonas gut leiden, weil Jonas – wie er selbst – seine Gedanken offen aussprach und dies – wie er selbst – mit rechter Zungenfertigkeit tat.

Jonas legte das Winkelmaß an seinen Stein an, zog eine Linie mit der verstählten Anreißnadel und begann, die zweite Seite zu behauen, mit den Hammerschlägen seine Worte gleichsam unterstreichend.

„Das A und O einer jeden Sache", so sprach er, „ist das Geld. Hast du Geld, dann kannst du alles machen. Deinem Weib ein schönes Kind (ein Hammerschlag) und einer hübschen Schäferin gleich noch eins (wieder ein Hammerschlag). Und läufst keine Gefahr, davongejagt zu werden, denn du bist ja der Herr und wirst dich nicht selber davonjagen! Und warum bist du der Herr? Weil du Geld hast! Und wie kommst du zu Geld? Durch Arbeit? Beileibe nicht! Durch Arbeit bereicherst du nur deinen Herrn, dich selbst erhältst du damit nur am Leben. Zu Geld, zu gutem Geld, um Gottes schönes Land zu kaufen, kommst du durch Plünderei. Oder durch Handel. Doch der Handel, Gefährte (ein Schlag mit dem Hammer), oder das Geschäft mit Getreidedarlehen zu hohen Zinsen, wie es die Herren von Mespech betreiben (ein weiterer Hammerschlag), ist auch Plünderei, nur auf weniger gewaltsame Art. Dank der Beute, die dir das Plündern der englischen Schiffe eingebracht – und obgleich Plündern eine Sünde ist –, bist du, Cabusse, fast schon ein kleiner Edelmann, besitzest Weib, Haus, Wald und Wiesen und bist stolz darauf. Cabusse, vermeinest du, daß ich weniger wert bin denn du?"

Auf diese unverblümte Frage antwortete Cabusse mit gascognischer Finesse und Artigkeit (welchselbe ihm Cathau so sehr geneigt gemacht).

„Du bist nicht weniger wert, Steinhauer, sondern mehr", so sprach er feierlich, „denn du hast ein schönes Handwerk gelernt und übst es mit Liebe aus. Ich aber, obwohl Schäfer in meinen jungen Jahren, verstehe mich nur auf das Töten von Leuten, dazu ein wenig auf die Kochkunst, das Pferdestriegeln und das Pflügen; mehr zufällig habe ich noch ein paar kleine Handgriffe gelernt. Das alles zusammen ergibt jedoch kein richtiges Handwerk."

„Und was bringt es mir ein, daß ich ein Handwerk verstehe?" Jonas zuckte mit seinen mächtigen Schultern. „Immer bin ich allein. Wie ein Wolf, der sein Rudel verloren. Es gibt Tage, da möchte ich den lieben Gott anflehen, er möge ein Wunder geschehen lassen und meine Ziege in ein Weib verwandeln oder – was vielleicht leichter wäre – mich selbst in einen Ziegenbock."

„Gut, daß du mir das sagst", sprach Cabusse lachend. „Wenn ich dann hier wohne und auf meinen Wiesen einen großen Bock herumlaufen sehe, werde ich höflich meinen Hut vor ihm ziehen."

Worüber auch Jonas lachen mußte, doch wollte ihm das Lachen im Hals steckenbleiben. Er dachte daran, wie er im Winter, in seinen Schafspelz eingehüllt, auf seinem Lager aus Kastanienblättern liegen und in den stürmischen Nächten den Wind in seiner Höhle würde heulen hören, indes Cabusse, einen Steinwurf entfernt, in einem richtigen Hause in einem richtigen Bett läge, die Arme um seine liebreizende Cathau geschlossen.

Nach Cabusses Auszug behielten die Herren Brüder die Maligou als Köchin auf Mespech und boten auch den Brüdern Siorac an, zu bleiben. (Eigentlich ward nur einer gebraucht, doch wie hätte man die Zwillingsbrüder trennen sollen?) Sie stimmten mit großer Freude zu: die sichere Burg war ihnen lieber als ihr kleines Haus, und die Erinnerung an die Pest, welche ihren Vater dahingerafft, schreckte sie noch immer. Pedantisch auf rechtliche Absicherung bedacht, ließen sich die beiden Jeans ihre Absprachen mit den zwei Vettern vom Notario Ricou beurkunden. Das Schriftstück legte fest, daß die Vettern Siorac aus Taniès als Entgelt ihrer Arbeit auf Mespech freie Kost und Logis erhielten, jedoch keinen Lohn. Statt dessen verblieben ihnen fünfundsiebzig vom Hundert der Einkünfte aus ihren Äckern und Wiesen in Taniès, wobei die Feld- und Erntearbeiten von Mespech ausgeführt würden. Und falls keiner der beiden heiratete, sollte ihr Besitz nach ihrem Tode an die Herren Brüder oder deren Nachkommen fallen.

Ich weiß nicht zu sagen, ob Sauveterre oder Siorac diese Festlegungen erdacht hat, doch scheinen sie mir den Herren Brüdern sehr zum Vorteil zu gereichen, indes die beiden Vettern für ihr Begehr nach Sicherheit in unseren Mauern gehörig zahlen müssen.

Cathau wollte gerade die Schwelle von Mespech überschreiten, um in der Kirche zu Marcuays mit Cabusse ehelich verbunden zu werden, als die Maligou mit wichtiger Miene herbeigeeilt kam und einen Besenstiel quer vor die Tür hielt.

„Ja, richtig!" sprach Cathau, rot vor Beschämung. „Fast hätte ich es vergessen! Dank sei dir, Maligou, daß du daran gedacht!"

Und ihre Röcke so hoch raffend, wie erforderlich, stieg sie über den Besenstiel. Wenngleich sie dabei zeigte, was eigentlich bedeckt bleiben sollte, sicherte sie sich mit diesem kleinen Verstoß gegen Sitte und Anstand ganze zwanzig Jahre Glück in der Ehe. Dies war die Sache gewißlich wert, wie selbst Cabusse begriff, und alle klatschten Beifall, ausgenommen Sauveterre, welcher die Stirn runzelte ob soviel Aberglaubens, und Jean de Siorac, welcher beim Anblick von Cathaus Beinen vom herrschaftlichen Recht der Brautnacht zu träumen begann, dessen Gebrauch sich im Périgord nach und nach verloren hatte.

In der Kirche verband der Pfarrer von Marcuays, welchen das Volk nur „Feuerzange" nannte – aus welchem Grunde, werde ich später noch vermelden –, die beiden Ehegatten in der Sprache unseres Landes (vermischt mit Französisch) gemäß dem seit anno 1509 im Périgord üblichen Ritual.

Cabusse in der Uniform eines Reiters der Legion, die Stiefel blitzblank geputzt, den Schnurrbart gewichst und gezwirbelt, den Hut im Arm, jedoch ohne Waffen, stand vor dem Chor, wandte das Gesicht Cathau zu, welche einige Schritte von ihm entfernt stand, und rief mit lauter Stimme:

„Catherine Délibie!"

„Was beliebet?" erwiderte Cathau, einen Schritt näher tretend.

„Mit diesen meinen Worten", sprach Cabusse mit klangvoller Stimme weiter, „will ich mich Euch im Angesicht unserer heiligen Mutter Kirche anverbinden als Euer guter und treuer Ehemann und Gemahl."

Worauf Cathau an ihn herantrat, beide das Gesicht dem Chor zuwandten und Cathau, um mehr als eine Haupteslänge von Cabusse überragt, mit zitternder Stimme zur Antwort gab:

„Und als solchen will ich Euch empfangen."

Darauf entfernte sich Cabusse wieder einige Schritte von ihr, und Cathau, welche ihre Freudentränen überwunden, rief mit fester Stimme:

„Jéhan Cabusse!"

„Was beliebet?" erwiderte der, einen Schritt näher tretend.

„Mit diesen meinen Worten", sprach Cathau mit klarer Stimme, „will ich mich Euch im Angesicht unserer heiligen Mutter Kirche anverbinden als Eure gute und treue Ehefrau und Gemahlin."

Hierauf trat Cabusse dicht an sie heran und sagte würdevoll:

„Und als solche will ich Euch empfangen."

Feuerzange segnete die beiden Ringe, und es kam zu einem Begebnis, welches Cabusse in gehörige Erregung versetzte. Als er ihr nämlich den Ring auf den Finger stecken wollte, krümmte Cathau diesen unversehens, so daß der Ring nicht weiterrutschen konnte. Was bedeutete, daß die Braut Herrin im Haus sein und ihrem Ehegemahl befehlen wollte.

„Cathau", rief Cabusse grimmig, „diese Narretei kann dir nur die Maligou beigebracht haben! Gott im Himmel! Der Teufel soll sie holen!"

„Du sollst nicht fluchen, Cabusse!" mahnte Feuerzange.

„Ich bitte um Vergebung, Herr Pfarrer", sprach Cabusse und fuhr fort: „Hoho, Cathau, kein Gefackel, streck deinen Finger aus!"

„Niemals!" erwiderte Cathau.

„Dann werde ich ihn selbst geradebiegen." Cabusse ergriff die kleine Hand Cathaus mit seiner großen Pranke, bog den Ringfinger mit Gewalt gerade, schob den Ring darauf und sprach mit lauter Stimme:

„So werde ich dein Herr und Meister sein!"

„So soll es sein", antwortete Cathau, zufrieden, daß Cabusse vor aller Augen ihren Widerstand überwunden.

Ein Chorknabe brachte einen Krug Wein sowie zwei Gläser herbei, und als sie getrunken, sprach Feuerzange in dem leutseligen, lockeren Ton, den er bei solchen Gelegenheiten anzunehmen pflegte:

„Und nun küsset Euch!"

Cabusse legte darauf seinen kräftigen Arm um Cathaus hübschen Kopf und drückte seinen großen Schnurrbart auf ihre Lippen.

„Amen!" sprach Feuerzange.

Meine Mutter war sehr betrübt über den Weggang Cathaus, welche mit zwölf Jahren in ihren Dienst getreten und dreizehn Jahre ihres Lebens in engster Vertrautheit mit ihr geteilt, was nicht ohne so manches Ungewitter abgegangen war, denn meine Mutter war von hochmütigem und zänkischem Wesen, indes Cathau mit spitzer Zunge, eherner Stirn und wilden Augen dem Sturm zu trotzen wußte. Es gab dann jedesmal ein Höllenspektakel, von dem ganz Mespech widerhallte, so daß mein Vater ungehalten ward; er ließ Isabelle über Barberine kleine Botschaften zukommen mit folgendem Inhalt: „Madame, wenn Ihr Eure Kammerjungfer unbedingt schelten müßt, dann tut es, ohne zu schreien."

Doch eher hätte man die Dordogne in ihrem Lauf umleiten können als das Wüten meiner Mutter besänftigen, wenn Cathau ihr die Stirn bot. „Unverschämtes Ding!" schrie Isabelle, „Weibsstück ohne Geburt noch Herkunft! Ein Nichts bist du gewesen und wirst es wieder sein, wenn ich dich zu deinen Kühen zurückschicke!" – „Aber ich habe niemals Kühe gehütet!" hielt Cathau dagegen, tief verletzt. „Ich bin auf Schloß Milandes geboren wie Ihr selbst!" – „Du wagst es, dich mit mir zu vergleichen, du kleines Stück Dreck!" fauchte meine Mutter. „Bald wirst du noch behaupten, du stammtest so wie ich von Raoul de Castelnau ab, welcher sich in den Kreuzzügen hervorgetan!" – „Das kann sehr wohl der Fall sein!" erwiderte Cathau mit funkelnden Augen. „Heißt es nicht, daß Euer Großvater in seinen alten Tagen eine Schwäche für meine Mutter hatte, welche Kammerjungfer bei der Eurigen war? In diesem Falle, Madame, wäre ich gleichsam Eure Tante – wenngleich ich jünger bin denn Ihr", fügte sie nicht ohne Arglist hinzu. – „Meine Tante!" schrie meine Mutter mit einem schrillen Lachen. „Du wärst mir eine schöne Tante! Du Unverschämte, du Undankbare, du Hurenweib!" – „Von wegen Hurenweib, Madame!" Cathau richtete sich hoch auf. „Ich bin noch gänzlich unberührt!" Und wohl wissend, wie sie meine Mutter treffen könne, setzte sie hinzu: „Und wenn Ihr es nicht glaubt, dann bittet Monsieur de Siorac, welcher ein Medicus ist, mich zu untersuchen!" – „Was!" schrie meine Mutter, außer sich, „Monsieur de Siorac soll mit dem Finger berühren, was ich nicht einmal mit meiner Stockspitze berühren würde!"

„Madame", ließ sich da mein Vater vernehmen, welcher mit zornumwölkter Stirn und gestrenger Miene ungestüm in Isabelles Gemächer trat, „entweder Ihr jaget Eure Kammerjungfer auf der Stelle davon, oder Ihr findet Euch mit ihr ab. Und jetzt hört beide auf mit dem Gezänk und Geschrei! Das ganze Gesinde hört Euch vom Hof aus zu und amüsiert sich. Mir selbst dröhnen schon die Ohren von Eurem Gekreisch."

Wäre meine Mutter nicht voller Dünkel ob ihres alten Adels gewesen (ständig führte sie Raoul de Castelnau im Munde), hätte sie sich eingestanden, daß sie als Waisenkind, welches bei Madame de Caumont nur wenig Liebe gefunden, für Cathau bald herzliche Zuneigung empfand wie für eine jüngere Schwester. Doch es widerstrebte ihr, sich zu einem solch schwesterlichen Gefühl für ein „Weibsstück ohne Geburt noch Herkunft“ zu bekennen, und so verübelte sie es der Kammerjungfer, daß sie Zuneigung zu ihr empfand, und suchte sie ständig zu demütigen, was Cathau wiederum nicht ertrug, denn sie bewunderte ihre Herrin und wollte ihr in allen Dingen gleichen, hielt sich gar selbst für ein wenig adelig. Aus diesem Grunde haftete ihrer Zänkerei stets etwas Komödienhaftes an: die Drohungen, Cathau davonzujagen, waren nie ernst gemeint, da die tatsächliche Bindung zwischen den beiden Frauen eine ganz andere war, als es den Anschein hatte.

Dies zeigte sich deutlich, als Cathau Mespech verließ. Der Tränen, Seufzer und Umarmungen war kein Ende mehr, und meine Mutter war voller Verzweiflung und Schwermut, wovon sie sich erst nach langen Monaten wieder zu befreien vermochte, obgleich Cathau und ihr Mann (wie auch Jonas) des Sonntags zur Mittagsmahlzeit auf Mespech kamen und Isabelle ihre vormalige Kammerjungfer zweimal in der Woche auf Le Breuil besuchte, stets von einer Eskorte begleitet, denn die Wege waren nicht sicher. Die Herren Brüder wetterten ein jedes Mal wegen dieser Eskorte, die zwei Mann für einen ganzen Nachmittag der Arbeit entzog, insbesondere zur Sommerszeit, da es viel zu tun gab auf den Feldern. Allein mein Vater, beunruhigt durch die große Mattigkeit meiner Mutter, die damals schwanger ging, gab immer wieder nach.

Cathaus Stelle ward von Franchou eingenommen, einer Base der Sioracs von mütterlicher Seite her: eine üppige, sanfte Jungfer, deren Kuhaugen ständig einem friedsamen Traum nachzuhängen schienen. Als Kammerjungfer taugte sie weit weniger denn Cathau, und das bekam sie auch oft genug zu hören. Doch war sie so demutsvoll und unterwürfig, daß mit ihr keinerlei Streit möglich war. „Gewiß, Madame. Sehr wohl, Madame. Wie Madame wünscht. Ich bin in der Tat recht dumm; ich bitte Madame um Vergebung. Madame hat recht: ich kann nichts. Madame hat sehr viel Geduld mit mir." Mein Vater hat darüber jedesmal schallend gelacht.

Etliche Wochen nach der Rückkehr meines Vaters wurde Isabelle de Siorac schwanger, und als sie dessen gewiß war, verließ Barberine noch selbigen Tages Mespech, sich ungesäumt ein Kind von ihrem Manne machen zu lassen, denn sie sollte das meiner Mutter nähren. Man bedenke, was für ein seltsames Gewerbe das einer Amme ist! Ihre Schwangerschaften hatten sich nach denen ihrer Herrin zu richten, und die ganze übrige Zeit mußte Barberine in Trennung von ihrem Ehegemahl ebenso enthaltsam leben wie Jonas in seiner Höhle, wäre es doch für ihre Obliegenheiten verhängnisvoll gewesen, Milch zur Unzeit zu haben und keine Milch, wenn sie gebraucht ward.

Ich war schier untröstlich ob Barberines Abwesenheit und vermißte ihre Gutenachtküsse, ihre weiche, warme Brust zum Anschmiegen und die zahllosen Liebkosungen, welche sie beim Zubettgehen einem jeden von uns zu gleichen Teilen angedeihen ließ, ehe sie sich selbst niederlegte.

Die Aufsicht in unserem Turm ward der kleinen Hélix übertragen, welche die beiden Jeans durch den Anschein von Bravheit und Folgsamkeit, den sie sich gab, zu täuschen wußte. Am ersten Abend machte sich meine Mutter die Mühe – begleitet von Franchou, welche ihr leuchtete –, die enge Wendeltreppe heraufzusteigen und vor uns zu erscheinen, schön wie eine Königin in ihren prächtigen Kleidern sowie gestützt auf einen Spazierstock. („Madame", so pflegte mein Vater zu spötteln, „was braucht Ihr einen Stock zum Gehen, da Ihr erst siebenundzwanzig Jahre alt und Eure Füße kräftig und gesund?") Wir lagen alle schon in den Betten, und die kleine Hélix wollte gerade das Licht löschen.

„Frau Mutter", fragte ich sogleich, „soll ich mich erheben?"

„Nein, nein", sprach die Baronin von Siorac gnädig, „bleibt nur liegen, und auch Ihr, Catherine."

Da sie indessen weder Samson noch die kleine Hélix genannt hatte, erhoben die beiden sich artig und stellten sich barfüßig neben ihre Betten, ohne daß meine Mutter dies zu gewahren schien.

„Mein Herr Sohn", sprach Isabelle, den schönen Kopf leicht zur Seite geneigt, den ausgestreckten rechten Arm auf ihren Stock gestützt, „befindet Ihr Euch wohl?"

„Ja, Frau Mutter."

„Franchou, du dumme Gans, halte die Lampe näher heran!"

„Sehr wohl, Madame."

„In der Tat, Ihr sehet gut aus, obgleich die Sonne Euch den hellen Teint verdorben hat."

Ich verwunderte mich gar sehr, daß meine Mutter das Licht der Öllampe brauchte, dies zu bemerken, denn sie sah mich doch auch tagsüber, und sei es nur zu den gemeinsamen Mahlzeiten.

„Catherine", fuhr sie fort, an deren Bett tretend, „befindet Ihr Euch wohl? Franchou, du kleiner dummer Bauerntrampel, die Lampe!"

„Sehr wohl, Madame."

„Nun, Catherine, ich habe Euch eine Frage gestellt."

„Ja, Frau Mutter", sagte Catherine verschüchtert.

Hierauf schritt meine Mutter in ihrer Pracht und Schönheit etliche Male im Zimmer auf und ab, mit der Stockspitze auf den Estrich schlagend. Sie ging an Samson und der kleinen Hélix vorüber, ohne die beiden auch nur der geringsten Aufmerksamkeit zu würdigen, gleichsam als wären sie – wie Cathau – nur „kleine Stücken Dreck" am Wegrande. Es war eigentlich unschwer zu erraten, von wem François jenes unglückselige Schimpfwort gehört, das er gegen unseren Bruder Samson gebraucht hatte.

„Nun wohl", sprach meine Mutter, ihr hochherrschaftliches Schweigen brechend, „ich wünsche Euch eine gute Nacht, mein Herr Sohn, und auch Euch, Catherine."

„Danke, Frau Mutter", erwiderte ich.

Und mit etwas Verzögerung sprach auch Catherine mit einem lieben und artigen Stimmchen, welches mir – ich weiß nicht warum – das Herz anrührte:

„Danke, Frau Mutter."

Nachdem sie also ihre Pflicht erfüllt, stupste meine Mutter die Franchou mit ihrem Stock ins Hinterteil, ihr anzudeuten, daß sie vorangehen solle, und entschwand hinter ihr, unter majestätischem Schwingen ihres Rockes die Stufen der Wendeltreppe hinabsteigend, deren Enge sie bei jedem Schritt verwünschte. Sogleich sprang die kleine Hélix auf Barberines Bett und vollführte unter vielerlei Grimassen und Verrenkungen einen wilden Tanz, der Samson zum Lachen reizte. Auch ich mußte lachen, doch Catherine brach in Schluchzen aus, so daß ich mich erhob, sie in die Arme nahm und tröstete.

Am folgenden Abend begnügte meine Mutter sich, abgeschreckt von der engen und steilen Treppe (wo sie sich, wie sie sagte, fast „den Hals gebrochen"), Franchou zu entsenden, welche in ihrem Auftrag fragte, ob „der Herr Sohn und das Fräulein Catherine sich wohlbefinden".

„Gewiß, Franchou", platzte ich unter Lachen heraus, denn die kleine Hélix ahmte hinter ihrem Rücken meine Mutter mit Stock nach.

„Alsdann", sprach Franchou, ihre sanften Kuhaugen voller Erstaunen auf mich gerichtet, „wünscht Eure Frau Mutter Euch eine gute Nacht."

„Danke, Franchou", rief ich lachend und lachte doch nur aus Angst, daß mir nicht die Tränen in die Augen stiegen. Denn trotz ihrer steifen Förmlichkeit liebte meine Mutter uns. Dessen bin ich mir heute ganz gewiß, sosehr ich damals daran zweifelte. Gar viele kleine Begebenheiten kommen mir ins Gedächtnis, welche beweisen, daß sie ein weiches Herz besaß – so ihre Fürsprache bei den Brüdern, daß die Todesqualen der verurteilten Flurdiebe abgekürzt würden. Es war nur ihre törichte Vorstellung von hoher Abstammung und hohem Stande, die sie veranlaßte, sich ihren Kindern gegenüber so distanziert zu zeigen, worinnen sie das ganze Gegenteil von meinem Vater war: er breitete, wenn er Samson und mir begegnete, die Arme aus, uns den Weg zu versperren, und rief mit fröhlicher Stimme:

„Halt da, ihr Burschen! Hier ist Wegegeld zu zahlen!"

„Was für Wegegeld, mein Herr Vater?"

„Drei Küsse ein jeder! Sofort zu zahlen und ohne zu feilschen!"

Ich warf mich dann in seine Arme, er hob mich empor, drückte mir schmatzend drei Küsse auf die Wangen und wiederholte dasselbe mit Samson. Hernach gab er uns einen Klaps aufs Hinterteil und setzte fröhlich seinen Weg fort.

Meine Mutter befand, ein solches Gebaren sei gewöhnlich und eher dem gemeinen Bürgersmann angemessen, wie sie auch höchsten Anstoß nahm an dem Handel mit Mauersteinen, Fässern und Getreide, den die beiden Jeans betrieben, und noch mehr an der strengen Sparsamkeit, welche sie bei der Führung des Hauswesens verlangten, sowie der pedantischen Buchführung über die Ausgaben. „Ein Hundert Haarnadeln für Isabelle: fünf Sols“, verzeichnete mein Vater in seinem „Buch der Rechenschaft“. „Meine Schwäherin“, sprach Sauveterre eine Woche später, nachdem er im Hofe von Mespech eine Haarnadel gefunden und keuchend die Treppe zu Isabelles Gemächern hinaufgehumpelt, sie ihr wiederzubringen, „mich deucht, dies gehört Euch. Achtet auf Eure Haarnadeln, meine Schwäherin, sie sind so teuer.“

Es war nicht die Enge der Treppenstufen, die meine Mutter davon abhielt, in eigener Person zu uns heraufzusteigen, uns eine gute Nacht zu wünschen; es war vielmehr die Anwesenheit Samsons, welche schmerzliche Erinnerungen in ihr wachrief, und in einem geringeren Grade die Gegenwart der kleinen Hélix, die sie nicht ausstehen konnte, seitdem sie ein paarmal den Blick meines Vaters auf ihrer schwellenden Brust überrascht hatte. Auch ließ sie sich nicht wie die beiden Jeans von ihrer „Bravheit“ blenden, und hierin täuschte sich ihr inneres Gefühl auch nicht, denn während Barberines Abwesenheit war die kleine Hélix in deren breites Bett gewechselt, in welches sie mich, sobald Franchou das Licht gelöscht, nachkommen hieß. Ich gehorchte ihr, erfreut und beunruhigt zugleich. Und dann begann in der dienlichen Dunkelheit und der Molligkeit des Bettes ein Knuffen und Puffen, ein Hätscheln und Tätscheln, ein Geringel und Gerangel und manch anderes Spielchen, davon keines ganz unschuldig war.

Im Februar anno 1559 brachte Isabelle de Siorac ein Kind zur Welt, welches den Mutterleib tot verließ. Die arme Barberine hatte also das Nachsehen: sie stand da mit einem strammen Büblein im Arm und mit so viel Milch, daß sie – nach ihren eigenen Worten – welche hätte verkaufen können.

Doch da gesunde, milchreiche Ammen selten sind, erhielt sie alsbald ein Angebot von einem reichen Bürger aus Sarlat, dessen Weib alljährlich schwanger ging und gerade niedergekommen war. Darüber geriet meine Mutter in gar große Sorge, denn ließe man Barberine ziehen, würde sie nicht mehr zurückkehren, und was sollte dann werden, wenn die Baronin selbst wieder ein Kind bekäme? Sie überredete also die Herren Brüder, Barberine als Kindererzieherin für einen Sol Lohn pro Tag auf Mespech zu belassen und ihr auch zu gestatten, das Kind bei sich zu behalten und zu nähren. In ihrer Großherzigkeit war meine Mutter gar willens, die Taufpatin des Kindes zu werden, und sie nahm dieses Amt auch sehr ernst; oft sah man sie in aller Öffentlichkeit das Kindelein in ihren Armen wiegen, obgleich es doch nur ein „kleines Stück Dreck" und „ohne Geburt noch Herkunft" war.

Wir Kinder, also Catherine, Samson und ich, die wir in so großer Angst gelebt, Barberine zu verlieren, wußten uns gar nicht zu lassen vor Freude, daß sie wieder in ihrem großen Bett thronte, wenngleich wir sie künftig mit einem kleinen Schreihals teilen mußten.

Als sie ins Haus zurückkehrte, trug sie um ihren dicken weißen Hals ein Band, welches schon ihre Großmutter und ihre Mutter getragen (beide gleichfalls Ammen, so daß Barberine die dritte in der Familienfolge war), weil es eine regelmäßige und reichliche Milchbildung begünstigen sollte. Es bestand aus einem einfachen schwarzen Faden (welcher sich deutlich gegen das strahlende Weiß ihrer Haut abhob), woran drei geschliffene Achatsteine hingen, der mittlere von der Form einer langgezogenen Olive, die beiden anderen vollkommen rund. Mein Vater behauptete lachend, daß es sich dabei um ein aus heidnischer Zeit überkommenes Phallussymbol handele. Was dies bedeutete, verstand ich allerdings erst viel später, indes Barberine sich bei solchen Worten bekreuzigte und beteuerte, sie sei eine gute Christin wie ihre Mutter und Großmutter. Gleichwohl fand sie keine Ruhe, ehe sie dem Halsband nicht ein kleines Kreuz angefügt hatte, was dessen Wunderkraft nicht den geringsten Abbruch tat.

Gegen Ende April im Jahre des Herrn 1559 gelangte die

Kunde von dem verhängnisvollen Friedensschluß zu Cateau-Cambrésis nach Mespech und versetzte die beiden Jeans in Zorn und Verzweiflung. Wie viele Male habe ich meinen Vater in diesem Zusammenhang die Worte Montlucs zitieren hören, welche da lauteten: „In einer einzigen Stunde hat man alles aufgegeben und unsere großen Siege mit drei oder vier Tropfen Tinte besudelt und herabgesetzt."

Heinrich II. war in der Tat nur von zwei Gedanken beseelt gewesen: Frieden zu schließen um jeden Preis, damit er zu einem erneuten Schlag gegen die Hugenotten ausholen könne, und Montmorency freizubekommen, welcher bei den Spaniern gefangen saß. In seiner Blindheit trat er Bugey, die Bresse und Savoyen kampflos an Emmanuel-Philibert, den Generalleutnant Philipps II., ab und bot ihm obendrein noch die Hand der Margarete von Frankreich an, der Tochter von Franz I. „Sire, es bricht mir das Herz", so hielt ihm Monsieur de Vieilleville, der Gouverneur der Ile de France, entgegen, „daß Ihr dem Generalleutnant Eures natürlichen Todfeindes ein solch riesiges Geschenk gemacht; vermöge dieser Nachbarschaft kann nun der König von Spanien jederzeit vor den Toren der Stadt Lyon erscheinen, welche vorher fast inmitten Eures Reiches gelegen, doch nun unversehens zu einer Grenzstadt geworden ist."

Es half nichts; außer Calais ward alles hingegeben, auch Piemont, und um diesen üblen Vertrag zu bekräftigen, vermählte sich Philipp II., der seine englische Königin verloren, mit Elisabeth, der Tochter Heinrichs II. Durch diese Heirat und durch die Vermählung der Schwester des Königs mit dem Herzog von Savoyen wurden unsere Feinde von gestern zu unseren Bundesgenossen.

Der König hatte es nur deshalb so eilig mit dem Friedensschluß gehabt, um seine Waffen gegen diejenigen seiner Untertanen wenden zu können, welche den Herrgott nicht auf dieselbe Art wie er verehrten. Kaum war die Tinte des Vertrages getrocknet, da führte er auch schon den ersten Schlag – und zwar zum Haupte hin.

Das Parlament zu Paris beriet seit Ende des Monats April, welche Haltung gegenüber den Protestanten einzunehmen sei, welchselbige einige aus seiner Mitte gegen die Verfolgungen in Schutz zu nehmen gedachten; die einen, weil ihnen die Unabhängigkeit des Königreiches am Herzen lag und sie folglich den Einfluß Spaniens wie auch den des Papstes zurückzudrängen suchten; die anderen, weil sie selbst zu Anhängern der Reformation geworden. Am 10ten Juni begab sich der König in den Sitzungssaal und verlangte, daß die Beratung in seiner Gegenwart fortgesetzt werde.

Die Gerichtsräte ließen sich dadurch nicht einschüchtern. Viole und Du Faur forderten, daß die Verfolgung der Reformierten eingestellt und ein Konzil einberufen werde. Anne Du Bourg erhob seine Stimme gegen die Todesurteile und rief aus: „Es ist keine Angelegenheit von geringer Bedeutung, wenn Menschen verurteilt werden, die selbst inmitten der Flammen den Namen Gottes anrufen."

Heinrich II. war für jegliche Ideen wenig zugänglich, und noch weniger für neue Ideen. So hörte er die Redner mit allerhöchstem Befremden, erhob sich unversehens und gebot deren Festnahme. Dies war nicht nur ein Willkürakt ohne Beispiel in der Geschichte des Parlaments, sondern auch der Beweis dafür, daß von nun an keiner mehr verschont würde, welches auch sein Rang oder Amt sei. Indem der König in Person auf solche Weise die Rolle und Stellung einer der bedeutendsten Körperschaften des Reiches mißachtete, setzte er sich über jedes Recht und Gesetz hinweg und stellte sich an die Spitze der Inquisition. In seiner Umgebung erwog man darauf – um ein für allemal Schluß zu machen mit der Ketzerei –, die Reformierten in Acht und Bann zu tun, was einem jeden gestattet hätte, sie ungestraft zu töten und sich ihrer Güter zu bemächtigen.

Diese Nachrichten erreichten Mespech am 30ten Juni.

„Sehet Ihr nun, wie es um uns stünde, mein Bruder, so ich auf Euch gehört hätte", sprach mein Vater zu Sauveterre. „Ich könnte Euch zehn Adelsherren des Périgord aufzählen, von Fontenac ganz zu schweigen, welche heute nur allzu glücklich wären, gemeinsam über Mespech herzufallen und es aufzuteilen, wenn wir ihnen die Gelegenheit geboten hätten."

„Wenn man Gott dient und nur ihm allein", erwiderte Sauveterre, „muß man sich Seiner Vorsehung unterwerfen. Israel hat zahllose Verfolgungen erdulden müssen, doch der Herr hat am Ende immer seine Feinde gestraft."

In dem Augenblick, da Sauveterre diese Worte sprach, lag Heinrich II., am Morgen desselbigen Tages noch munter und gesund wie kaum einer, bereits auf dem Sterbelager und sah unter schrecklichen Schmerzen seiner letzten Stunde entgegen, denn im Turnier hatte ihm eine gebrochene Lanze das linke Auge durchbohrt.

Für das große Ereignis waren in der Rue Saint-Antoine vor dem Tournellen-Palast die Pflastersteine herausgerissen worden, damit die Rösser auf Sand galoppieren konnten und die Reiter im Falle eines Sturzes nicht so hart aufträfen. Als Platzhalter hatte Heinrich II. drei Gänge zu machen, seine Gegner aber nur jeweils einen. Heinrich pflegte sich mit allergrößter Sorgfalt auf solche Turniere vorzubereiten, die ihm das liebste im Leben waren, betrieb er doch mit Leidenschaft jegliche Art von körperlichen Übungen, und es bedeutete ihm weit mehr, einen Gegner aus dem Sattel zu stoßen als seinem Reich eine Provinz zu erhalten. Als nun der erste Gegner, Emmanuel-Philibert von Savoyen – welcher diesen Titel unentwegt weiter führte, obzwar er keinen Fußbreit Savoyer Bodens besaß –, in den Tournellen-Palast eintrat, dem König seine Aufwartung zu machen, sprach dieser, bereits angetan mit Helm und Rüstung, lachend zu ihm:

„Frisch auf, mein Bruder! Preßt die Schenkel mit Kraft zusammen, denn so es mir gelingt, werde ich Euch ohne Ansehung unserer Familienbande aus dem Sattel heben."

Dies gelang ihm nicht, doch nachdem beide ihre Lanze am Schilde des anderen gebrochen, geriet der Herzog etwas ins Schwanken, warf die gebrochene Lanze aus der Hand und klammerte sich am Sattelbogen fest, ohne indes zu fallen. Und so erkannten die Turnierrichter auf die Überlegenheit des Königs; doch nach dem zweiten Gang, den er gegen den Herzog von Guise antrat, welcher ebensowenig im Sattel wankte wie Heinrich II., sprachen sie sich für Gleichwertigkeit aus. In seinem dritten und letzten Gang hatte der König den Grafen von Montgomery, Hauptmann der Garde, zum Gegner, der ein hochgewachsener Jüngling in der vollen Manneskraft seiner zwanzig Jahre war. So rannten der König und er mit äußerster Kraft gegeneinander an und zerbrachen auch beide ihre Lanze, ohne daß indessen die Schiedsrichter dem einen oder dem anderen die Überlegenheit zusprachen, was den König heftig verstimmte. Sein Helmvisier aufschlagend, schrie er, er fordere Montgomery ein zweites Mal und wolle einen vierten Gang machen.

Diese Forderung stand so augenscheinlich im Gegensatz zu allen Turnierregeln (denn der Platzhalter hatte nur drei Gänge zu machen und nicht vier), daß sie einigen Widerspruch hervorrief, erstlich von Monsieur de Vieilleville, der in diesem Augenblick auf die Stechbahn geritten kam, um als Platzhalter seine drei Gänge anzutreten, und auch von Montgomery selbst, welcher als Angreifer nur einen Gang machen durfte und nun befürchtete, die anderen Angreifer könnten ihm diesen Verstoß gegen die Regeln vorwerfen. Allein der König wollte von all dem nichts hören, verwies Monsieur de Vieilleville kurzerhand von der Bahn und befahl Montgomery, von neuem Aufstellung zu nehmen, was dieser schließlich auch tat, sehr widerstrebend.

Die tyrannische Haltung des Königs hatte ein gewisses Unbehagen unter den Zuschauern entstehen lassen, so daß die Hörner und Trompeten, welche die vorherigen Gänge mit ohrenbetäubendem Schalle begleitet hatten, stumm blieben, als die Gegner nun von neuem antraten. Und daß der besagte Gang also in eisiger Stille stattfand, ward später als ein unheilvolles Vorzeichen gedeutet.

Alles weitere geschah dann sehr schnell. Die beiden Gegner brachen ein jeder seine Lanze, doch Montgomery, immer noch in Anspannung befangen, warf das verbliebene Lanzenstück nicht weg, wie es die Regel wollte, sondern hielt es weiter in der Hand. Und wie sein Roß in schnellem Galopp weiterraste, traf der gesplitterte Lanzenstumpf den Kopf des Königs, stieß dabei das Helmvisier hoch und fuhr in das linke Auge hinein. Der König ließ seinen Schild fallen, fiel vornüber und vermochte sich nur mit letzter Kraft am Hals seines Rosses festzuklammern, welches ihn, noch immer im Galopp, bis an das Ende der Stechbahn trug, wo es von den königlichen Bedienten zum Stehen gebracht ward. „Ich sterbe", rief der König mit schwacher Stimme, in die Arme des Oberstallmeisters sinkend.

Er lebte noch zehn Tage unter gar schrecklichen Schmerzen. Philipp II. schickte ihm sogleich den berühmten Wundarzt Vesalius aus Brüssel, welcher, assistiert von Ambroise Paré, die Wunde ausforschte und die Splitter des Lanzenschaftes zu entfernen suchte. Um sich eine Vorstellung von dem möglichen Ausmaß der Wunde zu verschaffen, ließen die beiden großen Ärzte sich aus der Conciergerie die Köpfe von vier soeben enthaupteten Verbrechern bringen und stießen Montgomerys Lanzenstumpf mit aller Macht gegen diese Köpfe. Aber diese makaberen Versuche brachten ihnen nur wenig Erkenntnis.

Am vierten Tag kam der König wieder zu Bewußtsein und befahl, die Verheiratung seiner Schwester und seiner Tochter mit seinen vormaligen Feinden zu beschleunigen. Dies geschah auch, doch in der allgemeinen Trauer der Gemüter und in der Vorahnung, daß der Sensenmann vor der Tür stehe, ähnelten diese Hochzeiten ohne Fiedelklang und Flötenschall eher einem Leichenbegängnis. Und in der Menge, welche dem stummen Hochzeitszug folgte, ging die unheilvolle Prophezeiung des Nostradamus von Mund zu Mund: Der junge Löwe wird den alten im Zweikampf bezwingen und in dem goldenen Käfig die Augen ihm ausstechen, ehe der grausame Tod ihn ereilt. Flüsternd bedeutete man sich, daß mit dem „jungen Löwen" ganz augenscheinlich Montgomery und mit dem „goldenen Käfig" der güldene Helm des Königs gemeint sei.

Zwei Tage nach den prinzlichen Hochzeiten, am 10ten Juli anno 1559, starb der König. Die vermeldeten Ereignisse erfuhren wir durch einen Brief aus Paris, welcher Mespech am 25sten Juli erreichte. Unter selbigem Datum findet sich im „Buch der Rechenschaft" eine kurze Eintragung meines Vaters sowie eine Randbemerkung von der Hand Sauveterres: „Mein Bruder, wie recht hatte ich doch, der Verzweiflung nicht nachzugeben. Heinrich II. wollte die Reformation an ihr Haupt schlagen, als er Anne Du Bourg und die Räte des Pariser Parlaments, welche unsere Überzeugungen teilen, einkerkerte. *Nun hat Gott ihn selbst an das Haupt geschlagen.* Die Ratschlüsse Gottes sind ein tiefer Abgrund, welcher zuweilen von einem plötzlichen Lichtstrahl erhellt wird. Nach diesem offenkundigen Fingerzeig der Vorsehung wird nun vielleicht der Sturm der Verfolgung nachlassen."

Worauf mein Vater am folgenden Tage, dem 26sten Juli,

antwortete: „Solches ist wenig wahrscheinlich. Auf Heinrich II. wird sein Sohn Franz II. nachfolgen. Er ist ein Kind, ist mit Maria Stuart verheiratet und steht gänzlich in ihrem Bann. Und sie ist die Nichte der Guisen. Also wird weder die Macht in eine andere Hand übergehen noch die Verfolgung aufhören." Jean de Siorac täuschte sich nicht: kaum war Heinrich II. unter der Erde, waren die Guisen auch schon die Herren im Königreiche. Sechs Monate später ward Anne Du Bourg als Ketzer auf dem Grève-Platz verbrannt.

Anno 1560 zog man auf Mespech erst recht spät zur Heumahd aus, denn zu Beginn des Monats Juli herrschte längere Zeit regnerisches und windiges Wetter mit Nachtfrösten, so daß man eher den Winter als den Sommer kommen wähnte. Am 15ten setzte dann endlich trockenes, sonniges Wetter ein, und Siorac ließ alle Sensen hervorholen. Sie wurden von dem Fett befreit, womit sie eingestrichen waren, und zeigten sich alle glänzend und scharf, außer einer, welche von vielem Gebrauch stumpf geworden. Sogleich hieß er Faujanet – denn keiner verstand sich darauf besser als dieser –, sie zu dengeln, zu welchem Behufe Faujanet die Schneide auf einem Dengelstock zwei Stunden lang mit so treffsicheren und gleichmäßigen Hammerschlägen bearbeitete, daß ich ihm dabei mit Bewunderung zusah.

Man benachrichtigte die Zinsbauern, deren Hilfe gebraucht ward, und am nächsten Morgen nahmen die Schnitter – unsere Soldaten (unsere zwei Soldaten, da Coulondre wegen seines eisernen Armes nicht zu mähen vermochte), Faujanet, Jonas, Michel und Benoît Siorac, der Maligou, Fougerol (aus Taniès) und Délibie von Flaquière – bei Sonnenaufgang am Rande unserer oberen Wiese Aufstellung, dabei den rechten Abstand untereinander beachtend, damit keiner den anderen behindere.

Da ich – ebenso wie Samson – schon im zehnten Jahr meines Alters stand, hatten wir uns mit den anderen am zeitigen Morgen erheben dürfen, um mit einer alten, schartigen Sense die Brennesseln am Wegesrand zu schneiden, wobei ich senste und Samson harkte oder auch umgekehrt. François hingegen hielt mit den Herren Brüdern und Coulondre

Eisenarm Wache, indem er mit ihnen oben auf dem Hügel und am Waldrand auf und ab ritt, eine ungeladene Pistole in der Satteltasche und die Faust in der Hüfte. Doch als die Sonne zu brennen begann, zog er sich, ermüdet von der Schaukelei auf dem Rücken seines kleinen Wallachs, ins Haus zurück und tauchte auch zu dem gemeinsamen Essen, welches wir in der elften Stunde unter dem großen Nußbaum einnahmen, nicht wieder auf, denn er mischte sich nicht gern unter unsere Leute und wurde von ihnen auch nicht sonderlich geliebt. Unsere Perigurdiner schätzen bei einem jungen Burschen neben der Tatkraft vor allem den offenen Blick, ein fröhliches Lachen und eine flinke Zunge, so daß ihnen die Schweigsamkeit unseres älteren Bruders gar wenig zusagte – sie mißtrauten dem Schweiger wie dem Hunde, der nicht bellt.

Die Brennesseln waren in dem verregneten Juli mächtig ins Kraut geschossen und hatten sich auch stark vermehrt, so daß Samson und ich ein wahres Gemetzel unter ihnen begannen und gewaltige Degenschläge austeilten, ohne auch nur eine einzige zu verschonen. „Da, nimm hin, verruchter Engländer!“ rief Samson, „das wird dich lehren, herüberzukommen und Calais zu besetzen, anstatt in deinem Königreich zu bleiben.“ So machten wir Tausende von diesen Unglücklichen nieder, zumal sie kaum Gegenwehr leisteten und nur einfältig die wehrhaften Nesselblätter und die langen Stengel hin und her schwenkten, welch letztere sich so leicht durchsäbeln ließen, daß auch ein Stock genügt hätte.

„Holla, ihr Burschen!“ rief mein Vater uns halb ernst, halb spöttisch von seinem Roß herab zu, „ihr hinkt der Geschichte des Königreiches hinterher. Die Engländer sind nicht mehr unsere Feinde, seitdem sie Calais zurückgegeben und die blutige Mary abgelöst ward durch Elisabeth, die keine Papistin ist.“

Am Rande der Wiese bereitstehend, erwarteten die Schnitter das Zeichen der Hauptleute zum Beginn. Fröstelnd in der leichten Morgenbrise, denn in Vorausahnung der kommenden Hitze und des zu erwartenden Schweißes waren sie nur leicht gekleidet, tasteten sie mit der Linken prüfend nach dem wassergefüllten Kumpf am Gürtel, worinnen der Wetzstein steckte, indes die andere Hand auf dem Rücken der Sense ruhte, die vor ihnen aufgepflanzt stand – ganz so, wie man gemeiniglich den Tod als Sensenmann abgebildet sieht. Dabei waren sie alle neun eher wohlgemut denn traurig gestimmt – trotz der vor ihnen liegenden Arbeitsmühen hatte der Tag auch etwas Festtägliches an sich.

Auf Mespech pflegte man zur Zeit der Heuernte nicht am Essen zu sparen. So hatten die Mäher sich gegen vier Uhr auf der Burg erst einmal an einer dicken Gemüsesuppe mit Speckstücken sowie an Fleischbrühe mit Wein gelabt.

Nun ließen sie vom Wiesenrain her ihre Augen schweigend über das wogende Gras schweifen, welches den Hang bis zum Waldrand hinunter bedeckte. Potz Blitz, es war nicht schlecht gediehen in dem vielen Regen, das Prachtstück von Wiese. Hoch, saftig und dicht stand das Gras und erstreckte sich in solch unendlicher Weite, daß es einen deuchte, auch neun Schnitter vermöchten niemals bis zum Abend alles zu mähen. Es war wohl besser, nicht allzusehr daran zu denken, sondern vielmehr an den Imbiß, den es in der elften Stunde geben würde: gutes weißes Brot, reichlich Salzfleisch und dazu Wein, bei dessen Zumessung nicht geknausert wurde.

Ein Stück unterhalb, auf einem Wagen im Schatten eines Baumes, lagen ein Dutzend geladene Arkebusen, welche die Herren Brüder hatten herbringen lassen, damit die Schnitter im Falle eines Angriffes nicht unbewaffnet wären. Sie wußten den Hauptleuten Dank für diese Vorsichtsmaßnahme und auch dafür, daß diese während der ganzen Heumahd Patrouille ritten, was gewißlich nicht alle Herren taten, von denen so mancher lieber seine Leute ohne jeden Schutz ließ, als daß er sich durch einen im Sattel verbrachten Tag einen schmerzenden Hintern holte.

Als Jean de Siorac den Arm zum Zeichen des Beginnes hob, straffte sich Faujanet, welcher als linker Flügelmann in der Reihe der Schnitter stand, und tat den ersten Hieb, wobei seine Sense zischend durch die tauweichen Halme fuhr, das geschnittene Gras in gleichmäßigem Schwad zur Linken des Mähers häufend. Jonas stand als zweiter in der Reihe und wartete, bis Faujanet einen guten Klafter Vorsprung gewonnen, ehe er seinerseits ans Werk ging, und sein rechter

Nebenmann, Fougerol, wartete wiederum, bis Jonas sich einen guten Klafter in die Wiese hineingemäht hatte. Diese Staffelung setzte sich von Schnitter zu Schnitter bis zum rechten Flügelmann fort, welcher sich mit acht Klaftern Rückstand zu Faujanet bewegte. Dergestalt zeichnete sich vor einem jeden deutlich der Streifen Wiese ab, den er zu mähen hatte, und es war ausgeschlossen, daß die Sense eines Schnitters im Schwung auf die seines Nebenmannes traf oder zwischen beiden etliche Halme stehen blieben.

Auf diese Weise fiel Faujanet, dem linken Flügelmann, das Amt des Oberschnitters zu, nach dessen Geschwindigkeit sich alle anderen zu richten hatten und der ihnen auch die Wetzpausen vorgab, indem er zweimal in ein kleines Horn stieß, welches er an einem Band um den Hals trug. Die Herren Brüder hatten Faujanet mit Vorbedacht für dieses Amt ausgewählt, nicht weil er am besten zu mähen verstand, sondern weil er im Gegenteil ein ganz durchschnittlicher Schnitter war, nicht zu kräftig noch zu schnell, welchem alle zu folgen vermochten, so daß keiner zurückbleiben und dadurch die sinnreiche Staffelung der Schnitter zerstören würde.

Faujanet selbst deutete das ihm übertragene Amt indes keineswegs in der beschriebenen Art. Für ihn war die Heumahd, wie mein Vater lächelnd anmerkte, eine Zeit der Ehre und der Macht, und wenn der kleine Kerl zweimal in sein Horn stieß (oder dreimal: zum Weitermachen), konnte man an seinem Gesichtsausdruck ersehen, welchen Wert er seinen Obliegenheiten beimaß. Zudem liebte er das Mähen, obgleich die Sense ihm nicht so federleicht in der Hand lag wie Jonas, sondern er die Anstrengung sehr wohl spürte in den Lenden, in den Armen, beim Drehen des Oberkörpers, beim Anspannen seiner kurzen Beine, um der gebeugten Leibeshaltung entgegenzuwirken; doch war es eine sparsame Anstrengung, bemessen auf die noch kommenden Mühen. So achtete er darauf, daß die bei jedem Schwung erfaßte Menge Gras mäßig blieb und er die Sense nach erfolgtem Schnitt nicht zu schnell zurückführte, sondern sein Zeitmaß einhielt. Und sobald er Müdigkeit in seinen Gliedern aufsteigen spürte, ließ er sein Horn ertönen, um die Wetzpause zum Verschnaufen zu nutzen, dabei den feuchten

Stein abwechselnd über die eine und die andere Seite der Schneide führend. Das wichtigste war nicht, schnell voranzukommen, sondern bis zum Ende durchzuhalten. Zudem war sich Faujanet bewußt, daß der schwerere Teil der Arbeit noch bevorstand; am Morgen war das Gras weich und gefügig, doch zwei, drei Stunden später, wenn die Sonne den Tau getrocknet hatte, würde das Mähen weit mehr Kraft erfordern, indes die Mäher dann die ihrige schon zum Teil aufgebraucht hatten und der Schweiß ihnen von der Stirn in die Augen rann und über den Rücken lief. Dann würde man mehr und längere Wetzpausen einlegen müssen, nicht, um die Sensen zu schärfen (obgleich eine Sense nie scharf genug sein kann), sondern damit die Schnitter verschnaufen könnten.

Seine Pflichten ließen Faujanet die Müdigkeit weniger spüren, doch wenn sie ihm zu sehr zusetzte, versuchte er sich abzulenken, indem er auf das Tzsch-tzsch der neun Sensen lauschte, welche durch das Gras fuhren, es kurz über dem Boden abzumähen. Da sich nicht alle im Gleichmaß bewegten, denn jeder Schnitter setzte ein wenig früher oder später ein als sein Nebenmann, verwoben sich die Abfolgen dieses Tzsch-tzsch zu einer Melodie, welche Faujanet mit Freude hörte, sang sie doch von wohlgefüllten Heuschobern und wohlgenährtem Vieh; vor allem aber war sie die Begleitmusik einer Männerarbeit – denn wer hätte schon jemals ein schwaches Weib stundenlang unter brennender Sonne mähen sehen? Das Weib taugt zum Heuwenden und zum Zusammenrechen, aber nicht zum Mähen. Bestenfalls kann es mit einer alten schartigen Sense ein paar Brennesseln am Wegesrand absäbeln wie die kleinen Buben des gnädigen Herrn.

Es mag einer klein von Wuchs sein und krumme Beine haben wie Faujanet, er kann trotzdem ein heller Kopf sein. Und so hatte Faujanet denn auch seine Ansichten von dem Gras, das er mähte. Dazu war er Faßbinder und betrachtete die Dinge von einer höheren Warte als der an die Scholle gebundene Bauersmann, welcher sich ständig sorgte, selbst in Zeiten der Überfülle, und dessen Lieblingssprichwort war:

Bringt reichlich Heu das Jahr hervor,
kommt sonst kein Korn durchs Scheunentor.

Was besagen sollte, daß in Jahren, da das Gras reichlich wächst, die Ernte nur mäßig sei. Doch Faujanet, welcher eine gesunde Urteilskraft besaß, traute jenem Sprichwort nicht allzusehr und pflegte seinerseits zu sagen: „Bringt wenig Heu das Jahr hervor, kommt auch kein Korn durchs Scheunentor", wie sich anno 1557 erwiesen, als im Périgord acht Monate lang eine schreckliche Trockenheit geherrscht, welche das Gras hatte verdorren und Quellen wie Brunnen versiegen lassen, so daß Hirt wie Ackersmann große Hungersnot leiden mußten.

Auf Ersuchen der Konsuln zu Sarlat hatte seinerzeit der Bischof in allen Kirchen der Diözese Bittgottesdienste angeordnet sowie eine große Prozession zur Kapelle der Heiligen Jungfrau zwischen Daglan und Saint-Pompon, zu welcher der Zug sich in der brennenden Sonne mit dem Kreuz an der Spitze und unter Bittgesängen an die Heiligen hinaufbewegte. Man hatte mit höchster Sorgfalt darauf geachtet, keinen Heiligen dabei auszulassen, damit nicht der Vergessene in seiner Verärgerung etwa die Trockenheit begünstige. Die Priester hatten bis zur Heiserkeit geheime lateinische Gebetsformeln wiederholt, welche Regen herbeiführen sollten. Die Gläubigen hatten scharenweise die Beichte abgelegt und reichlich zu den Kollekten gespendet, obschon sie nur wenig besaßen, und trotz allem war kein Regen gefallen. Noch schlimmer war es dann im Winter geworden, als das Vieh mangels Futter verkauft oder geschlachtet, die Zinsbauern ruiniert, die Felder verpfändet waren und unzählige brotlos gewordene Tagelöhner hungernd und bettelnd über die Straßen Frankreichs irrten, in ihrer Not gar Eicheln und Baumrinde essend.

Und so sah Faujanet mit Freude das hohe, dichte, saftige Gras unter seiner Sense, welches gutes Fleisch von Kalb, Rind und Schaf versprach, genügend Milch, kräftige Pferde, den Pflug zu ziehen und die Äcker zu bestellen, und folglich gutes Auskommen wie Zufriedenheit für die kleinen Leute dieser Welt; denn die großen Herren wie die von Mespech sind mit hinlänglichen Vorräten versehen, um gut über magere Jahre zu kommen und gar noch am Getreideverleih zu verdienen, indes der kleine Mann niemals etwas auf der Seite hat, und wenn sich dann das Herz des lieben Gottes gegen das Volk im Sarladischen verhärtet wie anno 1557 – was mag ihn damals wohl so erzürnt haben gegen die Perigurdiner, welche auch keine größeren Sünder sind als andere? – und Er den Wolken verbietet, über der Provinz zu Regen zu zerschmelzen, bedeutet dies für die Armen nach wenigen Monaten schon Hunger und schwere Not.

In jenem Winter war auf unseren Ländereien um Taniès, Sireil und Marcuays von nichts anderem die Rede als von dem Wolf, welchen Jonas gezähmt, und ich wollte ihn unbedingt sehen. Die Herren Brüder stimmten schließlich zu, daß Jonas am Sonntagabend Samson und mich mit in seine Höhle nähme und wir dort die Nacht verbringen dürften.

Es geschieht gewiß nicht alle Tage, daß man in einer Höhle schläft, deren Eingang mit einem großen Stein verschlossen ist wie die des Zyklopen Polyphemos und aus welcher der Rauch des Feuers durch eine runde Öffnung in der Decke abzieht. Und es ist auch nicht alltäglich, im Alter von kaum zehn Jahren bei einem richtigen Wolf mit falbem Pelz und wilden Augen zu nächtigen, bei einer Ziege und ihren Jungen, die der Wolf nicht anrührte, und bei dem hünenhaften Jonas, der eingehüllt war in ein Schaffell und in sein eigenes Haarkleid, welches fast so dicht wie das des Wolfes war.

Doch ich eile voraus; zuerst saßen wir um das Feuer, welches Jonas zwischen einigen hochgestellten Dachsteinen entzündete und dessen Flammen geraume Zeit mit dem kalten Wind, welcher aus der Deckenöffnung herabwehte, zu kämpfen hatten, bis der kalte Luftzug von oben dem aufsteigenden Rauch und dem warmen Luftstrom von unten weichen mußte. Die Maligou hatte uns in einem Korb ein gebratenes Huhn mitgegeben, von dem Samson und ich je einen Flügel verspeisten, Jonas die Keulen und der Wolf, oder vielmehr die Wölfin, den Rest. Es war wundersam anzuhören, wie sie, in ihrem falben Fell zwischen Jonas und mir liegend, die Schnauze leicht geneigt und die Augen vor Behagen halb geschlossen, die Hühnerknochen zwischen ihren kraftvollen Kiefern zermalmte. Als Nachtisch gab es Walnüsse, die Jonas zwischen Daumen und Zeigefinger aufbrach und im Handumdrehen auskernte. Nachdem er die Schalen ins Feuer geworfen, drückte er die Nußhälften in einen frischen Käse aus Ziegenmilch, und mit der Milch von seiner Ziege ward auch ein Krug gefüllt, der zwischen uns und Jonas die Runde machte, nachdem die Wölfin ihr Teil in einem Napf erhalten. Es war ein ungewöhnlicher Anblick, wie sie die schaumige Milch gleich einer Katze schleckte und dann mit der Zunge über die Lefzen fuhr, um sich auch das kleinste Tröpfchen nicht entgehen zu lassen.

„Jonas", fragte Samson, „wird deine Wölfin dir nicht eines Tages die Ziege auffressen?"

„Warum sollte sie? Die Ziege gibt ihre Milch für sie wie für mich."

„Aber weiß das die Wölfin?"

„Gewiß weiß sie das, die Tiere sind doch nicht ohne Verstand. Wenn ich die Ziege melke, steht die Wölfin dabei und läßt die Zunge heraushängen in Erwartung einer schönen Schale frischer, warmer Milch. Also weiß sie es gewiß."

„Aber ein Wolf will Fleisch", sagte ich.

„Deshalb bekommt sie auch ihr Teil von meiner Jagdbeute."

Ohne sich vom Fleck zu rühren, streckte Jonas seinen langen, muskelstarken Arm aus und ergriff einen dicken Beutel, welchem er drei Handvoll Kastanien entnahm, was angesichts der Größe seiner Hände eine ziemliche Menge ergab. Dann häufelte er in einiger Entfernung von den hohen Flammen des Feuers glühende Asche auf, in die er die Kastanien legte. Sogleich durchzog ein verlockender Geruch die Höhle, welcher mich an die gemeinsamen Abende winters vor dem Kamin auf Mespech erinnerte.

„Jonas", sprach Samson, „man sagt, deine Ziege werde sich eines Tages in ein Weib verwandeln, so daß du sie zur Ehe nehmen kannst."

„Wer sagt so etwas?"

„Cabusse."

„Möge es Gott belieben, solches geschehen zu lassen!" sprach Jonas, ohne zu lächeln. „Denn mir ermangelt es gar sehr an Gesellschaft. Mir wäre es freilich lieber, wenn sich die Wölfin in ein Weib verwandelte und nicht die Ziege."

„Und warum das?"

„Alldieweil die Ziege Milch und Käse gibt, was ein Weib nicht vermag. Und weil meine Wölfin schön ist." Die Augen ins Feuer gerichtet, sprach er in einem so ernsthaften Ton, als hielte er eine solche Verwandlung für möglich und als stünde sie unmittelbar bevor. „Gar manche Jungfer wäre stolz, wenn sie so glänzende Augen hätte und so dichtes Haar."

Bei diesen Worten fuhr er mit seiner großen Hand streichelnd durch das Fell der Wölfin, welche ihm mit leisem Jaulen ihre Schnauze zuwandte und ihn so voller Liebe anblickte, daß ich vermeinte, jetzt gleich würde das Wunder geschehen.

„Jonas", hub Samson wieder an, „wie hast du deine Wölfin gezähmt?"

„Mit Geduld und Freundlichkeit. Ich fand sie mit flakkernden Augen, abgemagert bis auf die Knochen, in einem aufgewühlten Fuchsloch stecken. Sie hatte sich einen Lauf gebrochen, und um ihrem Rudel zu entkommen – ein Wolfsrudel tötet die verwundeten Tiere aus seiner Mitte und frißt sie auf –, hatte sie sich dort verkrochen. Ich habe ihr erst Milch, dann etwas Fleisch gebracht, und als sie aus dem Loch kriechen konnte, habe ich ihr mit einem Hanfseil das Maul zugebunden und ihr den gebrochenen Lauf gerichtet."

„Du verstehst dich also auch aufs Gliedereinrenken, Jonas?" fragte ich mit einem bewundernden Blick.

„Nun ja, ich habe es bei meinem Großonkel gelernt, welcher sich auch auf allerlei Zauberei verstand, allerdings nur zum Guten, nie zum Schlechten, so daß er selbst vom Dorfpfarrer anerkannt war. Ach, wenn mein Großonkel noch lebte..." Er ließ seinen Satz in der Schwebe und blickte träumerisch auf seine Wölfin.

Darüber schlief ich ein wie Samson auch, auf einem Lager aus Kastanienblättern, das Jonas uns bereitet hatte; zugedeckt mit drei großen Schaffellen, darunter mir noch warm war, als ich im Morgengrauen nach dem Erlöschen des Feuers mit kaltem Gesicht erwachte. Ich war erstaunt, da ich die Lider öffnete, mich nicht im Turmgemach von Mespech zu befinden, und als ich sie wieder schließen wollte, sah ich zwei Raubtieraugen starr auf mich gerichtet. Mir sträubten sich die Haare. Es war die Wölfin.

„Jonas!“ schrie ich.

„Was gibt es?“ fragte Jonas, sich erhebend, den Kopf aus schwindelerregender Höhe mir zugewandt.

„Deine Wölfin sieht mich an.“

„Von einem Blick ist noch keiner gestorben“, erwiderte Jonas. „Schlaft weiter, Moussu Pierre. Es ist noch nicht Zeit für die Morgenmilch. Auch das Feuer ist noch nicht angezündet.“

Ich fiel wieder in Schlaf, und mir träumte, ein alter Mann mit erschrecklichen schwarzen Augen trete in die Höhle. Er war von großer Gestalt, größer noch als Jonas, über welchen er sich beugte, dabei unverständliche Worte murmelnd und seltsame Zeichen mit der Hand beschreibend. Da verwandelte sich Jonas’ Antlitz in ein Wolfsgesicht, und auch sein großer Leib ward zu dem eines Wolfes. Er erhob sich und riß den Rachen auf, große spitze weiße Zähne zeigend, worauf er sich dicht neben seiner Wölfin niederließ und mit den Kiefern klapperte. Auch er blickte mich starr an, ohne daß ich zu erkennen vermochte, ob Haß oder Freundlichkeit in seinem Blick lagen.

Kaum hatten wir Mespech wieder erreicht, lief uns schon Barberine entgegen, gefolgt von der kleinen Hélix mit dem Wickelkind im Arm.

„Heiliger Himmel, da seid Ihr endlich! Moussu lou Baron erwartet Euch in seiner Bibliothek mit Moussu de Sauveterre, um eine Mitteilung von allerhöchster Bedeutung zu machen. Doch so könnt Ihr dort nicht erscheinen – Ihr stinkt ganz unerträglich. Geht Euch säubern und kämmen.“

Was wir ungesäumt taten. Wir wechselten auch die Wäsche, doch Barberine klagte, wir würden immer noch nach „Ziege, Wolf und Schlimmerem“ riechen. Wir zogen gerade jeder ein neues, steifes, nach Lavendel duftendes Hemd über, als die Maligou eintrat und an uns herumschnüffelte.

„O Ihr Ärmsten!“ rief sie, „überall Schwefelgeruch! (Sie machte das Kreuzeszeichen über unseren Köpfen.) Habe ich es mir doch gedacht: diese Wölfin ist eine Hexe, welche die Gestalt eines Tieres angenommen, um unseren Steinmetz zu verlocken und geradewegs in die Hölle zu schleppen."

„Schweig still, Maligou", sprach Barberine. „Die Hauptleute mögen es nicht, wenn man so spricht – und noch dazu vor den jungen Herren." (Obgleich ihr deutlich ins Gesicht geschrieben stand, daß die Worte der Maligou auch auf sie ihren Eindruck nicht verfehlt hatten.)

„Sagt mir doch, Moussu Pierre", fuhr die Maligou mit einem vielsagenden Blick fort, „ob Jonas seiner Wölfin nicht in Liebe zugetan ist."

„Ei gewiß!" erwiderte ich. „Er wünscht sich gar, daß Gott sie in ein Weib verwandeln möge, welches er heiraten kann."

„O Gott!" rief die Maligou, wobei die weichen Massen ihres unförmigen Leibes wie eine Gallerte zu zittern begannen. „Habe ich es mir doch gedacht. Unser Steinmetz zappelt schon, verblendet und verführt, im Netz der siebenundsiebzig Höllengeister. Es ist nicht etwa der liebe Gott, der Wölfinnen in Weiber verwandelt, Moussu Pierre, sondern der Teufel. Und deshalb kann es in einem solchen Fall auch keine Trauung vor dem Altar geben, sondern nur schändliche Unzucht in einer Höhle unter den Blicken einer Ziege. Ach, der arme Jonas! Und dabei ist er ein so schönes Mannsbild! So groß, so kräftig und so behaart! Aber wie heißt es doch: Unzucht und Unkeuschheit sind die Wege zur Hölle."

„Du mußt es wissen", sprach Barberine darauf, weil ihr solche Rede mißfiel, „du hast in deiner Scheune vierzehnmal mit einem Zigeunerhauptmann gefehlt."

„Fünfzehnmal", sagte die Maligou, sich bekreuzigend. „Doch ich habe nicht gefehlt. Wie du weißt, ward mir Gewalt angetan. Zumindest beim ersten Mal. Danach habe ich mich dem Willen Gottes gebeugt."

In der Bibliothek erwarteten uns die Brüder in Gegenwart eines bejahrten, ganz in Schwarz gekleideten Fremdlings, welcher uns mit seinem weißen Bart, seinem bleichen Angesicht, seinem hohen, kräftigen Wuchs und seiner erhabenen Unbewegtheit wie der Moses unserer Bibel vorkam. Später erfuhr ich, daß er Raymond Duroy genannt ward und zu Sarlat Pastor der reformierten Religion war, obgleich noch heimlich. Sauveterre, auch er ganz in Schwarz, und Raymond Duroy saßen voller Ernst und Gemessenheit auf ihren Stühlen, indes mein Vater, in Grün gekleidet (welches die Farbe meiner Mutter war), auf und ab ging, bald vor dem Fenster stehenblieb, bald hinter Sauveterres Stuhl, dessen Lehne er mit beiden Händen umfaßte, dann wieder zum Fenster zurückkehrte, das Gesicht eher gespannt denn ernst. Er war offensichtlich außerstande, auch nur eine Minute an ein und derselben Stelle zu verharren.

„Da seid Ihr ja, Ihr Schlingel!“ sprach er, als er uns eintreten sah, wobei sein Gesicht sich unversehens aufhellte, er jedoch seiner Neigung widerstand, die Arme zu öffnen und uns an sein Herz zu drücken. „Habt Ihr die Wölfin gesehen? Ist sie schön? Seid Ihr nun zufrieden?“

„Das sind wir“, antwortete ich, etwas widerstrebend nach dem, was ich von der Maligou gehört.

„Nun denn“, fuhr mein Vater fort, dem seit meinem gewaltigen Streit mit François viel daran lag, daß Eintracht zwischen seinen Söhnen herrsche, „begrüßet Euren älteren Bruder und setzet Euch.“

Ich trat nach vorn und ward François gewahr, welchen die Lehne seines Stuhles meinen Blicken verborgen hatte. Er saß gegenüber den Brüdern und Raymond Duroy mit gekreuzten Armen und ernstem Gesicht – die Tugend in Person. Ich bot ihm meinen Gruß, und er tat mir die Ehre an, mich auf beide Wangen zu küssen, desgleichen Samson.

„Meine Söhne“, hub mein Vater wieder an, „wir haben Euch eine bedeutsame Neuigkeit mitzuteilen und einen gewichtigen Entschluß, welchen Monsieur de Sauveterre und ich gefaßt.“

Er hielt einen Augenblick inne und fuhr sodann fort:

„Höret zuerst die Neuigkeit. Am 5ten Dezember ist Franz II. an einem Ohrenfluß verstorben. Er hat kaum anderthalb Jahre auf dem Thron gesessen und zählte sechzehn Jahre bei seinem Tod.“

Er hielt wieder inne und warf Pastor Duroy einen Blick zu, als erwarte er von ihm einen Kommentar. Der Pastor wandte uns sein bleiches Angesicht mit dem langen weißen Barte zu und sprach mit feierlicher Stimme:

„Hier hat sich uns das Wirken Gottes offenbart. Der Strahl seines Zorns hat den Vater am Auge und den Sohn am Ohr getroffen, weil der eine die Wahrheiten der Reformation nicht sehen und der andere sie nicht hören wollte."

„Die Folge", sagte mein Vater, „zeigt sich bereits: die Guisen sind entmachtet worden. Nie zuvor war die Lage im Königreich so günstig für unsere Sache wie heute. Zwei Prinzen von Geblüt haben sich unseren Reihen angeschlossen, nämlich Anton von Bourbon, König von Navarra, und sein Bruder, der Prinz von Condé, welchen die Guisen eingekerkert hatten und den Königin Katharina, die während der Minderjährigkeit Karls IX. die Regentschaft ausübt, jetzt freigelassen hat. Coligny hat alle seine Titel zurückerhalten und ist wieder Admiral von Frankreich, wie auch d'Andelot wieder in den Rang des Generalobristen der Fußtruppen eingesetzt ward. Im ganzen Königreich haben zehn Bischöfe für uns Partei ergriffen, darunter der Bischof von Périgueux. Der von der Königin Katharina bestallte Kanzler Michel de L'Hospital begünstigt uns im geheimen, und es heißt sogar, die Regentin selbst neige der Reformation zu. In Wahrheit", setzte er mit einem flüchtigen Lächeln hinzu, „ist sie jedoch eine Wölfin, die sich lammfromm zeigt wie die Wölfin von Jonas."

Er machte eine Pause und hub wieder an:

„Hier im Périgord stehen die vier Brüder Caumont, deren Einfluß sich auf die uneinnehmbare Burg Castelnau gründet, schon seit langem auf der Seite der Reformation. Und Baron von Biron, als Hauptmann der königlichen Kompanien im Amtsbezirk Sarlat, wird nichts gegen uns unternehmen, selbst wenn er den Befehl dazu erhielte: bei jenem Tumult zu Anfang Dezember, als das Volk sich darüber erregte, daß der hier anwesende Monsieur Duroy einen der Unseren unter der Totenleuchte ohne Pfaffen noch Kerzen begrub, hat Biron dem Bischof von Sarlat den Beistand seiner Soldaten verweigert."

Mein Vater verstummte aufs neue und fuhr dann fort, ein jedes Wort betonend:

„Nach reiflicher Überlegung sind Monsieur de Sauveterre und ich zu der Überzeugung gelangt, daß es jetzt an der Zeit sei, nicht mehr die Messe zu hören, sondern offen unseren Glauben zu bekennen. Meine Herren Söhne", er blieb vor uns stehen, die Hände in die Hüften gestemmt, und blickte uns einen nach dem anderen mit ungeduldiger, strenger Miene an, „was vermeinet Ihr dazu? Sprecht, werdet Ihr Eurem Vater folgen?“

„Ich werde den Glauben meines Vaters gern und mit ganzem Herzen annehmen“, antwortete François – ein wenig zu eilfertig nach meinem Geschmack.

„Ich hänge bereits dem neuen Glauben an“, sprach Samson mit sanfter Stimme, „und kenne keinen anderen.“

Da ich stumm blieb, warf mir mein Vater einen gebieterischen Blick zu und fragte barschen Tones:

„Und du, Pierre?“

Worauf ich mit klopfendem Herzen sagte:

„Ich bin von meiner Mutter mit Eurer Billigung im katholischen Glauben erzogen worden. Aber mit meinen knapp zehn Jahren bin ich noch sehr unwissend. Darf ich Euch deshalb bitten, daß Ihr mich, ehe ich Euch in die reformierte Religion nachfolge, etwas näher über selbige unterrichtet?“

Die Augen meines Vaters loderten gefährlich auf.

„Ich werde keine ausweichende Antwort dulden!“ herrschte er mich an. „Sieh dich vor, Pierre! Dein Zögern, mir nachzufolgen, könnte dir von Beelzebub eingegeben worden sein! . . .“

Da hob Pastor Raymond Duroy die Hand und sprach gemessenen Tones:

„Ein fester Glaube braucht ein solides Fundament. Nicht immer hat der Teufel seine Hand im Spiel. Wenn es Pierres Wunsch ist, in den Wahrheiten unseres Glaubens unterwiesen zu werden, dann will ich diese Unterweisung gern übernehmen.“

Tief getroffen von dem plötzlichen Zorn meines Vaters, welcher in allen Dingen mein Vorbild und mein Held war, blickte ich Pastor Duroy an. Ich war ihm dankbar für seinen unerwarteten Beistand, doch je länger ich seine herkulische Gestalt, seinen ehrwürdigen weißen Bart, seine von Wissen und Weisheit gewölbte Stirn betrachtete, desto kleiner fühlte ich mich vor ihm. Sein bleiches Angesicht war beherrscht von tiefgründigen schwarzen Augen, deren glühendem Blick man nur mit Mühe standzuhalten vermochte, und mir ward bewußt, daß ich diesem gewaltigen Verfechter des neuen Glaubens schwerlich würde widerstehen können.

SECHSTES KAPITEL

Pastor Duroy brauchte keine acht Tage, mich zu dem neuen Glauben zu bekehren, obgleich er während dieser Zeit noch vielerlei andere Dinge tat; denn er war ein Mann von rastloser Regsamkeit, ständig unterwegs mit seinem Roß, dem Volke landauf, landab den rechten Glauben zu verkünden.

Bei mir hatte er schon halb gewonnen, noch ehe er den Mund aufgetan, hatte ich doch schon seit meinen frühen Kindesjahren begriffen, daß auf Mespech die Messe eine Angelegenheit der Frauen und des Gesindes war. Die katholische Religion ward für mich verkörpert durch Pfarrer Feuerzange, diesen unwissenden, lüsternen Saufbruder, der während der Beichte seltsame Fragen stellte, welche ich mit Verwirrung anhörte, weil darin von ganz unerhörten Dingen die Rede war. Die Katholiken waren auch jene Bösen, welche Anne Du Bourg verbrannt hatten und noch viele andere Märtyrer mehr, von denen die Brüder mit höchster Ehrfurcht sprachen. Und da ich niemanden mehr bewunderte denn meinen Vater und Oheim Sauveterre, gehörte ich durch sie bereits einer großen Bruderschaft an – der Partei der verfolgten Hugenotten –, noch ehe ich deren Glauben annahm.

Diesen Glauben nahm ich indes nicht ganz ohne Vorbehalte an, welche ich allerdings verschweigen mußte, um meinen geliebten Vater nicht noch mehr zu erzürnen. So begriff ich nicht recht, was man mir vom ewigen Heile sagte, daß man es nämlich durch Gottes Gnade und nicht durch die eigenen Werke gewänne. In meinem vielleicht etwas einfachen Sinne schien mir die Religion meiner Mutter in diesem Punkte befriedigender. Auch hing ich sehr am Fegefeuer, welches ich für eine recht bequeme Einrichtung hielt, worin ich reuevoll einen kurzen Aufenthalt in Kauf genommen hätte, um mich von meinen Verfehlungen reinzuwaschen, insonderheit von meinen Spielchen mit der kleinen Hélix.

Mehr noch hing ich an der Jungfrau Maria, die mich an Barberine denken ließ, an ihre mütterliche Brust, ihr sanftes Angesicht, ihre tröstenden Arme. In dieser neuen Religion hatte man nur Männer zu lieben, wenn ich meine kindliche Auffassung hier so ausdrücken darf. Und was ich damals empfand, denke ich auch heute noch in gewisser Weise. Denn da nun einmal – selbst wenn wir Bilderverehrung und Götzendienst ablehnen – kein Gott ganz ohne menschliche Ähnlichkeit auskommt, deucht es mich sehr bedauerlich, wenn nichts vom Weib, ja nicht einmal die Mutterschaft, in den Rang des Göttlichen erhoben wird.

Mein Vater hatte seine Söhne geheißen, Stillschweigen über den Entschluß der Herren Brüder zu wahren, bis ich mich ihnen angeschlossen hätte, und so ahnten während meiner achttägigen Unterweisung weder meine Mutter noch die Brüder Siorac und auch niemand vom Gesinde, daß Mespech – sie alle eingeschlossen – in das Lager der Reformation übergehen würde. Und überdies gedachte mein Vater, sich Isabelle de Siorac für zuletzt aufzusparen, und hatte verfügt, daß sie den Abend des 22sten Dezember mit Franchou in ihren Gemächern verbringen solle. Er wollte nämlich den Umstand, daß an jenem Abend Jonas, Cathau und Cabusse auf der Burg sein würden, dafür nutzen, um nach der Abendmahlzeit eine Massenbekehrung vorzunehmen.

Die beiden Leuchter, welche seit dem Abend, da Sauveterre uns die Eroberung Calais' im Jahre 1347 geschildert, nicht wieder in Gebrauch genommen worden waren, wurden auf Jean de Siloracs Geheiß von der Maligou angezündet, um die Feierlichkeit der Stunde hervorzuheben oder vielleicht auch das Licht zu versinnbildlichen, welches die Herren Brüder ihren Bedienten zu bringen gedachten. Am oberen Ende der Tafel, welche die Frauenzimmer von den Resten der Mahlzeit gesäubert, saßen der Baron von Siorac, Monsieur de Sauveterre und Pastor Duroy, dessen weißes Haar im Scheine der Kerzen leuchtete, so daß sein ehrwürdiges Haupt wie mit einem Heiligenschein umgeben schien.

Zu beiden Seiten der langen Tafel hatten mit Ausnahme von Franchou, welche der Dienst an ihrer Herrin im Obergeschoß zurückhielt, all unsere Leute Platz genommen, und zwar gemäß einer genau festgelegten Ordnung, in der Rang und Stellung der einzelnen Tischgenossen vom oberen Ende (allwo der Pastor und die Herren Brüder saßen) zum unteren (das den Frauen vorbehalten war) immer weiter abnahmen: zuerst kamen die Söhne des Hauses, gefolgt von Catherine (welche damals sechs Jahre zählte), hernach die Brüder Siorac (sie gehörten zu unserer Verwandtschaft), alsdann Cabusse mit seinem Weib (sie besaßen das Anwesen Le Breuil), die beiden Soldaten (weil sie schon viele Jahre in unserem Dienst verbracht), Jonas und Faujanet (welche erst kürzlich in den Dienst genommen), schließlich Barberine, die Maligou, Franchou (so sie anwesend war), die kleine Hélix mit Annet, dem Kind unserer Amme, im Arm und zu guter Letzt die Gavachette, welche so alt wie meine Schwester Catherine war.

Unsere Bedienten hatten wohl schon eine Vorahnung dessen, was geschehen sollte; zum einen waren ihnen die Überzeugungen der Herren Brüder seit langem bekannt, wenn auch – aus Vorsicht oder Ergebenheit – keiner von ihnen jemals außerhalb unserer Mauern etwas davon hatte verlauten lassen; und zum anderen wußten sie, wer Raymond Duroy war, denn der Tumult, welcher auf die hugenottische Bestattung Delpeyrats gefolgt war, hatte ihn in der ganzen Umgegend bekannt gemacht. Indes ahnten sie wenig von der Entscheidung, welche ihnen abverlangt werden sollte, in ihrem einfachen Gemüt gewißlich vermeinend, daß katholische Bediente ihren Dienst bei einem hugenottischen Herrn fortsetzen könnten, als sei nichts geschehen.

Von diesem Irrtum befreite sie mein Vater. Bald sitzend, bald stehend, auf und ab gehend, dann wieder verweilend, die Arme gekreuzt oder auch in die Hüften gestemmt, sprach er in seiner lebhaften, ungeduldigen Art auf sie ein. In seiner Leidenschaftlichkeit drückte er sich nicht immer ganz klar und denkgerecht aus, doch so, daß der Sinn verständlich blieb, nämlich: Monsieur de Sauveterre, der Baron de Siorac und dessen drei Söhne François, Pierre und Samson würden sich öffentlich zur reformierten Religion bekennen und erwarteten von ihren Anverwandten (dies galt den Brüdern Siorac), von ihren Freunden (dies richtete sich an Cabusse und Cathau) als auch von ihren Bedienten, daß sie ihnen auf diesem Wege folgten. Erstlich weil es der Weg der göttlichen Wahrheit war, welche die Papisten verfälscht, die Reformierten jedoch in ihrer ursprünglichen Reinheit wiederhergestellt hatten. Und weil es zweitens den Herren Brüdern in den gegenwärtigen unruhigen Zeiten schwerfiele, ihr Vertrauen auf Dauer in jemanden zu setzen, der nicht ihrer Religion anhinge und der eines Tages von seinem Beichtiger dazu bewegt werden könnte, Mespech an seine Feinde zu verraten.

Mein Vater sagte zwar nicht offen, daß er jeden davonjagen würde, der sich nicht der reformierten Religion anschlösse, doch war dies ganz eindeutig die Quintessenz seiner Rede, und an der Überraschtheit und dem Schrecken unserer Leute war deutlich zu ersehen, daß sie dies sehr wohl verstanden hatten.

Wenn ich heutigentags daran zurückdenke, verspüre ich ein gewisses Unbehagen, denn der Baron de Siorac tat auf Mespech, was er Heinrich II. vorgeworfen hatte, in seinem Königreich zu tun: er forderte von seinen Untertanen, derselben Religion anzuhängen wie er selbst. Der Unterschied war nur, daß mein Vater sie nicht auf den Scheiterhaufen schicken konnte. Gleichwohl besaß er zumindest die Macht, sie brotlos zu machen und von seinen Ländereien zu verbannen, was keine geringe Strafe war, da ungezählte hungernde Gestalten auf der Suche nach einem Broterwerb über die Straßen der Provinz irrten. Daß es zu einer Zeit, da die katholische Kirche das Königreich tyrannisierte, überhaupt möglich war, von Glaubensfreiheit zu sprechen, war gewißlich ein bedeutender Fortschritt in unserem Jahrhundert, doch ward diese Freiheit von jenen, die sie forderten, in den meisten Fällen als ein alleiniges Vorrecht der Edelleute, höchstenfalls noch der reichen Stadtbürger, betrachtet. Sie galt nicht für das einfache Volk, welches noch ganz in die Bande feudaler Unfreiheit geschlagen war, und gerade diese kleinen Leute wußte die katholische Kirche mit ihrem Gepränge, ihren Prozessionen, dem Glanz und der Pracht ihrer Zeremonien sowie dem Spielraum, welchen sie dem Aberglauben einräumte, in ihrem Bann zu halten.

Nachdem mein Vater geäußert, was er im Sinn hatte, verstummte er und ließ sich auf seinen Platz nieder; doch unsere Leute wurden bei dem Gedanken, Mespech verlassen zu müssen wie die Schnecke ihr Haus und ohne Schutz, Obdach noch Brot auf der Straße zu liegen, von so großem Schrecken erfaßt, daß ihnen die Augen schier aus den Höhlen traten und ihre Zunge, trocken am Gaumen klebend, den Dienst versagte.

Einen nach dem anderen betrachtend, ermaß Sauveterre das Ausmaß ihres Entsetzens und nahm dies als gutes Vorzeichen; denn er liebte das Gesinde Mespechs genüglich, um zu wünschen, es möge ohne Ausnahme Rettung finden. Und hätte er einen davonjagen müssen, weil dieser nicht von der papistischen Götzendienerei lassen wollte, hätte es ihm das Herz beschwert – weniger des Hungers wegen, den der Betreffende erleiden müßte, als wegen der ewigen Verdammnis, die ihm nach dem Tode drohen könnte.

Alsdann sprach er mit ebensoviel Ruhe, als mein Vater mit Leidenschaft geredet:

„Pastor Duroy wird euch nunmehr in den Unterschieden zwischen der katholischen Religion und der unseren unterweisen."

Raymond Duroy erhob sich nicht, als er zu sprechen anhub, und mit Ausnahme der schwarzen Augen und der Lippen blieb sein Angesicht völlig reglos und sein Körper so unbeweglich, als wäre er aus Stein. Nicht eine Geste tat er und hob nicht einmal die Hände von den Armlehnen seines Stuhles, um seine Worte zu unterstreichen. Hinter dieser äußerlichen Kühle spürte man indes ein heftiges Feuer lodern, insonderheit als er den Pfründewucher und die Habgier der katholischen Priester geißelte.

„Diese Priester", so sprach er, „sind reich an weltlichen Gütern und arm an geistlichen. Sie leben beständig in Saus und Braus. Ihr geistliches Amt ist ganz beschmutzt und befleckt von ihrer Habgier. Sie taufen kein Kind ohne Zahlung klingender Münze. Sie vollziehen keine Trauung, ohne auch den Ärmsten noch einige Sols abzunehmen. Selbst aus dem Begräbnis der Dahingestorbenen ziehen sie ihren Gewinn. Kurz gesagt: aus der Verabreichung der Sakramente haben diese Pfaffen einen einträglichen Schacher gemacht. Und schlimmer noch: aus abscheulicher Geldgier machen sie auch die Vergebung der Sünden zu einem Geschäft! Sie verkaufen Ablaßbriefe! Angesichts einer solchen zum Himmel stinkenden Sittenverderbnis ist es auch nicht verwunderlich, daß der Klerus die Güter, welche ihm von der Obrigkeit oder von Privatleuten zur Unterstützung der Armen und zur Unterrichtung des Volkes überantwortet werden, zu seinem eigenen Nutzen veruntreut."

Hier hielt Duroy in seiner Rede inne, und mein Vater forderte mit einer Handbewegung unsere Leute zum Sprechen auf, was diese auch beifällig taten.

„Ja, knauserig sind sie", murmelte Faujanet, sich daran erinnernd, wie er vor dem Bischofspalast zu Sarlat abgewiesen ward, als er um ein Stück Brot bat.

„Und so habgierig, daß sie noch die Laus um den Balg schinden", ließ sich Cabusse vernehmen.

„Ich könnte dir einen Domherren nennen", sprach Jonas, zu Cabusse gewandt, „aus nächster Umgebung, welcher mit seinem langen Rosenkranz in so manchen Beutel zu langen versteht."

„Und den k-k-kenne ich auch", setzte Marsal Schielauge hinzu.

Nur Coulondre schwieg, so sehr war das Schweigen ihm zur Gewohnheit geworden. Indes wußten alle, daß er kein Glaubenseiferer noch großer Kirchgänger war, hatte ihn doch die Bitterkeit über den Verlust seines Armes dem Glauben seiner Väter etwas entfremdet. Auch Cabusse zeigte in Glaubensdingen wenig Eifer und empfand wie alle Gascogner nur geringe Hochachtung vor der Geistlichkeit. Reichlich gesegnet mit den Gütern dieser Welt – einem Anwesen, einer Schafherde und einem hübschen Weib –, dachte er sehr wenig an das andere.

Die vormalige Kammerjungfer meiner Mutter hatte ausgeplaudert, worin seine täglichen Gebete bestanden. Des Morgens beim Rekeln: „Lieber Gott, dein Diener erhebt sich. Schenke ihm ein gutes Tagewerk." Und des Abends unter Gähnen: „Lieber Gott, dein Diener legt sich nieder. Schenke ihm eine gute Nacht mit seinem Weibe."

Die Maligou und Barberine hörten sich alles an, sagten aber kein Wort, weil sie sich scheuten, vor den Männern zu sprechen. Ganz leise nur tuschelten sie über Pfarrer Feuerzange. (So ward er genannt, weil eines Tages ein Schelm aus Marcuays, der sich ins Pfarrhaus begeben und dieses leer gefunden, die Feuerzange vom Haken neben dem Kamin nahm und sie ins Bett der Haushälterin legte, um der gefälligen Gevatterin einen Possen zu spielen, der sich indes gegen den Pfarrer kehrte: er entrüstete sich noch wochenlang, sogar im Beichtstuhl, daß seine Feuerzange verschwunden sei, als hätte man sie ihm gestohlen.)

„Du hast ganz recht", sprach die Maligou, „einen größeren Geilbock gibt es weit und breit nicht. Während der Beichte in der Sakristei starrt er den jungen Dingern auf die Brüste und legt ihnen die Hand auf den Schenkel."

„Und ganz gewißlich", fuhr Barberine fort, „gibt es im ganzen Lande keinen Sohn einer guten Mutter, der ein größerer Saufbruder wäre. Beim Begräbnis des armen Petremol, als Feuerzange am offenen Grabe gerade das Totengebet sprechen wollte, gewahrte er den Schmied Bellièvre. Sogleich unterbrach er sein Gebrabbel und sagte laut und deutlich: ‚Bellièvre, du schuldest mir noch ein Faß Wein. Vergiß es nicht. Es geht um dein Seelenheil.' Wonach er in seinem Gebet fortfuhr, als sei nichts geschehen."

Als wieder Stille eingetreten war, hub Pastor Duroy an, mit großer Klarheit die vierzig Artikel des kalvinistischen Glaubensbekenntnisses, festgelegt auf der Synodalversammlung von 1559, kurzgefaßt darzutun. Er sprach in dem gelassenen Ton vollkommener Gewißheit und verstand sich meisterlich darauf, dem einfachen Volke und sogar den Kindern die vertracktesten Dinge nahezubringen. Bis auf den heutigen Tag ist mir im Gedächtnis geblieben, wie er seinen Zuhörern die Auffassung der Hugenotten zum Abendmahl darlegte.

„Die katholischen Priester", sprach er gemessenen Tones, in dem indes Empörung mitschwang, „behaupten, Leib und Blut des Erlösers seien tatsächlich und wahrhaftig gegenwärtig im Brot und Wein des Abendmahles. Doch solches ist unmöglich, und aus dieser Ursache ist ihre Behauptung nur Lug und Trug. Es ist vielmehr so, daß Leib und Blut des Erlösers die Seele nähren wie Wein und Brot den Leib. Jegliche andere Ausdeutung ist gleisnerisches Blendwerk und Betrug. Denn wie könnte Jesus Christus zugleich im Himmel wie auch im Bauche derjenigen sein, die das Abendmahl einnehmen? In Wirklichkeit ist der Leib unseres Herrn so weit entfernt vom Brot und vom Wein wie der höchste Himmel von der Erde."

Worauf mein Vater hinzufügte:

„Wenn Christus sagt: ‚Esset, dies ist mein Leib' und ‚Trinket, dies ist mein Blut', muß man es als ein Gleichnis auffassen und darf es nicht wörtlich nehmen wie die Papisten."

Diese Deutung, welche einem jeden katholischen Geistlichen als unerhörte Gotteslästerung erschienen wäre, leuchtete den Anwesenden durchaus ein und wurde als eine Bekundung des gesunden Menschenverstandes hingenommen. Unsere Leute machten ebensowenig Schwierigkeiten, als Pastor Duroy das priesterliche Zölibat geißelte. („Alles nur Heuchelei", sagte Jonas, „es ist ganz offenkundig, daß Feuerzange nicht so enthaltsam lebt wie ich in meiner Höhle!") Und als Duroy von den Ordensgelübden sprach, warf Cabusse spöttisch ein: „Die Mönche saugen dem Volk das Blut aus wie die Läuse." Als der Ablaßhandel an die Reihe kam, meinte Faujanet, daß „bei solcher Verrechnungsweise nur die Reichen Errettung finden". Und durch die Ohrenbeichte, so Barberine, werde Feuerzange immer in alle Familiengeheimnisse eingeweiht.

Hingegen stieß Duroy auf große Ablehnung, als er die Marien- und Heiligenverehrung mißbilligte. Dabei führte er seinen Angriff mit Umsicht und Feinfühligkeit.

„Nach der Heiligen Schrift", so sprach er, „ist Christus der einzige Mittler zwischen Gott und den Menschen. Also darf man weder die Jungfrau Maria noch die Heiligen um Fürbitte beim Erlöser anflehen oder sie auf sonst eine Weise verehren. Wir achten die Heiligen als Glaubenshelden, doch beten wir sie nicht an. Gleichermaßen ehren wir Maria als die Mutter Jesu und lehnen es ab, sie anzubeten. Das Wort Gottes in Seiner Heiligen Schrift ist klar und eindeutig: einziger Fürsprecher vor Gott ist Christus. Und wer diese Regel mißachtet, macht sich der Götzendienerei schuldig. Der Marien- und Heiligenkult ist nichts als Mißverstand und satanisches Blendwerk."

Unter unseren Leuten – Männern wie Frauen – herrschte große Bestürzung, und an ihrem bedrückten Schweigen, ihren ratlos blickenden Augen, ihren verkniffenen Lippen war zu ersehen, daß die Worte Duroys uralte, tief verwurzelte Überlieferungen erschütterten. Denn in Sarlat war kein Bürgerhaus, wo nicht in einer Nische ein Marienbildnis stand, an dem keiner vorbeiging, ohne das Kreuzeszeichen zu machen oder ein Ave Maria zu murmeln. Jedes größere Dorf hatte seinen Heiligen und einen ihm geweihten Brunnen und seine Wunder, die dieser Heilige vollbracht. Er ward zuweilen mit größerem Eifer verehrt als Jesus Christus, denn der Erlöser war fern wie der König in seinem Louvre, indes der Dorfheilige nahe war wie der gnädige Herr in seinem Schloß.

Als mein Vater, dem dies alles wohlbekannt war, die stumme Erregung sah, welche Duroys Worte hervorgerufen hatten, entschloß er sich, das Geschwür kurzerhand aufzustechen, und sagte leutselig, nicht etwa zornig:

„Sprecht nur, liebe Freunde. Sprecht frei und ohne Scheu. Keinem soll ein Nachteil daraus entstehen."

Doch unsere lieben Freunde schwiegen, schreckten davor zurück, dem Pastor Duroy zu widersprechen, welcher mit seinem bleichen Angesicht, seinen hageren Zügen und seinem langen weißen Bart justament wie einer jener Heiligen auf den Kirchenfenstern aussah.

„Nur zu!" rief mein Vater, leicht ungeduldig, „keine Scheu! Sprecht nur, liebe Leute! Sagt, was ihr dazu vermeinet! Das ist mein Wille!"

Unsere Leute sahen sich gegenseitig an, und am Ende richteten sich alle Blicke auf Barberine, sie solcherart zum Sprechen auffordernd, so bedeutend schien allen ihre Stellung auf Mespech als Amme der Kinder des gnädigen Herrn – der anwesenden und der eines Tages noch kommenden. Nach einigem Zögern gab Barberine ihrem Herzen einen Stoß.

„Moussu lou Baron", hub sie errötend an, „ist es mir verstattet, noch ehe die Männer ihre Meinung sagen, als erste zu sprechen?"

„Gewißlich ist es dir verstattet, meine liebe Barberine", sagte mein Vater wohlwollend, da ihm ein Widerspruch von ihrer Seite nicht sehr gefährlich deuchte. „Du weißt, wie sehr wir alle hier dich mögen."

„Dank sei Euch, Herr Baron", erwiderte Barberine freudig erregt, denn sie verehrte meinen Vater sehr. „Ich bin freilich nur eine unwissende Frau und kann mich nicht vergleichen mit unseren beiden gnädigen Herren und dem Herrn Pastor Duroy und den Herren Siorac und unseren Soldaten, die weit in der Welt herumgekommen sind, und mit Jonas und Faujanet, welche so prächtig ihr Handwerk verstehen; und so ist es wohl eine rechte Kühnheit, wenn ich, die ich nichts anderes kann als meine Milch zu geben wie eine arme Kuh im Stall, in ihrer Gegenwart den Mund auftue. Doch was die Jungfrau Maria anbetrifft, welche ich mit Verlaub liebe und verehre, so vermeine ich folgendes: Wir beten zu Jesus, damit er Fürbitte einlege bei Gott dem Herrn. So ist es doch, Moussu lou Baron?"

„So ist es, Barberine."

„Wenn man sich also", fuhr Barberine fort, „an den Sohn wendet, damit er den Vater erweiche, warum darf man sich dann nicht an die Mutter wenden, damit sie den Sohn erweiche?"

Hierauf trat Stille ein, und meinem Vater kam wohl zum Bewußtsein, daß er Barberine unterschätzt hatte, denn in seinen Zügen spiegelte sich eine gewisse Verlegenheit, welche er unter einem dünnen Lächeln verbarg. Doch Pastor Duroy, dem nichts entging, eilte ihm schon zu Hilfe.

„Dies mag sehr wohl", so sprach er, „auf die irdischen Angelegenheiten zutreffen. Doch hier handelt es sich um Gott und nicht um einen beliebigen Sohn, sondern um Jesus Christus, unseren Erlöser. Wenn also Christus unser Erlöser ist und nicht seine Mutter Maria, dann muß man folglich zu ihm um Fürbitte beim Vater beten und nicht zu ihr. Maria hat Christus zur Welt gebracht, so wie Barberine ihre Milch gibt: dies ist ein Akt der Natur, kein Akt der Schöpfung. Der Schöpfer ist der Vater. Und der Erlöser ist der Sohn. Betet also zum Vater und zum Sohn und noch zum Heiligen Geist, aber zu niemandem sonst, denn das wäre Götzendienerei und heidnischer Aberglaube."

Diese klaren Worte waren im Tone einer so ruhigen und vollständigen Gewißheit gesprochen worden, daß man hätte meinen können, Pastor Duroy habe es in seinem hohen Alter auf sich genommen, die himmlische Seligkeit erst einige Monate später zu kosten, um uns hienieden diese verkannten Wahrheiten ins Gedächtnis zu rufen. Doch so beeindruckt unsere Leute waren, sie gaben sich dennoch nicht geschlagen, nur verlagerte sich ihr Widerstand: sie gaben die Jungfrau Maria auf (welche schließlich nur ein Weib war) und verschanzten sich hinter den Heiligen, welche so zahlreich waren und einen so offensichtlich günstigen oder gegebenenfalls auch bösen Einfluß ausübten, daß man ihr vielfältiges Einwirken auf das Leben der Menschen schlechterdings nicht leugnen konnte.

Aber auch hier vermochten die Männer sich nicht zum Sprechen zu entschließen und schauten auf Barberine, als wollten sie sich wieder hinter ihrem weiten, grünen, mit roten Bändern besetzten Rock verbergen. Allein die Amme schüttelte den Kopf und war nicht willens, den Mund gleich zweimal hintereinander zur Widerrede gegen die Herren aufzutun. Und so blieb den Männern nichts anderes als mit der Maligou fürliebzunehmen, obgleich sie keinesfalls die beste Wortführerin war, die man finden konnte, denn ihre Rede hatte einen zu starken Beigeschmack von Aberglauben. Doch wenn kein Gaul zum Ackern da ist, begnügt man sich mit dem Esel, und unsere Eselin ließ sich nicht lange bitten. Gleich nach den ersten auffordernden Blicken sprang sie in die Bresche und begann ihren Sturmlauf.

„Ist es mir verstattet zu reden, Moussu lou Baron?“

„Aber gewiß, meine wackere Maligou“, sagte mein Vater belustigt, ohne dies allzu offen zu zeigen.

„Oh, Moussu lou Baron!“ rief die Maligou mit einem tiefen Seufzer und flackernden Augen, „ich müßte in Angst und Schrecken leben, wenn man auf Mespech nicht mehr zu den Heiligen betete, denn im Périgord, vor allem im Norden, gibt es welche, mit denen man es sich gar leicht verderben kann. Die Burg, ihre Bewohner, das Vieh, die Früchte auf dem Feld würden dann von vielerlei Übeln und Krankheiten heimgesucht!“

„Was?“ fragte mein Vater mit gespielter Überraschheit. „Habe ich recht gehört? Bin ich recht bei Sinnen? Die Heiligen des Périgord sollen uns Krankheiten schicken?“

„Und sogar sehr schlimme, gnädiger Herr!“ sprach die Maligou, das Gesicht zu einer fürchterlichen Grimasse verziehend. „Der heilige Siméon von Ligueux schickt die Fallsucht. Der heilige Eutrope macht die Leute schwach und siech. Der heilige Paul von Agonac bringt über die Kinder die Angstseuche. Der heilige Avit hat schon manchem die Glieder mit Gelenkreißen verkrümmt. Und der Heilige von Sarazac verkrüppelt die Füße der Kinder in der Wiege."

„Deine Heiligen sind ja wahre Ungeheuer, meine arme Maligou!" entgegnete mein Vater unter Lachen.

„Keineswegs, Moussu lou Baron!" erwiderte die Maligou, „sie schicken diese Übel nur, wenn man sie erzürnt und nicht genug zu ihnen betet. Wenn Ihr ihnen vom Pfarrer einige Messen lesen laßt, sind sie uns gleich günstig gesinnt."

„Aber für diese Messen", warf mein Vater ein, „muß doch dem Pfarrer gezahlt werden?"

„Gewiß! Wer nichts gibt, bekommt auch nichts!" entgegnete die Maligou. „Und wenn das Wasser aus dem Brunnen eines Heiligen heilen soll, dann muß man einige Münzen hineinwerfen."

„Was für habgierige Heilige sind das doch!" sagte mein Vater lächelnd. „Was fangen sie in ihrem Paradies nur an mit all dem Gelde?"

„Das weiß ich nicht zu sagen. Auf jeden Fall bleiben die Münzen nicht lange im Brunnen."

„Das kann ich mir denken", sagte mein Vater.

„Um Euch ein Beispiel zu nennen", fuhr die Maligou fort, „da war der arme Petremol, welcher vor zwei Jahren das Zeitliche gesegnet hat . . ."

„An einem ersten Januar", merkte Barberine an.

„Du hast recht, es war am ersten Januar. Also wie Ihr wißt, hatte ihm der heilige Avit seit zehn Jahren die Glieder mit einem ganz fürchterlichen Gelenkreißen verkrümmt. Und so machte sich Petremol einen Monat vor seinem Tod nach Saint-Avit auf, ließ eine Messe für den Heiligen lesen und zog sich, obgleich es kalter Winter war, splitternackt aus, rieb sich den Leib mit dem eiskalten Wasser des Heiligen ab – und ward geheilt!"

„Und zwar so gut", hielt mein Vater entgegen, „daß er einen Monat danach in meinen Armen an einem Brustfluß starb."

„Aber dennoch, Herr Baron, war er geheilt von seinem Gelenkreißen."

„Gewiß, dort, wo er alljetzt ist, leidet er nicht mehr. So

schickt also der heilige Avit das Gelenkreißen und heilt es auch. Welch großes Wunder!“

„Es ist doch nur recht und billig, daß er wieder streckt, was er verkrümmt hat, Moussu lou Baron“, sprach die Maligou. „Genau wie der Heilige von Sarazac, der die Beine der Wiegenkinder verkrüppelt, sie auch wieder geraderichtet.“

„Vermittels einer Messe und einiger Sols.“

„Und durch Abreibung mit Wasser aus dem Brunnen des Heiligen.“

„Welches nicht besser ist als das Wasser aus unserem Brunnen“, entgegnete mein Vater. „Liebe Leute“, so fuhr er, sich erhebend, mit ernster Stimme fort, „ihr habt alle die Maligou gehört. Und wer hätte bei den Worten dieses armen Schnatterweibes wohl nicht die Listigkeit der Pfaffen bewundert, mit der sie die Leichtgläubigkeit des einfachen Volkes ausnutzen. Anstatt die Heiligen ob ihrer christlichen Tugenden zu ehren, macht man kleine Götter und Dämonen aus ihnen, die aufs Haar denen der Heiden gleichen. Denn auch die alten Römer hatten ihre Heiligen. So glaubten sie, daß in ihren fischreichen Seen Najaden lebten, welche den Fischfang begünstigen, und denen warfen sie zwar keine Münzen ins Wasser, aber Ziergefäße, Armbänder und Blumen.“

Mein Vater hielt inne in seiner Rede und warf der Maligou einen gestrengen Blick zu.

„Oh, Maligou!“ sprach er weiter, „es würde ein dickes Buch füllen, wollte man alles aufschreiben, was du glaubst. In Wirklichkeit sind es nur Dunstbilder und Gespinste deines armen Hirnes ... auch, daß die Gavachette die Tochter eines Zigeuners sei, was beileibe nicht stimmt.“

Hierauf blieb der Maligou vor Staunen das Maul offenstehen, und die Gavachette riß ihre glänzenden, mandelförmigen schwarzen Augen auf und starrte meinen Vater nur stumm an.

„Es ist ketzerischer Aberglaube“, fuhr mein Vater fort, „unseren Heiligen die Kraft zur Heilung von Gebrechen anzudichten. Es ist stinkende Götzendienerei, sie in den Stand von Göttern zu erheben und anzubeten. Es gibt nur *einen* Gott, und Er allein heilt die Seele und den Leib. Zu Ihm und nur zu Ihm allein darf man beten.“

Noch immer benommen von meines Vaters Worten über die Geburt der Gavachette (denn die Vergewaltigung durch den Zigeunerhauptmann in ihrer Scheune war der Glanz und die Zierde ihres Lebens), saß die Maligou in sich zusammengesunken da, starrte vor sich hin und sprach kein einziges Wort.

Auch kein anderer in der Runde wagte zu sprechen. Ich glaube freilich nicht, daß es meinem Vater in den wenigen Minuten gelungen war, jahrhundertealte Glaubensüberlieferungen aus ihren Köpfen zu tilgen. Doch unsere Leute waren es gewohnt, sich der Autorität des Pfarrers zu beugen – warum sollten sie sich da nicht der meines Vaters, Sauveterres und des Pastors Duroy beugen, welche ernste und gelehrte Männer waren, die Bücher lasen und die Dinge kannten. Und mein Vater war obendrein noch ein großer Heilkünstler, der das einfache Volk kurierte, ohne jemals einen Heller dafür zu verlangen.

„Nun denn", hub mein Vater wieder an, „ihr wißt jetzt hinlänglich Bescheid. Ihr kennt die Fehler und Falschheiten, welche wir berichtigen wollen. Werdet ihr also euren Herren in die reformierte Religion nachfolgen?"

Da keiner darauf erpicht war, als erster zu antworten, entstand ein langes Schweigen, welches die Herren Brüder in Verlegenheit setzte. Zum Glück fing Annet, den die kleine Hélix in ihren Armen wiegte und der bisher sehr brav gewesen, unversehens so laut zu schreien an, daß der Lärm einen Toten hätte erwecken können. Die kleine Hélix legte das Kind in ihrer Mutter Schoß, Barberine schnürte ihr rotes Mieder auf, und der kleine Schreihals schnappte sogleich nach der großen, festen, prachtvollen Brust. Seine Händchen in das weiße Fleisch krallend, schloß er selig die Augen und saugte still. Dies war ein Anblick, an dem ich mich gemeiniglich nicht satt genug sehen konnte, und ich gewahrte, daß es mir nicht allein so ging, denn alle in der Runde, auch mein Vater, blickten auf Barberines pralle schneeweiße Brust; nur Sauveterre und Pastor Duroy wandten die Augen ab und sprachen leise miteinander. Ich hätte mich geschämt bei dem Gedanken, als großer Junge noch den Platz des kleinen Annet einzunehmen, und doch fühlte ich fast die süße, warme Milch in meine Kehle rinnen. Zudem beneidete ich den Kleinen, daß er mit seinen dicken Fingerchen die wunderbare runde Brust betasten durfte, welches Vergnügen ich in der Stille gewisser Nächte mit der kleinen Hélix entdeckt, deren Reize sich leider nicht mit denen ihrer Mutter vergleichen konnten. Doch unversehens empfand ich tiefe Scham darüber, daß ich in einem solchen Kreis in meinem Inneren jener Sünden gedacht, welche ich niemals dem Pfarrer Feuerzange zu beichten gewagt hatte aus Furcht, meine Mutter könnte durch ihn davon erfahren und würde der Schlafgemeinschaft ein Ende setzen. Gott sei Dank brauchte ich nun, da ich zu einem Hugenotten oder, wie unsere Leute sagten, zu einem *Ugonau* geworden, überhaupt nicht mehr zur Beichte zu gehen, was mir ein schweres Gewicht vom Herzen nahm, so sehr waren mir diese Gespräche mit Feuerzange, seine funkelnden Augen und seine unersättliche Neugier zuwider.

Ich bin mir gewiß, daß keiner der Anwesenden zu denken gewagt hätte, welch schönes Modell die stillende Barberine für ein Standbild der Jungfrau Maria mit dem Jesuskind abgeben würde, und doch kam mir ebendieser Gedanke in den Sinn, obgleich ich nunmehr ein *Ugonau* geworden. Allein ich ließ nichts davon verlauten, denn ich wollte meinen Vater nicht betrüben, welcher – das Ende der Säuglingsmahlzeit ersehnend, um dem Gesinde die feierliche Frage stellen zu können – halb im Ernste, halb im Scherz zu Barberine sprach:

„Meine liebe Barberine, ich hätte große Lust, dir dein Achathalsband abzunehmen, um dir zu beweisen, daß es nicht im geringsten den Milchreichtum fördert."

„Oh, Herr Baron!" erwiderte Barberine, die bei dieser Drohung fast schon zu spüren vermeinte, wie ihre Milch in die Tiefen ihres Leibes zurückfloß, „solches dürft Ihr mir nicht antun! Meine Brust würde sogleich versiegen, und mein kleiner Annet müßte vergehen!"

„Sei unbesorgt", sprach mein Vater lachend, „ich werde es nicht tun! Behalte nur deine Achate, sie nehmen sich gar hübsch aus auf deiner weißen Haut! (Sauveterre runzelte hierüber die Stirn.) Und wer weiß, ob nicht, so dir die Steine fehlten, die bloße Einbildung hinreichen würde, deine Milch zum Versiegen zu bringen! Man soll eine gute Amme nicht verdrießen."

Bei diesen Worten ließ der kleine Annet unversehens seine Beute fahren und schloß gesättigt die Augen. Barberine legte ihn wieder der kleinen Hélix in die Arme und schob die prächtige Brust in ihr Mieder zurück, worauf der ganze Saal gleich viel trauriger wirkte.

„Und nun, ihr Leute", hub mein Vater an, wieder ganz ernst geworden, „lasset uns zu unserer Angelegenheit zurückkommen! Wer von euch bekennt sich zur Reformation? Sprich, Michel Siorac!"

„Ich bekenne mich", antworteten Michel und Benoît Siorac wie aus einem Munde.

„Cabusse?"

„Ich bekenne mich."

„Coulondre?"

„Ich bekenne mich."

„Marsal?"

„Ich bekenne mich."

„Jonas?"

„Ich bekenne mich."

„Faujanet?"

„Ich bekenne mich."

Alsdann kam die Reihe an die Frauenzimmer, deren Antworten weniger freimütig und überzeugt klangen, zumindest bei Barberine, Cathau und der Maligou; denn für die kleine Hélix (dreizehneinhalb Jahre) und die Gavachette (sechs Jahre) war das Ganze nichts als ein rechter Possen, den man dem Pfarrer Feuerzange spielte.

Nachdem die Gavachette geantwortet, merkte mein Vater, daß er vergessen hatte, Catherine zu fragen, welche als seine Tochter noch vor den Brüdern Siorac an der Reihe gewesen wäre. Catherine, da sie sich übergangen sah, glaubte sich von der väterlichen Liebe ausgeschlossen und saß nun mit gesenktem Kopfe da; die blonden Zöpfe hingen ihr traurig über die Wangen.

„Nun, Catherine, mein Töchterchen", sagte mein Vater mit freundlichem Lächeln zu ihr, „ich habe Euch wohl vergessen. Doch Ihr habt meine Frage gehört: Wollt Ihr Euch wie Euer Vater zur reformierten Religion bekennen?"

„Das will ich", sagte Catherine mit zitternder Stimme und brach in Schluchzen aus.

Die Miene meines Vaters, welcher wohl wußte, daß Catherine um meiner Mutter willen weinte, verfinsterte sich, und er sprach mit schroffer Stimme:

„Barberine, es ist Zeit, die Kinder ins Bett zu bringen. Sie sind heute recht lange aufgeblieben."

Barberine erhob sich, ihre kleine Schar um sich zu sammeln, als Coulondre wie ein Fisch den Mund auftat. Er wollte also etwas sagen, was bei ihm indes so ungewöhnlich war, daß es einer gewissen Vorbereitung bedurfte: aus seinem offenen Munde kam noch kein Ton. Doch niemand täuschte sich: Coulondre wollte seinen Gedanken laut aussprechen – ein so seltenes Ereignis, daß sich alle Blicke mit Erstaunen auf ihn richteten und auch Barberine in ihrem Tun innehielt.

Coulondre hatte seinen eisernen Arm auf den Tisch gelegt, um seine Schulter von dem Gewicht zu entlasten. Sein Haar war ergraut, obgleich er die Vierzig kaum überschritten hatte, und er trug eine ewig trübsinnige Miene zur Schau. Bei Tisch pflegte er auf seine ganz eigene Art die Augen zu schließen, so daß man wenig Lust verspürte, das Wort an ihn zu richten. Im übrigen war niemand darauf erpicht, seine Antwort zu hören. Denn wenn Coulondre Eisenarm statt eines undeutlichen Murrens verständliche Laute von sich gab, waren es stets düstere und unheilverheißende Worte. „Was für starke Waffen, die vielen Feinden den Garaus machen werden!" hatte ich begeistert ausgerufen, als Cabusse, bevor mein Vater in den Krieg zog, uns Kindern die Feuerrohre zeigte. „Der Feind hat die gleichen", war Coulondres Antwort gewesen, wobei sein Blick und Ton zu sagen schienen, daß keiner lebendig davonkommen würde, auch nicht mein Vater.

Er hatte die Neigung und die besondere Gabe, die Zukunft ganz in Schwarz zu malen, ohne das kleinste Fünkchen Hoffnung. Deshalb schreckte es auf Mespech nicht nur das Gesinde, sondern auch die Herren Brüder, wenn Coulondre den Mund zum Sprechen auftat, denn was er von sich gab, waren nur ätzende Schwefeldämpfe, Bemerkungen, die uns das Herz beschwerten, erdrückende Wahrheiten. Er war ein Meister darin, an allen Dingen immer nur die schlimme Seite zu entdecken.

„Moussu lou Baron", sprach er mit der rauhen Stimme schweigsamer Menschen, „ich möchte eine Frage stellen."

„Stell sie nur, stell sie nur, mein wackerer Coulondre", sagte mein Vater mit seiner gewohnten Leutseligkeit, doch wie wir alle voller Sorge, was wohl unser Schweiger von sich geben würde.

„Moussu lou Baron", hub Coulondre nochmals an, „werden auf Mespech auch in Zukunft die Feste der Heiligen gefeiert, wie es bisher Brauch war?"

Alle sahen sich an, und da mein Vater mit der Antwort zögerte, sprach Sauveterre kurz angebunden:

„Es gibt keinen Grund, weiterhin die Feste der Heiligen zu feiern, denn in der reformierten Religion gibt es keine Heiligenverehrung."

„Das dachte ich mir", sagte Coulondre mit Leichenbittermiene und schloß die Augen.

Alle Augen richteten sich auf ihn, und stumme Verzweiflung machte sich am ganzen Tische breit. Unsere Leute waren so konsterniert, daß sie nicht mehr wußten – wenn ich so sagen darf –, zu welchem Heiligen sie ihre Zuflucht nehmen sollten; sie hatten begriffen, daß sie an diesem Abend mit einem Schlag gut fünfzig Feiertage im Jahr verloren hatten.

Am Nachmittag des nächsten Tages (das folgende dramatische Gespräch ist in extenso im „Buch der Rechenschaft" wiedergegeben) bestellte der Baron de Siorac die Baronin de Siorac in seine Bibliothek. Anwesend waren auch Monsieur de Sauveterre, Pastor Duroy sowie die vier Brüder Caumont, deren Ältester, François, Herr von Milandes und Castelnau war. Die Baronin sollte in der reformierten Religion unterwiesen und zur Konversion aufgefordert werden.

Als gute Feldhauptleute hatten Siorac und Sauveterre die Bekehrung Mespechs rasch und ohne großes Federlesen durchgesetzt. Mit dem brillanten taktischen Sinn, den der Guise vor Calais gezeigt, hatten sie die Festungswerke und Schanzen der Stadt eine nach der anderen eingenommen und gedachten nun, mit dem Hauptteil ihrer Streitmacht einen plötzlichen Schlag gegen die Zitadelle zu führen. Doch wenn sie glaubten, daß ihr Angriff überraschend käme, dann irrten sie; denn dank Franchou, die von Barberine auf dem laufenden gehalten wurde, wußte Isabelle genau, welchen Fortschritt die Reformation in unseren Mauern genommen und wie ihr Ehegemahl, ihre Söhne, die Brüder Siorac, Cabusse und Cathau sowie das gesamte Gesinde, Männer wie Weiber, sich ihr angeschlossen hatten.

Allein und allseits vom „Ketzertum“ umgeben, ließ sich Isabelle indes nicht entmutigen, sondern erschien ganz im Gegenteil mit stolzem Mut und geschwollenem Kamm in der Bibliothek, angetan mit prächtigen Kleidern und blütenweißer Halskrause, das schöne schwarze Haar geschmückt mit den von ihren Vorfahren ererbten Perlen (denn mein Vater hätte es wohl kaum über sich gebracht, schwerverdientes Geld für solch eitle Nichtigkeiten auszugeben).

Und sie ging auch sogleich, noch ehe mein Vater den Mund geöffnet, zum Angriff über.

„Meine Herren“, so begann sie hochmütigen Tones, „was tut Ihr in so großer Zahl hierinnen? Habt Ihr Euch gegen mich verbündet? Wollet Ihr über mich richten? Gedenkt Ihr mich am Ende gar auf die Folter zu bringen? Habt Ihr deshalb meine vier Vettern Caumont kommen lassen? Sieben Männer gegen ein unglückliches Weib, welchem niemand beisteht! Fühlt Ihr Euch stark genug, mich zu besiegen?“

„Madame“, erwiderte mein Vater, recht betroffen von diesem Beginn und dem Hochmut, den sein Weib sogleich an den Tag gelegt, „Eure Rede entbehrt jeglichen Sinnes und Verstandes. Keiner der hier Anwesenden will Euch übel. Wir wünschen im Gegenteil aus dem tiefsten Grunde unseres Herzens, daß Ihr die ewige Rettung finden möget. Und wenn Eure Vettern Caumont hier anwesend sind, so darum, weil sie allein von Eurer illustren Familie Euch noch verblieben sind; und da sie sich schon seit langem zur reformierten Religion bekennen, haben sie zugegen sein wollen, wenn die Aufforderung an Euch ergeht, Ihr möget Euch uns anschließen. Was Herrn Duroy anlangt, welchen Ihr hier vor Euch sehet...“

„Das Subjekt kenne ich nicht“, sagte meine Mutter in ihrem hochmütigsten Ton, „und ich will auch nichts von ihm wissen.“

„Subjekt, Madame?“ Mein Vater zuckte zusammen.

„Monsieur Duroy ist Pastor unserer Religion und ein Mann von hoher Gelehrsamkeit und Tugend. Ihr schuldet ihm Respekt."

„Mein Herr Gemahl", entgegnete Isabelle, „Respekt schulde ich den Priestern und Prälaten der Heiligen Kirche, der ich angehöre wie vor mir alle meine Ahnen und wie auch Frankreichs König Karl IX., unser Herr und Gebieter, und welcher ich bis zu meinem letzten Atemzuge treu ergeben zu bleiben gedenke. Mit Euren pestilenzialischen Ketzern hingegen will ich nichts zu schaffen haben!"

Dies hatte sie mit so viel Verachtung gesagt, daß eine lange Stille folgte. Sauveterre, Duroy und die Caumonts schienen wie zu Stein erstarrt. Mein Vater indes erhob sich und tat einige Schritte im Raum hin und her, die Fäuste geballt, schäumend vor Zorn und unfähig, auch nur ein Wort hervorzubringen.

„Isabelle", stieß er schließlich mit tonloser Stimme hervor, „hütet Euch! Wir alle hier sind, wie Ihr es zu nennen beliebt, ‚pestilenzialische Ketzer', und wenn Ihr nichts mit uns zu schaffen haben wollt, dann bedeutet dies, daß Ihr Euch lossagt von Eurer ganzen Familie."

Isabelle begriff sogleich, daß sie zu weit gegangen war, und schwieg, doch sie blieb bei ihrer rebellischen Unfügsamkeit, den Kopf hoch erhoben. Ihr Schweigen gab indes meinem Vater Gelegenheit, sich zu beruhigen, wieder Platz zu nehmen und weiterzusprechen, was er mit einer Stimme tat, welche ganz heiser war von seinem Zorn und der Anstrengung, diesen zu meistern.

„Madame, ich bitte Euch, wollet auf diesem Stuhl hier Platz nehmen und anhören, was Pastor Duroy Euch über unsere Religion zu sagen hat."

„Nein, Monsieur, ich werde stehen bleiben", erwiderte Isabelle in einem sanfteren, doch nicht weniger entschlossenen Ton. „Und ich werde meine Ohren verschließen vor den gefährlichen Neuerungen, welche Ihr in den Glauben unserer Väter einführen wollt!"

„Ha, meine Schwäherin!" entgegnete ihr Sauveterre voller Empörung, „dies ist ja gerade Euer tödlicher Irrtum, welcher aus Eurer gewollten Unwissenheit erwächst. Die Neuerungen sind nicht unser Werk! Wir versuchen, ganz im

Gegenteil, zum reinen und klaren Urquell des Christentums zurückzufinden, den die römische Kirche in einen schlammigen Strom verwandelt hat durch Hinzufügung von vielerlei überkommenen Bräuchen, Götzendienereien, Ungeheuerlichkeiten und – wie Ihr sagt – Neuerungen. Wir rühmen uns, strikt dem Worte Gottes zu folgen, wie es im Alten und Neuen Testament niedergeschrieben steht. Dies ist ein reiner Quell, von dem ein jeder, sofern er nur des Lesens mächtig, zu trinken vermag."

„Um sich dann seine eigene Religion im kärglichen Lichte seines schwachen Verstandes zurechtzuschneidern", sagte Isabelle mit beißendem Spott. „Oh, nein, mein Schwäher, die Kirche hat schon recht, wenn sie es für ein Teufelswerk ansieht, daß die Heilige Schrift in die gewöhnliche Sprache übersetzt ward und nun unter den Edelleuten, Stadtbürgern und dem gemeinen Volk verbreitet wird, woraus der christlichen Religion nur höchste Verderbnis erwachsen kann."

„Was!" rief mein Vater, „jetzt sind wir es, die die christliche Religion verderben, wo wir doch nichts anderes tun als versuchen, zur ursprünglichen Reinheit ihrer Quellen zurückzufinden, indem wir die Welt mit dem Worte Gottes erquicken! Welchselbiges Wort Eure Prälaten und Euer Papst unter vielerlei Hinzufügungen, Ungereimtheiten und abergläubischen Narrheiten fast erstickt haben!"

„Monsieur", entgegnete Isabelle, „sprecht nicht so vom Heiligen Vater, sonst verlasse ich das Gemach."

„Madame", sprach darauf Pastor Duroy mit sanfter, ernster Stimme, „wenn es Euch belieben wollte, mit der Demut eines Christenmenschen zu verfahren, so würdet Ihr das Wort Gottes nicht auf den Lippen der Menschen suchen, sondern auf den Seinen, in Seiner Heiligen Schrift. Und würdet den Papst nicht den ‚Heiligen Vater' nennen."

„Und warum nicht, wenn ich bitten darf?" fragte meine Mutter mit Herablassung, doch nichtsdestoweniger beeindruckt durch das ehrwürdige Aussehen des Pastors Duroy.

„Weil Christus gesagt hat (Matthäus 23,9): ‚Und sollt niemand Vater heißen auf Erden; denn Einer ist euer Vater, der im Himmel ist.' "

Zu hoffen, meine Mutter würde sich durch diesen Einwand geschlagen geben oder wäre in ihrer Überzeugung auch nur wankend geworden, war weit gefehlt.

„Meine Demut", sprach sie erhobenen Hauptes, „besteht darin, mich nicht auf meinen schwachen Verstand zu verlassen und die kanonischen Bücher nicht mit meinem geringen Urteilsvermögen auszudeuten, sondern auf die Weisheit der Kirchengelehrten und der heiligen Prälaten zu vertrauen, welche seit Jahrhunderten die Glaubenssätze und Kirchengebräuche festgelegt haben."

„Und dabei", sprach Pastor Duroy, „Irrtümer auf Irrtümer gehäuft, das göttliche Wort verdreht und verfälscht, die heiligen Sakramente zu gewinnbringender Handelsware gemacht haben."

„Monsieur, solche Worte will ich nicht hören", sagte Isabelle.

„Ihr solltet wahrlich mit mehr Demut sprechen, Madame!" hielt ihr mein Vater mit Heftigkeit entgegen, „Ihr, die Ihr seit Beginn dieses Gespräches Eurer Familie und Eurem Ehegemahl mit teuflischem Stolz trotzt; Ihr, die Ihr mit den Ohren die Wahrheit nicht hören und sie mit den Augen nicht sehen wollt: weil ich Euch liebe, habe ich in all den Nächten, da der unerträgliche Gedanke Eurer Verdammnis mir den Schlaf raubte, tausendmal Euch angefleht, wenigstens einmal im Alten und im Neuen Testament zu lesen."

Dieses „weil ich Euch liebe" ließ Isabelle erbleichen und brachte sie mehr ins Wanken als alles bisher Gesagte, doch faßte sie sich sogleich wieder und sprach mit größter Unnachgiebigkeit:

„Ich lese mein Meßbuch und das Stundenbuch der seligen Maria, denn das sind erlaubte Bücher. Doch werde ich weder das Alte noch das Neue Testament lesen, denn die Kirche verbietet es mir. Und ich halte daran fest, daß außerhalb der Kirche kein Heil ist."

„Was sagt Ihr da, Madame?" rief mein Vater erbleichend. Und zu Pastor Duroy gewandt, fragte er mit vor Schmerz erstickter Stimme:

„Habt Ihr diese Gotteslästerung vernommen?"

„Es ist ein gar schlimmer Irrglaube", erwiderte Duroy, „die katholische Kirche an die Stelle Christi zu setzen und zu einem Götzen zu machen. Madame, außerhalb Christi ist kein Heil."

Isabelle, welche der Grimm meines Vaters bisher nicht hatte einschüchtern können, schien sehr betroffen – nicht von der Antwort Duroys, sondern von dem sichtlichen Kummer, den ihre Worte ihrem Ehegemahl bereitet hatten. So schwieg sie, und es trat eine Art unausgesprochener Waffenstillstand zwischen den Streitern ein, als wolle ein jeder Atem schöpfen und versuchen, die empfangenen Schläge zu verwinden.

Sodann ergriff Geoffroy de Caumont das Wort. Er war von den vier Brüdern der eifrigste Glaubensverfechter, dazu Prior von Brive sowie Abt von Uzerche, Vigeais und Clairac; doch hatte er nach seinem Übertritt zur Reformation diese Ämter und Pfründen nicht aufgegeben, sondern seine Schäflein und Klosterbrüder kurzerhand – und nicht mit den sanftesten Mitteln – zur reformierten Religion bekehrt.

„Frau Base", sprach er gestrengen Tones, „Ihr, die Ihr alle Tradition als heilig ansehet, solltet derjenigen der Frauen unserer Familie folgen und Eurem Ehegemahl gehorchen. Mit Eurem Starrsinn macht Ihr den Caumonts keine Ehre. Ihr übertrefft darin noch die störrischste Ziege. Habet acht, Frau Base, daß nicht Euerm Ehegemahl diese Halsstarrigkeit leid wird und er Euch davonjagt."

„Sollte mein Ehegemahl mich verstoßen", erwiderte Isabelle mit zitternder Stimme, „bin ich mir Eurer Geneigtheit zu gewiß, mein Herr Vetter, als daß ich fürchten müßte, von Euch abgewiesen zu werden."

„Da täuscht Ihr Euch aber gehörig, Madame!" antwortete Geoffroy de Caumont mit finsterer Stirn. „Keiner würde Euch aufnehmen, weder ich noch meine Brüder, niemand von unseren Verwandten noch Freunden, und so würdet Ihr nirgendwo in der ganzen Provinz ein Unterkommen finden."

Isabelle sah dieser Möglichkeit tapfer ins Auge und sprach mit fester Stimme:

„Monsieur, wenn Ihr Euch von mir wendet, so wird sich doch die Kirche nicht von mir wenden. Lieber will ich das elendeste Geschöpf auf Erden sein, als die Kirche um der Menschen willen zu verlassen."

„Götzendienerei!" rief mein Vater voller Schmerz und Zorn. „Die Kirche! Immer nur die Kirche! Und Gott, Madame, wie haltet Ihr's mit Gott?"

„Für mich", antwortete Isabelle, „sind Gott und Kirche ein und dasselbe."

Auf diese Worte folgte ein bestürztes Schweigen, und schließlich sprach Geoffroy de Caumont in rasendem Zorn:

„Madame, wenn Ihr, obwohl Euer Ehegemahl, Euer Bruder, Eure Söhne und Eure ganze Familie der reformierten Religion anhängen, weiterhin Papistin bleiben wolltet, würdet Ihr zwischen Euch und den Genannten alle natürlichen und heiligen Bande zertrennen. Und so würdet Ihr in aller Augen nicht mehr als das Eheweib, sondern als die Lustdirne des Barons von Siorac dastehen!"

„Das mag wohl sein", entgegnete Isabelle, sich aufrichtend, „doch dann, Monsieur, seid Ihr der Zuhälter dieser Dirne, denn Gott weiß, wie sehr Ihr auf die Heirat gedrängt habt."

Hierauf erbleichte Geoffroy de Caumont, und mein Vater, welchem die Worte „davonjagen" und „Dirne" ebensolchen Schmerz bereitet hatten wie Isabelle, erhob sich und sagte knapp, doch mit einiger Höflichkeit:

„Madame, diese Unterredung hat Euch erschöpft. Wir werden sie beenden. Und mit Eurer Erlaubnis werde ich Euch in Eure Gemächer geleiten."

„Ich kann sehr gut allein gehen", hielt Isabelle ihm entgegen. Mit Tränen in den Augen, doch unbesiegt und ungezähmt, drehte sie sich um und rauschte mit majestätisch schwingendem Rock zur Tür hinaus.

Unerschütterlich dem Glauben ihrer Vorväter verhaftet, weigerte sich Isabelle, auch nur im kleinsten nachzugeben, und so dauerte der Streit zwischen ihr und meinem Vater über Monate und Jahre an und erschütterte Mespech bis in die Grundfesten. Die Drachensaat der Zwietracht und des Hasses, die dieser heftige Streit in unserer bis dato friedlichen, geordneten Gemeinschaft aufgehen ließ, entzweite nicht nur den Hausherrn und die Hausherrin, sondern riß auch Gräben unter dem Gesinde auf, verstörte die Kinder und führte zeitweilig sogar zur Uneinigkeit zwischen den

Herren Brüdern, als es nämlich um die Entscheidung ging, ob Franchou der Dienst aufgekündigt werden sollte oder nicht.

Trotz ihrer herrischen Allüren, ihrer Sticheleien und gelegentlichen sanften Stockschläge verstand es meine Mutter, ihre Kammerjungfern für sich einzunehmen, und so war ihr nach Cathau auch Franchou schon nach wenigen Monaten völlig ergeben. Die Herren Brüder und Pastor Duroy, welche nach der Herrin nunmehr die Dienerin zu bekehren suchten und dabei leichtes Spiel zu haben glaubten, mußten mit höchster Verwunderung feststellen, daß sie auf eine felsenharte Mauer stießen. Die roten Arme über ihrem üppigen Busen gekreuzt, erklärte Franchou unter Anrufung der Jungfrau Maria und aller Heiligen ganz kategorisch, sie wolle kein Wort hören von den bösen Sachen, welche die gnädige Frau zum Weinen gebracht, sie liebe die gnädige Frau und gedenke in der Religion der gnädigen Frau zu leben und zu sterben. Von dieser Meinung ließ sie sich weder durch sanfte Worte noch durch Drohungen abbringen.

Mein Vater war zwar recht erzürnt über die Unbeugsamkeit der armen Kammerjungfer, doch insgeheim auch gerührt von der großen Liebe Franchous für ihre Herrin, und so ging ihm der harsche Vorschlag Sauveterres, sie auf der Stelle davonzujagen, sehr gegen den Strich. Mit finsterem Blick erwiderte er schroff, es wäre zu grausam, Isabelle ihrer Kammerjungfer in einem Augenblick zu berauben, da sie sich auf Mespech ohnehin schon verlassen genug fühlte; im übrigen handele es sich schließlich um die Dienerin seiner Gemahlin, so daß ihm allein die Entscheidung zukomme. Mit diesen Worten ging mein Vater aus dem Zimmer und ließ Sauveterre zutiefst verletzt zurück.

So erwuchs aus dem großen Zwist noch ein kleiner Zwist zwischen den Brüdern, schmerzlich für beide, welcher einen guten Monat andauerte. Unterstützt von Pastor Duroy, ließ Sauveterre nicht locker in seinem Drängen. Beide hielten meinem Vater vor, welch verderbliches Beispiel Franchou für das ganze Gesinde darstelle, insonderheit für Barberine und die Maligou, welche dem papistischen Aberglauben noch sehr verhaftet waren und die Herrin in ihrer Widerspenstigkeit höchlichst bewunderten. Dieser faule Apfel werde den ganzen Korb anstecken und auf Mespech einen weiblichen Klüngel entstehen lassen, welcher mehr oder weniger offen auf Isabelles Seite stünde und nicht ohne Einfluß auf die Kinder und die Mannsbilder bliebe. Zudem könne man sich zwar auf den Verstand und die Verschwiegenheit Isabelles im Umgang mit Feuerzange verlassen, doch hätte der Pfaffe wohl leichtes Spiel mit der gutgläubigen Franchou und könne ihr bei der Beichte die Würmer aus der Nase ziehen; darüber werde er dem Bischof zu Sarlat Bericht erstatten, welcher dann stets bestens im Bilde wäre über alles, was auf Mespech geschah.

Diese Gründe überzeugten am Ende meinen Vater, aber weil er es nicht übers Herz brachte, die Kammerjungfer auf die Straße zu jagen (zumal er – ohne jeden Hintergedanken – eine Schwäche für sie hatte), verschaffte er ihr einen Dienst bei einer hugenottischen Dame zu Sarlat, welche Franchou gut behandelte, ihre Liebe gewann und sie in weniger als einem Monat zu ihrem Glauben bekehrte. Über diesen glücklichen Ausgang war mein Vater so froh, daß er sich niemals nach Sarlat begab, ohne unsere vormalige Kammerjungfer aufzusuchen, ihr ein kleines Geschenk zu verehren und ihr in seiner leutseligen Art die roten Arme zu tätscheln und zwei dicke Küsse auf ihre frischen Wangen zu drücken – in aller Unschuld und vor aller Augen, oft auch vor den meinen, was mich ein wenig verwunderte, fühlte ich doch, daß sich mein Vater auf Mespech so nicht aufgeführt hätte.

Meine Mutter indes war ganz verzweifelt, daß ihr, nachdem sie Cathau verloren, Franchou genommen ward, und empfand darob tiefen Groll gegen meinen Vater. Sie verfolgte ihn von morgens bis abends und noch in der Nacht mit bitteren Vorwürfen, so daß mein Vater, um sich ihrer Gegenwart zu entziehen, von Zimmer zu Zimmer floh, als wäre ihm ein Dutzend langschwänziger Teufel auf den Fersen. „Du hattest recht, Jean", gestand er Sauveterre im „Buch der Rechenschaft", „der Busen hat mir die Medaille verborgen, und alljetzt zeigt sich deren Kehrseite." Alles wurde noch schlimmer, als die Brüder darauf verfielen, Isabelle eine von Pastor Duroy bekehrte Jungfer aus Taniès mit Namen Toinon als Dienerin beizugeben. Als meine

Mutter erfuhr, daß man ihr eine Ketzerin ausgesucht, verfolgte sie Toinon mit einem unbändigen Haß, machte ihr das Leben zur Hölle, überschüttete sie mit tausend Beleidigungen wie „dumme Gans, abscheuliche Närrin, widerliches Klatschmaul, Bettlerin, Metze, Dirne, Dreckstück“ und dergleichen mehr. Ich habe mit eigenen Augen gesehen, wie sie Toinon, als diese ihr beim Schminken den Spiegel hielt, bis aufs Blut mit einer Nadel in den Arm stach, nur weil die Jungfer gewackelt hatte. Nach einem Monat schnürte die arme Toinon unter Tränen ihr Bündel und verließ uns.

„Madame“, sprach mein Vater, „wenn Ihr Euch so kindisch aufführt, werde ich statt einer Kammerjungfer eine Gouvernante in Dienst nehmen.“

Alsdann zog auf Mespech ein wahres Riesenweib ein, eine glühende Hugenottin, bärtig und breitschultrig, das Auge streng, die Lippen verkniffen; sie überragte meine Mutter um zwei Haupteslängen und nahm deren Beleidigungen mit stiller Verachtung hin. Zwei Wochen lang zögerte meine Mutter, die Riesin zu ohrfeigen, so unerreichbar schien ihr das breite Gesicht. Doch schließlich kam es an einem schönen Sommermorgen im Gemach meiner Mutter zum großen Zusammenprall.

„Alazaïs“, sprach Isabelle, „stell diesen Tisch dorthin.“

Ohne ein Wort hob Alazaïs das schwere Möbelstück an, als wär’s eine Feder, und trug es an den von meiner Mutter angezeigten Platz.

„Wenn ich es mir recht überlege“, sagte darauf Isabelle, „gefällt er mir dort auch nicht. Stell ihn doch hierhin.“

Alazaïs gehorchte.

„Ach nein“, sprach Isabelle, „stell ihn doch lieber in diese Ecke.“

Alazaïs leistete Folge, doch als sie abermals den Tisch an eine andere Stelle rücken sollte, sagte sie barsch:

„Madame, genug der Launen und Schikanen. Der Tisch bleibt, wo er ist.“

„Elendes Weib!“ schrie meine Mutter außer sich, „du wagst, dich mir zu widersetzen?“ Und sie nahm ihren Stock und schlug zu.

Doch Alazaïs, ohne auch nur einen Zoll zurückzuweichen, ergriff den Stock, entwand ihn aus Isabelles Händen, zerbrach ihn über ihrem Knie und warf die beiden Stücke zum Fenster hinaus. Sie fielen in den Weiher, wo das Gesinde sie, nicht ohne heimliche Belustigung, einen ganzen Monat lang im Wasser schwimmen sah.

Isabelle fing fürchterlich zu kreischen an, so daß augenblicks mein Vater herbeigelaufen kam. Als er die Tür öffnete, sah er, wie meine Mutter, ganz bleich, sich mit einem kleinen Dolch in der Hand auf Alazaïs stürzte. Doch die kräftige Kammerjungfer packte den zustoßenden Arm am Handgelenk und schüttelte, bis die Waffe zu Boden fiel und sich in die Dielen bohrte; mein Vater nahm sie sogleich an sich.

„Monsieur", kreischte meine Mutter, „wenn diese abscheuliche Dirne noch eine Minute länger im Hause bleibt, gehe ich meines Weges."

„Setzet Euch nieder, Madame", sprach mein Vater mit einer Stimme, die keinen Widerspruch duldete, „und höret zu schreien auf. Wenn es schon so weit gekommen ist, daß Ihr unsere Bedienten umbringen wollt, dann ist es in der Tat besser, Ihr geht Eures Weges. Denn wäre das Unglück geschehen und die Kammerjungfer durch Eure Hand zu Tode gekommen, dann hätte ich Euch den Richtern zu Sarlat ausgeliefert, so daß Ihr bis zum Ende Eurer Tage im Kerker hättet schmachten müssen."

„Oh, Monsieur, ich sehe wohl, Ihr liebt mich nicht mehr!" jammerte Isabelle, die Augen voller Tränen und die Hände vor Verzweiflung ringend.

„Und ob ich Euch liebe!" sagte mein Vater und ließ sich mit kummervoller Miene auf einen Stuhl sinken. „Denn wenn ich Euch nicht liebte, würde ich Eure Narrheiten keine Minute länger ertragen."

„Bin ich denn eine Närrin, mein armer Jean?" fragte meine Mutter, sich ihm zu Füßen werfend und ihn mit den Armen umfangend.

„Und was für eine!" erwiderte mein Vater, welcher der Schönheit meiner Mutter, ihren Tränen, ihrer einschmeichelnden Art noch nie hatte widerstehen können. Und so war er auch diesmal gerührt, sie so reumütig zu seinen Füßen liegen zu sehen, und drückte sie an sich und küßte ihre Lippen.

Alazaïs wollte ihren Augen nicht trauen. Sie verließ das Gemach und begab sich mit ihrem schweren Soldatenschritt zu Sauveterre in den Turm.

„Moussu", sprach sie mit ihrer rauhen Stimme, „ich muß meinen Dienst hier aufkündigen."

„Aus welcher Ursache denn, Alazaïs?" fragte Sauveterre.

„Der Herr Baron ist augenscheinlich ganz verhext von seiner Papistin. Sie hat versucht, mich umzubringen, und drei Minuten später hängt er ihr schon wieder am Hals und schmatzt sie ab."

Alazaïs hat ihren Dienst nicht aufgekündigt, und mein Vater blieb nur so lange verhext, bis meine Mutter empfangen hatte. Darauf verließ uns Barberine ungesäumt, um sich von ihrem Manne ein Kind machen zu lassen, und der kleinen Hélix ward wiederum die Aufsicht über den Turm und die Kinder übertragen, was den heimlichen Vergnügungen meiner Nächte nur förderlich war.

Die Dolch-Episode mit der nachfolgenden Versöhnung war in dem langen Streit zwischen Isabelle und meinem Vater nur eine kurze Windstille, wonach der Sturm von neuem losbrach. Denn kaum war meine Mutter schwangeren Leibes, erklärte sie nicht ohne einigen Trotz, sie werde das Kind gemäß dem Brauche ihrer Kirche taufen lassen, wie mein Vater es ihr bei der Heirat versprochen. Dies hieß natürlich, Öl in die Flammen zu gießen, welche von neuem bis zum Himmel auflоderten – nicht ohne Herzeleid auf beiden Seiten. Die Liebe meines Vaters zu Isabelle stachelte seine Verzweiflung darüber, daß sie durch ihr Festhalten an der papistischen Götzendienerei sich selbst und ihren künftigen Sohn der ewigen Verdammnis auslieferte, nur noch weiter an.

Ich muß gestehen, daß ich in meinen Kindheitsjahren wie auch heute im reifen Alter die Dinge nicht in dieser Weise sehe. Erzogen in zwei Religionen und durch nicht geringen Druck veranlaßt, eine davon zu wählen, vermag ich die aufgegebene weder zu hassen noch ihre „Irrtümer" so zu verabscheuen wie mein Vater; ich kann auch nicht glauben, daß zur Hölle verdammt ist, wer diese Irrtümer ehrlichen Glaubens teilt – schon gar nicht meine Mutter. Doch in damaliger

Zeit gab es unter den Menschen nur wenige Männer und Frauen, die sich einer solch toleranten Geisteshaltung befleißigten, wie sich im Folgenden noch zeigen wird.

War doch der grausame Zwist auf Mespech nur verkleinertes Bild und Widerspiegelung dessen, was zur gleichen Zeit im ganzen Königreich zwischen Katholiken und Hugenotten geschah und zu jenen Leidenschaften und Tumulten und schließlich zu den schrecklichen Bürgerkriegen führte, welche das Schicksal Frankreichs fast besiegelt hätten.

SIEBENTES KAPITEL

Etienne de La Boétie – Sohn des Kriminalleutnants, der den Brüdern seine Hilfe beim Erwerb von Mespech hatte angedeihen lassen – war vermöge seiner großen Geistesgaben schon in jungen Jahren zum Rat am Parlament zu Bordeaux ernannt worden, und ein jedes Mal, wenn er sich aufmachte, Michel de Montaigne, „seinen treuen Bruder und unwandelbaren Freund", auf dessen Schloß aufzusuchen, nahm er seinen Weg über Sarlat, um in seinem Vaterhaus oder, so die Jahreszeit es erlaubte, in dem kleinen Landsitz, welchen er eine Meile von der Stadt entfernt besaß, zwei oder drei Tage der Ruhe zu pflegen, wobei er nie verfehlte, Mespech einen Besuch abzustatten.

Ich entnehme dem „Buch der Rechenschaft" meines Vaters, daß er den 16ten Dezember 1561 mit den Herren Brüdern zu Abend speiste. Der Zufall wollte es, daß auch Isabelles Vetter Geoffroy de Caumont zugegen war, welcher der reformierten Religion mit ebensolcher Unbeugsamkeit anhing wie Isabelle dem Katholizismus.

Diese zufällige Begegnung der beiden Männer war deshalb von besonderem Reiz, da die Regentin vor kurzer Zeit Etienne de La Boétie in Ansehung seiner weithin bekannten Weisheit in den Stand eines Ratgebers von Monsieur de Burie erhoben, welcher Generalleutnant von Guyenne (doch beklagenswerterweise nicht der einzige in diesem Amte!) war und in diesen bewegten Zeiten alle Mühe hatte, Eintracht und Frieden zwischen den Untertanen des Königs zu wahren oder wiederherzustellen. Bei dem Abendschmaus herrschten in Gegenwart unserer Leute eitel Höflichkeit und Artigkeit; danach zogen sich die Herren wie gewohnt in die Bibliothek meines Vaters zurück, wo ein großes Feuer im Kamin loderte, und hier nahm die Unterhaltung eine ganz andere Wendung, da Etienne de La Boétie die Rede auf die Zwistigkeiten brachte, welche im Agenais, im

Quercy und im Périgord zwischen Katholiken und Reformierten ausgebrochen waren.

Dieses Gespräch hat mein Vater am nächsten Tage *verbatim** in seinem „Buch der Rechenschaft" festgehalten, so sehr schätzte er die gewandte Rede, welche ohne Mühe von den Lippen La Boéties floß, gefällig, wortreich und auch erbaulich, war doch der Gehalt so reich als die Hülle schön. Ist es nicht Jammer und Schade, daß der Tod uns diesen so jungen und hehren Genius entrissen, welcher in seiner Weisheit und Besonnenheit die höchsten Ämter des Königreiches auf das trefflichste hätte ausfüllen können?

Es erwies sich sehr rasch, daß La Boétie das Gespräch an jenem Abend nicht ohne Grund auf den vorgemeldeten Gegenstand gelenkt, denn er hatte von Amts wegen eine Warnung auszusprechen, welche sich indes weniger an die Herren Brüder denn an Geoffroy de Caumont richtete, den er unablässig mit seinen strahlenden Augen betrachtete, während ein Lächeln auf seinem Gesicht lag, dessen Häßlichkeit man sofort vergaß, wenn er den Mund auftat.

„Das Unglück ist", so sprach er lächelnd, „daß die Menschen den Glauben der anderen nicht leicht ertragen. Seit Katharina von Medici und Michel de L'Hospital den Verfolgungen, unter denen Ihr gelitten, ein Ende gesetzt, ist die Reformation erstarkt, insonderheit in unseren mittäglichen Provinzen, und mit der Stärke der Hugenotten, meine Herren, hat zugleich ihre Intoleranz zugenommen. Zu Agen haben sie sich – wie Ihr wohl wißt – mit Waffengewalt der Kirche Sainte-Foy bemächtigt, die Kreuze und Altäre zertrümmert, die Bilder und Reliquien zerstört, die Meßgewänder und Gebetbücher verbrannt und die Kirche zu ihrem Gotteshaus gemacht, zu dem sie den katholischen Geistlichen keinen Zutritt mehr gewähren. Gleiches haben sie zu Issigeac und an vielen anderen Orten getan."

„Die Ursache dafür ist", sagte Geoffroy de Caumont finsteren Blickes und schroffen Tones, „daß wir die Götzenverehrung, welche die Papisten diesen Reliquien, Kreuzen und Bildwerken angedeihen lassen, nicht dulden können, denn sie widerspricht dem Worte Gottes."

* (lat.) im Wortlaut.

„Und trotzdem muß man sie dulden, Herr Abbé“, sagte La Boétie leicht spöttisch. „Denn Ihr wollet doch auch, daß die Katholiken Eure schmucklosen Gotteshäuser ertragen. Die Bilderstürmerei der Reformierten zerstört nicht nur manches Kunstwerk, sondern beleidigt auch das Gefühl vieler guter Untertanen des Königs, welche in diesem Reiche die gleichen Rechte haben wie Ihr.“

„Wenn diese guten Untertanen Gehör beim König fänden“, hielt ihm Caumont mit finsterer Stirn entgegen, „dann schickten sie uns allesamt auf den Scheiterhaufen, wie unter Heinrich II. und Franz II. mehr als einmal geschehen.“

„Damals hatten der Guise und seine Anhänger das Sagen, doch mit der Regentschaft der Königinmutter hat sich so manches beträchtlich geändert.“ Und mit einem Lächeln fügte La Boétie hinzu: „Glaubt Ihr etwa, daß ich Euch verbrennen ließe, Monsieur de Caumont, so ich die Macht dazu hätte?“

„Ha, Monsieur de la Boétie!“ sprach mein Vater lachend, „Ihr seid ja auch ein ganz außergewöhnlicher Katholik und wie Euer guter Freund Michel de Montaigne ein wendiger und vielseitiger Mann: Ihr dienet dem König getreu und habt gleichwohl in jungen Jahren eine sehr schöne Schrift gegen die absolute Macht verfaßt. Auch seid Ihr ein Papist von besonderer Art. Ihr hört zwar die Messe, doch in Eurer Seele seid Ihr gegen Rom, lehnet Heiligenbilder, Reliquien und Ablaßhandel ab und seid ein Anhänger tiefgehender Reformen der Kirche. Und Eure Versöhnlichkeit geht so weit, daß Ihr Monsieur de Burie ganz einfach vorgeschlagen habt, die Kirchen zu Agen und Issigeac jeweils zur halben Zeit zwischen Katholiken und Reformierten zu teilen. Was dann auch geschehen ist.“

„Und trotzdem kaum etwas an der Lage geändert hat“, sagte Caumont. „Trotz Eurer Bemühungen um Versöhnung, Monsieur de La Boétie, und vielleicht auch Eures Wohlwollens für uns habt Ihr nicht verhindern können, daß vor kaum einem Monat dreißig der Unseren im Hause Orioles zu Cahors blutig niedergemacht wurden. Und ist der Tod von Menschen nicht beklagenswerter als die Zerstörung von Bildwerken, Reliquien und Kruzifixen?“

„Gewiß“, antwortete La Boétie, „doch ist in Cahors bereits eine Untersuchung im Gange. Die Königinmutter hat zwei Kommissare dafür ernannt. Und war es nicht ein tödliches Vergehen der Euren, Herr von Caumont, den alten Baron de Fumel auf seinem Schloß zu töten?"

„Aber daran trage ich keine Schuld, und ich war auch nicht dabei!" sprach Caumont, rot vor Zorn. „Und Euch ist auch nicht unbekannt, daß Baron de Fumel, wie mir gesagt ward, seine protestantischen Untertanen in Harnisch gebracht, indem er einem hugenottischen Pastor auf seinen Ländereien zu predigen verbot."

„Es wird so vieles gesagt!" rief La Boétie aus. „Monsieur de Montluc, welcher gemeinsam mit Monsieur de Burie das Amt des Generalleutnants von Guyenne ausübt, behauptet, daß Ihr, Herr von Caumont, insgeheim allen hugenottischen Aufruhr im Agenais und im Périgord unterstützt."

Hierauf erhob sich Geoffroy de Caumont so ungestüm, daß er seinen Stuhl umstieß.

„Wer ist denn dieser Montluc?" schrie er, die Hand unwillkürlich an seinen Degen legend. „Eine Kreatur des Franz von Guise! Ein Mann, der weder an Gott noch an den Teufel glaubt und der nur seine eigenen Interessen verfolgt, wenn er vorgibt, dem König zu dienen. Ist es denn wahr, Monsieur de La Boétie, daß er von Philipp II. spanische Fußsoldaten zu seiner Verfügung bekommt?"

„Es ist leider wahr", antwortete La Boétie, „und das sollte Euch zusätzlicher Grund sein, Zurückhaltung zu üben."

„Ich bitt' Euch, Caumont", sprach da mein Vater, „stellet Euern Stuhl wieder auf die Füße und setzet Euch, um des Himmels willen. Monsieur de La Boétie ist unser Freund und gibt Euch nur guten und freundschaftlichen Rat."

Es folgte ein langes Schweigen. Caumont setzte sich wieder, seine Miene blieb finster. La Boétie blickte ihn mit ernstem Gesicht an, schüttelte das Haupt und hub nach einer Zeit wieder an:

„Monsieur de Caumont, verübelt mir meine Worte nicht, aber Eure Familie treibt die Dinge wahrlich zu weit. Euer Schwäher, der Baron de Biron, soll aufrührerischen Hugenotten Zuflucht gewährt haben. Euer älterer Bruder, François de Caumont, hat die Kirche zu Milandes für die Hugenotten mit Beschlag belegt und so seine katholischen

Untertanen ihres Gotteshauses beraubt. Montluc hat darüber Bericht an Katharina von Medici erstattet, welcher diese widerrechtliche Inbesitznahme höchst mißfällt, so wie sie auch der Tod des Barons von Fumel schmerzlich berührt hat, um den sie Trauer tragen will. Es wäre wenig klüglich, Monsieur de Caumont, wenn man der Regentin, welche ohnehin schon beunruhigt ist, den Eindruck vermittelte, unsere Hugenotten aus Guyenne seien Aufrührer, die nichts anderes im Sinn haben als sich gegen den König aufzulehnen."

Gereizt hub Caumont zu einer Erwiderung an, doch besann er sich und schwieg. Da sein Schweigen andauerte, sprach Monsieur de La Boétie in sehr freundschaftlichem Tone, doch nicht ohne Nachdruck zu ihm:

„Es ist leider wahr, Herr Abbé, die katholische Kirche krankt gar sehr an vielen Übeln. Und ich bezweifle nicht Euren guten Willen, daß Ihr diese abstellen wollt. Doch was erreichet Ihr durch Gewalt? Harte Verfolgung! Montluc hat alle Mittel dazu, und von Natur aus neigt er zum Blutvergießen. Monsieur de Burie wird ihn nicht immer zurückzuhalten vermögen. Doch schlimmer noch ist, daß die Haltung der Protestanten von Guyenne moralisch anfechtbar ist: sie fordern vom König Religionsfreiheit und verweigern sie dort, wo sie die Herren sind, den Anhängern der Religion des Königs."

Monsieur de La Boétie hielt inne und fügte dann in höchst eindringlichem Tone hinzu:

„Ich bitt' Euch, Monsieur de Caumont, hütet Euch vor solch blinden Übertreibungen. Seid weniger hart und unerbittlich. Suchet die Übereinkunft mit den Katholiken. Strebet nicht nach Absonderung und Loslösung. Ihr sehet doch, welchen Niedergang dieser Parteigeist im ganzen Königreich verursacht, wo allerorten nur Verheerung und die Trümmer eines zerfallenden Staatswesens zu sehen sind. Wenn dieser Aufruhr kein Ende nimmt, befürchte ich das Schlimmste."

Auf diese Vorhaltungen antwortete Caumont mit keinem Wort, sondern schwieg nur wütend, steif und starr auf seinem Stuhl sitzend und zu Boden starrend. La Boétie wechselte darauf den Gegenstand des Gesprächs, machte den Herren Brüdern vielerlei Komplimente über ihr Besitztum

Mespech und verabschiedete sich wenige Minuten später, bekümmerte Blicke mit Siorac und Sauveterre wechselnd.

Ich muß hier einige Worte über das blutige Geschehen im Hause Orioles zu Cahors einfügen; denn obgleich hierbei mehr von den Unseren ums Leben kamen als bei dem Massaker zu Vassy, ist letzteres – aus Gründen, die der Leser noch erfahren wird – viel besser im Lande bekannt. Gleichwohl waren die blutigen Zusammenstöße zu Cahors bereits die Vorläufer dessen, was einige Monate später zu Vassy und in vielen anderen Orten geschah, allwo in den ersten Monaten des Jahres 1562 Protestanten umgebracht wurden, was dann zu dem ersten der schrecklichen Bürgerkriege führte, welche das französische Königreich bis zur Thronbesteigung Heinrichs IV. verheerten.

Am 16ten November 1561 hatten sich die Kalvinisten von Cahors zu einem Gottesdienst im Hause Orioles versammelt, welches Raymond de Gontaut, Seigneur de Cabrerets, gehörte. Da das Wetter für die Jahreszeit ungewöhnlich mild war, standen die Fenster weit offen, und indes die Reformierten die Psalmen Davids sangen, kam ein Leichenzug mit dem Pfarrer von Notre-Dame de Soubirou an der Spitze, gefolgt von einer großen Menge Volkes, unter Absingen von Totengesängen die Straße entlanggezogen.

Obgleich die Psalmen Davids und die Gesänge der Priester an denselben Gott gerichtet waren, fühlten sich Katholiken und Reformierte durch deren Vermischung gegenseitig beleidigt. Aus Trotz begannen die Reformierten, lauter zu singen. Die Katholiken taten es ihnen nach. Alsdann flogen Beleidigungen zwischen Straße und Fenstern hin und her, aus den Beleidigungen wurden Drohungen, aus den Drohungen schließlich Handgreiflichkeiten. Die Volksmenge, beträchtlich angewachsen und heimlich angestachelt von besessenen Katholiken, schlug die Türen des Hauses Orioles ein, stürzte sich auf die „Ketzer“ (dort versammelt, um „das Wort des Teufels zu hören“) und machte gut dreißig von ihnen nieder.

Was nun den Totschlag an Baron de Fumel anbetrifft, so handelte es sich dabei um eine Erhebung seiner Bauern unter dem Deckmantel der Religion. Sie trugen einen solchen Haß auf ihren alten Grundherren in sich, daß sie ihm nach der Erstürmung seines Schlosses die Kleider vom Leibe rissen, ihn zu Tode peitschten und dem leblos am Boden Liegenden, als ob sein Tod ihnen nicht genüge, noch zahllose Büchsen- als auch Pistolenkugeln sowie Dolchstiche verpaßten; es war keiner unter ihnen, der nicht sein Mütchen an ihm kühlen wollte, wobei der Metzger von Libos ihm gar mit seinem großen Messer den Hals durchschnitt.

Die weisen Ratschläge, welche Etienne de La Boétie in diesen Zeiten blutiger Zusammenstöße an Geoffroy de Caumont richtete, stießen bei den Herren Brüdern nicht auf taube Ohren. Allerdings folgten sie hierbei nur ihren natürlichen Neigungen. Mein Vater zählte damals sechsundfünfzig Jahre, Sauveterre einundsechzig, und da sie beide danach strebten, ihren so schwer erworbenen Besitz zu erhalten, wollten sie ihn nicht durch blindwütigen Eifer aufs Spiel setzen. So rührten sie die Kirche zu Marcuays nicht an und auch nicht die Burgkapelle von Mespech, worinnen das Kruzifix und das Marienstandbild (welches mein Vater im übrigen bewunderte, denn es war aus bemaltem Holz und von sehr natürlicher Gestaltung) ihren Platz behielten. Ja mehr noch: weil es Jean de Siorac widerstrebte, meine Mutter jeden Sonntag von zwei hugenottischen Soldaten nach Marcuays geleiten zu lassen (was einige fanatische Papisten zu Unüberlegtheiten hätte reizen können), zahlte er dem Pfarrer Feuerzange weiterhin fünf Sols im Monat, damit dieser auf der Burg für meine Mutter die Messe lese; prächtig anzusehen in ihren schönsten Kleidern, saß Isabelle de Siorac in stolzer Andacht ganz allein in der Kapelle und hatte ihr katholisches Gebetbuch wie ein Wappenzeichen in der Hand, ohne es jemals zu öffnen.

Nach dem Gottesdienst luden die Herren Brüder den Pfarrer Feuerzange zu einem Imbiß in die Bibliothek meines Vaters und sprachen mit ihm in höflichen Worten vom Wetter und dem Gedeihen der Feldfrüchte. Der habgierige, lüsterne und sauflustige Feuerzange, dem es nicht an Schlauheit fehlte, war sich des Vorteiles wohlbewußt, in diesen so unruhigen und für die Geistlichkeit so gefahrvollen Zeiten gute Beziehungen zu den Grundherren des Ortes zu bewahren, aus welcher Ursache er die Ketzer in seinen Predigten schonte und sich niemals, öffentlich oder privat, offen oder versteckt, auch nur in dem kleinsten Angriff gegen Mespech erging. So blieb inmitten eines Meeres von harscher Zwietracht, zu dem das Königreich geworden, der Friede in Taniès, Sireil und Marcuays erhalten, und als die Hugenotten später, nachdem sie die Herrschaft in Montignac erlangt, die Kirche von Taniès ihrer Bildwerke berauben wollten, eilte Siorac mit seinen Soldaten herbei, sie davon abzuhalten.

Doch auch diese Mäßigung hatte ihre Gefahren, wie man noch sehen wird, denn in der Härte der Bürgerkriege waren die Gemäßigten beider Seiten in keinem der Lager wohlgelitten.

Während dieser ganzen Zeit schwelte indes auf Mespech unter der Oberfläche des befohlenen Protestantismus eine heimliche papistische Götzendienerei. Ich ward dessen unter höchst seltsamen Umständen gewahr, nämlich als ich mit der kleinen Hélix im großen Bette Barberines lag, welche aus der vermeldeten Ursache in ihrer eigenen Behausung weilte. Mitten in der stockdunklen Nacht hub die kleine Hélix unversehens so stark zu zittern an, daß das Bett erschüttert ward.

„Was ist dir?“ fragte ich, halb erwacht. „Du zitterst so.“

„Ja“, erwiderte sie, „ich kann nichts dagegen tun.“

„Und warum nicht?“

Keine Antwort.

„Bist du etwa vom hitzigen Fieber ergriffen?“ sprach ich, von ihr abrückend.

„Nein, nein“, sagte sie mit erstickter Stimme. „Ich muß nur daran denken, welch große Sünde es ist, was wir jede Nacht treiben, die der Teufel über uns breitet, und alles ist deine Schuld.“

„Meine Schuld! du kleines Luder!“ wehrte ich mich, vollends erwachend. „Sieh einer an! Wer hat denn angefangen?“

„Das war ich“, gab sie widerwillig zu, „aber du hast mich in Versuchung geführt, weil du so ein hübscher Bursche bist.“

„Dann hättest du eben standhafter sein müssen.“

„Wie sollte ich das, ich arme Tochter einer armen Bedienten und du der Sohn des Barons?“

„Du machst dich lustig, Spitzbübin!“ sagte ich gereizt. „Den Sohn des Barons hast du vor kurzem noch in den Hintern gekniffen, daß er blaue Flecke bekam. Und von der ‚Sünde‘ hast du mir mehr beigebracht, als ich jemals wußte.“

„Aber nun bereue ich es“, schluchzte sie und vergoß echte Tränen.

Ich vergewisserte mich, daß sie echt waren (war sie doch eine große Schauspielerin und die Nacht stockdunkel), indem ich ihr mit dem Finger unter den Augen entlangfuhr. Ihr Kummer rührte mein Herz, denn über die kleinen Spielchen hinaus, welche mich ihr verbanden, war ich ihr herzlich zugetan.

„Hélix“, sprach ich also, „wenn dem so ist, bleibt nichts anderes als mit allem aufzuhören.“

„O nein, o nein!“ rief sie, „jetzt doch nicht, wo du bald elf bist und gottlob endlich zum Manne wirst!“

Mit Heftigkeit schlang sie ihre runden Arme um meinen Kopf und drückte ihn gegen ihre kleinen Brüste, wodurch ich gleich doppelt zum Schweigen verurteilt war: zum einen, weil sie mir den Mund verschlossen, und zum anderen, weil sie mich höchstlich entzückten, obzwar ich noch ein rechter Gelbschnabel war.

Schließlich ließ sie meinen Kopf los und begann noch heftiger zu weinen und zu zittern.

„Wie bin ich doch zu bedauern, mein armer Liebling“, sprach sie, über mich geneigt und mich mit ihren Tränen netzend, „immerfort muß ich mir vorstellen, wie ich eines Tages in der Hölle brate und die Teufel mich mit ihren Gabeln über den Flammen bald nach der einen, bald nach der anderen Seite drehen, damit ich armes Wesen ganz und gar geröstet werde, obwohl ich Gott so liebe und den Herrn Jesus auch.“

„Aber niemand kann doch im voraus wissen, ob er zur Hölle verdammt ist“, sprach ich, besser bewandert in den hugenottischen Glaubenssätzen denn sie.

„Doch, doch!“ erwiderte die kleine Hélix, „ich werde in der Hölle braten, das fühle ich mit jeder Faser meines Leibes. Oh, warum bin ich nicht um die Jahre jünger, die ich älter bin als du! Dann könnte ich wie die Maligou sagen, mir sei Gewalt angetan worden vom Sohn des Barons, dem eine arme Dienerin zu gehorchen hat, und ich wäre schuldlos und ohne Sünde."

„Aber das wäre doch eitel Erfindung und Lügerei, Hélix! Wenn du das Streicheln und Liebkosen vergessen hast, mit dem du angefangen, will ich es dir ins Gedächtnis zurückrufen."

„O nein! Bleibe mir vom Leibe damit, du Schlimmer! Hebe dich hinweg!" fauchte sie und rückte von mir ab. „Du hast mich verhext, weil du aussiehst wie ein blitzender Golddukaten mit deinem schönen goldblonden Haar. Doch das ist alles nur Schein und Blendwerk! In Wahrheit bist du der Teufel!"

„Das bin ich nicht, und du weißt es genau!" erwiderte ich zornig. „Der Teufel ist dort", fuhr ich fort, mit der Hand verschiedene Stellen ihres Leibes berührend. „Und wenn du noch einmal behauptest, ich sei der Teufel, dann werde ich wieder bei Samson schlafen und um dieses Bett einen großen Bogen machen."

„O nein, o nein!" rief sie, mich wiederum mit den Armen umschlingend und auf das heftigste an sich pressend. „Geh nicht weg, Pierre de Siorac, ich flehe dich an! Sonst bin ich unglücklich und muß mich vom Turm herab in den Weiher stürzen."

Diese Drohung beunruhigte mich nicht übermäßig, denn ich hatte sie zu oft von den Lippen meiner Mutter gehört, und es gab keine Frau auf Mespech, die in verzweifelter Gemütsverfassung nicht auch schon davon gesprochen hätte. Trotzdem suchte ich die kleine Hélix zu trösten, die langsam in ihrem Weinen und Schluchzen nachließ. Ich wähnte sie schon vollends beruhigt, als sie mit kläglicher Stimme sprach:

„Ich bin eben noch viel zu klein für meine große Sünde."

„Wie soll man das ändern", erwiderte ich treuherzig, „wenn du nicht aufhören willst?" (Und offen gestanden, wollte ich es auch nicht.)

„Ich weiß", rief sie plötzlich. „Wir werden beide zusammen zur Heiligen Jungfrau beten, auf daß sie Fürbitte einlege für uns bei Gottes Sohn!"

„Zu Maria beten!“ sprach ich entrüstet. „Das wäre Götzendienerei! Dann wären wir erst recht zur Hölle verdammt!“

„Aber nein! Meine Mutter betet jeden Tag heimlich zu ihr, ebenso die Maligou, die Gavachette und auch ich!“

„Was erzählst du da?“

„Die Wahrheit. In einer Ecke des Dachbodens hat die Maligou einen kleinen Marienaltar hergerichtet, mit einem schönen großen Standbild und getrockneten Blumen. Und dort beten wir abwechselnd und küssen der Maria die Füße, und eine hält immer Wache.“

„Weiß das meine Mutter?“

„O nein, wir wagen es ihr nicht zu sagen.“

„Und warum nicht?“

„In ihrem Zorn vermag sie ihre Zunge nicht zu hüten.“

„Und wann tut ihr das?“ fragte ich.

„Wenn sich die hohen Herren des Abends in ihre Bücherkammer zurückziehen.“

Dieser Zeitpunkt war gewißlich gut gewählt; denn des Abends gab es im großen Saale ein rechtes Hin und Her: die Frauen waren mit der Hausarbeit beschäftigt, und die Mannsbilder, um den Kamin versammelt, in dessen Glut Kastanien rösteten, schwadronierten laut und viel in Abwesenheit ihrer Herren, so daß sich einer leicht entfernen konnte, ohne Aufmerksamkeit zu erregen.

„Ich werde nicht zu Maria beten“, sprach ich entschlossen. „Tu du es, wenn es dich beruhigt.“

„Aber allein hat es keine Wirkung“, entgegnete die kleine Hélix. „Wir müssen zusammen beten, alldieweil wir zusammen sündigen.“

Und zusammen weitermachen! dachte ich und war geneigt zu spotten, weil ich sehr wohl spürte, auf welch schwachen Beinen ihre Logik stand. Indes versprach ich auf ihr Bitten, Stillschweigen zu wahren über den heimlichen Marienkult in unserer hugenottischen Hochburg. Und hielt mich auch streng an mein gegebenes Versprechen, wenngleich ich aus Treue zu meinem Vater Gewissensqualen dabei litt. Doch hatte ich andererseits zuviel Angst, die Herren Brüder könnten Barberine und die kleine Hélix davonjagen, als daß ich nicht reinen Mund gehalten hätte.

Etienne de La Boétie hatte gewißlich wohl daran getan, Geoffroy de Caumont vor Montluc zu warnen, welcher sich nach einer Zeit des Schwankens zwischen der katholischen Kirche und der unseren für die erstere entschieden hatte, wobei einzig die Hoffnung, bei Hofe sein Glück zu machen, seine Gier nach Geld und seine abscheuliche Lust am Blutvergießen den Ausschlag gegeben hatten. Nach seiner äußeren Erscheinung war er ein dürrer, knochiger Mann mit eingefallenem Gesicht, hohen, hervorstehenden Backenknochen, zornmütigen Augen und dünnen Lippen. Bar jeglichen Fanatismus, tötete er nicht um einer Überzeugung willen, sondern allein aus Berechnung, aus Rache oder zum Vergnügen.

In dem Flecken Saint-Mézard im Agenais zeigte er im Februar 1562 zum ersten Male, zu welcher Grausamkeit er fähig war. Dort hatten sich die hugenottischen Bauern gegen ihren Grundherren Sire de Rouillac erhoben, welcher seinen reformierten Untertanen verwehren wollte, die Bildwerke in der Kirche zu Saint-Mézard zu zerstören und sich der Meßkelche zu bemächtigen (denn solche Unternehmungen waren nicht nur vom Glauben inspiriert, auch die Gier nach Beute hatte ihren Anteil daran). Darauf war eine empörte Menge Volkes zu Rouillacs Haus gezogen und hatte ihn darinnen belagert. Er hatte indes mehr Glück als Baron de Fumel und mußte nicht sein Leben lassen, da ihm rechtzeitig einige Edelleute aus der Nachbarschaft zu Hilfe geeilt waren. Doch hatte es von beiden Seiten gar üble Beschimpfungen gegeben, insonderheit wegen eines großen Steinkreuzes auf dem Friedhof, welches einige Hugenotten zerschlagen hatten.

Montluc eilte mit seiner Truppe nach Saint-Mézard, wo er am Morgen des 20sten Februar anlangte. Da sich jedoch keiner seiner Kriegsleute dort auskannte, konnten sich alle Hugenotten in Sicherheit bringen, außer einem gewissen Verdier, zwei anderen armen Kerlen und einem jungen Diakon von achtzehn Jahren, welche vier man ergriff, in Fesseln legte und auf den Friedhof brachte, allwo Montluc, von seinem Henkersknecht gefolgt, sie den beiden Konsuln von Saint-Mézard und einem Edelmann aus dem Orte gegenüberstellte.

„Ihr elenden Frevler“, herrschte Montluc sie an, „ist es wahr, daß ihr diesem Edelmann und den beiden Konsuln, als sie euch vorhielten, der König würde euer Tun mißbilligen, geantwortet habt: ‚Welcher König? Wir sind hier König. Der, von dem ihr sprecht, ist nur ein Scheißer von einem König. Wir werden ihm die Rute geben und ihn ein Handwerk lehren, damit er sich sein Brot wie alle anderen selber verdiene.‘ “

„Oh, Herr!“ rief Verdier, „seid einem armen Sünder gnädig!“

„Erzschurke“, erwiderte Montluc, „du verlangst Gnade und hast deinem König den Respekt versagt?“

Mit diesen Worten stieß er ihn auf das zerbrochene Kreuz und befahl seinem Henkersknecht:

„Schlag zu, Bube!“

Und unversehens schlug der Henker dem armen Verdier gleich auf dem Kreuz das Haupt ab. Die anderen beiden Hugenotten knüpfte man ohne weiteres Federlesen an der Friedhofsulme auf. Blieb nur noch der Diakon übrig. Ihm gegenüber zeigte Montluc eine gar seltsame Milde. Mit Rücksicht auf sein junges Alter ließ er ihn lediglich auspeitschen – doch so lange, bis er unter den Schlägen seinen Geist aufgab.

Auf diese Weise wurden ohne Prozeß, ohne Richter und ohne Urteil vier Untertanen des Königs vom Leben zum Tode gebracht.

Während dieser Zeit führten in Cahors die beiden von der Königinmutter entsandten Kommissare ihre Untersuchung über das Blutbad im Hause Orioles. Sie machten fünfzehn Katholiken den Prozeß, welche allesamt an den Galgen kamen. Montluc begab sich sogleich nach Fumel. Sein Weg führte ihn über Sainte-Livrade, wo man ihm sechs Hugenotten vorführte, welche er, ohne lange zu fackeln, hängen ließ. In Fumel indes, wohin sich auch Monsieur de Burie begeben hatte, mußte er förmlicher zu Werke gehen und zwei Gerichtsherren aus Agen bemühen, um über die Mörder des Barons von Fumel richten zu lassen. Der Prozeß fand unverweilt statt, und neunzehn Hugenotten kamen an den Galgen.

Von Fumel verfügte sich Montluc alsdann nach Cahors,

um die beiden Kommissare der Königinmutter einzuschüchtern, welche die Kühnheit gehabt, Monsieur de Vieule in den Kerker werfen zu lassen, einen Domherrn, von dem sie vermeinten, er habe die Menge zu dem Blutbad im Hause Orioles angestachelt. Kaum in Cahors angelangt, legte sich Montluc im Angesicht zahlreicher Versammelter mit Geoffroy de Caumont an, welcher gekommen war, sich über ihn bei Herrn de Burie zu beschweren.

„Monsieur de Burie", sprach Caumont, „Herr von Montluc hat fälschlicherweise behauptet, daß ein Pastor in meiner Gegenwart in seiner Predigt die Person des Königs angegriffen habe."

„Das habe ich gesagt, und es ist die Wahrheit!" rief Montluc, mit der Hand am Dolch auf Caumont zugehend, gefolgt von einem Dutzend seiner Edelleute. „Und es ist eine große Schande, daß Ihr diese Worte Eures hugenottischen Pastors geduldet habt nach all den Wohltaten, die Euch der König erwiesen."

Caumont erbleichte vor Zorn und widersprach:

„Ich sage und wiederhole, daß ich nicht zugegen war, als dieser Pastor seine Predigt hielt. Und im übrigen bin ich Euch keine Rechenschaft schuldig."

Hierauf tat Montluc, den Dolch halb gezogen, noch einen Schritt auf ihn zu. Caumont legte die Hand an seinen Degen, vermochte ihn aber nicht zu ziehen, denn Montlucs Gefolgsleute hatten sich schon auf ihn gestürzt und hätten ihm den Garaus gemacht, wäre Monsieur de Burie nicht eingeschritten und hätte ihn aus dem Haus hinausgedrängt, ihm so das Leben rettend.

„Und ich sage und wiederhole", schrie Montluc noch, indes Caumont schon auf der Schwelle war, „daß Ihr allen hugenottischen Aufruhr im Agenais und im Périgord unterstützt und der König gut beraten wäre, Euch eine Zeitlang in den Turm von Loches zu werfen! . . ."

Nachdem Caumont entschwunden, versetzte Montluc die beiden Kommissare mit seinen Drohungen und Beleidigungen solcherart in Angst und Schrecken, daß sie ihrerseits Cahors verließen und er der alleinige Vollstrecker der königlichen Gerichtsbarkeit in Guyenne blieb. Monsieur de Burie hatte nicht mehr den Mut, sich ihm entgegenzustellen.

Der Wind begann in der Tat, sich zu drehen. Der Herzog von Guise – hinter ihm standen die katholische Kirche Frankreichs, der Papst und Philipp II. von Spanien – wurde wieder allmächtig. Und Montluc war nur der grausame und gefügige Vollstrecker seines Willens in unseren Provinzen. Die Herren Brüder waren sich dessen wohlbewußt, und obgleich sie keinen Teil gehabt hatten an dem Aufruhr und den blutigen Zusammenstößen im Périgord, begannen sie, die Befestigungen Mespechs zu verstärken.

Die Nachrichten aus dem Norden und aus Paris ließen unsere Besorgnis nur noch wachsen. Am ersten März war der Herzog von Guise mit einem zahlreichen Gefolge von Joinville aufgebrochen, wo er seine Mutter besucht hatte, und hatte sich auf den Weg zurück nach Paris begeben. Es war ein Sonntag, und da es schon auf Mittag ging, hielt er in Vassy an, um dort der Messe beizuwohnen. Noch nie zuvor war der bescheidenen Kirche die Ehre eines so hohen Besuches zuteil geworden. Prächtig anzusehen in seinem Wams und seinen Kniehosen aus karmesinroter Seide, eine rote Feder am schwarzen Samtbarett, so betrat der Sieger von Calais als erster das Kirchenschiff, ganz offensichtlich der größte, der schönste und der würdevollste unter all den Edelleuten in seinem Gefolge. Er hatte besonderen Grund, sich in Vassy hocherhobenen Hauptes zu zeigen, fühlte er sich doch hier fast wie der Herr der Stadt, da diese zum Besitz seiner Nichte Maria Stuart gehörte.

Kaum hatte er indes im Chor auf seinem vergoldeten Stuhl Platz genommen, als ihm vermeldet ward, daß kaum einen Büchsenschuß entfernt fünfhundert Reformierte in einer Scheune ihren Gottesdienst abhielten.

„Wie!“ sprach er gereizt, „bin ich hier nicht fast der Lehnsherr? Und überdies ist Vassy eine befestigte Stadt, so daß die Ketzer auch nach dem Januar-Edikt nicht das schandbare Recht haben, welches sie sich hier anmaßen. Das sind ihre schönen Evangelien! Immer müssen sie zündeln! Laßt uns diese Vermessenen lehren, daß ich meinen Untertanen nicht erlaube, sich so widersetzlich zu zeigen!“

Und er verließ die Kirche mit seinem Gefolge. Zum Unglück eilten zwei seiner hitzigen Leute voraus, betraten noch vor ihm die Scheune und verursachten einen Tumult.

„Ihr Herren", redeten die Hugenotten sie höflich an, „wollet Ihr nicht Platz nehmen?"

Worauf der junge La Brousse die Hand an den Degen legte und rief:

„Gottsblitz! hier gehört alles niedergemacht!"

Darüber gerieten die Hugenotten in hellen Zorn, warfen die Störenfriede zur Tür hinaus und verschanzten sich. Etliche waren freilich schlecht beraten und stiegen auf ein Gerüst über dem Eingang, von welcher Stelle sie den Herzog und seine Begleitung mit Steinen begrüßten.

Sie wurden sogleich von Büchsenkugeln durchlöchert. Alsdann stieß man die Türen ein und schoß auf die Fliehenden wie auf Tauben. Als der Herzog dem Metzeln endlich Einhalt gebot, lagen vierundzwanzig Hugenotten tot auf der Erde, und mehr als hundert waren verwundet.

Die politische Rolle, welche der Herzog seit kurzem spielte, verlieh diesem Geschehnis eine besondere Bedeutung. Er hatte sich nämlich mit Montmorency und dem Marschall de Saint-André zu einem Triumvirat zusammengeschlossen: über den Kopf der Regentin hinweg, die zuviel Nachsicht gegen die Reformierten zu üben schien, gedachten sie die Ketzerei auszurotten und waren willens, dem abscheulichen Ratschlag des Papstes an den jungen Karl IX. zu folgen und *mit Feuer und Schwert die Feinde niederzumachen*. Der Guise nahm dies freilich nicht unbedingt wörtlich. Als großer Feldherr neigte er – anders als Montluc – von Natur aus nicht zur Grausamkeit, sondern pflegte mit Milde, Höflichkeit und Ritterlichkeit zu handeln. In Metz und in Calais hatte er seinen Gefangenen eine menschliche Behandlung angedeihen lassen. In seiner Todesstunde beichtete er das Massaker zu Vassy, leugnete allerdings, es vorbedacht zu haben.

Mein Vater, der unter Guises Befehl vor Calais gekämpft hatte, hielt große Stücke auf ihn, trotz seines katholischen Eifers (in den sich zweifelsohne einiger Ehrgeiz mischte); bezüglich Vassy pflegte er zu sagen, daß es der Herzog wegen des Bruchs des Januar-Ediktes wohl bei einer scharfen Verwarnung seiner „Untertanen" hätte bewenden lassen, wenn nicht die Hitzköpfe auf beiden Seiten die Dinge auf die Spitze getrieben hätten. Der Herzog, meinte er, war von den Geschehnissen überrascht worden, und dann waren ihm die Folgen über den Kopf gewachsen.

In Cahors hatte es bei dem Massaker im Hause Orioles mehr Tote gegeben als zu Vassy. Wer aber trug die Schuld daran? Ein alter Domherr hatte die Volksmenge angestachelt. Die Schuld des ersteren und der letzteren ward mit Kerker und Galgen gesühnt. Doch das Blutbad von Vassy hatte ein Prinz von Geblüt zu verantworten, der mehr Macht besaß als der König von Frankreich. Er hatte zugeschlagen, ohne daß ihn jemand zur Rechenschaft ziehen konnte, es sei denn ein Prinz seinesgleichen mit Waffengewalt. Condé war sich dessen bewußt und begann alsbald, Soldaten anzuwerben.

Vermeinend, die Ereignisse von Vassy würden ihm nicht zum Ruhme gereichen, sah Guise seiner Ankunft in Paris mit einiger Sorge entgegen, denn die Nachricht von dem Massaker war ihm vorausgeeilt. So war er höchstlich überrascht, daß er in der von den Pfaffen aufgestachelten Hauptstadt mit einem wahren Taumel der Begeisterung empfangen ward. Als der Held in die Altstadt einritt, gekleidet in karmesinrote Seide, welche sich auf dem schwarzen Fell seines spanischen Rappen doppelt prächtig ausnahm, schrien ihm die herbeigelaufenen Pariser immer nur zu: „Vassy! Vassy!“, als habe er zu Vassy seinen schönsten Sieg errungen. Die Weiber und Jungfrauen drängten sich fast bis vor die Hufe seines Rosses, um klopfenden Herzens den himmlischen roten Erzengel, Schutz und Schirm der Kirche gegen das Ketzertum, zu bewundern.

Guise eilte von einem Triumph zum anderen. Vor seinem Palais erwartete ihn der Stadtvorsteher mit seinen Pairs, ihm zwanzigtausend Mann und dazu noch zwei Goldmillionen darzubieten – mehr, als die reichen Pariser Bürger für den Feldzug Heinrichs II. gegen den Spanier aufgebracht. Diese Darbringungen, so der Stadtvorsteher, sollten dazu beitragen, *das Königreich zu befrieden,* anders ausgedrückt: es in die Schrecken eines brudermörderischen Krieges zu stürzen.

Innerhalb eines Monats hatte die Feuersbrunst, welche zu Vassy entfacht worden war, das ganze Königreich erfaßt. In Sens hetzte anläßlich einer Pilgerfahrt ein fanatischer Jakobinermönch die Volksmenge auf die Protestanten, welche mit Schlägen traktiert, erwürgt und in den Yonne-Fluß geworfen wurden. Zu Tours erschlug man zweihundert Hugenotten und warf ihre Leichen in die Loire. In Angers ließ der Herzog von Montpensier alle Hugenotten, deren er habhaft werden konnte, aufhängen, rädern oder enthaupten. In Gironde ließ Montluc, welcher nur auf die Beispiele aus dem Norden gewartet, um seiner Grausamkeit freien Lauf zu lassen, an einem Tag siebzig der Unseren in den Markthallen erhängen.

Die Protestanten sahen diesen Massakern nicht tatenlos zu. Sie bemächtigten sich mit Waffengewalt der Städte Angers, Tours, Blois, Lyon, Orléans. Die Regentin, in ihrem Schloß zu Fontainebleau sitzend, sah den Thron ihres Sohnes Karl IX. zum Spielball zweier rivalisierender Lager werden, ohne indes Partei ergreifen zu können noch zu wollen.

An der Spitze von tausend Reitern machten die Triumvirn ihrer Unentschlossenheit ein Ende: sie entführten die Regentin samt ihrem Sohn mit Gewalt. Katharina von Medici weinte vor Zorn, mußte sich jedoch fügen und als Gefangene der fanatischen Bevölkerung und nominelles Haupt des katholischen Lagers im Louvre Wohnung nehmen.

Am 13ten Juli anno 1562 erklärte das Pariser Parlament die Protestanten für vogelfrei. Von nun an konnte jedermann im ganzen Königreich, ob Stadtbürger oder Bewohner des flachen Landes, sich bewaffnen und über die Reformierten herfallen, ohne sich der geringsten Strafe oder Verfolgung durch die Gerichte auszusetzen.

Die Herren Brüder waren in höchstem Maße bestürzt darüber, daß der einen Hälfte des Königreiches die Erlaubnis gegeben wurde, die andere Hälfte zu morden und zu metzeln. Sie befürchteten das Schlimmste, insonderheit als Montluc sich der Burg von François de Caumont, des ältesten der vier Brüder, bemächtigte und dort Monsieur de Burie mit einer Besatzung einquartierte.

In der Folge begab sich Montluc nach Clairac, wo er aber Geoffroy de Caumont, den er mit Freuden gedemütigt hätte, nicht eintraf. Da erwog er, die abtrünnigen Mönche zu hängen, doch es siegte seine Habgier, und er ließ sie für dreißigtausend Dukaten Lösegeld ungeschoren. Alsdann begab er sich ins Périgord, wo er eine alte Rechnung mit dem Baron von Biron zu begleichen gedachte, welcher aufrührerischen Hugenotten Unterschlupf gewährt hatte: er verwüstete die Felder des Barons. Montluc hatte jetzt dreitausend spanische Fußsoldaten unter seinem Befehl, und obgleich die Regentin ihn geheißen, er solle mit dieser Truppe die Streitmacht verstärken, welche der Guise in Paris zusammenzog, verweigerte er den Gehorsam unter dem Vorwand, die Guyenne „befrieden“ zu müssen; denn zu Paris, unter dem Befehl des Guise, wäre er ein Nichts gewesen, in der Guyenne jedoch war er unumschränkter Herrscher und konnte den beiden größten Vergnügen seines Lebens frönen: metzeln und seine Geldtruhen füllen.

Sie waren um dreihunderttausend Dukaten schwerer geworden, als Montluc aus seinem Amte als Generalleutnant der Guyenne ausschied. Und was die Gemetzelten anbelangt, die er hinterließ, so entschuldigte er sich in seinen „Kommentaren“ mit zynischer Abgefeimtheit dafür: „Die Notwendigkeiten des Krieges“, schrieb er, „zwingen uns, *entgegen dem eigenen Willen* das Leben eines Menschen nicht höher zu achten als das eines Huhnes.“

Unsere Hugenotten wußten sich in den mittäglichen Provinzen freilich durchaus zu behaupten, auch als sie vogelfrei waren. Doch unter Führung abenteuerlustiger Hauptleute zersplitterten sie sich im Kampf gegen die Städte und Flekken in einer Vielzahl von Aktionen, welche mehr von Beutegier und Rachedurst denn vom Geiste Calvins beseelt waren. In unserer unmittelbaren Nachbarschaft erlebten wir ein trauriges Beispiel dieser Art.

Als unsere hugenottischen Nachbarn von Montignac sich der Burg ihres Fleckens bemächtigten, knüpften sie den sich wehrenden La Chilaudie an einen Baum und plünderten die Kirche, ohne dabei zu vergessen, die eigenen Taschen zu füllen; ihr Anführer Arnaud de Bord erpreßte von den verschreckten Katholiken ein hohes Lösegeld.

Da Montignac nur wenige Meilen von Taniès und Marcuays entfernt liegt, geriet Feuerzange in große Beunruhigung, als zu Beginn des Monats August Gerüchte aufkamen, wonach seine Kirchen und er selbst die nächsten Opfer von Arnaud de Bord sein würden. Mit dem Hute in der Hand kam er demütig zu den Herren Brüdern, ihnen seine Besorgnis zu offenbaren.

„Herr Pfarrer“, sprach mein Vater, „wenn Ihr vermeiden wollt, daß die Leute von Montignac Eure Kirchen plündern, müßt Ihr sie selbst leer räumen. Nehmt die Möbel, die Leuchter, die Kelche, Monstranzen und Meßgewänder heraus und bringt sie zum Bischofssitz von Sarlat.“

„Aber werde ich sie dann jemals wiedersehen?“ fragte Feuerzange mit gesenktem Blick. „Der Bischof hat ein einnehmendes Wesen.“

„Dann vertraut Eure Sachen dem Kriminalleutnant an. Monsieur de la Porte ist ein ehrenwerter Mann.“

„Ich habe nicht die Mittel, sie dorthin zu bringen und unterwegs zu schützen.“

„Mespech wird Euch die Wagen, die Pferde und den Begleitschutz stellen“, sagte mein Vater, wohingegen Sauveterre darob nicht glücklich war, sosehr er die Freveltaten von Arnaud de Bord mißbilligte.

Feuerzange tat, wie ihm mein Vater geraten, doch kaum hatte er die Räumung beendet, erschien ein Leutnant von Arnaud de Bord mit einigen Reitern in Taniès. Sofort begab sich auch Jean de Siorac mit unseren Soldaten dorthin. Batifol – dies war der Name des Leutnants – war angetan mit Brustharnisch und Morion und trug einen riesigen Schnurrbart, größer noch und länger als der von Cabusse. Als er die leere Kirche gewahrte, geriet er in einen großen Zorn.

„Man will uns täuschen und an der Nase herumführen, wie mir vermeldet wird“, sprach er großmäulig. „Und wenn dem so ist, dann werden wir den Pfarrer von Marcuays und seine Helfershelfer dafür bestrafen.“

„Zählt Ihr mich auch dazu, Monsieur Batifol?“ fragte ihn Jean de Siorac mit kühler Stimme, ihm dabei in die Augen blickend.

„Aber nein, keineswegs, Herr Baron. Doch sagt man, Ihr hättet dem Pfarrer Roß und Wagen geliehen, damit er das Kirchengerät wegschaffen könne.“

„Da sagt man die Wahrheit.“

„Dann seid Ihr also nur ein halber Hugenott, Herr Baron“, sprach Batifol mit finsterer Miene, „denn Ihr beschützt die papistische Kirche.“

„Ich beschütze ihr Eigentum, nicht ihren Glauben; denn der meinige, der dem Euren in nichts nachstehen dürfte, duldet kein Räubern und Plündern unter Angehörigen gleicher Nation.“

„Soll ich dies Arnaud de Bord vermelden?“ fragte Batifol, seinen Schnurrbart zwirbelnd.

„Ihr könnt es und sollt es, mein Herr“, antwortete mein Vater, sich auf sein Roß schwingend.

„Bedenket, daß es um Euer Leben geht, Herr Baron“, sprach Batifol und stieg ebenfalls auf sein Roß.

„In der Tat, Monsieur!“ erwiderte mein Vater lächelnd.

Batifol warf meinem Vater noch einen drohenden, doch etwas unsicher wirkenden Blick zu, wendete sein Roß und sprengte mit den Seinen im Galopp davon. Mein Vater und seine Soldaten sahen der kleinen Reiterschar schweigend nach, und in diesem Augenblick machte Coulondre Eisenarm eine seiner düsteren Prophezeiungen.

„Dieser Mann wird am Galgen enden“, sprach er mit rauher Stimme.

Der Wortwechsel zwischen dem Baron von Mespech und Batifol hatte in aller Öffentlichkeit stattgefunden, und als die Bewohner von Taniès Feuerzange davon berichteten, lief er sogleich nach Mespech. Sein sonst so rotes Angesicht war merklich farbloser, und seine Lippen zitterten, daß er kaum zu sprechen vermochte.

„Ihr Herren“, stammelte er, „die aus Montignac werden nicht wagen, sich an Mespech zu rächen, doch an mir können sie sehr wohl ihre Rachgier stillen, zumal mir der Herr Bischof verboten hat, meine Dörfer zu verlassen. Soll ich also in Marcuays warten, bis man mich aufhängt, wie es mit dem armen La Chilaudie geschah?“

Auf dieses versteckte Hilfeersuchen antwortete Sauveterre, dessen Gesicht wie versteinert war, mit keinem Wort. Er wich dem Blick meines Vaters aus und beklagte schon im voraus seine menschliche Schwäche.

„Herr Pfarrer“, hub da Jean de Siorac an, „wollet Ihr Euch einige Zeit auf Le Breuil im Hause von Cabusse versteckt halten?“

„Das wird kaum möglich sein“, erwiderte Feuerzange, die Augen senkend und auf die Spitze seiner dicken Nase blikkend. „Cabusse ist schrecklich eifersüchtig. Er duldet nicht einmal, daß ich Cathau die Beichte abnehme.“

Diese Enthüllung erstaunte meinen Vater nicht, sondern belustigte ihn. So fuhr er in heiterem Tone fort:

„Und wie steht es mit der Höhle von Jonas?“

„Bei dieser Wölfin!“ rief Feuerzange, die Arme zum Himmel gereckt. „Bei dieser Teufelin, die ihn ganz verhext hat!“

„Pfarrer, du wirst doch nicht an dieses Märchen glauben!“ stieß Sauveterre schroff hervor.

Doch hierauf senkte Feuerzange nur die Augen und antwortete nicht. Es lag ihm nichts daran, Sauveterres Zorn noch mehr zu erregen. Meines Vaters Stirn indes verfinsterte sich: er argwöhnte, Feuerzange habe aus Aberglauben oder Voreingenommenheit mit dazu beigetragen, unter seiner Gemeinde diese Gerüchte zu verbreiten, die Jonas' Ruf zu beeinträchtigen begannen. Er erhob sich.

„Herr Pfarrer, Ihr wünscht sicher noch, ehe Ihr wieder geht, Madame de Siorac Eure Aufwartung zu machen.“

Feuerzange erbleichte, als er sich solcherart verabschiedet sah, aber er verlor die Hoffnung nicht gänzlich, wußte er doch, welchen Einfluß Isabelle noch immer, insonderheit in ihrem gegenwärtigen Zustand, auf meinen Vater auszuüben vermochte.

Und in der Tat, kaum hatte Feuerzange unsere drei Fallbrücken überquert, als Isabelle auch schon Alazaïs in die Bibliothek beorderte, meinen Vater zu bitten, er möge sie doch in ihren Gemächern aufsuchen.

Mein Vater fand sie wehmütig auf die Kissen ihres Lagers hingestreckt, ihr Leib war schon recht dick, die schwellende Brust nur wenig von einem spitzenumsäumten Ausschnitt bedeckt. Trotz ihres Zustandes war sie mit größter Sorgfalt geschminkt, Rouge auf den Lippen, die Augenbrauen nachgezogen, das blonde Haar in Locken gelegt von unserer großen Alazaïs, die diese Hantierungen, obgleich sie ihr eitel und nichtig erschienen, mit wahrhaft hugenottischer Gewissenhaftigkeit und am Ende gar mit einiger Zuneigung für diese arme starrköpfige Papistin verrichtete, welche sie allabendlich in ihren Gebeten Gott anempfahl. So ruhte also meine Mutter in all ihrer Schönheit und Anmut, wie ich sie oft gesehen in den letzten Tagen ihres Lebens hienieden in dieser vergänglichen Welt, die wir alle einmal verlassen müssen, um vor dem höchsten Richter zu erscheinen – welchem sie damals schon so nahe war, ohne daß einer von uns noch sie selbst es ahnte. Denn sie stand noch in der Blüte ihres Alters, bar jeglicher Falten, Verkrümmung noch Gebrechen, blond und schön in ihrem prächtigen Aufputz, gelockt und mit Riechwässern besprüht, all die Liebe verspürend, welche mein Vater ihr entgegenbrachte, und sie hundertfach erwidernd, wenn auch nur insgeheim, unter dem abweisenden Mantel ihres Stolzes.

„Meine Liebe", so sprach mein Vater mit einem heiteren Lächeln, „wie erfreut es mich, daß Ihr mich rufen ließet und ich Euch hier in all Eurer Schönheit und bei so guter Gesundheit vorfinde, wo doch der Zeitpunkt Eurer Niederkunft schon naht."

„Möge nur Gott verhindern, mein Herr Gemahl", erwiderte Isabelle, bereits auf Widerspruch gefaßt, „daß Ihr mir so kurz vor meiner Niederkunft Kummer und Leid verursacht, indem Ihr meine Wünsche nicht erhört – das Kind, das ich unter dem Herzen trage, könnte davon Schaden nehmen."

„Nun sieh einer an!" sagte mein Vater lachend, „kaum habe ich meinen Fuß zu Eurer Tür hereingesetzt, Madame, da richtet Ihr auch schon all Euer Feldgeschütz auf mich! Worum handelt es sich denn?"

„Mein lieber Mann", hub Isabelle an, doch verstummte sie sogleich wieder, denn wiewohl mein Vater sich so heiteren Sinnes zeigte, fürchtete sie, seine Heiterkeit könnte gar schnell in Zorn umschlagen.

„Ich werde es Euch sagen", sprach da Jean de Siorac mit wieder ernstem Gesicht. „Ihr möchtet den Pfarrer von Marcuays für einige Zeit hinter unseren Mauern wissen, damit er dem Strick entgehe, den die Leute von Montignac schon für ihn bereithalten. Doch seid ohne Sorge, Madame! Ich gewähre Euch Eure Bitte, allerdings unter zwei Bedingungen, nämlich daß er nicht mein Gast, sondern der Eure sei, und daß er nicht im Burgsaal erscheine und sich nicht vor unseren Leuten zeige. Er soll im Kabinett von Alazaïs schlafen, welche in dieser Zeit bei der Maligou nächtigen wird, und seine Mahlzeiten nicht unten, sondern allhier mit Euch einnehmen."

„Nein, das geht nicht!" Meine Mutter hob abwehrend ihre schönen, stets mit wohlriechenden Salben eingeriebenen Hände. „Das ist gänzlich ausgeschlossen! Seine Füße stinken wie die Pest! Das inkommodiert mich sogar bei der Messe und stört meine Andacht."

„Nun, wenn dem so ist", sprach mein Vater, aus vollem Halse lachend, „dann muß er eben allein in seinem Kabinett essen, und Alazaïs wird ihm auftragen."

Doch Alazaïs, welche bei dieser Unterredung zugegen war, lehnte das rundweg ab.

„Mit Verlaub, Moussu lou Baron, ich werde diesem Pfaffen nicht auftragen", sprach sie mit ihrer tiefen Stimme. „Nicht weil er ein Pfaffe ist, sondern weil ich seine Visage nicht ausstehen kann."

„Der einen mißfallen die Füße, die andere mag die Visage nicht", sprach mein Vater lachend. „Der arme Teufel wird des Hungers sterben müssen! Nun, dann muß ihn die Maligou bedienen!" Mit einer kurzen Handbewegung deutete er an, daß die Sache damit entschieden sei und Alazaïs sich entfernen möge; dann setzte er sich auf Isabelles Bett, nahm ihre Hände in die seinen und betrachtete voll Entzücken seine Frau in der erhabenen Schönheit ihrer Mutterschaft.

Gemäß der Anweisung meines Vaters kam Feuerzange in der Dunkelheit der Nacht auf Mespech, ohne jegliches Gepäck und ohne irgend jemand ein Wort davon gesagt zu haben.

Er weilte noch keine vierzehn Tage in unseren Mauern, als Guillaume de la Porte in Begleitung von fünf Bewaffneten vor der ersten Zugbrücke von Mespech erschien und die Herren Brüder zu sprechen wünschte.

„Meine Herren", so hub der Kriminalleutnant sogleich mit ernster Miene an, als man ihn eingelassen, „zu Sarlat geht das Gerücht um, Ihr hättet den Pfarrer von Marcuays entführt und gefangengesetzt, damit er die Messe nicht mehr lesen könne."

„Diesem Gerücht muß man den Garaus machen, Herr

Kriminalleutnant", erwiderte mein Vater, „damit es nicht mehr heimtückisch umgeht, unseren guten Ruf zu schwärzen, indes wir gegenüber dem armen Pfarrer nur unsere Christenpflicht tun und ihn vor dem Strick retten."

Und die weiteren Erklärungen Sauveterre überlassend, ging er, Feuerzange zu holen, welcher seine Worte sogleich bestätigte unter nicht enden wollenden Ergüssen von Dankbarkeit für die von seinen Gastgebern empfangenen Wohltaten. Und in der Tat machte er einen wohlgenährten Eindruck, strotzend vor Fett und guter Gesundheit. Sein Angesicht leuchtete wieder in schönstem Rot, denn die Maligou, welche ihn in seinem Kabinett bediente, trug ihm reichlich von unserem Wein und den besten Stücken auf.

Als nun Jean de Siorac Herrn de la Porte zur ersten Fallbrücke zurückgeleitete, kam Catherine, welche bei dem Brunnen mit ihren Puppen spielte, mit fliegenden Zöpfen zu ihm gelaufen und ergriff die Hand meines Vaters, ohne indes ein Wort herauszubringen, da sie ihren ganzen Vorrat an Mut schon aufgebraucht hatte, um sich ihm zu nähern.

„Herr Baron", sprach der Kriminalleutnant, „wie ich sehe, lasset Ihr um Euren Weiher eine zweite Umfassungsmauer aufführen. Zum gegenwärtigen Zeitpunkt geben solche Befestigungsarbeiten Anlaß zu mancherlei Gerede."

„Wiederum zu Unrecht, Herr Kriminalleutnant", erwiderte mein Vater. „Mespech steht dem König und (mit einem Blick auf seinen Besucher) den königlichen Offizieren stets offen. Doch das Pariser Parlament hat die Reformierten mit Acht und Bann belegt, und so könnte ich mich gewisser Nachbarn zu erwehren haben."

„Ihr denket an Fontenac", sprach Monsieur de la Porte mit verfinsterter Stirn, „und daran tut Ihr recht. In der ganzen Provinz gibt es keinen übleren Gewaltmenschen, doch verfügt er über so mächtige Gönner im Bischofspalast und sogar bei Hofe, daß ich nichts gegen ihn auszurichten vermag. Wißt Ihr übrigens, daß sich, wenn jemand von seiner Familie krank wird, kein Arzt aus Sarlat mehr in seine Räuberhöhle wagt – aus Furcht, seine Freiheit oder gar sein Leben zu verlieren?"

Der Besucher verabschiedete sich, und mein Vater kam zurück, die kleine Hand Catherines in der seinen, voller

Glück, daß sie ein so hübsches, munteres Kind war, doch stumm in all seiner Liebe zu ihr. Als er den Fuß auf die erste Stufe der Freitreppe setzte, stand plötzlich Alazaïs vor ihm, hochaufgerichtet und mit finsterem Gesicht.

„Moussu lou Baron, ich habe Euch etwas über den vermaledeiten Pfaffen zu vermelden."

„Nur zu, sprich!"

Mit einem Blick auf Catherine neigte sie sich zum Ohr meines Vaters und flüsterte ihm einige Worte zu, die ihn aufschrecken ließen.

„Geh zurück zu deinen Puppen, Catherine", sprach er hastig, „und du, Alazaïs, schickst mir die dicke Vettel ungesäumt in meine Bibliothek."

Als die Maligou dickbäuchig, fettärschig und hängebusig (wie mein Vater zu sagen pflegte) und mit wirrem Haar in der Bücherkammer erschien, schloß Jean de Siorac die Tür hinter ihr, ging langsam um das unförmige Weib herum und blieb dann vor ihr stehen, die Hände in die Hüften gestemmt und sie mit gestrenger Miene anblickend.

„Was höre ich da für Geschichten! Du und der Pfaffe, ihr vögelt des Nachts miteinander wie die Ratten im Stroh!"

Als die Maligou ein Zeichen der Verneinung andeutete, hob Jean de Siorac die Hand und herrschte sie an:

„Lüge nicht, Maligou, oder ich jage dich auf der Stelle davon!"

„Heiliger Jesus!" rief da die Maligou einfältig, „aber wenn ich nicht lüge, werde ich gleichermaßen davongejagt!"

„Also ist es wahr!"

Die Maligou begann zu zittern.

„Ach, Herr Baron! Ich habe nicht widerstehen können. Er versteht so fein zu sprechen!"

„Und handelt um so schlimmer! Schämst du dich nicht, wie eine schamlose Dirne herumzuhuren als verheiratetes Weib und Ehebruch zu begehen, noch dazu mit Feuerzange?"

„Aber gerade mit einem Pfarrer ist es doch nur eine halbe Sünde, Herr Baron! Und außerdem war er so gütig, mir hinterher immer gleich die Absolution zu erteilen."

Jean de Siorac hob die Hände zum Himmel.

„Niemand außer dem himmlischen Vater kann dir eine Todsünde vergeben, du unzüchtiges Weib!"

„Deshalb bete ich ja auch jeden Abend andächtig um Fürsprache zu Gottes Sohn", erwiderte die Maligou, die Augen senkend, denn im gleichen Augenblick versprach sie der Jungfrau Maria, eine große Kerze vor ihrem Bildnis auf dem Dachboden anzuzünden, wenn ein Wunder geschähe und mein Vater sie nicht davonjagte.

„Und wenn Feuerzange dir einen Bankert gemacht hätte?"

„Ach, da bin ich ohne Sorge!" erwiderte die Maligou mit schlauer Miene. „Ich kenne da gewisse Kräutlein und weiß auch, wo und wie sie aufzulegen sind."

„Und was sind das für Kräuter?" fragte mein Vater, stets voller Neugier für die Heilpflanzen, welche in den einfachen Hütten Anwendung fanden.

„Mit Verlaub, das darf ich Euch nicht sagen", gab die Maligou zur Antwort. „Ich mußte der Kräuterfrau, die mich in ihren Gebrauch einweihte, strengstes Stillschweigen geloben."

„Du sagst es mir, wenn du nicht willst, daß ich dir den Laufpaß gebe."

„Moussu lou Baron!" rief die Maligou mit klopfendem Herzen und weit aufgerissenen Augen, „wenn ich es Euch sage, dann jagt Ihr mich nicht fort?"

„Darauf gebe ich dir mein Wort", erwiderte Jean de Siorac, welcher sich höchst weise schon von der ersten Minute an entschieden hatte, die Angelegenheit nicht ruchbar werden zu lassen.

„Gott sei's gedankt und ebenso dir, mein liebes Jesulein", sprach da die Maligou und fügte, die Hände über ihrem Leib gefaltet und die Augen züchtig gesenkt, in ihrem Innersten noch eine Danksagung hinzu: „Vor allem danke ich dir, heilige Jungfrau Maria, daß du dies Wunder vollbracht und mir meine Schwäche verziehen hast. Ich wußte gleich, daß wir Weiber uns verstehen. Hab nochmals Dank für deine Barmherzigkeit, gütige Jungfrau. Deine Kerze vergesse ich nicht und will auch nicht geizen dabei."

Nachdem die Maligou meinem Vater die Kräuter offenbart und auch gesagt hatte, „wo und wie sie aufzulegen waren", mußte sie ihm hoch und heilig versprechen, Feuerzange weder bei Tag noch bei Nacht, weder im Morgengrauen noch in der Abenddämmerung, weder bei Kerzenschein noch bei Tageslicht je wieder aufzusuchen und auch vor keiner Menschenseele mit diesem Werk der Unzucht zu prahlen. Fortan hatte Coulondre Eisenarm dem Pfarrer bei Tische aufzutragen; von ihm bekam der Pfaffe nichts anderes zu hören als knappe und unheilverheißende Bemerkungen über die Zukunft der Welt.

Jean de Siorac ließ in dieser Angelegenheit so viel Vorsicht walten, daß er Jean de Sauveterre davon erst erzählte, als Feuerzange die Burg schon wieder verlassen hatte.

„O Jean!" sagte Sauveterre vorwurfsvoll. „Du hast mir also etwas verschwiegen!"

„Mir blieb keine andere Wahl. Mußte ich doch einen Zornesausbruch deinerseits befürchten."

„Und wirst du jetzt, da Feuerzange weg ist, die Maligou davonjagen?"

„Nein, sie hat mein Wort. Und außerdem würde sie überall nur damit prahlen, und die Sache würde sich in den Dörfern herumsprechen. Nein, mein Bruder! Es ist besser, die Augen gnädig vor ihrer Verfehlung zu schließen und sie in unseren Diensten zu behalten. Zumal", fügte er lächelnd hinzu, „im ganzen Périgord wohl keine versteht, einen besseren Braten zu bereiten."

Es war nicht Montluc, sondern Sieur de Saint-Geniès, seines Amtes königlicher Gouverneur im Périgord, welcher der katholischen Kirche in Montignac wieder in den Sattel verhalf. Seine Truppen rückten am 14ten August mit Feldgeschütz an, Arnaud de Bord zu belagern. Dieser ergab sich drei Tage später mit seinen Anhängern, und am 11ten September wurden nach einem eilends geführten Gerichtsprozeß sechzehn von ihnen auf dem Marktplatz von Montignac gehängt, unter ihnen der arme Batifol, dessen Ende Coulondre Eisenarm zwei Wochen vorher so schauerlich vorausgesagt. Arnaud de Bord hingegen ward erst am 18ten Oktober hingerichtet, ohne daß jemals etwas über die Ursache dieses grausamen Aufschubs verlautete.

Wieder unbesorgt ob seines weiteren Schicksals, hatte uns

Feuerzange schon seit zwei Wochen verlassen, als eines Abends in der Dämmerung ein gewisser Monsieur de L. (so ist er im „Buch der Rechenschaft“ bezeichnet) mit einer kleinen Schar Bewaffneter vor dem Tor Mespechs erschien. Und trotz der seinerzeit sehr strengen Sicherheitsvorkehrungen auf der Burg ließen ihn die beiden Jeans, die ihn wohl erwartet hatten, samt seinen Männern ohne weiteres ein. Letztere durften sich allerdings nicht unter unsere Leute mischen, sondern mußten sich sogleich in die Scheune zurückziehen, wo allein Alazaïs sie mit Speis und Trank versorgte.

Monsieur de L. nahm seine Abendmahlzeit nicht im großen Saal, sondern zusammen mit den Brüdern in der Bibliothek ein, wobei François, Samson und ich ihnen aufwarteten, voller neugieriger Erregung ob dieses geheimnisvollen Gastes und voller Stolz, als mein Vater uns nach dem Mahle zum Bleiben aufforderte. François zählte damals fünfzehn Jahre, Samson und ich gingen auf unser zwölftes Lebensjahr zu, und mein Vater vermeinte wohl, da wir alt genug waren, unser Teil zur Verteidigung der Burg beizutragen (jeden Tag wurden wir von den Soldaten in der Handhabung von Degen, Feuerrohr und Pike unterwiesen), könnten wir ebenfalls, wenn auch noch stumm wie die Fische, an der Beratschlagung über das weitere Schicksal der Baronie teilhaben.

Monsieur de L., welchen ich voller Neugier betrachtete, war ein ungewöhnlicher Besucher. Er trug eine breitere Halskrause, ein prächtigeres Wams und eine weniger strenge Miene zur Schau als die Hugenotten, welche gemeiniglich zu Besuch auf Mespech kamen. Zudem sprach er nicht unser Okzitanisch, sondern Französisch – eine Sprache, die ich zwar verstand, welcher er sich jedoch mit einem Akzent bediente, den ich noch nie gehört (später erfuhr ich, daß es der der Pariser war). Sein Gesicht ohne jeden Kinn- oder Schnurrbart war glatt wie ein Kieselstein (an so vielen anderen hatte er sich bei Hofe gerieben), seine Gebärden lebhaft, seine Haltung vornehm, und wiewohl sich seine Sprache in meinen Ohren schrill und ungewohnt ausnahm, bemerkte ich alsbald, daß Monsieur de L. ein Mann von großer Höflichkeit war, welcher sich in vielerlei Begrüßungs-

und Höflichkeitsfloskeln erging und zehn Worte zu machen verstand, wo ein einziges genügt hätte. Sein langes Haar war – trotz der Unbequemlichkeiten seiner Reise zu Pferde – sehr sauber wie auch wohlgelockt. Seine Handschuhe, welche er während der ganzen Unterredung nicht auszog, erregten meine besondere Bewunderung: sie waren von so feinem und weichem Leder, wie ich es zu Sarlat noch niemals gesehen.

„Meine Herren", sprach Monsieur de L. nach einer gar langen höflichen Vorrede, „Ihr kennet meinen Namen, Ihr wißt, wem ich diene, und Euch ist auch nicht unbekannt, in wessen Auftrag ich komme."

Er schien höchst zufrieden über diese Einleitung, welche er wohl schon mehr als einmal benützt hatte, denn sie kam in einem Zuge und mit größter Leichtigkeit von seinen Lippen. Gleichzeitig nahm sein Gesicht den Ausdruck bescheidenen Stolzes an, als fiele auf ihn, obgleich er dessen unwürdig, ein Abglanz der großen Sache, welche er vertrat.

„Lasset uns nun, wenn Ihr belieben wollet, mein Herr, zum eigentlichen Gegenstand Eurer Mission kommen", sagte mein Vater, welcher unruhig zu werden begann, weil ihm all diese Vorreden reichlich lang erschienen.

„So sei es", erwiderte Monsieur de L. „Wie Ihr wißt, sammeln sich die Unseren bei Gourdon unter der Führung von Monsieur de La Rochefoucauld und Monsieur de Duras. Sie sind bereits mehrere Tausende, ohne daß ich ihre genaue Zahl zu sagen vermöchte, und sollen in Orléans zur Streitmacht des Prinzen von Condé stoßen. Monsieur de Duras ist ein Feldherr, welcher bereits die Legion von Guyenne befehligte. Auch François de La Rochefoucauld hat sein Können schon unter Beweis gestellt. Gleichwohl vermeint der Prinz, daß der Herr Baron, welcher so lange und so wacker Kriegsdienst geleistet, diese beiden Feldherren mit seinem Mut und seiner Kriegserfahrenheit trefflich zu unterstützen vermöchte."

An dem Gesichtsausdruck meines Vaters ersah ich, daß er von diesem Vorschlag in keiner Weise überrascht war, sondern ihn im Gegenteil wohl erwartet hatte, daß er ihm aber nicht sonderlich behagte.

„Monsieur", erwiderte er mit kühler Höflichkeit, „Ihr

dienet, so ich mich nicht irre, dem Vitzdom zu Chartres und habt ihn nach England begleitet, als er im Namen des Prinzen von Condé und des Admirals von Coligny den Vertrag von Hampton Court mit der Königin Elisabeth ausgehandelt."

„Dem ist so", antwortete Monsieur de L., trotz seiner Weltgewandtheit in sichtliche Verlegenheit geratend.

„Es geht die Rede, die Königin Elisabeth habe als Gegenleistung für ihre Unterstützung der Hugenotten verlangt, daß die Unseren die Stadt Le Havre ihren Truppen übergeben, welches Unterpfand sie nach dem Ende des Krieges nur im Austausch gegen Calais an Frankreich zurückgeben würde."

Monsieur de L.s Verlegenheit schien zu wachsen, und mich deuchte gar, daß sich sein Gesicht entfärbte.

„Aber Euch ist doch nicht unbekannt, Herr Baron", sprach er darauf mit veränderter Stimme, „daß Frankreich, gemäß dem Vertrag von Cateau-Cambrésis, im Jahre 1567 Calais ohnehin an England zurückgeben muß . . ."

„Oder aber es von diesem Zeitpunkt an endgültig behalten darf, wenn es 500 000 Dukaten an England zahlt. Und welcher französische König – wer auch immer dann die Krone tragen sollte – würde wohl nicht die zweite Möglichkeit der von Euch genannten vorziehen?"

„Und diese Lösung wird gewißlich auch der Prinz von Condé wählen, wenn der Krieg vorüber ist."

„Aber das wird er nicht können!" rief mein Vater erregt.

Er stand auf, trat hinter seinen Stuhl und krampfte seine Hände um die Lehne. Nach einem Schweigen hub er tiefbewegt, Schmerz und Zorn in der Stimme, wieder an:

„Das wird er nicht können! Denn er hat der Königin Elisabeth Le Havre als Unterpfand überlassen! Wie könnt Ihr glauben, daß sie es gegen eine Summe Geldes wieder herausgibt, wo doch der einzige Zweck der uns gewährten Hilfe darin besteht, Calais zurückzugewinnen?"

Nach diesen erregten Worten ließ sich mein Vater, noch immer vor Empörung zitternd, wieder auf seinen Stuhl nieder, und Sauveterre, der die ganze Zeit unbewegt dagesessen hatte, gab durch seine Miene zu erkennen, daß er die Meinung meines Vaters zu diesem Kuhhandel teilte.

Nach einem längeren Schweigen sprach Monsieur de L. mit leiser, tonloser Stimme, wiewohl nicht ohne eine gewisse Würde, welche meinen Vater zu beeindrucken schien:

„Ich denke, Herr Baron, daß sich der Prinz von Condé und der Admiral von Coligny, als sie den Vertrag schlossen, nicht bewußt waren, daß sie die Zukunft von Calais aufs Spiel setzten. Sie haben wohl vermeint, die Möglichkeit des Rückkaufs der Stadt bliebe ihnen offen. Sie standen unter großem Zeitdruck, denn im ganzen Lande wurden die Unseren gehetzt und gejagt. Doch der Prinz und der Admiral würden sich elend und niederträchtig vorkommen, wenn sie je daran gedacht hätten, das Königreich auch nur um eine Handbreit Boden zu verkleinern."

„Und trotzdem haben sie eine seiner Städte verpfändet!" sagte Sauveterre. „Frankreich hat zweihundertzehn Jahre warten müssen, um Calais von den Engländern zurückzuerobern, und Gott weiß, wieviel Blut und Tränen diese Unternehmung gekostet hat. Fraget den Baron von Mespech, er war dabei! Und nun haben der Prinz und der Admiral die Stadt mit einem Federstrich aufgegeben. Und wofür? Für den Beistand von sechstausend englischen Soldaten, von denen wohl allein schon dreitausend Le Havre besetzt halten werden! Und eine Beihilfe von hunderttausend Kronen! Eine lächerliche Summe, wenn man bedenkt, was Elisabeth dafür erhält! Ein Stück von Frankreich, und nicht das schlechteste!"

Nach diesen heftigen Worten trat eine längere Stille ein, und schließlich sprach Monsieur de L. mit ernster Stimme:

„Obwohl ich zugegen war, habe ich an den Verhandlungen von Hampton Court nicht teilgenommen. Ich gebe zu, daß die harte Zwangslage, in welcher wir uns befanden, der englischen Königin ermöglicht hat, uns zu übervorteilen; daß wir uns auf sehr ärgerliche Verpflichtungen eingelassen und also ein sehr schlechtes Geschäft gemacht haben. Aber schließlich ist ein Vertrag nur ein Vertrag ... Condé und Coligny kämpfen einen Kampf auf Leben und Tod. Wollet Ihr ihnen da Eure Hilfe verweigern, wo es doch um nichts Geringeres geht als das Überleben der wahren Religion im französischen Königreich?"

Mein Vater erhob sich und ging mit bedrücktem Gesicht,

die Hände auf dem Rücken, einige Schritte im Zimmer auf und ab, indes Sauveterre und ebenso seine Söhne ihn voller Beklemmung anschauten. Denn wir befürchteten, er könne einer solch eindringlichen Aufforderung nicht widerstehen, und sahen ihn schon Mespech in Wehr und Waffen verlassen, um sich in einem ungewissen Krieg, der in seinen Augen nicht rechtens war, Condé und Coligny anzuschließen.

„Monsieur", sprach Jean de Siorac schließlich mit einiger Gefaßtheit, nachdem er sich wieder gesetzt, „wenn ich nein sage, werde ich mich sehr unglücklich fühlen, weil ich dann den Eindruck habe, mich durch mein Tun, wenn auch nicht in meinem Herzen, von unserer Sache loszusagen. Sage ich ja, werde ich ebenso unglücklich sein, denn ich muß dann die Waffen gegen meine Nation und meinen König erheben. Und doch", so fügte er mit erstickter Stimme an, „werde ich das erstere wählen. Ich werde mich dem Prinzen von Condé nicht anschließen. Nein, Monsieur, wollet jetzt bitte nicht versuchen, mich umzustimmen. Alle Argumente, die Ihr ins Feld führen könnt, habe ich schon hundertmal bedacht und erwogen."

Unendlich erleichtert blickte ich Samson an, und wiewohl François, unbeweglich wie ein Bildwerk, den Kopf nicht wendete, schien sich auch ihm ein Seufzer zu entringen. Monsieur de L. bedrängte meinen Vater in diesem Punkt nicht weiter, sondern erging sich in einer gar langen Rede, worinnen er seine Gastgeber ersuchte, einen Geldbeitrag zum Unterhalt der Truppen zu leisten, welche Duras in Gourdon zusammenzog. Die Herren Brüder begaben sich in ein kleines Kabinett neben der Bibliothek, wo sie sich einige Minuten über dieses Ersuchen berieten, und kamen mit einer Summe von tausend Dukaten zurück – ein Opfer, dessen Größe ermessen wird, wer die Brüder kannte. Monsieur de L. nahm die Dukaten ohne sonderliches Erstaunen entgegen und zählte sie, als wären es ein paar Heller. Dann schrieb er in weitschweifigem Stil eine eindrucksvolle Empfangsbescheinigung im Namen des Prinzen von Condé aus. Hernach bat er darum, man möge seine Eskorte rufen, und verließ uns unter tausend Komplimenten.

In den folgenden Tagen fiel mein Vater einer trüben Stimmung anheim, so sehr war er zerrissen zwischen seiner Treue zur wahren Religion und der Treue zu seinem König oder – wie er sagte – „zu seiner Nation“. Erst viel später erfuhr ich, daß auch Condé und noch mehr Coligny die gleiche Zerrissenheit durchlebt hatten. Sie entschieden sich anders, und ich maße mir hier kein Urteil über sie an. Für meinen Vater war der Verzicht auf Calais ausschlaggebend dafür, daß er sich so entschied, wie er es tat, nicht ohne eine innerliche Wunde davonzutragen, welche sich lange nicht schließen wollte. Jahre später hörte ich Jean de Sauveterre sagen: Wer in die Lage gerät, zwischen zwei sich widersprechenden Pflichten wählen zu müssen, wird sich – wie immer seine Entscheidung ausfällt – „hinterher stets im Unrecht fühlen“.

Eine Woche nach dem kurzen Besuch von Monsieur de L. auf Mespech gebar meine Mutter ein Kind, das tot zur Welt kam, und ward sogleich von einem heftigen alltägigen Fieber erfaßt. Mein Vater wich nicht von ihrem Bett, schlief des Nachts in dem kleinen Kabinett, darin Feuerzange genächtigt hatte, und ließ sich seine Mahlzeiten in das Gemach seiner Frau bringen. Obgleich er nicht mehr in den Burgsaal kam, wußte ich, daß sich der Zustand meiner Mutter verschlimmerte – ich erriet es an dem traurigen Gesicht von Alazaïs, wenn sie aus der Küche die Speisen für meinen Vater und die heiße Milch für die Kranke holte.

Acht Tage waren so schon vergangen, als mein Vater mich in das kleine Kabinett rufen ließ, das ihm jetzt als Schlafkammer diente. Er saß an einem kleinen Tisch, die Ellenbogen aufgestützt und die Hände vor dem Gesicht. Er rührte sich nicht, als ich eintrat, und verwundert über seine Bewegungslosigkeit – sonst war er immer so lebhaft und rege –, blieb ich vor ihm stehen und wagte kaum zu atmen, das Herz voller Bangigkeit, da ich ihn so anders sah. Noch mehr erschrak ich, als er schließlich, meine Gegenwart verspürend, die Hände von seinem Angesicht nahm und ich seine Augen sah, daraus ihm die Tränen eine um die andere über die schlecht barbierten Wangen flossen. Ich starrte ihn fassungslos und ungläubig an, mir zitterten die Knie, ich fühlte eine fürchterliche Leere in der Brust und war ganz verwirrt im Kopf, schien doch die festgefügte Welt, in der ich bis jetzt gelebt, plötzlich auseinanderzubrechen, als ich meinen Helden weinen sah.

„Pierre“, sprach mein Vater mit schwacher und tonloser Stimme, „Eure Mutter liegt im Sterben und verlangt Euch zu sehen. Ich werde nicht mit Euch kommen. Sie wünscht Euch allein zu sprechen.“

Er erhob sich, und als er stand, war er sich in seiner Haltung und seinem Aussehen so wenig ähnlich, schien unversehens schwach, alt, gebeugt und, schlimmer noch, auch ungepflegt – er hielt sonst so auf Sauberkeit und sorgfältige Kleidung –, daß mich sein Anblick schier ebenso bekümmerte wie die traurige Mitteilung, die er mir gemacht hatte. Als wäre ihm jede Bewegung unerträglich, wies er mit schwacher Gebärde auf die Tür, die in das Zimmer meiner Mutter führte; bleich, vor Erregung schwitzend, die Augen gesenkt (ob der Scham und der Angst, welche ich angesichts seiner Schwäche empfand), ging ich an ihm vorbei und trat ein.

Die Gefaßtheit meiner Mutter gab mir wieder innere Festigkeit, obwohl ihr Angesicht, auch für mich erkennbar, schon vom Tode gezeichnet war: ihre Augen waren eingesunken, die Wangen eingefallen, der Blick irr und fiebrig. Nichtsdestoweniger war sie herausgeputzt mit den künstlichen Farben der Schminke, das Haar mit größter Sorgfalt gelockt, die Stirn hochmütig wie immer.

„Setzet Euch, Pierre“, sprach sie mit schwacher, aber deutlicher Stimme. „Mir verbleibt nur noch wenig Kraft und wenig Zeit. Meine Sinne schwinden, der Blick wird mir trüb.“

Ich ließ mich auf einen kleinen Schemel nieder, darauf wohl auch mein Vater seit einer Woche lange Stunden gesessen hatte, das Herz voller Kummer und Gram von ihrem Anblick.

„Pierre“, sprach Isabelle weiter, „als ich Jean de Siorac zum ersten Mal begegnet bin, trug ich eine Medaille der Jungfrau Maria um den Hals. Ich möchte, daß Ihr sie von mir annehmt und Euer ganzes Leben lang um meiner Liebe willen traget.“

Ich blieb stumm, so sehr war ich bestürzt ob der Ungeheuerlichkeit dessen, was sie mir da abverlangte.

„Pierre, Pierre!“ sprach sie mit fieberhafter Ungeduld, sich etwas aus den Kissen aufrichtend, „mir verbleibt nur noch wenig Zeit. Zögert nicht mit Eurer Antwort. Nehmet Ihr sie an von mir?“

„Ich nehme sie an von Euch. Doch gebührt dies Geschenk nicht eher meinem älteren Bruder?“

„Nein“, erwiderte sie, in ihre Kissen zurückfallend und die Augen schließend. „François hat keinen Charakter. Er würde sie nicht tragen.“

Sie streckte mir ihre geschlossene linke Hand entgegen, ich griff danach, öffnete sie und fand darinnen die Medaille mit der Kette.

„Legt sie um“, sprach meine Mutter, die Augen wieder öffnend.

Ich knöpfte mein Wams auf und gehorchte und hatte gleichwohl ein Gefühl, als beginge ich an meinem Vater so finsteren Verrat, daß ich mir nie mehr guten Gewissens ins Angesicht schauen könnte.

Isabelle blinzelte mit ihren eingesunkenen, fiebrigen, schon wirren Augen und sprach mit erlöschender Stimme:

„Ich sehe sie nicht. Tragt Ihr sie wirklich um den Hals?“

„Ja, ganz gewiß.“

„Und werdet Ihr sie immer tragen, wie ich es Euch gesagt?“

„Ja.“

Mit einer schwachen Handbewegung bedeutete sie mir, zu gehen, und schon im Gehen begriffen, sah ich, wie sie mich unversehens mit einem Lächeln anschaute, welches nicht das einer Mutter, sondern das eines liebenden Weibes war. Es erstrahlte voll Zärtlichkeit auf ihrem vom Tode gezeichneten Antlitz, das für einen unvergeßlichen Augenblick erhellt ward, indes sie mit einer sanften, feinen Stimme, als spräche sie schon aus einer anderen Welt, zu mir sagte:

„Lebe wohl, Jean.“

ACHTES KAPITEL

Isabelle ward begraben, wie sie es gewünscht, unter dem Chor der kleinen Burgkapelle von Mespech. In die Platte aus heimischem ockerfarbenem Stein, welche ihren Sarg deckte, hämmerte Jonas mit dem Meißel nach Maßgabe meines Vaters die folgende Inschrift ein:

ISABELLE, BARONIN VON SIORAC
1531–1562

Jonas wollte, daß die Inschrift dem Zahn der Zeit widerstehe, und so hörte man zwei lange Wochen hindurch, wo immer man sich auf Mespech befand und ein wenig lauschte, seine dumpfen Hammerschläge, unter denen die Grabinschrift Form annahm.

Jean de Siorac beschloß, die Kapelle so zu belassen, wie sie zu der Zeit gewesen, da meine Mutter darinnen die Messe hörte. So ward weder das Kreuz angerührt noch die Bilder noch der übrige Zierat und auch nicht das bemalte holzgeschnitzte Bildwerk der Jungfrau Maria. Er ließ nur ein Schloß in die Tür einsetzen und verwahrte den Schlüssel in seinem Kabinett. Unser reformierter Gottesdienst ward weiterhin, wie am ersten Tage, im großen Saal abgehalten.

Der Tod meiner Mutter quälte ein wenig mein Gewissen, denn mir schien, ich hätte mehr Trauer empfinden müssen, zumal ich jetzt wußte, daß ich ihr der liebste von ihren Söhnen gewesen. Doch ihr Stolz hatte nicht zugelassen, daß sie vertraulichen Umgang mit ihren Kindern pflegte, und wiewohl sie große Liebe zu ihnen empfand, war es eine so ferne Liebe, daß ich zu wenig Wärme gefühlt, als daß eine tiefere Zuneigung zu ihr in meinem Herzen gewachsen wäre.

Auf meiner Brust trug ich unter dem Wams getreulich ihre ketzerische Medaille, doch tat ich es allein um des geleisteten Schwures willen. Das Herz hätte es mir zerrissen, wenn ich Barberine auf immer verloren hätte. Aber sie war in unsere Mitte zurückgekehrt, uns Kinder von neuem mit zärtlichen Blicken, sanften Liebkosungen und den allabendlich geflüsterten Kosenamen bedenkend. In ihren Armen trug sie ein neugeborenes Knäblein, Jacquou geheißen, welches mein Vater aufzuziehen geschworen, da sie es nur deshalb empfangen hatte, um Isabelles Kind nähren zu können. Zudem hing ihr noch Annet am Rockzipfel, welcher zwar schon größer war, den sie aber gemäß dem allgemeinen Brauch noch immer an der Brust nährte.

Von Barberines Rückkehr abgesehen, hatte es nach dem Tode von Isabelle keine weiteren Veränderungen im Hauswesen von Mespech gegeben. Alazaïs ward zwar nicht mehr als Kammerjungfer gebraucht, doch konnte sich diese standhafte Hugenottin so seltener Tugenden rühmen, daß die Herren Brüder sie in ihrem Dienst behielten, damit sie mit Hand anlege bei den Arbeiten im Haus und auf den Feldern sowie auch gegebenenfalls bei der Verteidigung: die kräftige Jungfer stand einem Soldaten in nichts nach, nachdem sie in kurzer Zeit den Umgang mit Pike und Arkebuse erlernt hatte.

Eines Tages verstummten endlich zu unserer großen Erleichterung die dumpfen Hammerschläge. Jonas kam gebeugt und staubbedeckt aus der Kapelle und ließ meinen Vater bitten, er möge nun seine Inschrift begutachten.

„Es ist eine treffliche Arbeit, Jonas“, sprach Jean de Siorac, „aber warum hast du die Lettern so tief eingemeißelt?“

„Der Stein ist zwar schön, doch zu weich. Aus dieser Ursache nutzt er sich schnell ab.“

Mein Vater seufzte tief.

„So hast du also dein Bestes getan, damit das Andenken an Isabelle de Siorac nicht vergehe auf dieser Erde. Doch dies war vergebliche Mühe, mein armer Jonas. In einigen hundert Jahren werden so viele Füße über diese Platte geschritten sein, daß nichts mehr zu sehen sein wird von deiner schönen Inschrift. Und nichts wird dann hienieden noch an Isabelle erinnern, auch kein Name mehr.“

Hierauf wußte Jonas im Augenblick nichts zu erwidern, doch eine Zeit später sprach er auf Le Breuil zu Cabusse:

„Auf jeden Fall, Cabusse, wird meine Inschrift in zweihundert Jahren noch zu sehen sein. Und wenn sie dann einer liest, der nichts von Isabelle de Siorac weiß, wird er sich vielleicht sagen: ‚Einunddreißig Jahre. Wie jung ist die Ärmste gestorben!‘ Und Mitleid wird sich in ihm regen. Dann war meine Mühe nicht umsonst, und das wird mich glücklich machen."

„Aber wo wirst du dann sein?" fragte Cabusse.

„Wo ich auch immer sein mag, es wird mich glücklich machen."

Nachdem Isabelle in die Erde gebracht war, erschien mein Vater wieder im Lichte des Tages, mit seinen geschwollenen roten Augen blinzelnd und von Kopf bis Fuß in Schwarz gekleidet, welche Farbe er bis an sein Lebensende nicht wieder ablegte. Er stürzte sich sogleich mit aller Kraft in die Arbeit, und daran mangelte es gewiß nicht.

Die Brüder hatten nämlich begonnen, wie ich bereits vermeldet, die Palisade rings um unseren Weiher mit einer hohen Mauer zu umgeben, oben mit einem Zinnenkranz und einem Wehrgang versehen. Diese kreisförmige zweite Burgmauer nahm ihren Anfang an einem bereits fertiggestellten Torhaus, einem mächtigen viereckigen Turm aus unbehauenem Stein; er hatte zwei Obergeschosse mit Pechnasen über dem zweiflügeligen Eingangstor, welches den Gewölbegang sicherte, der durch den Turm führte. Sollten die möglichen Angreifer mit ihren Sprengbüchsen das Tor aufbrechen, sahen sie sich am anderen Ende des Gewölbeganges einem eisernen Fallgatter gegenüber; selbiges konnten sie zwar mit Rammbalken berennen, würden sich dabei aber in der Enge des Ganges dem Feuer aus den beidseitig eingelassenen Schießscharten aussetzen wie auch dem Steinhagel, der aus den Falltüren auf sie niedergehen würde.

Die Fußangeln, welche bisher rings um den Weiher hinter der Umzäunung ausgelegt waren – nicht ungefährlich, wenn Ochs oder Kuh außerhalb des Weges herumstreunten –, wurden jetzt allesamt in den ringförmigen Zwinger zwischen Palisade und Umfassungsmauer verlegt. Wer die Mauer überstieg, mußte also zwangsläufig hineingeraten und sich verletzen.

Dank Alazaïs fanden wir auch einen geeigneten Torwächter, Escorgol geheißen. Er war ihr Vetter und ähnelte ihr in seiner Leibesgröße; ansonsten unterschied er sich gar sehr von ihr durch sein lustiges Wesen und seine Lieder sowie durch eine außergewöhnliche Gabe. Er war fast blind gewesen in seinen jungen Jahren und hatte dann mit dreißig Jahren ohne Zutun eines Barbiers oder Medicus' unversehens sein volles Augenlicht wiedererlangt, welches Wunder ihn fröhlich gemacht hatte und ihm die Fröhlichkeit bis ans Lebensende erhalten würde. Ein Mann, welcher dreißig Jahre in einem dunklen Schacht gelebt, müsse ganz einfach glücklich sein, so sagte er, wenn er endlich wieder ans Tageslicht gelangt.

Dem langen Aufenthalt in dunkler Nacht verdankte er neben seiner Fröhlichkeit noch eine für einen Torwächter sehr nützliche Eigenschaft, nämlich ein außergewöhnlich feines Gehör. Wenn er tags mit uns im Burgsaal saß, hörte er eine gute Minute vor den Hunden schon die Hufschläge eines Pferdes auf dem unbefestigten Wege nach Mespech.

Er hatte blitzende braune Augen, eine kleine Nase und einen genießerischen Mund, dazu ein leicht eingedrücktes rundes Gesicht, überwölbt von einem ebenfalls runden, völlig kahlen Schädel. Auf beiden Seiten dieses Mondgesichtes prangten große Ohren, die nach oben spitz zuliefen und deren untere Hälften heftig wackelten, wenn er lachte oder sprach, was gar oft geschah, denn er war lachlustig und schwatzhaft wie sonst keiner.

Wie viele Steine, behauen oder unbehauen, wurden nicht in dieser Zeit von unserem Steinbruch auf Le Breuil nach Mespech gekarrt! Und wie viele Steine schleppte ein jeder von uns, ob groß oder klein, ob Mann oder Frau, mit nackten wunden Händen! Denn alle taten dabei nach Kräften mit, ausgenommen Coulondre, der die Karren lenkte, und die Maligou, welche alle Hände voll zu tun hatte, die vielen hungrigen Mäuler zu stopfen, sowie auch Barberine, welche Jacquou in ihrem Arm und Annet an ihrem Rockzipfel hatte und außerdem das Kleine von Cathau umsorgen mußte, wenn Cathau auf dem Gerüst ihrem Manne wacker zur Hand ging.

An Händen fehlte es also nicht. Die Brüder hatten noch zwei Steinhauer zu Gedingelohn in Dienst genommen, denn Jonas, welcher oft als Maurer und Baumeister auf dem Bauplatz zu schaffen hatte, vermochte die Arbeit im Steinbruch nicht allein zu bewältigen.

Und nachdem dann die Weinlese und die Nußernte beendet, eilten noch all unsere Zinsbauern herbei, sich dem übrigen Gesinde hinzuzugesellen: Faujanet, Marsal Schielauge, die beiden Brüder Siorac, Alazaïs, die soviel schaffte wie zwei Männer, und die kleine Hélix, die nicht ein viertel Tagwerk eines einzigen schaffte, so sehr war sie damit beschäftigt, sich die Augen nach ihnen zu verdrehen. Auch die drei großen Knaben des Barons legten, wenn sie ihre Lectiones beendet, mit Hand an, ebenso der Baron selbst, sich seines Wamses entledigend, desgleichen Sauveterre trotz seines lahmen Beines, und sogar Catherine und die Gavachette, welche zur Aufgabe hatten, zwischen den Steinblöcken nach flachen, zum Verkeilen der Mauersteine geeigneten Bruchstücken zu suchen.

Daß während dieser langen Arbeit Herren und Diener einander so nahe waren, welche Nähe durch das gemeinsame Werk noch verstärkt ward, wußten letztere schlau zu nutzen, um das eine oder andere Anliegen vorzubringen. So ließ Jonas auf geschickte, unauffällige perigurdinische Art, als spräche er im Scherz, die Bemerkung fallen: Wenn er nun schon einmal bei der Arbeit sei, könne er sich doch gleich, mit Erlaubnis der Herren, ein Haus über seiner Höhle bauen, damit er nicht sein ganzes Leben lang wie ein Wilder hausen müsse. Mein Vater nahm sein Anliegen nicht ungnädig auf und ließ sich halb im Ernst, halb im Scherz zu einem halben Versprechen hinreißen. Bei Sauveterre indes, den schon die Aufwendungen für die Wallmauer schreckten, stieß er auf taube Ohren und eine abweisende Miene.

Alles in allem mußten jeden Tag gut fünfundzwanzig Personen verköstigt werden, und so stöhnte die Maligou – welche im Grunde recht froh war, ihr Essen einmal unter freiem Himmel bereiten zu können und so viele Leute um sich zu sehen –, sie wisse nicht, wo ihr der Kopf stehe vor Arbeit, zumal ihr Barberine nur eine kleine Hilfe war: sowie sie Jacquou an eine ihrer weißen Brüste anlegte, hub Annet, so groß er schon war, zu schreien an, um die andere zu bekommen, die sie ihm auch nicht vorenthielt, auf diese Weise ihre unversiegbare Milch teilend wie einst die Wölfin von Rom zwischen Romulus und Remus. Es war ein wunderbarliches Schauspiel, wenn Barberine auf jeder Seite einen dieser Nimmersatte an der Brust liegen hatte, und ich hielt in der Arbeit inne, ihnen zuzusehen. Ihr Anblick rührte mich, und ich spürte schier Eifersucht bei dem Gedanken, daß vordem, in der Blüte ihrer achtzehn Jahre, Barberine mich ebenso genährt wie die beiden und ich jetzt ein so großer Bursche war, der sich im Waffenhandwerk übte und die lateinische Sprache, die Geschichte des Königreiches als auch – von meinem Vater – die Geheimnisse der Medizin erlernte.

Siorac und Sauveterre wußten sehr wohl, daß selbst mit dieser neuen Befestigung Mespech einer mit Kanonen ausgerüsteten königlichen Streitmacht nicht widerstehen könnte. Sie hatten bereits dem Kriminalleutnant versichert und nahmen Gelegenheit, vor Monsieur de Salis, dem Generalleutnant des Périgord, zu wiederholen, daß sie als getreue Untertanen ihre Tür weder dem König noch den königlichen Offizieren je verschließen würden.

Doch andere Gefahren waren zu befürchten. Seit das Pariser Parlament die Reformierten in Acht und Bann getan, kam der gemeine Pöbel, welcher darin einen Freibrief zum Rauben, Morden und Schänden sah, allerorten wie Ungeziefer aus seinen Verstecken gekrochen. Die Strauchdiebe und Straßenräuber, das Diebsgesindel und Bettelvolk, die Gauner und Galgenvögel verließen die stinkenden Löcher, worinnen sie sich verborgen gehalten, rotteten sich frech zusammen und begingen unter dem Deckmantel der Religion die schlimmsten Untaten in abseits gelegenen Häusern der Hugenotten. Zwar trieben solche Banden bis dato nur im Norden des Königreiches ihr Unwesen und vornehmlich in den Provinzen Anjou und Maine, doch konnte es in den Verläufen des Bürgerkrieges leicht geschehen, daß sie auf der Suche nach neuen Abenteuern und neuer Beute auch nach Guyenne gelangten, wo Montluc gewißlich nicht den kleinen Finger gegen sie rühren würde.

Wir selbst waren noch viel näheren Gefahren ausgesetzt, wie Jean de Siorac nicht ohne Absicht gegenüber Guillaume de la Porte bemerkt hatte. Unser Nachbar Bertrand de Fontenac, welcher uns wegen der Verbannung seines Vaters haßte, hatte schon einen Beweis dafür geliefert, indem er uns die Zigeunerbande auf den Hals gehetzt, als Jean de Siorac vor den Mauern von Calais kämpfte. Es stand also zu befürchten, daß er, ermutigt durch die Verfolgungen, denen die Unseren im ganzen Königreiche ausgesetzt waren, von neuem ein hinterhältiges Bubenstück gegen Mespech unternahm.

Indes wir solcherlei Befürchtungen gegen unseren greulichen Nachbarn hegten, ging die Ringmauer ihrer Vollendung entgegen, und Escorgol hatte bereits im ersten Geschoß des Torhauses Posten bezogen, als den Herren Brüdern zu ihrer höchsten Überraschung von einem reitenden Boten eine Nachricht des Barons de Fontenac überbracht ward.

Siorac traute seinen Augen nicht noch Sauveterre seinen Ohren, als Siorac ihm die Epistel verlas: Diane, die einzige Tochter des Barons, sei von einer schweren Krankheit befallen, welcher sie zu erliegen drohe. Zu allem Unglück habe bisher kein Medicus aus Sarlat, Bergerac oder Périgueux auf die Burg Fontenac kommen wollen, Diane zu kurieren.

„Bei Gott! sie haben ihre Gründe", rief Sauveterre.

Aus dieser Ursache bitte der Baron von Fontenac den Herrn Baron von Siorac sowie den Herrn Junker von Sauveterre, sie mögen belieben, in christlicher Nächstenliebe die Mißhelligkeiten zu vergeben, welche sich in der Vergangenheit zwischen den beiden Familien erhoben ...

„Die ‚Mißhelligkeiten'!" rief Sauveterre. „Das Wort ist gut gewählt!"

... und ersuche er untertänigst den Baron von Mespech, die Güte zu haben, der kranken Diane die Hilfe seiner ärztlichen Kunst angedeihen zu lassen.

Die beiden Brüder sahen in höchster Verblüffung einander an.

„Ich vermeine, wir sollten rundweg ablehnen", sagte Sauveterre. „Wir wissen nicht einmal, von welchem Übel diese Diane befallen ist. Vielleicht gar von der Pest! Aus dem Sarladischen Land sind nämlich neue Fälle vermeldet worden, und es hätte noch gefehlt, daß die Seuche über die Tochter Fontenacs hier eingeschleppt wird!"

„Ich vermeine im Gegenteil, wir sollten annehmen", entgegnete Siorac. „Dies scheint mir sowohl christlicher als auch klüger gehandelt." Er lächelte. „Wobei natürlich Bedingungen zu stellen sind."

Nach einer langen Unterredung gewann seine Meinung die Oberhand, und Siorac ging sogleich daran, ein Schreiben an den Baron von Fontenac aufzusetzen. Er gab zu bedenken, daß er zwar Lizentiat der Medizinischen Schule zu Montpellier sei, doch keineswegs ein Doctor, und es gewißlich in Sarlat, Bergerac und Périgueux sehr viel gelehrtere Ärzte denn ihn gäbe. Bisher habe er nur Leute behandelt, welche zu arm seien, die Kunst dieser Gelehrten in Anspruch zu nehmen; auch könne er sich in diesen unruhigen Zeiten nicht von Mespech entfernen und sich schon gar nicht zu seinem Nachbarn begeben. Wenn dieser ihm jedoch seine Tochter Diane, begleitet von einer Kammerjungfer, anvertrauen wolle, dann sei er bereit, die Kranke zu behandeln und sie samt ihrer Wärterin im zweiten Geschoß des Torhauses von Mespech unterzubringen, von dessen Fenster auf der Mittagsseite der Bergfried von Fontenac zu sehen sei. Dabei müsse jedoch als abgemacht gelten, daß während der ganzen Dauer der Kurierung er ganz allein über die Art der Behandlung zu entscheiden hat und daß während dieser Zeitdauer weder Diane noch ihre Kammerjungfer von Fontenac oder einer anderen Person besucht werden dürfen. Für den Fall, daß die Krankheit einen verhängnisvollen Ausgang nehmen sollte, müsse Baron von Fontenac sich verpflichten, den Baron von Siorac von jeglicher Verantwortung zu entlasten sowie von vornherein auf jegliche gerichtlichen oder sonstigen Schritte gegen ihn zu verzichten. Schließlich und letztlich müßten Diane wie auch ihre Kammerzofe vor dem Verlassen Fontenacs von oben bis unten mit warmem Wasser gewaschen und auf das sorgfältigste abgelaust werden.

Ich kann mir diese letzte, gewißlich recht wunderliche Forderung nur durch die fast schon verschrobene Abneigung meines Vaters gegen Schmutz und Ungeziefer erklären; auf Mespech führte er einen tagtäglichen Krieg gegen bestimmte parasitäre Insekten. Als ich später am Hofe Karls IX. weilte, erheiterte mich gar oft der Gedanke, welchen Schrecken wohl mein Vater empfunden, hätte er ansehen müssen, wie eine jener prächtig aufgeputzten schönen Damen aus der Umgebung des Königs eine Laus aus ihrem Haar klaubte und sie zwischen ihren zierlichen Fingern zerquetschte, ohne daß sich irgend jemand darüber zu verwundern schien.

Fontenac jedenfalls war mit allem einverstanden, auch damit, daß von den Briefen, die aus diesem Anlaß zwischen meinem Vater und ihm gewechselt wurden, eine amtliche Kopie angefertigt und dem Kriminalleutnant zu Sarlat zwecks Aufbewahrung in seinem Archiv übergeben ward.

Niemand auf Mespech, nicht einmal Escorgol, welcher das erste Geschoß des Torhauses bewohnte, in dessen zweitem Geschoß sich die Krankenstube befand, durfte sich Diane nähern, von welcher mein Vater uns nur berichtete, sie zähle vierzehn Jahre, sei überaus schön von Angesicht, habe langes schwarzes Haar und große grüne Augen und sei zudem von sanftem, gutherzigem Wesen, darin ihrer Mutter ähnelnd und nicht dem Tiger, den sie zum Vater hat; welche Beschreibung die Phantasie der drei Knaben von Mespech aufs höchste anregte.

Was sich Jean de Siorac indes hütete zu sagen, war, daß er an Diane die Anzeichen der Pest entdeckt hatte.

Wiewohl jener September sehr mild war, mußte auf sein Geheiß im Kamin der Krankenstube Tag und Nacht ein großes Feuer brennen, denn er vermeinte, daß die Pest sich durch eine Verseuchung der Luft ausbreite und letztere durch das Feuer gereinigt werde. Aus gleichem Grund betrat er Dianes Gemach nie ohne eine Maske vor Mund und Nase, welche er beim Verlassen ins Feuer warf. Hierauf begab er sich in seine Bibliothek – wobei sich ihm niemand nähern durfte – und ließ zwei Zuber mit heißem Wasser herbeitragen. In den einen warf er dann seine Kleider, und in den anderen tauchte er selbst mit seinem ganzen Körper ein, so sehr war er überzeugt von der heilsamen Kraft der Hitze gegen jegliche Verseuchung. Die gleichen Vorkehrungen verordnete er auch Toinette, der Kammerjungfer Dianes, und sogar Escorgol, welcher in Toinettes Nähe kam, wenn er ihr Feuerholz und Speisen brachte. Noch nie zuvor in seinem Leben hatte der arme Escorgol so oft gebadet, und er beklagte sich bitter darüber, befürchtete er doch, seine Haut könne sich durch soviel Wasser abnützen oder erweichen.

Als ich später meinen gelehrten Professores an der Medizinischen Schule zu Montpellier darüber berichtete, belustigten diese sich gar sehr, denn nach ihrem Bedünken vermochte Wasser auch in erhitztem Zustand nichts auszurichten gegen eine Verseuchung der Luft, weil Wasser und Luft ihrem Wesen nach unvereinbare Elemente sind: zweifelsohne ein folgerichtiger Schluß. Nichtsdestoweniger steckte sich auf Mespech niemand an der Pest an, weder Toinette noch Escorgol und auch nicht mein Vater. Vielleicht hatten diese seltsamen Vorkehrungen doch ihr Gutes.

Diane litt an einem heftigen alltägigen Fieber, dazu war sie stark abgemagert und sehr schwach, denn die Amme, welche sie auf Fontenac gepflegt, hatte es für angebracht gehalten, sie auf schmale Kost zu setzen. Mein Vater, welcher eine stark verringerte Harnausscheidung festgestellt hatte, verordnete der Kranken Milch, soviel sie trinken wolle, und so trank sie, ständig fröstelnd und von einem schier unstillbaren Durst gequält, bis zu zwei Liter am Tage davon.

Den sechsten Tag stellte mein Vater fest, daß ein großes Geschwür in der Leistenbeuge in Eiterung überzugehen begann. Er schrieb an Fontenac, seine Tochter befände sich auf dem Wege der Besserung: so der Eiterfluß anhalte, bestünde Hoffnung auf gänzliche Heilung.

Zwei Tage nach Übermittlung dieses Briefes erhielt Mespech den Besuch eines berühmten Arztes aus Sarlat, Anthoine de Lascaux, welcher im Auftrag des Barons von Fontenac die Kranke zu sehen wünschte. Und in der Tat „sah“ er sie nur, denn er wagte sich nicht weiter als bis zur Schwelle ihrer Kammer. Hierauf befand er, die Kranke sehe nicht schlecht aus, doch müsse man ihr, um die Heilung zu beschleunigen, täglich zwei Pinten Blut abzapfen.

„Sie zur Ader lassen!“ sprach mein Vater, „aber warum denn nur?“

Anthoine de Lascaux, ein stattlicher Mann von schönem Äußeren und sehr von sich überzeugt, lächelte über die Unwissenheit dieses Lizentiaten und ließ sich herab, ihn mit den neuesten Erkenntnissen der medizinischen Kunst zu erleuchten:

„Ich sehe wohl, daß die Kunde vom *häufigen Aderlaß* als Mittel der Heilung noch nicht bis zu Euch gedrungen ist, Herr Baron. Er ist jedoch ganz unübertrefflich bei allen Übeln und stehet hoch in Ehren, seitdem ihn Leonardo Botalli, der berühmte italienische Leibarzt Karls IX., am französischen Hofe eingeführt."

„Und was bewirket dieser Aderlaß?"

„Er befreit den Leib des Kranken von dem verdorbenen Blut. Es wird Euch nicht unbekannt sein, daß in einem Brunnen um so mehr gutes Wasser nachläuft, je mehr fauliges man abschöpft. Ähnlich verhält es sich mit dem Blut und dem Aderlaß."

„Ein Vergleich ist kein Beweis", erwiderte mein Vater nach einem Augenblick des Nachdenkens. „Das Wasser eines Brunnens erneuert sich vermöge der Quelle, welche ihn speist. Doch es ist nicht bekannt, wie sich das Blut erneuert."

„Blut entsteht aus Blut", erklärte Lascaux mit gravitätischer Miene.

„Vielleicht ist dem so. Allein dies braucht Zeit. Ich habe auf meinen Feldzügen Tausende von Verwundeten gesehen, welche höchstlich geschwächt waren durch das vergossene Blut, auch wenn ihre Wunden nicht zu schwären begannen. Und nach deren Schließung und Heilung blieben die Verwundeten noch über Wochen in einem Zustand der Schwäche."

Lascaux erhob belehrend die Hand.

„Eben deshalb, weil ein Teil ihres Blutes verdorben war. Ihre Heilung wäre schneller vonstatten gegangen, hätte man ihnen dieses Blut abgezogen."

Hierüber sann mein Vater einen Augenblick nach und sagte dann:

„Wenn Ihr von einem verdorbenen Teil des Blutes sprecht, dann muß also ein anderer Teil des Blutes gesund sein. Und woher weiß man beim Aderlaß, daß man verdorbenes Blut abzieht und nicht gesundes?"

Dies schien Lascaux in einige Verlegenheit zu versetzen. Doch er war trotz seiner Aufgeblasenheit schlau genug, sich mit einer spöttischen Bemerkung aus der Schlinge zu ziehen.

„Hoho, Herr Baron, das Wort der berühmtesten Heilkünstler des Königreiches gilt also nichts in Euern Augen! Ihr seid ein gar großer Zweifler! Ihr glaubet ebensowenig an den Aderlaß wie an die Jungfrau Maria und seid ketzerisch in der Heilkunst wie in der Religion . . .“

Mein Vater, der ihm diesen Scherz nicht krummnahm, lud Lascaux zum Essen ein und ließ gehörig auftafeln. Nach Sarlat zurückgekehrt, schrieb der Arzt an Fontenac, der Baron von Mespech sei ein ganz ordentlicher Mann, wiewohl von höchst absonderlichen Ansichten; doch gleichwohl zeige die Kranke, die er genugsam habe beobachten können, alle Anzeichen einer baldigen Genesung. Etliche Jahre später fiel mir dieses Schreiben im Archiv des Schlosses Fontenac in die Hände; es trug auf der Rückseite eine Anmerkung von der Hand des Barons, daß er dem großen Medicus von Sarlat für diese Konsultation fünfzig Dukaten gezahlt.

Weitere solcher „Konsultationen“ gab es freilich nicht, denn Jean de Siorac sandte Fontenac ungesäumt ein Schreiben, worinnen er ihn zwar höflich, doch mit allem Nachdruck an ihre Abmachungen erinnerte. Auf diese Weise der alleinigen Behandlung durch meinen Vater anvertraut, konnte Diane langsam weiter genesen und zeigte sich zuweilen hinter den Fensterkreuzen des Torhauses, indes wir letzte Hand an die Wallmauer legten.

Da jener September sonnig und mild war, öffnete Diane, eingehüllt in einen weißen Pelz, dann und wann das Fenster und schaute uns zu, den Anflug eines Lächelns auf den noch bleichen Lippen. Es entging mir nicht, daß ihr Erscheinen eine große Wirkung auf meinen älteren Bruder tat, welcher dann reglos, mit schlaff herabhängenden Händen und starren Augen auf der Stelle verharrte. Wer hätte je gedacht, daß dieser Duckmäuser soviel Feuer in den Adern, eine solch lebhafte Vorstellungskraft und ein so leicht entflammbares Herz hatte? Diane schaute auf uns alle herab, ohne jemanden im besonderen anzublicken, doch war ihren grünen Augen François’ Verwirrung nicht entgangen. Sobald er den Blick senkte, sich wieder seiner Arbeit und Hantierung zuzuwenden, warf sie ihm blitzesschnell einen flüchtigen Blick zu; sie wandte ihre Augen jedoch so schnell wieder ab, daß der arme François kaum eine Ermutigung darin zu erkennen vermochte. So benehmen sich junge Mädchen, wenn sie wohlerzogen sind.

Die kleine Hélix zeigte sich in unseren Nächten von einer wesentlich ungezierteren Art.

„Böser Pierre!" sprach sie zu mir, nachdem Barberine die Lampe gelöscht hatte und selbst wie erloschen in tiefen Schlaf gesunken war. „Was gaffst du so oft nach diesem Schloßpüppchen! Dein älterer Bruder ist ihr schon ganz und gar auf den Leim gekrochen, der Ärmste! Und dir gefällt sie wohl auch, diese Bohnenstange?"

„Sie ist gar schön von Angesicht", erwiderte ich, sie zu necken.

„Papperlapapp!" sprach sie mit Ungestüm. „Sie ist bleich wie eine weiße Rübe und ihre Brust platt wie eine Wanze."

Und mit diesen Worten warf sie sich über mich und preßte mir ihre Brüste auf die Augen, um „sie mir zu verschließen", wie sie sagte.

Unter unserem Gesinde ward nicht wenig geklatscht über die Einquartierung im Torhaus, und insonderheit in Küche und Spülkammer, allwo die Zungen der Maligou und Barberines kaum zum Stillstand kamen. Allein in der Bibliothek, unter den Brüdern, fiel kein Wort darüber, im „Buch der Rechenschaft" findet sich kein Hinweis, und man vermied noch die kleinste Anspielung gegenüber François, der wohl wußte, was dies Schweigen zu bedeuten hatte, und zuweilen ein verzweifeltes Gesicht zeigte.

Am ersten Oktober traf bei den Brüdern ein Abgesandter von Monsieur de Duras ein, welcher bei Gourdon die hugenottischen Truppen der mittäglichen Provinzen zusammenzog, um sie nach Orléans zu führen, allwo sie die Streitmacht des Prinzen von Condé verstärken sollten.

Die Unterredung fand in der Bibliothek von Mespech statt, und wieder waren François, Samson und ich zugegen, weil Jean de Siorac vermeinte, es reiche nicht aus, daß seine Söhne von Sauveterre über die großen Begebenheiten der Vergangenheit unterrichtet werden: sie sollten auch erleben, wie die Geschichte des Königreiches tagtäglich, sozusagen unter ihren Augen, Gestalt annahm.

Der Gesandte nannte sich Verbelay und besaß ganz ohne Zweifel nicht die höfische Gewandtheit eines Monsieur de L. Er hatte etwas von einem Soldaten und zugleich von einem Geistlichen in seinem Wesen, und in der Tat war er von dem zweiteren Stand in den ersteren gewechselt. Er war nämlich anfänglich auf Empfehlung seines Bruders, des Bischofs von Le Puy, als Novize in das Kloster Cluny eingetreten; weil ihn aber die Kutte nach einiger Zeit auf seiner jungen Haut zu jucken begann, legte er sie ab. Nachdem er Hugenott geworden, juckte es ihn nunmehr, sich auf dem Schlachtfelde zu schlagen. Er trug ein Rapier, einen Dolch sowie eine Pistole im Gürtel und über dieser Bewaffnung zwei glühende schwarze Augen, enganliegendes Haar und eine große Nase, um seine Feinde zu erspüren, nach deren Blut ihn dürstete. Im übrigen war er von großer Tapferkeit, wie sich noch zeigen wird.

Zuvörderst dankte Verbelay den Brüdern für die tausend Dukaten, welche sie Monsieur de L. übergeben, der sie Monsieur de Duras eingehändigt. Die Spende war verwendet worden, den Feldschlangen, welche Duras' ganze Artillerie ausmachten, eine große Kanone hinzuzufügen, die den Mut der hugenottischen Soldaten in Gourdon gestärkt hatte. In ihrer südländisch-spottlustigen Art hatten sie ihr sogleich den Namen *Pfaffenschreck* gegeben und sie ungesäumt getauft – nicht mit Wasser, sondern mit Cahors-Wein, von dem ein Teil über die neuglänzende Bronze floß, der größere indes in ihre Kehlen.

Pfaffenschreck sollte seine ersten Schüsse gegen die Mauern von Sarlat abgeben, welche Stadt Monsieur de Duras einzunehmen gedachte, denn der kürzeste Weg nach Orléans führte ihn dort vorbei. Und so ersuchte er den Herrn Baron von Mespech, welcher sich schon bei einer anderen Belagerung hervorgetan, ihn dabei durch seinen Rat zu unterstützen.

„Bei Calais", sprach mein Vater, „ging es um die Vertreibung der Engländer aus der Stadt: ein klares und deutliches Gebot der Pflicht. Doch hier ist höchst widersprüchlich, was die Pflicht gebietet. Sosehr es ein großes Verbrechen war, die Reformierten in Acht und Bann zu tun, ist es ein ebensolches, sich gegen seinen König zu erheben und eine Stadt seinem Gehorsam zu entreißen."

„Ich bin nicht gekommen, Herr Baron", sprach Verbelay

mit einiger Ungeduld, „Euch um einen Sinneswandel zu ersuchen. Ich bitte nicht um Eure Tat, sondern allein um Euern Rat."

„Nun denn", sagte mein Vater, etwas ergrimmt ob dieses Tones, „da Monsieur de Duras mir die Ehre antut, mich nach meinem Rat zu fragen, hier ist er: Wenn der gerade Weg über Sarlat führt, so möge Monsieur de Duras einen Umweg machen und an der Stadt vorüberziehen."

„Nein!" rief Verbelay, wobei seine schwarzen Augen Funken zu sprühen schienen. „Vorüberziehen an diesem reichen Bischofssitz, wo wir für unsere Sache doch so dringend Geld brauchen? Und die Stadt kaum befestigt ist, weder einen Wehrturm noch eine starke Burg hat, sondern nur eine einfache, mit kleinen Türmchen besetzte Stadtmauer nebst einem Wallgraben, und obendrein mit Hügeln umgeben ist, von denen aus der kleinste Winkel einsehbar ist?"

Hierauf erwiderte Jean de Siorac nichts, damit zu verstehen gebend, daß alles gesagt sei. Da indes das Schweigen andauerte und Sauveterre vielleicht die Antwort meines Vaters als etwas schroff erachtete, hub er an:

„Wie viele Feldschlangen besitzet Ihr neben *Pfaffenschreck* noch, Monsieur Verbelay?"

„Sechs."

„Dies ist sehr wenig für eine Belagerung."

„Doch wir sind zwölftausend Mann, sie nur dreihundert."

„Dreihundert hinter einer schützenden Mauer", erwiderte Sauveterre, „die wie die Löwen kämpfen werden, ihre Weiber, ihr Gold und ihren Glauben zu verteidigen – was dies auch immer für ein Glauben sei", fügte er mit einer kleinen Handbewegung hinzu. „Außerdem weiß man in Sarlat bereits, daß Monsieur de Duras angreifen will. Die Konsuln haben reichlich Lebensmittel und Munition in die Stadt bringen lassen, und gar etliche katholische Adelsherren sind ihrem Ruf gefolgt: Fontanilles, Puymartin, Périgord, Claude de Martres, La Raymondie. All diese Männer bilden vier wohlgeordnete Schlachthaufen, welche sich mit ihren Arkebusen auf die Stadtmauer verteilen. Zu all dem verfügen sie im Friedensturm über etliches starkes Geschütz."

„Und trotz alledem werden wir Sarlat einnehmen!" sprach Verbelay entschlossen.

„In zehn Tagen“, hielt ihm mein Vater entgegen, „falls nicht schon vorher Monsieur de Burie, welcher auf Schloß Les Milandes sitzt, und Monsieur de Montluc, der bei Agen steht, herangeeilt sind und Euch vom Rücken her angreifen. Monsieur Verbelay, ich bitte Euch, übermittelt Monsieur de Duras getreulich meine Worte. Er hätte Sarlat in einem überraschenden Handstreich innerhalb von vierundzwanzig Stunden einnehmen können, doch dazu ist zuviel geredet worden in Euren Reihen. Jetzt ist Sarlat gewarnt, Burie wie auch Montluc wissen Bescheid und werden Euch in die Zange nehmen. Glaubet mir, der kürzeste, der sicherste und der schnellste Weg zum Prinzen von Condé in Orléans führt nicht über Sarlat.“

„Ich werde Eure Rede getreulich übermitteln, Herr Baron, und auch die Eure, Herr Junker“, sprach Verbelay darauf, sich erhebend und mit einer Kürze sich verabschiedend, welche die Gebote der Höflichkeit gerade noch zuließen. Seine funkelnden schwarzen Augen verrieten, wie unzufrieden er mit dem Ratschlag war, welchen er zu überbringen hatte.

Von einem Turmfenster aus sahen ihm Siorac und Sauveterre nach, wie er auf sein Roß stieg und mit seiner kleinen Geleitschar davonsprengte. Sauveterre schüttelte den Kopf:

„Wieder ein guter Rat, der in den Wind gesprochen ist.“

„Das befürchte auch ich“, sagte mein Vater, die Fäuste in den Hüften, den Kopf erhoben. „Ah, wenn der Prinz von Condé mir das Kommando über die Armee von Gourdon angetragen hätte . . .“

„Aber es lag doch an Euch . . .“

„Oh, nein, mitnichten!“ sprach Siorac, ungeduldig im Zimmer auf und ab schreitend. „Was hat man mir denn geboten? Feldhauptmann zu sein unter Duras! Der ist ein guter Obrist der Fußtruppen, engstirnig den alten Gewohnheiten folgend. Er will seiner Truppe auf billige Weise einen ersten Erfolg verschaffen, indem er sich an Sarlat versucht. Doch dazu hätte er seine Angriffsabsichten verschleiern müssen, wie Guise es so trefflich bei Calais getan. Nun aber hat er den Vorteil eines überraschenden Angriffes verspielt und wird Sarlat nicht im Handstreich einnehmen, sondern ganz im Gegenteil so viel Zeit vor dessen Mauern verlieren, daß ihn Montluc mit seinen greulichen spanischen Fußtruppen einholen und in Stücke hauen wird. Nein!" sprach mein Vater mit Leidenschaft, „es wäre Duras' erste Pflicht gewesen, seine Soldaten aus dieser gefährlichen Löwengrube des Périgord herauszuführen, um so durch die Schnelligkeit seiner Bewegungen den Klauen von Montluc zu entgehen und seine zwölftausend Mann heil und gesund zu Condé zu führen."

Still dasitzend wie meine Brüder, lauschte ich diesen Worten mit Bewunderung und war gleichwohl erstaunt zu hören, daß mein Vater, der königstreue Hugenott, „vielleicht" gegen seinen König zu Felde gezogen wäre, wenn man ihm bei Gourdon das Kommando angetragen hätte. Jean de Siorac hatte also nur allzu recht mit seinem Ausspruch, daß in solch unruhigen Zeiten höchst widersprüchlich sei, was uns die Pflicht gebietet ... Und dies Gebot der Pflicht ward noch verworrener, als auf Mespech die Kunde eintraf, Duras' Truppen seien herangerückt und hätten Sarlat am Abend des dritten Oktober eingeschlossen. Daß die Unseren im Begriffe waren, eine Stadt einzunehmen, mit der die Brüder durch so viele freundschaftliche Bande verbunden waren, erweckte in ihnen gemischte Gefühle, wie die Gespräche zeigten.

„Duras wird Sarlat nicht einnehmen!" rief mein Vater, von dieser Nachricht erschreckt.

„Aber Jean", hielt Sauveterre ihm vor, „Ihr sprecht, als wolltet Ihr gar nicht, daß er die Stadt einnähme."

„Und Ihr, wollt Ihr es denn?"

„Ich wünschte es mir", sagte Sauveterre ohne Begeisterung. „Es wäre ein erster Erfolg unserer Truppen in einem ungerechten Krieg, den man uns aufgezwungen."

„Aber wäre es wirklich ein Erfolg?" fragte mein Vater, ungeduldig auf und ab schreitend. „Duras nimmt die Stadt ein – und was geschieht dann? Unsere Soldaten, die leider nicht anders sind als andere Soldaten, werden die üblichen Heldentaten vollbringen: Plündern, Morden, Notzüchtigen. Man schlägt einige Pfaffen tot und preßt den Reichen Lösegelder ab. Man raubt die Kirchen aus und fordert Kontributionszahlungen von den Händlern. Und wenn man nach zwei Tagen voller Unordnung die Stadt wieder verläßt, sind ihre Bewohner so katholisch wie zuvor und haben zusätzliche Gründe, an den Unseren Rache zu nehmen. Nein und nochmals nein: die Einnahme der Stadt Sarlat löst nichts. Die Entscheidung fällt im Norden des Reiches, zwischen Condé und Guise."

„Wenn Duras aber scheitert vor Sarlat", wandte Sauveterre ein, „wird dieser Mißerfolg den Mut der Unseren verringern und ein schlechtes Vorzeichen sein für die kommenden Schlachten."

„Gewiß, gewiß!" Mein Vater senkte den Kopf. „Das sage ich mir auch immer wieder. Doch stellet Euch vor: zwölftausend Soldaten losgelassen in einer kleinen Stadt wie Sarlat, die kaum fünftausend Einwohner zählt! Mein Bruder, ist das unser Evangelium?"

Den darauffolgenden Tag erfuhren wir, daß Duras seinen *Pfaffenschreck* nebst zwei Feldschlangen in einem Garten am Fuße des Hügels Pissevi, unweit der Quelle von Boudouyssou, in Stellung gebracht hatte. Der Beschuß begann in der achten Morgenstunde, und zwei Stunden später stürzte gegenüber die Stadtmauer ein; doch Duras' Batterie war sehr eilig und nachlässig aufgestellt worden, ohne jeden Erdwall zu ihrem Schutz, ohne Faschinen oder Schanzkörbe zu ihrer Deckung, und so ward der Geschützmeister durch heftiges Büchsenfeuer aus der Stadt getötet, der Kanonier verwundet und die übrige Bedienmannschaft zum Rückzug gezwungen. *Pfaffenschreck* und die beiden Feldschlangen blieben herrenlos in ihrem Garten zurück, denn der ununterbrochene Kugelhagel, der von den Belagerten ausging, machte jede Annäherung unmöglich. Hätten die Verteidiger genug Männer für einen Ausfall gehabt, wären ihnen die drei Geschütze in die Hände gefallen. Doch danach stand ihnen nicht der Sinn: sie hatten genug zu tun, ihre Stadtmauer wieder zu schließen.

In der zehnten Abendstunde, als die Nacht gekommen, bliesen die Unseren auf allen Seiten zum Alarm, feuerten unter lautem Trommelwirbel und Trompetenschall aus den Musketen und schwenkten ihre Leitern, und dank diesem Ablenkungsmanöver gelang es ihnen, *Pfaffenschreck* samt den Feldschlangen aus dem Garten herauszuholen. Diesmal brachten sie die drei Geschütze mit mehr Geschick in Stellung, im Südwesten der Stadt auf dem Hügel von Pechnabran, von wo sie die Stadtmauer bestrichen. Auch hier vermochten sie eine Bresche zu eröffnen. Allein die Angriffe, welche Duras am 5ten und 6ten Oktober befahl, wurden allesamt zurückgeschlagen, und als die Nachricht eintraf, daß Monsieur de Burie im Anmarsch sei, gab Duras die Belagerung auf, nicht ohne die Vorstädte, das Franziskanerkloster und Schloß Temniac niederzubrennen.

Sodann machte er sich in aller Eile über Meyrals und Tayac nach Périgueux auf den Weg, vermochte die Stadt indes nicht mehr zu erreichen: am 9ten Oktober holte ihn Montluc in der Ebene von Vergt ein, griff überraschend an und schlug ihn vernichtend. Es gab ein gewaltiges Gemetzel. Auch die Bauern taten mit, und so fanden rundum in den Wäldern sechstausend Hugenotten den Tod, denn Pardon ward nicht gegeben. Der Rest der Truppe rettete sich in wilder Flucht, und als Duras schließlich Orléans erreichte, waren ihm nur noch fünftausend Mann geblieben, erschöpft und ohne Mut noch Hoffnung. Die drei Tage, welche er vor den Mauern von Sarlat vertan, hatten eine halbe Streitmacht gekostet und dem Lager der Hugenotten die erste Niederlage des Krieges eingebracht.

Acht Tage nach der blutigen Niederlage von Vergt saßen Samson, François und ich an einem späten Nachmittag im ersten Geschoß des Torhauses bei Escorgol, welcher eine Erzählung aus seiner heimatlichen Provence zum besten gab. Und wiewohl unser Torwächter mit klangvoller Stimme in seiner schönen provenzalischen Sprache, welche sich ein wenig von unserem Perigurdinischen unterschied, gar trefflich zu erzählen verstand, merkte ich, daß mein älterer Bruder nur mit halbem Ohr zuhörte, insonderheit wenn über unseren Köpfen leichte Schritte zu vernehmen waren auf den kaum zolldicken Kastanienholzbohlen, welche Faujanet auf Geheiß der Herren Brüder so eilig eingezogen hatte, daß stellenweise Licht hindurchschimmerte. Ich warf Samson einen vieldeutigen Blick zu, doch in seiner Unschuld wandte der seine hellen Augen nicht von Escorgol, ganz in dessen Erzählung vertieft und zuweilen die Stirn runzelnd, wenn ein provenzalisches Wort ihn verwunderte.

Neben dem großen Kamin – in den Winternächten sollte ein Feuer unseren Torwächter wach halten – stieg, eingelassen in die dicke Wand, eine steinerne Wendeltreppe nach oben, so eng und gewunden, daß die Möbelstücke für das Gemach, welches Diane mit ihrer Kammerjungfer teilte, durch das Fenster hochgezogen werden mußten. Im Kamin dort oben, der genau über dem unseren lag, loderte auf Geheiß meines Vaters ein starkes Feuer, und wenn einer die Ohren spitzte, wie François es tat, konnte er das Zischen und Knistern der brennenden Holzscheite hören.

Im zweiten Geschoß endete die Wendeltreppe vor einer starken Eichentür, welche auf jeder Seite einen Riegel trug; doch an ihrem unteren Ende war die Treppe offen, und man konnte sehen, wie die ersten Stufen sich um die Spindel wanden, gut erhellt durch ein hübsches Fensterchen in der Mauerwölbung, welches indes durch ebendiese Wölbung unserem Blick entzogen war, so daß allein das einfallende goldene Licht zu sehen war auf den schönen ockerfarbenen Stufen, die Jonas in den Stein gehauen hatte. Ich erinnere mich, wie mein Blick, indes ich auf einem Schemel saß und unserem Escorgol lauschte, durch den Raum schweifte und gar oft auf dieser lichtumglänzten, geheimnisvollen Höhlung verweilte, worinnen die Steinstufen sich um den Schaft bis zu jener verriegelten Tür emporwanden, hinter der die Eingeschlossene lebte, welche wir stets nur von weitem an ihrem Fenster zu Gesicht bekamen. Für mich war der Gedanke an sie nichts als ein angenehmes Spiel der Phantasie, doch um den armen François, welcher – wie die kleine Hélix sagte – ihr gänzlich auf den Leim gekrochen war, stand es ganz anders. Mit traurigen Augen starrte er auf den strahlenden Fußpunkt der sich emporwindenden Stufen wie auf den verbotenen Eingang des Gartens Eden.

Escorgol hielt unversehens inne und sprach, die Augen schließend:

„Aufgepaßt! Ich höre jemanden kommen!“

Ich trat an das enge Fenster über den Pechnasen und blickte auf den unbefestigten Weg, welcher vom Beunes-Grund zum Torhaus heraufführte. Doch ich sah nichts und hörte auch nichts außer einigen Vogelstimmen. Samson hatte sich zu mir gesellt und spitzte ebenfalls die Ohren.

Währenddessen schloß Escorgol, welcher eine neben seinem Bett stehende Arkebuse zur Hand genommen, von neuem die Augen, lauschte und sagte dann, die Waffe wieder wegstellend:

„Es kommt nur eine einzelne Person, welche barfüßig geht."

Worauf er sich neben uns stellte und über unsere Köpfe hinweg auf den noch leeren Weg hinabblickte. François rührte sich nicht von der Stelle, sondern verharrte, in einen einzigen Gedanken versunken, auf seinem Sitz.

Ganz am Ende des vom Beunes-Flusse aufsteigenden Weges tauchte jetzt ein Kopf auf, dann ein Oberkörper und schließlich die ganze Gestalt. Nach dem Gang zu urteilen, handelte es sich ganz zweifellos um eine Frau. Als sie näher kam, ward ich gewahr, daß ihr das üppige schwarze Haar fast die Augen verdeckte und sie kaum Kleider auf dem Leibe trug, so daß ihre Beine und die halbe Brust unverhüllt waren. Ansonsten war sie von kräftiger Gestalt und trotz ihrer Lumpen von stolzem Gebaren.

„Was führt dich hierher, Jungfer?" fragte Escorgol von seinem Fenster herab, sie halb begehrlich, halb mißtrauisch betrachtend. „Wenn du ein Almosen willst, dann ziehe weiter. Heute wird nichts gegeben."

„Ich bin keine Bettlerin", erwiderte die Jungfer selbstsicher. „Ich komme, die Herren von Mespech wegen des Steinbrechers Jonas zu sprechen."

„Dich kenne ich doch", rief ich da, mich über den steinernen Fenstersims beugend. „Du bist die Sarrazine, welche der Zigeunerhauptmann vor vier Jahren als Geisel dagelassen und die mein Oheim Sauveterre dann auf Volperie zu Montignac in Dienst gegeben hat."

„Ganz recht, ich bin die Sarrazine", erwiderte sie stolz erhobenen Hauptes, als wäre ihr Name ein klangvoller Titel.

„Da Ihr sie kennt", sprach Escorgol, uns jedem einen Dolch reichend, „so steiget hinab und öffnet ihr die Fußgängerpforte, doch leget hinter ihr sogleich wieder alle drei Riegel vor. Ich bleibe hier auf meinem Wachposten."

Ich eilte die kleine Wendelstiege hinab, welche auf der anderen Seite des Kamins die Fortsetzung der nach oben führenden Treppe darstellte. Sie war von gleicher Abmessung, doch viel dunkler, denn sie ward nur an ihrem unteren Ende durch die abgewinkelten Schießscharten erhellt. Samson war mir gefolgt, und ehe wir die drei Riegel der Fußgängertür öffneten, er auf der linken, ich auf der rechten Seite stehend, verbargen wir die Dolche auf dem Rükken, wie wir es von unserem Vater gelernt. Ich machte die Türkette fest, und durch den engen Spalt, den sie freigab, fand Sarrazine in gebückter, seitlicher Haltung Einlaß. Ich packte sie am Arm, setzte ihr den Dolch an die Kehle und befahl ihr, sich nicht zu rühren, bis Samson die Tür wieder geschlossen. Dann ergriff Samson ihren anderen Arm, drehte ihn auf den Rücken und sprach, die Klinge an ihr Schulterblatt gedrückt, daß ich sie jetzt durchsuchen würde. Was ich zunächst, den Dolch wegsteckend, gewissenhaft tat, beginnend mit dem kleinen Weidenkorb in ihrer Hand, der jedoch leer war. Als sich indes beim Abtasten der wenigen Kleidung – die noch dazu durchlöchert war – erwies, daß keine Waffe darunter verborgen, nahm meine Durchsuchung an Länge zu, was sie an Harschheit verlor.

Sich hin und her windend, fing Sarrazine zu lachen an und fixierte mich mit ihren glänzenden Augen unter dem pechschwarzen Haar.

„Sapperment, junger Herr“, sprach sie mit rauher Stimme, „was seid Ihr groß geworden in den vier Jahren, nach der Art zu urteilen, wie Ihr mich durchsucht! Sagt Euerm rothaarigen Bruder, er soll mich nicht so in den Rükken pieken.“

Sich in den Hüften wiegend, setzte sie lachend hinzu:

„Ich habe keine anderen Waffen bei mir als jene, die das Verderben der Männer sind.“

„Doch davon nicht zu knapp!“ sprach ich mit einem begehrlichen Blick. „Steck deine Waffe weg, Samson, und zieh das Fallgatter hoch“, fuhr ich dann fort, Sarrazine noch immer am Arm haltend – nicht aus Notwendigkeit, sondern weil er sich angenehm anfühlte und ich höchstlich erfreut war, ein neues Gesicht zu sehen in diesen Zeiten, da wir wegen der Wirren draußen und wegen des Urteils, das uns für vogelfrei erklärt hatte, so schauerlich in unserer Burg gefangensaßen: kein Gedanke, ihre schützenden

Mauern zu verlassen oder sich gar nach Sarlat zu begeben, allwo die fanatischsten Papisten wieder die Oberhand gewannen.

Nachdem das Fallgatter hochgezogen und wieder herabgelassen und ich Escorgol ein beruhigendes Zeichen gegeben, schwankte ich einen Augenblick, ob ich Sarrazine zu Sauveterre oder zu Jean de Siorac führen sollte; ich entschied mich für den letzteren, konnte ich mir doch denken, welch griesgrämige Miene der Graukopf beim Anblick der Jungfer aufsetzen würde, wohingegen mein Vater sie ergötzlich fände und er uns auch nicht von der Unterredung ausschließen würde. Zudem war mir aufgefallen, daß sie trotz ihres löcherigen Hemdes und ihrer staubbedeckten nackten Füße sehr sauber war: ihr Haar glänzte, ihr Atem war rein, es gab nichts, was die feine Nase meines Vaters hätte beleidigen können.

Ich führte also die Jungfer in die Bibliothek und vermeldete meinem Vater, wer sie sei.

„Gott zum Gruß, Sarrazine. Ich habe viel von dir gehört in diesen vier Jahren!“ sprach Jean de Siorac, sich erhebend. Und während er die Jungfer anblickte, verschwand aus seinen blauen Augen für kurze Zeit die Traurigkeit. „Was führt dich hierher?“ fuhr er mit seiner alten Leutseligkeit fort.

„Eine Klage, Moussu lou Baron“, erwiderte Sarrazine mit einem so tiefen Knicks, daß sich ihr durchlöchertes Hemd bis zur Taille öffnete, welchen Anblick ich mir ebensowenig entgehen ließ wie mein Vater.

Und mit gesenkten Augen fügte sie hinzu:

„Euer Steinhauer Jonas hat mir Gewalt angetan.“

„Hoho!“ rief mein Vater mit gespielter Entrüstung. „Das wäre ja ein Kapitalverbrechen und müßte mit dem Strick gesühnt werden! Wo hat sich dies denn zugetragen? In der grünen Aue, auf hohem Berg oder in tiefem Tal?“

„In seiner Höhle“, antwortete Sarrazine, die Lider scheinheilig gesenkt.

„Und was tatest du in seiner Höhle, du Ärmste?“ fragte Jean de Siorac.

„Ich wollte seine Wölfin sehen, weil jeder sagt, es sei ein Wunder, wie er sie gezähmt.“

„Ein Wunder ist auch", entgegnete mein Vater lachend, „daß du barfuß die fünf Meilen von Volperie bis zu Jonas' Höhle gelaufen bist, nur um diese Wölfin zu sehen! Hatte dich Jonas zu Gast geladen?"

„Nein, nein, Herr Baron. Ich hatte ihn nicht wieder gesehen, seitdem er mich von dem Pfosten gebunden, an den mich der Zigeunerhauptmann gefesselt. Doch hat er sich recht liebenswürdig gezeigt, als er mich in seine Höhle kommen sah."

„Das will ich wohl glauben", sprach mein Vater.

„Er hat mir Ziegenmilch zu trinken gegeben, und da ich ermattet war und seine Wölfin auf dem Boden ruhte, hieß er mich niederlegen und bettete meinen Kopf an ihre Flanke, die ich streicheln sollte. Dann legte er sich neben mich, und ich sprach zu ihm: ‚Auch du hast einen hübschen Pelz auf der Brust, Jonas.' Und begann, ihn mit der anderen Hand zu kraulen. Als ich nun so die beiden Pelze streichelte, indes die Wölfin leise dabei knurrte und Jonas mich mit großen Augen anblickte, hatte ich plötzlich wie durch Zauberkraft das Kränzlein meiner Jungfernschaft verloren."

Es folgte ein langes Schweigen auf diesen Bericht, der uns drei ins Grübeln brachte, ja: uns drei, denn selbst mein braver Bruder Samson errötete.

„Dazu bedurfte es wohl keiner großen Zauberkraft", sprach Jean de Siorac schließlich.

Sarrazine blinkte mehrmals mit den Augen.

„Und doch hat er mir Gewalt angetan."

„Ein ganz klein wenig wohl", entgegnete mein Vater. „Doch wenn du so darauf beharrst, muß ich meine grundherrliche Gerichtsbarkeit ausüben und Jonas ungesäumt zum Galgen verurteilen."

„O nein! Das nicht!" rief Sarrazine leidenschaftlich, ihre Mähne schüttend. „Man kann ihn doch nicht hängen – jetzt, da ich ihn heiraten will!"

„Nachtragend scheinst du nicht zu sein!" bemerkte mein Vater. „Und Jonas?"

„Auch er will die Heirat, und zwar auf Eure hugenottische Art."

„Bist du nicht katholisch?" fragte mein Vater, wieder ganz ernst.

„Ich bin im islamischen Glauben aufgewachsen“, antwortete Sarrazine treuherzig. „Später haben die Zigeuner eine Katholikin aus mir gemacht. Und von nun an werde ich der Religion meines Ehegemahls anhängen.“

„Was heißen soll: der Ehegemahl ist einen Glaubenswechsel wert. Also dann freue dich, Sarrazine“, sprach Jean de Siorac, „du sollst den weiten Weg von Volperie zur Höhle nicht umsonst gemacht haben!“

„Ich habe auch wieder und wieder an ihn denken müssen in den vier Jahren, denn ein schöneres und stärkeres Mannsbild ist mir noch nirgendwo begegnet.“

Mein Vater lachte:

„Nun ist die Sache also beschlossen, Sarrazine.“

Doch sie erwiderte mit ernster Miene:

„Noch nicht ganz, Moussu lou Baron. Ich mag nicht wie eine Wilde zusammen mit Ziegen und einer Wölfin in einer Höhle hausen. Jonas soll es erlaubt werden, sich ein Haus über der Höhle zu bauen.“

„Das also war des Pudels Kern, du Spitzbübin!“ sprach mein Vater lachend.

In diesem Augenblick waren auf der Treppe die hinkenden Schritte Sauveterres zu vernehmen. Es klopfte, und Sauveterre trat herein. Er runzelte die Stirn, als er Sarrazine erblickte, wandte jedoch die Augen gleich wieder ab, um sie voller Besorgnis auf Jean de Siorac zu richten.

„Jean“, sprach Siorac, die Fröhlichkeit unterdrückend, welche Sarrazine mit sich gebracht, „dies ist Sarrazine, Eure Geisel, welche Ihr in Dienst gegeben. Sie möchte gern Jonas gemäß unserem Glauben ehelichen, vorausgesetzt, er baut sich ein Haus über der Höhle.“

„Ein Haus!“ rief Sauveterre, entrüstet die Hände zum Himmel hebend.

„Herr Junker, Ihr habt doch genug von allem, was dazu vonnöten!“ sagte Sarrazine mit Feuer und nicht ohne Kühnheit. „Steine für das Dach und die Mauern, Kalk oder Lehm, sie zu verbinden, Kastanienholz für das Gebälk und für das Bauen einen Steinhauer, der auch zu mauern versteht! Warum soll Jonas, der Euch ein guter Diener ist und sich so wacker für Euch gegen die Zigeuner geschlagen hat, nicht wie jeder andere Christenmensch ein Haus haben?“

„Die Jungfer hat ein flinkes Maulwerk", sagte Sauveterre, der wenig Gefallen fand an ihrer Rede.

Er setzte sich mit einem Seufzer nieder, sprach aber nicht weiter, weil er nur zu gut wußte, was Siorac von der Sache hielt.

Es folgte ein Schweigen, denn keiner der beiden Brüder wollte dem anderen widersprechen müssen.

„Sarrazine, was hältst du da für einen geflochtenen Korb in der Hand?" fragte mein Vater schließlich.

„Ein Geschenk für Eure Haushaltung, Moussu lou Baron", erwiderte Sarrazine, wiederum einen Knicks vollführend, doch nicht so tief wie zuvor, um Sauveterre nicht zu inkommodieren. „Ich habe ihn eigenhändig verfertigt", fuhr sie mit Stolz fort, „aus den Ruten der Weidenbüsche in Eurem Beunes-Grund, wovon eine Menge unterhalb des Steinbruchs stehen."

„Zeig ihn doch einmal her", sprach da plötzlich Sauveterre, streckte die Hand aus und ergriff den Korb, welchen er mit Aufmerksamkeit von allen Seiten betrachtete, dabei die Haltbarkeit der Ruten prüfend und die Art, wie sie miteinander verflochten. „Es ist eine gar treffliche Arbeit, Sarrazine", fuhr er etwas milder gestimmt fort. „Du hast deine Zeit bei den Zigeunern nicht verloren."

Er blickte sie an – gewißlich nicht in der Art, wie es mein Vater tat, sondern mit einer Miene, darin sich Nachdenken und Berechnung mischten.

„Und verstündest du auch", fragte er nach einer Weile, „eine Winzerkiepe zu flechten?"

„Ich habe es schon getan", erwiderte Sarrazine mit gut gespielter jungfernhafter Bescheidenheit und ohne ihren braunen Leib in den Hüften zu wiegen, denn sie fühlte, daß die Dinge auch auf Sauveterres Seite eine günstige Wendung nahmen. „Nur braucht es dazu mehr Zeit und dickere Ruten."

„Sag an", fragte Sauveterre mit ernster Stimme, „vermagst du in einem Monat vier Kiepen zu verfertigen?"

„Ich denke wohl."

Sauveterre sah meinen Vater an, und mit einem einzigen Blick hatten sie sich verstanden.

„Nun denn", sprach er, „wir werden ein Haus bauen für

Jonas und dich, und du, Sarrazine, wirst uns vier Winzerkiepen im Monat flechten. Im ersten Jahr bekommst du nichts, doch dann werden wir dir zwei Sols für die Kiepe zahlen."

„Drei", warf mein Vater ein.

„Drei", stimmte Sauveterre ein, etwas verstimmt mit den Schultern zuckend.

Sarrazine hüpfte schier vor Glückseligkeit, als ich sie zum Torhaus zurückgeleitete, denn die unvergoltenen Mühen ihrer Finger, ihrer Arme und ihres Rückens während zwölf langer Monate zählten nicht für sie angesichts der Freude, in einem von Jonas gebauten Hause zu wohnen, das gleichwohl den Reichtum der Herren Brüder mehrte.

So ward sie also zwei Tage später auf hugenottische Art verehelicht, denn ob der begangenen fleischlichen Sünde durfte nicht länger gesäumt werden. Und alsbald ging Sarrazine daran, mit bloßen Füßen im kalten Wasser stehend, im Beunes-Grund Weidenzweige zu schneiden. Von jener Zeit an verkaufte Mespech außer den von Faujanet verfertigten Weinfässern auch Winzerkiepen, welche zwei Handelschaften sich gar wohl ergänzten und keinen geringen Gewinn einbrachten, wie aus den sehr genauen Aufzeichnungen von Sauveterres Hand im „Buch der Rechenschaft" hervorgeht.

Die Kunde, daß Montluc die Unseren bei Vergt geschlagen, erreichte den Guise, als er die Hugenotten zu Rouen belagerte. Die Stadt ward trefflich verteidigt von Montgomery, jenem großen, steifen jungen Edelmann, gegen welchen Katharina von Medici einen tödlichen Haß hegte, weil sein Lanzenstumpf im Verlaufe eines Turniers ihrem vielgeliebten Ehegemahl das Auge ausgestoßen hatte. Daß jener Unglücksfall vor drei Jahren das alleinige Werk des Zufalls gewesen – Montgomery war zu dem letzten Gang wider seinen Willen und auf ausdrücklichen Befehl Heinrichs II. angetreten –, änderte nichts an der leidenschaftlichen Rachsucht der Italienerin. Klein, dicklich, mit Puppengesicht, aber raubtierhaftem Unterkiefer, hatte sie im Gefolge der vielen Demütigungen, welche sie während der Herrschaftszeit ihres Gemahls erdulden mußte (nicht einmal im Bett war sie die erste gewesen), die Kunst der Verstellung erlernt. So konnte sie im Gespräch einen Besucher aus großen, geweiteten Augen anlächeln, indes sie gerade seinen Tod beschloß, wobei sie nichts zu überstürzen pflegte, sondern geduldig auf die rechte Stunde zu warten verstand. Die von Montgomery hatte nunmehr geschlagen. Der Hugenott sollte zweimal bezahlen: für sein Aufbegehren gegen Karl IX. und für den Lanzenstumpf, den er vergessen hatte wegzuwerfen. Ohngeachtet des Geschütz- und Büchsenfeuers stieg die Regentin Tag für Tag in die Schanzgräben, mit dem Beispiel ihres Mutes den Verlauf der kriegerischen Unternehmungen zu beschleunigen.

Guise hatte ursprünglich seine ersten Schläge gegen Orléans richten wollen, doch als Condé vermöge jenes unglückseligen Vertrages von Hampton Court, welcher die Brüder so empörte, Le Havre an Elisabeth von England übergeben hatte, eilte der Herzog nach Norden, Rouen zu belagern, um einer englischen Landung zuvorzukommen, welche Paris höchstlich beunruhigt hätte. Allein er hatte dabei außer acht gelassen, wie wenig eilig es Elisabeth mit der Einlösung ihrer Versprechen hatte – jetzt, da sie Le Havre in der Hand hatte und das Ende des Krieges abwarten konnte, es gegen Calais einzutauschen.

Seit die katholische Armee das Fort Sainte-Catherine eingenommen, welches auf steiler Höhe über der Stadt Rouen lag, wähnte sie den Sieg in Reichweite. Der Oberbefehl lag faktisch in den Händen des Guise, vom Grundsatz her in denen der Triumvirn (Guise, Saint-André und der Konnetabel), die jetzt aber vier waren, seit der König von Navarra, Anton von Bourbon – einer der ersten großen Adelsherren, der sich mit Condé zur Reformation bekannt hatte –, auf ein vages Versprechen Philipps II. hin, das spanische Navarra zurückzugeben, zum zweiten Mal den Glauben gewechselt hatte, von neuem zur heiligen Messe ging und Maria anbetete. Seine Frau, Jeanne d'Albret, verachtete diesen leichtfertigen Gesinnungswandel. Die Heucheleien des Hoflebens verabscheuend, war sie in ihrem kleinen Königreich Navarra dem hugenottischen Glauben treu geblieben. Anton jedoch war ein Tollkopf und ein Hohlkopf dazu, der immer dem letzten, der gesprochen, recht gab und den der erstbeste Weiberrock in seiner Meinung wanken machte.

*Totus est Venereus**, schrieb Calvin, welcher niemals auf ihn gebaut.

Vor Rouen wollte er es der Königinmutter nachtun und ließ, deren Mut durch Tollkühnheit ersetzend, seine Tafel hinter einer Mauer decken, welche vom Büchsenfeuer der Hugenotten hart bestrichen ward. Dort speiste er mit gutem Hunger. Vergessend, wo er sich befand, erhob er sich am Ende des Mahles, worauf ihn eine Büchsenkugel sogleich niederstreckte. Nach Einnahme der Stadt ließ er sich von seinen Soldaten in einer Sänfte durch die Straßen tragen, um als letzte Befriedigung mit anzusehen, wie die Hugenotten, deren Glauben er geteilt und deren Haupt er gewesen, dahingemetztelt wurden. Worauf er ebenso sinnlos starb, wie er gelebt, ein Weib hinterlassend, welches der Mann in der Familie war, sowie einen Sohn**, der zum Glück für das Wohl und Wehe Frankreichs seiner Mutter nachschlug.

Die Plünderung Rouens war schlimmer, als man sich vorzustellen vermag, doch Katharina von Medici ward nicht das erhoffte Vergnügen zuteil – Montgomery entkam nämlich. Er sprang in eine Galeere und fuhr die Seine hinunter. Als er bei Caudebec die Kette gewahrte, welche die Katholiken quer über den Fluß gespannt hatten, versprach er den Rudersklaven die Freiheit. Darauf legten sich diese brüllend mit aller Kraft in die Ruder und trieben den Schiffsschnabel mit Macht gegen das Hindernis, welches unter der Wucht nachgab. Montgomery erreichte das offene Meer und die englische Küste. Allein er sollte seinem Schicksal nicht entkommen. Zwei Jahre später kreuzten sich seine Wege wiederum mit denen der Katharina von Medici, und diesmal vermochte der Sensenmann seine Ernte zu halten.

Dem Anschein nach war die Einnahme von Rouen ein Juwel mehr in der Krone des Guise, von dem man schon munkelte, daß er sie eines Tages gegen die von Karl IX. zu tauschen gedächte. Doch bei seinem Aufbruch von Rouen nach Paris war der Herzog in verdrossener Stimmung, denn den Ruhm der Belagerung hatte er teilen müssen mit dem Konnetabel von Montmorency, welcher im Dienste von drei Kö-

* (lat.) Er ist der Venus ganz ergeben.

** den künftigen Heinrich IV.

nigen gealtert war, ohne weiser zu werden; mit dem Marschall von Saint-André, welcher zwar jünger war als der Konnetabel, doch ebensowenig Talente aufzuweisen hatte; und gar noch mit dem armen Toren Anton von Bourbon, der sich vielleicht absichtlich hatte anschießen lassen, um auf seiner Sänfte als sterbender Held durch die eroberte Stadt getragen zu werden.

In Paris erhielt Guise zu seiner Überraschung die Kunde, daß die hugenottische Streitmacht, verstärkt durch dreitausend Reiter und viertausend Landsknechte, welche d'Andelot aus Deutschland mitgebracht, die Ortschaften Etampes, La Ferté-Alais, Dourdan und Montlhéry eingenommen hatte. Allerdings waren dies keine großen Kriegstaten. Die Hugenotten streiften nur um die Hauptstadt herum, aber belagerten sie nicht. Jene kleinen Städte waren erobert worden, um den deutschen Reitern und Landsknechten einige Beute zu verschaffen, denn sie schrien laut nach ihrem Sold. Und da ihre Schreie nicht verstummten, beschlossen Condé und Coligny, verlockt durch die vermeintlichen englischen Hilfsgelder und -truppen, in die Normandie zu ziehen.

Die Hugenotten kamen nur langsam nach Westen voran wegen der Karren, worauf die Reiter ihre Beute gehäuft. Die ihnen nachsetzenden königlichen Truppen holten immer mehr auf und saßen ihnen gar bald auf den Fersen. Da Coligny einen Schlag der Königlichen gegen seine Nachhut befürchtete, überredete er Condé, haltzumachen und sich zum Kampf zu stellen. Der Ort war günstig, sie standen in der Ebene von Dreux, die Raum genug bot, daß Condé seine fünftausend Reiter in Schlachtordnung bringen konnte.

Guise, der sich mit seinen Edelleuten und den Rotten der französischen Pikeniere auf dem rechten Flügel der königlichen Armee befand, hatte den Oberbefehl abgelehnt, denn es gelüstete ihn wenig, wieder für andere die Kastanien aus dem Feuer zu holen. Sich hoch aufrichtend in den Steigbügeln seines großen Rappen und gemächlich in die Runde schauend, als wohne er einer Theateraufführung bei, sah er ungerührt zu, wie Condé und Coligny den Konnetabel aufs Haupt schlugen.

„Euer Gnaden, der Herr Konnetabel wird gar hart bedrängt!“

„Ich sehe es wohl“, erwiderte Guise.

„Euer Gnaden, der Herr Konnetabel ist verwundet!“

„Ich sehe es wohl.“

„Euer Gnaden, der Herr Konnetabel ist gefangengenommen!“

„Ich sehe es wohl.“

Eifrigst damit beschäftigt, den Geschlagenen den Rest zu geben, schrien die Hugenotten schon Sieg, doch Coligny wies mit seinem Degen auf Guise und dessen Mannen, welche unbeweglich auf dem rechten Flügel des Schlachtfeldes verharrten.

„Ich sehe dort ein Sturmwetter“, sprach er, „welches bald auf uns herabschlagen wird.“

Einige Augenblicke später richtete sich Guise, die beiden Gegner für erschöpft erachtend, wiederum in seinen Steigbügeln auf und rief:

„Auf, Gefährten! Der Sieg ist unser!“

Und sich an der Spitze der spanischen Fußsoldaten in das Kampfgetümmel stürzend, schlug er das hugenottische Fußvolk zurück. Condé ward an der Hand verletzt und geriet in Gefangenschaft. Die Hugenotten flohen in wilder Hast. In der vierten Stunde schien alles zu Ende.

Doch in diesem Augenblick tauchten auf dem rechten Flügel der siegreichen Armee tausend Reisige und dreihundert Panzerreiter auf, welche Coligny um sich zu scharen vermocht hatte. Sie durchbrachen die Reihen der katholischen Reiterei, konnten indes nicht das waffenstarrende Karree der Pikeniere zum Wanken bringen. So zog Coligny sich zurück, doch wie ein jeder wußte, zeichnete er sich nirgends mehr aus als bei Niederlagen und Rückzügen.

Guise wagte nicht, ihn allzu weit zu verfolgen. Im übrigen hatte er ja einen größeren Sieg errungen als erhofft, einen Sieg sowohl über seine Feinde als auch über seine Rivalen: der Konnetabel war gefangen, und der Marschall von Saint-André hatte den Tod gefunden. Von nun an bestand das Triumvirat nur noch aus ihm allein. Der schöne rote Erzengel der katholischen Kirche war mit einem Schlag zur einzigen Stütze des Thrones geworden.

Er sandte an Katharina von Medici kunstvoll abgefaßte Briefe, worinnen er ihr unter vielerlei Bekundungen der

Hochachtung für sie selbst und den König seinen prächtigen Sieg von Dreux in allen Einzelheiten beschrieb. Allein dies genügte ihm nicht. Einen Monat später begab er sich nach Blois, allwo er die Königinmutter, welche sich gerade zu Tische begeben wollte, ersuchte, sie möge geruhen, ihn nach dem Mahle zur Audienz zu empfangen.

„Heiliger Jesus!“ rief die Königin, Erstaunen heuchelnd, „was verlangt Ihr da von mir, mein Vetter? Eine Audienz! Aber zu welchem Zweck denn nur?“

„Ich möchte“, so erwiderte Guise, „Euch vor versammeltem Hofe vermelden, was ich seit meinem Aufbruch von Paris mit Eurer Armee ausgerichtet.“

„Aber das weiß ich doch, mein Vetter. Ihr habt mir doch alles in Euren Briefen berichtet.“

„Madame“, sagte Guise mit selbstsicherer Gelassenheit, „ich möchte es Euch mit eigener Zunge berichten und Euch all die tapferen Hauptleute und Diener des Königs vorstellen, welche sich bei Dreux so wacker für Euch geschlagen.“

Die Königin gewährte huldvoll lächelnd, was sie nicht zu verweigern vermochte. Und nach dem Mahle erschien Guise von neuem in karmesinrotem Atlas vor ihr, umgeben von seinen Feldhauptleuten wie ein König von seinen Ministern, erwies der Königin und Karl IX. eine tiefe Reverenz und begann mit naiver Beredsamkeit und voll verdeckter Absicht – welche indes so verdeckt nicht war – die Erzählung seiner Kriegstaten.

Die Königinmutter hörte zu, aus ihren großen, geweiteten Augen lächelnd, doch hinter ihren runden Wangen mit den Zähnen knirschend. Sie hatte begriffen, daß es Guise gelungen war, die Schlacht von Dreux gleich zweimal zu gewinnen: einmal auf dem Schlachtfeld und das zweite Mal mit einem Bericht vor versammeltem Hof.

Nachdem Guise seine Heldenerzählung beendet, sparte die Königin nicht an Huld- und Lobesbezeigungen sowie Bekundungen ewiger Dankbarkeit für die Hauptleute und ihre Befehlshaber. Doch als sie Guise und seine ruhmbedeckten Haudegen davongehen sah, entfuhr ihr ein tiefer Seufzer der Erleichterung. Sie liebte weder den Krieg noch ehrgeizige Generäle. Es war ihr nicht entgangen, daß Guise an Macht gewonnen und daß letztlich der Stützpfeiler des Thrones selbigen mehr erschütterte denn festigte.

Feldschlachten waren für Katharina nicht entscheidend. Die Florentinerin gab der Diplomatie den Vorzug, die nach ihrem Verständnis nur drei Mittel kannte: Verhandlung, Fürstenheirat und politischen Mord.

Unser Freund und Verwandter François de Caumont – wohlgemerkt François, der älteste der Brüder, und nicht Geoffroy, der Abbé von Clairac – war übrigens bei jenem Ruhmesbericht unter den Höflingen zugegen, wie ich später erfuhr. Er war an den Hof gekommen, sich über Montluc zu beklagen, welcher ihm Schloß Les Milandes genommen, dem Kloster seines Bruders Lösegeld abgezwungen und die Güter seines Schwähers, des Baron von Biron, verwüstet hatte.

Der Augenblick war gewißlich schlecht gewählt für eine solche Klage, da Guise so sehr an Gewicht gewonnen. Allein François wollte nicht aufgeben. Und da die Königin ihn nicht zu empfangen wagte, solange Guise unter ihrem Dache weilte, hatte der Erstgeborene der Caumonts die seltsame Idee, sich gleich an Gott und nicht erst an die Heiligen zu wenden, und ersuchte um eine Audienz beim Herzog. Das hieß im wahrsten Sinne des Wortes, sich in die Höhle des Löwen zu begeben.

Guise gewährte die Audienz und hörte sich, umgeben von seinem Hofstaat, die Klagen Caumonts gegen Montluc mit eisiger, majestätischer Miene an. Worauf er mit lauter Stimme, damit ein jeder ihn hören möge, sprach:

„Monsieur de Caumont, ich bin verwundert, daß Ihr Gerechtigkeit von mir verlangt. Alles, was Ihr in Eurer Provinz tut und laßt, klagt Euch an und verurteilt Euch. Gewiß, Ihr habt nicht offen gegen Euern König den Degen gezogen, doch Ihr habt den hugenottischen Aufruhr unterstützt. Ihr habt den Rebellen Unterschlupf gewährt in Euern Häusern, von welchselben so mancher Schlag gegen die Unseren ausging. Monsieur de Charry und Monsieur de Hautefort und viele andere katholische Edelleute aus Eurer Provinz können ein Lied davon singen. Alle Gerechtigkeit, die der König Euch widerfahren lassen könnte, müßte folglich darin bestehen, über Euch die Strafe zu verhängen, die Ihr für Monsieur de Montluc fordert, der ein guter und treuer Soldat ist, dem König trefflich dient und in seinem Dienst Bäche von Blut hat fließen lassen."

„Bäche von Blut!" sagte François de Caumont. „In der Tat, das Wort ist treffend gewählt."

„Gewiß, es ist mit Bedacht gewählt!" sprach Guise, sich erhebend, nicht ohne Zorn. „Montluc hat im Dienste des Königs mehr Bäche von Blut fließen lassen, als Ihr samt Euren Brüdern Tropfen vergossen habt mit Euren Degen. Folglich sind die Verdienste Montlucs groß und die Euren nur gering. Vergeßt das nicht, Monsieur de Caumont, und suchet Euch zu bessern, solange noch Zeit ist."

Bekümmert ob dieser öffentlichen Abkanzelung, zog sich François de Caumont zurück. Wäre er klug gewesen, hätte er noch in selbiger Minute den Hof verlassen und wäre in sein heimatliches Périgord zurückgeeilt. Doch sein Schloß Les Milandes lag ihm so sehr am Herzen, daß er nicht aufgab. Auf das Gerücht hin, der Herzog habe noch am gleichen Abend bedauert, so hart mit ihm ins Gericht gegangen zu sein, und da der Guise sich am kommenden Tag nach Orléans aufzumachen gedachte, welche Stadt er den Hugenotten entreißen wollte, erbot sich Caumont, ihn ein Stück des Weges zu begleiten. Und in der Tat wechselte der Herzog, indes sie nebeneinander dahinritten, einige höfliche Worte mit ihm. Hierauf nahm Caumont seinen Abschied und kehrte nach Blois zurück.

Doch kaum war er eine Viertelmeile geritten, da begegnete er, umgeben von Hauptleuten, Edme de Hautefort, welcher ihm zornigen Auges vorwarf, er hätte während der Unruhen auf die Seinigen schießen lassen. Caumont blieb keine Zeit zu einer Rechtfertigung, denn Hautefort zog sogleich seinen Degen, stürzte sich auf François und versetzte ihm einen gewaltigen Hieb auf das Haupt.

Diese Mordtat geschah am 3ten oder 4ten Februar 1563, und der Haß auf die Unseren war damals so groß, daß sie ungesühnt und auch fast unbemerkt blieb. Sie war im übrigen, um mit den Worten des Herzogs zu sprechen, auch nur ein Blutstropfen im Vergleich zu den Bächen von Blut, die von neuem fließen sollten, als Guise am 5ten Februar Orléans umzingelte.

Schon hatte er die Vorstadt Portereau und die Verschanzung, Les Tourelles genannt, eingenommen. Seit dem Beginn der Belagerung kehrte er allabendlich nach Saint-Mesmin zurück, allwo ein Boot ihn mit seinem Stallmeister nebst den beiden Rössern über den Fluß setzte. Am anderen Ufer saßen beide wieder auf und ritten an einem Wäldchen entlang zum Hause des Herzogs. Am Vorabend des 14ten Februar, auf welchen Tag Guise die Erstürmung von Orléans festgesetzt, geschah es, daß ein fanatischer Hugenott namens Poltrot de Méré aus einem Gebüsch hervor drei Pistolenkugeln auf jenen breiten Rücken abfeuerte, den die Königin unlängst mit großer Erleichterung hatte entschwinden sehen. Von keinem Harnisch abgehalten, drangen die drei Kugeln in seine rechte Schulter ein. Guise sank auf den Sattelbogen, ohne indes vom Pferd zu stürzen, und sprach:

„Einmal mußte es wohl geschehen, doch mich deucht, es ist nicht weiter schlimm."

Sechs Tage darauf war er tot. Poltrot de Méré war nach seinem Mordanschlag die ganze Nacht hindurch galoppiert, doch da er die Wege nicht kannte, befand er sich im Morgengrauen unversehens wieder am Ort seiner Untat und ward gefangengenommen. Unter der Folter bekannte er, Soubise und d'Aubeterre hätten ihn angestiftet. Auch den Admiral von Coligny beschuldigte er, widerrief diese Aussage jedoch und blieb höchst widersprüchlich in diesem Punkt, selbst in der Stunde seines Todes, da er von vier Pferden gevierteilt ward.

Coligny, welcher mit Nachdruck bestritt, zu den Anstiftern der Mordtat zu gehören, hatte die Königin vergeblich ersucht, Poltrot de Méré gegenübergestellt zu werden, ehe dieser hingerichtet ward. Die Königin lehnte ab, und vielleicht hatte sie ihre Gründe dafür. Als sie neun Jahre später Coligny ermorden ließ, wußte sie den Verdacht auf das Haus Guise zu lenken. Ist es da nicht denkbar, daß sie auch bei der Beseitigung des Franz von Guise ihre Hand im Spiele hatte und nur allzu froh war, daß Coligny verdächtigt ward?

„Wir vermögen", so schrieb Coligny, als ihn die Kunde vom Tode des Guise erreichte, „die offensichtlichen Wunder Gottes nicht zu übersehen." Ein Satz, den die Florentinerin, welche sich niemals mit ihren eigenen Worten fangen ließ, gewiß nicht ausgesprochen hätte. Doch das Wunder dieses Todes, ob sie ihre Hand dabei im Spiel hatte oder nicht, veränderte ihr Leben, stärkte ihre Macht und festigte den Thron ihres Sohnes.

Kaum war Guise unter der Erde, machte die Königin den Protestanten einige Zugeständnisse. Sie befahl Montluc, die Güter des Barons von Biron nicht länger zu verheeren und unseren armen Vettern Caumont Schloß Les Milandes zurückzugeben. Sie setzte auf Ausgleich und Frieden, versuchte dabei jedoch, für ihre Macht und ihren Sohn möglichst viele Kastanien aus dem Feuer zu holen.

So verfiel sie auf die arglistige Idee, die Verhandlungen zwischen den beiden Lagern von Montmorency und dem Prinzen von Condé führen zu lassen; der erstere befand sich bei den Hugenotten in Gefangenschaft, der zweite bei den Königlichen. Der eine wie der andere strebte danach, seine Freiheit wiederzugewinnen. Doch da Condé der jüngere von beiden war, mehr den Weibern zugetan und folglich ungeduldiger, machte er größere Zugeständnisse, als seinem Lager recht war.

So blieb das Edikt von Amboise, welches er im März 1563 unterzeichnete, hinter den großzügigeren Verfügungen des Januar-Ediktes zurück: es begrenzte die freie Ausübung der protestantischen Religion auf die Häuser der mit eigener Gerichtsbarkeit versehenen Adelsherren „samt ihren Familien und Untertanen“, während sich die Hugenotten niederen Standes mit Gottesdiensten in nur einer Stadt pro Amtsbezirk begnügen mußten. Calvin geißelte mit harten Worten die Eitelkeit des Prinzen von Condé, welchen – solange seine Kaste auf ihren Schlössern die Freiheit besaß, Gott auf ihre Weise anzubeten – die Zwänge nur wenig kümmerten, die auf der Mehrheit der Reformierten in den Städten und Dörfern lasteten.

Mein Vater und Sauveterre teilten die Empörung Calvins und aller überzeugten Hugenotten, doch sie durften nicht zu laut protestieren: sie hatten auf dem Schlachtfeld nicht mitgekämpft. Zudem gehörten sie zu ebenjenen Auserwählten, welche „samt ihren Familien und Untertanen“ von den Bestimmungen des Edikts bevorteilt wurden. Und auch sonst gereichte ihnen der wiederkehrende Friede zu großem Vorteil, wie ich noch vermelden werde.

NEUNTES KAPITEL

Nach der Unterzeichnung des Ediktes von Amboise waren die Protestanten nicht mehr vogelfrei, ihr Dasein und ihre Rechte waren nunmehr vertraglich anerkannt. Dies bedeutete, daß wir uns wieder in unseren Dörfern zeigen durften und mein Vater sich nach Sarlat begeben konnte. Was er auch tat, nachdem er Diane de Fontenac völlig gesund und munter auf ihre Burg zurückgeschickt hatte. Er hätte sie schon vier Wochen früher aus ihrer Krankenstube entlassen können, doch in jenen unruhigen Zeiten und da er Fontenac nicht traute, war es ihm nur recht gewesen, auf seiner Burg ein Unterpfand zu haben, das sie vor einem hinterlistigen Anschlag unseres lieben Nachbarn schützte. Der Weggang Dianes, die während ihre Aufenthaltes auf Mespech das zweite Geschoß des Torhauses nie verlassen hatte und die keiner von uns, ausgenommen mein Vater, je anders als von weitem gesehen, eingehüllt in ihren weißen Pelz am Fenster stehend und mit ihren grünen Augen auf uns herabblickend, hinterließ eine große Leere in uns – so als wäre uns ein geliebtes Gedicht für immer aus dem Gedächtnis entglitten. Ich will hier nicht von unserem armen François sprechen, der sich alle Mühe gab, seine Traurigkeit zu verbergen, welche die Herren Brüder vorgaben nicht zu bemerken.

Fontenac ließ dem Baron von Mespech einen blumigen Brief mit einem Geschenk von fünfhundert Dukaten sowie ein spanisches Roß überbringen. Mein Vater schickte das Geld zurück, bewahrte den Brief sorgfältig in seiner Schatulle auf und behielt das Pferd. Es war eine schwarze Stute, von recht kleinem Wuchs, doch voller Feuer, welche ich bestieg, als sich mein Vater zum ersten Mal ob seiner Geschäfte wieder nach Sarlat begab, begleitet von Marsal Schielauge, Faujanet, den Brüdern Siorac sowie von seinen drei Söhnen; ein jeder hatte zwei Pistolen in den Satteltaschen stecken und den blanken Degen vom rechten Handgelenk hängen. Mein Vater fürchtete weniger einen Hinterhalt auf dem Wege als einen Ausbruch des Volkszornes in Sarlat selbst, wo fanatische Prediger, unzufrieden (auch sie!) mit dem Edikt von Amboise, jeden Sonntag, den Gott werden ließ, während der Messe Tausende von Beschimpfungen auf die Unseren herabspien.

Doch am Lendrevie-Tor erwartete der Kriminalleutnant Guillaume de la Porte, welcher benachrichtigt worden war, meinen Vater. Er bat uns, die Degen wegzustecken, was wir auch taten, und ritt sodann an der Seite meines Vaters, lächelnd mit ihm plaudernd, ein Auge dabei auf die Fenster gerichtet, quer durch die ganze Stadt bis zum Rigaudie-Tor. Dort wendete die kleine Schar, verfolgt von den Augen gar vieler Schaulustiger in den Straßen und an den Fenstern, nahm ihren Weg nach links, am bischöflichen Palast und der Kathedrale vorbei (allwo sich Monsieur de la Porte bekreuzigte und mein Vater aus Höflichkeit sein Haupt entblößte), um schließlich zum Stadthaus zu gelangen, auf dessen Treppe Monsieur de Salis, Generalleutnant des Périgord, sowie die beiden Konsuln meinen Vater empfingen. All dies geschah ohne Zusammenrottung, ohne Beschimpfungen oder sonstige Feindseligkeiten von Seiten der Volksmenge, abgesehen von zwei oder drei bösen Blicken, mit denen uns einige Unduldsame bedachten, die uns aus religiösem Eifer und nicht aus persönlichen Gefühlen haßten.

Kurz gesagt, es geschah nichts – was mich höchstlich betrübte, denn mit meinen zwölf Jahren trug ich zum ersten Mal den Degen des Edelsmannes, und wiewohl er noch recht kurz war, trug ich die Nase hoch und fühlte mich auf meinem spanischen Roß ganz unbesiegbar. Nachdem wir abgesessen und die Gäule unseren Soldaten anvertraut, wich ich nicht von der Seite meines Vaters – ich ging an seiner Rechten, Samson an seiner Linken –, eine Hand lässig auf dem Griff meiner Waffe und mit großtuerischer Miene um mich blickend. Am späten Vormittag machte mein Vater seinen üblichen kurzen Besuch bei Franchou, übergab ein kleines Geschenk und flüsterte eine Zeit mit ihr, den Mund an ihrem Ohr. Als er sich endlich verabschiedete, deuchte mich schon, er würde niemals damit fertig, ihr die Wangen zu küssen und die rundlichen Arme zu tätscheln.

Obgleich die Sarrazine nunmehr Hugenottin war und verheiratet, hatten weder Le Breuil noch Mespech sie völlig verdaut, und es brauchte nicht wenig Überzeugungskunst, damit sie – insonderheit von den Frauen – angenommen ward, so sehr erregten ihre Augen, ihr Haar und ihre Hautfarbe Anstoß.

Der erste, welcher sich laut und unmißverständlich dazu äußerte, war Cabusse, alldieweil seine Cathau ihr mit der Begründung, Sarrazine sei keine Frau wie alle anderen, die Nachbarspflichten verweigerte.

„Und wieso soll sie anders sein?" fragte Cabusse drohenden Tones und mit finsterem Blick seinen Schnurrbart zwirbelnd. „Hat sie nicht wie du zwei Brüste, eine Scheide, den Mann zu empfangen, und einen Bauch, darinnen das Kind wachsen kann? Gewiß", fügte er mit seinem gascognischen Feingefühl hinzu, „sie hat nicht dein hübsches Gesicht, Cathau, und auch nicht deine Lebensart aus gutem Hause, doch wenn Jonas sie liebt, wie sie ist, dann verhält es sich mit dem Unterschied nicht anders als mit den verschiedenen Farben des Felles bei den Hunden: einer ist schwarz, der andere braun oder gefleckt und ein dritter weiß wie Schnee. Nicht am Fell erkennt man den Wert eines Tieres, Cathau, sondern an der Leistung."

Am Abend fielen zwischen der Maligou und Barberine härtere Worte. Seit Isabelles Tod verweilte mein Vater gern noch unter unseren Leuten, ehe er sich zu Sauveterre in die Bibliothek begab, wiewohl dort ein stärkeres Feuer brannte. Doch war es nicht so sehr diese Wärme, nach der es meinen Vater verlangte; er suchte vielmehr die Natürlichkeit und Fröhlichkeit unserer Soldaten und die Gegenwart der Frauen, vor allem Barberines und ihrer beiden Racker, davon der eine ihr am Rockzipfel hing, der andere in der Wiege aus Kastanienholz lag, welche sie von Zeit zu Zeit mit dem Fuß in Bewegung setzte, bis sie schließlich beide an ihre Brust anlegte, welches Schauspiel meinen Vater mehr als jeden anderen entzückte, da sein Kopf dem Herzen so nahe war und sein Herz wiederum den Sinnen. Zudem hätten Annet und Jacquou die Milchbrüder der beiden totgeborenen Söhne Isabelles sein sollen, weshalb sie nach dem Willen meines Vaters auf der Burg aufgezogen wurden – zwar nicht wie mein Halbbruder Samson, doch ähnlich wie unsere Vettern Siorac, deren Stellung zwischen der eines Bedienten und der eines Verwandten lag: Annet und Jacquou waren, so sagte mein Vater, nicht durch die Bande des Blutes mit uns verbunden, sondern durch die Bande der Milch, welche uns gleichermaßen genährt. Außerdem war Annet das Patenkind von Isabelle de Siorac gewesen.

Die beiden Knaben von Barberine waren keine Schmuddelkinder, wie man sie oft in unseren Dörfern sah, und hatten nicht den Kopf voller Läuse oder im Sommer Fliegen in den Augenwinkeln. Sie waren im Gegenteil blitzsauber und rosig, mit reinlichem Haar, so peinlich genau hielt mein Vater auf Sauberkeit, weshalb er sich auch nicht scheute, bei Tische zu Faujanet zu sagen:

„Mein Lieber, deine Füße stinken pestilenzialisch. Geh sie dir an der Pumpe waschen."

Sosehr Barberine an jenem Abend die Wiege in stetiger Bewegung hielt, Jacquou begann plötzlich lauthals zu schreien, was Annet ihm sogleich nachtat, bis seine Mutter ihm eine Maulschelle verabreichte, denn er hatte bei Tische eine kräftige Suppe, Ziegenkäse von Jonas, Apfelmus und sogar etwas Fleisch genossen, so daß er nicht vor Hunger, sondern aus Naschsucht schrie. Dann nahm Barberine Jacquou auf ihren Schoß und bedachte ihn so reichlich mit sanften, zärtlichen, tröstenden Worten, daß mich ein großes Verlangen überkam, seinen Platz einzunehmen. Nachdem der kleine Schreihals unter den leisen Besänftigungen der Mutter verstummt war, legte sie ihn der kleinen Hélix in den Arm, welche nach besten Kräften in der Litanei der Koseworte fortfuhr, indes Barberine ihr Mieder aufzuschnüren begann. Sie tat es mit züchtig gesenkten Augen, da so viele Mannsbilder um sie herum saßen, und gleichzeitig mit einem gewissen Ausdruck von Stolz und Wichtigkeit, war sie sich doch bewußt, daß sie ihres Amtes waltete und selbiges trefflich verrichtete, indem sie ihre beiden Sprößlinge so reichlich nährte und den Anwesenden einen zu Herzen gehenden Anblick verschaffte. Wie immer waren etliche Knoten in ihrem Miederband, und da sie nicht durch die Ösen paßten, löste sie einen nach dem anderen ohne Hast mit ihren rundlichen Fingern, solcherart unser Warten verlängernd.

„Barberine", sprach mein Vater (aber das sagte er jeden Abend), „erinnere mich daran, daß ich dir aus Sarlat ein neues Miederband mitbringe."

„Ach, dies hier tut auch noch seinen Dienst. Sie sind so teuer", erwiderte Barberine, den letzten Knoten lösend, worauf sie mit geübter Hand die rechte Brust und dann die linke aus ihrem Mieder nahm, beide so groß, rund und weiß, daß Stille im Saal eintrat und nur noch das leise Knistern des Feuers sowie das begierige Saugen der beiden Nimmersatte zu hören war.

Es tat Barberine gar wohl, daß ihr solcherart auf beiden Seiten die nie versiegende Milch entzogen ward, die ihr in den Stillpausen bisweilen heftigen Schmerz verursachte, aus welchem Grund der fast schon vier Jahre alte Annet noch an dem Festmahl teilhaben durfte. Was indes nicht ohne manche Unannehmlichkeit abging.

„Au, au!" stöhnte Barberine, die keine Hand frei hatte und wehrlos war. „Hélix, gib diesem kleinen Ungetüm eins auf den Hintern. Er beißt mich."

Hélix versetzte Annet einen Klaps, welcher kurz aufschrie und die Brust ausließ, dann aber gleich wieder zuschnappte, freilich ohne seine Beißerchen zu gebrauchen.

Oh, gewiß, das Auge meines Vaters war nicht ohne Traurigkeit, da er die beiden Knäblein ansah, so schön, so prächtig, so rosig und Annet schon ein richtiger Schelm, wenn er die Brust anfaßte. Ebensogut hätte sein Blick auf seinen beiden Söhnen ruhen können, die er verloren hatte: sie wären gleichen Alters, und auch Isabelle wäre dann noch am Leben, anstatt die Qualen der Hölle zu erdulden. Zwar hat nur Gott allein in seiner unergründlichen Weisheit zu beschließen, ob wir verdammt oder errettet werden; doch wer, wie wir, nicht an das Fegefeuer glaubt – jene abscheuliche Erfindung, die dem Worte Gottes hinzugefügt ward –, dem ist der Gedanke unerträglich, daß ein geliebtes Wesen nach dem Tode Höllenqualen leidet.

Falls meinem Vater am nämlichen Abend diese Gedanken kamen, muß er sie gleich wieder verjagt haben, um den Zauber der Stunde auszukosten: sein Auge begann zu blitzen, als er die Reden vernahm, welche Barberine und die Maligou mit leiser Stimme wechselten.

„Und zudem“, sagte Barberine, „ist sie von abstoßender Häßlichkeit.“

„Ei gewiß! Das ist wahr gesprochen!“ stimmte die Maligou zu.

„Wer soll von abstoßender Häßlichkeit sein?“ fragte Jean de Siorac dazwischen.

„Sarrazine“, antwortete Barberine mit einiger Verlegenheit, weil ihre Rede in fremde Ohren gedrungen.

„Sarrazine und häßlich!“ sagte mein Vater lachend. „Arme Barberine, du bist ein schlechter Richter, wenn's um die weiblichen Reize geht! Du mußt wissen, daß eine Frau, die schön sein will, dreierlei haben muß wie ein Pferd: die Brust, das Hinterteil und die Mähne, und Sarrazine ist mit all dem reichlich gesegnet.“

„Doch mit Verlaub, Moussu lou Baron, es ist vor allem die Hautfarbe“, wandte die Maligou ein.

Mein Vater machte eine abweisende Gebärde.

„Die Farbe der Haut tut nichts zur Sache, meine Liebe! Deine Gavachette hat fast dieselbe dunkle Haut und ist trotzdem ein hübsches junges Ding, nach dem sich manch einer die Augen verdreht.“

Hierauf schlug die Gavachette ihre Augen nieder, und die kleine Hélix errötete vor Grimm.

„Sie ist ja auch eine Zigeunerin!“ sagte die Maligou, nicht ohne Stolz auf ihre Tochter blickend.

„Sie hat nicht mehr Zigeunerblut in den Adern als du oder ich!“ sagte mein Vater, aus vollem Halse lachend. „Doch darüber wollen wir lieber schweigen“, fügte er mit einem vielsagenden Blick hinzu.

Es trat eine kleine Stille ein, dann sagte die Maligou mit beißender Stimme, als wolle sie sich ob der empfangenen Zurechtweisung an Sarrazine rächen:

„Ob häßlich oder nicht, Moussu lou Baron, aber sie ist eine Tochter des Satans.“

„Und woher willst du das wissen, Maligou?“ fragte mein Vater mit finsterer Stirn. „Hat es dir etwa der liebe Gott ins Ohr geflüstert?“

„Nein, aber es gibt Beweise, Moussu lou Baron! Erst taucht sie vor vier Jahren aus dem Nichts plötzlich auf. Sie wird auf Volperie in Dienst gegeben, und nach drei Jahren, da verwandelt sie sich in eine verwundete Wölfin und läßt sich von Jonas in seine Höhle bringen."

„Und versieht trotzdem ihren Dienst auf Volperie", sagte mein Vater lachend. „Coulondre Eisenarm hat sie dort alle Wochen gesehen, wenn er mit seinem Fuhrwerk hinkam."

„Dann hat sie sich eben verdoppelt."

„Sieh einer an! So leicht ist das! Welchen Lauf hatte die Wölfin sich gebrochen, Pierre, du hast sie doch gesehen?"

„Den rechten Hinterlauf", gab ich zur Antwort, stolz darüber, auch eine Rolle in dieser Angelegenheit zu spielen.

„Dann hatte wohl Sarrazine auf Volperie ein gebrochenes rechtes Bein?"

„Keineswegs, Moussu lou Baron", sagte Coulondre Eisenarm. „Sie gebrauchte ihre Füße wie ein jeder von uns."

„Der Teufel kann alles", hielt die Maligou dagegen.

„Dann ist er wohl ebenso mächtig wie Gott der Herr?" sprach mein Vater, den Ton wechselnd, mit gestrenger Miene.

„O nein! O nein!" gab die Maligou klein bei, sich bekreuzigend und erbleichend, als würde für sie schon der Scheiterhaufen aufgeschichtet. „Möget Ihr geruhen, Moussu lou Baron, nicht zu vergessen, daß ich nur ein armes unwissendes Weib bin, welches nichts versteht von dem Wie und Warum der Dinge. Ich werde also schweigen, so Ihr vermeint, daß ich zuviel sage."

„Du hast im Gegenteil noch nicht genug gesagt, Maligou", sprach mein Vater mit ernster Miene. „Ich will deine weiteren Beweise hören."

„Deren gibt es genug, Moussu lou Baron!" hub die Maligou wieder an, deren Gesicht wieder Farbe bekam. „Zuerst verhext die Wölfin den armen Jonas in seiner Höhle, daß er in Liebe zu ihr entbrennt und sich wünscht, sie möge sich in ein Weib verwandeln."

„Das war nichts als ein Scherz und Witz", warf mein Vater ein.

Ob es ein Scherz war, dessen war ich, der ich Jonas gehört, nicht sicher. Allein ich schwieg, wollte ich doch nichts zu seinen Ungunsten sagen.

„Und sie verwandelte sich!“ fuhr die Maligou siegesgewiß fort. „Die Wölfin nahm wieder Sarrazines Gestalt an und ward Jonas angetraut.“

„Wenn ich dies Gewirr von unglaublichen Narrheiten recht verstehe“, sprach mein Vater, „dann blieb die Wölfin, obgleich sie sich in Sarrazine verwandelt hatte, trotzdem eine Wölfin, denn beide, Weib und Wölfin, lebten noch gut zwei Monate, wenn auch mehr schlecht als recht, zusammen in der Höhle.“

„Ja, aber eines Tages war die Wölfin verschwunden.“

„Ja, sie lief davon, nachdem sie am Ende doch ein Zicklein gefressen und darum den Zorn ihres Herrn fürchtete. Und dasselbe solltest auch du tun, Maligou“, fuhr mein Vater unversehens mit Donnerstimme fort. „Ich sage es dir zum letzten Mal: Wenn du dieses törichte Gewäsch weiterhin in unseren Dörfern verbreitest, dann jage ich dich ungesäumt aus dem Hause, auf daß du mir nie mehr unter die Augen kommest. Im übrigen möge ein jeder hier, ob Mann oder Frau, sich hüten, so ihm an meiner Freundschaft gelegen, solche abscheulichen und verdammlichen Reden über Jonas und sein Eheweib zu führen oder in seiner Umgebung zu dulden, sondern sich im Gegenteil befleißigen, diesen beiden, wie ich es selbst tue, mit besonderer Achtung zu begegnen. Und du, Maligou, da du dich mit dem Teufel so gut auskennst, mögest ihn bitten, daß er auch dich verdoppele; indes die eine Maligou weiterhin ihren Dienst in unserer Küche verrichtet, soll er die andere in ein dickes Mäuslein verwandeln, das auf dem Dachboden einige alte Papiere, die ich dort liegen habe und die mir zu nichts mehr nütze sind, zernagen kann.“

Hierauf wechselte die Maligou einen erschreckten Blick mit Barberine, denn beide fragten sich angstvoll, ob mein Vater nicht ihre heimliche Marienverehrung entdeckt habe, die sie auf dem Dachboden betrieben. Doch Jean de Siorac stand auf nach seiner Rede, befahl, die Kinder ins Bett zu bringen, und verließ nach einem knappen Grußwort, das Auge noch voller Zorn, eiligen Schrittes den Burgsaal.

Trotz Pest und Hungersnot, von denen ich noch berichten werde, schlug das Jahr 1563 für Mespech zum Guten aus.

Die Herren Brüder vermochten endlich ihr langgehegtes Vorhaben in die Tat umzusetzen: sich eine Mühle im Beunes-Grund zu kaufen. Bis dato mußten wir in der Mühle von Campagnac mahlen lassen, und wiewohl deren Besitzer uns freundschaftlich gesinnt war und nur einen angemessenen Preis dafür verlangte, verteuerte sich unser Mehl dadurch beträchtlich. Nun fand im Frühjahr anno 1563 zu Sarlat eine öffentliche Versteigerung von Kirchengütern statt, und die Brüder erwarben von den Franziskanermönchen für eine Summe von dreitausendfünfhundertsiebenundsechzig Dukaten die schöne Mühle von Gorenne, versehen mit drei Mahlwerken: einem weißen für Weizen, einem braunen für Roggen, Gerste und Hirse sowie einem dritten für Nußöl. Zusammen mit dieser Mühle – und eingeschlossen in den Preis – ward ein schönes Stück Land verkauft, welches langgestreckt zwischen Mespech und Taniès im Talgrund lag, der an jener Stelle durch den Hügel von Mespech und den des Dorfes eingeengt war, durch welchen aber eine wohlgepflasterte Straße verlief, in westlicher Richtung nach Les Ayzies führend und in östlicher zur Burg Pelvézie.

Das Land mußte in langer, harter Arbeit von unseren Leuten, Zinsbauern und Tagelöhnern Stück für Stück vom überschüssigen Wasser befreit werden, davon es ganz faulig geworden war; stellenweise versank man in regnerischen Jahren bis zum Knie darin. Die Herren Brüder ließen den Aushub aus den Entwässerungsgräben zum Ufer des Beunes-Flusses bringen, daraus zu beiden Seiten kleine Dämme zum Schutz gegen das Hochwasser zu errichten. Um die Aufschüttung zu befestigen, wurden Weidenbüsche darauf gepflanzt. Dies bedeutete, bis weit in die Zukunft Vorsorge zu treffen, denn es würden gewißlich viele Jahre vergehen, ehe Sarrazine für ihre Körbe alle Weidenruten verflochten, welche zwei Meilen flußabwärts gegenüber dem Steinbruch wuchsen.

Der Frühling anno 1563 war von so großer Trockenheit, daß die Arbeiten im Beunes-Grund ohne zu große Ungelegenheiten verrichtet werden konnten; hingegen war die Trockenheit uns hinderlich, als wir auf der Nordseite unseres Hügels einen Weg von der Burg bis zur Mühle anlegen wollten, unser Korn dorthin zu karren und das Mehl zurück.

Weil der Hang so steil ist, mußte der Weg mit mancherlei Schleifen und Kehren versehen werden. Das Fällen der Bäume war kein leichtes Unterfangen, und das Roden der Wurzeln war es noch weniger, denn in der langen Trockenzeit war die Erde hart wie Stein geworden. Zu guter Letzt ward der Weg noch mit Steinen befestigt.

Von der Mühle versprachen sich die Brüder, wie ich bereits vermeldet, eine gehörige Einsparung an Kosten, aber auch einige hübsche Einkünfte, denn so mancher kleine Landwirt aus der Umgebung ließ im Herbst, wenn das Korn trocken, oder auch im Winter gemäß seinem Bedarf in den Beunes-Mühlen gegen Gebühr mahlen, so daß die Mönche gewißlich ein gutes Geschäft hätten machen können, wenn sie wegen der großen Entfernung nicht gezwungen gewesen wären, die Mühle zu verpachten, und der Pächter nicht den ganzen Gewinn durchgebracht hätte, ohne jemals das Geringste am Hause auszubessern, so daß um der Einsparung eines Nagels, eines Dachsteins oder einer kleinen Mühe willen das Dach undicht geworden und die Wohngemächer verfallen waren.

Mespech setzte ins Werk, was notwendig war, um alles zu richten und auszubessern, was schnell getan war, denn es fehlte uns weder an Händen noch an Mitteln.

Schwieriger war es indes, einen Müller zu finden, da die Herren Brüder die freie Stelle nicht wieder wie weiland im Falle des Steinhauers unter Trommelschlag und Trompetenschall ausrufen lassen wollten; sie vertrauten nur Leuten, deren Sinnesart ihnen bekannt war.

Nachdem die Wohngemächer der Mühle neu gerichtet, ließen die Brüder eines Abends Faujanet in die Bibliothek meines Vaters rufen und trugen ihm an, sich auf Gorenne niederzulassen; sein Handwerk als Faßbinder könne er auch im Beunes-Grund fortsetzen, da die Müllerei nur ein jahreszeitliches und unregelmäßiges Geschäft sei.

„Für doppelte Arbeit", sagte mein Vater mit einem breiten Lächeln, „doppelten Lohn. Dazu kostenfreies Mehl für dein Brot. Und gewißlich wird sich in der Umgebung eine hübsche, kräftige Jungfer unseres Glaubens finden, welche dir als Eheweib zur Seite stehen und Kinder gebären kann, die dann später für deinen Unterhalt aufkommen; denn es genügt nicht, nur für den heutigen Tag zu essen zu haben: das Brot des Alters wird in der Jugend bereitet."

Allein der kleine schwarze Kerl, welchem mein Vater wegen seines Hinkefußes (der ihn nicht daran hinderte, ein wackerer Schnitter zu sein) die Möglichkeit zu eigener Niederlassung zu geben gedachte, hörte diese verlockenden Worte ohne große Begeisterung. Indes mein Vater sprach und Sauveterre zustimmte, gingen die kleinen schwarzen Augen Faujanets von einem zum anderen und schienen immer trauriger zu werden.

Als mein Vater schließlich geendet, dankte er in angemessener Weise.

„Was das Müllerhandwerk angeht", fuhr er sodann fort, „so glaube ich wohl, daß ich es auszuüben vermöchte, da ich nicht ungeschickt mit den Händen und nicht zu schwerfällig mit dem Kopf bin. Und obgleich ich hinke (er blickte zu Sauveterre), schreckt mich auch die zusätzliche Arbeit nicht, wie die Herren wohl wissen. Auch sind die Herren sehr gütig, mir den Lohn verdoppeln zu wollen. Trotzdem befinde ich, daß ich hier auf Mespech mit dem, was ich neben freier Kost und Unterkunft von den Herren bekomme, genug verdiene."

Er hielt inne, senkte die Augen und fuhr dann mit einiger Verlegenheit fort:

„Was die Jungfer betrifft, so danke ich den Herren auch dafür recht schön. Doch eine Heirat erscheint mir, der ich mir viele Gedanken in meinem Kopf mache, nicht sehr verlokkend, wenn ich offen sein soll. Das Weib, welches sich am Hochzeitstage honigsüß zeiget, erweist sich acht Tage später als giftige Natter. Mit den Frauenzimmern verhält es sich umgekehrt wie mit den Kastanien: sie sind außen weich und innen stachlig. Ich traue ihnen sowenig wie einem Faß ohne Reifen."

„Sie bieten doch auch Annehmlichkeiten", hielt ihm mein Vater entgegen.

„Das ist schon wahr", erwiderte Faujanet, mit dem Kopf nickend, „allein die Annehmlichkeiten sind kurz und vergänglich, die Sorgen hören nimmer auf. Halb gehängt ist besser als schlecht verheiratet."

„Aber es gibt auch gute Ehen", wagte mein Vater zu behaupten.

„Ich habe mein Lebtag noch keine gesehen“, antwortete Faujanet unverblümt.

Hierauf erschien auf Sauveterres Angesicht der Anflug eines Lächelns, mein Vater schwieg, und da auch Faujanet nichts mehr sagte, zog sich das Schweigen hin. Schließlich hub mein Vater an:

„Wenn ich recht verstehe, mein lieber Faujanet, verlockt dich unser Angebot wenig.“

„Es macht mir Pein, die höchst vorteilhaften Bedingungen der Herren abzulehnen“, sagte Faujanet mit einem Seufzer. „Doch wenn ich auf Gorenne leben müßte, selbst mit den von Euch gebotenen Vergünstigungen, dann käme ich mir vor, als wohnte ich gleich neben der Pforte des Todes. Auf Mespech schlafe ich jeden Abend, den Gott werden läßt, ruhig in dem Wissen ein, mich auf einer Insel zu befinden, umgeben von einer starken Mauer, verteidigt von wackeren, wohlbewaffneten Gefährten und zwei tapferen Hauptleuten. Auf Gorenne hingegen kann es leicht geschehen, daß die erste Räuberbande, welche vorbeizieht und die schöne Mühle im Mondenschein sieht, auf den Gedanken verfällt, Euer Mehl und Korn zu rauben. Und schon schlagen zwanzig oder dreißig Lumpenhunde die Tür ein, vergewaltigen mein Weib und durchlöchern mir das Gedärm, wenn sie mich nicht, die Religion als Deckmantel ihrer Schandtaten nutzend, auf meinem eigenen Holzstoß als Ketzer verbrennen.“

„Du bist ein Ehemaliger aus der Legion von Guyenne“, hielt ihm Sauveterre entgegen, „und verstehst dich deiner Haut zu wehren, wozu wir dir auch Arkebusen überlassen werden.“

„Auch wenn Ihr mir zehn gebt“, erwiderte Faujanet, „würde das nicht reichen, wenn dreißig solcher Raubgesellen über mich herfallen.“

Siorac und Sauveterre schauten sich an, verblüfft ob dieser Überlegungen, welche sie wohl auch von anderen würden zu hören bekommen. Sollte also die schöne Beunes-Mühle leer stehen bleiben, weil kein Müller zu finden war?

Am folgenden Abend ließen sie Marsal Schielauge kommen. Stärker noch als gewöhnlich schielend und stotternd, zeigte er die gleiche Abneigung, die festen Mauern Mespechs zu verlassen, weil er sich auf Gorenne „so nackt wie eine Schildkröte ohne Panzer“ fühlen würde.

Man mußte sich damit abfinden: unsere tapferen Soldaten trauten es sich nicht zu, den einsamen Kampf gegen die starken Räuberbanden zu bestehen, die sich in der Provinz herumtrieben.

Die Herren Brüder wollten schon verzweifeln, da ersuchte zwei Tage später Coulondre Eisenarm um eine Unterredung. Daß Coulondre den Mund auftat, war schon ungewöhnlich genug, und so waren die Brüder höchstlich erstaunt, daß er nun gar um eine Unterredung bat. Sie empfingen ihn am Abend, und da Coulondre mit einem Schweigen begann, welches anzudauern drohte, wies mein Vater auf einen Schemel vor dem Kaminfeuer.

Niemals hatte die Leichenbittermiene Coulondres bekümmerter gewirkt: die Augen, die Nase, der Mund, alle Gesichtszüge waren nach unten gezogen, allein in den kleinen Augen unter den schweren Lidern zeigte sich einige Lebhaftigkeit.

„Moussu lou Baron“, sagte er schließlich mit der rauhen Stimme von Leuten, die wenig sprechen, „und auch Ihr, Herr Junker, haben mich nicht gefragt, ob ich Euer Müller im Beunes-Grund sein will.“

„Ich möchte dir nicht zu nahe treten, Coulondre“, entgegnete Sauveterre, „aber hältst du dich mit deinem eisernen Arm denn für fähig dazu?“

„Ja.“

„Und du würdest die Mühle übernehmen?“

„Ja.“

Coulondre fügte hinzu:

„Unter bestimmten Bedingungen.“

Mein Vater blickte ihn erstaunt an, indes Sauveterre mit barscher Stimme fragte:

„Welche?“

„Mit der Beute aus Calais kann ich mir zwei Sauen anschaffen. Auf Gorenne müßte dann für mich die Kleie abfallen, sie und ihre Ferkel zu füttern.“

„Wie viele Schweine gedenkst du dir zu halten?“ fragte mein Vater.

„Etwa dreißig Stück.“

Die Brüder sahen sich an.

„Darüber ließe sich reden", sagte Sauveterre. „Ist das alles?"

„Nein", erwiderte Coulondre, „ich möchte das Land im Beunes-Grund auf Halbpacht übernehmen."

„Unser Beunes-Land auf Halbpacht!" rief Sauveterre.

Auf diesen Ausruf erwiderte Coulondre nichts, sondern blickte nur mit traurigem, unbewegtem Gesicht ins Feuer.

„Darüber ließe sich reden", sprach schließlich mein Vater, um dann vorsichtig hinzuzufügen: „Aber wenn du unser Land auf Halbpacht bekämest und dazu einen Teil unserer Kleie für deine Schweine, dann verlangst du doch nicht noch Lohn?"

„Doch", antwortete Coulondre mit verschlossener Miene, aber mit einem wachen Blick zwischen den Lidern hervor. „Zumindest so lange, bis ich die ersten Schweine verkauft habe."

„Ist das alles?" fragte Sauveterre von oben herab.

Darauf trat Schweigen ein. Coulondre starrte ins Feuer mit der Unglücksmiene eines Mannes, der nichts mehr von der Welt erwartet.

„Es müßte auch noch für meine Verteidigung gesorgt werden", hub er schließlich wieder an, „indem man mir Hilfe gewährt beim Bau eines unterirdischen Ganges von der Kornkammer der Mühle bis zum ersten großen Gebüsch am Wege nach Mespech, damit ich Euch benachrichtigen kann im Falle eines Angriffs."

„Dazu würde eine Glocke ausreichen", hielt ihm Sauveterre entgegen.

„Keineswegs, Herr Junker", widersprach Coulondre, seinen eisernen Arm mit der gesunden Hand stützend, um die Schulter zu entlasten. „Eine Glocke würde auch den Angreifern Kunde geben. Sie wüßten dann, daß ich Euch zu Hilfe rufe, und könnten auf dem Weg zur Mühle einen Hinterhalt legen. Durch den unterirdischen Gang könnte indes mein Weib ungesehen zu Euch eilen."

„Dein Weib?" fragte mein Vater, sich in seinem Lehnstuhl aufrichtend. „Hast du deine Wahl schon getroffen?"

„Gewiß", erwiderte Coulondre. „Es ist Jacotte auf Volperie. Wie Ihr wißt, ist sie reformierten Glaubens."

„Aber sie zählt erst fünfzehn Jahre!“ sagte mein Vater.

„Obgleich mein Haar schon angegraut ist, hat sie sich mir anverlobt“, vermeldete Coulondre, ohne eine Miene zu verziehen.

„Die Maligou würde hier von Zauberei sprechen“, sagte mein Vater mit einem Lächeln.

„Da ist keinerlei Zauberei im Spiel“, erwiderte Coulondre ernst. „Als ich vergangenes Frühjahr mit meinem Karren von Volperie zurückkehrte, habe ich Jacotte aus den Händen von vier Strauchdieben errettet, welche ihr hinter einer Böschung Gewalt antun wollten. Einen hatte Jacotte mit ihrem Messer getötet, zwei andere streckte ich mit meinen Pistolen nieder. Der vierte stürzte sich auf mich, doch ich versetzte ihm mit meinem eisernen Arm einen Schlag in den Nacken und stieß ihm dann sein eigenes Messer in die Kehle.“

„Und du hast nichts davon verlauten lassen?“ fragte mein Vater, höchstlich verwundert.

„Jacotte hatte mich um Stillschweigen gebeten. Ihr wisset, wieviel in unseren Dörfern geschwätzt wird. Schnell wird dann mehr aus einer Sache, als wirklich gewesen.“

„Coulondre“, sprach mein Vater, „du hast eine gute Wahl getroffen. Ich kenne Jacotte als eine vortreffliche und wakkere Jungfer, die dir treu zur Seite stehen wird.“

Nach kurzem Schweigen schlug Sauveterre mit beiden Händen auf die Armlehne seines Stuhles und sprach mit einiger Schärfe:

„Die Sache ist noch lange nicht abgemacht! Der Herr Baron und ich müssen uns noch beraten.“

Hierauf antwortete Coulondre wiederum nicht, sondern blickte nur stumm ins Feuer.

„Coulondre“, sprach Sauveterre weiter, „wenn wir dir den unterirdischen Tunnel bauen, würde dich das nicht in große Versuchung führen, deinen Posten aufzugeben, so der Angreifer dich hart bedrängt?“

Auf dem langen, griesgrämigen Gesicht Coulondres zeigte sich der Anflug eines Lächelns:

„Ich sollte Euer Korn aufgeben? Euer Mehl? Und meine Schweine?“

Dies war wohl geantwortet. Doch die Herren Brüder

empfanden aus ganz anderem Grunde arge Bestürzung. Zum ersten Mal in der Geschichte Mespechs hatten sie über einen Vertrag zu verhandeln, der nicht von vornherein auf ihren Vorteil hinauslief.

Die Beratschlagung der Brüder dauerte einen ganzen langen Tag, und es ist bedauerlich, daß sie keine Erwähnung im „Buch der Rechenschaft“ fand. Zumindest kenne ich aber das Ergebnis.

Am nächsten Abend unterbreiteten die Brüder dem Coulondre ihre Vorschläge. Würde er zusätzlich zu seinen dreißig Schweinen noch einmal ebenso viele für Mespech halten?

„Nein“, erwiderte Coulondre, „sechzig sind zuviel. In großen Beständen breiten sich schnell Krankheiten aus. Zudem ist nicht genügend Platz auf Gorenne für so viele Tiere.“

„Wenn wir dir das Beunes-Land auf Halbpacht überlassen, so mußt du es bearbeiten. Wir werden dann von deiner Hälfte der Ernte einen Teil abziehen und dir dafür Pflug und Egge und ein Pferd leihen.“

„Ich danke den Herren für das Angebot, doch ich gedenke mir vom Rest meiner Beute ein Pferd und Ackergerät anzuschaffen.“

„Wenn es zu einer Einigung kommt, wirst du dann wie alle unsere Zinsbauern Tagewerke für Mespech verrichten?“

„Ja“, antwortete Coulondre, „an fünfzig Tagen im Jahr.“

„Wie kommst du auf die Zahl fünfzig?“

„Als ich zum hugenottischen Glauben übertrat“, erwiderte Coulondre, „habe ich auf fünfzig Feiertage im Jahr verzichtet: die Feiertage der Heiligen. Wenn ich jetzt noch an fünfzig Tagen Dienst für Euch tue, ergibt das hundert. Mit Verlaub, dies scheint mir auszureichen. Ich brauche auch noch Zeit für Gorenne.“

Sauveterres Stirn verdunkelte sich.

„Bereust du etwa deinen Übertritt zur hugenottischen Religion?“

„Keineswegs“, antwortete Coulondre achtungsvoll, mit düsterer Miene in die Flammen des Kamins starrend.

Als er zur Tür hinausgegangen war, verlangte Sauveterre

mit tonloser Stimme, daß man ihn unverweilt davonjagen solle ob seiner unglaublichen Frechheit.

„Und noch schlimmer ist", fügte Sauveterre hinzu, indes seine kleinen schwarzen Augen zornig funkelten, „daß er nur ein höchst lauer Hugenott ist."

„Wie die meisten unserer Leute", merkte mein Vater lächelnd an. „Doch zumindest ist er in seinem Herzen nicht Papist geblieben wie andere, deren Namen ich nennen könnte."

Er tat einige Schritte, den Oberkörper aufgerichtet, die Hände in den Hüften, und fuhr fort:

„Es ist so frech nicht, wenn er seinen Vorteil zu verteidigen sucht, wie wir es auch tun."

„Er verteidigt ihn nur zu gut!"

„So wie er Gorenne verteidigen wird! Und unser Korn zusammen mit seinen Schweinen! So wie er Jacotte verteidigt hat hinter jener Böschung! Mit Klauen und Zähnen! Mit List! Mit Bedacht! Mit der Frechheit, die Ihr ihm vorhaltet! Habt Ihr seine kluge Bemerkung bezüglich der Glocke gehört? Dieser Mann ist weder ein unüberlegter Leichtfuß noch ein Weichling!"

„Ich halte trotzdem dafür, daß wir ihn davonjagen sollten!" sprach Sauveterre, gereizt mit seiner Rechten eine abgehackte Bewegung vollführend.

„Und ich halte dafür, daß wir ihm Gorenne anvertrauen!" sprach mein Vater lachend.

„Was! zu diesen Bedingungen?"

„Bruderherz! Bruderherz!" sprach Jean de Siorac, hinter Sauveterre tretend und ihm beide Hände auf die Schultern legend. „Zuweilen muß man ein wenig verlieren, um viel zu gewinnen!"

Am folgenden Tag gab Sauveterre nach. Und so ward Coulondre vom Soldaten zum Zinsbauern, während die seinerzeit herrschende Hungersnot nicht wenige kleine Landbesitzer zwang, ihr Land den Getreideverleihern zu verkaufen und es dann für ein geringes Entgelt zu bestellen.

Anno 1563 war ein unheilvolles Jahr für das Sarladische Land. Ebenso wie sechs Jahre zuvor, anno 1557 – Faujanet sprach noch immer von dieser Zeit, da Gott in seinem allerhöchsten Zorn den Regen in seinen Wolken zurückgehalten hatte –, erreichte die Trockenheit in jenem zwölften Jahr meines Lebens fürchterliche Ausmaße.

Bereits der Winter war eher kalt denn feucht gewesen, doch als der März kam, wurde das Wetter fast so heiß wie im Sommer, und abgesehen von zwei oder drei kärglichen Regenschauern, welche den Boden kaum netzten, fiel kein Tropfen mehr vom Himmel. Das Gras fand nicht die Kraft, seine grünen Frühlingsschossen zu treiben. Es blieb kurz, als wäre es schon abgeweidet wie im Herbst, und begann schon im Mai gelb zu werden unter der brennenden Sonne. Das Getreide ging zwar auf, stand aber schlecht und dünn im Halm, die mageren Ähren so leicht, daß sie sich kaum neigten, indes die Erde darunter Spalten und Risse bekam, als wolle sie sich auftun bis zur Hölle hinab, und die gute, fette Ackerkrume sich in Staub verwandelte, welchen der frische Nordostwind in schwarzen Wolken davontrug.

Im Juli versiegten die Brunnen zu Dutzenden, das Wasser in den Weihern fiel, die sonst ungestüm dahinfließende Beunes trocknete halb aus. Die an ihrem Lauf ansässigen Müller verwehrten jede Wasserentnahme, so wie ihnen ihrerseits vom Seneschall verboten ward, Wasser abzuleiten oder anzustauen, was die flußabwärts liegenden Mühlen trockengelegt hätte. Unsere Nachbarn aus den Dörfern kamen mit Fässern zur Burg gezogen, um etwas Wasser aus unserem Weiher zum Tränken des Viehs zu erbetteln, was ihnen zunächst auch gewährt ward, dann aber auf unsere Zinsbauern beschränkt werden mußte, weil der Überlauf aus unserem Brunnen nur noch tropfenweise rann. Der Brunnen selbst versiegte zum Glück nicht, doch das Wasser im Stauweiher sank um fünf Fuß, was uns in großen Schrecken versetzte, denn nach den Worten der Herren Brüder war es selbst 1557 nicht so weit zurückgegangen.

Es kam die Zeit der Heumahd, doch nirgends stand das Gras so hoch, daß die Sense es hätte schneiden können, abgesehen von den Senken, wo sich einige Feuchtigkeit gehalten. Und dort mußte man ein Auge darauf haben, denn es kam so mancher des Nachts geschlichen, die wenigen Halme für seine Ziege oder seine magere Kuh abzusicheln. Unsere Soldaten legten sich auf die Lauer und ergriffen einen der

Unglücklichen, der sich schon am Galgen von Mespech baumeln sah, aber nicht sein eigenes Schicksal bejammerte, das ihm gerecht deuchte, sondern das seines Weibes und seiner Kinder. Nun stammte der arme Sünder aus Sireil, und den Brüdern widerstrebte es, einen Mann aus unseren Dörfern hängen zu lassen. Zudem war er Papist, und so hätte man glauben, sagen oder zu verstehen geben können, Mespech habe aus Glaubenseifer gehandelt. Also entschieden sich die Brüder, Milde walten zu lassen, und nachdem er zwei Tage im Turm gesessen, ward ihm auf das Versprechen hin, zwei Jahre lang jeweils vierzig Tage gegen Kost, aber ohne Entgelt auf unseren Gütern zu arbeiten, die Freiheit wiedergegeben. Der Mann leistete seine Strafe gewissenhaft ab, und ich sehe ihn noch heute vor mir, wie er bei Tische die Hälfte dessen, was ihm die Maligou auftat, heimlich in einen Beutel steckte, es seinem Weib und seinen sechs Kindern mitzunehmen. Er hieß mit Namen Pierre Petremol und war der jüngere Bruder jenes Kranken, der von seinem Leiden – und gleichzeitig vom Leben – erlöst ward, indem er zur Winterszeit in das eisige Wasser des heiligen Avit eintauchte.

Allein die Milde Mespechs vermochte ebensowenig auszurichten, wie es Strenge getan haben würde, so schwer und bitter war die Not der Menschen. Es ward weiterhin Gras gestohlen. Also mußten wir das Heu aus den Senken möglichst schnell einbringen wie auch die Ernte, sobald das Korn gereift, denn schon hatten vorüberziehende Bettler von einem kleinen Weizenfeld im Beunes-Grund die Ähren samt den Halmen verschlungen.

Escorgol hatte damals viel zu tun: vor dem Torhaus riß die Reihe der Hirten und Landleute nicht ab, welche die Burgherren unter Tränen und Händeringen anflehten, ihnen Korn zu ihrer eigenen Nahrung und Heu für ihr Vieh zu leihen. Für solche Darlehen mußten sie ihre Felder und Ernten verpfänden, und da sie meist schon in unserer Schuld standen – so mancher zahlte bereits eine jährliche Rente in Korn nach der Ernte –, waren einige gezwungen, uns für ihr täglich Brot ihr Land zu verkaufen. Andere, denen das Futter ausgegangen war, verkauften uns ihr Vieh – recht vorteilhaft für uns, denn da sehr viele verkaufen wollten, war der Preis für eine Kuh um die Hälfte gesunken.

Dergestalt vergrößerte jede Hungersnot die Ländereien Mespechs und vermehrte seine Herden. Mein Vater ward darob hart von seinem Gewissen geplagt. So hörte ich ihn wieder und wieder sagen, er empfände weniger Gewissensbisse, wenn wir unser Korn in Sarlat zu dem unglaublichen Preise verkauften, den es dort erreicht hatte: drei Livres für die Metze Weizen und fünfzig Sols für die Metze Roggen.

Allein Sauveterre wollte lieber die Ländereien vergrößern, statt Kisten und Kasten mit Dukaten zu füllen, und ließ hierüber nicht mit sich reden.

„Was aber", fragte Siorac, von seinen Bedenken gequält, „soll mit den Leuten geschehen, die keinen Boden mehr zu verpfänden oder zu verkaufen haben? Sollen wir sie Hungers sterben lassen?"

„Keineswegs. Wir werden ihnen Korn gegen die Kraft ihrer Arme verkaufen. Sie begleichen dann ihre Schuld durch Tagewerke, und wir werden bei der Heu- und Getreideernte oder beim Wegebau weniger für Tagelöhner ausgeben müssen."

Mein Vater senkte den Kopf und blickte mit sorgenumwölkter Stirn und trauriger Miene auf seine Stiefel.

„Also wird für uns alles zu Brot und Honig", sprach er nach einem Weilchen, „auch die Trockenheit. Alles wendet sich zu unserem Nutzen, vermehrt unseren Besitz. Mir will freilich scheinen, mein Bruder, daß wir zu sehr vom Elend dieser Zeiten profitieren."

„Wir haben das Elend nicht verschuldet", sagte Sauveterre, „und erinnert Euch bitte der Worte Calvins: ‚Es ist eine besondere Gnade Gottes, wenn wir mit unserem Verstande auszumachen vermögen, was uns einträglich ist.‘ "

„Gewiß, gewiß!" wandte mein Vater ein. „Aber die Armen werden dadurch immer ärmer und Mespech immer reicher."

„Ich sehe keinen Grund, warum wir das beklagen oder uns schuldig fühlen sollten", sprach Sauveterre. „Wir wollen doch nicht in die Scheinheiligkeit der Papisten verfallen, die in Purpur einhergehen und die freiwillige Armut als große Tugend preisen. Nein, Jean, die Lehre Calvins ist in diesem Punkt klar und einleuchtend. Daß es so viele arme Leute und nur wenige Reiche gibt, ist mitnichten das Werk blinder

Kräfte. Was ein jeder besitzt, ist ihm nicht durch Zufall gegeben, sondern ward ihm vom Herrn und Meister aller Dinge zugeteilt."

„Ich will es glauben", sagte mein Vater.

Doch nach längerem Schweigen sprach er gedankenverloren mit leiser Stimme:

„Wie kommt es nur, daß mein Herz so bekümmert ist ob der uns erwiesenen Gnade? Sie will mir fast zu groß erscheinen."

Am 6ten Juli erhielten die Herren Brüder durch einen reitenden Boten eine Nachricht von Monsieur de la Porte, besagend, daß in Sarlat die Pest wüte und an die hundert Personen täglich dahinraffe. Um zu verhindern, daß sich die Seuche im ganzen Amtsbezirk ausbreitet, habe er mit Zustimmung der Konsuln die Schließung der Stadttore angeordnet. Weil aber die Versorgung der Stadt mit Lebensmitteln aufrechterhalten werden müsse, bitte er meinen Vater, unsere Dorfleute zu benachrichtigen, daß an den gewohnten Tagen weiterhin die Märkte abgehalten würden, nur außerhalb der Stadtmauern, in der Vorstadt Lendrevie. Die Landleute sollen auch fürderhin Eier, Butter, Gemüse, Käse und sonstige Lebensmittel zur Stadt bringen können, ohne die Stadt selbst betreten zu müssen: die Einwohner würden ihre Einkäufe über Kommissionäre tätigen, die in den Vorstädten wohnen und ihren Kunden die gewünschten Waren durch die Torklappen liefern. Weiterhin fragte Monsieur de la Porte bei den Brüdern an, ob es ihnen möglich sei, mit der Lieferung eines halben Rindes zur Ernährung der Stadt beizutragen. „Zwar ist", so fuhr Monsieur de la Porte fort, „die Nachfrage nach Fleisch geringer geworden, weil Adel und wohlhabende Bürger, ganz zu schweigen von den Richtern, dem Bischof und seinen Vikaren, sich eilends davongemacht und sich auf ihre Landsitze zurückgezogen haben. Verblieben sind aber die beiden Konsuln, vier Wundärzte, die königlichen Offiziere sowie ich selbst, und in der großen Gefahr, in der wir uns befinden, möchten wir nicht Hungers sterben müssen."

Monsieur de la Porte hatte ein Postskriptum hinzugefügt: „Es wird Euch betrüben zu erfahren, daß Madame de la Valade vorgestern der Seuche erlegen ist. Nach Abholung der Leiche ward die arme Kammerjungfer Franchou – welche auch Eurer verschiedenen Gemahlin diente – sogleich im Hause ihrer Herrin eingeschlossen, Türen wie Fensterläden sind vernagelt. Eine solch grausame Maßnahme ist, wie Ihr wißt, gemeinhin üblich, und ich vermag nichts dagegen auszurichten. Franchou wird versorgt über einen Korb, den sie an einem Seil aus dem Oberbodenfenster auf die Straße herabläßt. Sie lebt mehr schlecht als recht von der öffentlichen Mildtätigkeit. Die arme Jungfer ist schier von Sinnen vor Angst, Hunger und Verzweiflung: sie greint und stöhnt und fleht in einem fort, man möge sie doch lieber töten als in dem verseuchten Hause einzusperren."

Mein Vater erhielt das Schreiben am Vormittag des 6ten Juli, und es kam darüber zu einem heftigen Wortwechsel mit Sauveterre. Durch das offene Fenster der Bibliothek drangen einige Wortfetzen an mein Ohr, ohne daß ich mir einen Reim darauf machen konnte. Einige Augenblicke später sah ich meinen Vater mit finsterer Stirn und entschlossener Miene die Freitreppe herabkommen und hörte, wie er den Brüdern Siorac in knappen Worten gebot, ein junges Rind, das wir kürzlich gekauft, zu schlachten, abzuziehen und zu zerteilen und die Stücke auf einen Wagen zu laden.

Am Nachmittag des gleichen Tages, als François, Samson und ich unsere Fechtübungen mit Cabusse abhielten, welcher zu diesem Behufe jeden Tag von Le Breuil zu uns heraufkam, trat mein Vater mit sorgenvoller Miene in den Fechtsaal.

„Gott zum Gruße, Cabusse", sprach er, nicht ohne Mühe in seinen leutseligen Ton verfallend. „Gott zum Gruße, ihr Knaben."

„Gott zum Gruße, Moussu lou Baron", sagte Cabusse und salutierte mit dem Degen. Er hatte mit Feinsinn einen Ton zwischen Vertraulichkeit und Respekt gewählt, als wäre er selbst ein halber Edelmann.

„Und wie geht es Cathau?"

„Sie wird zusehends runder", antwortete Cabusse, mit der Linken über seinen riesigen Schnurrbart streichend, die Rechte auf den Degen gestützt. Mit einem breiten, männlichen Lächeln fuhr er fort: „Bald ist es soweit. Sie soll Ende Juli niederkommen."

„Ende Juli! Bei dieser Hitze wird es wohl ein Fröstling werden!"

„Das scheint mir auch", gab Cabusse zur Antwort.

„Und dein Nachbar Jonas?" fragte mein Vater weiter.

„Oh, Jonas, Jonas! Seit er die Sarrazine und sein Haus hat, schwebt er im siebten Himmel. Herz an Herz mit ihr ist er zufrieden und glücklich."

„Ich lasse ihn grüßen, auch sein Weib und das deinige. Wie führen meine Knaben die Klinge?"

„Leidlich gut", erwiderte Cabusse, welcher mit Lob geizte, nicht aber mit Worten, denn auf seine Beredsamkeit bildete er sich nicht wenig ein.

Und er fuhr fort:

„Ein jeder hat seine Schwächen, aber auch seine Stärken. Der Geschickteste von allen dreien ist Moussu Samson. Er hat ein Handgelenk wie von Eisen. Doch mit Verlaub zu sagen", setzte er mit jener Offenheit hinzu, welche meinem Vater gar wohl gefiel, „sein Hirn ist manchmal nicht ganz so flink. Moussu François hat ein scharfes, waches Auge, versteht es trefflich, den gegnerischen Stößen auszuweichen und sich zu verteidigen, doch wegen seiner übergroßen Vorsicht wagt er zu wenig Angriffsstöße. Moussu Pierre hingegen ist voller Ungestüm und nur auf Angriff aus, er wütet wie ein kleiner Stier. Doch dabei deckt er sich schlecht und eröffnet Blößen. Ich hätte ihn schon hundertmal getötet."

„Jeder kann also von den Stärken der anderen lernen", sprach mein Vater darauf. „Meine Söhne", so fuhr er mit ernstem Angesicht fort, „in Sarlat wütet die Pest. Ich werde mich morgen dorthin begeben, Herrn de la Porte ein halbes Rind zu bringen. Wegen der Gefahr der Ansteckung will ich keine Bedienten zum Geleit mitnehmen, sondern nur Angehörige meiner Familie. Die Brüder Siorac und einen von Euch, so sich einer findet."

„Ich", rief ich, noch keuchend und schwitzend von der Fechtübung. „Da ich einmal Arzt werden will, wird es Zeit, daß ich mich an die Krankheit gewöhne."

„Ich", rief auch Samson, sobald ich geendet.

„Ich", sprach François nach kurzem Zögern.

„Nein, Ihr nicht, François“, wandte Siorac ein. „Meinen Ältesten will ich dieser Gefahr nicht aussetzen. Ich werde Pierre und Samson mitnehmen, da sie beide keine Furcht zeigen. Gehab dich wohl, Cabusse! Gehabt Euch wohl, meine Söhne. Ich bin stolz auf Euch. Der Mut beweist sich nicht nur mit dem Degen in der Hand.“

Hierauf wandte er sich auf seine lebhafte Art um und verließ uns mit leuchtenden Augen und bewegtem Angesicht.

Am Abend verfügten wir uns nach dem Essen auf Geheiß unseres Vaters in die obere Kammer des Nordostturms – die nämliche, worinnen wir beide eingesperrt saßen, nachdem ich an meinem sechsten Geburtstag die Hand gegen François erhoben. Doch sie hatte sich seit dem Vortage gänzlich verändert. Die Wände waren weiß gekalkt, der Fußboden mit Essigwasser gewischt, und im Kamin loderte trotz der Sommerhitze ein mächtiges Feuer, in dessen Flammen wohlriechende Substanzen und Kräuter verbrannten: Benzoeharz, Lavendel und Rosmarin. Auch sah ich zwei Betten, getrennt von der ganzen Breite der Kammer, was bedeutete, daß Samson und ich diesmal nicht zusammen schlafen würden. Neben einem jeden Bett lagen auf einem Schemel unsere Kleider für den nächsten Tag, duftend nach den gleichen Gerüchen, die aus dem Kamin aufstiegen, und daneben lehnte an der Wand der Kurzdegen, welchen wir nur außerhalb der Burgmauern tragen durften. Mein Herz tat einen Freudensprung bei diesem Anblick. Ich zog meinen Degen aus der Scheide und hieb damit gewaltig durch die Luft, die Pest und ihre abscheulichen Mordgehilfen zu durchbohren, worüber Samson lauthals lachte – doch ohne Spott, denn es lag ihm fern, sich über andere lustig zu machen. Nachdem ich mit ihm gelacht, löschte ich die Lampe und sank sogleich in tiefen Schlaf, voller Freude und Stolz darüber, meinen Vater durch die Fährnisse seiner Unternehmung begleiten zu dürfen, und darauf brennend, viel Neues über meinen künftigen Stand zu sehen und zu erfahren.

Mein Vater weckte uns am nächsten Tag im Morgengrauen und brachte jedem eine Schale heiße Milch, ein großes Stück Weißbrot mit frischer Butter sowie ein mächtiges Trum Salzfleisch. Er forderte uns auf, diesem Imbiß gehörig zuzusprechen, und indes wir, jeder auf seinem Bett sitzend, die Kiefer wacker rührten, sprach mein Vater, den Fuß auf einen Schemel setzend, mit großem Ernst:

„Pierre, du sollst wissen – und auch du, Samson –, daß Gott, weil er nichts tut, was nicht gut und richtig ist, schwerwiegende, dem Menschen allerdings verborgene Gründe hat, uns die Pest zu schicken. Indes vollzieht sich Gottes Handeln nur über natürliche Kräfte, gegen die der Mensch sich billigerweise zur Wehr setzen darf, sei es, indem er ihrem Wirken vorzubeugen sucht, sei es, indem er sie bekämpft, wenn sie ihn bedrängen."

Hochaufgerichtet stand er da, die Hände in den Hüften, in kurzen, klaren Worten sprechend.

„Ihr müßt wissen, meine Herren Söhne, daß die Pest auf den Menschen übertragen wird durch die verdorbene Luft, welche die Pestkranken umgibt, ebenso ihre Wäsche, ihren Hausrat, ihre Häuser und die Straßen, durch die sie gegangen. Manche Gelehrte vermeinen, die verdorbene Luft gelange in unseren Körper über stinkende Dünste; andere wiederum vermuten, durch kleine giftige Tierchen, so winzig, daß man sie nicht sehen kann, welche ihren Weg durch Mund, Nase, Ohren und Hautporen nehmen, ihre Eier im Blute ablegen und selbiges in Fäulnis versetzen. Aus dieser Ursache ist es zum ersten wichtig, gut zu essen . . ."

„Warum denn?" fragte ich mit vollem Mund, ganz erstaunt, daß etwas, was mir ein Vergnügen schien, auch ein Heilmittel sein soll.

„Weil die edlen Körperteile, welche das Gift angreift, sich nur zur Wehr setzen können, wenn sie gut gestärkt sind. Solange die Venen und Arterien nicht mit frischer Nahrung gefüllt sind, kann das Gift viel leichter eindringen und sich der edlen Körperteile bemächtigen, als da sind: das Herz vor allem, die Brust und die Genitalien. Zum zweiten . . . Ah, du bist fertig mit Essen, Pierre, erhebe dich flugs und lege dein Hemd ab."

Was ich, nicht ohne mich zu verwundern, tat. Mein Vater nahm darauf vom Boden eine Schale mit Essig, welche er mitgebracht, netzte darin seine Rechte und rieb mir die Schläfen, die Achselhöhlen, die Herzgegend, die Leistenbeugen und die Geschlechtsteile ab.

„Dies“, so sprach er, „wird deinen Leib vor Ansteckung bewahren.“

„Und wieso?“ fragte ich.

„Der Essig“, hub er an, sich Samson zuwendend, um auch ihn abzureiben. „Aber wie kräftig und gut gebaut dieser kleine Bursche ist! Es ist ganz wunderbarlich, wie trefflich in seinem Alter seine Glieder schon gebildet sind!“

Er unterbrach sich, wendete den Kopf und warf mir einen prüfenden Blick zu, als fürchte er, mich mit seiner Lobrede über meinen Bruder verletzt zu haben. Doch war mir dies gar nicht in den Sinn gekommen, denn ich war gänzlich gefesselt von dem Gegenstand seines Vortrages.

„Der Essig, mein Herr Vater?“ fragte ich.

„Ach ja! Der Essig ist seinem Wesen nach kalt und trokken. Und das Kalte und Trockene ist der Verwesung höchst abträglich. Aus welchem Grunde man Kräuter und Zwiebeln in Essig aufbewahrt, welcher jedes Gift abweist und den Körper vor Fäulnis bewahrt.“

Nach diesen Worten hängte mein Vater einem jeden von uns ein kleines Säckchen um den Hals, so daß es auf der Brust zu liegen kam.

„Diese Säckchen“, so erklärte er, „enthalten ein Pulver aus gewürzhaften Stoffen, welche das Herz schützen. Kleidet Euch an, Pierre und Samson. Es ist Zeit zum Aufbruch.“

Als wir unsere Kleider angelegt, nahm er zwei kleine Beutel aus der Tasche und reichte sie uns.

„Hängt dies“, sprach er, „an Euren Gürtel. Es sind Gewürznelken, sehr teuer in ihrem Preis, von denen Ihr ständig einige kauen müßt, solange Ihr Euch in Sarlat oder an anderen pestverseuchten Orten befindet. Auf diese Weise füllt der starke, gesunde Geruch der Gewürznäglein die leeren Räume von Mund und Nase, so daß für die pestbehafteten Dünste kein Raum mehr bleibt und sie nicht in Euch einzudringen vermögen.“

Ich hörte und sah meinen Vater mit der allergrößten Bewunderung ob seines ungeheuren Wissens an, ganz überwältigt, in so kurzer Zeit so viele tiefgründige Dinge über die Pestseuche zu erfahren.

„Und zu guter Letzt, Ihr tapferen Ritter“, sprach Jean de Siorac, „hier Eure Helme: eine mit Essig getränkte kleine

Tuchmaske, die Ihr über Mund und Nase tragen werdet, sobald wir Mespech verlassen haben. Nun denn, Ihr Herren Knaben“, fuhr er fort, „jetzt seid Ihr gewappnet für den Kampf gegen die Pest! Auf nun, mit Gott voran! Möge der Herr uns schützen! In Euren Satteltaschen wird ein jeder zwei geladene Pistolen finden, welche Euch wohl kaum gegen die Seuche dienlich sein können, doch – wenn es sein muß – gegen die Bosheit der Menschen.“

Im Hofe von Mespech stand das gesamte Gesinde versammelt und sah starr vor Schrecken, mit aufgerissenen Augen zu, wie wir uns zum Aufbruch anschickten; sie müssen geglaubt haben, wir würden nie mehr lebendig zurückkehren. Sauveterre eilte, sich seitwärts bewegend, die Freitreppe herab, meinen Vater mit Ungestüm zu umarmen und ihm dabei mit leiser Stimme, in der sich Angst und Zorn mischten, ins Ohr zu sagen:

„Es ist Wahnwitz, Wahnwitz!“

Indes mein Vater – vielleicht um diese Worte zu übertönen – mit lauter Stimme kundtat, daß Escorgol bei unserer Rückkehr mit der Glocke von Mespech Sturm läuten werde und keiner dann bei unserem Einzug auch nur seine Nase zeigen dürfe. Es sollten starke Feuer in den Kaminen brennen und Kessel mit reichlich Wasser zum Erhitzen aufgesetzt werden, darin zu baden und unsere Kleider zu waschen.

Außerhalb der Burgmauer warteten vor dem Torhaus bereits die Brüder Siorac, bleich und zitternd auf dem Bocke des Wagens sitzend, worauf das Fleisch geladen war. Sein Reittier für einen Augenblick zügelnd, wandte mein Vater sich um, mit seiner behandschuhten Hand eine kleine Geste des Abschieds zu Escorgol hin vollführend, welcher uns vom Fenster seines Turmes mit Tränen in den Augen nachsah. Was mich sehr betroffen machte wie zuvor schon der schweigende Abschied von unserem Gesinde auf dem Hof, bekam ich doch langsam eine Vorstellung von dem wahren Ausmaß der Gefahren, in die wir uns begaben.

Der Wagen fuhr los, und mein Vater lenkte seinen Apfelschimmel neben die Zugpferde, einen Augenblick stillschweigend die verängstigten Mienen der Brüder Siorac zu beobachten.

„Meine Vettern", so sprach er schließlich, „ich mache mir Sorge um Euch, da ich Euch derart von der Einbildungskraft gequält sehe, welche gar große Macht über uns ausübt. Ihr zittert! Ihr wähnt Euch schon tot! Doch wisset, daß im Zustand der Angst und Furcht das Blut sich aus dem Herzen zurückzieht und eine Leere hinterläßt, welche dem Gift der Ansteckung einen leichten Zugang verschafft. So eilen diejenigen, welche zu sterben glauben, mit großen Schritten dem Tod entgegen."

„Ich fürchte nicht so sehr den Tod", erwiderte einer der Sioracs (und als er sodann von Michel sprach, wußten wir, daß es Benoît war), „sondern daß Michel stirbt und ich allein bleibe."

„Solches fürchte auch ich", setzte Michel hinzu.

„Nun, dann seid guten Mutes", sprach mein Vater. „Da Ihr Zwillinge seid und die gleichen Körpersäfte Euch beleben, wird die Seuche nicht den einen befallen, ohne den anderen zu treffen. Ihr werdet also gemeinsam den Tod finden oder gemeinsam überleben, und keine Trennung wird Euch beschieden sein."

„Gott sei gelobt!" sprach darauf Benoît mit einem tiefen Seufzer der Erleichterung. „Mein edler Vetter, Ihr habt mir eine große Last vom Herzen genommen!"

„So auch mir", setzte Michel hinzu.

Von dieser Minute an bekamen sie wieder Farbe ins Angesicht, ihre Züge besänftigten sich, und sie beklagten sich fortan nicht mehr, nur daß sie in der drückenden Hitze, wie wir anderen auch, Handschuhe und Masken tragen mußten. Dazu waren sie allerdings, wie mein Vater, noch angetan mit Brustharnisch und Morion, was nicht zu ihrer Bequemlichkeit beitrug und ihnen den Schweiß ins Angesicht trieb, obgleich der Morgen noch jung und die Sonne sich kaum erhoben hatte. Sie hatten jeder eine Arkebuse auf den Knien liegen, den Lauf auf den Wegrand gerichtet.

Zwei Meilen vor Sarlat sahen wir unterhalb der Straße, welche sich in steilen Bogen abwärts wand, den nackten Leichnam eines Mannes im dürren Gras einer Wiese liegen. Er befand sich gut ein Dutzend Klafter unter uns, doch obgleich der Wind uns im Rücken stand, war der aufsteigende Gestank unerträglich.

„Meine Vettern“, sprach mein Vater, „setzet Euern Weg fort, ohne zu verweilen, und auch du, Samson. Wartet dann am Fuße des Hügels auf uns.“

Benoît gab den Rössern die Peitsche, daß sie in Galopp verfielen, gefolgt von Samson auf seinem Schimmel. Meine kleine schwarze Stute und der große Apfelschimmel meines Vaters, die es stark gelüstete, ihnen nachzusprengen, waren nur mit Mühe zurückzuhalten, doch nach einigem Wiehern, Tänzeln und Aufbäumen standen sie still, nur noch ein wenig mit den Beinen zitternd, auf dem Hang, von dem wir auf den Leichnam hinabsahen.

„Pierre“, hub mein Vater an, „der arme Kerl trägt alle Anzeichen der Pest an seinem Leibe. Ich habe sie Euch schon genannt. Vermöget Ihr sie zu wiederholen?“

„Gewiß“, erwiderte ich, indes mir der Hals wie zugeschnürt war und mir fast die Sinne schwanden vor Übelkeit ob des Gestanks und des erschrecklichen Anblicks der Leiche. „Das große Geschwür, das ihm die Haut in der rechten Leiste beult, ist eine Drüsengeschwulst. Die schwarzen Pusteln auf dem Bauch sind Pestbeulen. Und jener Ausschlag, der sich rot, bläulich und violett auf der Brust zeigt, sind Peststriemen.“

„Sehr gut geantwortet“, sprach mein Vater, über mein Unwohlsein hinwegsehend. „Beachtet auch die schlaffe, gelbliche Haut des Leichnams, die fahle Gesichtsfarbe, die schwärzlichen Augenlider und das verzerrte Gesicht. ‚Wer stirbt, stirbt unter Schmerzen‘, hat Villon gesagt, und für einen Pestkranken gilt das mehr als für jeden anderen.“

„Wie kommt es“, fragte ich, „daß der Mann hier auf der Wiese liegt und nicht in seinem Bett?“

„Das Übel beginnt mit heftigem Fieber, starker Herzschwäche, Schwellung des Unterleibes, übermächtigem Brechreiz sowie fortwährenden fauligen Bauchflüssen. Nach einigen Stunden kommt ein so unerträgliches Kopfweh hinzu, daß der Kranke davon ganz außer sich gerät, in seinem rasenden Schmerz das Haus verläßt und davonrennt, bis er vor Ermattung niederstürzt.“

„So ist er also dort niedergestürzt und hat ohne Beistand, ohne Freunde, nackt wie er auf die Welt gekommen, seinen Geist ausgehaucht.“

„Er war nicht nackt. Bettler werden ihm die Kleider vom Leibe gezogen haben. Doch sie werden auch sterben, und man wird ihnen wiederum die Kleider nehmen. Und so gehen die Kleider und die Wäsche der Verstorbenen von Hand zu Hand und bringen einem jeden, der sie berührt, den Tod. – Mein Sohn“, fuhr er mit veränderter Stimme fort, „siehst du den Raben dort, der sich auf der Spitze jener Kastanie spreizt? Ich bitte dich, daß du ihn tötest!“

Sehr erstaunt über diesen Befehl, doch ohne ein Wort der Erwiderung, zog ich eine meiner beiden Pistolen aus der Satteltasche, spannte den Hahn, streckte den Arm aus, hielt den Atem an und drückte ab. Der Vogel stürzte nieder und riß im Fallen einige der bereits gelb gewordenen Blätter mit sich. Ein wenig verwundert, daß für ein solches Ziel eine Kugel verschwendet worden war, lud ich meine Pistole wieder.

„Hat er vom Fleisch des Kadavers gefressen?“ fragte ich.

„Nein. Ein Rabe rührt niemals das Fleisch eines Pesttoten an. Dazu ist er ein viel zu schlaues Tier. Doch nun vorwärts!“

Mein Vater lenkte seinen Schimmel auf die sich abwärts windende Straße, und als ich aufgeschlossen hatte und an seiner Seite ritt, hielt er sein Roß im Schritt und sprach:

„Der Leibarzt des Königs, Ambroise Paré, ein trefflicher Mann und wie wir ein Anhänger der neuen Religion, hat einmal erzählt, wie er zum ersten Male zu einem Pestkranken gerufen ward: als er die Bettdecke anhob, ihn zu untersuchen, fuhr ihm der aus den Pestbeulen strömende widerliche Gestank derart in den Hals, daß es ihm die Sinne nahm und er bewußtlos niederfiel. Nun denn, mein Sohn“, fuhr mein Vater lächelnd fort, „Ihr übertreffet bereits den großen Ambroise Paré – wenn nicht an Wissen, so doch an Kaltblütigkeit. Denn als Ihr auf den Raben schosset, hat Eure Hand nicht gezittert.“

Hierauf gab er seinem Pferd beide Sporen, indes sein schmeichelhaftes Lob mir neuen Mut verlieh, nachdem der Anblick des Pesttoten größtes Entsetzen in mir erregt hatte.

Wir hatten die Vorstadt Lendrevie fast erreicht, als mein Vater, der an der Spitze unseres Zuges ritt (Samson und ich bildeten den Schluß), uns ein Zeichen zum Halt gab. Sich umwendend, rief er mich und sprach:

„Wir werden den abscheulichen Leichenzug dort in gehöriger Entfernung vorbeiziehen lassen." Er wies mit der Hand auf drei mit Toten beladene Karren, die aus der Stadt kamen und vor uns nach rechts auf ein großes Feld abbogen, allwo sich unter der brennenden Sonne etliche Gruben im Lehmboden auftaten.

Auf den Böcken der Wagen saßen, reglos, mit leinenen, weißen Umhängen bekleidete Männer, die Köpfe mit Kapuzen verhüllt. Auf ihren Knien hatten sie lange, mit eisernen Haken versehene Holzstangen liegen. Als der erste Wagen vor uns abbog, sah ich, daß die Toten in völliger Nacktheit kreuz und quer übereinander geworfen waren. Obgleich der Wind von hinten wehte, war der Gestank unerträglich.

„Ist dort ein neuer Gottesacker?" fragte ich erstaunt.

„Nein, aber in Pestzeiten dürfen die Toten nicht neben der Kirche begraben werden, um die geweihte Erde nicht zu verpesten. Deshalb bringt man sie auf dem erstbesten Feld in die Erde, in Massengräbern."

„Und wozu dienen den Totengräbern die langen Haken?"

„Es sind keine Totengräber. Die sind schon in den ersten Tagen alle gestorben. Die Gestalten da in den weißen Kutten sind Pestmänner, und der Haken bedienen sie sich, um die Toten nicht berühren zu müssen."

„Sie spießen ihnen die Haken in den Leib?" fragte ich entsetzt. „Wie barbarisch!"

„Gewiß! Doch wenn man solches nicht duldete, fände sich niemand für diese Verrichtung. Die Stadt muß ihnen ohnehin einen hohen Lohn zahlen."

„Und wieso sterben die Pestmänner nicht?"

„Sie sterben, wie andere auch. Deshalb wird ihnen soviel Geld geboten."

In diesem Augenblick hielt der Pestmann, welcher das Gespann des dritten Wagens lenkte, sein Fahrzeug an, ehe es von der Straße auf das Feld abbog.

„Gott zum Gruß, Moussu lou Baron!" schrie er laut und fröhlich.

„Gott zum Gruß! Du kennst mich?"

„Gewiß! Trotz der Maske habe ich Euch an dem Apfelschimmel und an Eurer Art, zu Pferde zu sitzen, erkannt. In diesem Frühjahr habe ich als Euer Tagelöhner beim Bau der Straße von Mespech zur Beunes-Mühle gearbeitet."

„Und wie ist es dir seitdem ergangen?"

„Ich war fast immer ohne Lohn und Brot, Gott sei's geklagt! Habe drei Monate lang am Hungertuch genagt und war dem Tod schon nahe."

„Auf Mespech hättest du nicht vergeblich um ein Stück Brot und einen Napf Suppe gebeten."

„Doch wie hätte ich dorthin gelangen sollen? Meine Beine trugen mich schon nicht mehr. Gottlob hat die Pest mich gerettet! Endlich habe ich satt zu essen."

„Wieviel zahlt dir die Stadt für die Arbeit als Pestmann?"

„Moussu lou Baron, es ist ganz wunderbarlich! Zwanzig Livres im Monat, von denen schon zehn in meiner Tasche klingen. Die restlichen zehn bekomme ich am Ende des Monats, falls ich dann nicht schon unter der Erde bin."

Er lachte auf und bekreuzigte sich.

„Doch ich will mich nicht beklagen", fuhr er in fröhlichem Ton fort. „Wie herrlich ist es doch nach all dem, was ich erlitten, daß ich alljetzt so reich bin, immer etwas zu beißen habe, jeden Tag Fleisch essen und Cahors-Wein trinken und mich sogar mit den Lustdirnen aus der Vorstadt vergnügen kann! Gott möge mir verzeihen, doch ich habe zu lange enthaltsam leben müssen!"

„Hast du Weib und Kind?"

„Nein, ich hatte nie die Mittel!"

„Nun denn, Gesell, ich wünsche dir Wohlergehen und langes Leben."

„Das Wohlergehen genieße ich schon, aber ein langes Leben wird mir wohl nicht beschieden sein!" erwiderte der Pestmann lachend. „Doch freue ich mich über jeden Tag, der mir zuteil wird, wenn ich nicht hungern muß."

Hierauf gab er seinen Gäulen die Peitsche und fuhr mit seinem Karren der offenen Grube entgegen.

„Ist seine Fröhlichkeit nicht ganz und gar unglaublich?" sprach ich, ihm nachblickend.

Mein Vater nickte mit dem Kopf.

„Die Armen haben einen blinden, ungestümen Mut, der sich aus ihrem Stand erklären läßt. Und sie brauchen ihn gewißlich mehr als andere, denn es trifft nicht zu, wie oft behauptet wird, daß die Pest Arme und Reiche gleichermaßen befällt. Bei der ersten Schreckenskunde vom Nahen der

Seuche halten sich die betuchten Bürger nämlich genauestens an die bekannte Vorschrift des Galenus: ‚Brich ungesäumt auf, begib dich weit weg, kehre spät zurück.‘ Die Armen indes bleiben an den verseuchten Orten, weil sie nirgendwo hingehen können. Und da es ihr Los ist, eng zusammengepfercht im Dreck und in großer Bedürftigkeit zu leben, fallen sie der Krankheit in Massen zum Opfer."

Am Stadttor von Lendrevie angelangt, rief mein Vater die Wache heraus und gebot ihr, den Kommissionären zu vermelden, daß er Rindfleisch für Monsieur de la Porte und die Konsuln bringe. Hierauf befahl er den Brüdern Siorac zu warten und ritt mit Samson und mir in die Vorstadt hinein.

Um die Luft zu reinigen, loderten an den Straßenkreuzungen große Feuer aus Nadelholz auf dem Pflaster, die Sommerhitze noch verstärkend. Auf den Straßen keine Menschenseele, außer den unsichtbaren Toten. Weder Hunde noch Katzen oder Tauben, wiewohl es davon in Sarlat sonst mehr als genug gab. Man hatte sie bei Ausbruch der Pest in Massen getötet, weil man die armen Tiere verdächtigte, die Seuche zu verbreiten. Hie und da gewahrte ich ein vernageltes Haus, aus dem die Klagen der Eingeschlossenen drangen. Über den vernagelten Haustüren war ein Stück schwarzes Tuch angebracht, was bedeutete, wie mir mein Vater leise erklärte, daß bei Strafe seines Lebens keiner sich hinein- noch herausbegeben oder sich auch nur nähern dürfe.

Mein Vater zügelte sein Roß auf einem kleinen Platz, vor einem alten Haus mit vorkragenden Obergeschossen. Es war mir wohlbekannt, und ich begriff, daß die Überbringung eines halben Rindes für Monsieur de la Porte und die Konsuln nicht der einzige Grund unserer Unternehmung war.

Obgleich angetan mit seinem Harnisch, sprang Jean de Siorac leichtfüßig von seinem Roß und hieß auch uns absitzen und die drei Reittiere an den ins Pflaster eingelassenen eisernen Ringen anbinden. Wir befanden uns etwa zehn Schritte von dem Pesthaus entfernt, und nach einem Blick in die Runde, ob ihn auch keiner sähe, trat mein Vater an das Haus heran und zog an dem Korb, welcher an einem

Seil aus einem Oberbodenfenster herabhing. Darauf ertönte eine Klingel, und ein Kopf erschien in der Luke. Es war Franchou, das Gesicht etwas eingefallen, doch ihre Wangen waren rot.

„Heiliger Jesus!“ rief sie, sich weit aus dem Fensterchen beugend, was uns den Anblick ihrer hübschen Brüste bot, die aus dem Mieder quollen. „Ihr seid es, Moussu lou Baron! Gott sei gelobt, Ihr lasset Eure Dienerin nicht im Stich!“

„Pst, Franchou! Man könnte dich hören. Bist du krank?“

„Vor Hunger und Angst. Ansonsten bin ich gesund. Seit dem Tod meiner Herrin habe ich diese Kammer nicht verlassen.“

„Ich werde dich da heraushoIen. Vermeinst du, daß du durch das Fenster paßt? Du bist ein wenig füllig!“

„Gewiß!“ erwiderte Franchou. „Mein Leib ist wohlgerundet, besonders an seinem unteren Teil. Doch ich werde mich schon hindurchzwängen. Auch eine dicke Maus kommt aus ihrem Loch heraus.“

„Sehr wohl. Ich werde holen, was wir brauchen.“

Samson zur Bewachung unserer Pferde zurücklassend, begab sich mein Vater mit mir in die umliegenden Straßen, in den Höfen und Schuppen nach einer Leiter zu suchen. Als wir endlich eine gefunden hatten – was seine Zeit dauerte, denn sie mußte ziemlich lang sein –, ergriffen wir sie jeder an einem Ende und kehrten schwitzend zu dem kleinen Platz zurück, beunruhigt ob des lauten Geschreis, das wir vernahmen.

„Was ist das nur für ein Tumult?“ sprach mein Vater stirnrunzelnd, seine Schritte beschleunigend.

Als wir an dem Platz mit dem Haus von Madame de la Valade anlangten, ließen wir vor Erstaunen die Leiter fallen. Die Pistole in der Hand, versuchte Samson auf seinem tänzelnden Schimmel etwa zwei Dutzend mit Piken, Messern, Dreschflegeln (zwei sogar mit Arkebusen) bewaffnete Galgenvögel in Schach zu halten, welche ihn und die beiden angebundenen Gäule umstanden, dabei laut schreiend, ohne sich zum Angriff entscheiden zu können. Auch Samson schoß nicht (was ich an seiner Stelle vielleicht getan hätte). Ohne einen Ausdruck von Angst oder Zorn auf seinem engelhaften Gesicht, hatte er seine erstaunt blickenden blauen Augen auf die Menge gerichtet und rief mit seinem bezaubernden Lispeln immerfort:

„Was ist mir das? Was ist mir das?“

„Was ist mir das?“ ahmte mein Vater ihn grollend nach. „Was wollen diese Kerle? Frisch gewagt, mein Pierre, auf sie!“

Sogleich blankziehend – was ich ihm nachtat –, stürzte er auf die Meute los, ich immer hinterdrein. Mit der flachen Klinge einige Schläge austeilend, doch achtend, daß er niemanden verletzte, bahnte er sich einen Weg bis zu den Gäulen, band sie los, warf mir die Zügel zu und schwang sich in den Sattel.

„Die Pferde mit dem Rücken zur Hauswand!“ flüsterte er mir zu. „Damit wir keinen hinter uns haben!“

Unter Tänzeln und Aufbäumen, damit die Menge zur Seite wiche, ließ er seinen Apfelschimmel bis zum Haus von Madame de la Valade zurückhufen. Obgleich mein spanischer Rappe nicht so gut abgerichtet war, gelang es mir, mich an seiner Rechten zu halten, so wie Samson an seiner Linken. Kaum standen wir an der Hauswand, ließen wir auch schon die Zügel sinken; den Degen am Handgelenk, ergriff ein jeder seine zwei Pistolen. Mein Vater wäre wohl sogleich zum Angriff übergegangen, hätte er an seiner Seite nicht uns, sondern seine altgedienten Soldaten gehabt. Allein er wollte das Leben seiner beiden Söhne nicht in einem Straßenkampf gefährden, und so entschloß er sich zum Verhandeln, zumal das Lumpenvolk trotz seiner Bewaffnung eher schwach und verhungert denn gefährlich aussah.

„Holla, meine Freunde!“ rief er also laut, doch mit einer gewissen soldatischen Leutseligkeit, sich dabei in seinen Steigbügeln aufrichtend. „Was soll dieser Tumult? Empfängt man so die Fremden in der Vorstadt Lendrevie? Warum bedrängt ihr uns?“

„Um dir und deinen Söhnen das Lebenslicht auszublasen, Baron!“ rief ein großer, dicker Kerl in der ersten Reihe der Menge, den ich an seinen hervorstehenden schwarzen Augen, seiner Kleidung, seinem Schmerbauch und dem im Gürtel steckenden Messer als den Schlächter von Lendrevie, Forcalquier geheißen, erkannte.

„Was für schändliche, häßliche Worte!" erwiderte mein Vater lachend, doch mit einem wachsamen Auge auf die Menge, insonderheit auf die beiden Arkebusenträger. „Mir das Lebenslicht ausblasen, Meister Forcalquier! Du willst vollbringen, was den Engländern nicht gelungen ist. Doch wenn du es trotzdem schaffst, wird jeder, der hier meinen Waffen entgeht, für diesen Mord am Galgen enden."

„Und wer soll uns an den Galgen bringen?" fragte Forcalquier mit schallender Stimme. „Etwa Monsieur de la Porte? (Welchen Namen die Menge mit Buhrufen bedachte.) Dieser kleine Scheißer hält sich in seinem Hause versteckt und hat kaum ausreichend Soldaten, die Stadttore zu bewachen. Und auch wenn er jemand hätte, uns zu verhaften, wer soll über uns zu Gericht sitzen? Die Richter des Provinzialgerichts? Sie haben sich davongemacht! (Erneute Buhrufe.) Baron, du mußt begreifen: Hier gibt es weder königliche Offiziere noch Bürger, Richter oder Edelleute mehr! Die Herren sind jetzt wir!"

„Und du bist der Anführer?"

„Der bin ich. Ich, Forcalquier! Ich habe mich selbst zum Baron von Lendrevie ernannt und übe allhier die hohe Gerichtsbarkeit aus. Du wirst also sterben, auch deine Söhne. So habe ich es kraft meines neuen Amtes beschlossen!"

Auf diese freche Rede antwortete die Menge mit fröhlichem Gelächter, und wenn auch Forcalquier entschlossen wirkte, schien die Menge eher belustigt und befriedigt über die schamlosen Drohungen denn bereit, sie ins Werk zu setzen. Mein Vater verspürte diese Gemütslage der Menge und spielte, ohne den Ton zu wechseln, seinen Part in diesem gefährlichen Spiel weiter.

„Schlächterbaron von Lendrevie", sprach er mit gutmütigem Spott, „wie schnell geht dir das Richten von der Hand. Kein Richter hat je schneller seinen Spruch gefällt! Doch du mußt dein Urteil auch begründen: für welche Vergehen werden wir bestraft?"

„Weil ihr euch einem Pesthaus genähert und versucht habt, das darinnen eingesperrte Weib herauszuholen. Dies ist ein Kapitalverbrechen, wie du wohl weißt."

„Aber dieses Weib ist gesund. Dafür verbürge ich mich als Medicus! Sie leidet einzig und allein an Hunger."

„Wir auch! Wir krepieren vor Hunger!" schrie eine schrille Stimme aus der Menge, und dieser Ruf ward sogleich an allen Ecken und Enden des Platzes wiederholt, so daß sich klagendes Geschrei erhob.

„Halt ein, Baron! Genug geschwatzt!" rief Forcalquier. „Hörst du meine Untertanen? Jetzt geht es dir an den Kragen!"

Und mit diesen Worten zog er sein großes Messer aus dem Gürtel. Ob er aus Mut oder aus Tollheit handelte, weiß ich nicht zu sagen, denn eine der Pistolen meines Vaters war auf sein Herz gerichtet. Doch mein Vater drückte nicht ab.

„Hüte dich, Meister Forcalquier!" sprach er mit ernster Stimme. „Nach der Pest wird man dich und deine Leute zur Rechenschaft ziehen für diese Untat!"

„Nach der Pest!" schrie Forcalquier. „Ein ‚nach der Pest' wird es nicht geben! (Er fuhr mit seinem Messer durch die Luft, als hiebe er mit einem Schlag alle Köpfe der Vorstadt ab.) Ich weiß es aus göttlicher Quelle", fuhr er fort, seine hervorstehenden schwarzen Augen auf das Gesicht meines Vaters geheftet. „Die Heilige Jungfrau ist mir im Traum erschienen und hat mir beim Wort ihres göttlichen Sohnes versichert, daß in der Vorstadt Lendrevie niemand die Seuche überleben wird. Baron, du gehst nur wenig eher in den Tod denn wir! Die Pest wird keinen hier verschonen, der Himmel hat es mir offenbart."

Hierauf hieb er wiederum mit seinem Messer durch die Luft und schrie mit lauter Stimme:

„Wir werden alle sterben!"

„Alle, alle!" wiederholte die Menge dumpf.

An dem Ausdruck, der in die Augen meines Vaters trat, ersah ich, daß er nun auf das Schlimmste von seiten dieser verzweifelten Kreaturen gefaßt war.

Doch als er wieder anhub zu sprechen, tat er es mit leutseliger, fast freundschaftlicher Stimme.

„Ihr lieben Leute! Wenn wir ohnehin alle sterben müssen, was nützt euch dann noch mein und meiner Söhne Tod?"

„Wir werden uns deine Pferde schmecken lassen!" schrie eine Stimme.

„Ah, ihr lieben Leute!" erwiderte mein Vater mit bewundernswürdiger Promptheit. „Endlich verstehe ich euch und bin beruhigt. Es ist also nicht Ruchlosigkeit, die euch antreibt, sondern der Hunger! Aber wenn dem so ist, biete ich euch ein Lösegeld für unser Leben und für die Freilassung der armen Frau: nämlich ein gutes Stück Fleisch von einem frischgeschlachteten Rind. Höret wohl", fuhr er fort, sich in seinen Steigbügeln aufrichtend, „ein schönes, gutes Stück Rindfleisch! Mein Sohn Pierre wird es sogleich vom Stadttor holen. Fleisch! meine lieben Freunde, Fleisch werdet ihr essen!"

Ich gab meinem spanischen Rappen die Sporen und sprengte wie der Teufel über das Straßenpflaster davon. Die Brüder Siorac schickten sich gerade an, das letzte Rinderviertel durch die Pforte zu verkaufen, als ich um die Ecke bog. Schreiend und gestikulierend bedeutete ich ihnen, einzuhalten und mir zu folgen. Der Wagen rumpelte mit einem Höllenlärm hinter mir her zu dem kleinen Platz, allwo mein Vater noch immer seine geschickte Zunge rührte, um die Volksmenge in Schach zu halten und Forcalquier nicht zu Worte kommen zu lassen.

Als mein Vater, dem der Schweiß von der Stirn rann, uns gewahrte, stieß er einen Seufzer der Erleichterung aus, zumal der Anblick der geharnischten und mit Arkebusen bewaffneten Brüder Siorac die Menge zurückweichen ließ – nur Forcalquier harrte mit aufgesperrtem Maul unentwegt auf seinem Platze aus, das Messer in der Hand. Im Handumdrehen schob mein Vater seine Pistolen in den Gürtel und sprang mit einem Satz von seinem Roß auf den Wagen, hob – ich weiß nicht, woher er diese übermenschliche Kraft nahm – den schweren Fleischbrocken mit beiden Händen hoch über seinen Kopf und sprach, die gierigen Augen der Menge auf sich gerichtet, mit lauter Stimme:

„Heda, Schlächterbaron von Lendrevie! Zerteile nun dies Rinderviertel für dich und deine Untertanen!"

Und schleuderte ihm mit einer großen Kraftanstrengung den Brocken an den Kopf. Unter der Wucht des Anpralls fiel Forcalquier rücklings zu Boden und schlug mit dem Kopf auf das Pflaster, so daß ihm die Sinne schwanden. Und ohne sich weiter um ihn zu kümmern oder ihm aufzuhelfen, warfen die zerlumpten Gesellen ihre Waffen weg und machten sich in Windeseile über den Klumpen Fleisch her, der eine mit seinem Messer, der andere mit den Händen, ein dritter gar mit den Zähnen, um ein Stück davon zu ergattern.

Als mein Vater sie solcherart beschäftigt sah, stellte er stracks die Leiter an das Pesthaus. Franchou suchte sie zu erreichen, indem sie zuerst ihre Füße aus dem Fenster schob, alsdann die Unter- und die Oberschenkel, doch da sie in der Leibesmitte recht dick war, wollte ihr das Hinterteil nicht durch die Fensteröffnung passen.

„Ei, meine Liebe!" rief mein Vater hinauf, „du hast eben der guten Dinge zuviel! Jetzt biete all deine Kräfte auf! Es geht um unser Leben!"

Sich mit höchster Kraftaufbietung drehend und windend, daß sie sich schier Gewalt antat, gelang es Franchou endlich, sich unter klagendem Gestöhn und vielerlei Anrufung des „heiligen Jesus" hindurchzuzwängen, worauf sie die Leiter mehr hinabstürzte denn hinabstieg und unten von meinem Vater aufgefangen ward, welcher sie in kühnem Schwung auf den Wagen beförderte, daß sie durch die Luft flog wie zuvor der Brocken Fleisch.

Im Nu saß er im Sattel, und wir alle feuerten mit den Sporen, mit der Peitsche und mit Worten unsere Gäule an, dabei seltsame Schreie der Erleichterung ausstoßend, und sprengten davon, daß die Funken nur so aus dem Pflaster der vermaledeiten Vorstadt stoben.

ZEHNTES KAPITEL

Das Ärgste für Samson und mich an dieser Unternehmung war nicht der Tumult in Lendrevie: es waren die zwanzig Tage Quarantäne, welche wir nach unserer Rückkehr im Nordostturm erdulden mußten. Ebensowenig gefiel den Brüdern Siorac, daß sie in dem Zimmer unter uns eingesperrt saßen. Durch die Ritzen im Fußboden hörte ich sie – ohne unterscheiden zu können, wer von beiden sprach – über die Länge der Zeit jammern. Und die Zeit ward uns in der Tat lang, waren doch die Tage in ihrem Einerlei nur von den drei Mahlzeiten unterbrochen, welche Escorgol uns brachte. Auf Geheiß meines Vaters waren es freilich sehr üppige Mahlzeiten, die unsere Venen und Arterien gegen das Eindringen des tödlichen Pesthauchs stärken sollten.

Escorgol war von meinem Vater für die Trägerdienste ausgewählt worden, weil er zwei Jahre zuvor die Pest in Nîmes überlebt hatte. Sein Körper, der schon einmal über das Gift gesiegt hatte, würde dieses wiederum vertreiben, sollte es ihn angreifen.

Wegen seiner neuen Obliegenheiten – er hatte auch die Kaminfeuer in den Zimmern der Eingeschlossenen zu unterhalten – vermochte Escorgol seinen Wachdienst im Torhaus nicht mehr zu versehen. Letzteren übernahm mein Vater, indem er dort für die Quarantäne-Zeit im ersten Stock sein Quartier bezog, indes Franchou das zweite Geschoß belegte. Diese Quartieraufteilung hatte mein Vater entschieden; aus einer bissigen Anspielung im „Buch der Rechenschaft" geht hervor, daß Sauveterre eine andere Aufteilung bevorzugt hätte.

Schon am zweiten Tag unserer Gefangenschaft schickte uns Oheim Sauveterre, damit wir nicht müßig unsere Zeit vertrödelten, den Titus Livius nebst unseren lateinischen Wörterbüchern sowie die „Geschichte unserer Könige" (von seiner Hand für uns abgefaßt), mit der Weisung, jeden

Tag eine Seite aus dem Lateinischen zu übersetzen und zwei Seiten der Geschichte auswendig zu lernen; auch eine Bibel hatte er nicht vergessen, daraus dreimal am Tag die gekennzeichneten Abschnitte laut vorzulesen waren.

In seinen schriftlichen Anweisungen verlangte Oheim Sauveterre von mir, ich solle Samson bei der Lateinübersetzung nicht helfen, was ich – ebenfalls schriftlich – in respektvollen Worten ablehnte mit der Begründung, daß Samson, wenn er schon auf die Hilfe des Oheims verzichten müsse, wenigstens die meinige bekommen solle, um nicht zu verzweifeln, wenn er sich alles so zu Herzen nimmt. Sauveterre willigte ein unter der Bedingung, daß ich die Stellen, wo ich meinem Bruder geholfen, unterstreiche. Samsons Lateinkenntnisse waren mitnichten schlecht, doch hatte er seine Schwierigkeiten mit dem Französischen, und in ebendiese Sprache sollten wir das Lateinische übertragen, nicht in das uns geläufige Okzitanisch. Ich hingegen war der Sprache des Nordens bereits hinlänglich mächtig, denn meine Mutter hatte sich in ihrem Bedachtsein auf feine Lebensart immer nur des Französischen bedient, wenn sie mit mir sprach, und auch mein Vater wendete es an, wenn er mich in der Arzneikunst unterwies. Der arme Samson hatte solcherlei Gelegenheiten der Übung nicht gehabt und war darob ganz verzagt.

Ebenfalls schriftlich richtete ich an Sauveterre einige Bitten, zu denen mir unterschiedlicher Bescheid ward:

1. „Darf ich mir von Escorgol zwei Degen sowie zwei Brustleder bringen lassen?" – „Einverstanden. Doch habet acht, daß Ihr nicht aus Ungestüm Euerm Bruder ein Auge ausstoßet."

2. „Darf ich mir von Escorgol mein Kugelfangspiel holen lassen?" – „Abgelehnt. Mein Herr Neffe, Ihr habt nicht mehr das Alter für solch nichtigen Zeitvertreib."

3. „Darf ich mit meinem Vater einen Briefwechsel über Fragen der Pest führen?" – „Einverstanden."

4. „Darf ich Catherine und der kleinen Hélix schreiben?" – „Abgelehnt. Ich wüßte nicht, was Ihr den Mädchen Wichtiges mitzuteilen hättet."

In diesem Punkte war ich ganz anderer Meinung, ebenso die kleine Hélix, wie das Brieflein zeigte, das sie eines Morgens unter der verriegelten Tür hindurchzuschieben vermochte und das folgendermaßen lautete:

„Mein Pier, ich gab den dummen Torwärter einen brif fier dich, aber der gab in Sauveterre der ihn las und ins feuer warf und Alazai befaal mich auszupeitschen. O mein armer Hintern! Aber das ist nicht weiter schlimm. Mein Pier, ich bin gar oft voler Gedencken an dich und dann wird mir das hertz ganz wee. Hélix."

Auch ich, eingesperrt im Nordostturm, war voller „Gedenken" an die kleine Hélix, vornehmlich des Abends, wenn ich mein Lämpchen gelöscht hatte und allein auf meinem Bett lag – ohne jemanden zum Anschmiegen. Und gewißlich kam mir der Schlaf auch leichter, wenn ich, ermattet von unseren Spielen, meinen Kopf zwischen ihre weichen Brüste legen konnte, den linken Arm um ihre Taille geschlungen, mein rechtes Bein zwischen den ihren. Arme Hélix, wo magst du wohl sein, während ich diese Zeilen schreibe? In der Hölle oder im Paradies? Noch heute vermag ich nicht zu glauben, daß es eine so große Sünde gewesen sein soll, als ich mit so großem Wohlgefühl ruhig und still in deinen anschmiegsamen Armen lag, noch daß es frevelhaft von dir gewesen, mich in dein Nest zu locken.

Die Kammer, worinnen Samson und ich eingesperrt saßen, war groß, hell, luftig und voller Wohlgerüche, denn sie diente zur Aufbewahrung unserer Äpfel, welche in guter Ordnung auf Lattenrosten lagen, runzelig und verschrumpelt wie das Gesicht eines alten Weibes, doch keineswegs faulig, obgleich wir schon Juli hatten. Mit ihrem köstlichen Geruch vermischte sich der der Würzkräuter, welche im Kamin verbrannten, wo mit Nadelholz ein großes Feuer unterhalten ward. Mit diesem Feuer herinnen und dem Feuer der Julisonne draußen kamen wir uns vor, als steckten wir in einem Backofen, trotzdem alle Fenster geöffnet waren. Noch schlimmer ward es, wenn wir unsere Fechtübungen abhielten, die Brust mit dem schweren Lederschutz bedeckt. Nach der Übung sanken wir, kaum daß Brustleder und Degen weggelegt waren, keuchend und schnaufend auf unsere Lager, die nackten Leiber von Schweiß überströmt.

„Der Schweiß“, so schrieb mir justament mein Vater in Beantwortung meiner besorgten Fragen über die Heilungsmöglichkeiten der Pest, „ist das beste Mittel gegen diese Seuche. Gilbert Erouard, Doctor der Arzeneikunst zu Montpellier (ich wünschte, mein Herr Sohn, daß Ihr eines Tages bei ihm studieret, denn er ist hochgelehrt), empfiehlt deshalb den Pestkranken, am Morgen und am Abend ein großes Glas Salzlake zu trinken. Dieses starke Getränk verursacht einen reichlichen Schweißfluß, welcher die Heilung herbeiführen kann, indes das Salz – dessen man sich bekanntermaßen bedient, den Verderb von Schweinefleisch zu verhindern – die Fäulnis aufsaugt, welche das Gift im Leibe des Kranken verursacht.

Etliche Gelehrte halten viel von *Skorpionöl.* Dazu setzt man ein Hundert Skorpione in einem Liter Nußöl an und verabreicht das Mittel, nachdem man es mit der gleichen Menge Weißwein vermischt. Der Trank verursacht ein heftiges Erbrechen und soll dabei das Gift, welches er an sich zieht, aus dem Körper befördern.

Ich weiß nicht“, so fuhr mein Vater fort, „was ich von dieser Roßkur halten soll, denn der Pestsüchtige verspürt ohnehin einen ständigen Drang zum Erbrechen, und so halte ich es nicht für notwendig, selbigen noch zu verstärken.

Ich vermag auch nicht zu erkennen, welchen Nutzen es erbringen soll, den Kranken zu purgieren, da er bereits an ständigen Bauchflüssen leidet. Und nach meinem Bedünken kann auch der Aderlaß ihn nur noch weiter schwächen, da er sich schon in einem Zustand großer Schwäche befindet.

Ich habe Wundärzte gesehen – unwissende Hohlköpfe –, welche Pestgeschwüre mit glühenden Eisen ausbrannten, und wieder andere, die sie gar mit dem Messer ausschälten. Dies sind nach meinem Bedünken ebenso banausische wie unmenschliche Verfahren. Man muß die Geschwüre eitern lassen, ohne Hand an sie zu legen, außer zur Entfernung des Eiters; denn wenn ein Geschwür eitert, dann zeigt dies an, daß das Gift aus dem Körper hinaus will. Folglich soll man es gewähren lassen.

Diane de Fontenac habe ich einen *Theriaktrank* verabreicht, welchen ich aus einer erklecklichen Anzahl von Heil- und Würzkräutern verfertigte, die man in Wein ziehen läßt, nämlich Engelwurz, Myrte, Skabiose, Wacholderbeeren, Safran und Gewürznäglein. Ich habe mich mit diesem alleinigen Mittel begnügt, welches stark schweißtreibend ist, und im übrigen Sorge getragen, daß die Kranke gut ißt, reichlich trinkt, rein gehalten wird, daß ihr Fieber besänftigt und durch ermutigende Worte ihre Todesangst gelindert wird. Der Rest ist Gottvertrauen."

Dieser Brief – den ich aufbewahrt habe wie all die anderen Briefe von seiner Hand – beweist hinlänglich, daß mein Vater, wie Monsieur de Lascaux sagte (welcher berühmte Arzt Sarlat beim ersten Anzeichen der herannahenden Pest verlassen hatte), „ketzerisch in der Heilkunst wie in der Religion" war. Denn abgesehen von dem Theriaktrank schien er kein großes Vertrauen in die meisten der gegen die Pest verwendeten Heilmittel zu haben, auch nicht in die Salzlake und das Skorpionöl, davon ich einige Jahre später die Gelehrten zu Montpellier nur Gutes sagen hörte.

Ach! wie lang ward mir doch die Zeit dieser Quarantäne. Jeder Tag schien ein Monat – ein Monat mit so vielen langen Tagen ... Und wie groß wäre erst – trotz Titus Livius und unserer Könige – meine Ungeduld und meine Langeweile gewesen, hätte ich nicht Samson bei mir gehabt. Welch ein Engel des Himmels! Zwanzig Tage, zwanzigmal vierundzwanzig Stunden allein mit seinem Bruder in einem abgeschlossenen Raum leben – wenn man ihn dann, ohne daß es den geringsten Zank noch Streit gegeben, noch mehr lieben kann, zeigt dies deutlich, aus welch edlem Stoff er geschaffen ist; denn ich mache mir bezüglich meiner Wesensart nichts vor: ich kenne meine Unvollkommenheiten.

Gewißlich habe ich es schon vermeldet, doch möchte ich es wiederholen: Samson ist vor allem schön – von einer Schönheit, welche die Finsternis zu erhellen vermag: sein rotblond gelocktes Haar, das bis auf die kräftigen Schultern wallt, seine himmelblauen Augen, das makellose Weiß seiner Haut, die ebenmäßigen Gesichtszüge. Ich spreche hier nur von seinem Angesicht und nicht von seinem Leib, welcher mit den Jahren immer mehr einem kunstvollen Bildwerk gleichen sollte. Allein seine Schönheit, seine Wohlgestalt sind nur die bloße Widerspiegelung der Seele, welche in dieser Hülle wohnt.

Cabusse behauptet, Samson sei etwas schwerfällig im Hirn, weil es ihm bei der Abwehr der gegnerischen Fechtklinge und beim eigenen Angriff an Schnelligkeit ermangelt. Doch Cabusse irrt: dies ist nicht ein Mangel des Geistes, sondern eine Tugend. Samson liebt seine Mitmenschen solcherart, daß er nicht zu glauben vermag, andere könnten ihm oder er könnte ihnen Schlechtes antun. Jegliche Bosheit, auch wenn sie nur gespielt sein sollte, ist ihm ganz unbegreiflich. Er hat dies vieltausendmal bewiesen, erst letztlich wieder, da er auf seinem Schimmel der aufgebrachten Volksmenge in Lendrevie gegenüberstand, die blauen Augen groß und erstaunt auf die Wütenden gerichtet, mit sanfter Stimme und leichtem Lispeln wiederholend: „Was ist mir das? Was ist mir das?"

Selbst bei dem großherzigsten Menschen der Welt kommt einmal der Zeitpunkt, da sich die Eigenliebe in ihm regt – bei Samson niemals. Ohne daß es ihm recht bewußt wird und ohne daß er Ruhm damit zu erlangen sucht, stellt er seinen Mitmenschen stets über sich. Als meine Mutter starb, weinte er, obgleich sie zu ihren Lebzeiten kein einziges Mal das Wort an ihn gerichtet noch ihre Augen auf ihm hatte ruhen lassen. Wie kam es nur, daß er sie trotzdem liebte, und was sah er in ihr – er, der für sie unsichtbar gewesen? Ich weiß es nicht zu sagen, denn er gebraucht seine Zunge nur wenig und ist wohl auch nicht fähig, die Liebe, die er in sich trägt, mit Worten zum Ausdruck zu bringen. Aber von seiner unermeßlichen Liebe, die wie die Sonne gleichermaßen über allen schien, sollte mir am Ende unserer Quarantäne ein neuerlicher, anrührender Beweis zuteil werden, wie ich noch vermelden werde.

Mein Vater nutzte die Muße, welche ihm die Quarantäne verschaffte, Monsieur de la Porte einen brieflichen Bericht über den Tumult in Lendrevie zu geben. Mit der Besorgung dieses Schreibens ward Escorgol beauftragt – mit der Maßgabe, den versiegelten Umschlag den Soldaten am Stadttor vermittels einer langen, an ihrem Ende gespaltenen Stange zu überreichen. Bei gleicher Gelegenheit sollte er das Geld für das verkaufte halbe Rind einziehen, und auch hierfür erhielt er strenge Anweisung: Die Münzen, welche vermutlich pestverseucht waren, weil sie in Sarlat durch so viele Hände gegangen, sollte er sich in einer mit Essig gefüllten Schale überreichen lassen.

Guillaume de la Porte sandte zwei Tage später seine Antwort mit einem reitenden Boten, mit welchem mein Vater aber nur vom Turmfenster herab sprach, eine essiggetränkte Maske vor dem Gesicht. Vermittels einer ähnlichen Stange, welcher sich Escorgol bedient, übernahm er das Schreiben. Alsdann befreite er den Umschlag von den Ansteckungsstoffen, indem er Würzstoffe ins Feuer warf und ihn lange Zeit in die daraus aufsteigenden heilkräftigen Dünste hielt. Um ihn zu öffnen, zog er Handschuhe an und hielt das Schreiben beim Lesen so weit wie möglich von seinem Gesicht entfernt. Er selbst hat mir später von diesen Vorsichtsmaßregeln berichtet, welche er für beispielhaft hielt.

Der Kriminalleutnant schrieb, ihm seien die Untaten des Forcalquier bekannt. Doch wie der Schlächterbaron richtig bemerkte, habe er gerade genug Soldaten, die Stadttore zu bewachen. Jeden Tag stürben ihm ein oder zwei weg, und wiewohl er gewillt sei, teuer zu zahlen, finde er keinen Ersatz. Und schlimmer sei noch, daß die Überlebenden sich seinen Befehlen wenig gehorsam erwiesen, vermeinten sie doch gleich dem Lumpenpack von Forcalquier, daß sie nur noch wenige Tage zu leben hätten. Und so mache sich überall Gesetzlosigkeit breit, Verderb und Fäulnis verbreitend wie ein übles Geschwür. Einer der beiden Konsuln (welcher, wollte er nicht sagen), dessen Dienstmagd von der Pest hinweggerafft worden und der um dieser Ursache willen bedroht war, in seinem Haus eingesperrt zu werden, habe in der Nacht des 9ten Juli heimlich die Stadt verlassen, nachdem er die Wache eines der Stadttore bestochen. Welchen Tores, wisse er nicht. Und wüßte er es, hätte er keine Möglichkeit, gegen die Bestochenen vorzugehen. Der Henker und seine Knechte seien tot, ebenso die beiden Wächter des Stadtverlieses. Und so könne er nicht nur die Untäter nicht bestrafen, sondern müsse sogar die Eingekerkerten freilassen, weil aus Mangel an Geld weder für ihre Bewachung noch für ihre Verköstigung gesorgt sei. Die Stadtkasse leere sich zusehends, da die Einnahmen versiegt, die Ausgaben indes schier unermeßlich seien. Neben den Pestmännern und den Soldaten, davon die einen zwanzig, die anderen fünfundzwanzig Livres im Monat erhielten, seien die Entseucher zu entlöhnen, welche dreißig Livres pro Haus verlangten, das sie durch Abbrennen von Schwefelblume reinigten. Die vier Wundärzte, welche eingewilligt, in Sarlat zu verbleiben, erhielten ein jeder zweihundert Livres im Monat. Dazu müßten noch deren Gehilfen bezahlt werden sowie die Diener, die ihnen in den pestverseuchten Häusern mit einer lodernden Wachsfackel vorangingen, das Gift zu vertreiben.

Der verbliebene Konsul und Monsieur de la Porte fragten bei den Herren Brüdern an, ob sie der Stadt nicht eine Anleihe von zweitausend Livres zu einem Zinsfuß von 15 vom Hundert für ein Jahr gewähren könnten, wobei die Stadt als Sicherheit das von ihr bei der Versteigerung von Kirchenbesitz in Temniac erworbene Land anböte. Monsieur de la Porte wies darauf hin, daß die Sicherheit einen erheblich höheren Wert als die Anleihe besitze, der Konsul und er indes so entschieden hätten, weil sie nicht sicher seien, ob die Stadt jemals ihre Schuld zurückzuzahlen vermöchte: es stehe zu befürchten, daß sie durch das Hinsterben all ihrer Bewohner auf immer verschwinden könnte. Bei der fürchterlichen Pest anno 1521 habe Sarlat bereits dreitausendfünfhundert von seinen damals fünftausend Bewohnern verloren. Wenn die Seuche noch einige Monate weiter wüte wie bisher, werde der Tod alle hinwegraffen.

Mein Vater berichtete mir, ihm seien beim Lesen dieses verzweifelten Briefes die Tränen in die Augen getreten, und er habe sogleich ein dringliches Schreiben an Sauveterre gerichtet, der Anleihe zuzustimmen. Was Sauveterre (welcher ebenfalls sehr betroffen war) ungesäumt tat, allerdings nicht ohne anzumerken, daß das als Sicherheit gebotene Land nur von geringem Interesse für Mespech sei: es liege zu weit von den eigenen Ländereien entfernt, als daß es anders denn durch Verpachtung genutzt werden könne, was keinen Gewinn bringe.

An Samson und mich schrieb mein Vater tagtäglich, denn er hatte sich in seiner erzwungenen Untätigkeit mit Sauveterre geeinigt, unsere Lateinübersetzungen zu korrigieren, was er mit höchster Vollkommenheit tat, war doch sein Französisch von größerer Eleganz und Wohlgefälligkeit als das seines Bruders. Seinen Verbesserungen fügte er, an mich gerichtet, vorzügliche Lectiones über die Behandlung und Heilung der durch Arkebusenkugeln verursachten Wunden bei, welche Lectiones sich sowohl auf die Abhandlung von Ambroise Paré gründeten als auch auf seine eigenen Kenntnisse aus den neun Dienstjahren in der Normannischen Legion. Später habe ich erfahren, daß er auch die schriftlichen Arbeiten korrigierte, welche Catherine, die kleine Hélix und die Gavachette unter der Aufsicht von Alazaïs anfertigten, der die Herren Brüder dies Amt seit dem Tode meiner Mutter übertragen hatten.

Es mag verwundern, daß man auf Mespech soviel Mühe auf die Unterrichtung der Mädchen verwandte, doch ob Herrin oder Magd, sie mußten alle die Kunst des Lesens erlernen, um zu ihrer eigenen Erbauung und später zu der ihrer Kinder Zugang zur Heiligen Schrift zu bekommen. Die Religion, so vermeinten die Herren Brüder, muß zunächst wie die Sprache, die man zu Recht Muttersprache heißt, von der Mutter an die Kinder weitergegeben werden, und zwar von frühester Kindheit an. So kam es, daß dank unserem hugenottischen Eifer die Gavachette und die kleine Hélix in ihrem Alter schon geübter im Lesen und Schreiben waren als manches Edelfräulein des katholischen Adels, welches kaum seinen Namen zu schreiben vermochte. Freilich hatte Alazaïs ihre eigene Orthographie, die sie leider an ihre Schülerinnen weitergab. Allein mein Vater störte sich nicht an dieser Unvollkommenheit und hielt Sauveterre, der Anstoß daran nahm, lachend entgegen, daß Katharina von Medici nicht besser schreibe als die kleine Hélix, wiewohl sie die Königin von Frankreich war.

Drei Tage vor dem Ende der Quarantäne erhielt ich ein zweites Briefchen der kleinen Hélix, in seiner Form dem ersten gleichend und in seinem Inhalt ebenso liebevoll, denn die Schreiberin war immer noch „voler Gedencken“ an mich. Was mich indessen sehr verdroß, war die Mitteilung, daß die Maligou und Barberine sich in ihrer Küche die Mäuler über Franchou zerrissen. Ich schwankte, ob ich meinem Vater nicht Nachricht geben sollte von diesem Spülmagdgewäsch, doch wie hätte ich es tun sollen, ohne den Anschein zu erwecken, daß ich mich in seine Angelegenheiten einmischen will, und ohne die kleine Hélix zu verraten? So entschied ich mich fürs Schweigen und sagte auch Samson kein Wort von diesem zweiten Brief, den ich sogleich ins Feuer warf.

Von dem Ende meines Eingeschlossenseins erwartete ich wahre Wunder und sehnte mit ganzem Herzen jenen Morgen herbei, an dem ich endlich diese Kammer würde verlassen können, worinnen Samson und ich drei unendlich lange Wochen eingesperrt gesessen. Doch als jener Morgen dann angebrochen war, brachte er mir nur Unbill, Kreuz und Herzeleid.

Mein Vater hatte uns in einem seiner Schreiben mitgeteilt, daß wir so lange in unserer Kammer zu verbleiben hätten, bis er selbst käme, uns zu holen. In Erwartung, daß sich der Schlüssel unserer dicken Kammertür endlich drehe, hatten Samson und ich uns zu einer letzten Fechtübung entschlossen, an deren Ende wir vor Hitze schier erstickten unter unseren Brustledern. Nachdem wir diese aufgeschnürt und endlich vom Leibe hatten, auch die Degen wieder in ihren Scheiden steckten, warf sich ein jeder, nackt wie ihn Gott erschaffen, auf sein Lager.

Da ertönte endlich das so lang erwartete Knarren des Türschlosses. Ich setzte mich auf und sah meinen Vater zur Tür hereintreten, ein Lächeln auf den Lippen und die Augen voller Fröhlichkeit. Im Nu war ich auf den Füßen, Samson desgleichen, und beide liefen wir freudig auf ihn zu (wußten wir doch, mit welcher Herzlichkeit er uns in seine Arme schließen würde), als mein Vater mich unversehens anblickte, sich entfärbte und, indes seine lebhafte Freude augenblicks in kalten Zorn umschlug, mit lauter Stimme donnerte:

„Mein Herr Sohn, seid Ihr ein Götzendiener geworden?"

„Ich – ein Götzendiener?" rief ich, unter dem Gewicht dieser unglaublichen Anklage wankend und in meinem schnellen Lauf jählings stockend, indes auch Samson erstarrte und meinen Vater und mich aus großen Augen anblickte.

„Ist das nicht eine Marienmedaille, was Ihr da um den Hals tragt?" fragte mein Vater mit zornesblitzenden Augen, den Zeigefinger zitternd auf das Streitobjekt gerichtet.

„Ihr kennt sie", erwiderte ich mit tonloser Stimme. „Es ist die Medaille meiner Mutter."

„Das ist mir gleich!" schrie mein Vater mit äußerster Heftigkeit und tat einen Schritt auf mich zu, als wolle er sie mir entreißen. „Es ist mir gleich, woher sie kommt und von wem Ihr sie habt! Daß Ihr sie tragt, ist so verdammenswert!"

„Mein Herr Vater", sprach ich mit fester Stimme, „meine Mutter gab sie mir am Tage ihres Todes und ließ mich das Versprechen ablegen, sie stets und immer zu tragen."

„Und das habt Ihr versprochen!"

„Sie lag im Sterben. Was hätte ich anderes tun sollen?"

„Es mir sagen!" schrie mein Vater. „Ihr hättet es mir ungesäumt sagen müssen! Und ich als Euer Vater hätte Euch dann von diesem ungeheuerlichen Versprechen entbunden. Aber Ihr habt es vorgezogen, Euch wie ein Dieb vor mir zu verbergen und klammheimlich unter Verrat Eures Glaubens dieses Götzenbild zu tragen!"

„Ich bin kein Verräter und auch kein Dieb!" sagte ich, indes mich ebenfalls der Zorn packte und ich meinen Vater herausfordernd anblickte.

„O doch! Meine Liebe habt Ihr gestohlen, die Ihr jetzt nicht mehr verdient, da Ihr mir monatelang Eure stinkende Götzendienerei verheimlicht habt!"

„Aber ich bin kein Götzendiener!" schrie ich mit blitzenden Augen, ihm trotzig die Stirn bietend, so empört war ich über diese große Ungerechtigkeit. „Ich bete nicht zu Maria! Ich bete zu Jesus Christus und zu Gott, ohne Maria und die Heiligen anzurufen! Für mich ist diese Medaille kein Götzenbild! Sie ist mir nur heilig, weil sie von meiner Mutter herstammt."

„Kein irdischer Gegenstand ist heilig!" sagte mein Vater mit heftiger Stimme und einer ungestümen Bewegung seiner Hand. „Und wer gegenteiligen Glaubens ist, der macht sich der Götzenverehrung schuldig! Nein, Monsieur, wie immer Ihr es zu bemänteln sucht, Ihr könnt nicht behaupten, daß Ihr die Medaille in aller Unschuld tragt! Zumindest wisset Ihr, daß Eure Mutter sie Euch nicht ohne versteckte Absicht gab! Bei Eurer Geburt hat sie Euch auf den Namen Pierre taufen lassen, und der Grund dafür ist Euch bekannt! Und warum sie Euch das da gegeben, wisset Ihr auch!"

„Es ist mir wohlbekannt“, sagte ich, noch immer aufsässig und voller Leidenschaft, „doch bin ich deshalb nicht voller Verderbnis. Der Name Pierre macht noch keinen Papisten aus mir, und diese Medaille macht mich nicht wanken in meinem Glauben.“

„Das glaubt Ihr“, sprach mein Vater, „aber der Teufel kennt vielerlei List, das Gift in Euer Herz zu träufeln, und nähert sich Euch unter vielerlei Masken, auch unter der Maske der Mutterliebe.“

„Mein Herr Vater“, hielt ich ihm entgegen, „ich kann nicht glauben, daß der Teufel etwas zu tun hat mit der Liebe einer Mutter zu ihrem Sohn und mit der Liebe des Sohnes zu seiner Mutter.“

„Es muß aber so sein!“ sagte mein Vater mit blinder Wut, die mir das Blut gefrieren machte. „Warum sonst hätte er Euch geraten, vor mir zu verbergen, was Ihr da tragt? Als ich Euch weckte zum Ritt nach Sarlat, waret Ihr nackt wie alljetzt, doch truget Ihr nicht dieses Götzenbild. Wo war es da?“

„Unter dem Bettpolster. Des Nachts lege ich die Medaille ab, weil sie zu schwer ist.“

„Sie ist in der Tat gar schwer von Heuchelei, List und Verstellung! Nehmt sie von Euerm Hals und gebt sie mir!“

Da trat Samson einen Schritt vor, hob bittend die Hände, die blauen Augen auf das zornumwölkte Angesicht meines Vaters gerichtet, und sprach mit sanfter Stimme:

„O nein, mein Herr Vater, ich flehe Euch an: das nicht!“

Sich in einen Streit einzumischen, der ihn nicht betraf, entsprach so wenig dem zurückhaltenden und bescheidenen Wesen Samsons, daß mein Vater ihn lange ansah vor Erstaunen und sich wohl fragte, was dieses „o nein“ zu bedeuten habe. Dann verfinsterte sich sein Gesicht, und ich wähnte schon, daß sich sein Zorn jetzt gegen Samson richten würde; doch mit wütendem Blick wandte er sich wieder zu mir und sprach mit barscher Stimme:

„Ich habe Euch etwas befohlen!“

Ich fühlte, daß dieser Augenblick entscheidend für mein weiteres Leben sein würde, weil sich erweisen mußte, ob ich Charakter hatte oder nicht. Ich straffte mich und sagte mit fester, beherrschter Stimme:

„Mein Herr Vater, ich kann Euch die Medaille nicht geben. Ich habe meiner Mutter einen Eid geschworen, und den kann ich nicht brechen."

„Ich entbinde Euch davon!" schrie mein Vater, außer sich.

„Aber das steht nicht in Eurer Macht! Nur meine Mutter, wenn sie noch lebte, könnte es tun."

„Was? Ihr wollt mir trotzen?" sprach mein Vater. „Ihr wagt es, Euch mir zu widersetzen?"

Er blickte mich an, als wolle er sich auf mich stürzen, doch dann besann er sich, biß sich auf die Lippen und schritt, hochrot im Gesicht, etliche Male in der Kammer auf und ab.

„Monsieur", sprach er alsdann und blieb vor mir stehen, die Hände in den Hüften, das Kinn erhoben, „Ihr gebt mir jetzt diese Medaille, wie ich es Euch befohlen, oder ich trenne das brandige Glied von meiner Familie und jage Euch ungesäumt aus dem Hause."

Ich fühlte mich erbleichen, der Schweiß rann mir über den Rücken, und meine Beine begannen zu zittern, als täte sich ein Abgrund vor mir auf. Die Stimme versagte mir jeglichen Dienst.

„Nun, was ist?"

„Mein Herr Vater", hub ich schließlich an, jedes Wort mühsam aus meiner Kehle pressend, doch mit kaum unterdrücktem Zorn, „es tut mir sehr leid, Euer Mißfallen zu erregen. Doch es wäre ehrlos, zu tun, was Ihr verlangt. Und so will ich lieber verstoßen werden, selbst wenn es Unrecht wäre."

„Nun denn, so soll es geschehen, Monsieur!" sprach mein Vater mit tonloser Stimme.

Und er fügte schreiend hinzu:

„Mit dem Schwur, den *auch ich* halten werde, Euch niemals wiederzusehen."

Es trat eine lange Stille ein. Die Welt verschwand vor meinen Augen und mir schien, als lebte ich nicht mehr. Wie versteinert stand ich vor meinem Vater, unfähig zu sprechen, aber noch immer kochend vor unbändigem Zorn.

Da trat Samson zum zweiten Mal auf den Plan. Obgleich ich ihn nur wie durch einen Nebelschleier sah, gewahrte ich staunend, daß ihm die Tränen über die Wangen liefen. Mein

Vater und ich waren tränenlos in unserem großen Zorn, wie immer die Gefühle sein mochten, die uns im Inneren bewegten. Samson aber weinte. Und ohne wirklich Partei zu ergreifen, eilte er mir zu Hilfe. Er trat an meine Seite, legte seinen Arm um meine Schulter, wendete mir sein Angesicht zu, das mir wie ein helles Licht in der Finsternis erschien, und sprach in seiner lispelnden Art:

„Mein Pierre, ich werde dich nicht verlassen. Wenn du gehst, dann komme ich mit dir."

Wäre der Blitzstrahl vom Berge Sinai niedergefahren, so hätte die Wirkung nicht größer sein können. Mein Vater blickte Samson an, als wolle er den rasenden Zorn, der ihm das Herz abdrückte, gegen ihn richten, doch Samson weinte – nicht über sich selbst, sondern über mich, über meinen Vater, denn er fühlte die große Verheerung, die dieser harte Streit in uns anrichtete. Und mein Vater, den meine Widersetzlichkeit so sehr gereizt, daß er mich haßte, vermochte nicht, sein Herz gegen Samson zu verhärten, ihn auch nur mit Zorn anzublicken oder ein Wort gegen ihn zu sagen. Seine Ohnmacht fühlend und halb von Sinnen vor Schmerz – wie ich selbst auch –, kehrte er uns wortlos den Rücken und ging mit großen Schritten davon, blind vor Zorn, so daß er sich am Rahmen der Tür stieß, die er hinter sich offenließ.

Ich sank sogleich in Samsons Arme, und indes alle Anspannung von mir wich, weinte und schluchzte ich bitterlich an meines Bruders Wange, wiewohl es mich schandbarlich deuchte, mit fast dreizehn Jahren noch wie ein Wickelkind zu greinen.

Nach einer Zeit löste sich Samson von mir und bedeutete mir sanft, doch bestimmt, daß ich jetzt meine Kleider anlegen müsse. Bevor ich Mespech verlasse, sei es meine Pflicht, so sprach er, von meinem Vater Verzeihung zu erbitten, daß ich aus Treue zu meinem Schwur so widersetzlich gegen ihn gewesen. Dieser Ratschlag schien mir gar trefflich zu sein, verspürte ich doch ebenfalls Reue darüber, mich vor meinem Vater und gegen ihn so unfügsam gezeigt zu haben, obgleich ich überzeugt blieb, im Kern der Sache recht zu haben.

So legte ich meine Kleider an, gürtete auch meinen Kurzdegen – zum Zeichen, daß ich in der Tat die Burg verlassen wollte – und verfügte mich festen Schrittes, wiewohl das Herz mir zu zerspringen drohte, zur Bibliothek. Doch wie ich mich der Tür näherte, vernahm ich unversehens Bruchstücke eines heftigen Wortgefechtes, bei dem auch mein Name fiel, und hielt inne. Indes ich noch schwankte, ob ich anklopfen sollte – einerseits widerstrebte es mir, in diesen neuerlichen Streit hineinzugeraten, doch andererseits fürchtete ich, mir könnte der Mut zum späteren Wiederkommen fehlen, wenn ich jetzt wegginge –, lauschte ich staunend und mit angehaltenem Atem den Worten, welche mit wildem Grimm und gar großer Heftigkeit zwischen meinem Vater und Sauveterre gewechselt wurden.

„Es gibt schlimmere Sünden, als eine Marienmedaille um den Hals zu tragen!" schrie Sauveterre in einem anklagenden Ton, den ich bei ihm nicht kannte.

„Was wollet Ihr damit sagen?" fragte mein Vater grimmig.

„Genau das, was meine Worte besagen!" entgegnete Sauveterre in gleichem Ton. „Ihr verstehet sie sehr wohl! Nämlich daß Ihr eine Torheit nach der anderen begeht, mein Bruder, ich sage es Euch unverblümt. Und angefangen hat es damit, daß Ihr bei dieser unbesonnenen Unternehmung an einem pestverseuchten Ort das Leben Eurer beiden Söhne wie das der Vettern Siorac aufs Spiel gesetzt habt!"

„Wir mußten das halbe Rind nach Sarlat bringen", rechtfertigte sich mein Vater.

„Und dann Franchou entführen! Glaubet Ihr etwa, Monsieur de la Porte habe in seinem ersten Brief nur zufällig dieses Weibsbild erwähnt? Sie war die Lockspeise, die den Vogel ins Garn bringen sollte. Das Rind für ihn, Franchou für Euch!"

„Mein Bruder, enthaltet Euch solch sappermentischer Worte!" schrie mein Vater zurück. „Zwischen mir und dieser armen Jungfer ist nichts gewesen! Ich habe ihr gegenüber nur meine Christenpflicht getan!"

„Dann gebt sie in Stellung! Weit weg von Euch! Auf Volperie zum Beispiel, wo sie dringend Leute suchen, weil Sarrazine und Jacotte ihnen fehlen."

„Nein, nein! Franchou wird die Kammerjungfer von Catherine. So habe ich es beschlossen, und dabei bleibt es!"

„Wie wunderbar! Wir haben bereits die Maligou, Barberine, Alazaïs, die kleine Hélix und die Gavachette, macht zusammen fünf Dienerinnen. Und jetzt brauchen wir noch eine sechste, ganz allein für Catherine, die noch keine zehn Jahre zählt! Ein leichter Dienst, wenn es ihr einziger sein sollte!"

„Mein Bruder, das ist zuviel!"

„Ihr habt ganz recht: das ist zuviel!" stieß Sauveterre mit lauter Stimme hervor. „Denn in dem Augenblick, da Mespech eine überflüssige Dienerin dazugewinnt, geht es Eurer beiden jüngeren Söhne verlustig, die Ihr in einer Zeit der Hungersnot und Pest gnadenlos davonjagen wollt. Womit sich wieder einmal bewahrheitet: Böses Vorspiel macht böses Nachspiel! Oh, mein Bruder, lasset Euch von mir sagen", fuhr er mit einer Stimme fort, darin mehr Schmerz als Zorn lag, „Ihr liebet, wo Ihr nicht solltet, und liebet nicht, wo Ihr es solltet!"

Es trat eine gar lange Stille ein, bis mein Vater mit dumpfer Stimme sprach:

„Aber mußte es denn sein, daß Pierre sich mir so widersetzlich zeigt und seiner Mutter mehr gehorcht als mir?"

„Ich muß wohl träumen!" rief Sauveterre. „Pierre sollte seiner Mutter mehr gehorchen als Euch? Einzig und allein seine Ehre gebietet ihm, den Schwur nicht zu brechen! Wisset Ihr nicht, daß Ihr sein Held seid, daß er niemanden auf dem Erdenrund mehr liebt noch bewundert als Euch? Daß er in allem Euerm Beispiel folgt – was mir, wie ich bekennen muß, angst macht, wenn ich Euer Tun betrachte!"

„Gemach, mein Bruder! Gemach, verurteilet mich nicht!" sagte mein Vater mit Rauheit, doch in einem schon besänftigten Ton. „Noch habe ich nichts entschieden. Ich verabscheue nur diese Medaille, wie Ihr wißt. Sie ist das Kreuz meines Lebens gewesen."

„Ist sie jetzt nicht das Kreuz in Pierres Leben? Und vermeinet Ihr etwa, daß er sie leichten Herzens trägt?"

Als ich diese Worte vernahm, wähnte ich mich gerettet. Und seltsamerweise erwachte mit diesem Gefühl auch mein Gewissen wieder, welches sich vorher nicht gerührt und mich an der Tür hatte lauschen lassen. Jetzt setzte es mir so hart zu, daß ich mich auf leisen Sohlen davonschlich und mich wieder zu Samson in unser Turmgemach verfügte.

Ich vermeldete ihm alles bis ins kleinste.

„Was?“ rief er, seine himmelblauen Augen weit aufreißend, „Ihr habt hinter der Tür gelauscht?“

„Nun ja“, erwiderte ich, verharmlosend mit den Schultern zuckend. „Ich mußte doch, da ihre Rede um mich ging!“

Doch Samson schien noch immer ganz entsetzt, und indes ich sah, wie er mein Tun offensichtlich mißbilligte, gewahrte ich nicht ohne heimliche Freude, daß Samson mein Sauveterre war. Ich trat auf ihn zu, schloß ihn in die Arme, küßte ihn auf die Wangen und sagte in einem rauhen, doch herzlichen Ton:

„Laß es gut sein, mein Bruder!“

In diesem Augenblick trat der wahre Sauveterre zur Tür herein, ganz in Schwarz und den Kopf hocherhoben über seiner hugenottischen Halskrause. Die Tür mit Sorgfalt hinter sich schließend, betrachtete er mich zuförderst schweigend mit seinen schwarzen, tief in ihren Höhlen liegenden Augen.

„Mein Neffe“, hub er schließlich an, „nehmet diesen Degen von Eurem Gürtel. Es würde Eurem Vater mißfallen, ihn an Eurer Seite zu sehen. Ihr vergeßt, daß Ihr ihn nur außerhalb der Burgmauern tragen dürft.“

Ich hätte ihn umarmen mögen dafür, daß er mir den Ölzweig mit soviel Feingefühl reichte. Allein seine Miene war so förmlich und salbungsvoll (dazu sprach er Französisch und nicht Perigurdinisch), daß es mir den Mut nahm.

„Mein Neffe“, fuhr er fort, als wäre es das Natürlichste von der Welt, daß die Angelegenheit einen solchen Ausgang nähme, „zur Strafe für Eure trotzhafte Widersetzlichkeit gegen Euren Vater werdet Ihr zwanzig lateinische Verse verfassen, worinnen Ihr den Baron von Mespech aufrichtig um Verzeihung bittet, daß Ihr wider Euern Willen gezwungen wart, der Pflicht gegenüber einer Toten den Vorrang zu geben vor den Pflichten gegen Euern Vater.“

„Das werde ich gern tun, mein Herr Oheim“, sprach ich mit unendlicher Erleichterung, „und dabei Eure eigenen Worte verwenden, welche die Wirklichkeit so trefflich abbilden.“

Unter solcher Rede verbeugte ich mich, und wiewohl

seine Miene sich kaum veränderte, drückte sie Zufriedenheit sowohl über meine Worte als auch über meine Reverenz aus.

„Muß auch ich", fragte Samson mit erschrecktem Gesicht und kläglicher Stimme, „zwanzig lateinische Verse abfassen?"

Sauveterre lächelte.

„Was Euch anbelangt, Samson, so wird sich Baron von Mespech mit einigen einfachen Zeilen der Entschuldigung begnügen." Und mit erhobenem Zeigefinger setzte er hinzu: „Vorausgesetzt, sie sind in Französisch – und zwar in gutem Französisch – abgefaßt."

„Ich werde sie aufsetzen", erwiderte Samson seufzend.

„Ihr habt hinlänglich Zeit dafür, meine Herren Neffen", sprach Sauveterre, und in seinen Augen blitzte ein Schein von Ironie und zugleich Zuneigung auf. „Um Euch das Werk zu erleichtern, werdet Ihr bis übermorgen mittag hier eingeschlossen, und damit Euch das Nachdenken nicht beschwert wird, soll Euch nur Wasser und Brot aufgetragen werden."

Hierauf nickte er uns zu, indes wir uns tief verbeugten. Und hinkend, doch die breiten Schultern gestrafft, ging er aufrecht und mit zufriedener Miene zur Tür hinaus, welche er hinter sich zusperrte.

So ward unsere Quarantänezeit um achtundvierzig Stunden verlängert, und als wir endlich unsere Turmkammer verlassen konnten, nachdem unsere lateinischen wie französischen Entschuldigungen gnädig angenommen waren und unser Vater uns den Friedenskuß gegeben, wurden wir einer bedeutenden Änderung im Hauswesen von Mespech gewahr: Catherine hatte seit zwei Tagen das Gemach meiner Mutter bezogen, und ihre Kammerjungfer Franchou schlief daneben in einem Kabinett, welches auch der Schlafkammer meines Vaters benachbart war. Wenn, wie mein Vater behauptet hatte – was ich mit eigenen Ohren gehört –, nichts gewesen war zwischen „ihm und dieser armen Jungfer", rückte er dadurch gleichwohl die Versuchung recht nah an sich heran, um so mehr, da Franchou schier zerschmolz vor unendlicher Dankbarkeit für den, der sie so tapfer den

Klauen des Todes entrissen. Sobald der Baron von Mespech den Burgsaal betrat, hatte sie, von seiner Gegenwart angezogen wie die Eisenspäne vom Magneten, nur noch Augen für ihn und postierte sich geflissentlich hinter ihm, seinen Becher, kaum daß er zur Neige ging, eiligst zu füllen, was Barberine höchstlich mißfiel, hatte sie doch bisher dieses Amt verrichtet.

Bei Madame de la Valade zu Sarlat muß Franchou vor Ausbruch der Pest – nach dem bewegenden Empfang zu urteilen, den sie meinem Vater bereitete – mit klopfendem Herzen auf seine kurzen Besuche gewartet haben. „Oh, Moussu lou Baron! Moussu lou Baron! Welch Vergnügen, Euch zu sehen!“ – „Gott zum Gruß, meine Liebe! Wie ist das Befinden?“ – „Soll ich Madame Bescheid geben?“ – „Damit hat es keine Eile, Franchou. Ich habe hier ein kleines Geschenk für dich – einen silbernen Fingerhut, damit du dich beim Nähen nicht stechen mögest.“ – „Heiliger Jesus! Ein Fingerhut! Und noch dazu von Silber! Wie gütig ist Moussu lou Baron!“ Gewiß war er gütig und dazu auch vertraulich, denn zum Dank für ihre Dankesworte küßte er mit vollen Lippen ihre frischen Wangen, dabei ihre hübschen runden Arme tätschelnd, indes sie vor Verlangen errötete.

Ich gab meinem Oheim Sauveterre nicht unrecht. Es wäre besser gewesen, Franchou auf Volperie in Dienst zu geben und nicht in so bequemer Nähe zu behalten, vom Feind nur durch eine dünne Tür getrennt, welche nicht einmal einen Riegel besaß. Denn dies war offensichtlich eine Festung, welche nicht, wie Calais, heftig berannt werden mußte, sondern sich beim ersten Sturm von selbst ergab: ihre Bewohner liefen den Soldaten entgegen, sich ihrem Willen zu fügen.

In Erwartung dieses Ausganges wetzte man in der Küche und der Spülkammer schon eifrigst die Schnäbel, und unsere Hühnchen und Hennen gackerten in ihrer Eifersucht schier endlos, ohne indes zu wagen, allzusehr nach der armen unschuldigen Franchou zu hacken, welche so hoher Gunst gewiß war. Sauveterre, mit finsterer Miene umhergehend, saß schweigend bei Tische, die Augen starr auf seinen Teller gerichtet, indes im „Buch der Rechenschaft“ wie zu Zeiten von Jéhanne und der ihr gewährten Darlehen wieder öfter zu lesen stand: „Ich bete für dich, Jean." An gleicher Stelle bekriegten sich die beiden Jeans mit Bibelzitaten, davon die einen die Unzucht anprangerten und die anderen die Fruchtbarkeit priesen. In seiner Not nahm Sauveterre gar Zuflucht zur Poesie (allerdings verfaßt von der Schwester eines Königs) und zitierte in deutlicher Absicht die das Lob der Askese singenden Verse der Margarete von Navarra:

Zu sehr hab' ich geliebt den armen Leib,
tagaus, tagein um ihn nur mich gesorgt,
ich hab' zum Gott und Götzen ihn gemacht,
mein weiches, schwaches Fleisch viel mehr geacht'
denn meiner Seele Heil.

Worauf mein Vater, den eigentlichen Kern der Sache verfehlend, kategorisch antwortete: „Mein Fleisch ist weder weich, noch bin ich schwach."

In höchster Verzweiflung spielte Sauveterre schließlich seine letzte Trumpfkarte aus: „Dein Alter, Jean, und das ihre!" Allein mein Vater antwortete unbeeindruckt mit dem perigurdinischen Sprichwort: „Was tut es schon, so der Bock alt, wenn nur die Ziege bereit ist."

Franchou war die Tochter von Jacques Pauvret, welcher seinen Namen zu Recht trug (*pauvre* heißt in unserer Sprache: arm), denn er saß als kleiner Zinsbauer auf einem winzigen Stück unseres Landes in einer dürftigen Hütte, darinnen Franchou aufgewachsen war bei knappem Korn: der Brotkorb war oft leer, das Feuer kärglich im Herd, die Kleider zerlumpt, die Maulschellen schneller zu haben denn Küsse; man lebte in Angst und Schrecken vor den Wölfen und bewaffnetem Räuberpack, und bei der geringsten Trokkenheit gab es nichts als Eicheln gegen den Hunger. Für so ein Leben sollte Franchou „tugendhaft im Schoße ihrer Familie verweilen", wie es Feuerzange den jungen Mädchen in unseren Dörfern anempfahl. Wer hätte sie also tadeln wollen, daß ihr der Sinn nicht danach stand, wenn sie, den Kopf mit Träumen angefüllt, nähend an unserem Tische saß, den silbernen Fingerhut meines Vaters auf dem Zeigefinger? Dirne des Barons von Mespech – was war daran so schlecht, so ehrlos? Die kleinen Bankerte, die satt zu essen hätten und dereinst, wie Samson, den ruhmvollen Namen Siorac tragen würden? Oder daß ihr selbst bis an das Ende ihrer Erdentage Kost und Logis hinter den hohen Burgmauern gewiß wären, welche sie vor bewaffneten Banden, vor Hungersnot und gar auch Krankheit schützten? Denn wenn im Lande die großen Seuchen wüteten, lebte Mespech dank seinen riesigen Vorräten ganz abgeschlossen von der Welt: sogar die Pest rannte vergeblich gegen unsere mächtigen Burgwälle an und fand keinen Eingang.

Indes mein Vater, gequält von seinem hugenottischen Gewissen, in seinem kleinen Königreich noch zögerte, den frischen, sammetweichen Pfirsich der Sünde zu pflücken, stand Katharina von Medici in ihrem Louvre-Schloß der Sinn nach einer ganz anderen Frucht.

Le Havre befand sich in englischen Händen. Im Verlaufe des Bürgerkrieges hatten Condé und Coligny die stolze und schöne Stadt durch den Vertrag von Hampton Court an Elisabeth von England ausgeliefert, wobei sie nach Wiederherstellung des Friedens gegen Calais ausgetauscht werden sollte. Doch den Prinzen von Condé, der sich nach dem Edikt von Amboise mit Katharina wieder ausgesöhnt hatte, reute es jetzt, diesen schandbaren Vertrag geschlossen zu haben, welcher Frankreich das so teuer zurückeroberte Calais wieder entreißen sollte. Und so dachte „der kleine Prinz, gar hübsch und fein, der stets nur singt und lacht tagaus, tagein", nicht im geringsten daran, sein Wort zu halten, worauf Elisabeth gar heftig gegen die falschherzigen Franzosen zu wettern begann, welche nicht Treu noch Glauben üben wollten, seien sie Hugenotten oder Papisten. In dieses Feuer gedachte nun Katharina noch gehörig Öl zu schütten, indem sie der Königin von England als Unterhändler den Sieur d'Alluye schickte, welcher sich über alle Maßen dreist und herausfordernd aufführte, dabei Calais verweigernd und obendrein noch Le Havre zurückfordernd. „Ich werde Le Havre als Entschädigung für Calais behalten", sprach Elisabeth hochmütig, „dies ist mein gutes Recht."

Mehr brauchte Katharina von Medici nicht, um unter ihrer Fahne Katholiken wie Protestanten zu sammeln. Und so geschah das Unglaubliche: Condé schloß sich mit seinen Mannen der Armee des Konnetabels an. Gestern noch hatte man sich im Namen der Religion gegenseitig die Kehlen durchgeschnitten, heute stritt man Seite an Seite, mit geschwellter Brust hoch zu Rosse sitzend, um den Engländern eine französische Stadt zu entreißen. Die arme Elisabeth vermochte nicht zu glauben, daß man ihr solcherart „ihr gutes Recht" nehmen wollte. Doch sie hielt es nicht sehr fest in der Hand, da sie nicht die Zeit gehabt, es zu befestigen. Und so ward am 30sten Juli anno 1563 Le Havre von Condé und dem Konnetabel eingenommen.

Wenngleich die Versöhnung der Feldherren und ihrer Haudegen leicht und schnell zustande gekommen war, so zog nach dem Edikt von Amboise der Friede im Rest des Landes leider nicht in gleicher Weise ein. Eifernde Pfaffen und fanatische Adelsherren stellten Haufen von Totschlägern auf, welche den aus dem Kriege heimkehrenden reformierten Edelleuten auflauerten und sie hinterrücks überfielen. Und unsere Hugenotten hielten sich dort, wo sie die Oberhand besaßen, nicht besser an das Edikt. Zwei protestantische „Hauptleute", Clermont de Piles und La Rivière, brachten die Stadt Mussidan in ihre Gewalt. Kurz darauf schleusten sie im Schutze der Nacht durch eine Mauerbresche einige Männer in die Stadt Bergerac, welche in den Straßen Trommeln und Trompeten erschallen ließen. Die Besatzung glaubte darauf, die Stadt sei erobert, und flüchtete sich in die Zitadelle, welche belagert, ausgehungert und eingenommen ward.

Auch in Paris war kein wirklicher Friede eingekehrt. D'Andelot, seit dem Edikt von Amboise wieder Befehlshaber der Fußtruppen, fühlte seine Autorität untergraben von einem seiner Obristen, dem Katholiken Charry, der hoch in Katharinas Gunst stand. Es ging das Gerücht, Charry bereite, um den Herzog von Guise zu rächen, ein allgemeines Gemetzel unter den Protestanten vor, welches Gerücht auch unter den Unseren einige Glaubwürdigkeit fand; einer der Offiziere Colignys, geheißen Chastelier-Portaut, lauerte dem Obristen Charry auf der Sankt-Michaels-Brücke auf und stieß ihm seinen Degen in den Leib, welchen Degen er „noch zweimal in der Wunde drehte, damit sie recht groß werde". Doch diese Wunde, an der Charry dann auch tatsächlich starb, sollte Katharina von Medici den Reformierten nie vergessen, wie sich noch zeigen wird.

So herrschte nach dem Edikt von Amboise im Königreich mehr als vier Jahre lang ein gefährlicher Zustand: kein richtiger Friede, aber auch kein wahrhaftiger Krieg. Wir, die wir im Sarladischen Land einen guten Ruf ob unserer Treue zur Krone genossen, hatten von den königlichen Beamten nichts zu befürchten. Als jedoch die Pest sich weiter ausbreitete, ward die königliche Macht im Amtsbezirk so geschwächt, daß sie ihre getreuen Untertanen nicht mehr vor den Untaten der Bösewichter zu schützen vermochte.

Ende August erhielten wir eine traurige Nachricht. Etienne de La Boétie war im Juli durch das Périgord und das Agenais gereist, ohne irgendwo verweilen zu können, da allerorten die Pest wütete, und hatte sich darauf in offensichtlich guter Gesundheit wieder nach Bordeaux verfügt. Am 8ten August hatte er sich noch mit Monsieur des Cars, seines Zeichens königlicher Leutnant in Guyenne, beim Paumeballspiel vergnügt. Dabei hatte er sich allerdings heftig erhitzt und war auch stark in Schweiß geraten, so daß er am Abend beim Zubettgehen darüber klagte, er habe sich erkältet. Am Tage darauf erhielt er einen Brief von Michel de Montaigne, worinnen dieser ihn zum Abendessen einlud. Er antwortete, daß er vom Fieber erfaßt sei und also das Haus nicht verlassen könne. Sogleich eilte Montaigne an sein Lager und fand ihn mit stark veränderten Gesichtszügen vor. Und da La Boéties Behausung zu Bordeaux von unreinen Häusern umgeben war, empfahl ihm Montaigne, die Stadt unverzüglich zu verlassen und einen ersten Zwischenaufenthalt in Germinian, einem nur zwei Meilen vor der Stadt zwischen Le Taillan und Saint-Aubin gelegenen Flecken, einzulegen. La Boétie folgte diesem Rat, doch in Germinian angekommen fühlte er sich so elend, daß er seinen Weg nicht fortzusetzen vermochte. Und so verbrachte er in dieser zufälligen Unterkunft, umgeben von seinen herbeigeeilten Verwandten und Freunden, die letzten neun Tage seines Lebens.

Wie es schien, war La Boétie nicht von der Pest befallen, denn an seinem Leibe zeigten sich nicht alle ihre Anzeichen.

Er litt vielmehr an ständigen Bauchflüssen, welche von überaus starkem Kopfweh begleitet waren. Noch schlimmer war indes, daß er nichts mehr essen konnte, und so verfiel er zusehends, seine Augen sanken immer tiefer in ihre Höhlen, und sein Gesicht ward aschfahl. In der Befürchtung, daß sein Übel ansteckend sei, suchte er Montaigne zu bewegen, immer nur für einen kurzen Augenblick in seiner Gegenwart zu weilen, doch Montaigne wollte dem nicht zustimmen und harrte bis zum Ende am Totenlager seines „unwandelbaren Freundes“ aus.

La Boétie war sich in jeder Minute des nahenden Todes bewußt. Noch im Besitze aller seiner Geisteskräfte, unternahm er es, seine Angelegenheiten mit bewundernswerter Kaltblütigkeit zu ordnen. Da er sein ganzes Leben Katholik gewesen, beschloß er, in dieser Religion auch zu sterben, und legte also die Beichte ab und empfing die Kommunion. Hierauf diktierte er sein Testament.

Montaigne hat den Gleichmut geschildert, den der Freund dabei aufbrachte. Einige befinden die Worte, die er in seinen letzten Tagen und Stunden von sich gab, selbst in der Überlieferung Montaignes zu philosophisch und weitschweifig. Doch dies ist nach meinem Bedünken eine herzlose und kleinkrämerische Kritik. Zu seinen Lebzeiten war La Boétie höchst wortgewandt. Daß er es auch im Angesicht des Todes und unter unsäglichen Leiden noch war, ist einer gleichsam römischen Erhabenheit seines Wesens zu verdanken. Unter seinen letzten Worten gibt es einen Satz, der mir in meinen Mannesjahren Tränen in die Augen treten ließ. Kurz bevor La Boétie vor den Richterstuhl des Allerhöchsten berufen ward, vertraute er seinem Freund Montaigne die folgende Überlegung an: „Wenn Gott mich vor die Wahl stellte, entweder ins Leben zurückzukehren oder aber meine letzte Reise zu vollenden, würde mir die Entscheidung schwerfallen.“ Welche Worte deutlich machen, wie hart ihm der Weg bis zu seinem Tode geworden sein muß, wenn er sich fürchtete, ihn ein zweites Mal zurückzulegen.

Er verschied am 19ten August 1563 im Alter von kaum dreiunddreißig Jahren. Mein Vater hatte über ihn gesagt, er sei ein „Katholik besonderer Art“. Wie Michel de L'Hospital hatte La Boétie die Anwendung des Scheiterhaufens und des Kerkers gegen die Unseren als untauglich und unheilvoll gebrandmarkt. Er war auch dafür, daß die „unendlichen Mißstände", die er in der römischen Kirche sah, durch umfassende Reformen „ausgebessert" werden sollten, denn er stand in der Meinung, nur auf diese Weise ließe sich die Kirche derart verändern, daß die Protestanten sich bereit fänden, in ihren Schoß zurückzukehren. Denn andererseits deuchte es ihn unmöglich, daß im selben Königreiche zwei Religionen Seite an Seite fortbestehen könnten angesichts der Verbrechen, welche die Religion auf beiden Seiten rechtfertigte. „Die Eiferer eines jeden Lagers", so sagte er, „sind von der verderblichen Meinung durchdrungen, ihre Sache sei so gut, daß kein Mittel schlecht sein könne, welches sie befördert."

Ach, wie recht hatte er leider damit! Aber das Tridentinische Konzil, auf dem der Papst just zu der Zeit, da La Boétie aus dieser Welt schied, die von den französischen Bischöfen vorgeschlagenen Reformen rundweg ablehnte, bewegte sich nur höchst wenig in dem Sinne, wie es La Boétie in seinem brennenden Streben nach Versöhnung gewünscht hätte. In seinem „Buch der Rechenschaft" hat mein Vater diesbezüglich vermerkt, daß La Boétie, als er Geoffroy de Caumont so dringlich vor dem Parteigeist gewarnt, ein – bis auf den heutigen Tag zutreffendes – düsteres Bild des „Niederganges" gemalt habe, welchen der Kampf der beiden Religionen unweigerlich im Königreiche verursache. Worauf Sauveterre angefügt hat: „Seien wir wachsam. Der Krieg zwischen den Franzosen glimmt unter der Asche weiter. Wir gehen ihm von neuem entgegen."

Seit Cabusse sich auf Le Breuil niedergelassen und Coulondre Eisenarm die Gorenne-Mühle übernommen, klagten unsere Vettern Siorac, welche mit größerer Freiheit als das Gesinde sprechen durften, daß die Last der Arbeit sie erdrücke. „Escorgol bewacht sein Torhaus. Faujanet sitzt friedlich in seiner Werkstatt und verfertigt in aller Ruhe seine Fässer. Und wer bleibt für all die andere Arbeit – das Füttern und Striegeln der Pferde, das Melken der Kühe, das Mästen der Schweine, das Brotbacken, das Wasserholen, das Umgraben des Küchengartens, die Kornfuhren zur

Mühle, das Schleudern des Honigs, das Einfangen der schwärmenden Bienen, das Säubern der Gräben, das Ernten der Nüsse, Kastanien, Äpfel und anderen Früchte? Ganze drei Mann: Marsal Schielauge, Benoît und ich (also war Michel der Beschwerdeführer), obwohl fünf schon kaum ausreichten. Ich spreche nicht von der Feldbestellung, der Heumahd, der Getreideernte und der Weinlese, wo alle mit Hand anlegen, sondern von den ungezählten tagtäglichen Hantierungen und Verrichtungen in Haus, Stall und Feld. Drei Mann sind dafür viel zuwenig, und wenn gar wieder eine bewaffnete Bande Mespech angriffe wie weiland die Zigeuner, hätten wir nicht einmal genügend Leute zur Verteidigung der Wälle."

Vor diesen Klagen verschloß Sauveterre in seiner großen Sparsamkeit stets die Ohren, während mein Vater seinen Vettern zwar recht gab, ohne indes Abhilfe schaffen zu können, da die Pest jede Anwerbung unmöglich machte. Doch dann kam ihm der Zufall auf eine ganz ungewöhnliche Art zu Hilfe.

Wie schon vermeldet, pflegte ich mich sehr früh am Morgen zu erheben, da es mich nicht mehr im Bett hielt, sobald ich erwacht war, und stieg schon bei Tagesanbruch in den Burgsaal hinab, noch ehe die Maligou erschien, das Feuer anzuzünden und die Milch zu kochen. Meist entfachte ich selbst das Feuer wieder, denn es machte mir Spaß, die unter der Asche verborgenen Glutreste aufzuspüren und aus Leibeskräften darauf zu blasen, damit sie in flammendem Rot aufflackerten, ehe ich das Reisig auflegte. Genau das tat ich an jenem 29sten August, während im Hause noch alles schlief und ich die morgendliche Stille und den ersten Vogelgesang genoß. Da vernahm ich unversehens ein leichtes Geräusch in unserer Fleischkammer, jenem kühlen Raum, kaum erhellt durch ein nach Norden gerichtetes winziges Fensterchen, worinnen eingesalzenes und gepökeltes Fleisch in mannigfaltiger Menge von den Deckenbalken hing. Vermeinend, daß dort unser Kater einem Mäuslein nachjage, näherte ich mich auf leisen Sohlen der Kammertür, mich an dem Schauspiel zu ergötzen. Doch was erblickte ich? Weder Katz noch Maus, noch sonst ein Tier, sondern einen Kerl von etwa fünfzehn Jahren, ganz in Lumpen gehüllt und von Wasser triefend. Er saß auf einem Schemel und hielt einen unserer Schinken zwischen den Knien, wovon er mit seinem langen, spitzen Messer ein Stück abschnitt, indes er bereits wacker an einer Scheibe kaute, die ihm zu beiden Seiten aus dem Munde hing. Meinen Augen nicht trauend, verharrte ich staunend an der Tür und fragte mich, wie der Kerl wohl all unsere Befestigungsmauern überwunden, als er, den Kopf hebend, mich gewahrte, blitzschnell auf die Füße sprang, den Schinken fallenließ und sich mit erhobenem Messer auf mich stürzte.

Von Cabusse hatte ich gelernt, wie man sich eines so heimtückischen Angriffes erwehrt. Mein Stiefel traf den Burschen hart im Magen, und indes er sich zusammenkrümmte, versetzte ich ihm einen zweiten Tritt, diesmal an den Kopf. Das Messer entglitt seiner Hand, doch der Schinken nicht seinen Zähnen, und er fiel zu Boden. Mich nach etwas umblickend, womit ich ihn fesseln könne, gewahrte ich neben dem Schemel, worauf er gesessen, ein Seil mit einem Haken daran. Damit band ich ihm die Hände auf den Rücken und schleifte ihn in seinem Zustand der Bewußtlosigkeit in den Burgsaal, allwo ich ihn an ein Bein des schweren Eichentisches lehnte und daran festband.

Nachdem ich dies bewerkstelligt, setzte ich mich nieder, ein wenig zu verschnaufen, noch immer ganz stumm und starr vor Staunen. Denn wie hatte es der Kerl wohl zuwege gebracht, nur mit Seil und Haken versehen, die Umfassungsmauer zu überklettern, ohne daß Escorgols feines Gehör etwas wahrgenommen hatte, dann ohne Schaden die Fußangeln zu überqueren, hernach noch die drei Zugbrükken zu überwinden und trotz der verriegelten und mit drei Eisenbändern bewehrten Haustür in die Fleischkammer zu gelangen, um sich an unserem Schinken gütlich zu tun?

In diesem Augenblick trat die Maligou ein, welcher beim Anblick des Spitzbuben das Maul vor Staunen offen blieb.

„Wer ist das? Wer ist das?“ stammelte sie.

„Das weiß ich nicht. Ich habe ihn in der Fleischkammer angetroffen.“

Hierauf begann die Maligou überall an ihrem fetten Leib zu zittern, stieß die Arme gen Himmel und schrie, sich dabei gebärdend wie ein Huhn, dem der Fuchs nachjagt:

„Lieber Gott im Himmel, heiliger Jesus, liebe Mutter Gottes und du, heiliger Joseph, beschützet mich! Wir haben den Teufel im Haus oder zumindest einen der siebenundsiebzig Höllengeister!“

Und sich mehrmals bekreuzigend, lief sie, unser hölzernes Salzfäßchen zu holen, um unter vielerlei seltsamen Gebärden und Gemurmel eine Prise nach der anderen um den Diebsbruder zu streuen.

„Einfältige Närrin!“ herrschte ich sie an und entriß ihr das Fäßchen. „Das teure Salz so verschwenden und dazu noch Maria anrufen! Soll ich das meinem Vater vermelden?“

„Aber es ist doch der Teufel!“ kreischte sie, sich wiederum hektisch bekreuzigend, wobei ihr vor lauter Zittern und Aufregung die Haube fast vom Kopf rutschte.

In diesem Augenblick öffnete der Spitzbube seine noch etwas glasigen Augen, und noch ehe er wieder zu vollem Bewußtsein gelangt war, kaute er schon wieder an seiner Schinkenscheibe, welche er selbst im Zustand der Bewußtlosigkeit fest zwischen den Zähnen behalten hatte.

„Es ist der Teufel!“ schrie die Maligou, erschreckt zurückweichend, als täte sich die Hölle vor ihr auf. Dann sank sie auf die Knie, faltete die Hände, richtete die verdrehten Augen zum Himmel und stieß mit schriller Stimme hervor:

„Heilige Mutter Gottes! Von Frau zu Frau flehe ich dich an, beschütze mich vor diesem Höllengeist!“

„Schluß mit dem Blödsinn!“ sprach ich mit Nachdruck. „Es ist nicht der Teufel! Der Kerl ißt!“

„Aber der Teufel ißt auch, Moussu Pierre!“ rief die Maligou, und in ihrer Entrüstung über meine Unwissenheit vergaß sie beinahe ihren Schrecken, stellte sich wieder auf ihre dicken Beine und fuhr fort: „Der Leibhaftige hat dieselben Bedürfnisse wie der Mensch, nur siebenmal größer. Er frißt wie ein Scheunendrescher, säuft wie ein Kutschknecht, pißt wie ein Wasserfall, rülpst wie ein Donnerschlag und hurt wie ein geilerter Bock.“

„Er hurt?“ fragte ich mit Erstaunen.

„Aber gewiß!“ erwiderte die Maligou. „Er hat ein Gemächt siebenmal größer als ein Mann, und beim Hexensabbat treibt er es von Mitternacht bis zum Morgengrauen ununterbrochen mit siebenmal sieben Hexen.“

„Das wäre wohl so recht nach deinem Geschmack, du verbuhltes Weibsstück, das seinen Köcher für jeden Pfeil öffnet", sprach ich spöttisch.

„Die Mutter Gottes bewahre mich vor solch unzüchtigen Gedanken!" rief die Maligou mit scheinheilig gesenkten Lidern. „Und wenn sich mir trotzdem einmal ein solcher Gedanke im Hinterkopf regt, dann nicht durch meine Schuld, sondern gegen meinen Willen."

„Und nun geh, alte Metze", sprach ich, „vermelde meinem Vater diesen seltsamen Besuch. Doch nein", besann ich mich, „ich werde selber gehen."

„Heiliger Jesus", heulte die Maligou auf, zitternd wie Gallert. „Ich soll hier allein bleiben mit diesem abscheulichen Höllengeist, der über die Dächer fliegt und durch Mauern geht!"

„Nun gut, dann läufst du zum Herrn Junker und ich zu meinem Vater. Dieser Teufel hier wird uns nicht entkommen, denn seine Stricke sitzen fest."

Doch ganz sicher war ich mir dessen nicht, und so eilte ich, so schnell ich konnte, zur Kammer meines Vaters, an die ich atemlos und voller Ungeduld anklopfte, ohne daß mir eine Antwort ward. Verwundert über diese Stille, öffnete ich die Tür einen Spalt breit und warf einen flüchtigen Blick hinein. Ich sah ein verlegenes Bett und eine zurückgeschlagene Decke, doch keinen Vater. ‚Zum Teufel!' dachte ich. ‚Wie seltsam! Der eine taucht auf, und der andere verschwindet.' Da ich indes mutmaßte, daß diese Teufelei sehr menschliche Ursachen habe, schloß ich die Tür leise wieder, schlug laut mit der Faust dagegen und schrie: „Mein Herr Vater, zu Hilf! zu Hilf!" Hierauf verfügte ich mich in Windeseile wieder in den großen Saal, wo der Kerl gottlob noch immer mit den Händen auf dem Rücken an das Tischbein gefesselt saß, dabei mit so viel Begierde auf seinem Schinken kauend, daß ihm das Wasser aus den Mundwinkeln lief. Sein Hunger muß gewaltig gewesen sein, daß er hier so seelenruhig aß, wo er doch in weniger als einer Stunde kraft der grundherrlichen Gerichtsbarkeit an unserem Galgen baumeln würde. Mich vor ihn auf den Boden setzend und ihn schweigend betrachtend, ward ich unversehens von einigem Mitleid ergriffen, um so mehr, da er ein gutmütiges Gesicht hatte, ohne einen Ausdruck von Gewalttätigkeit in seinen Zügen noch von Wildheit in seinen Augen, und kaum älter zu sein schien denn ich.

Er hatte einige Mühe, unseren Schinken hinunterzuschlucken, war dieser doch gar trocken, hart und salzig, und als er ihn nach mehreren Versuchen endlich durch die Kehle gewürgt hatte, holte ich eine Schale Milch, die ich ihm an die Lippen hielt. Er trank mit großer Gier, dabei aus seltsam zwiefarbenen Augen – das eine blau, das andere braun –, die sanft und liebevoll wie die eines Hundes waren, mich anblikkend. Sein Kopf war von kurzgeschorenem, dichtem fahlrotem Haar bedeckt.

Nachdem er sich an der Milch gelabt, lächelte er mir mit seinem breiten Mund so offen und freundschaftlich zu, daß er wohl schon vergessen zu haben schien, wie er sich noch vor wenigen Minuten mit dem Messer auf mich gestürzt und ich ihn niedergestreckt hatte.

Indes ich ihn beobachtete, füllte sich der Saal mit unseren Leuten, welche sich alle atemlos, schweigsam und mit weitaufgerissenen Augen in gehöriger Entfernung von dem Eindringling an die Wand drückten. Faujanet, die Brüder Siorac und Marsal Schielauge zeigten sich noch einigermaßen gefaßt, doch die Frauen, ob groß oder klein, drängten sich samt den Kindern zitternd in eine Ecke, Jacquou in den Armen Barberines, Annet in ihren Röcken, wo auch die kleine Hélix – welche Schande, da sie schon siebzehn Jahre zählte! – sich verkroch, ganz zu schweigen von der aschfahlen Catherine, der jammernden Gavachette und der Maligou, welche unter vielerlei Gebärden, Zeichen und Grimassen unaufhörlich Gebete murmelte, dabei die Arme um ihre Röcke schlingend, als wolle sie den höllischen Kräften den Zutritt verwehren. Indes keine Franchou, wie mir sogleich auffiel.

Alsdann erschien mein älterer Bruder François, nicht bleicher und gedankenverlorener als gewöhnlich seit dem Weggang Dianes, doch das lange, brave Gesicht verschlossen und geflissentlich mich übersehend – also wußte er schon, daß ich die Hauptperson in der ganzen Sache war.

Mit ihrem schweren Soldatenschritt kam fast zur gleichen Zeit Alazaïs angestapft und stellte sich, die Ecke der Weiber verschmähend, neben die Brüder Siorac, die sie um eine halbe Haupteslänge überragte. Von dort betrachtete sie das Geschehen mit unbewegter Miene, denn sie fürchtete nichts und niemanden in dieser vergänglichen Welt: ihr Auge war auf Gott gerichtet.

Samsons erster Blick beim Eintreten galt mir, und als er sich vergewissert hatte, daß ich heil und gesund sei, kam er auf mich zu, das rotgelockte Haar wie einen Heiligenschein um den Kopf, ergriff meine Hand und nahm den Eindringling in Augenschein. Und nach erfolgter Musterung lächelte er mir zu, unfähig, weder Haß noch Angst zu empfinden.

Den humpelnden Sauveterre im Gefolge, erschien endlich mein Vater, sein Wams zuknöpfend, das Auge keineswegs so engelhaft wie Samson, den Körper sehr gestrafft. Er machte einen etwas müden, doch aufgeräumten Eindruck.

„Woher kommt dieser Kerl?“ fragte er, auf den Eindringling weisend, mit vergnügter Miene, die freilich nicht dem ungebetenen Gast zu gelten schien.

Mich erhebend, gab ich einen ziemlich wahrhaftigen, aber nicht ganz vollständigen Bericht. Weil es mir nämlich widerstrebte, den Spitzbuben allzusehr zu belasten, erwähnte ich nicht, daß er sich mit gezücktem Messer auf mich gestürzt, welche Auslassung der arme Kerl mit Dankbarkeit zur Kenntnis nahm, wie ich am Blick seiner zwiefarbenen Augen ersah.

Indes ich also sprach, tauchte mein Vater allmählich aus jenem Nebel von Glückseligkeit auf, der ihn umgab, und als ich geendet, befand er sich wieder auf der Erde, die Miene ernst und düster. Denn wenn es diesem jungen Burschen gelungen war, über unsere Mauern und den Weiher zu gelangen, all unsere Befestigungen zu überwinden und bis in die Burg vorzudringen, würden andere, gefährlichere Leute solches auch vermögen.

„Bube“, richtete mein Vater das Wort an ihn, sich in gehöriger Entfernung haltend, doch aus ganz anderem Grund als die Maligou, „wie heißt du?“

„Miroul.“

„Und woher stammst du, Miroul?“

„Aus einem Flecken namens Malonie, bei Vergt gelegen.“

„Gottlob!“ sprach mein Vater mit einem Seufzer der Erleichterung, „aus dem reinen Périgord! (Denn der Norden der Provinz war nicht von der Pest erfaßt.) Bist du durch pestverseuchte Orte gekommen?“

„Nein. Ich habe die Dörfer und Marktflecken gemieden, mich nur in den Wäldern aufgehalten, wo ich auch schlief.“

„Und wie bist du zum Dieb geworden?“

„Am 25sten des vergangenen Monats sind bewaffnete Räuber in der Nacht über unser Haus hergefallen“, erwiderte Miroul mit Tränen in seinen zwiefarbenen Augen, „und haben meinen Vater, meine Mutter, meine Brüder und Schwestern niedergemacht – letztere nicht ohne ihnen vorher Gewalt anzutun. Ich konnte mich in der Scheune unter dem Heu verbergen, und nachdem die Schurken vom Weine benebelt waren, nahm ich diesen Haken hier und das Messer und machte mich aus dem Staube.“

„Und bist dann selbst zu einem Spitzbuben geworden?“

„Nicht ganz“, erwiderte Miroul mit erhobenem Kopf, „denn ich nehme keinem Hirten noch Ackersmann etwas weg, sondern stehle nur in Burgen und Schlössern und nur so viel, wie ich zum Essen brauche. Auch steige ich immer nur einmal an gleicher Stelle ein, so vor drei Nächten in Laussel, vorgestern in Commarque, gestern in Fontenac und diese Nacht in Mespech.“

„Fontenac?“ fragte mein Vater mit zweifelnder Miene. „Du hast es fertiggebracht, in die Burg Fontenac einzudringen?“

„Das war ein Kinderspiel“, erwiderte Miroul. „Von den vier Burgen hat mir Mespech die meiste Mühe gemacht.“

„Und wie gehst du zu Werke, Miroul?“

„Ich binde mir Lappen um die Füße und um meinen Haken und steige dann kurz vor dem Morgengrauen über die Mauer.“

„Und warum so spät?“

„Um diese Zeit schlafen die Wächter, denn sie fühlen das Ende der Nacht herannahen.“

„Und die Hunde?“

„Die Hunde beschnüffeln mich, belecken mich, aber bellen nicht.“

„Das wäre ein Wunder, wenn es wahr wäre!“

„Moussu lou Baron“, sprach Miroul gleichsam mit Würde, „ich bin zwar leider ein Dieb, aber kein Lügner. So Ihr es wünscht, werde ich vor Euern Augen den ganzen Weg vom Fuße Eurer Burgmauer bis in die Fleischkammer noch einmal zurücklegen.“

Hierauf blickte ihn Jean de Siorac an und sprach mit einer Kälte, von der ich nicht zu sagen wüßte, ob sie vorgetäuscht oder echt war:

„Du gibst dir große Mühe, um hinterher gehängt zu werden.“

Miroul schüttelte eher traurig denn erschrocken den Kopf.

„Ich fürchte den Galgen nicht, denn ich finde gar wenig Gefallen an diesem Leben, das des Tages nur Einsamkeit ist und des Nachts Schurkerei. Allein mein leerer Bauch treibt mich dazu. Aber die Dieberei quält mein Gewissen, weil ich weiß: Der HERR haßt alles Übel, und ER ist groß an Macht und siehet alles.“

Bei diesem Zitat des Jesus Sirach horchte Sauveterre auf.

„Miroul, hängst du dem neuen Glauben an?“

„Ja, wie meine verstorbene Familie.“

Es trat eine kurze Stille ein, worauf mein Vater sprach:

„Nun denn, Miroul, zeige uns, wie du in die Burg gelangt bist. Pierre, binde ihn los.“

Und zu unserem Gesinde gewandt, fügte er hinzu:

„Nur Jean de Sauveterre und meine Söhne werden mit mir kommen. Alle anderen bleiben hier bei Tische, ohne daß einer auch nur die Nase hinaussteckt.“

Als mein Vater dem armen Escorgol, der sich am Fenster zeigte, in kurzen, scharfen Worten die Sache berichtete, war dieser so bestürzt und betrübt ob der Schmach und Schande, daß es dem sonst so Zungengewandten ganz und gar die Sprache verschlug und er sich nur die beiden kleinen Finger in die Ohren steckte, um sie heftig hin und her zu drehen.

„Escorgol“, befahl ihm mein Vater sodann, „schließe dein Fenster, strecke dich auf dein Lager aus und spitze die Ohren. Der Bursche hier wird noch einmal seinen Weg in die Burg nehmen.“

„Sehr wohl, Moussu lou Baron“, erwiderte Escorgol, das Gesicht rot vor Scham.

Auf Geheiß meines Vaters teilten wir uns in zwei Gruppen. Sauveterre, François und Samson, die Pistolen im Gürtel, begleiteten Miroul zum Tor hinaus, indes ich mit meinem Vater im Zwinger verblieb, wo sich unsere drei Doggen befanden, die wie ihre Vorgänger (welche von den Zigeunern niedergemacht worden waren) Aeacus, Minos und Rhadamanthys hießen, welche verzwickten mythologischen Namen unsere Leute kurzerhand ins Perigurdinische übertragen hatten: es war aus Aeacus „Acha“ (die Axt) geworden, aus Minos „Minhard“ (der Feinschmecker) und aus Rhadamanthys „Redamandard“ (der ständig Fressen verlangt).

Ganz ohne jedes Geräusch landete der mit Lappen umwickelte Haken auf der Mauerkrone an der Nordseite, also auf der dem Torhaus gegenüberliegenden Seite. Alsbald erschien auch Miroul, zog das Seil nach, nahm den Haken auf und eilte lautlos auf der Mauer bis zu einer Stelle auf der Ostseite, wo er, das aufgerollte Seil mit der Linken haltend, den Haken mit der Rechten über einen dicken Ast des Nußbaumes warf, der dort in einigen Klafter Entfernung von der Mauer wuchs. Sich mit beiden Händen am Seil festhaltend, schwang er sich sodann durch die Luft über die Fußangeln hinweg und landete am Fuße des Baumes. Er löste den Haken, und da die Hunde knurrend herbeiliefen, legte er sich der Länge lang auf den Boden, ihnen reglos seine Kehle darbietend. Sie schnüffelten daran, alsdann an seinem Gesicht und schließlich an seinem ganzen Leib, wobei ihr Knurren langsam verstummte, das gesträubte Fell sich glättete und am Ende ihre Schwänze zu wedeln begannen. Hierauf hob Miroul die Hand, und die Hunde drängten sich wie toll, sich daran zu reiben und sich streicheln zu lassen. Dies Treiben währte gut einige Minuten, dabei erhob sich Miroul aus seiner liegenden Stellung langsam auf die Knie, ging dann in die Hocke und stand schließlich aufrecht auf seinen Füßen, welche Bewegungen er alle mit großer Langsamkeit und Sachtheit vollführte und stets mit leisen Schmeichelworten an die Hunde begleitete, welche keinen Mucks taten und ihn weiter beleckten. Nachdem Miroul sich das Seil schräg über die Schulter gewickelt, begab er sich zum Ufer des Weihers, stieg ins Wasser, schwamm lautlos bis zum Waschhaus auf der Insel und erklomm mit wunderbarlicher Geschicklichkeit und Schnelligkeit das Dach.

Jetzt kam das Schwierigste des ganzen Unterfangens. Das Seil aufschießend, warf Miroul erneut seinen Haken. Er zielte auf einen der großen eisernen Fackelhalter, welche Sauveterre kurz vor dem Angriff der Zigeuner an der Innenmauer hatte anbringen lassen. Das Ziel war klein, und Miroul mußte mehrere Versuche unternehmen, ehe sein Haken an der gewünschten Stelle festsaß. Und auch der nun folgende Aufstieg war nicht ohne Mühe noch Gefahr. Da der Fackelhalter sich einen halben Klafter unterhalb der nächsten Schießscharte befand, mußte sich Miroul mit einer Hand an dem Eisenring festklammern, die Füße auf einen winzigen Mauervorsprung gestützt, und mit der anderen seinen Haken auf die Mauerkrone werfen, wobei er hätte den Halt verlieren und ins Wasser stürzen können. Doch er brachte es glücklich zu Ende.

„Gehen wir zurück in den großen Saal“, sprach mein Vater. „Miroul ist in der Burg, und Escorgol hat außer den Hunden nichts gehört, wie ich wetten will.“

„Mein Herr Vater“, sprach ich, mit zugeschnürter Kehle an seiner Seite gehend, „werdet Ihr ihn nach diesem Meisterstück noch hängen lassen?“

Das Angesicht meines Vaters verdunkelte sich.

„Es drängt mich nicht danach, doch ich muß es tun“, sagte er.

„Bedenket, welchen Dienst er Mespech erwiesen, indem er die Schwächen unserer Befestigungen offenbart hat: den Nußbaum, das Waschhaus, die Fackelhalter und das Fenster der Fleischkammer.“

„All das ist wohl wahr. Doch muß er trotzdem hängen, denn er ist ein Dieb.“

„Ein gar kleiner Dieb. Es hat Euch nicht mehr als eine Scheibe Schinken gekostet, die Schwächen Mespechs zu erfahren.“

„Er hätte Euch töten können.“

„Er hat keinen Versuch unternommen“, entgegnete ich, recht bedrückt, diese Lüge wiederholen zu müssen. Von meinem schlechten Gewissen zu einem halben Geständnis gedrängt, fügte ich hinzu: „Und wenn er es versucht hätte, dürfte man es ihm nicht verargen: die Ratte beißt, wenn ihr der letzte Ausweg versperrt ist."

„Ich kann Euch verstehen. Doch ein gefaßter Dieb muß sterben."

„Wenn ich mit fünfzehn Jahren meine ganze Familie verloren hätte, wäre ich dann nicht auch zum Dieb geworden?"

„Ihr vielleicht, doch Samson nicht."

Nicht ohne heimliche Genugtuung bemerkte ich, daß mein Vater mit keiner Silbe François erwähnt hatte, und fuhr fort:

„Gewißlich ist Samson ein Engel. Doch an meinem sechsten Geburtstag hat er einen Topf Honig für mich entwendet. Und nun, mein Herr Vater, bedenket den Unterschied in der Strafe: die Peitsche für einen Topf Honig, den Galgen für eine Scheibe Schinken."

„Es ist Jammer und Schade", erwiderte mein Vater kühl, „daß Ihr die Heilkunst studieren wollt. Ihr würdet einen guten Advokaten abgeben."

„Darf ich gleichwohl fortfahren in meiner Rede?"

„Miroul wird gehängt. Doch Ihr möget fortfahren."

„Mein Vater, wollen wir einen Burschen hängen, welcher kühn und geschickt genug ist, des Nachts in aller Heimlichkeit in die Burg Fontenac einzudringen? Wer weiß, ob wir nicht eines Tages ein solches Talent werden brauchen können?"

Jetzt hatte ich wohl ins Schwarze getroffen. Allein mein Vater wollte dies nicht eingestehen. So sprach er mit einer Miene, die voller Verdrießlichkeit war oder es zumindest sein sollte:

„Ich weiß nicht, von wem Ihr diese Hartnäckigkeit habt. Vielleicht von Eurer Mutter."

„Nein, mein Herr Vater. Mit Verlaub zu sagen: von Euch selbst. Ich bin gar sehr nach Euch geraten, wie alle sagen."

Dies war meinem Vater natürlich nicht unbekannt. Doch ich wußte auch, daß er es gern hörte – vor allem aus meinem Munde.

„Das nenne ich", sprach er zufrieden, doch ohne sich auf meinen Leim locken zu lassen, „eine ausgezeichnete *cap-*

*tatio benevolentiae**. Aber wir sind fast angelangt, und so ist es Zeit, zum Schluß zu kommen."

Und in der Tat betraten wir in diesem Augenblick die dritte Zugbrücke.

„Mein Herr Vater", bedrängte ich ihn, „ich habe den Dieb entdeckt, ich habe ihn unschädlich gemacht und gefangengenommen. Darf ich Euch also um die Gnade bitten, ihn mir zu überlassen, auf daß er mir zu Diensten stehe wie Franchou meiner Schwester Catherine?"

Jählings blieb mein Vater mitten auf der Brücke stehen und warf mir einen bohrenden Blick zu, den ich mit unschuldiger Miene erwiderte.

*„In cauda venenum!"*** rief er, die Sache von der heiteren Seite aus nehmend. „Ha, Pierre, du allein bringst mehr List auf denn Weib, Katze und Affe zusammen!"

Ich trat vor ihn:

„Und Miroul, mein Vater?"

„Wir werden sehen."

Ich warf mich in seine Arme und küßte seine Wangen, indes mir Tränen über die Backen liefen. Er erwiderte kraftvoll meine Umarmung und löste sich dann von mir. Lächelnd und wieder voll der Fröhlichkeit, mit der er aufgestanden war, nahm er meinen Arm und zog mich fast im Laufschritt in den Burgsaal.

Dort saßen unsere Leute stumm und mit bestürzten Gesichtern um den großen Tisch bei der Frühmahlzeit. Ihre Bestürzung wuchs indes noch mehr, als mein Vater und ich die Fleischkammer betraten und – o Wunder! – zusammen mit Miroul, den sie doch vor einigen Minuten mit uns hatten weggehen sehen, wieder herauskamen. Alle waren schier fassungslos. Die Maligou hub an, sich hektisch zu bekreuzigen, doch kaum öffnete sie den Mund zu ihren gewöhnlichen Ergüssen, als mein Vater sie auch schon barsch anfuhr:

„Schluß mit dem törichten Geschwätz, Maligou! Hier sind keine übernatürlichen Kräfte im Spiele, sondern nur große Gewandtheit und Geschicklichkeit. Ich habe es mit meinen eigenen Augen gesehen. Und nun, Pierre, sperre Miroul in

* (lat.) Versuch, Wohlwollen zu erschleichen.

** (lat.) Im letzten Wort das Gift.

den Nordostturm ein. Der Herr Junker und ich werden über sein Schicksal beratschlagen.“

Sie beratschlagten. Und Miroul, welchen mein Vater in der Tat Samson und mir zu Diensten gab und der zunächst – zur großen Erleichterung der Brüder Siorac – bei den Stall- und Feldarbeiten half, dient uns noch heutigentags, nachdem er meinen Bruder und mich zu unseren Studien nach Montpellier begleitet hatte und mir danach an den königlichen Hof zu Paris folgte, allwo wir manches Abenteuer zu bestehen hatten, wie ich noch berichten werde.

ELFTES KAPITEL

Vom 29sten August anno 1563 (als auf wundersame Weise Miroul in unserer Fleischkammer erschien) bis zum 28sten Mai anno 1566 (als Samson und ich, mit selbigem Miroul als Diener, Mespech verließen, um nach Montpellier zu ziehen) vergingen drei Jahre, in denen ich meiner Kindheit und Knabenzeit den Rücken kehrte und zum Manne wurde. Nicht daß ich nicht schon mit zwölf Jahren meinte, es zu sein, denn in meinen Augen besaß ich alle Privilegien eines Mannes: vom kurzen Degen, der an meiner Seite baumelte, bis hin zu dem Gebrauch, den ich von meinen Nächten machte. Aber in Wahrheit hat das Mannesalter mit dem Horizont gemein, daß es in dem Maße zurückweicht, wie man sich ihm nähert. Deshalb muß man den Parlamenten Dank dafür wissen, daß sie die Großjährigkeit auf fünfzehn Jahre festgesetzt haben, was eine fiktive, aber beruhigende Grenze ist für jeden, der nicht weiter sehen will. Indessen gibt es etliche, die allezeit Kinder bleiben, wenn auch die Kindheit weit hinter ihnen liegt. Mehrere Jahre nach meinem Weggang von Mespech – ich befand mich in der Hauptstadt, und mir ward ganz zufällig die Ehre zuteil, mit Karl IX. Ball zu spielen – wurde dem König in meinem Beisein das Attentat auf Admiral de Coligny gemeldet. Erschüttert über diesen abscheulichen Mord, sah ich zu meinem großen Befremden, wie der König den Mund verzog, sein Rakett heftig zu Boden schleuderte und unbeherrscht ausrief: „Kann man mich niemals in Ruhe lassen?" Er war weniger erschrocken über die für den Frieden seines Königreiches so bedrohliche Nachricht als erbost wie ein Kind, weil er sein Spiel unterbrechen mußte. Karl IX. war damals zweiundzwanzig Jahre alt, und das Blut der Unseren, darin er sich, von seiner Mutter gedrängt, in der Folgezeit wälzte, besudelte ihn, ohne ihn zum Manne zu machen.

Ich hingegen, auch wenn ich erst zwölf war, konnte mir

nicht erlauben, zu lange ein Kind zu bleiben: ich war der Zweitgeborene. Ich wußte, daß mir von Mespech nie etwas gehören würde, weder die Burg noch die Beunes-Mühle und ebensowenig die Täler und die Hügel, die üppigen Felder und die grünen Wiesen – nichts würde mir gehören außer (am Tage meines Todes) dem Fleckchen Erde, das vonnöten ist, um einen Christenmenschen zu verscharren, und Gott weiß, wie wenig Platz wir brauchen, wenn wir unser Leben ausgehaucht haben. Ich würde also stets nur mir allein zu verdanken haben, was ich bin und besitze, das sagte ich mir jeden Tag, wenn ich mein Latein lernte, meine Könige, meine Bibel und die Medizin, und dabei versuchte, die Welt zu verstehen von dem Platz aus, den ich in ihr einnahm.

Ich meinte damals, und ich meine noch immer: ein Mensch kann nur reifen, wenn er mit dem Verstand begreifen lernt, was wir tun oder erleiden. Unter den großen und kleinen Begebnissen meines Lebens in diesen drei Jahren vor meinem Aufbruch gab es zwei, die mich so nachhaltig beschäftigten und – letzteres vor allem – so melancholisch stimmten, daß ich hier davon berichten möchte, damit sich der Leser in einer ähnlichen Bedrängnis vielleicht nicht so verlassen fühle. Denn während man Freude gemeinsam erlebt, ist man im Leid auf sich allein gestellt, wie abgeschnitten von allen anderen Menschen.

Erst im Mai anno 1564, als die Pest ebenso plötzlich zum Stillstand kam, wie sie ausgebrochen war, kehrten der Seneschall, der Herr Bischof, der eine Konsul, der das Weite gesucht hatte, die Richter des Provinzialgerichts, die betuchten Bürger und die Ärzte nach Sarlat zurück.

Von den vier Wundärzten, die zur Pflege der Pestkranken in der Stadt geblieben waren, hatte nur einer mit Namen Lasbitz überlebt, dem die Stadt noch sechshundert Livres schuldete; und es bestand keine Aussicht, daß sie jemals gezahlt würden, denn die Stadt war ruiniert und hatte durch die Seuche zwei Drittel der Steuerzahler verloren.

Überdies erhob in den Vorstädten die Rebellion ihr Haupt. Forcalquier war nicht gestorben, wie er selbst es vorausgesagt hatte. Von seinem Lumpengesindel hatte die Pest – ebenfalls entgegen der Prophezeiung – jeden zweiten verschont, und auf diese gut bewaffnete Bande stützte sich der

Schlächterbaron, um zahllose Untaten zu begehen. So wütete vor den Toren der Stadt ein Aufruhr, dem die königlichen Beamten keinen Einhalt gebieten konnten, da nicht ein einziger Soldat in Sarlat am Leben geblieben war und die Stadt keinen roten Heller besaß, um Söldner anzuwerben.

In dieser schlimmen Lage schickten die Konsuln Botschaften an den Adel des Sarladischen Landes, damit er sich bereit fände, an der Spitze seiner bewaffneten Mannen die Stadt von den Missetätern zu befreien. Auf Drängen des Bischofs waren die Konsuln geneigt, diesen Aufruf nur an die katholischen Lehnsherren zu richten, aber der Seneschall und Monsieur de la Porte setzten dagegen, daß es nicht angebracht sei, die loyalistischen Hugenotten von diesem dringlichen Bittgesuch auszuschließen, zumal etliche der Stadt in ihrem Unglück bereits mit Darlehen und Fleischlieferungen geholfen hatten. Ihre Meinung gab den Ausschlag, und der Aufruf wurde katholischerseits an Fontanille, Puymartin, Périgord, Claude des Martres und La Raymondie gerichtet, calvinistischerseits an Armand de Gontaut Saint-Geniès, Foucaud de Saint-Astier, Geoffroy de Baynac, Jean de Foucauld und den Baron von Mespech.

Es reagierten bei weitem nicht alle, aber ich will mich hier nicht darüber auslassen, wer ruhig auf seinem Schloß blieb und wer in die Bresche sprang. Als das Leben nach dem großen Schrecken der Pest wieder aufblühte, mußte einer schon sehr verwegen sein oder sich seinem Gewissen verpflichtet fühlen, wenn er es auf sich nahm, in einem Straßenkampf gegen hinterhältiges Gesindel seine Haut aufs Spiel zu setzen, ohne sich bei dem Geschäft etwas anderes einzuhandeln als Blessuren und den Ruhm, der Stadt einen Dienst zu erweisen.

Mespech knüpfte daran eine Bedingung: daß mein Vater das alleinige Kommando über die Freiwilligen übernähme, was ihm widerspruchslos zugestanden wurde, weil jedermann die große Erfahrung Jean de Sioracs in kriegerischen Unternehmungen anerkannte.

Ich hätte es geschworen: mein Vater legte besonderen Wert auf Geheimhaltung und Überrumpelung; und um sein Vorhaben zu verschleiern, veranlaßte er Monsieur de la Porte, Forcalquier mit Verhandlungen hinzuhalten, die ihm, o Wunder! das Recht in Aussicht stellen sollten, am Stadttor von Lendrevie ein Wegegeld zu erheben. Doch Forcalquier wollte mehr. Er trug jetzt Halskrause und Wams und eine Feder an seinem Barett, hielt sich einen Hofstaat aus Spitzbuben und Huren und spielte den großen Herrn. In seiner Tollheit verlangte er, daß die Stadt den König ersuche, ihn zu adeln; Monsieur de la Porte, der sich über diesen törichten Einfall köstlich amüsierte, ging gleichwohl darauf ein, konfrontierte unsern Mann jedoch mit endlosen juristischen Spitzfindigkeiten und brachte schwierige Fragen zur Sprache: könne der König denn Forcalquier adeln, ohne ihm ein Lehen zu geben? Welches Lehen aber könne er ihm geben, ohne einen Lehnsherrn zu enteignen und ihm das Land zu nehmen? Und welchen Lehnsherrn solle er enteignen? „Einen stinkenden Ketzer!" erwiderte Forcalquier edelmütig, der sich vielleicht daran erinnerte, daß mein Vater ihm neunzig Pfund Rindfleisch mitten ins Gesicht geschleudert hatte.

Während Monsieur de la Porte den Schlächterbaron einlullte, indem er ihm viele Versprechungen machte, ohne ihm etwas geben zu wollen, setzte mein Vater in aller Heimlichkeit Tag, Stunde und Einzelheiten der Unternehmung fest. Alle Beteiligten wurden auf Mespech zusammengezogen: für eine Nacht und einen Tag verließ Coulondre Eisenarm die Beunes-Mühle, Jonas den Steinbruch, Cabusse sein Le Breuil. Und auf der Burg selbst verpflichtete mein Vater seine drei Söhne, Miroul, die beiden Brüder Siorac, Marsal Schielauge und Escorgol, so daß für die Bewachung der Burg nur noch Sauveterre und Faujanet blieben; ihnen wurde Alazaïs beigegeben, von der mein Vater – jedoch außer Hörweite seines Bruders – lachend meinte, daß „sie von den drei Mann am agilsten" sei.

Erst am Vorabend des festgesetzten Tages, von dem noch niemand etwas wußte, nahm mich mein Vater nach dem Essen beiseite und flüsterte mir zu, ich solle mich zeitig schlafen legen, denn er würde mich um drei Uhr wecken. Ich folgte seinem Rat und schlüpfte, nachdem ich die Öllampe gelöscht, zu der kleinen Hélix ins Bett. Unsere zärtlichen Spiele abkürzend, um schneller zum Abschluß zu gelangen, wollte ich die arme Kleine gerade verlassen, als sie mich ganz fest in ihre Arme schloß und leise zu mir sagte:

„Ha, mein Pierre! Morgen ist es also soweit!"

Ich überlegte mir, daß um drei Uhr, wenn mein Vater uns – Samson und mich – wecken käme, das Geheimnis für sie kein Geheimnis mehr wäre. Aber ich gab keine Antwort.

„Laß dich nicht töten, mein Pierre", fuhr die kleine Hélix in einem Atemzug fort, ohne ihre Umarmung zu lockern. „Die ganze Zeit, die du im Nordostturm eingesperrt warst, hatte ich große Sehnsucht nach dir..."

„Hattest du Sehnsucht nach mir oder bist du nur ‚voler Gedencken' an mich gewesen?" fragte ich, um sie zu nekken.

„Beides", sagte sie, aber ohne mich, wie gewöhnlich, zur Strafe zu zwicken. „Beides, Pierre", fuhr sie mit zitternder Stimme fort, „und wenn diese Strolche dich töten sollten, würde ich sterben im Monat darauf."

„Das wäre ein schöner Verlust für Mespech, eine so saumselige Magd!" sagte ich, denn mir mißfiel der Gedanke an meinen Tod, und ich wollte mich von dem Weibergeschwätz nicht weich machen lassen.

„Lach nicht, mein Pierre", sagte sie, während ihre Tränen mir die Wangen netzten. „Ich liebe dich mit großer Liebe, wie in der Schrift geschrieben steht. Wenn ich zum Herrn Jesus bete, bist du es immer, den ich vor mir sehe."

„So betest du ein Bild an und nicht Gott."

„Ich weiß nicht, aber ich liebe dich mit großer schöner Liebe, die größer ist, als jemals eine Frau auf Christenerde sie erfahren hat."

Sie schlang ihre runden Arme um meine Taille und drückte mich ganz fest.

Ich spürte es genau: der kleinen Hélix kamen die Worte aus dem Herzen. Das rührte mich, und von der Tändelei ablassend, sagte ich in demselben ernsten Ton, den sie angeschlagen:

„Und ich, Hélix, ich liebe dich aus guter treuer Freundschaft, und mein Leben lang will ich darüber wachen, daß niemand dich geringschätze und du nicht Hunger leiden oder frieren oder in Lumpen gehen mußt. Auch als Zweitgeborener will ich für dich und dein Wohlergehen sorgen, bis ans Ende deiner und meiner Tage. Das bezeuge und beschwöre ich hier vor Gott dem Herrn. Amen."

„Ach, Pierre, du bist gut wie der Herr Jesus, aber du liebst mich nur aus Freundschaft."

„Gewiß doch!" sagte ich, den Mann herauskehrend. „Und ist das nicht schon viel?"

Die kleine Hélix stieß einen tiefen Seufzer aus und weinte stumm an meiner Wange, bis selbige so heiß, so bitter und so naß war, daß ich ihr ins Ohr flüsterte:

„Laß mich jetzt gehen, süße Hélix, ich brauche Schlaf für morgen."

Sie gab mich frei, ich küßte sie rasch und schlich in mein Bett, wo Samson bereits seinen tiefen Unschuldsschlummer schlief. Die Wahrheit zu sagen: mir war etwas beklommen ums Herz, weil die kleine Hélix mir so viel gab und ich ihr so wenig. Und wie oft habe ich seither, stärker noch und schmerzhafter, diese Beklommenheit empfunden und mir gewünscht, ich hätte damals die arme Kleine ob der Liebe, die sie von mir erwartete, belügen können. Aber wer kann die Zukunft voraussagen? Der Mensch ist ein Narr und meint, daß die bunt schillernde Seifenblase, die vor ihm aufsteigt, nie platzen werde.

Seit dem Aufruhr in der Vorstadt Lendrevie hatte mein Vater, der Kosten nicht achtend, für seine Söhne Brustharnische fertigen lassen, und so nahmen wir – meine Brüder und ich – kriegsmäßig ausgerüstet, den Morion auf dem Kopf, Platz an dem großen Tisch; draußen war noch dunkle Nacht, und die elf Kämpfer von Mespech – zwölf mit meinem Vater –, die eine kräftige Specksuppe löffelten, waren ernst, schweigsam und ein wenig blaß, ganz anders als zur Heuernte oder Weinlese, wo unsere Leute, schon vor Morgengrauen auf den Beinen, sehr zum Scherzen und Schwatzen aufgelegt waren, sobald der Wanst mit Suppe (welcher ein tüchtiger Schuß Wein beigemischt), mit Schweinefleisch und Weizenbrot gefüllt und man sich herzlich freute auf die kommende Plackerei, die auch ein Fest war. Doch diesen Tags hatte man sie zu einer blutigen Ernte geladen, bei der sie Köpfe abschlagen sollten und große Gefahr liefen, selber ihr Leben zu verlieren, denn das Gesindel Forcalquiers war, wie es hieß, zu allem entschlossen, kämpfte verbissen und wollte auf Biegen und Brechen überleben, nachdem es sogar die Pest überstanden.

Mein Vater, der die gedrückte Stimmung um den Tisch spürte, erhob sich am Ende der Mahlzeit, und nachdem Sauveterre ein kurzes Gebet gesprochen, befahl er seinen Leuten, sich wieder zu setzen, und sagte:

„Ich sehe, wie euch die Sorge plagt, was euch in der Vorstadt Lendrevie zustoßen mag. Doch habet Vertrauen in den HERRN: ER allein entscheidet, ob ein Spatz von seinem Ast fällt oder nicht. Wenn nichts gewisser ist als unser Tod, so ist nichts ungewisser als sein Zeitpunkt. Also ist es vernünftig, sein Schicksal ein für allemal in die Hand des großen Richters zu geben und ruhigen Sinnes zu bleiben."

Er hielt inne und fuhr dann lebhafter fort:

„Ich für mein Teil schätze, daß alles gut geht. Zum einen ob unserer Zahl. Wir sind zwölf. Auf Schloß Campagnac, wo wir uns sammeln, sind es zehn. Puymartin kommt mit neun Soldaten. Macht einunddreißig Mann insgesamt. Mehr als genug, um zwanzig Strolche zu vernichten, die sich nur stark fühlen, weil die Bürger von Sarlat schwach und wehrlos sind; wenn sie euch aber sehen, werden sie zittern wie Espenlaub, denn es sind Handwerker, Weber und Schmiede, wenig kriegserfahrene Leute. Und von den drei Trupps, die auf Campagnac zusammenkommen – ich sage das hier, weil es stimmt –, sind die Mannen von Mespech die gefährlichsten. Cabusse, Marsal Schielauge, Coulondre Eisenarm", fuhr mein Vater fort, und diese Namen klangen aus seinem Munde wie Siegestrompeten, „haben jahrelang in der Normannischen Legion gekämpft und jüngst noch, mit mir, vor Calais. Meine wackeren Vettern Siorac haben mir geholfen, mit den Räubern Fontenacs in Taniès fertig zu werden. Jonas mit seinem unfehlbaren Bogen hat drei Zigeuner getötet, als die Strolche Mespech angreifen wollten. Meine Söhne, die ihr hier seht, haben den Aufruhr von Lendrevie niedergehalten, ohne mit der Wimper zu zucken. Escorgol, das ist richtig, hat noch nicht gekämpft, aber er ist stark genug, mit der Faust einen Ochsen niederzustrecken, weiß mit der Büchse umzugehen und ist kühn wie nur ein Provenzale. Und was unseren Miroul betrifft – denn er ist jetzt einer der Unsern –, so gedenke ich, seinen Wagemut und seine wunderbare Gewandtheit in einer Weise zu nutzen, die ich noch nicht verraten will (bei dieser Feststellung runzelte er vielsagend die Stirn), die jedoch viel zum Erfolg der Unternehmung beitragen wird."

Mein Vater ließ seine Blicke um den Tisch schweifen – darauf man aus diesem großen Anlaß die beiden Leuchter gestellt, deren Kerzen alle brannten –, sah einem nach dem andern in die Augen und sagte schließlich mit lauter, tönender Stimme:

„Meine wackeren Krieger, ich habe der Maligou aufgetragen, von unserm besten Wein zu zapfen, ein halbes Dutzend schöner Hähnchen zu braten und reichlich anderen Mundvorrat vorzubereiten, damit wir am Mittag, nach beendetem Kampf, uns daran stärken können, wenn jeder dem anderen von seinen Taten berichtet, die am Abend, des könnt ihr sicher sein, in unseren Dörfern in aller Munde sein werden."

Wieder hob er die Stimme:

„Und jetzt, Maligou, Barberine, Franchou, füllt jedem noch einmal Suppe nach! Kräftig mit Wein gemischt!"

Mit solcher Rede war der Kampf bereits halb gewonnen, so gestärkt waren die Gemüter ob des in Aussicht stehenden Ruhmes. Rund um den Tisch wurden nun zuversichtliche Töne laut. Die Frauen, die bis dahin verängstigt und zitternd auf der Küchenschwelle geblieben waren, eilten herbei, unsere Krieger zu bedienen, und deren Gesichter röteten sich, ihre Augen glänzten unter der feurigen Wirkung des Weins und der klugen Rede, sie strafften Rücken und Schultern in den stählernen Harnischen, die im Kerzenschein stolzen Glanz annahmen.

Ich für mein Teil, der ich mit Samson von meinem Vater gerühmt worden war, da ich „den Aufruhr von Lendrevie niedergehalten, ohne mit der Wimper zu zucken", dachte schadenfroh, daß „die Söhne", von denen er gesprochen, meinen älteren Bruder François nicht einschlossen, denn er sollte an diesem Tag zum ersten Mal ins Feuer gehen. Der Gedanke daran ließ mir das Blut rascher durch die Adern rollen, zumal mir ein wenig der Wein zu Kopfe stieg, den mir die kleine Hélix mit zärtlichen Blicken in die Suppe gegossen hatte. Mit stolzgeschwellter Brust warf ich siegessichere Blicke um mich und brannte darauf, loszuschlagen. Denn ach! wie wenig ahnte ich, befangen in dem Kriegsrausch, in den die Worte meines Vaters uns alle gestürzt, in welcher Stimmung ich Stunden später, „am Mittag, nach beendetem Kampf", sein würde.

Wir erreichten Campagnac auf Wegen, die unseren Pferden und uns so vertraut waren, daß wir auch mit geschlossenen Augen hingefunden hätten, doch zum Glück war die Nacht nicht so finster, für kurze Augenblicke tauchte der Mond aus den Wolken auf. Herr von Campagnac hütete das Bett, von einem hitzigen Fieber geplagt, doch seine Leute standen bereit. Zahlenmäßig nahezu verdreifacht, brach unsere Truppe sogleich nach Sarlat auf, wobei mein Vater an der Spitze ritt, zusammen mit Puymartin, dem katholischen Edelmann, der sich an der Verteidigung von Sarlat gegen Duras beteiligt hatte, weniger aus religiösem Eifer als vielmehr darum, die Plünderung der Stadt zu verhindern. Er bewunderte meinen Vater sehr, und hinter ihm reitend, hörte ich ihn bedauern, daß Mespech so sittenstreng und zurückgezogen lebe, statt an den glänzenden Festen teilzunehmen, die der katholische Adel des Sarladais auf seinen Schlössern zu feiern pflegte.

Aus Besorgnis über den Lärm, den unsere Karren und die Pferdehufe verursachten, saßen wir eine Viertelmeile vor Sarlat ab und vertrauten unsere Reittiere und Bagagen drei Männern an, denen man größte Wachsamkeit anempfahl. Der Rest des Weges wurde zu Fuß zurückgelegt, in kleinen Gruppen, die sich im Abstand von jeweils zwanzig Klaftern vorwärtsbewegten. Als Späher eilten Cabusse, Marsal Schielauge und Coulondre Eisenarm leisen Schrittes voraus, die glänzenden Harnische unter schwarzen Umhängen verborgen, die Füße mit Lappen umwickelt. Sie drangen in Lendrevie ein und durchstreiften den Ort, ohne auf einen Posten zu stoßen, ein Zeichen dafür, daß sich der Schlächterbaron durch die Verhandlungen de la Portes in Sicherheit wiegte und wenig auf der Hut war. Cabusse kam zurück, es meinem Vater zu berichten, der sich mit Puymartin zu der gelungenen Überraschung freute und an allen Zugängen der Vorstadt Männer postierte, um dem Gesindel nach der Vertreibung aus seinem Schlupfloch den Rückzug abzuschneiden.

Dieses Schlupfloch war ein großes Haus, welches Mönchen gehört hatte, die – im Gegensatz zu den Priestern des Bistums – während der Seuche in Sarlat geblieben waren, um den Pestkranken den Beistand der Religion zuteil werden zu lassen. Sie bezahlten ihr hochherziges Opfer mit dem Tode, bis auf zwei von ihnen, die Forcalquier ohne Skrupel vertrieben hatte, um sich ihrer Behausung zu bemächtigen und deren Bequemlichkeiten zu genießen. Umgeben von seinen Haderlumpen und den liederlichen Weibern, von denen der Pestmann meinem Vater erzählt hatte, lebte er dort in Völlerei und Unzucht und pflegte zugleich einen seltsamen Marienkult, weil angeblich die Jungfrau Maria im Traum zu ihm sprach.

Der Morgen dämmerte, als rund um die Vorstadt die kleinen Posten aufgestellt waren – einen davon bildete ich mit Samson und François in einem engen Gäßchen, von wo aus man die Behausung der Mönche gut überblicken konnte – und sich das Gros der Truppe leise in einem verlassenen Haus festsetzte, gegenüber dem Schlupfwinkel des Schlächterbarons. Dem näherte sich jetzt Miroul, Steigeisen und Seil um den Hals gehängt und Wergbündel auf den Rücken gebunden, welche Schwefelblüte enthielten, wie ich später erfuhr. Nachdem er sich die Fassade des Hauses angesehen, schickte er sich zu meiner großen Verblüffung an, sie mit Händen und Füßen zu erklimmen, ohne auch nur sein Steigeisen zu benutzen – wie eine Fliege, die eine Wand hinaufläuft. Bei den Traufsteinen angelangt, huschte er im Zickzack über das Dach, obwohl es sehr steil war, lehnte sich gegen die Schornsteinkästen, nahm seine Bündel vom Rükken, schlug Feuer, zündete eines der Wergbündel an, ließ die Flammen auflodern, indem er kräftig hineinpustete, und warf das brennende Bündel in einen der Abzüge. Dasselbe tat er mit den anderen Bündeln, davon er für jeden Abzugsschacht eines bei sich trug, was beweist, daß mein Vater zuvor einen Spion an Ort und Stelle geschickt hatte. Nach vollbrachtem Werk stieg Miroul verblüffend schnell wieder vom Dach und rannte zu meinen Brüdern und mir. Mein Vater hatte ihn ob seines jungen Alters unserem Posten zugeteilt, weil er ihn hier, ganz so wie seine Söhne, vor dem schlimmsten Kampfgetümmel sicher wähnte.

Wenn mein Vater den Fuchs mit diesen Schwefelbündeln hatte ausräuchern wollen, um ihn zu zwingen, aus seinem Bau hervorzukommen, so entsprach das Ergebnis nicht seiner Erwartung. Denn nach einer ziemlich langen Weile öffneten sich mit einem Schlage alle Fenster des Schlupfwinkels, die qualmenden Bündel aus Werg und Schwefelblüte wurden auf die Straße geschleudert und die Fenster hernach wieder geschlossen, ohne daß die Unsern Feuer gegeben hätten, da ja mein Vater befohlen hatte, nicht auf die Öffnungen zu schießen, sondern auf das flüchtende Gesindel, das der Rauch aus dem Haus treiben würde.

So war der Plan meines Vaters in wenigen Sekunden zunichte, der Überraschungseffekt dahin; zudem trieb der Wind den Schwefeldampf in die Richtung, wo das Gros unserer Truppe postiert war, und machte den Unsern zu schaffen, weil das leere Haus, wo sie im Hinterhalt lagen, weder Fenster noch Läden besaß. Zum Glück hatte es aber Ausgänge nach hinten, und mein Vater befahl, auf diesem Weg den Rückzug anzutreten. Er erfolgte geordnet, doch Forcalquier, der ihn von einem Fenster aus beobachtete, nutzte ihn kurz entschlossen für einen Ausfall, noch ehe mein Vater seine Truppe erneut formieren konnte.

Forcalquiers Bande verließ, durch den Schwefelrauch der Sicht entzogen, in drei Gruppen ihren Schlupfwinkel und stieß bei dem Versuch, sich aus dem Staube zu machen, auf die kleinen Posten, die mein Vater an den Zugängen der Vorstadt aufgestellt hatte. Hier war das Gesindel zahlenmäßig überlegen und ebenso gut bewaffnet wie die Unseren, so daß es zu wilden Straßenkämpfen kam, die mein Vater eigentlich hatte vermeiden wollen.

Schüsse, Waffengeklirr, wütendes Gebrüll und Schmerzensschreie erschollen nun aus allen Ecken der Vorstadt. Für François, Miroul, Samson und mich in unserem schmalen Gäßchen, wo keine drei Mann hätten nebeneinander gehen können, wurde die Situation plötzlich sehr bedrohlich: sieben Männer, mit Piken bewaffnet, rasten im Galopp auf uns zu.

„Verstecken wir uns in den Tornischen“, sagte François leise, „und lassen wir sie vorbei.“

Hätte Samson oder Miroul so gesprochen, hätte ich diesen Rat vernünftig gefunden, aber von meinem älteren Bruder konnte ich ihn nicht annehmen.

„Nein!“ sagte ich. „Das wäre gar zu feigherzig!“

Und ich stellte mich mitten auf die Straße, zog meine beiden Pistolen aus dem Gürtel, feuerte ab und streckte zwei Mann nieder. Miroul, der nur eine Pistole hatte, schoß ebenfalls und verletzte seinen Gegner. François jedoch, über mein Tun verblüfft, bewegte sich nicht von der Stelle, und Samson rührte sich ebensowenig, gewiß nicht aus Feigheit, sondern wegen seiner gewohnten Bedachtsamkeit. Die vier unversehrt gebliebenen Halunken, die in der engen Gasse riesenhaft wirkten, brüllten vor Wut, als sie ihre Kameraden fallen sahen, und stürzten sich, ihre Piken schwingend, auf uns. Ich sah François seinen Degen ziehen, zog den meinen, schnellte dann aber an Samsons Seite, der sich noch immer nicht rührte, und schrie ihm ins Ohr:

„Deinen Degen, Samson, deinen Degen!“

Endlich zog er ihn, doch ich hatte mich ablenken lassen und sah nicht, wie ein Angreifer zu einem fürchterlichen Hieb auf mich ausholte. Die Spitze seiner Pike prallte an meinem Brustharnisch ab, doch war der Stoß so heftig, daß ich zu Boden stürzte, ohne indes meine Waffe fahrenzulassen. Der Mann, der mir von gigantischer Größe schien, war sofort über mir und brüllte, erneut die Pike schwingend:

„Jetzt mach ich dich kalt, mein Bürschchen!“

Ich rollte mich zur Seite, während sich die Pike in den schlammigen Boden pflanzte, denn die Gasse war nicht gepflastert. Das war meine Rettung; bevor nämlich der Mann seine Pike wieder herausziehen konnte, sprang ich auf die Füße und versetzte ihm einen so kräftigen Stoß, daß die Spitze meines Degens seinen Körper durchbohrte und im schmutziggelben Lehm der Hauswand steckenblieb. Die Waffe schien sich von meiner Hand losreißen zu wollen, ich rührte mich nicht und starrte den Halunken an, der mit durchbohrter Lunge, gleichsam ans Haus genagelt, mich unverwandt ansah, während sein Atem rasselte und das Blut ihm aus den Mundwinkeln floß.

Ich hob seine Pike auf, doch niemand brauchte jetzt noch meine Hilfe. Ich sah es nicht gleich, erfuhr es aber später: François, der vor seinem Feind zurückweichen mußte, hatte an die Pistole in seinem Gürtel gedacht, sie mit der linken Hand gezogen, geladen und abgefeuert. Miroul hatte seine Pike so geschickt gehandhabt, daß er seinen Angreifer verletzte, der jämmerlich stöhnend am Boden lag. Nur Samson kämpfte noch immer, obwohl er am Arm blutete. Er befand sich zwar im Vorteil, doch seine Güte hinderte ihn, Schluß zu machen. Als sein Gegner das sah und bemerkte, daß er allein war gegen uns vier, wich er zurück, besann sich und gab Fersengeld.

„Schieß, Samson, schieß!" schrie ich.

Doch Samson sah mich mit seinen blauen Augen erstaunt an und sagte, ohne nach seiner Pistole zu greifen:

„Warum, wo er doch flieht?"

Ich antwortete nicht. Mir schoß der Gedanke durch den Kopf, daß ich meinem Angreifer den Degen wieder aus dem Körper reißen müßte, und ich schreckte davor zurück. Mit zerbeultem Brustharnisch, über und über vom Straßenschlamm beschmutzt, in dem ich mich gewälzt, kehrte ich ein wenig schwankend zu dem an die Mauer genagelten Mann zurück. Er hatte die Augen geschlossen, hielt sich jedoch aufrecht mit verzerrtem Gesicht, während die beiden Blutrinnsale unablässig aus seinen Mundwinkeln flossen, ohne daß er die geringste Klage ausstieß. Aber als er mich sah oder vielmehr spürte, daß ich das Heft meiner Waffe ergriff, öffnete er die Augen, richtete den Blick auf mich und sagte mit rauher Stimme und keuchendem Atem:

„Wollet, mit Verlaub, die Spitze Eures Degens abwischen, Moussu, bevor Ihr ihn aus mir herauszieht. Es tät mir nicht gefallen, wenn der Schmutz des Mauerwerks mir in den Körper dringt."

Obwohl mich der Mann hatte töten wollen, bekümmerte mich diese Bitte, ich weiß nicht warum. Ich rief Samson herbei, sagte ihm, daß er den Kerl an beiden Schultern festhalten solle, trat hinter ihn, schob ihn von der Wand, um die Degenspitze zu lösen, und reinigte sie dann sorgsam mit dem weißen Schal, den ich um den Hals trug, voll Staunen über die Empfindsamkeit dieses Halunken, der unweigerlich gehängt würde, selbst wenn er nicht an seiner Verletzung starb.

Mich sodann vor ihn stellend, befahl ich Samson, ihn festzuhalten, packte das Heft meiner Waffe und zog sie mit einem Ruck aus dem Körper. Der Mann stieß einen gellenden Schrei aus, und als er trotz Samsons Hilfe zusammenbrach, versuchte ich, ihn mit der flachen Hand zu stützen, aber er erbrach einen solchen Blutschwall über meine Hand und meinen Arm, daß ich es nicht aushielt, die warme, klebrige Flüssigkeit auf meiner Haut zu spüren. Ich wich zurück, und der große, schwere Mann fiel trotz Samsons Bemühen zu Boden, wo er liegenblieb, ohne einen Laut von sich zu geben, den Blick unverwandt auf mich gerichtet.

Die Schießerei in der Vorstadt ebbte immer mehr ab. Gefolgt von Cabusse und Coulondre, tauchte im Laufschritt mein Vater in unserer Gasse auf, den blutigen Degen in der Hand.

„Seid ihr gesund und munter, Kinder?“ rief er von weitem.

Als wir mit der Antwort zögerten, alle vier ganz benommen von dem großen Gemetzel, sah er meinen zerbeulten Harnisch, meinen blutigen Arm und Schal.

„Bist du verletzt, mein Junge?“ fragte er angstvoll.

„Nein, Vater, das ist das Blut meines Gegners. Ich bin wohlauf. Aber Samson ist verletzt, glaube ich.“

„Nicht der Rede wert“, lispelte Samson.

Mein Vater nahm wortlos seinen Dolch, schlitzte ihm den Ärmel auf und betrachtete die Wunde.

„Eine Schnittwunde“, stellte er fest, „nicht sehr tief, die in zwei Wochen abgeheilt ist. Trotzdem werde ich sie auswaschen und verbinden, wenn wir zu unserem Karren zurückgekehrt sind. Ihr habt gute Arbeit geleistet, Jungens“, fuhr er fort, doch ohne seinen gewohnten Schwung.

Unsere Antwort war düsteres Schweigen, und mein Vater sagte mit veränderter Stimme:

„Ach ja! Wir haben sie geschlagen, aber leider teurer dafür bezahlt, als ich gewollt hätte. Campagnac hat einen Mann verloren, Puymartin zwei, und mehrere sind verwundet.“

In diesem Augenblick kam Jonas in die Gasse gerannt.

„Moussu lou Baron!“ schrie er. „Einer der Unsern ist von einem Büchsenschuß schwer verletzt!“

Mein Vater erbleichte und stürzte los, den Degen noch in

der Hand, seine Söhne ihm auf den Fersen. Vor dem ausgeräucherten Schlupfwinkel des Schlächterbarons war der Karren von Mespech abgestellt, und auf seinen Brettern ruhte bleich, mit geschlossenen Augen und zerborstenem, blutüberströmtem Harnisch Marsal Schielauge. Mein Vater beugte sich über ihn, und als er versuchte, ihn umzudrehen, um die Riemen des Harnischs zu lösen, öffnete Marsal die Augen und gab mit schwacher Stimme, doch zum ersten und letzten Mal in seinem Leben ohne jedes Stottern, einen ziemlich langen Satz von sich, an den sich unsere Leute noch Jahre später nicht ohne Beklommenheit und Tränen in den Augen erinnerten:

„Wollet, mit Verlaub, mich nicht anfassen, Moussu lou Baron. Es hilft nichts. Ich muß sterben."

Unter heftigem Aufbäumen öffnete Marsal Schielauge dreimal den Mund und verschied.

„Ich werde die Verletzten verbinden", sagte mein Vater, indes ihm die Tränen über die Wangen liefen.

Unsere Truppe hatte insgesamt zehn Verwundete, davon drei zu den Unsern gehörten: Samson, von einer Pike am Arm verletzt; Cabusse, dem eine Kugel die Sturmhaube durchbohrt und die Kopfhaut gestreift hatte, so daß er mächtig blutete; und einer der Brüder Siorac, den ein Degenhieb in die Wange getroffen.

Mein Vater ließ alle ein paar Tropfen Weingeist schlukken und reinigte dann mit demselben die Wunden; während er die Verbände anlegte, versuchte er zugleich, die Verwundeten mit einem Scherz aufzumuntern, obwohl ihm das Herz schwer war.

„Und wer bist du?" fragte er Siorac.

„Ich bin des andern Bruder", entgegnete Siorac.

„Das weiß ich wohl. Michel oder Benoît?"

„Michel."

„Nun, Michel, du wirst an der linken Wange eine schöne Schmarre behalten, wie der selige Herzog von Guise und wie ich. Dank ihrer wird man dich nunmehr von deinem Bruder unterscheiden können."

„Aber ich will gar nicht von meinem Bruder unterschieden werden", sagte Michel, echte Tränen vergießend, indes Benoît ihn um die Schulter faßte, um ihn zu trösten.

Mit bedrückter Miene bat Puymartin meinen Vater, seine beiden Toten mit auf den Karren zu laden. Campagnacs Toter wurde ebenfalls dazugelegt, und während mein Vater die letzten Verbände anlegte, stand Puymartin neben ihm und schaute nachdenklich zu.

„Ist es nicht seltsam, Baron, daß Ihr Euch ebensogut darauf versteht, Menschen zu helfen, wie darauf, sie mit Degenhieben zu traktieren?"

„Ein jegliches hat seine Zeit unter dem Himmel", erwiderte mein Vater. *„Es gibt eine Zeit, zu töten, und eine, zu heilen."*

„Diesen Spruch kannte ich nicht."

„Prediger, Kapitel 3, Vers 3."

„Hugenott!" sagte Puymartin lächelnd, „habt Ihr für alles Handeln im Leben ein Zitat aus der Bibel parat?"

„Gewiß. Ist sie nicht Gottes Wort?"

„Nun, so findet mir eines für meine derzeitige mißliche Lage: ich habe zwei Mann verloren, wo doch Heumahd und Ernte ins Haus stehen."

„Eine Zeit, zu zerreißen, und eine Zeit, zu nähen."

„Aber wie soll man nähen, wenn einem Faden und Stoff ermangeln? Und wie zwei Ackersleute finden, die armen Kerle zu ersetzen, wenn Hunger und Pest so viele junge Männer dahingerafft haben, daß in der ganzen Provinz kein einziger mehr ohne Arbeit ist?"

„Das bereitet auch mir Kopfzerbrechen", antwortete mein Vater, „zumal wir schon vorher sehr wenige auf Mespech waren." (Mir fiel gleichwohl auf, daß er sich nicht erbot, Puymartin bei Heumahd und Ernte zu helfen, wie er es vielleicht einem hugenottischen Edelmann angetragen hätte.)

Cabusse näherte sich dem Karren, wo mein Vater gerade den letzten Verwundeten versorgte. Mit seinem blutbefleckten Verband um den Kopf, dem stolzen Blick und dem zerzausten Bart sah er wie ein rechter Held aus und sprach zu meinem Vater in dem halb vertraulichen, halb respektvollen Ton, den er sich zu eigen gemacht:

„Herr Baron, Forcalquier ist nur verwundet und möchte Euch unter vier Augen sprechen."

„Was will der Hundsfott von mir?"

„Weiß ich nicht, aber er läßt nicht locker."

„Ich geh hin."

„Seid achtsam, Mespech", meinte Puymartin. „Der Lump mag eine versteckte Waffe bei sich haben."

„Meine Söhne werden ihn durchsuchen."

Ich folgte also meinem Vater, ganz aufgeregt, desgleichen Samson; wohingegen François, gelangweilt und wie traumverloren, so tat, wie wenn er die Worte des Vaters nicht gehört hätte, und auf Puymartin zuging. Da dieser ein Vetter von Diane de Fontenac war, vermutete ich, daß er ihn über sie ausfragen wollte.

Forcalquier hockte blutüberströmt an der Mauer des Hauses von Madame de la Valade, er war überall verletzt, nur die lebenswichtigen Organe waren unversehrt. Ich beugte mich zu ihm, hielt ihm die Pistole an die Schläfe, öffnete sein Wams (denn er trug keinen Harnisch) und durchsuchte es, ohne auf eine Waffe zu stoßen. Beide Arme hingen ihm schlaff am Körper herab. Als ich fertig war, heftete er seine hervorquellenden schwarzen Augen auf meinen Vater und sagte mit fester Stimme, ohne Atemnot:

„Herr Baron, ich habe drei Bitten an Euch zu richten."

„Sprich, Verräter", sagte mein Vater, der ein Klafter weit von ihm entfernt stand und ihn mit äußerster Kälte betrachtete.

„In diesem Haus, vor dem ich sitze, halten sich die beiden Kapuziner versteckt, die ich aus ihrer Behausung vertrieben habe. Ich bitte darum, einen der beiden zu holen, damit er meine Beichte höre."

„Dein letztes Stündlein hat noch nicht geschlagen. Noch lange nicht."

„Freilich, aber das wird Gegenstand meiner dritten Bitte sein. Meine zweite lautet, Euern Soldaten nicht zu gestatten, meinen Laden und mein Haus zu plündern und das Geld zu rauben, das sie dort vielleicht finden. Es ist ehrlich verdientes Geld aus der Zeit, da ich ein ehrbarer Mann war; sie mögen es meiner Frau und meinen Kindern lassen."

„Gewährt", sagte mein Vater. „Nun zu Punkt drei."

„Herr Baron, was werdet Ihr jetzt anderes mit mir beginnen, als mich an Monsieur de la Porte auszuliefern? Er sperrt mich dann ein, läßt mich verbinden, überantwortet mich der peinlichen Befragung, stellt mich vor Gericht und läßt mich zum Tode verurteilen. Man wird mir lebendigen Leibes den Bauch aufschlitzen, mich entmannen, vierteilen und aufhängen, sodann mir die Gliedmaßen und den Kopf abhacken. All das“, fügte er mit Ironie hinzu, „nicht ohne ein Quentchen Grausamkeit.“

„Es steht dir wohl nicht an, Halunke, von Grausamkeit zu sprechen!“ sagte mein Vater mit Entrüstung.

„Halten zu Gnaden, Herr Baron, ich habe zwar getötet, aber nicht gefoltert. Die Jungfrau Maria hatte es mir verboten.“

„Warum hat sie dir nicht auch verboten, deinesgleichen zu töten?“

„Sie hat es nicht getan“, erwiderte der Schlächterbaron mit gelassener Unverfrorenheit. „Ich werde es dem Kapuziner zur Milderung meiner Verbrechen sagen.“

„Was soll das Geschwätz?“ rief mein Vater ungeduldig. „Und was willst du von mir, blutrünstiger Schurke?“

Forcalquier senkte die Stimme:

„Daß Ihr mir nach meiner Beichte den Dolch ins Herz stoßt und ein Ende mit mir macht.“

„Nie und nimmer!“ sagte mein Vater.

„Aber gewiß doch!“ entgegnete Forcalquier.

Mit seinen listig funkelnden schwarzen Augen sah er meinen Vater an und sprach:

„Herr Baron, die Stadt hat keinen roten Heller und schuldet Euch bereits tausend Dukaten. Sie wird Euch für die Kosten, das Risiko und die Verluste, die Ihr getragen, niemals entschädigen können. Ich kann es.“

„Du!“

„Ich habe eine Beute von dreitausend Dukaten in dem Haus der Kapuziner so gut versteckt, daß Ihr sie ohne meine Hilfe niemals finden werdet, auch wenn Ihr hundert Jahre suchtet.“

„Ich werde es bedenken“, sagte mein Vater kurz und kehrte ihm den Rücken.

Während Samson und ich ihm dicht auf den Fersen blieben, eilte er mit großen Schritten zu unserem Karren zurück, nahm Puymartin beiseite und sagte ihm etwas ins Ohr.

„Was haltet Ihr von diesem seltsamen Handel?“ flüsterte

er. „Ich bin gewiß kein Freund der barbarischen Foltern, die nach unseren Gesetzen erlaubt sind. Trotzdem möchte ich den Vorschlag ablehnen."

„Ich meine, man sollte ihn annehmen", sagte Puymartin. „Wozu diesen Schurken auf öffentlichem Platz in Sarlat foltern? Das wäre ein Spaß fürs Volk und ein Kitzel für die jungen Damen, brächte mir aber keinen einzigen Sol in meine Kasse, die wegen der Dürre unglaublich leer geworden ist. Ich bin nicht so reich wie Ihr, Hugenott."

„Wir sind mitnichten reicher", antwortete mein Vater mit einem Lächeln. „Wir geben nur weniger aus. Doch dieser Handel ist mir zuwider. Wenn es sich herumspräche . . ."

„Wer soll es erfahren, wenn der Mann tot ist? Teilen wir die Beute in drei ungleiche Teile. Zwölfhundert für Euch, zwölfhundert für mich und sechshundert für Campagnac, denn er war nicht dabei und hat sich nicht der gleichen Gefahr ausgesetzt. Hat Euch je ein Dolchstoß so viel eingebracht, Mespech?"

Mein Vater sträubte sich noch ein wenig, aber wie jemand, der sich am Ende überzeugen lassen will, denn im Gegensatz zu einem katholischen Gewissen durfte sein hugenottisches Gewissen in einer so heiklen Sache nur allmählich nachgeben.

„Jungens", sagte er, indem er Samson und mir einen Arm um die Schulter legte, „ihr werdet darüber schweigen wie das Grab. Es geht um die Ehre."

„Gewiß doch", sagte ich, ziemlich verwirrt darüber, daß mein Vater in diesem Zusammenhang von „Ehre" sprach.

„Ich für mein Teil", meinte Samson mit einem tiefen Seufzer, „bin froh, daß der arme Kerl nicht in der beschriebenen Weise gefoltert wird."

Nachdem das Versteck entdeckt und die Beute sichergestellt war, rief mein Vater die beiden Kapuziner und bat sie, ihres Amtes zu walten. Während sie Forcalquier die Beichte abnahmen, begab er sich außer Hörweite, behielt jedoch das Gesicht des Schlächterbarons im Auge; als die Kapuziner fertig waren, trat er zu ihnen und sagte zu dem Älteren:

„Mein Bruder, dieser Mann sieht so glücklich aus, wie wenn er im Augenblick seines Todes von den Engeln geradewegs ins Paradies getragen würde und einen Platz dicht neben Jesus Christus erhielte."

„Und neben der Jungfrau Maria", sprach der Kapuziner nicht ohne Boshaftigkeit, „der er zu seinen Lebzeiten einen leidenschaftlichen Kult gewidmet hat."

„Ich weiß. Aber woher nimmt er diese Zuversicht? Wenn der Mensch durch seine Werke zum Heil gelangt, wie Eure Kirche lehrt, auf welche Werke kann sich da Forcalquier berufen? Auf seine Morde?"

Der weißhaarige Kapuziner, der sehr dunkle und sehr lebhafte Augen hatte, sah meinen Vater an.

„Gewiß: Forcalquier ist arm an guten Werken, aber er ist reich im Glauben. Und wie Ihr wißt, Herr Baron, geht die Gnade unerforschliche Wege."

„Das scheint mir auch so", sagte mein Vater.

Und als er schwieg, fuhr der Kapuziner fort:

„Wird er denn sterben? Er sah mir recht munter aus, trotz seiner Verletzungen."

Mein Vater zuckte die Achseln.

„Ist es nicht barmherziger, diese Strolche rasch ins Jenseits zu befördern, anstatt sie für Folter, Strang und Todesqualen zu verwahren?"

„Gewiß", sagte der Kapuziner mit einem bohrenden Blick auf meinen Vater, „so die Barmherzigkeit tatsächlich Euer Beweggrund ist."

„Die Barmherzigkeit ist einer meiner Beweggründe", erwiderte mein Vater, und ich wußte nicht, ob ich seine buchstäbliche Wahrhaftigkeit bewundern sollte oder nicht.

Der zweite Kapuziner, der sich bis dahin mit niedergeschlagenen Augen, beide Hände in den Ärmeln, bescheiden abseits gehalten hatte, hob nun den Kopf und fragte mit sanfter Stimme:

„Und welches sind Eure anderen Beweggründe, Herr Baron?"

Mein Vater stemmte beide Fäuste in die Hüften und lachte.

„Holla, meine Brüder! Hugenotten unterziehen sich nicht der Ohrenbeichte, wißt Ihr das nicht? Aber dank Euern großen Talenten hättet Ihr mir meine Sünden beinahe entlockt, entgegen meinem Willen . . ."

In scharfem, militärischem Ton fuhr er fort:

„Ich bin in Eile, meine Brüder. Fahrt fort, ich bitt' Euch, den Verwundeten den Beistand Eurer Religion zu erteilen. Ich bewundere den Opfermut, der Euch veranlaßt hat, während der Pest die ganze Zeit in Sarlat zu bleiben, laßt mich Euch das im Augenblick des Abschieds sagen. Und das hier soll der Ausdruck meiner Wertschätzung sein“, fuhr er fort, einige Dukaten in die Hand des Älteren legend, „sofern Ihr den Obolus eines Ketzers annehmen wollt.“

Der Kapuziner ließ die Dukaten in seiner Kutte verschwinden und meinte:

„Gewiß sieht unsere Heilige Kirche einen Ketzer in Euch, aber was mich betrifft, so will ich Euch an Euern Werken messen (er lächelte) und aus *Barmherzigkeit* (er lächelte abermals) mutmaßen, daß Ihr ein Christ seid, der zwar von meinem Wege abgekommen ist, dem ich aber am Ende des Weges wieder begegnen werde.“

„Diese Prophezeiung lasse ich gelten“, sprach mein Vater würdevoll.

Und nachdem er beide gegrüßt hatte, ging er davon, einen Arm auf meine Schulter gelegt. Als wir etliche Klafter entfernt waren, sagte ich leise zu ihm:

„Die Kapuziner waren im Haus von Madame de la Valade, und Forcalquier hockte an der Mauer desselben, als er Euch seine Bitten vortrug. Vielleicht haben die Mönche alles mit angehört? Ist das der Grund, weshalb Ihr ihnen die Dukaten zugesteckt?“

„Es ist einer der Gründe“, erwiderte mein Vater mit einem Lächeln. „Der andere Grund ist: sie sind wirklich arm, sind wahrhaft barmherzig und aufopfernd und stehen beim Bistum gar wenig in Ansehen.“

Auf dem Platz angelangt, wo unser Karren abgestellt war (mit den vier Toten unserer Unternehmung), rief mein Vater sogleich nach Cabusse und sprach zu ihm:

„Sobald man uns die Pferde gebracht hat, werden wir uns – Puymartin, ich selbst, meine Söhne und Coulondre Eisenarm – in die Stadt zu den Konsuln begeben, die sich bisher nicht hervorgewagt haben. In unserer Abwesenheit führst du hier das Kommando, Cabusse, und beförderst die verwundeten Schurken ins Jenseits, allen voran Forcalquier.

Wenn sich danach die Männer Campagnacs und Puymartins mit den Huren des Schlächterbarons vergnügen wollen, drückst du ein Auge zu. Aber paß auf, daß nicht unsere Leute es ihnen gleichtun. Das sage ich dir als Hugenott und als Arzt. Etliche dieser lüsternen Schönen sind von der neapolitanischen Krankheit befallen, ich habe es sofort gesehen. Ich weiß wohl, wie sehr es einen Mann, wenn er Leben genommen hat, danach verlangt, solches zu geben, was die Ursache ist für die Schändungen in den eroberten Städten. Du aber, Cabusse, hast ein schönes und liebenswertes Weib: drum siele dich nicht in Gefilden, darin ich nicht einmal mit meiner Stockspitze stochern würde, wie meine selige Ehegemahlin sagte."

„Amen!" sprach Cabusse und zupfte an seinem Schnurrbart. „Alles soll getan oder nicht getan werden, wie Ihr gesagt habt."

Die Konsuln, die sich mit dem Seneschall und Monsieur de la Porte im Stadthaus aufhielten, beglückwünschten meinen Vater und Puymartin überschwenglich zu ihrer edlen und mutigen Tat, versäumten jedoch nicht hinzuzufügen, daß die schwer betroffene Stadt sie niemals nach ihrem augenfälligen Verdienst würde belohnen können. Puymartin entgegnete, daß er sich mit dem Ruhm begnügen wolle, und mein Vater verneigte sich tief, ohne ein Wort zu sagen.

Monsieur de la Porte wollte wissen, ob es Gefangene gebe.

„Es gibt keine Gefangenen", sagte mein Vater, „unsere Soldaten haben das Gesindel ins Jenseits befördert."

„Das ist ein Jammer", meinte Monsieur de la Porte. „Wenn wir wenigstens einen einzigen Gefangenen hätten, könnten wir ihn der peinlichen Befragung unterziehen und von ihm erfahren, wo die fette Beute versteckt liegt, die der Schlächterbaron am Tor von Lendrevie den Leuten von Sarlat mit seinen Wegegeldern abgepreßt hat."

Ich blickte betroffen zu meinem Vater, aber er verzog keine Miene.

„Wie kommt es", fuhr Monsieur de la Porte fort, „daß von dieser schlimmen Bande kein einziger überlebt hat?"

Mein Vater schwieg weiterhin, und Puymartin sagte mit gerunzelter Stirn:

„Unsere Soldaten waren ob der Verluste, die sie erlitten, sehr aufgebracht gegen die Halunken."

„Ich verstehe", sagte Monsieur de la Porte, doch seine Miene blieb umwölkt.

Indessen machte auch er uns Komplimente, bloß nicht in gleichem Maße wie der Seneschall, der als ranghöchster Vertreter der Stadt als letzter das Wort nahm und uns mit größter Beredsamkeit versicherte, daß er dem Gouverneur des Périgord und selbiger dem König Mitteilung machen werde. Worauf er meinen Vater und Puymartin und François und Samson umarmte und mich dabei vergaß, wohl weil ich so mit Schmutz und Blut besudelt war. Er war ein Edelmann von hohem Wuchs, ganz in hellblauen Satin gekleidet, mit breiter, strahlend weißer Halskrause, untadelig gestutztem Bart und ordentlich gekräuseltem Haar; sein Gewand war so mit Parfum besprüht, daß er mit jeder Geste – und er gestikulierte viel – rundum Wohlgeruch verbreitete.

Die beiden Konsuln hatten perigurdinisch gesprochen und ihre Rede nur hier und da mit einigen französischen Wörtern geschmückt; Monsieur de la Porte, wie es sich für einen Beamten des Königs gehört, bediente sich des Französischen, mit wenigen Ausdrücken unserer Provinz vermischt. Aber der Seneschall sprach, wie Monsieur de L., reines Pariser Französisch, mit hoher Stimme knapp und scharf artikuliert, dabei sein Mund kaum mehr geöffnet war als der Schlitz eines Opferstocks.

Als Puymartin und mein Vater aus dem Stadthaus traten, wurden sie von den Einwohnern schon erwartet und mit Beifallsbekundungen empfangen. Strahlend schwang sich mein Vater in den Sattel, gefolgt von seinen Söhnen, von Puymartin und von Coulondre Eisenarm, welch letzterer während unseres Empfanges mit seinem einen Arm unsere Pferde an die Eisenringe im Pflaster angebunden hatte, ohne den Leuten, die einen Bericht über den Kampf hören wollten, auch nur ein Sterbenswort zu sagen. Freude und Erleichterung waren groß in Sarlat, weil niemand mehr an den Stadttoren vom Schlächterbaron drangsaliert wurde, dem sich schon die jungen Tunichtgute in der Stadt selbst hatten anschließen wollen, die mit den Bürgern tagtäglich Schabernack trieben wie auf dem Jahrmarkt von Saint-Germain.

Nachdem sich unsere Truppe durch das Gewühl gedrängt, strebte sie dem Tor von Lendrevie zu, doch noch ehe es erreicht war, gewahrte mein Vater im Vorbeireiten einen Mann, der auf seinem kleinen, von einem roten Esel gezogenen Karren bittere Tränen weinte. Mein Vater ließ Puymartin allein weiterreiten und kehrte um, gefolgt von Coulondre und seinen Söhnen. Der rote Esel blieb stehen, als er den Weg durch unsere Pferde versperrt sah, und mein Vater sagte:

„Gott zum Gruße, Freund! Wie geht's? Nicht gut, nach deinen Tränen zu urteilen. Wie nennt man dich?"

„Petremol."

„Ich kannte einen Petremol in Marcuays, der seinen Rheumatismus zu heilen versuchte, indem er winters im eisigen Wasser des heiligen Avit badete."

„Das ist mein Vetter."

„Und in Sireil kannte ich noch einen Petremol, den ich beinahe aufgehängt hätte, weil er letztes Jahr einen Sack voll Gras aus meinen Talsenken gestohlen hat."

„Das ist mein Vetter."

„Nun, Petremol, ich kenne dich, weil ich deine Vettern kenne. Wo also willst du hin mit deinem Karren und deinem roten Esel? Weißt du nicht, daß man in der Normandie sagt: verräterisch wie ein roter Esel?"

„Der Verräter", erwiderte Petremol, dem noch immer Tränen über die Wangen liefen, „ist das Schicksal, das mich niederdrückt, und nicht dies brave Tier, das mir nur wohlwill. Hättet Ihr letztes Jahr meinen Vetter aus Sireil aufgehängt, ich würde ihn beneiden, Moussu lou Baron. Denn ich kenne Euch ebenfalls."

„Du trägst also großen Kummer im Herzen, Petremol, und bist doch nicht arm, wie ich sehe: du besitzest einen Esel, einen Karren, mit Häuten beladen, und bist Gerber oder Sattler von Beruf, wie ich vermute."

„Ich bin beides", sagte Petremol, „und seit einem Jahr arbeitete ich in meinem Handwerk für Euern Vetter Geoffroy de Caumont auf Les Milandes. Doch als die Pest vorüber war, bin ich nach Montignac zurückgekehrt, wo ich daheim bin, und fand Frau und Kinder von der Seuche dahingerafft und mein Haus verbrannt, weil die Konsuln die Entseuchung angeordnet."

„Sie schulden dir eine Entschädigung."

„Die ich nie bekommen werde, denn die Stadt ist ruiniert. Aber das Haus ist nicht wichtig, weil ich niemanden mehr drin behausen kann, keine Frau und auch keins meiner vier wohlgeratenen Kinder, zwischen fünf und zehn Jahren waren sie alt, und so schön wie der da", sprach er, auf Samson weisend, der bei diesem Bericht ebenfalls Tränen vergoß.

Sah man genau hin, hatte Petremol fast das gleiche rote Haar wie sein Esel und war ein hinlänglich schöner Mann, trotz seines verwilderten Bartes und obwohl sein Gesicht von Kummer gezeichnet war.

„Und was willst du nun anfangen?" fragte mein Vater.

„Mich aufhängen, wenn ich nicht meinen Esel hätte, der mich liebt und mich hinführt, wohin er mag. Er hat mich hierhergebracht, denn hier hatte er früher eine Freundin. Aber wie in Montignac braucht man auch in Sarlat keinen Sattler mehr, weil die Pferde während der Pest alle geschlachtet worden sind. Und seine Freundin hat mein Esel nicht wiedergefunden: wahrscheinlich hat man sie auch geschlachtet."

„Nun, Petremol, laß dich von deinem braven Esel nach Mespech bringen. Wir haben dort quicklebendige Pferde, genügend Häute zu gerben, Sättel zu fertigen und für dich, wenn's dir beliebt, Wärme, Essen, Unterkunft und ausreichend Gesellschaft, sogar eine Eselin für deinen Esel."

Und ohne noch Zustimmung oder Dank abzuwarten, preschte mein Vater so unvermittelt davon, daß ich mich am Ende der kleinen Schar wiederfand, dicht an dicht mit Coulondre Eisenarm reitend, der mich anblickte und sich räusperte, wie wenn er etwas sagen wollte. Ich war gespannt und beobachtete ihn, nicht ohne Beklommenheit, denn ich wußte, daß er den Mund nur öffnete, um einem das Herz schwer zu machen.

„Mithin", sagte er schließlich mit leiser, düsterer Stimme, fast zähneknirschend, „ist wieder einmal alles im Lot. Der eine geht. Der andere kommt. Und der da, mit Gold nicht aufzuwiegen, ist weder schieläugig noch Stotterer, Gott sei gelobt!"

Die Frauen erhoben großes Geschrei und Wehklagen, als unsere Schar die drei Zugbrücken passierte mit einem Toten auf dem Karren. Der Maligou und Alazaïs ward von den Herren Brüdern aufgetragen, ihm Brustharnisch, Kleider und Stiefel auszuziehen, seinen blutigen Körper zu waschen und ihn in ein Leichentuch zu wickeln, bevor er im ersten Stock des Nordostturms, im gleichen Raum, wo die Vettern Siorac während ihrer Quarantäne geschlafen hatten, aufgebahrt wurde.

Der Sitte gemäß, wurden die Fensterläden geschlossen und eine Öllampe angezündet. Die Maligou, die ihre Mahlzeit schon gehabt, übernahm die erste Wache. Doch wurde der Tote alsbald von Faujanet besucht, der bei ihm Maß nehmen kam für einen Sarg. Die Maligou nutzte die Gelegenheit draufloszuschwatzen und beklagte sich leise, daß der Glaube der Herren Brüder ihr verböte, dem Toten ein Kruzifix in die gefalteten Hände zu geben.

„Das würde ihm was nützen!“ murmelte Faujanet zwischen den Zähnen, denn die Bemerkung der Maligou behagte ihm wenig.

War es doch schon der zweite Sarg, den er seit seiner Ankunft in Mespech zimmerte (der erste war für meine Mutter bestimmt gewesen). Und sehr beunruhigt in seinem Innern, fragte er sich, ob er nicht, kraft der Magie der Zahlen, binnen kurzem einen dritten zimmern müßte.

„Es ist noch immer so der Brauch“, sagte die Maligou, die außerstande war sich vorzustellen, wie Marsal Schielauge ohne Kruzifix ins Paradies eingehen solle.

„Sicher ist“, fuhr Faujanet laut fort, ein zweites Mal Maß nehmend, „daß ich, wenn ich als dritter stürbe, nicht selber meinen Sarg zimmern müßte.“

Faujanet war zufrieden ob dieser Einsicht, die ihn hinsichtlich seiner eigenen Zukunft beruhigte. Er wandte nun seine Aufmerksamkeit dem Toten zu und begann ihn zu beklagen.

„Der arme Marsal, der heute morgen noch quicklebendig war und seiner Suppe mit solchem Appetit zusprach!“

Aus Ehrfurcht vor dem Toten, dessen geschlossene Augen nie mehr ihren Fehler offenbaren würden, sagte er „der arme Marsal“, nicht Marsal Schielauge.

„Der arme Marsal!“ echote die Maligou. „Wenn ich es recht bedenke, war er ein braver Mann, tüchtig bei der Arbeit, genügsam wie unser Herr Jesus, mit wenig Sinn fürs Weibervolk (was ein Makel ist bei einem Lebenden, eine Tugend bei einem Toten); die Herren Brüder werden ihn wohl beerdigen wie seinerzeit Madame: ganz schlicht, dem neuen Glauben gemäß."

„Wenn ich bedenke", meinte Faujanet, „daß der arme Marsal erst unlängst, wie auch ich, es schlankweg abgelehnt hat, Müller der Beunes-Mühle zu werden ob der großen Gefahr, durch Wegelagerer zu Tode zu kommen! Und nun liegt er hier steif und kalt, und Coulondre Eisenarm arbeitet in seiner Mühle, schlürft Suppe mit Wein und bespringt allnächtlich seine Jacotte. Nicht daß ich ihn darum beneide, denn ich trau den Weibern nicht sonderlich, wie du weißt, Maligou."

„Ach ja, und ohne Weihwasser!" sagte die Maligou. „Den Herren Brüdern gilt es für götzendienerisch, dabei ist es so hilfreich, die siebenundsiebzig Höllengeister von dem Verstorbenen fernzuhalten."

„Hätte ich nicht mein schlimmes Bein", sagte Faujanet, „wäre ich von den Herren Brüdern nicht ausgewählt worden, mit dem Herrn Junker und Alazaïs die Burg zu bewachen; vielleicht wäre ich dann an deiner Stelle tot und wäre nicht hier, deinen Sarg zu zimmern, mein armer Marsal. Was beweist", fügte er leise hinzu, „daß Hinken besser ist als Schielen."

Währenddessen säuberte mich Barberine in einem Zuber voll dampfenden Wassers von meinem Dreck und Blut, obgleich ich ihr versichert hatte, daß ich Manns genug sei, mich allein zu waschen. „Nichts da, mein Gelbschnabel", sagte sie, „und wer schrubbt dir den Rücken?" Ich war zu betrübt, mich weiter zu sträuben, und überließ mich dem liebevollen Rubbeln ihrer großen Hände, die mit der guten Seife von Mespech über meinen Körper strichen. „Jesus Maria!" sprach Barberine, „da wachsen diese Jungens an meiner Seite heran, ohne daß ich's gewahr werde. Dieser Pierre, den ich gesäugt habe, als ich achtzehn war, ist nun mit dreizehn Jahren fast schon ein Mann, mit breiten Schultern und strammen Hinterbacken, überall schon sproßt ihm das Haar, und unbändig ist er wie ein Hengst."

„Ach!" sagte ich, „ich mag gar nicht unbändig sein."

„Obschon es heißt“, erwiderte Barberine, „daß du dich wacker geschlagen und drei von den Bösewichten getötet hast, zwei durch die Kugel, den dritten mit einem Degenstoß.“

„Ja, aber dem“, sagte ich und senkte den Kopf, „mußte ich meinen Degen aus dem Körper reißen, und er hat sein Blut über meine Hand und meinen Arm erbrochen.“

Barberine seufzte, entgegnete jedoch nichts, und nachdem sie mir einen Tiegel warmes Wasser über Kopf und Schultern geschüttet hatte, mich abzuspülen, mußte ich aus dem Zuber steigen und mich auf ihr großes Bett legen, wo sie mich abzureiben begann wie in meiner Kindheit, dabei mich beschnupperte, mich tätschelte, mich abküßte und mit ihrer tiefen, volltönenden Stimme eine endlose Litanei von Kosenamen über mich ausschüttete: „Mein süßer Kleiner, mein wunderhübsches Hähnchen, mein Gottesgeschenk, mein unschuldiges Herzchen.“

Gleichwohl war dies unschuldige Herzchen beschwert von düsteren Gedanken, und in der Flut von Zärtlichkeit, darin es badete, vermochte es sich nicht länger zu verschließen. Ich schmiegte mich an Barberine, barg meinen Kopf zwischen ihren schönen Brüsten und brach in Schluchzen aus. „Ist ja schon gut, mein Kleiner“, sprach Barberine, gegen die tapetenbespannte Wand gelehnt, und wiegte mich in ihren liebevollen Armen.

Doch je mehr sie mich mit Küssen und Liebkosungen zu trösten versuchte, desto mehr zerfloß ich in Tränen und unendlicher Traurigkeit, und ich hätte noch lange geschluchzt, wäre nicht auf der Wendeltreppe – die meine Mutter, in Abwesenheit von Barberine, nur ein einziges Mal erklommen hatte, mir gute Nacht zu wünschen – der Kopf der kleinen Hélix aufgetaucht, die Augen schwarz vor Zorn.

„Moussu Pierre“, sagte sie schroff, „der Herr Baron erwartet Euch zum Essen.“

Ich erhob mich, trocknete meine Tränen, zog die sauberen Kleider an, die Barberine für mich aus der Truhe genommen, und folgte der kleinen Hélix auf die Wendeltreppe. Auf der untersten Stufe, wo ihre Mutter sie nicht mehr hören konnte, wandte sie sich um, sah mich mit funkelnden Augen an und sagte leise, mit böser Stimme:

„Schämst du dich nicht, du großer Tölpel, wie ein kleines Kind an der Brust eines alten Weibes zu plärren?“

„Ein altes Weib!“ sagte ich entrüstet. „Sprichst du so von deiner Mutter? Sie ist kaum älter als dreißig! Und wer hat dir erlaubt, mich einen Tölpel zu nennen?“

„Ich nenne dich, wie ich will! Tölpel, wenn ich will! Memme, wenn ich will! Jämmerling, wenn ich will!“

„Dann sollst du auch bekommen, was du willst!“ sagte ich, wieder obenauf. Und ich verabfolgte ihr einen kräftigen Backenstreich auf jede Wange.

„Mein Pierre!“ schrie sie, weniger entsetzt ob der Schläge denn ob der Kälte in meinen Augen.

„Dein Pierre ist nicht mehr dein Pierre“, sprach ich hoheitsvoll, „und denk nicht, daß ich heute nacht komme, du weißt schon wohin. Weder diese Nacht noch die folgenden.“

Worauf ich ihr einen eisigen Rücken zukehrte und mit großen Schritten, ohne mich umzudrehen, in den Burgsaal ging, durch meinen großen Streit mit ihr für eine Weile von meinem Trübsinn abgelenkt.

Alle Kombattanten saßen da zu Tische, aber es war leider nicht das fröhliche Mahl, das mein Vater noch am selbigen Morgen, vor Tagesanbruch, im voraus beschrieben hatte, wo „jeder dem andern von seinen Taten berichtet, die am Abend in unseren Dörfern in aller Munde sein werden“. Alle aßen, und keiner sagte ein Wort; nicht einmal die überm Rebholzfeuer am Spieß gebratenen Hähnchen und die vielen anderen leckeren Speisen oder der Wein des besten Jahrgangs von Mespech vermochten die Zungen zu lösen und die Bekümmernis zu lindern. Denn der Tote weilte unter uns wie am Morgen, jedoch im Nordostturm und mit einem großen Loch im Körper. Cabusse und Coulondre Eisenarm, die Marsal Schielauge vor vierundzwanzig Jahren, anno 1540, kennengelernt hatten, selbigen Jahres, da er in der Normannischen Legion in den Dienst der beiden Hauptleute getreten, schämten sich nicht ihrer Tränen, die unaufhörlich flossen, während sie sich tief über ihre Teller beugten und aßen. Sie beeilten sich dabei, schlangen alles hinunter, ohne es zu genießen, und baten die Herren Brüder noch vor beendeter Mahlzeit um die Erlaubnis sich zurückzuziehen, der eine nach Breuil, der andere zur Beunes-Mühle, um ihre Frauen zu beruhigen. Kaum war die Erlaubnis gegeben, mußte sie auch Jonas zugestanden werden, weil Sarrazine schwanger war und sich in seiner Abwesenheit „ängstigte“.

Nachdem die drei gegangen waren, wurde es noch ärger. Mein Vater mühte sich, jeden einzelnen zum Reden zu bringen über das, was er zu Lendrevie getan. Man gehorchte ihm, aber es waren trübselige Berichte, denn das Herz war nicht dabei und ebensowenig der Stolz. Die kleine Hélix, die bei Tisch aufwartete und die ich kein einziges Mal angesehen hatte, huschte an meine Seite, meinen Becher zu füllen, und flüsterte mir ins Ohr:

„Mein Pierre, wenn du mir nicht dein Lächeln schenkst, stürze ich mich unverweilt in den Brunnen.“

Worauf ich ihr zur Antwort gab:

„Dumme Schwätzerin, du tätest das Wasser verderben, das wir trinken.“

Indessen gewährte ich ihr ein Lächeln, aber nur mit der einen Seite des Gesichts, damit sie wüßte, daß ich ihr erst zur Hälfte vergeben hatte.

Auch mein Vater, der den Trübsinn unseres Gesindes sah, hatte nun Eile, die Mahlzeit zu beenden, die als ein glorreicher Festschmaus gedacht war, viel mehr aber einem Totenmahl ähnelte, bei dem freilich die Gäste, wäre Marsal Schielauge an einer Krankheit gestorben, dank dem Weine munterer und unbefangener gewesen wären. Aber an ihrer Verlegenheit, ihren abgewandten Blicken, ihrer Betrübnis sah man deutlich, wie sehr sie das Gefühl plagte, dieser Tod hätte vermieden werden können und mein Vater habe auf dem Rücken seiner Diener öffentlichen Ruhm und heimliche Beute (die keinem unserer Leute verborgen geblieben war) eingeheimst.

In Lendrevie hatte mein Vater zu Cabusse gesagt, daß es einen Mann, wenn er Leben genommen, sehr danach verlange, solches zu geben. Ich aber war an jenem Abend nicht gelaunt – obwohl die kleine Hélix von der Maligou wußte, „wo welche Kräuter aufzulegen sind“ –, ihr irgend etwas zu geben, sondern eher geneigt, in ihren weichen Armen Zärtlichkeit und Trost zu suchen. Sie hingegen verstand es anders, und mit Drehen und Winden und Schnäbeln bekam sie, was sie wollte, doch nur das eine Mal; als sie sich bald darauf wiederum drehte und wand, sagte ich barsch zu ihr, sie solle endlich still liegen und möglichst auch nicht mehr reden, denn mir stehe der Sinn nicht nach solchen Spielen.

„Mein Pierre“, sprach sie (denn sie vermochte wirklich nicht, die Zunge lange im Zaum zu halten), „was macht dich nur so traurig?“

„Der ganze heutige Tag“, sagte ich, „von Anfang bis Ende.“

„Der Tod von Marsal Schielauge?“

„Auch.“

„Daß du drei Männer getötet hast?“

„Auch. Den dritten zumal, dem ich meinen Degen aus dem Körper ziehen mußte.“

Sie wollte fortfahren, aber ich sagte ihr, sie solle aufhören mit der Fragerei und dem Gezappel und mich in Ruhe lassen. Worauf sie in dem Schweigen, das sie nicht gewohnt war, einschlummerte.

Noch im Schlaf mir ganz hingegeben, lag sie in meinen Armen. Doch was mir die Kehle zuschnürte, war nicht so sehr Marsal Schielauge oder der tote Lumpenkerl, den ich an die Hauswand genagelt hatte, sondern jener „seltsame Handel“ zwischen Forcalquier und meinem Vater, durch welchen mein Held mir jetzt weniger groß erschien. Wie hätte ich ihr das sagen können?

ZWÖLFTES KAPITEL

Zwei Monate vor unserer Unternehmung gegen den Schlächterbaron in der Vorstadt Lendrevie hatten Katharina von Medici und Karl IX. – nachdem der Frieden wiedergekehrt oder scheinbar wiedergekehrt war, denn in Wirklichkeit war es nur ein halber Frieden – eine ungewöhnliche Reise durch das ganze Königreich angetreten. Eine Reise, die länger als zwei Jahre währte: allseits durch Soldaten gegen Überfälle geschützt und begleitet von den Ministern, den höchsten königlichen Beamten und dem Hofe, schienen die Regentin und der junge Herrscher den Louvre von Provinz zu Provinz transportieren zu wollen, zum großen Staunen ihrer Untertanen (die gewißlich niemals so viel Seide noch Gold an so vielen Geschöpfen Gottes gesehen), aber auch zu ihrem großen Verdruß, denn wo immer dieser glanzvolle Zug auftauchte, gab es hernach weder Fleisch noch Eier noch Korn und war das Land wüst wie ein Wald, den die Maikäfer kahlgefressen.

Inmitten dieses Hofstaates auf Wanderschaft bildeten achtzig Ehrenfräulein, ob ihrer Schönheit ausgewählt und in ihrer prächtigen Gewandung wie bunte Blumen schimmernd, ein glänzendes Gefolge für Katharina von Medici. Seltsamerweise nannte man sie „l'escadron volant"*. Doch wie das auch gemeint gewesen, sie stahlen nichts, es sei denn Herzen. Und weit davon entfernt, wie Engel in den Lüften zu schweben, ließen sie sich, wenn nötig, zu jedweden Gunstbezeigungen herab, um beim Liebesspiel den Plänen ihrer Herrin hilfreich zu sein: eine Absicht zu erkunden, ein Komplott aufzudecken, einen Willen zu brechen. Als Geheimagenten, Staatsspione, Machiavellis in Weiberröcken waren sie keine leichten, sondern politische Mädchen und zahlten für die Geständnisse mit ihrer entzückenden Person,

* (franz.) die „fliegende" oder die „diebische" Schwadron.

willfährige Lockmittel für einen Zweck, den allein die Königinmutter bestimmte. Eine von ihnen, Isabelle de Limeuil, hatte den Prinzen von Condé im Gefängnis besucht, wo er seit der Schlacht von Dreux eingesperrt war, und ihn mit ihren schönen Brüsten derart geblendet, daß er blindlings jenes unerquickliche Edikt von Amboise unterzeichnete, wofür Calvin und die strengen Hugenotten ihn heftig tadelten.

Die Unseren, die nach so vielen Scheiterhaufen und Metzeleien stets das Schlimmste befürchteten und dem Augenschein mißtrauten, fragten sich nach dem eigentlichen Ziel und dem heimlichen Zweck dieser glanzvollen Kavalkade über die staubigen Straßen Frankreichs, in der drückenden Hitze des Sommers 1564, da sich das Königreich nur mit Mühe wieder aufrappelte und noch arg gebeutelt war von den Blessuren des Bürgerkrieges, der Hungersnot und der Pest. Wollte die Königin – trotz der Ruinen und der Toten, die man auf ihrem Wege gerade noch beiseite schaffen konnte – Karl IX. sein Königreich zeigen und zugleich den Franzosen ihren jungen König und Herrscher? Oder war es ihre Absicht, wenn sie von Stadt zu Stadt ein Ohr den Hugenotten und das andere den Katholiken lieh und so viele gegenseitige Vorwürfe hörte, ihre Untertanen zu besänftigen, indem sie auszugleichen suchte?

Letzteres war zu bezweifeln. Zwar fehlte es nicht an kleinen Zugeständnissen für unsere Sache. Karl IX. tadelte zuweilen die Parlamente und die Gouverneure, welche die Anhänger der neuen Religion von den öffentlichen Ämtern ausschlossen. Den Reformierten von Bordeaux gestattete er, daß sie ihre Häuser beim Durchzug der Prozessionen ungeschmückt ließen, und er entband sie davon, vor Gericht auf den heiligen Antonius zu schwören. Doch mit dem Fortgang der königlichen Reise wurden die Beschränkungen des ohnehin sehr restriktiven Ediktes von Amboise noch verschärft. Im Juni untersagte der König den reformierten Kaufleuten, an den Feiertagen der römischen Kirche ihren Laden zu öffnen. Ebenfalls im Juni verbot er den Hugenotten, allerorten, wo der König weilte, das Abendmahl zu feiern. Im August untersagte er den Lehnsherren mit eigener Gerichtsbarkeit, außer ihren Vasallen und Dienern auch andere Personen zum reformierten Gottesdienst auf ihren Schlössern zuzulassen.

Vergeblich suchten die Herren Brüder in dieser Schaukelpolitik, die von den Umständen oder dem Druck dritter Personen diktiert schien, ein festes Prinzip zu erkennen. Der König, vierzehn Jahre alt, aber kindlicher geblieben, als es seinem Alter entsprach, hatte keinen anderen Willen als den der Regentin. Und Katharina, Großnichte Papst Leos X., hatte dessen hervorquellende Augen, seine gewölbte Stirn und seinen Skeptizismus geerbt. Sie war ohne religiösen Eifer und beinahe ohne Glauben; daher empfand sie weder Haß noch Liebe für die Reformation, die ihr lediglich ein Bauer auf dem Schachbrett Frankreichs war, den sie je nach den Umständen halten oder opfern konnte.

Mitte Juni gab es für die Herren Brüder einen weiteren Grund zur Betrübnis. Sie erfuhren durch einen Boten, daß Calvin, von seiner unermüdlichen Arbeit aufgebraucht, am 27sten Mai zu Genf gestorben war. Der Reformator hatte das Antlitz der Welt verändert. Durch seine glänzenden Schriften, sein oftmals improvisiertes, aber klares und überlegtes Wort, die Festigkeit seiner Lehre, die Rechtschaffenheit seines Charakters, den glühenden Bekehrungseifer, der die zahllosen Briefe beseelte, die er schrieb und die jeden Empfänger zutiefst berührten; durch die demokratische Struktur, die er den Kirchen verliehen, und dank den von Gottes Geist erfüllten Pastoren, die er herangebildet, hatte er die Reformation in Genf, in Lausanne, in Frankreich, England, Schottland, in den Niederlanden, in Ungarn und der Pfalz verbreitet.

„Calvin ist tot", schrieb Sauveterre in das „Buch der Rechenschaft", „aber sein Werk wird ihn überleben." – „Das glaube ich auch", kommentierte mein Vater, „doch die Prüfungen liegen nicht hinter, sondern vor uns. In dieser seltsamen Reise der Regentin und des Königs durch Frankreich meine ich dräuende Wolken zu erkennen, die sich eines Tages über unseren Köpfen entladen werden."

Ende Juni, als die Hitze das Gras auf unseren Wiesen zu sehr auszudörren drohte, schickte mich mein Vater nach Le Breuil und in den Steinbruch, uns die Hilfe von Cabusse und

Jonas bei der Heumahd des folgenden Tages zu erbitten. Ich ritt allein auf meiner schwarzen Stute, denn Samson war am Tag zuvor vom Pferd gestürzt und hatte sich das Bein gequetscht. Da ich Jonas nicht in seinem Steinbruch fand, schlug ich den Weg zu Cabusse ein, dessen Haar auf der Schädelwunde nachgewachsen war und der gerade eine Wiese einfrieden wollte, damit er nicht immer auf seine Lämmer aufpassen müßte.

„Du stürzt dich in Unkosten, Cabusse", sagte ich lachend.

Und ich stieg ab und ließ meine schöne Acla frei.

„Das kostet nicht viel", meinte Cabusse, hielt in seiner Arbeit inne und zupfte sich den Schnurrbart. „Das Holz für die Pfähle wächst in meinem Wald. Zudem hat sich mein Beutel wieder gefüllt. Der Herr Baron hat mir dreißig Dukaten für die Unternehmung in Sarlat gegeben."

„Dreißig Dukaten! Bist du als einziger so freigebig bedacht worden?"

„Mitnichten. Zwanzig Dukaten hat der Herrn Baron dem Jonas gegeben, zwanzig Coulondre Eisenarm, zwanzig Escorgol, zwanzig Benoît Siorac, fünfundzwanzig dem Michel, weil er verwundet worden, aber Michel wollte nicht mehr als sein Bruder haben und hat die fünf Dukaten zurückgegeben."

„Und du selbst hast dreißig bekommen?"

„Fünf mehr als die andern für die Verletzung und fünf für das Kommando."

Ich sagte nach einem Moment des Schweigens:

„Diese Beute hat mein Gewissen geplagt. Denn woher stammte sie, wenn nicht aus den Börsen der Sarladischen, die dem Schlächterbaron Wegegeld zahlen mußten?"

„Und wer hat die Sarladischen aus den Klauen dieses Spitzbuben befreit?" fragte Cabusse ungehalten. „Beute ist Kriegsrecht. Und die Befreiung von Sarlat war es wohl wert, den Bürgern, die seelenruhig im Bette geblieben, während wir kämpften, eine kleine Steuer abzuverlangen."

„So also siehst du die Dinge, Cabusse?" fragte ich erstaunt. „Und der kurze Prozeß, den man mit den Verwundeten gemacht?"

„Großer Gott, wenn es um solche Galgenvögel geht! Wenn ich einer von diesen Taugenichtsen gewesen wäre, die

die Todesstrafe erwartete – ich hätte noch dafür bezahlt, daß man mit mir ein Ende macht."

Und genau das hat Forcalquier getan, dachte ich. Aber ich schwieg. Im Sonnenschein am Wiesenrand war Cathau aufgetaucht, taufrisch, in blaubebändertem rotem Rock, das blitzsaubere Häubchen auf dem Kopf, die nackten Füße im weichen Gras, ein reizendes Kindlein in ihren bloßen Armen tragend.

„Gott zum Gruße, Cathau!" sagte ich, freudestrahlend wie mein Vater, doch auch mit Beklommenheit im Herzen, denn sie war so lange die Kammerjungfer Isabelle de Sioracs gewesen, daß ich sie nicht ansehen konnte, ohne an meine Mutter zu denken und an die Medaille, die ich am Halse trug.

„Gott zum Gruße, Moussu Pierre!" erwiderte sie.

Und weil es ihr auf der Zunge brannte, fügte sie mit schelmischen Blicken hinzu:

„Stimmt es, was über Mespech erzählt wird? Franchou soll guter Hoffnung sein."

„Können denn Weiber nie ihre Zunge zügeln?" sagte Cabusse mit verdrossener Miene.

„Mir scheint, Franchou ist tatsächlich fülliger geworden", erwiderte ich. „Aber den Grund dafür kenne ich nicht. Da mußt du meinen Vater fragen, er ist Arzt."

„Richtig geantwortet, Moussu Pierre!" meinte Cabusse lachend, während Cathau ob meines Spottes sich abwandte.

Freilich wandte sie sich auch ab, um ihr Kleines zu stillen, denn im Gegensatz zu Barberine wollte sie nicht vor jedermann ihre Brust zeigen, weil Cabusse eifersüchtig war.

„Leider ist unser Plan gescheitert", sagte ich, „und wir hatten einen Toten."

„Ha, Moussu Pierre!" sprach Cabusse und richtete sich auf, eine Hand in die Hüfte gestemmt und mit der andern seinen Schnurrbart zwirbelnd. „Mit den Kriegsplänen ist es wie beim Fechten. Die ausgeklügeltsten Hiebe (er hegte seit kurzem eine Vorliebe für das Wort *ausklügeln,* das er von meinem Vater hatte), aufs beste vorbereitet und ausgeführt, erweisen sich mitunter als Fehlschlag."

„Aber Marsal Schielauge ist tot."

„Er ist mitten im Kampf gefallen: der beste und der

schnellste Tod. Ein Kummer für uns, aber ein Glück für ihn, daß er niemals die langen Qualen in einem verpesteten Bett erdulden muß."

„Ach! sprich nicht davon, Jehan Cabusse!" sagte Cathau, sich halb umwendend, so daß ich ihren Busen aufblitzen sah. „Das sind garstige und traurige Worte, die mich schaudern machen."

„Wäre Moussu Pierre nicht da, tät' ich dein Schaudern unverweilt in Schauer verwandeln!" sprach Cabusse mit einem Lachen. „Aber ich will nicht Trauer verbreiten. Und der Herr Baron hat sehr nobel gehandelt, als er bei Faujanet einen Sarg aus Kastanienholz bestellte, seinen alten Soldaten da hineinzulegen: eine stattliche Ausgabe für einen einfachen Diener. Ich kenne im Sarladischen manch einen Edelmann, der seine Mietlinge bloß in Sackleinen näht und verscharrt."

„Gott sei Dank sind die Herren Brüder reich", meinte ich bescheiden.

„Doch auch das Herz sitzt ihnen am rechten Fleck", sprach Cabusse. „Denkt daran, was Calvin sagte: ‚Gold und Silber sind etwas Gutes, so man guten Gebrauch davon macht.'"

Ich wunderte mich nicht ob dieses Zitats, war doch Cabusse vom lauen Katholiken zum eifrigen Hugenotten geworden, im tiefsten Innern wohlgemerkt, nicht an der Oberfläche, wo er noch immer derselbe Gascogner war, den Weibern zugetan, unbekümmert und den Schalk im Nakken.

„Ich will nun aufbrechen", sprach ich. „Sonst frißt Acla deine Wiese kahl, wie die Heuschrecke das Kornfeld."

„An Gras ist kein Mangel bei mir auf Le Breuil", erwiderte Cabusse großmütig.

„Hierher, Acla!" rief ich.

Aber Acla, der ich die Zügel überm Widerrist befestigt hatte, gab sich, wenige Schritte von uns entfernt, großer Schlemmerei hin, wählte sorgsam die schmackhaftesten, saftigsten Halme aus, überließ die groben, gewöhnlichen den hinter ihr weidenden Lämmern und tat, wie wenn sie mich nicht hörte, die Lider heuchlerisch über ihre schönen schrägen Augen gesenkt.

„Hierher, Acla!“ rief ich lauter und schlug mit der Gerte gegen meinen Stiefel.

Da besann sich Acla, die mit einem Seufzer ihr letztes Büschel rupfte, ihrer guten Manieren; erhobenen Kopfes und mit wehender Mähne trabte sie anmutig auf uns zu, forderte jeden mit freundlichem Schnauben artig auf, sie zu tätscheln, und leckte sogar behutsam das Kindlein.

„Sie ist sehr wohlerzogen“, meinte Cabusse. „Hat man je ein so schönes Pferd aus so schlimmem Ort kommen sehen?“

„Moussu Pierre“, sagte Cathau, „Ihr solltet sie bespringen lassen. Es wär' an der Zeit.“

„Ja!“ sagte ich und sprang in den Sattel. „Aber das Schwierige ist, einen Hengst ihrer Rasse und Farbe zu finden! Auf Wiedersehen, Cathau! Bis morgen, Cabusse!“

„Bis morgen! Bei Sonnenaufgang!“

Im Unterschied zu der fürchterlichen Dürre von 1563, als Mespech den Vetter Petremols beinahe aufgehängt hätte, weil er in der Talsenke Gras gestohlen, gab es anno 1564 üppig Heu, insonderheit für solche, die, wie die Herren Brüder, umsichtig genug waren, es mit der Reife zu mähen und einzufahren, denn Anfang Juli fiel starker Regen, der viele Wiesen verdarb, und gleich darauf folgte eine drückende Hitze, welche die Frucht auf den Feldern zur rechten Zeit trocknen ließ, aber die in Seide gewandeten schönen Höflinge beim Ritt über die Straßen und Wege Frankreichs sehr inkommodierte – darüber sprachen wir oft voll Schadenfreude.

Während der Heuernte ließ unser Petremol Sattel- und Zaumzeug fahren und bewies, daß er ein wackrer Landmann war, der reichlich Gras, aber auch nicht zuviel, mit seinem Sensenblatt faßte, die Schwaden ordentlich ausrichtete und das Schrittmaß seiner Nebenleute nicht durcheinanderbrachte; in der Dengelpause schob er seine Betrübnis beiseite, ging bereitwillig auf einen Scherz ein, erfaßte jede Andeutung und konterte entsprechend, ohne eine kleine Neckerei ob seiner roten Haare zu verargen; vielmehr lachte er darüber unbeschwert jenes befreiende Lachen, das neuen Mut gibt, unverdrossen zu schaffen. Denn bei der Arbeit sind die Männer wie die Frauen: für die Mühen ihrer Arme halten sie sich mit der Zunge schadlos.

Am letzten Tag der Heuernte hatten sich die Herren Brüder nach den langen Tagen, die sie zum Schutze der Schnitter im Sattel verbracht, zeitig zurückgezogen; Samson und ich saßen am Abend mit der Dienerschaft und den Zinsbauern nicht vor dem Feuer, sondern bei geöffneten Fenstern um den Tisch, vor uns einen Tropfen unseres Pflaumenschnapses. Und die Maligou, die sich endlich zu uns setzte unter tiefen Seufzern und etlichem Gestöhn – was bedeuten sollte, daß sie zwar nicht (wie Alazaïs) auf den Feldern gemäht, sich aber nichtsdestoweniger gewaltig geplagt hatte, für uns alle das Mahl zu bereiten –, blickte ein Weilchen auf Petremol und sagte ganz ernst:

„Mein armer Petremol, röteres Haar als deines habe ich nie gesehen."

Petremol, der neuerliche Foppereien argwöhnte, erwiderte mit einem Lächeln:

„Gewiß bin ich rothaarig, so wie mein Esel, doch ein braveres Tier als ihn oder mich hab auch ich nie gesehen."

Wir lächelten, nicht aber die Maligou.

„Ich will dich nicht ärgern", sagte sie würdevoll. „Ein Mann mit rotem Haar ist eine große Seltenheit."

„Sachte, Maligou!" sprach Cabusse, an dessen Seite Cathau saß, die den Kopf an seine Schulter lehnte und ihr schlafendes Kindlein in den Armen hielt. „Täusche dich nicht, Petremol ist kein Zigeunerhauptmann!"

„Und er hat keinen Zauberstab!" sagte Escorgol, der beim Foppen nie zurückstehen wollte.

Alle lachten, und Alazaïs, von so schlüpfriger Rede abgestoßen, erhob sich und verließ grußlos den Raum. Sobald sich die Tür hinter ihr geschlossen hatte, fuhr Escorgol fort:

„Da wir nun allein sind, Gefährten, will ich euch ein Rätsel aufgeben. Cathau! Jacotte! Sarrazine! Ein Rätsel!"

Er machte eine Pause.

„Was wird größer, wenn Weiberfinger daran rühren?"

„Garstiger Lüstling!" rief die Maligou.

„Der Lüstling bist du, weil du Schlechtes dabei denkst!" entgegnete Escorgol. „Also, was größer wird, wenn Weiberfinger daran rühren, ist . . . ist . . ."

Und da alle lachten, ohne etwas zu sagen, schloß Escorgol triumphierend:

„. . . ist die Spindel!“

Riesengelächter, und Cabusse meinte freundlich:

„Ein hübscher Scherz, den uns der Provenzale aus seiner Provence beisteuert. Doch lacht nicht zu laut, Gefährten“, tadelte er, „ihr weckt sonst unsere Herren.“

„Den einen werdet ihr wecken, doch nicht den andern, wette ich“, sagte Cathau leise.

„Ruhig, Weib! Halt deinen Mund!“ sprach Cabusse.

Und alle senkten den Blick, ohne sich auch nur das kleinste Lächeln zu gestatten, es sei denn vielleicht innerlich.

„Spindel! Spindel!“ sagte die Maligou, wie eine Dame sich gebärdend. „Mit diesen Männern hier kann man nicht ernsthaft reden! Immer in der Brunst und den Hosenlatz voll!“

„Und wär dir das etwa nicht recht?“ fragte Jonas, welcher der Maligou ob ihres Geschwätzes über seine Frau noch immer ein wenig grollte. „Sarrazine“, fuhr er fort, „da du ja wohl eine Wölfin gewesen, komm und beiß mir diese dicke Vettel in den Hintern, um ihr das unnötige Blut aus dem Körper zu saugen.“

„Heiliger Jesus!“ rief die Maligou beunruhigt, krümmte ihren dicken Leib auf ihrem Schemel und rollte die Augen.

Alle hielten sich den Bauch vor Lachen, aber keiner lachte wie Petremol, dem die Tränen in die Augen traten, auch aus Dankbarkeit, weil er wieder sein schönes Handwerk betreiben durfte und von so guten, fröhlichen Gefährten umgeben war, ihm bereits so sehr zugetan, wie wenn er einer der Ihren wäre. Armer Petremol, der sich so mühte, nicht an seine Frau zu denken, auch nicht an seine vier Söhne; nur daß er bei Tisch immer neben Samson sitzen wollte, jeder wußte warum, und Samson gleich gar, der oft mit ihm sprach, ihn tagsüber auch in seiner Sattlerei aufsuchte und sich für seine Kunst interessierte – er war ein Engel Gottes.

Cabusse, der sich in Abwesenheit der Herren Brüder selbst ein wenig als Herr gebärdete, denn er besaß Land und ein Haus, letzteres seit kurzem von einem Treppenturm flankiert, der ihm ein stolzes Aussehen verlieh, hob die Hand und sprach:

„Gefährten, lassen wir die Maligou reden! Sie hat uns etwas mitzuteilen über die Seltenheit der Rothaarigen.“

„Aber Rothaarige sind gar nicht so selten“, meinte Michel

Siorac, der jetzt an seiner Schmarre von seinem Bruder zu unterscheiden war, zumindest wenn er einem die linke Wange zukehrte.

„Auch Samson ist rothaarig!“ echote Benoît Siorac.

„Aber nein! nein!“ rief sogleich die Maligou. „Das ist überhaupt nicht dasselbe! Moussu Samson ist kupferrot, Petremol rostrot. Für den Vorteil, den ich draus ziehen will, ist Moussu Samson mir von keinerlei Nutzen.“

„Der Glückliche!“ sagte Escorgol.

Wieder lachten alle, aber Cabusse zupfte an seinem Schnurrbart und sagte bestimmt:

„Also, Gefährten, laßt sie reden!“

„Wie ihr seht“, fuhr die Maligou fort, „habe ich von dem Rauch aus meinem Herd, da ich den ganzen Tag lang Essen koche, auf beiden Lidern rote Flecken, die mich sehr jukken. Zwar hat Moussu lou Baron gesagt, ich soll sie jeden Abend mit abgekochtem Wasser waschen, doch das hat, mit Verlaub, nichts bewirkt, und da ich ein anderes Heilmittel kenne, möcht’ ich es ausprobieren, wenn Petremol mir dabei helfen will, denn er ist rothaarig.“

Großes Erstaunen ringsum, und es wollte auch wieder Gelächter aufkommen, das Cabusse mit einer Handbewegung niederhielt.

„Wenn mich das nichts kosten soll“, sagte Petremol mit Vorsicht, „und weder meiner Person noch meinem bißchen Geld noch meinem Wohl abträglich ist, will ich es gern tun.“

„Es wird dich keinen Heller kosten“, sagte die Maligou, „nur ein wenig von deinem Kot frühmorgens, wenn du ihn ganz frisch fallen läßt.“

„Jesus Maria!“ rief Barberine. „Willst du dir Kot aufs Auge streichen?“

„Der vielleicht mittags und abends in das Essen fällt, das du kochst?“ meinte Escorgol.

Wir schütteten uns aus vor Lachen, und auch Cabusse konnte uns nicht daran hindern. Als wir uns schließlich wieder beruhigt hatten, fuhr die Maligou fort:

„Wißt ihr denn nicht, ihr Barbaren, daß der Kot eines Rothaarigen das beste Heilmittel ist gegen Rötungen und Trübungen der Augen, auch gegen die weißen Flecken, die sie mit den Jahren bedecken?“

„Aber wo doch mein Kot so stinkt!" sprach Petremol schamhaft.

„Wie jeder Kot", entgegnete die Maligou. „Aber meinst du denn, Dummkopf, daß ich ihn so verwende, wie er dir aus dem Körper fällt? Mitnichten. Er wird destilliert, und weil die daraus gewonnene Substanz immer noch riecht, wird Moschus und Kampfer beigemischt."

„Sapperment!" sagte Petremol, „wenn mein Kot destilliert und mit Moschus und Kampfer versetzt werden soll, kriegst du ihn, Maligou, jeden Morgen, den Gott werden läßt!"

Wieder lachten alle, noch lauter und noch länger.

„Oh! ich sterbe vor Lachen!" sagte die Sarrazine, „so rumort es mir im Leib! Nein, ich werde dir meine wölfischen Zähne nicht in den Hintern schlagen, Maligou. Du hast mich zu sehr ergötzt. Ich verzeihe dir!"

Coulondre, der den ganzen Abend geschwiegen hatte, stand auf, stützte sich dabei mit seinem Eisenarm auf den Tisch und räusperte sich, um etwas zu sagen; wir fürchteten schon eine seiner düsteren Bemerkungen, die einen erstarren lassen, aber er sagte nur, daß es spät sei und er nicht so lange von seiner Mühle wegbleiben wolle, die nur von den Hunden bewacht war. Da erhoben sich auch Jonas und Cabusse und meinten, bis zum Steinbruch und nach Le Breuil sei es noch ein gutes Stück Weges. Damit endete dieser Abend der Heumahd, von dem auf Mespech und in unseren Dörfern noch lange die Rede sein sollte.

In der folgenden Nacht wollte die kleine Hélix in der Dunkelheit unseres Turmes, als die Öllampe gelöscht war und die schlafende Barberine wie ein Hammerwerk schnaufte, sich nicht unseren kleinen Spielen überlassen, sondern lag weinerlich in meinen Armen und sprach mit erstickter Stimme, wie wenn sie ein Knoten im Hals würgte:

„Mein Pierre, ich habe so arges Kopfweh, und mir ist auch so taumelig, daß ich wohl werde sterben müssen."

„An Kopfweh stirbt man nicht", sagte ich. „Das kommt vom vielen Essen und Trinken, davon die Dünste, die den Magen füllen und beschweren, durch Venen und Arterien in den Kopf aufsteigen."

„Oh, mein Pierre!" erwiderte sie. „Ich weiß, du bist sehr

gelehrt, aber dies Kopfweh ist tausendmal schlimmer als alles, was mir je widerfuhr, und mir ist so bange vor dem Sterben, weil ich so jung bin und so beladen mit Sünden."

Ich beruhigte sie und nahm sie in meine Arme, wo sie sich an mich schmiegte, ohne sich indes zu besänftigen; ihr leises Zucken und Wimmern brach mir das Herz, weil ich deutlich spürte, wie sehr sie leiden mußte. Beschämt muß ich gestehen, daß ich, so bekümmert ich ihretwegen war, dennoch eingeschlafen bin, ermattet von den beiden Tagen, die ich vom Morgen bis in die Nacht im Sattel verbracht.

Tags darauf ging es der kleinen Hélix besser, wenngleich sie elend und blaß aussah; das Kopfweh hatte nachgelassen, nur beklagte sie, daß sich ihr zeitweilig ein Schleier über die Augen senke, so daß sie alles verschwommen und unförmig sah, wie durch einen Nebel.

Am 12ten Juli kam Franchou, ohne Hilfe und ohne Geschrei, mit einem Sohn nieder, der David genannt wurde; mein Vater ließ am 25sten Juli den Notarius Ricou kommen und verpflichtete sich, dem Kinde bei seiner Großjährigkeit eine Summe von zweitausend Dukaten zu geben. David wurde in diesem Kodizill zu dem Testament, welches mein Vater vor seinem Aufbruch nach Calais hatte aufsetzen lassen, David de Siorac genannt.

Der Sommer und der Herbst schienen in jenem Jahr sehr schnell zu vergehen, ich weiß nicht warum, vielleicht weil wir immer wieder Vermutungen über die Beweggründe der großen Kavalkade des Hofes anstellten, was ganz Mespech in Atem hielt, insonderheit Miroul, welcher geistig nicht weniger beweglich war als körperlich. Zudem lernte er sehr gut unter Alazaïs' Fuchtel – und ihre „Fuchtel" meine ich wortwörtlich, denn sie war bei ihren Lektionen mit einem Stock bewaffnet, mit dem sie den Schülern beim geringsten Fehler auf die Finger klopfte.

„Mein armer Miroul", sagte ich, als er den Pferdestall betrat, „erzähle mir nicht, wo du herkommst: ich seh's an deinen Fingern."

„Oh, das ist nicht das Schlimmste", erwiderte Miroul, der sich eine Bürste griff und Acla auf der rechten Seite putzte, während ich sie auf der linken striegelte. „Das Schlimmste ist“, fuhr er fort und sah mich über den Rist der Stute mit seinem sanften und seltsam zwiefarbenen Blick an, „daß sie auf meine Fragen nicht antworten will.“

„Dann stelle mir die Fragen.“

„Darf ich, Moussu Pierre?“

„Aber gewiß“, sagte ich, denn ich war bemüht, ihm etwas beizubringen, weil ich das für meine Hugenottenpflicht hielt.

„Ich möchte wissen“, sprach Miroul, „warum Prinz Heinrich von Navarra am Hofe des Königs lebt und nicht in seinem Königreich, bei seiner Mutter.“

„Er ist ein Anhänger des reformierten Glaubens wie seine Mutter Jeanne d'Albret, und da Navarra so nahe an Spanien liegt, fürchtet sie, daß er vom katholischen König entführt werden könnte.“

„Dürfte er denn den Hof des Königs von Frankreich nach seinem Belieben verlassen?“

„Gewiß nicht. Er ist Gast Karls IX., aber auch ein wenig seine Geisel.“

„Und warum seine Geisel?“

„Er ist ein Bourbone. Wenn Karl IX. und seine Brüder kinderlos stürben, könnte Heinrich von Navarra auf den Thron gelangen.“

„Ein Hugenott wäre König von Frankreich!“

Die zwiefarbenen Augen Mirouls strahlten in so tiefer Freude, daß ich selbige mäßigen wollte.

„Heinrich von Navarra ist erst elf Jahre alt, mein armer Miroul, und es müßte mit dem Teufel zugehen, wenn die drei Valois sämtlich kinderlos stürben.“

„Trotzdem“, meinte Miroul.

Ende November kam uns Geoffroy de Caumont besuchen, den wir seit langem nicht gesehen und der viel zu berichten hatte über die Begegnung der beiden Königinnen, denn Jeanne d'Albret war von Katharina von Medici eingeladen worden, sich der höfischen Kavalkade zeitweilig anzuschließen, um ihren Sohn zu umarmen und mit dem König die Beschwerden zu besprechen, die sie ihm über Montluc vortragen wollte.

„Ich gehörte zu den dreihundert Reitern“, berichtete Caumont nicht ohne Stolz, „die Jeanne d'Albret am zweiten

Tag des Monats April bei ihrem Aufbruch von Pau das Geleit gaben. Das besonders Pikante daran war, daß die Königin von Navarra, von Süden nach Norden ziehend, mit ihrem Glaubenseifer und ihrem Gelde unsere Kirchen unterstützte, indes die Königinmutter und der König, vom Norden in den Süden ziehend, Gesetze gegen uns erließen... Wißt Ihr, daß Jeanne d'Albret zu Limoges, wo sie Vicomtesse ist, die Domherren von Saint-Martial zwang, ihre Kanzel auf eine Tribüne am Marktplatz zu tragen, wo sie mit wehendem Haar, großer Geste und tönender Stimme dem niederen Volk länger als zwei Stunden den reformierten Glauben predigte? Könnt Ihr Euch so etwas vorstellen? Nach ihrer Abreise rächten sich die Domherren mit einem armseligen Spottvers, den sie überall verbreiteten:

Schlecht belehret sind die Leute,
wenn sie Weiberzungenbeute."

„Welch gemeine Rede und wie niedrig gedacht!" sprach mein Vater.

„Gewiß!" sagte Caumont. „An ihrem Gift erkennt man die Bestie!"

„Haben die Konsuln von Bergerac der Königin von Navarra von dem Kolleg erzählt, welches Antoine de Poynet dort für die Unseren gründen möchte?" fragte Sauveterre, dem dieser Plan sehr am Herzen lag.

„Gewiß doch! Und sie wird mit dem König darüber reden! Aber das Schönste an der Sache war das Zusammentreffen der beiden Gefolge in Macon", fuhr Geoffroy de Caumont fort, und seine schwarzen Augen funkelten unter den dichten Brauen. „Stellt Euch bitte vor, Herr Junker", wandte er sich höflich an Sauveterre, „und Ihr, mein Vetter, wie erstaunt die moschusduftenden Höflinge und die achtzig goldbestickten Huren der Florentinerin waren, als die Königin von Navarra erschien, ohne Juwelen, ohne Perlen, ganz in Schwarz gekleidet, umgeben von acht Predigern unserer Religion und gefolgt von dreihundert gascognischen Reitern, nicht in Seide gekleidet, sondern im Lederkoller, mit kotbespritzten Stiefeln und nicht nach Moschus riechend, sondern nach Knoblauch und nach Schweiß. Ha, mein Vetter! es gibt nicht *ein* Frankreich, sondern zwei! Das Frankreich des Nordens, reich, stolz und mächtig, von seinen Lastern ganz verdorben, und das des Südens, das doppelt soviel wert ist."

Mein Vater lachte, doch Sauveterre, nach kurzem Lächeln, sagte ernst:

„Zwei Frankreich gibt es nicht, Herr von Caumont, es gibt nur eines, und das wird eines Tages, hoff ich, hugenottisch sein."

„Amen!" sprach Caumont.

„Habt Ihr Heinrich von Navarra gesehen?" fragte mein Vater.

„Gewiß! Und mehrmals! Und ich habe ihn weidlich beobachtet. Er ist ein sehr hübscher Prinz, der mit elf Jahren alle Qualitäten eines reifen Mannes aufweist. Er weiß sehr genau, wer er ist, und wenn er sich in das Gespräch der Höflinge einmengt, findet er stets das rechte Wort."

„Ha!" sagte Sauveterre, „wäre der Hof kein so verderbter Ort, würde ich meinen, daß die Fährnisse und Intrigen, die ihn umgeben, seinen Geist nur schärfen können . . ."

„. . . der sehr wach ist, Herr Junker! Und seine Rede ist ungezwungen, sein Mut gepaart mit viel Klugheit, und sein scharfes Auge vermag die Menschen bereits einzuschätzen."

Diese Lobreden hörend, hegte ich einige Eifersucht gegen den Prinzen, welcher, um zwei Jahre jünger als ich, mir in so vielerlei Hinsicht überlegen war. Zugleich behielt ich die Schilderung, die Herr von Caumont gegeben, genau in Erinnerung, um sie Miroul Wort für Wort zu wiederholen.

„Möge Gott die Valois mit Dürre und Unfruchtbarkeit schlagen, wie einst Christus den undankbaren Feigenbaum", sprach mein Vater mit ernster Miene, „damit die Krone Frankreichs auf Heinrich von Navarra übergehe!"

„Würdet Ihr das für möglich halten?" fragte Caumont, so von Begeisterung hingerissen, daß er sich von seinem Sitz erhob und in der Bibliothek auf und ab ging. „Der große Nostradamus hat es so prophezeit!"

„Ha!" sagte mein Vater, die Brauen runzelnd. „Ein Arzt, der Prophezeiungen macht!"

„Und warum nicht, wenn sie zutreffen?" rief Caumont.

„Habt Ihr vergessen, mein Vetter, daß Nostradamus die tödliche Verwundung Heinrichs II. beim Turnier gegen Montgomery bis in die kleinsten Einzelheiten vorausgesagt hatte?“

Und sogleich begann Caumont die Verse zu rezitieren, die in Frankreich damals in aller Munde waren:

„Bezwingen wird der junge Leu den alten,
in unerhörtem Zweikampf auf der Stechbahn . . .“

Sauveterre fiel ihm ins Wort:

„Wir kennen diese Verse“, sagte er, nicht ohne Ungeduld, „und zweifeln nicht am staunenswerten Scharfblick des Verfassers. Wenn Ihr bitte fortfahren wollet, Herr von Caumont.“

Und mit lauter Stimme und glänzenden Augen fuhr selbiger fort:

„Am siebzehnten Tag des Monats Oktober anno 1564, als das königliche Gefolge in Salon weilte, ersuchte Michel de Nostre-Dame bei Katharina von Medici eindringlich um die Erlaubnis, Heinrich von Navarra allein und in Muße zu beobachten. Auf Geheiß der Königin führte man ihn in das Zimmer des Prinzen. Heinrich stand nackt im Raume, wartend, daß man ihm ein Hemd überziehe, und Nostradamus befahl mit leiser Stimme, ihn so zu belassen, denn er wünschte ihn in seiner Nacktheit zu sehen. Und betrachtete ihn, die Wahrheit zu sagen, so lange, daß Heinrich, der ihn nicht kannte, sich fragte, ob er nicht für ein kleines Vergehen gezüchtigt werden solle.“

Hier lächelte der gestrenge Caumont gerührt und hielt inne.

„Nostradamus“, berichtete er weiter, „zog sich schließlich wortlos zurück, aber bevor er Abschied nahm, blieb er stehen und sprach, zu denen gewandt, die dem Prinzen dienten, mit feierlicher Stimme: *Der dort wird das ganze Erbe antreten.*“

Caumont setzte sich wieder. Mein Vater und Sauveterre schienen zu Statuen erstarrt, und in der folgenden Minute breitete sich eine so tiefe Stille im Raum aus, daß ich kaum zu atmen wagte, aus Furcht vor dem Geräusch, das ich verursachen könnte. Ich sah aus dem Augenwinkel – denn ich wagte auch nicht, mich zu bewegen –, daß Samson und François ebenfalls versteinert waren. Ich weiß nicht, wie lange dieses Schweigen anhielt, diese Reglosigkeit, das Herzklopfen in meiner Brust, doch ich erinnere mich gut, daß es Sauveterre war, der angesichs der ungeheuren Hoffnung, welche der Gedanke an einen hugenottischen König uns gab, als erster sprach. Er sagte mit rauher Stimme, die er unter großer Mühe aus seinem Innern zu holen schien:

„Lasset uns beten, meine Brüder."

Und so lahm er war, kniete er nieder, mit starker Hand sich an der Lehne seines Sessels haltend.

Die Heuernte von 1565 war ebenso vortrefflich wie die des Vorjahres, doch mochte ich an dem großen abendlichen Beisammensitzen nicht teilnehmen, da mir der Sinn wenig nach Scherzen stand: ich machte mir Sorgen um die kleine Hélix. Seit das Übel sie vor einem Jahr befallen, hatte sie sich nicht wieder erholt, im Gegenteil; sie bekam allmählich eine sehr schlechte Farbe, die Gesichtshaut war von ungesunder Blässe, und immer öfter plagten sie schlimme Schmerzen und Schwindelanfälle, dabei sie fast nicht mehr sehen, nicht mehr sprechen konnte und beinahe den Verstand verlor.

Mein Vater untersuchte sie mehrere Male, und da er zögerte, einen Schluß zu ziehen, wandte er sich an Herrn von Lascaux, trotz des Stirnrunzelns von Sauveterre, der es nicht gut fand, für eine Dienerin soviel Geld auszugeben. Aber mein Vater setzte sich darüber hinweg, denn er hatte Mitleid mit der kleinen Hélix und mehr noch mit Barberine, die sich darob verzehrte, ihre Tochter von Monat zu Monat hinfälliger zu sehen.

Herr von Lascaux kam an einem Donnerstag in der Kutsche, begleitet von seinen beiden Gehilfen, die ihm, soweit mir erkenntlich, zu nichts dienten, es sei denn, ihm Ansehen zu verleihen. Als er hörte, daß die Kranke ohne Fieber sei, ließ er sie nackt ausziehen, tastete ihr – mit der Maske vorm Gesicht und Handschuhen an den Fingern – Glieder und Leib ab und fragte Barberine, ob Hélix in ihrer Kindheit Blattern, Masern oder Ziegenpeter gehabt.

„Nein“, antwortete Barberine, der dicke Tränen über die Wangen kullerten, „sie hatte nichts von alledem.“

„Das dachte ich mir“, meinte Herr von Lascaux.

Nachdem er sich mit meinem Vater, seinen noch immer stummen Gehilfen und mir in die Bibliothek zurückgezogen hatte, marschierte er zunächst gravitätisch auf und ab, die Stirn geneigt unter der Last seiner gewichtigen Gedanken. Indes ließ er sich gnädig herbei, in einem Sessel Platz zu nehmen, nachdem mein Vater ihn höflich dazu eingeladen.

„Nun, Herr von Lascaux, was meinet Ihr?“ fragte schließlich mein Vater, ob des langen Schweigens ungeduldig geworden.

„Der Fall“, sprach Herr von Lascaux, „ist völlig klar. Die Ursache der Krankheit liegt in der Masse verdorbenen Blutes, das bei diesem armen Mädchen nie durch Blattern, Masern, Ziegenpeter und andere, von der Natur zu diesem Zweck bestimmte Exutoria gereinigt wurde. Diese große Masse Blutes nun – mit den Jahren, weil nie purgieret, noch mehr sich verschlechternd – gelangte allmählich in die Eingeweide, die Leber, die Milz, die anderen Viscera und alle umliegenden Körperteile. Wodurch, da sich alles verdarb, auch das Hirn geschwächt ward und sich mit Dämpfen, Dünsten und stark säurehaltigen giftigen Exhalationen füllte. Daher die argen Kopfschmerzen und Schwindelanfälle, die Ihr beobachtet habt, denn die malignen Dämpfe, von denen ich sprach, schwächen, belasten und beeinträchtigen die empfindlichsten Nerven und Meningen in einem Maße, daß die Lebensgeister nicht mehr darin zirkulieren können und Sehkraft wie Sprachvermögen schwinden. Kurz, es handelt sich um eine sympathische, keine idiopathische Epilepsie, wie sie nicht ausgeht vom Gehirn selbst, welches an sich nicht verdorben ist . . .“

„Dort aber sitzt der Schmerz“, sagte mein Vater.

„Der Schmerz“, entgegnete Herr von Lascaux, ob der Unterbrechung deutlich verstimmt, „kommt von den giftigen Dämpfen und Exhalationen, die aus allen Teilen des Körpers in das Gehirn steigen.“

Nach einer Pause sprach mein Vater:

„Ihr meinet also, Herr von Lascaux, es handele sich um eine Epilepsie. Doch die Kranke fällt nicht zu Boden.“

„Sie wird fallen", erwiderte Herr von Lascaux.

„Sie wird nicht starr, hat weder Krämpfe noch Atemnot."

„Sie wird das alles bekommen."

Es folgte ein langes Schweigen.

„Und welches Heilmittel empfehlet Ihr?" fragte Jean de Siorac.

„Häufigen Aderlaß", sagte Herr von Lascaux, indem er sich erhob und sich vor meinem Vater tief verneigte, denn er wußte sehr wohl, wie wenig mein Vater von diesem unfehlbaren Mittel hielt.

Mein Vater entgegnete kein Wort darauf, sondern erhob sich seinerseits und geleitete Herrn von Lascaux höflich zu seiner Kutsche zurück; die beiden Gehilfen, stumm wie Ölgötzen, mit hängenden Armen und leerem Kopf, folgten in gehörigem Abstand.

Sauveterre, der meinem Vater im Hof entgegenhinkte, fragte leise, damit die Dienerschaft ihn nicht höre:

„Nun, was ist bei der Konsultation herausgekommen?"

„Viel Stroh und wenig Korn. Eine schöne Rede. Eine falsche Diagnose. Und ein idiotisches Heilmittel."

„Zum Fenster hinausgeworfenes Geld . . ."

„Ja, aber es mußte sein!" entgegnete mein Vater gereizt; und er ließ Sauveterre unvermittelt stehen und ging in die Bibliothek, wohin ich ihm folgte.

„Mein Herr Vater", fragte ich beklommen, „was denkt Ihr selbst von dieser Krankheit?"

Mein Vater blickte mich an und war erstaunt, mich so erschüttert zu sehen, doch machte er dazu nicht die geringste Bemerkung, was immer er darüber denken mochte.

„Mein Pierre", sagte er, „das einzige Mittel gegen Unwissenheit ist Wissen, nicht Gerede. Jeder kleine Besserwisser möchte gern – wie der Rabe auf unserem Turm – in die Welt krächzen, was er nicht weiß. Aber was soll uns dieses eitle Gekrächze? Uns gelüstet nach Wahrheit. Könnte ich der armen Hélix, ohne daß sie daran stürbe, den Schädel aufsägen und hineinschauen, wüßte ich, was es mit ihren Schmerzen auf sich hat. Was ich weiß, ist, daß die Krankheit in ihrem Kopf steckt, und nur in ihrem Kopf, denn der übrige Körper ist gesund, und die Lebensfunktionen sind erhalten."

„Wäre es möglich, mein Herr Vater, daß allein der Nerv gestört ist?“

Ich stellte die Frage mit so erstickter Stimme, daß mein Vater mich lange ansah und dann nicht ohne Widerstreben sagte:

„Ich befürchte tatsächlich eine schlimme Beschädigung der Meningen. Vielleicht ein Geschwür.“

„Ein Geschwür!“ sagte ich. „Aber wo könnte der Eiter abfließen, wenn er doch vom Schädel zurückgehalten wird?“

„Das ist der Punkt“, erwiderte mein Vater. „Ihr habt ihn genau getroffen!“

„Es gibt also keine Heilung?“ fragte ich mit zitternder Stimme.

Mein Vater schüttelte den Kopf.

„Wenn zutrifft, was ich vermute, gibt es keine Heilung. Was ich tun kann, wenn die Leiden der armen Kleinen unsäglich werden, ist, ihr etwas Opium zu verabreichen.“

Unter dem Vorwand, Cabusse erwarte mich im Fechtsaal, verließ ich meinen Vater mit einem kurzen Gruß, aus Furcht, er könnte meine Tränen sehen.

Auf dem Weg zum Fechtsaal traf ich François, der grad von dort kam. Er zog die Brauen hoch, da er an mir vorbeiging, und murmelte zwischen den Zähnen, ohne mich anzublicken:

„Was für ein Theater wegen der kleinen Schlampe!“

Er war bereits an mir vorbei. Ich lief ihm nach, packte ihn kräftig am Arm und zwang ihn, sich umzudrehen; zwar noch mit Tränen in den Augen, aber wütend, schrie ich ihm ins Gesicht:

„Was hast du gesagt, Schurke?“

„Gar nichts“, sagte er, indes er erbleichte und unruhige Blicke um sich warf, denn wir waren allein in dem langen, sehr feuchten und ziemlich dunklen Gewölbegang, den nur die eisenvergitterten Fensteröffnungen zum Weiher erhellten, und niemand konnte uns hören.

Ich wiederholte meine Frage, schüttelte ihn zähneknirschend mit beiden Händen, von der unbändigen Lust gepackt, ihn mit Schlägen zu traktieren wie ein Stück Eisen auf dem Amboß.

„Ich habe zu mir selbst gesprochen", sagte er, ganz aufgelöst, weil er wohl gemerkt hatte, daß er dort, wo wir uns befanden, keinerlei Hilfe erwarten konnte.

Ich wunderte mich sehr, daß er – obwohl so groß wie ich und von nicht geringer Körperkraft, ein sehr guter Reiter und gewandter Fechter – nie jene große Furcht hatte überwinden können, die er vor mir hegte, seit ich ihn mit sechs Jahren verprügelt hatte: aus Furcht und Haß, die einander bedingten, erwuchs ihm ein fortwährender Groll. Oh, ich dürfte mich wahrlich nicht oft auf Mespech blicken lassen, wenn er dort erst Baron wäre!

„Mein Herr Bruder", sagte ich drohend mit eisiger Höflichkeit, „Ihr habt also nicht das Wort ‚Schlampe' gebraucht?"

„Nein, keineswegs!" sagte er mit zitternden Lippen.

„Nun denn, so hütet Euch fürderhin, es zu gebrauchen; es würde mir sonst leid tun. Geht jetzt Eures Weges, Monsieur."

Und als er stillschweigend davonging, folgte ich ihm leise und versetzte ihm unvermittelt einen Tritt in den Hintern. Er wandte sich um.

„Ihr habt mich getreten!" rief er empört.

„Mitnichten", sprach ich. „Ihr habt nicht das Wort ‚Schlampe' gebraucht, und ich habe Euch nicht getreten. Wir müssen uns beide geirrt haben."

Ich pflanzte mich vor ihm auf, die Fäuste in den Hüften, und sah ihn an.

Er warf mir einen bösen Blick zu, und ich wähnte schon, daß er sich auf mich stürzen würde; doch seine übermäßige Vorsicht (eine Tugend, die er weder von meinem Vater noch von Isabelle geerbt hatte) zügelte ihn auch diesmal. Er zog es vor, den Groll zu schlucken, statt sich in einem Wutausbruch davon zu befreien, wie ich es getan. Ohne ein Wort und kreideweiß vor unterdrückter Wut, machte er kehrt und ließ die Fetzen seiner Ehre in meinen Händen zurück.

Da wurde mir bewußt, wie weise das Gebot meines Vaters war, in unseren Mauern weder Dolch noch Degen zu tragen; denn die gemeine Attacke von François hatte mich so aufgebracht, daß ich, wenn ich bewaffnet gewesen wäre, gewißlich blankgezogen hätte. Noch als François fort war, ließ mich der Gedanke daran nicht los. Obschon ich das Feld behauptet, ihn geschlagen und gedemütigt hatte, war ich noch immer wie von der eigenen Wut übermannt und hegte blutrünstige Gedanken, um die Schmähung zu tilgen, mit der er meine arme Hélix besudelt hatte.

Ich lehnte mich gegen die Mauerwölbung, und als mein wahnsinniger Zorn endlich wich, fühlte ich mich schwach und traurig, der Knoten im Halse würgte mich, und ich bekam keine Luft. Trotzdem weinte ich nicht, ich sah meine eigene Einsamkeit sich vor mir dehnen, so lang und düster wie der gewölbte Gang und seine feuchten Mauern. Denn ich wußte jetzt: die kleine Hélix würde langsam immer mehr dahinschwinden.

Wie um mich in diesem furchtbaren Jammer zu widerlegen und meinem Vater ob seiner hoffnungslosen Diagnose unrecht zu geben, kam die kleine Hélix am Tage nach dem Besuch von Lascaux ganz plötzlich wieder zu Kräften und Frohsinn, ohne jedoch ihre frischen Farben zurückzuerlangen, die ungesunde Blässe des Gesichtes blieb. Ihr schlimmes Kopfweh indes sowie die Schwindelanfälle und Sehstörungen hatten nachgelassen. Überglücklich ob dieser Besserung verkündete Barberine überall auf Mespech, welch großer Gelehrter und vortrefflicher Arzt Herr von Lascaux sei, denn er habe die kleine Hélix ohne irgendeine Medizin geheilt, allein durch Berührung verschiedener Körperteile mit seinen schwarzbehandschuhten Händen.

Diese Besserung sehend, verzieh ich meinem älteren Bruder François, und als ich ihn in dem Gewölbegang, der zum Fechtsaal führte, abermals allein antraf, blieb ich stehen und drückte ihm mein Bedauern aus, ihn getreten zu haben. Er hörte mich mit kalter Miene an und sagte mit ebensolcher Kälte, daß er die Sprache bedaure, welcher er sich bedient, daß ich es ihm jedoch nachsehen müsse ob der Sorge, die er um mich habe, weil er meine, daß ich mich in meinen Neigungen zu tief herabließe. Tatsächlich war die Entschuldigung beinahe ärger als die Beleidigung, aber ich akzeptierte sie, ohne eine Miene zu verziehen, grüßte meinen erstgeborenen Bruder und ging davon. Ich hatte verstanden: So hochmütig François auf mich herabsah, so sehr beneidete er mich zugleich, daß ich eine greifbare plebejische Liebe seiner edlen, unerreichbaren Liebe vorgezogen.

Am 14ten Juni – dem nämlichen Tag, da Herr von Lascaux mit den stummen Gehilfen zu seiner großen Konsultation nach Mespech gekommen – weilten Katharina von Medici und der König auf ihrer Rundreise in Bayonne und trafen dort gemäß einer seit langem getroffenen Abmachung mit ihrer Tochter und Schwester Elisabeth von Valois zusammen, der Königin von Spanien, die vom einflußreichsten Ratgeber Philipps II., dem Herzog von Alba, begleitet wurde.

Groß und heftig war im ganzen Königreich die Erregung der Unseren, als sie die für die französischen Reformierten so bedrohliche Kunde vernahmen, sintemalen die Unterredungen von Bayonne in aller Heimlichkeit erfolgten und französischerseits – bei Ausschluß der hugenottischen Edelleute – der Konnetabel und Heinrich von Guise (der Sohn des ermordeten Herzogs) teilnahmen, ebenso der Kardinal von Bourbon, Montpensier und Bourdillon, alles eifernde Katholiken, welche der Aussöhnung herzlich wenig zugeneigt waren.

Endlich wurde für jedermann offenbar, was vielleicht nicht der Grund, zumindest aber das eigentliche Ziel dieser großen Kavalkade über die Straßen Frankreichs war: An der spanischen Grenze sollte der französische König mit dem Abgesandten des geschworenen Feindes unseres Glaubens zusammentreffen.

Katharina von Medici hatte bei Philipp II. mit letzter Beharrlichkeit um die Unterredung gebeten oder vielmehr gebettelt. Als Frau von großer Tatkraft, aber geringem Weitblick, die stets die Interessen ihrer Familie verfolgte und sie notfalls über die des Königreiches stellte, war „die Händlerin", wie ihre Gegner sie nannten, von der großen Begier beherrscht, ihre Kinder mit Königen und Prinzen zu verheiraten. Der Schwester Philipps II., Doña Juana, hätte sie gern ihren geliebten Sohn Heinrich von Orléans* vermählt, wofern Philipp bereit wäre, seiner Schwester ein Fürstentum seines riesigen Reiches zur Mitgift zu geben. Für ihre Toch-

* den späteren Heinrich III.

ter Margarete von Valois, damals dreizehn Jahre alt, wollte sie – wie schon vor vier Jahren vorgeschlagen – Don Carlos zum Gemahl, den Sohn Philipps II., obwohl er in Spanien als „ein halber Mann" galt, der „den Beweis seiner Mannbarkeit" noch nicht hatte erbringen können.

Am 2ten August – die Unterredung von Bayonne lag schon einen Monat zurück, doch die Besorgnis unter den Unsern war noch unvermindert groß – kamen auf Mespech die wichtigsten protestantischen Edelleute des Sarladais zur Beratung zusammen: Armand de Gontaut Saint-Geniès, Foucaud de Saint-Astier, Geoffroy de Baynac, Jean de Foucauld, Geoffroy de Caumont. In der Nacht, als unser gesamtes Gesinde schlief, trafen sie einzeln und unter größter Geheimhaltung ein; Escorgol war unter einem Vorwand nach Le Breuil geschickt und im Torhaus durch Alazaïs ersetzt worden, die als zuverlässiger galt.

Wie auch François und Samson, war ich bei der Unterredung, die in der Bibliothek stattfand, zugegen und war sehr betroffen ob der düsteren Mienen dieser hohen Herren; während sie für gewöhnlich ihrer Person und der Geschicke ihres Hauses sehr sicher waren, zeigten sie sich zur Stunde sehr besorgt und fragten sich, ob nicht die Anhänger der reformierten Religion für die heimlichen Geschäfte zwischen Philipp II. und der Florentinerin würden zahlen müssen, denn man wußte nur zu gut, daß Katharina kein Herz hatte und kein Gewissen und daß Philipp, der in seinem Königreich die Reformation im Blut ertränkte, in seinem grausamen Eifer nur darauf aus war, sie auch im benachbarten Königreich auszurotten.

Von den anwesenden fünf protestantischen Edelleuten (die Herren Brüder nicht gerechnet) schienen Caumont und Saint-Geniès am besten informiert, denn sie waren am längsten bei dem reisenden Hofstaat geblieben und hatten dort möglicherweise einige Verbindungen genutzt. Mir fiel auch auf, daß sie sich mit unendlicher Vorsicht ausdrückten, wie wenn selbst unsere Wände Ohren hätten, und sich eines Geheimcodes biblischer Namen bedienten, den ich erst entschlüsseln mußte: Katharina von Medici wurde in dieser Sprache *Jesabel;* der Herzog von Alba *Holofernes;* Heinrich von Navarra *David;* Admiral Coligny *Elias.*

„Wie ich aus zuverlässiger Quelle weiß“, sprach Caumont, „hat David, der sich eines Tages im Verhandlungssaal von Bayonne aufhielt, Holofernes zu den dort anwesenden französischen Edelleuten sagen hören, daß man ‚fünf oder sechs Anführer‘ unserer Partei ‚beseitigen‘ müsse.“

„Nannte er die Namen?“ fragte mein Vater.

„Ja, es handelte sich um Elias, seine beiden Brüder* und den Prinzen**. Ein Franzose gab Holofernes zu bedenken, daß die Masse der Reformierten ebenfalls bestraft werden müsse. Worauf Holofernes mit deutlichem Hinweis auf Elias erwiderte: *Ein guter Lachs wiegt hundert Frösche auf.*“

„Wißt Ihr“, sprach mein Vater, „was Holofernes überdies von Jesabel verlangt hat?“

„Ich meine es zu wissen“, sagte Saint-Geniès. „Vor allem die Anerkennung des Tridentinischen Konzils durch Frankreich.“

„Das hängt nicht allein von Jesabel ab, ja nicht einmal von ihrem Sohn“, bemerkte Geoffroy de Baynac, „sondern vom Parlament und auch von der Gallikanischen Kirche, die diesem Konzil bekanntlich sehr ablehnend gegenübersteht, weil es dem Papst über die Kirche und den König von Frankreich Befugnisse verleiht, die er niemals besessen.“

„Zweitens“, fuhr Saint-Geniès fort, „die Aufhebung des Ediktes von Amboise.“

„Oder des wenigen, was davon übrig ist“, sagte Sauveterre bitter, „denn Jesabel hat es beträchtlich ausgehöhlt.“

„Drittens“, sprach Saint-Geniès, „was Caumont schon gesagt: die Hinrichtung des Lachses und der großen Fische. Nach deren Ermordung hätten die Frösche, so sie sich nicht bekehrten, die Wahl zwischen Exil und Scheiterhaufen, was beides den Verlust all ihrer Güter nach sich zöge.“

Hier folgte ein düsteres Schweigen, denn jeder konnte sich vorstellen, wie er, wenn es zum Schlimmsten käme, sein schönes Schloß, seinen Besitz, seine Leute, Pächter und Dörfer für immer hinter sich lassen müßte.

„Und wie lautete Jesabels Antwort darauf?“ fragte schließlich mein Vater.

* d’Andelot und Odet de Chatillon.

** den Prinzen von Condé.

„Die Händlerin“, sagte Saint-Geniès verächtlich, „wollte feilschen: gebt Eure Schwester und Euren Sohn meinen Kindern, und wir liefern Euch unsere Protestanten ans Messer.“

„Sie würde uns verschachern!“ sprach mein Vater. „Und was hat Holofernes gesagt?“

„‚Dieser Handel, Madame, ist nicht ehrenhaft.‘“

„Er ist es wahrlich nicht“, sagte Sauveterre.

„‚Der katholische König möchte wissen‘, fuhr Holofernes mit echt spanischem Dünkel fort, ‚ob Ihr, Madame, in den Dingen der Religion Abhilfe schaffen wollt oder nicht.‘“

„Ich bewundere diese Art der Rede“, meinte mein Vater. „Die Hälfte eines Volkes ausrotten heißt in der Sprache dieser Blutdiplomatie: in den Dingen der Religion Abhilfe schaffen. Und wie hat Jesabel auf diese Zurechtweisung und Ermahnung reagiert?“

„Vage Versprechungen, und immer wieder neue Beteuerungen, Schmeicheleien und Bekundungen ihrer Zuneigung für den Herrn und Meister des Holofernes, den sie ihren ‚Sohn‘ nennt und der sich dennoch nicht bequemte, zu ihr nach Bayonne zu kommen.“

„Diese Schlange kriecht vor ihrem spanischen Herrn und Gebieter im Staub“, sagte Caumont, „und dennoch ist keine Rede von einer Heirat ihres gehätschelten Lieblings mit Doña Juana oder Margots mit Don Carlos. Ich bin sicher, Holofernes hat Jesabel eine definitive Ablehnung überbracht.“

Diesen Worten folgte ein langes Schweigen, dabei die anwesenden Edelleute, wenngleich noch immer besorgt und erzürnt, sich etwas entspannten. Meinem Vater entging die veränderte Stimmung nicht, und er sagte mit einer gewissen Hast:

„Man sollte vorsichtig sein und sich nicht zu früh in Sicherheit wiegen. Zwar gewährt uns die Zurückweisung der Heiratspläne einen Aufschub, doch dieser Aufschub hat nicht das über unseren Häuptern schwebende Schwert beseitigt. Es bewegt sich beim geringsten Luftzug, der durch dieses Weiberhirn fährt, und es hängt über uns Tag und Nacht, winters wie sommers, und je nachdem, ob den

Interessen Jesabels damit gedient ist oder nicht, wird man die Schnur, mit der es an der Decke befestigt, zerschneiden oder nicht.“

Er hielt inne.

„Meine Herren“, fuhr er sodann mit ernster Stimme fort, „es ist an der Zeit, die Dinge in die Hand zu nehmen, damit die Unseren in der Provinz sich bewaffnen, sich stark machen und untereinander ein so festes Bündnis eingehen, daß man den einen nicht angreifen kann, ohne daß die andern ihm zu Hilfe eilen.“

Ich war sehr bestürzt über die Worte meines Vaters, denn zum ersten Male, seit ich die Dinge ein wenig begriff, hörte ich ihn, den königstreuen Hugenotten (der sich im Bürgerkrieg nicht dem Prinzen von Condé angeschlossen hatte), seinesgleichen vorschlagen, sich gegen die Königsmacht „zu bewaffnen und stark zu machen“. Als ich später in meinem Bett darüber nachsann – Samson schlief bereits an meiner Seite –, schloß ich daraus nicht ohne einiges Bangen, daß die Gefahr, die über den Unseren schwebte, sehr groß und drängend sein mußte, wenn mein Vater nun so ganz anders redete.

Am fünfzehnten Tag des Monats März anno 1566, wenige Tage vor meinem fünfzehnten Geburtstag, wurden die Schmerzen der kleinen Hélix unsäglich, wie mein Vater vorausgesagt, und er begann, ihr kleine Mengen Opium zu verabreichen. Und da sie immer häufiger stöhnte und wehklagte, brachte man sie in eine kleine Kammer zu ebener Erde. Dort wurde auch für Barberine ein Bett aufgestellt, welches ich allerdings für mich beanspruchen durfte, denn ich führte den künftigen Stand ins Feld, den ich für mich gewählt, und machte auch geltend, daß Barberines nächtliche Anwesenheit an der Seite der Kranken überhaupt nicht von Nutzen sein würde, weil sie so fest schlief, daß nicht einmal ein Kanonenschuß sie zu wecken vermochte.

Meine arme Hélix war über die Maßen abgemagert, sie befand sich im letzten Stadium des Kräfteverfalls und wog fast gar nichts mehr. Ich merkte das jedesmal, wenn ich sie auf meinen Armen in den Burgsaal trug, so ihr das Leiden eine Atempause gönnte. Alles schien gleichzeitig dahinzuschwinden: die weiblichen Formen, die Muskeln, die Nerven und die darin kreisende Lebenskraft. Je mehr sie davon einbüßte, desto schwächer wurde sie und löste sich in gleichem Maße vom Leben, so daß sie mich immer seltener bat, sie zu unseren Leuten zu tragen. Ich war nur froh darüber, denn wenn ich feststellen mußte, wieviel leichter sie von Mal zu Mal in meinen Armen wurde, war ich zutiefst erschrokken und vermochte meinen Kummer nicht zu verhehlen, auch nicht vor ihr. Und schlimmer noch: wenn sie im Burgsaal in einem Armsessel saß, bis an den Hals zugedeckt (denn die Magerkeit und das schleichende Fieber hatten sie sehr kälteempfindlich gemacht), fiel mir noch deutlicher auf – angesichts der roten Wangen unserer Leute, ihrer lauten Stimmen und kraftvollen Gebärden –, wie abgezehrt und bleich ihr Gesichtchen, wie schwach ihre Stimme, wie kraftlos ihre skeletthaften Arme waren.

Ich war so oft und so lange bei ihr, wie ich nur konnte. Bis an den sicheren Tag, da der Tod auch mich holen wird, werde ich niemals die wunderbare Liebe vergessen, die unversehens in ihren matten Augen aufleuchtete, wenn ich durch ihre Tür trat. Es war nur ein Aufblitzen, denn sie war zu schwach, das Strahlen andauern zu lassen.

Sie fühlte sich behaglich in ihrem Kämmerlein, besonders anfangs, als sie noch davon sprach, wieder gesund zu werden, und sich um ihren Körper besorgte.

„Mein Pierre, wenn ich wieder auf den Beinen bin, wirst du mich nicht mehr mögen. Ich bin zu häßlich: ein Hals wie ein Hühnchen, die Schultern abgemagert und eine Brust so flach wie mein Handteller."

„Du wirst wieder zunehmen, Hélix. Wenn erst die Schmerzen aufhören, wächst alles dir unter der Haut schöner nach, wie bei Franchou, die du um ihre Formen beneidest."

„Aber wann nur, wann, wann?" sprach sie mit so kläglicher Stimme, daß es mir das Herz zusammenschnürte. „Ich bin des unerträglich langen Wartens müde. Seit fast zwei Jahren war ich nicht mehr im Hof von Mespech. Ich denke mir auch, daß es zu spät sein wird, wenn ich jemals wieder gesunde: du bist dann schon in Montpellier und wirst ein Gelehrter werden."

Mir schien, ihr wollten die Tränen kommen, doch hatte sie dazu schon nicht mehr die Kraft. Ihre so kleine, so magere Hand zuckte unmerklich in der meinen, und unter der Wirkung des Opiums, das mein Vater ihr verabreicht hatte, glitt sie in den Schlaf.

Eines Morgens im April fragte sie mich:

„Sind das die Vögel, die ich höre?"

„Gewiß doch! Und es sind ihrer viele!"

„Ach, mein Pierre! Die Bäume am Teich treiben ihre Blätter. Zart steht das frische Gras, und das Korn ist schon aufgegangen. Und ich, ich werde nächstes Jahr in der kalten, dunklen Erde liegen."

„Dumme Schwätzerin!" sagte ich, „nächstes Jahr bist du auf Mespech und liegst in meinen Armen, wie den heutigen Tag."

Ihre Augen sagten nein, doch ihr fehlte die Kraft, mir zu widersprechen. Sie schlummerte ein, und ihr armer Kopf an meiner Schulter war nicht schwerer als ein toter Vogel. Ich verfiel in tiefes, schmerzliches Sinnen, das mich nicht loslassen wollte.

Am Abend desselben Tages war ich mit meinem Vater allein in der Bibliothek und sagte zu ihm:

„Mein Herr Vater, wollt Ihr mir bitte etwas erklären? Als Christus vor das Grab des Lazarus tritt, steht im Evangelium des Johannes geschrieben: ‚Und Jesus gingen die Augen über.'"

„Das macht Euch zu schaffen?"

„Ja. Mich verwundern diese Tränen. Warum beweint Christus den Tod des Lazarus, wenn er doch an sein Grab gekommen ist, ihn zu erwecken?"

„Diese Frage, mein Sohn", sprach Jean de Siorac nicht ohne Rührung, „beweist, wie sorglich und gewissenhaft Ihr Euch der Heiligen Schrift zuwendet. Doch Ihr müßt wissen, daß Eure Frage schon beantwortet wurde: Jesus weint nicht über Lazarus, wie die Juden meinen, die ihn beobachten. Er weint bei dem Gedanken an die unabwendbare Trennung zwischen den Lebenden und den Toten."

Diese schöne, bewegende Antwort drang wie ein Pfeil in mich ein, und da ich sie sogleich auf Hélix und auf mich bezog, stiegen mir die Tränen in die Augen, ohne daß ich sie zu meiner großen Verwirrung und Scham zurückzuhalten vermochte. Bei welchem Anblick mein Vater sich erhob, mich fest an seine Brust drückte und leise, mit großem Zartgefühl zu mir sagte:

„Ihr seid mit der kleinen Hélix aufgewachsen, sie ist Eure Milchschwester, und Ihr seid ihr in großer Freundschaft zugetan. Es ist also nicht verwunderlich, wenn Ihr um ihr Schicksal weint. Schämt Euch nicht Eures Kummers und bangt Euch nicht ob seiner Dauer: Jedes Leid braucht seine Zeit."

Ich war wie überwältigt von einer Güte, die in so zartfühlenden Worten ihren Ausdruck fand, und wagte, meinem Vater eine Frage zu stellen, die mich sehr quälte, seit ich wußte, daß das Ende der kleinen Hélix nahte.

„Mein Herr Vater, wird sie erlöst werden?"

„Ach, mein Pierre!" erwiderte er. „Wer anders als der Herr aller Dinge kann Eure Frage beantworten?" Nach einem Schweigen fuhr er fort: „Wenn indes mein schwacher menschlicher Verstand auch nur ein Jota wert ist, würde ich sagen, daß ich es hoffe und daß ich es glaube. Die kleine Hélix wird so jung schon heimgerufen."

Wofern er mich bei ihr wußte, kam Samson die kleine Hélix besuchen; bescheiden an seinem Platze sitzend, den Raum mit seinem Kupferhaar erhellend, beschränkte er sich darauf, der Kranken zuzulächeln, ohne sich zu rühren oder etwas zu sagen. Auch Miroul kam sie besuchen, mit seiner Viole.

Es war die Viole meiner Mutter. Sauveterre hatte meinen Vater überredet, sie unserm Diener anzuvertrauen, dessen hübsche Stimme ihm aufgefallen war. Wie von Oheim Sauveterre nicht anders erwartet, hatte sich Miroul, dem der Himmel die Gabe der Musikalität verliehen, das Spielen ganz allein beigebracht. Sonntags, wenn auf Mespech das Abendmahl gefeiert wurde, sang er die Psalmen Davids, seine Viole auf den Knien, deren Saiten er liebliche Töne entlockte.

Daß Sauveterre dies in die Wege geleitet hatte, verwunderte mich zunächst. Ich hielt die Musik, selbst die ernste, für überaus sinnlich. Doch Calvin dachte anders darüber, und bei ihm las ich später, daß sie große Kraft und Stärke besitze, der Menschen Herz zum höheren Lobe Gottes zu erheben.

Hélixens armes Gesichtchen leuchtete auf beim Anblick

Mirouls, und jedesmal, wenn er kam, sang sie mit süßer, leiser Stimme:

„Ein Auge blau, ein Auge braun,
das ist Miroul, ihr könnt es schaun . . .“

Wenn ihr Kopf sie nicht zu arg peinigte, bat sie Miroul um ein Kirchenlied, immer dasselbe, das mit den Worten beginnt: „Befiehl du deine Wege . . .“ Seine Viole auf den Knien, sang Miroul mit überaus anrührender Stimme. Das Lied muß Hélix gefallen haben, weil es die Hoffnung besang und weil sie selbst, das Ende ihrer Reise fühlend, sich in Gottes Hand gab; aber sie liebte es auch, weil darin von „Bahnen“ und „Wegen“ die Rede und sie seit langem ob ihrer großen Schwäche ans Bett gefesselt war.

„Mein Pierre“, sprach sie eines Tages mit ihrer zarten Stimme, „ich möchte dieses Lied immer wieder hören, weil es mich daran erinnert, wie ich mit dir, hinter dir auf dem Pferd sitzend, nach Le Breuil geritten bin. Drei Jahre ist es jetzt her.“

Barberine kam anfangs sehr oft in das Kämmerlein, doch sie weinte stundenlang nur dicke, bittere Tränen, was die kleine Hélix so bekümmerte, daß mein Vater der Amme riet, ihre Besuche abzukürzen. Unser übriges Gesinde war gehalten, nur von der Tür her die Tageszeit zu bieten, ohne näher zu treten, die Maligou zumal, die nicht so viele Tränen vergoß, dafür jedoch die Kranke mit ihrem endlosen Geschwätz ermüdete.

Eines Tages kam mein Schwesterlein Catherine die kleine Hélix besuchen; die blonden Flechten hingen ihr traurig in das feine Gesichtchen, und sie trug eine Puppe in den Armen. Die kleine Hélix, der gerade eine Atempause vergönnt war, bat um die Puppe, drückte sie und wiegte sie in ihren Armen mit lächelnder, glückstrahlender Miene. Bei welchem Anblick Catherine zu ihr sagte:

„Hélix, ich schenke sie dir. Sie ist dein.“

Worauf sie mit fliegenden Zöpfen davonlief in ihr Zimmer, sich dort auszuweinen über den Verlust ihrer Puppe, die sie innig geliebt hatte. Ich ging zu ihr, so bald ich konnte, denn ich ahnte ihren großen Kummer. Sie wohnte jetzt in dem prächtigen Gemach meiner Mutter, dem größten und schönsten von Mespech, mit golddurchwirkten Purpurvorhängen an den schönen Flügelfenstern und einem Bett mit reich verziertem Baldachin. In diesem Bett, dessen Vorhänge zugezogen waren und das so groß schien für ihren kleinen Körper, fand ich sie schluchzend und konnte sie endlich trösten.

Seit diesem Tage blieb die Puppe in den Armen der kleinen Hélix, die nun, so schmal und zerbrechlich, wahrhaftig ein kleines Mädchen schien. Ich mußte daran denken, wie sie mich eines Nachts geweckt hatte und mir ihre Furcht vor der Hölle – ob ihrer „großen Sünde" – anvertrauen wollte; und ich bangte nun, daß diese Furcht sie erneut überkäme. Doch sie schien, wenn ihre Schmerzen nachließen und sie die Puppe fest an sich drückte, ruhig und beinahe froh.

Tagsüber steckte bald der eine, bald der andere den Kopf durch die angelehnte Tür und sprach: „Gott zum Gruße, Hélix! Wie geht es dir?" Worauf sie nichts erwiderte, wenn sie Schmerzen litt; sonst aber lächelte sie sanft und sagte, ihre Puppe wiegend: „Besser! besser! viel besser!"

Seither habe ich oft gedacht, daß diese Puppe für sie dasselbe war, was ich in meinen jüngeren Jahren für sie gewesen: Gegenstand einer großen Zärtlichkeit dieser kindlichen Eva, daraus später eine Sünde des Körpers, nicht aber der Seele wurde.

Auch die Gavachette kam die kleine Hélix in ihrer Kammer besuchen, doch wurde sie hinausgewiesen, und ich weiß noch gut, wie das geschah. Obwohl kaum elf Jahre alt wie mein Schwesterlein Catherine, trachtete sie bereits nach anderen Spielen als mit ihrer Puppe, hatte schon frauliche Formen, zierte sich, wiegte sich in den Hüften und blickte mit ihren schwarzen, feucht schimmernden Mandelaugen überaus keck drein.

Der kleinen Hélix entging dieses Gehabe nicht, und sie flüsterte mir ins Ohr:

„Mein Pierre, dieser kleine Rabe flattert zuviel um dich herum. Schick ihn fort!"

Was ich unverzüglich tat, doch das Zigeunermädchen, listig wie zehn Schlangen, begehrte plötzlich auf, krauste die Nase, spie Feuer und Flammen; und als mich der Zorn packte, umfaßte sie mit beiden Armen meine Taille und preßte sich an mich, um nicht hinausgedrängt zu werden. Was sie indessen nicht verhindern konnte; aber als ich die Tür wieder geschlossen und mich umwandte, sah ich die kleine Hélix in Tränen, die verzweifelten Augen auf mich gerichtet.

Es waren ihre letzten Tränen. Tags darauf, an einem 25sten April, war sie wieder ruhig und ganz heiter.

Am Mittag, als Faujanet den Kopf durch die Tür steckte und ihr wie gewöhnlich die Tageszeit bot, sprach sie zu ihm:

„Mein armer Faujanet, jetzt wirst du bald meinen Sarg zimmern müssen."

Faujanet verfärbte sich, als er das hörte, und blieb offenen Mundes stehen, ein erstarrtes Lächeln auf den Lippen; er wußte nichts zu sagen und wagte auch nicht wegzugehen.

Trotz ihrer Magerkeit war die kleine Hélix an jenem Tag von einer seltsamen Schönheit, die nicht mehr von dieser Welt war. Am Abend bat sie mich, sie zu waschen und mit Duftwasser zu besprühen, ihr etwas Rot auf die Wangen zu legen und ihr das Hemd zu wechseln. Da fragte ich sie, ob ich nicht Barberine oder Franchou rufen solle.

„Nein", sagte sie, „du sollst es tun! du allein!"

Als ich alles getan, bedeutete sie mir, mich auf ihr Bett zu setzen, und indem sie ihr leichtes Köpfchen an meine Schulter lehnte und mit der rechten Hand ihre Puppe umklammert hielt, glitt ihre linke Hand in mein geöffnetes Wams (denn es war schon recht warm) und schloß sich über der Marienmedaille, die ich am Halse trug, dabei ihre armen verängstigten Augen mich anflehten, sie gewähren zu lassen. Ich versagte mir lange Zeit jede Bewegung, doch da mir die Reglosigkeit auf die Dauer beschwerlich wurde und ich auch vermeinte, die kleine Hélix sei eingeschlafen, erhob ich mich behutsam. Ihr Kopf und ihr Körper glitten zur Seite. Trotzdem fühlte ich mich wie an sie gefesselt und gewahrte, daß sie noch immer die Kette meiner Medaille in ihrer geschlossenen Hand hielt. Es kostete mich etliche Mühe, ihre Finger zu lösen, um mich zu befreien; dabei schaute ich ihr ins Gesicht und sah ihre geöffneten, verdrehten Augen. Zitternd kniete ich vor ihrem Lager nieder und lauschte auf ihren Herzschlag – was ich oftmals zu Spiel und

Scherz getan, wenn sie von ihrer großen Liebessehnsucht nach mir sprach und ich zur Antwort gab, ich wolle selbige sogleich prüfen und wehe, wenn ihre Rede nur Trug gewesen –, doch diesmal war es das Leben, das mich getrogen hatte, denn ihr armes Herz pochte nicht mehr gegen die Rippen.

Noch war keine Stunde seit dem Tode der kleinen Hélix vergangen, als mich mein Vater mit Samson fortschickte, bei der Zeichnung der Osterlämmer Hand anzulegen. In Wahrheit hätten sie in Le Breuil ohne uns auskommen können, und bei der Rückkehr nach Mespech am nächsten Tag begriff ich, daß dies ein Vorwand gewesen, mich zu entfernen, während mein Vater in der doppelt verriegelten Kammer den Schädel der Toten aufsägte, um seine Diagnose bestätigt zu finden. Als ich zurückkehrte, war die kleine Hélix in ein Leichentuch gewickelt und auf ihr Lager aus Kastanienholz gebettet, Catherines Puppe in den Armen und um den Kopf einen Verband.

Ich durfte die kleine Hélix ein letztes Mal anschauen, bevor Faujanet dann den Deckel aufnageln würde, der sie von der Welt der Lebenden trennen sollte. Ich sprach ein kurzes Gebet, entfernte mich eilends, um nicht die Hammerschläge des Küfers hören zu müssen, und lief ins Gemach von Catherine, die auf ihrem großen Bett lag und, wie ich geahnt, diesen Tod und auch den Verlust ihrer Puppe beweinte. Da nahm ich sie in die Arme und leistete unter Tränen und Küssen den Schwur, ihr aus Montpellier eine schönere und größere Puppe mitzubringen, als je ein Mädchen im Sarladischen Land besessen.

Bevor ich meinen Vater aufsuchte, ihm über die Zeichnung der Lämmer zu berichten, ließ ich zunächst meine Tränen trocknen, denn ich wollte ihn mit meiner Schwäche nicht inkommodieren. Ich fand ihn in der Bibliothek, mit ernster Miene auf und ab schreitend. Mit einer Kälte, die nur vorgetäuscht war, wie ich merkte, sagte er:

„Es war tatsächlich ein Geschwür, wie ich gedacht, und zwar von großem Ausmaß, das die Meningen und Nerven sehr gedrückt haben muß, bevor es sie mit seinem Eiter überschwemmte."

Seine Worte taten mir weh, und da ich von dem schrecklichen Bild loskommen wollte, das sie in meinem Gemüt heraufbeschworen, erwiderte ich:

„Werdet Ihr es Herrn von Lascaux mitteilen?"

„Mitnichten. Er ist zwar kein schlechter Mensch, aber vor Eitelkeit aufgeblasen wie ein Pfau, und ich würde ihn mir zum Feinde machen."

Er senkte den Blick.

„Escorgol hat das Grab neben Marsal Schielauge im Nordteil der Einfriedung ausgehoben. Wir werden die Tote zur Mittagszeit bestatten, nach unserem schlichten Brauch. Ich werde die Predigt halten und mich sehr kurz fassen. Möchtet Ihr dabeisein?"

Ich begriff sofort, daß mein Vater mich bitten wollte, meinen Schmerz im Beisein des Gesindes zu zügeln.

„Ich werde dabeisein", sprach ich, so fest ich konnte.

Und ich hielt mein stillschweigendes Versprechen und verharrte trockenen Auges, als man den Sarg mit der so leichten Last „in die kalte, dunkle Erde" senkte.

All unsere Leute waren anwesend und sahen bekümmert und traurig aus. Mein Vater sprach. Ich meinte aus seinen Worten herauszuhören, warum er Sauveterre nicht hatte predigen lassen wollen, denn mit einem – wie mir schien – eigens ausgewählten Zitat von Calvin knüpfte er an unser wenige Tage zuvor geführtes Gespräch über die kleine Hélix an: „Die Gott in die ewige Seligkeit abberuft", so lautete das Zitat, „nimmt er in gnädiger Barmherzigkeit auf, ohne ihrer Verdienste und Würden zu achten."

In den folgenden Wochen war mein Vater bemüht, mich zu beschäftigen und in ständiger Bewegung zu halten, indem er mich oftmals von Mespech nach Le Breuil, zur Beunes-Mühle oder nach Sarlat schickte. Doch so gewissenhaft ich diese Aufträge erfüllte, sie interessierten mich nicht, denn in mir war die Triebfeder des Lebens zerbrochen. Allem, was ich tat, oblag ich nur mit finsterem Eifer, und selbst gegen Samson, dem ich, Gott weiß warum, jetzt weniger zugetan, verfiel ich in eine Schweigsamkeit, die ihn sehr betrübte; gleichwohl vermochte ich nichts dagegen auszurichten, denn jedes Wort wurde mir zur Qual.

Wenn ich auf Acla ausritt, die Besorgungen für meinen Vater zu erledigen, würdigte ich das frische Grün des Frühlings, das mir seine zarten Blätter entgegenstreckte, keines Blickes; es verlockte mich nicht zum Innehalten noch weitete es mir freudig die Brust, so stumpf geworden war ich und wie zu Boden gedrückt. Selbst Acla konnte mich nicht mehr erfreuen, und ich spürte beim Reiten ihre Verwunderung darüber, daß ihr Herr sie so wenig liebte. Ob beschäftigt oder nicht, ich tat nichts anderes mehr, als mich der Vergangenheit zu erinnern und sie endlos wiederzukäuen, selbst noch im Bett, wo ich mich, wie verbrannt von meinem glühenden Schmerz, ruhelos wälzte.

Einen Monat lang hielt diese Melancholie schon an, als ich mit Samson in die Bibliothek gerufen wurde. Ich sah auf den ersten Blick, daß mein Vater und Sauveterre zuversichtlicher gestimmt waren, als sie es je seit der geheimen Zusammenkunft der protestantischen Edelleute auf Mespech gewesen. Mein Vater zumal war wieder er selbst, wirkte verjüngt, reckte das Kinn empor, die Hände in den Hüften, und sprach mit klangvoller Stimme.

„Meine lieben Söhne“, sagte er, „die Dinge der Reformation nehmen im Augenblick eine weit bessere Wendung als zum Zeitpunkt des Treffens von Bayonne, wo Jesabel unser Blut um ein Haar an Spanien verschachert hätte. Doch nun hat sich alles geändert: Wie Ihr wißt, meine Herren Söhne, haben sich einige hundert Bretonen vor vier Jahren in Amerika an der Küste Floridas niedergelassen. An dieser Stelle“, sagte er und setzte den Finger auf einen bestimmten Punkt seiner Weltkarte, darüber wir uns beide respektvoll beugten, verwundert, daß dieser Punkt von unserem Sarladischen Land so weit entfernt lag. „Diese Bretonen“, fuhr er fort, „sind wackere Seeleute und wackere Soldaten, und gelegentlich treiben sie auch Freibeuterei in der Karibischen See. Philipp II. von Spanien war in großer Besorgnis, ‚daß sich die Franzosen so nahe bei seinen Besitzungen einnisten‘, und hat jüngst eine starke Truppe in Florida landen lassen, die über unsere Bretonen herfiel und sie meuchlings niedermetzelte, obwohl ihnen zugesichert worden war, sie würden mit dem Leben davonkommen, wenn sie sich ergäben.“

„Unendlich viel Blut hat der allerchristlichste König in seinem Reich fließen lassen“, sprach Sauveterre mit zitternder

Stimme. „Würde die Wahrheit über die Massaker bekannt, die er in Amerika begangen, müßte jeder Christ ihn verabscheuen."

„Dieses Massaker aber ist am Hofe von Frankreich bekannt geworden, meine Herren Söhne", sagte mein Vater, „und die Florentinerin knirschte darob mit den Zähnen und forderte von ihrem Tochtermann lautstark Gerechtigkeit und Wiedergutmachung. Sie wird beides nicht erhalten und ist sicherlich zu feige, es zum Krieg kommen zu lassen, doch immerhin wird ihre angeblich heilige Liga mit Philipp II. für eine Weile hinfällig. Wir sind also – für den Augenblick wenigstens – außer Gefahr, und schon jetzt gibt es im Königreich immer seltener Mordanschläge auf Hugenotten, wie wenn den grimmigsten Papisten der Mut sänke, weil der Spanier bei uns schlecht angesehen."

Schweigen trat ein. Mein Vater blickte abwechselnd auf Samson oder mich und sagte dann beinahe feierlich:

„Meine Herren Söhne, Euer Oheim Sauveterre und ich selbst, wir sind zu der Meinung gelangt, daß der Zeitpunkt günstig wäre, Euch beide entgegen unseren Plänen schon jetzt zum Behufe des Studiums nach Montpellier zu schikken. Ihr werdet in zwei Tagen aufbrechen. Miroul, Euer Diener, wird Euch begleiten."

Ich war weder unglücklich noch froh über diese Entscheidung. Ich fügte mich teilnahmslos drein wie in alles. Gleichwohl begann ich, wie mein Vater mir anempfohlen, all meine irdischen Güter zusammenzutragen, Kleider und Bücher, was noch keinen sonderlich großen Packen ergab. Wir brachen zu dritt auf, aber mit vier Pferden, denn eines davon sollte das Gepäck von drei Leuten und überdies drei Arkebusen mit dazugehöriger Munition tragen. In den Sattelhalftern unserer Pferde hatten wir jeder zwei Pistolen, dazu Dolch und Degen an unserer Seite, die wir auch beim Schlafen niemals ablegen würden. Auf Befehl meines Vaters mußten wir unterwegs Brustharnisch und Sturmhaube tragen, davon wir uns nur beim Nachtlager trennen durften: eine harte Anordnung bei der Hitze, aber so gut gerüstet wir auch waren, für eine so große Reise war unsere Truppe sehr klein.

Ich trat die Reise auf Acla an und Samson auf seiner weißen Stute Albière. Für Miroul und als Packpferd, das er führen sollte, wählte mein Vater nicht etwa Schindmähren aus, sondern zwei schnelle, ausdauernde kleine Araber, wobei er ins Feld führte, daß man es nicht riskieren dürfe, unseren wertvollen Diener oder unsere Bagage zu verlieren, wenn eine starke Räuberbande uns überfiele und unser Heil dann einzig in der Flucht bestände.

Vor Sarlat sollten wir nach Cahors, sodann nach Montauban reiten. Doch wollte mein Vater nicht, daß wir von dort den Weg nach Castres nähmen, welcher der kürzeste gewesen wäre, aber über verschlungene Pfade durch sehr einsame Gegenden führte. Wir sollten die vielbereisten Straßen der längeren Wegstrecke über Toulouse, Carcassonne und Béziers wählen, durch die sichere Ebene.

Am Abend vor dem Aufbruch prüften mein Vater und Sauveterre, eingedenk daß sie Hauptleute in der Normannischen Legion gewesen, aufs sorgfältigste unsere Ausrüstung: Waffen, Geschirre, Trensen, Beschläge der Pferde, Packriemen, Ahlen und Garn zum Flicken der Trensen – alles wurde inspiziert.

Schließlich war der Tag unserer großen Reise angebrochen. Mein Vater, sehr bewegt, und desgleichen Oheim Sauveterre, dem man es weniger anmerkte, empfingen uns in der Bibliothek, nachdem wir schon unsere Rüstung angelegt und die Sturmhaube aufgesetzt hatten.

Sauveterre nahm als erster das Wort, uns zu ermahnen, nicht nur mit den Lippen, sondern mit dem Herzen zu Gott zu beten, die Heilige Schrift zu lesen und ihre Lehren uns zu eigen zu machen, morgens und abends die Kirchenlieder zu singen (Miroul führte seine Viole mit sich) und Gottes Wort eingedenk zu sein als immerwährendem Rat in den großen wie kleinen Dingen unseres Lebens.

Als er geendet, erteilte mein Vater uns Ratschläge, die mehr unserem Verhalten in dieser Welt als unserer Zukunft in der anderen galten.

„Meine lieben Söhne“, sprach er mit einer Stimme, die ernst und herzlich zugleich war, „beide zusammen zählt Ihr kaum dreißig Jahre, und obwohl noch so jung, werdet Ihr Euch auf den Weg machen, der weiten Welt die Stirn zu bieten. Zahllose Fährnisse wird es auf Euerm Wege geben. Begegnen müßt Ihr ihnen mit Euren Mitteln und Euern Waffen, doch wisset, daß Ritterlichkeit zuvörderst zum Ziele führt. Wahret stets Eure perigurdinische Artigkeit gegen andere, ob reich oder arm, ob Edelmann oder Bauer. Wollet durch Eure Worte oder durch Euer Verhalten niemanden kränken. Doch soll man Euch auch ansehen, daß Ihr Geringschätzung nicht hinnehmen werdet. Laßt Euch nicht leichtfertig auf Händel ein, Ihr zumal, Pierre, der Ihr so rasch in Wallung geratet, doch seid Ihr einmal darin verwickelt, weicht nicht zurück, sondern schlaget Euch wacker. Das rate ich Euch, Samson, der Ihr so lange braucht, um blankzuziehen oder Euch zu entscheiden. Bedenkt, daß Euer Zögern Euern geliebten Bruder das Leben kosten könnte, wie zu Lendrevie fast geschehen. Meidet Zechereien, Glücksspiel und Schlemmereien, welche Geldbeutel, Seele und Gesundheit ruinieren wie die Pest. Sucht Euch in Montpellier verläßliche Freunde, die keine Großmäuler und Blender sind, und wählt sie zuvörderst unter den Unseren, welche Gott sei Dank in dieser Stadt Legion sind. Wenn Ihr Fremden begegnet, seid sparsam mit Worten, doch haltet die Augen offen. Schwenkt in zweifelhafter Gesellschaft nicht Eure Fahne des Reformierten, aber verbergt sie auch nicht, wenn solches ohne Gefahr möglich ist. Und obliegt in Montpellier mit Eifer Euren Studien, denn dies ist der Zweck Eurer Reise, dafür die Baronie von Mespech viel Geld aufbringen muß. Vergesset dabei nie: was Ihr in jungen Jahren lernt, ist wie ein Kapital, daraus Ihr Euer Leben lang Zinsen ziehet."

Mein Vater hielt inne.

„Samson verwaltet den Säckel, und Pierre hat die Führung der kleinen Truppe. Miroul ist Euch untertan. Er soll sehr wohl wissen, wer das Sagen hat, Ihr oder er. Behandelt ihn gleichwohl nach seinen Verdiensten, die nicht gering sind, und höret auf seinen Rat. Das elende Los seiner Kindheit ließ ihn die Welt besser durchschauen, als Ihr es vermochtet."

Ich meinte, mein Vater habe geendet oder sei um den Abschluß verlegen. Doch verlegen war er nicht um den Abschluß; vielmehr hatte er noch Dinge zu sagen, die ihm – im Beisein Sauveterres und das eigene Leben vor Augen – heikel dünkten. Schließlich ermannte er sich, und der arglose Samson riß die Augen auf, während Sauveterre die Brauen runzelte und in den Bart brummte, obschon sich mein Vater, zumal am Beginn, halbwegs zerknirscht zeigte.

„Der folgende Rat, mein Pierre, ist besonders für Euch, aber ich spreche davon auch vor Samson: später vielleicht mag auch er daraus Nutzen ziehen."

Er hielt noch einmal inne und fuhr dann fort in einem Ton, der nicht ganz so reumütig war, wie er hätte sein können:

„Pierre, Ihr habt leider von mir eine Neigung geerbt, Euch gar sehr jenem schönen Geschlecht zuzuwenden, welches nicht das unsere ist. So ist wohl zu befürchten, Ihr würdet Euer Leben lang ‚ein glühender Ofen bleiben, der ohn Unterlaß Flammen und Funken sprüht'. Dieser Satz stammt von Calvin, denket darüber nach. Er benennt anschaulich die Schwäche unserer Natur. Und gewiß, nicht sündigen ist besser als sündigen; doch wenn wir, von der Hitze des Blutes getrieben, unterliegen (hier runzelte Sauveterre noch stärker die Brauen), müssen wir uns wenigstens – in derlei Dingen – sehr umsichtig zeigen, sonst können wir viel dabei verlieren. Ich bitte Euch, mein Pierre, stürzt Euch nicht blindlings in die Fallen, die Euch in einer großen schönen Stadt wie Montpellier gestellt werden. Auch sollt Ihr der Erstbesten nicht gleich beiliegen, weil sie Euch Augen macht und sich nach Euch den Hals verrenkt. Und hütet Euch vor den verderbten, durchtriebenen, habgierigen, käuflichen Dirnen. Hütet Euch im Grunde vor allen Weibern", fuhr er lächelnd fort. „Doch sollte Euch durch Zufall ein ehrliches Mädchen begegnen, seid gut zu ihr, zumal Ihr von Natur aus dazu neigt, denn Ihr ermangelt nicht der Güte noch des Edelmutes."

Diese Rede erstaunte Samson, und sie gefiel Sauveterre wenig, wohingegen ich nicht lange brauchte, um noch am nämlichen Tage zu begreifen, warum mein Vater, der meine Seele heilen wollte, sie gehalten.

Oheim Sauveterre umarmte uns als erster, dann schloß mein Vater uns in seine Arme, so herzlich und so fest, daß es nicht schwerfiel zu verstehen: Er brachte nicht nur ein Opfer an Geld, wenn er uns nach Montpellier zum Studium schickte. Schließlich trat auch François ein, der uns mit ungerührter Miene geziemlich auf die Wangen küßte.

Mein Vater besorgte, durch längeren Aufschub noch weicher gestimmt zu werden, und drängte auf raschen Abschied im Hof, wo unser ganzes Gesinde versammelt war, auch die Leute aus Le Breuil, vom Steinbruch und aus der Beunes-Mühle. Die Frauen vergossen Tränen, dabei die Maligou wie üblich plapperte und schwätzte, indes Barberine schluchzend beteuerte, daß sie mit ihren „beiden Sonnen" nun alles verlöre; die Männer schwiegen mit bekümmerter Miene. Ich wischte die letzte Träne von Catherines runder Wange, schenkte der Gavachette ein Lächeln und schwang mich, nachdem Samson und Miroul schon aufgesessen, in den Sattel. Im Schritt passierten die vier Pferde die drei Zugbrükken, und alle liefen neben ihnen her und hinterdrein.

Ich winkte ein letztes Mal und sah, wie blaß das Gesicht meines Vaters geworden. Dann trabten wir los, und ich ließ meine Kindheit zurück.

Trotz der Abkürzungspfade brauchten wir nahezu zwei Stunden bis Sarlat, denn ich wollte die Pferde nicht ermüden und sorgte für eine mäßige Gangart: vor uns lag eine sehr lange Reise. Mir stand der Sinn wenig nach Reden, doch mein Geist war trotzdem hellwach und nicht mehr in Trübsinn versunken, wie er es seit dem Tode der kleinen Hélix gewesen. Auf der Straße nach Cahors führte ein langer Weg zwischen dichten Kastanienwäldern steil bergan. Ich ließ meine schwarze Stute in Schritt fallen, drehte mich zu Miroul um und bat ihn, uns ein Lied zu singen, um uns den eintönigen Anstieg zu verkürzen. Lächelnd neigte er den Kopf, um die Viole, die er sich umgehängt, nach vorn zu holen, hängte die Zügel über den Widerrist seines kleinen Arabers, der die Hufe in das wellige Erdreich grub, und reichte Samson mit bittendem Blick das Halfter des Packpferdes. Sodann legte er seine Viole quer über den Sattelknauf, zupfte die Saiten und stimmte – weil es ihm so gefiel oder weil er es für unsere lange Reise angemessen finden mochte – das Lied an, welches er der kleinen Hélix in ihren letzten Wochen so oft hatte vorsingen müssen: „Befiehl du deine Wege . . ."

Ich fürchtete schon, dies könnte auf meine neue Stimmung schlagen, doch im Gegenteil: während Miroul und Samson sangen, begann auch ich leise vor mich hin zu summen, ohne daß sich mir die Kehle zusammenschnürte, ohne Tränen und ohne Schmerz.

Der Anstieg zog sich hin, und Miroul sang alle Strophen; er kannte sie auswendig, weil er sie in der Kammer der kleinen Hélix so viele Male gesungen. Als er schließlich die letzte Strophe geendet hatte, bat ich ihn, dieselbe zu wiederholen, und sobald er sie angestimmt, sang ich mit ihm aus voller Kehle, nach vorn geneigt in meinen Steigbügeln stehend, während mein lieber Bruder Samson mich lächelnd ansah.

Mach End', o Herr, mach Ende
mit aller unsrer Not;
stärk unsre Füß' und Hände
und laß bis in den Tod
uns allzeit deiner Pflege
und Treu' empfohlen sein,
so gehen unsre Wege
gewiß zum Himmel ein.

Die Steigung mündete in eine Ebene, während wir diese Strophe sangen, und ich bedeutete Miroul, seine Viole zu schultern und von Samson wieder das Halfter des Packpferdes zu übernehmen. Sobald er das getan, wandte ich mich an Samson:

„Merkst du, wie gut das Laub riecht und das frische Gras, Samson?"

„Ich merke es", sprach Samson, froh darüber, daß ich mein Schweigen aufgegeben. „Das macht die frühe Morgensonne, sie trocknet den kleinen Regen von heute nacht."

„Samson, ist Montpellier größer als Sarlat?"

„Viel größer und viel schöner."

„Schön muß es wohl sein, wenn einem die Mädchen dort Augen machen und sich so liebreizend den Hals verrenken."

„Was soll das?" fragte Samson mit seinem Lispeln, das mir so sehr gefiel.

„Samson", stichelte ich, „wirst du auch nicht vergessen blankzuziehen, wenn man uns angreift?"

„Ich werde es nicht vergessen."

„Und wirst du nicht säumen, deine Pistolen aus der Sattelhalfter zu reißen?“

„Ich werde nicht säumen“, sprach Samson strahlend und lachte.

„Der Weg steigt nicht mehr an, Samson, und der Boden ist sandig. Wie wär's mit einem kleinen Galopp?“

„Nur zu, wenn du willst!“

Ich wandte mich zu Miroul:

„Galopp, Miroul? Bist du bereit?“

„Meine Araber, Herr und Gebieter, folgen Euch bis ans Ende der Welt!“

Ich galoppierte, und Samson galoppierte, und hinter uns galoppierte Miroul mit seinen beiden Arabern, in der erhobenen Hand das Halfter haltend, die Zügel in der anderen. Pfeilschnell flogen rechts und links die Zweige der Bäume an uns vorbei, warm und lebendig spürte ich meine Acla unter mir, und mit einem Male erfüllte mich wieder neue Hoffnung, leuchtend wie das junge Grün.

ANMERKUNGEN

1. Der Leser, der mehr über Sarlat erfahren möchte, sei auf die ausgezeichneten Arbeiten von Jean Maubourguet hingewiesen, insbesondere auf das dreibändige Werk *Sarlat et le Périgord méridional* (herausgegeben von der Société Historique du Périgord).

2. Nostradamus (1503–1566), der allein dank königlicher Protektion einem Hexenprozeß entging, den die Kirche ihm nur zu gern gemacht hätte, war mit Hingabe Arzt und zugleich – in den gereimten Prophezeiungen seiner *Centuries astrologiques* – Wahrsager. Der Vierzeiler, in dem er den tödlichen Unfall Heinrichs II. mit verblüffender Genauigkeit vorauszusagen schien, trug ihm sehr großes Ansehen ein. Es ist nicht sicher, ob seine Weissagung über Heinrich von Navarra („Der dort wird das ganze Erbe antreten") allein zu Nutzen der Hugenotten erfolgt war. Wie lassen sich sonst die Gunstbezeigungen und die Gelder erklären, mit denen ihn Katharina von Medici zu ebendiesem Zeitpunkt überhäufte? Freilich hatte Nostradamus auch ihrem Lieblingssohn, dem späteren Heinrich III., vorausgesagt, daß er „glücklich in seinem Leben und glücklich in seiner Regierung" sein werde: eine durch die Geschichte grausam widerlegte Prophezeiung.

3. Die Memoiren des Vieilleville, Gouverneur der Provinz Ile-de-France, von denen im Fünften Kapitel die Rede ist, wurden nicht von Vieilleville, sondern von einem Geistlichen aus seiner Umgebung geschrieben, der die Rolle seines Herrn im besten Lichte darstellen wollte. Dennoch enthalten sie viele zutreffende Einzelheiten. Obwohl nicht sicher ist, daß Vieilleville sich erkühnte, gegenüber Heinrich II. die von mir erwähnten bissigen Bemerkungen zum Vertrag von Cambrésis zu äußern – diese Vorwürfe waren damals in vielen Herzen lebendig, auch wenn sie nicht oft ausgesprochen wurden.

4. Katharina von Medici hatte von Heinrich II. zehn Kinder; drei davon starben sehr früh.

Drei ihrer Söhne regierten: Franz II. (1544–1560) folgte Heinrich II. auf den Thron; Karl IX. (1550–1574) folgte Franz II. auf den Thron; Heinrich III. (1551–1589) folgte Karl IX. auf den Thron. Keiner hatte einen legitimen Nachkommen, und Heinrich III. war der letzte Valois, der über Frankreich regierte.

Die älteste Tochter, Elisabeth (1545–1568), heiratete Philipp II. von Spanien; Claude (1547–1575) heiratete den Herzog von Lothringen; und Margarete (die Königin Margot, 1552–1615) heiratete Heinrich von Navarra, den späteren Heinrich IV. Als einziges der überlebenden Kinder hatte Margot die relative Langlebigkeit ihrer Mutter geerbt, der es gelungen war, unter den schlimmen hygienischen Verhältnissen ihrer Zeit innerhalb von zwölf Jahren zehn Kinder zu gebären, ohne im Wochenbette zu sterben und ohne daß ihre Energie durch die dicht aufeinanderfolgenden Schwangerschaften auch nur im geringsten beeinträchtigt wurde.

5. Die untergeordnete Rolle, die Katharina von Medici unter der Herrschaft Heinrichs II. spielte, wo sie, um mich selbst zu zitieren, „nicht einmal im Bette die erste Stelle einnahm", hat die Historiker zu der Annahme verleitet, sie sei in damaliger Zeit ohne politischen Einfluß gewesen. Wenn man aber weiß, daß Katharina ihr Leben lang vor allem danach trachtete, ihre Kinder mit Königen und Prinzen zu verheiraten, kann man sich fragen, ob diese Auffassung gänzlich der Wahrheit entspricht und ob nicht Katharina auf Heinrich II. Druck ausgeübt hat, um die Heirat ihrer Tochter Elisabeth mit Philipp II. von Spanien zu ermöglichen, ungeachtet des Preises, der für diese Verbindung gezahlt werden mußte (Bugey, die Bresse, Savoyen).

6. Die Haltung von Michel de L'Hospital, Monsieur de Burie (Generalleutnant von Guyenne) und Etienne de La Boétie ist die der gemäßigten Katholiken jener Zeit. Gemäßigt sind sie in zweierlei Hinsicht: weil sie meinen, daß Rom seine „maßlosen Übertreibungen abstellen" müsse, und weil sie der Ansicht sind, daß gegenüber den Hugenotten weder das Messer noch der Scheiterhaufen taugliche Mittel seien. Später, unter Heinrich III., werden diese Gemäßigten „die Politischen" genannt und von den Fanatikern der „Liga" beinahe ebenso gehaßt wie die Reformierten.

7. Der Fanatismus der Reformierten zeigte sich nicht nur in der Plünderung und Zerstörung von Kirchen, sondern auch in der Schändung von Grabstätten (Craon, Le Mans, Cléry, Orléans, Bourges). Solcher Vandalismus empörte das Volk noch mehr als die Ermordung von Mönchen und Priestern.

8. Da die hohen Lehnsherren gleichsam einen geschlossenen Klub bildeten, wo man untereinander heiratete, sind verwandschaftliche Bande zwischen Führern der Hugenotten und Führern der Katholiken nicht verwun-

derlich. Louis de Bourbon, Prinz von Condé (1530–1569), Führer der Reformierten, als sein älterer Bruder Anton von Bourbon, König von Navarra (der bei der Belagerung von Rouen den Tod finden sollte), zum Katholizismus zurückkehrte, war durch seine Mutter mit dem Herzog von Guise verwandt, der ihn in der Schlacht von Dreux besiegte und gefangennahm. In derselben Schlacht nahm Admiral Coligny, ehe er den Rückzug antrat, seinen Onkel, den Konnetabel de Montmorency, gefangen.

9. Gaspard de Coligny (1519–1572), dritter Sohn des Marschalls von Châtillon und 1552 zum Admiral von Frankreich ernannt, regte in dieser Eigenschaft Kolonisierungsversuche in Brasilien und Florida an (siehe unser Zwölftes Kapitel). Einen Namen machte er sich jedoch vor allem durch die heldenhafte Verteidigung von Saint-Quentin gegen die Spanier. Während seiner Gefangenschaft bei den Spaniern zum Calvinismus übergetreten, wurde er nach der Ermordung des Prinzen von Condé (1569) zum anerkannten, unumstrittenen Oberhaupt der Reformierten. Sein Bruder d'Andelot (1521–1569), Generaloberst der Infanterie, nahm unter dem Herzog von Guise an der Eroberung von Calais teil und war der erste Châtillon, der zum Calvinismus konvertierte. Sein anderer Bruder, Odet de Coligny, genannt Kardinal von Châtillon, ebenfalls Konvertit, floh 1568 nach England.

Alle drei Brüder starben eines gewaltsamen Todes. D'Andelot und Odet wurden vergiftet, den Gerüchten zufolge auf Betreiben Katharina von Medicis. Admiral Coligny, von einem gedungenen Mörder mitten in Paris niedergeschossen, wurde zwei Tage später das erste Opfer der Bartholomäusnacht.

10. Jeanne d'Albret schloß sich am 1. Juni 1564 der königlichen Kavalkade an und verließ selbige am 14. August, ohne etwas gegen Montluc ausgerichtet zu haben; im Gegenteil, sie wurde von Katharina und dem König ermahnt, „in der Religion ihrer Vorfahren" zu leben. Gleichwohl übergab die Königinmutter beim Abschied an Jeanne d'Albret den königlichen Erlaß über die Eröffnung eines protestantischen Kollegs in Bergerac: ein Zeichen für den widersprüchlichen Charakter Katharinas und zugleich ein Beweis ihrer Skepsis.

11. Der Herzog von Alba verwahrte sich in einem Schreiben an den Botschafter Frankreichs (zitiert von Lavisse, Band VI, S. 92) gegen Gerüchte, er habe Karl IX. und Katharina von Medici in Bayonne Auflagen bezüglich der französischen Protestanten erteilt. Dieses diplomatische Dementi wird indessen durch eine Depesche des Herzogs an Philipp II. widerlegt

(Band IX, S. 298 der *Papiers d'Etat* des Kardinals Granvelle), in der es heißt, daß man „fünf oder sechs Anführer beseitigen“ müsse.

Ein Rat, der durchaus den Gepflogenheiten jener Zeit entsprach und der fruchtete: Nicht nur die drei Brüder Coligny mußten sterben. Der Prinz von Condé, nach der Schlacht von Jarnac (1569) gefangengenommen und entwaffnet, wurde von Montesquiou, der sicher nicht ohne Befehl handelte, durch einen Pistolenschuß kaltblütig getötet. La Rochefoucauld, ebenfalls ein Wortführer der Protestanten, wurde in seinem eigenen Haus von Edelleuten ermordet, die der König in den ersten Stunden der Bartholomäusnacht ausgesandt hatte.

12. Obwohl das Wort „Protestant“ schon im Jahre 1529 auftaucht, als die lutherischen deutschen Fürsten gegen den Beschluß Karls V. „protestierten“, die Religionsfreiheit einzuschränken, erscheint es in französischen Texten des 16. Jahrhunderts nur selten zur Bezeichnung der französischen Calvinisten.

Das Wort „Hugenott“ (okzitanisch *ugonau*), das in der zweiten Hälfte des 16. Jahrhunderts vielfach zur Bezeichnung der französischen Calvinisten verwendet wurde, kommt vom deutschen „Eidgenossen“, vereinfacht zu *eignot* und (über Genf) zu *huguenot* französiert.

Man sagte aber auch „die Reformierten“, „die Anhänger der Religion“ oder „die Anhänger der reformierten Religion“.

Aus Argwohn gegen das Wort „Reform“ bzw. „Reformation“ wetterten die fanatischsten Priester der römischen Kirche gegen „die angeblich reformierte Religion“, und bei ihnen taucht sodann eine in ihrer Modernität verblüffende Abkürzung auf: *la r.p.r.* („la religion prétendue réformée“).

Heinrich III. benutzt für die Reformierten, die er in La Rochelle belagert, ausschließlich den Ausdruck „die Anhänger des neuen Glaubens“, was sehr moderat klingt, verglichen mit dem Vokabular seines Vaters Heinrich II. und seines Bruders Karl IX. („diese Pest“, „diese Aussätzigen“ usw.).

ISBN 3-351-02250-6

1. Auflage 1993

Die Originalausgabe ist 1977 bei der Librairie Plon
in Paris erschienen
Einbandgestaltung Berd Hülpüsch
Typographie Christa Wendt
Satz Jung Satzcentrum GmbH
Schrift 10/11 p Times
Druck und Binden Mohndruck,
Graphische Betriebe GmbH, Gütersloh
Printed in Germany